btb

Zuerst sind es die toten Katzen. Haustiere verschwinden und tauchen Monate später grotesk zugerichtet wieder auf, im Park oder in einem Vorgarten aufgehängt. So etwas sollte in einer guten Nachbarschaft wie dieser nicht passieren, raunen sich die Leute zu. Rikke findet, dass sie übertreiben. Doch schon bald ereignet sich in dem großen Vierfamilienhaus in Tåsen, in dem sie mit ihren beiden Kindern und ihrem Mann Åsmund lebt, ein weitaus unvorstellbarerer Vorfall. Es ist die Art von Ort, von dem sie immer geträumt haben, einen Steinwurf von der Stadt entfernt, dennoch ruhig und grün. Als Jørgen, der Nachbar aus der Wohnung über ihnen, ermordet aufgefunden wird, zerbricht die Idylle. Oder war sie längst kaputt? In den darauffolgenden Tagen, als Polizei und Presse das Haus belagern, beginnen die Dinge klarer zu werden. Für die Bewohner, denen langsam dämmert, wie wenig sie ihre Nachbarn kennen. Und für Rikke, die weiß, dass sie das Gespräch, das ihre Ehe entweder ruinieren oder retten wird, nicht weiter hinauszögern kann. Die Ermittler stellen schnell fest, dass jemand aus dem Haus der Täter sein muss. Und eine weitere tote Katze wird im Garten gefunden.

Helene Flood ist Psychologin und lebt mit ihrer Familie in Oslo. Ihr erster Roman, »Die Psychologin«, wurde bereits vor Erscheinen in Norwegen in 28 Länder verkauft. Er stand monatelang auf der Bestsellerliste, eine Verfilmung ist geplant. Auch ihr zweiter Roman, »Die Affäre«, wurde von Publikum und Presse begeistert aufgenommen.

Helene Flood

Die Affäre

Psychothriller

Aus dem Norwegischen
von Ursel Allenstein

btb

Die norwegische Originalausgabe erschien 2021 unter dem Titel
»Elskeren« bei Aschehoug & Co (W. Nygaard) AS, Oslo.

MIX
Papier | Fördert gute Waldnutzung
FSC® C014496

Penguin Random House Verlagsgruppe FSC® N001967

1. Auflage
Genehmigte Taschenbuchausgabe Dezember 2025

Neumarkter Straße 28, 81673 München
produktsicherheit@penguinrandomhouse.de
(Vorstehende Angaben sind zugleich
Pflichtinformationen nach GPSR.)

Published in Agreement with Oslo Literary Agency
Umschlaggestaltung: semper smile, München
Umschlagmotiv: © Rekha Garton / Trevillion Images
Satz: Uhl + Massopust, Aalen
Druck und Einband: GGP Media GmbH, Pößneck
SL · Herstellung: BB
Printed in Germany
ISBN 978-3-442-77563-7

www.btb-verlag.de
www.facebook.com/penguinbuecher

Denn die einen sind im Dunkeln
und die andern sind im Licht
und man siehet die im Lichte
die im Dunkeln sieht man nicht.

Bertolt Brecht, *Die Dreigroschenoper*

TEIL I

Ich verspreche, dich nicht zu stören

Du hast mich gefragt, wann ich Jørgen kennenlernte. Würdest du mir glauben, wenn ich sage, dass ich es nicht weiß? Es muss irgendwann im Garten gewesen sein oder im Treppenhaus oder vor dem Haustor, aber ich habe keine Erinnerung daran. Kurz nach unserem Einzug kam unser Sohn auf die Welt, eine Frühgeburt. Wir hatten so viele Termine im Krankenhaus, so viele Sorgen. Das soll keine Ausrede sein. Ich meine es ernst. Ich erinnere mich ganz einfach nicht.

Aber ich weiß noch, wann ich ihn zum ersten Mal sah. Es muss Anfang Juli gewesen sein, im Jahr unseres Einzugs. Das kann ich so genau eingrenzen, weil wir die Wohnung damals erst seit ein paar Tagen übernommen hatten. Es war ein warmer Sommerabend, an dem Åsmund und ich in der alten Wohnung saßen und ich es nicht mehr aushielt; ich musste zum neuen Haus fahren und es mir ansehen, mir unser neues Leben ansehen, das bald beginnen sollte.

Sie saßen auf dem Holzdeck im Garten, als ich kam. Du weißt ja, dass der Weg zum Eingang direkt daran vorbeiführt. Ich sah zu ihnen hinüber, als ich vorüberging, und wollte sie grüßen, aber sie aßen gerade und beachteten mich nicht. Sie waren zu fünft, offenbar gute Freunde. Ich kam allein, war schwanger, rund und schwer, ich war schnell gegangen, sodass mir der Schweiß lief, und ich kannte sie nicht. Ich schloss die Tür zu unserer Wohnung auf.

Die Wohnung war leer. Die früheren Besitzer hatten ihre Möbel mitgenommen, doch ihr Geruch hing noch in den Räumen. Es roch nicht nach uns, wenn du verstehst, was ich meine? Als wir die Wohnung übernahmen, hatten wir das Gefühl, wir hätten uns in einen gewissen Lebensstil eingekauft. Oder eine gewisse soziale Schicht. Als wären wir jetzt etwas feiner als vorher, nur weil wir diese Immobilie besaßen, an dieser Adresse. Doch als die Wohnung nicht mehr geschmackvoll eingerichtet war und meine Schritte an den leeren Wänden mit den Nagellöchern widerhallten, kamen mir Zweifel. Ich kann es nicht anders erklären: Ich fühlte mich, als würde ich zu große Schuhe tragen.

In der Küche ging ich zum Fenster und blickte auf die Terrasse hinab, wo sie saßen. Trotz der Wärme öffnete ich es nicht. Ich weiß nicht warum. Vielleicht wollte ich nicht aufdringlich wirken. Sie schienen mit dem Essen fertig zu sein. Auf dem Tisch standen mehrere Weinflaschen. Die Freunde unterhielten sich, und ich konnte ihre Stimmen durch die geschlossenen Fenster hören, aber nicht, was sie sagten. Sie diskutierten über irgendetwas, ziemlich heftig, so schien es, aber die Stimmung war gut. Von Zeit zu Zeit brachen alle in Gelächter aus. Es waren drei Männer und zwei Frauen. Einen der Männer erkannte ich wieder, er war Filmschaffender und hatte vor einigen Jahren einen umstrittenen Dokumentarfilm gedreht, ich hatte das Thema vergessen, Flüchtlingspolitik oder Integration oder Ähnliches. Die Zeitungen hatten viel darüber berichtet. Irgendwie kam mir auch eine der Frauen bekannt vor, ich hatte das Gefühl, ich hätte sie schon im Fernsehen gesehen. An der einen Längsseite saßen ein Mann und eine Frau, die augenscheinlich ein Paar waren. Er hatte den Arm auf ihre Stuhllehne gelegt, und einmal, als sie alle lachten, drehte sie sich lächelnd zu ihm um und strich ihm etwas von der Wange. Später legte er seinen Arm auf ihren unteren Rücken. Sie lehnte sich über den Tisch, um etwas zu sagen. Ihr langes, tiefrotes Haar war zu einem dicken, kunstvollen Zopf geflochten, der auf ihrem Rücken ruhte, und als sie sich vorbeugte, um etwas zu erzählen, glitt er zur Seite. Der Mann, der neben ihr saß, hob ihn vorsichtig wieder an seinen Platz zurück. Sie drehte sich zu ihm um, weil sie seine Berührung bemerkte, und redete weiter, während sie ihn anlächelte. Vielleicht erzählte sie gerade etwas, das sie gemeinsam erlebt hatten.

Er saß mit dem Rücken zu mir, sodass sein Gesicht nur zu sehen war, wenn er sich in eine bestimmte Richtung drehte. Er sah ziemlich gut aus, mit markanten Wangenknochen und einem breiten, einnehmenden Lächeln, das er anscheinend oft einsetzte. Ich schätzte ihn auf Mitte, vielleicht auch Ende vierzig.

Das war Jørgen. Es war das erste Mal, dass ich ihn sah.

Da sie mich nicht zu bemerken schienen, blieb ich einfach nur stehen und betrachtete sie, diese fünf Freunde, die am Esstisch wichtige Diskussionen führten, an einem Sommerabend im Kastanjesvingen in Tåsen.

Nach einer Weile stand die Frau mit dem Zopf auf. Sie nahm eine leere Schüssel vom Tisch und ging auf dem Plattenweg zur Haustür. Auf halbem Weg dorthin entdeckte sie mich. Das war auch nicht weiter verwunderlich, denn ich stand mitten im Fenster und beobachtete sie nicht gerade heimlich. Vor lauter Faszination war ich nicht auf die Idee gekommen, dass ich mich besser wieder hätte zurückziehen sollen. Die Frau blieb stehen und sah zu mir hinauf. Ich hob die Hand und winkte.

Sie stand einfach nur da, winkte nicht zurück. Lächelte mich nicht an, schien aber auch nicht wütend. Sie wirkte beinahe neutral, wie sie so reglos dastand und mich betrachtete. Es war nur ein kurzer Moment, dann ging sie weiter. Von meinem Standort aus hörte ich, wie sie unten die Haustür aufschloss. Ich wich hastig vom Fenster zurück, peinlich berührt, weil ich so unverhohlen hinuntergestarrt, mich so unangemessen verhalten hatte. Mir wurde ganz flau, und ich schämte mich.

DER ERSTE SAMSTAG

Die Bäume um mich herum sind Laubbäume mit riesigen Kronen und starken Ästen. Ganz anders als der Nadelwald, der an mein Elternhaus grenzte, und trotzdem weiß ich, wie in einem Traum, dass ich mich im Wald meiner Kindheit befinde. Ich kenne ihn gut, weiß, wie leicht man darin verloren gehen kann. Man spaziert vertraute Pfade entlang, dann macht man einen Abstecher, folgt dem Geräusch eines Rehs oder üppigen Blaubeersträuchern, die etwas weiter vom Weg entfernt aufblitzen, und wenn man wieder umkehren will, ist alles verändert. In sämtlichen Richtungen stehen Bäume, dunkel und stumm, dicht an dicht, und keiner davon ähnelt den Bäumen, die ich kenne.

Im Traum suche ich nach jemandem, der verschwunden ist. Zuerst weiß ich nicht, nach wem. Dann verstehe ich, dass es meine Kinder sind. Lukas, rufe ich und beginne zu rennen. Emma! Vor mir tut sich eine Lichtung auf. Sie ist nicht groß, schon nach etwa fünf Metern verdichtet sich der Wald wieder, aber hier dringt die Sonne zwischen den Laubkronen hindurch, es ist hell und warm, und auf dem Boden wächst frisches Gras. Ich bleibe stehen. Es ist schön hier, aber irgendetwas stimmt nicht. Mein Hals schnürt sich zu, ich atme angestrengt. Etwas Schreckliches ist geschehen.

Draußen im Wohnzimmer ist es noch kühl von der Nacht. Ich schließe leise die Tür des Schlafzimmers hinter mir, um die anderen nicht zu wecken. Im gedämpften Morgenlicht erscheint mir das Wohnzimmer fremd. Vielleicht steckt mir noch der Albtraum in den Knochen, denn die Möbel erscheinen riesig und ernst, das Bücherregal wirkt abweisend, der Tisch ist so untypisch aufgeräumt. Meine nackten Füße nehmen die Kälte des Parketts auf. Im Flur finde ich meine Hausschuhe, schlüpfe hinein und gehe in die Küche.

Auch hier ist es überraschend ordentlich. Åsmund und ich hatten uns gestern eine Flasche Wein geteilt, während wir einen Film sahen, der ziemlich mittelmäßig war, vielleicht wurde er später noch besser, aber ich war so müde, dass ich mittendrin schlafen ging. Åsmund muss anschließend aufgeräumt haben. Das rote Symbol der Spülmaschine verrät mir, dass sie fertig ist, also hat er ausnahmsweise sogar daran gedacht, sie einzuschalten, bevor er ins Bett gegangen ist.

Ich lehne mich an die Arbeitsfläche. Dieser Raum war das entscheidende Argument für den Kauf unserer Wohnung gewesen. Ihn hatten sie für die Vorderseite des Prospekts fotografiert, den sie uns bei der Besichtigung in die Hand drückten. Die Küche ist groß und hell, und während die restlichen Fenster unserer Wohnung entweder auf den verwilderten Hang hinter dem Haus hinausgehen oder auf den Wohnkomplex nebenan, blickt man von der Küche aus in den Garten. Um das Licht optimal auszunutzen, schuf der Architekt, der dieses Haus irgendwann in den Fünfzigern entwarf, hier eine einzige breite Fensterfront. Davor haben wir den Küchentisch gestellt, und wenn wir dort sitzen, können wir den kleinen Garten komplett sehen, das Holzdeck mit den Gartenmöbeln, den knorrigen Apfelbaum, das Gestell mit den Briefkästen und den weißen Bretterzaun. Dahinter liegt der Kastanjesvingen, eine kleine Sackgasse, die vielleicht vierzig Meter vor unserer Tür in einem Wendehammer endet. Auf der anderen Straßenseite liegen die Einfamilienhäuser, von denen einige in der gleichen Zeit entstanden wie unseres, andere neueren Baujahrs sind. Dahinter liegt die kleine Erhebung namens Bakkehaugen, die uns vom Stadtzentrum trennt, und obwohl ich sie vom Küchenfenster aus nicht sehen kann, gibt es mir ein warmes, gemütliches Gefühl, dass ich weiß, dort liegt die Stadt, hinter dem Hügel, dass wir in einer ruhigen Sackgasse wohnen, die Stadt jedoch zum Greifen nah scheint.

Ich setze mich. Sitze mucksmäuschenstill da und lausche. Ist er schon wach dort oben? Geht er umher, kann ich ihn hören? Doch es ist noch zu früh, das weiß ich ja. Vermutlich bin ich die Einzige im ganzen Haus, die nicht mehr schläft. Trotzdem ist es vollkommen still. Die Wände sind nicht gut isoliert, selbst einen leichten Wind hört man, den Kastanienbaum, dessen Zweige am Wohnzimmerfenster kratzen, das Knacken im Holz, wenn ein Nachbar sich bewegt.

Ich bin noch ganz dösig und strecke mich, letzte Nacht habe ich so tief geschlafen, dass ich nicht einmal hörte, wie Lukas zu uns hereinkam. Dann erwachte ich blind und ängstlich aus meinem Albtraum, schlug die Augen auf und sah seinen Wuschelkopf und die kleine Hand direkt neben meiner, die kleinen Finger mit den schmutzigen Nägeln und einem grünen Pflaster um eine unsichtbare Narbe am Zeigefinger. Ich war so erleichtert. Er war da, alles war in Ordnung. Ich zauste ihm durch seinen Pony. Wann war er gekommen?

Auf der anderen Straßenseite sehe ich, wie Hoffmo aus seinem braungebeizten Holzhaus kommt. Er stellt sich auf die Treppe und sieht sich um wie ein kleiner König, der sein Reich beschaut. Anschließend stemmt er die Hände in die Taille, rechts und links von seinem großen Bauch, streckt und räkelt sich und kreist die Hüften erst in die eine, dann in die andere

Richtung, während der Bauch vor ihm schaukelt. Er bereitet sich auf seine Joggingrunde vor, denn so ist er, über siebzig Jahre alt, und trotzdem läuft er zweimal in der Woche, bei Wind und Wetter. Der blaue Jogginganzug mit den weißen Streifen an den Beinen ist ein Relikt aus den Siebzigern, das seine ulkige Figur noch mehr betont, aber Hoffmo hat irgendetwas an sich, eine Art natürliche Autorität, die einen davon abhält, über ihn zu lachen. Wir verstehen uns gut, er und ich.

»Sind Sie in letzter Zeit auch mal Joggen gewesen?«, ruft er gerne über seinen Zaun, wenn er mich erblickt. »Bewegung ist gut für das Gehirn, wissen Sie, Prytz. Ein gesunder Körper trägt eine gesunde Seele in sich.«

Wir reden uns mit unseren Nachnamen an, eine Art Running Gag. Jetzt beugt er sich vor und berührt den Boden. Er ist ziemlich beweglich für einen Mann seines Alters und seiner Größe. Er richtet sich wieder auf, dehnt sich ein letztes Mal und ist zum Laufen bereit. Ich hebe eine Hand und winke ihm von meinem Fenster aus zu, aber er sieht mich nicht.

Seine Kinderschritte kündigen Lukas an, noch bevor er die Küche erreicht, die kleinen, schnellen Füße, die über den Boden tapsen. Er klettert auf meinen Schoß. Lehnt den Kopf an meine Schulter, schließt die Augen. Dort kann er gut schlafen, er kann überall schlafen. Einem Teil von mir würde es gefallen, einfach nur ganz entspannt mit meinem schlafenden Kind auf dem Schoß hierzusitzen.

»Lukas«, sage ich. »Bist du heute Nacht ganz allein zu uns gekommen?«

Er öffnet die Augen und sieht zu mir auf.

»Ja«, antwortet er.

Aber nicht wie eine Bestätigung. Eher wie eine Frage. Ja? Habe ich das getan?

»Ich habe dich gar nicht gehört«, sage ich.

Das ist ihm keine Erwiderung wert. Er legt seinen Kopf erneut an meine Schulter und schließt die Augen. Ich atme tief ein. Lausche nach Lebenszeichen aus der Wohnung über uns. Lukas öffnet erneut die Augen.

»Mama«, sagt er. »Können wir meinen großen Tyrannosaurus holen?«

Ich stehe auf und sehe Hoffmo mit kurzen, leichten Schritten die Einfahrt vor seinem Haus entlangjoggen. Als er seine Gartenpforte öffnet, entdeckt er mich. Er hebt die Hand und winkt. Ich hebe auch die meine, lege die Hand an die Stirn zu einer Art Salut für seinen Trainingseinsatz und kann sehen, wie er so sehr darüber lacht, dass sein ausladender Körper bebt.

Nach dem Frühstück räumen wir auf und ziehen uns für den Tag an. Er wird hektisch werden. Unsere Pläne stehen schon lange, wir müssen sie nur noch umsetzen. So wird jedes Wochenende bis Dezember sein. Manchmal denke ich, wir strampeln uns nur noch ab, hetzen von einem Termin zum nächsten, in einem Hamsterrad, das niemals stehen bleibt. Vor einigen Jahren träumte ich davon, unsere Wohnung zu vermieten, an unser Erspartes zu gehen und vier Flugtickets nach Vietnam zu kaufen, um dort zu wohnen und ein kleines Hotel an einem Strand zu betreiben. Im Hier und Jetzt zu sein und Zeit für uns zu haben, für die Kinder. Die Tage auf sich zukommen zu lassen. Nicht nach der Uhr leben zu müssen und eine Aktivität nach der anderen abzuhaken, ehe man erschöpft ins Bett sinkt und sich nur ausruht, um am nächsten Tag wieder von vorn anzufangen. Stattdessen wirklich in sich hineinzuhorchen. Ein authentisches Leben zu führen, im Einklang mit der Natur. So denke ich inzwischen nicht mehr. An diesem Strand in Vietnam wären andere Probleme aufgetaucht. Wir hätten uns Sorgen gemacht, ob unser Hotel rundläuft, die Gäste hätten sich über dies und jenes beschwert, es hätte Überflutungen gegeben oder Dürreperioden, die Rohre wären veraltet gewesen, und wir hätten es uns nicht leisten können, sie zu erneuern, und so weiter.

Åsmund wühlt ein T-Shirt aus dem Berg in der Ecke hervor. Ich mache die Betten, während ich ihm von meinem Traum erzähle, an die Details erinnere ich mich nicht mehr, ich hatte nach etwas gesucht und mir Sorgen gemacht.

»Ich muss wirklich tief geschlafen haben«, sage ich, »Lukas ist hereingekommen und hat sich zwischen uns gelegt, ohne dass ich aufgewacht bin.«

»Wir sollten ihm das abgewöhnen«, sagt Åsmund und legt sich die Armbanduhr um. »Er ist alt genug, um allein zu schlafen.«

»Er ist erst vier«, protestiere ich.

Åsmund erwidert: »Emma hat die ganze Nacht in ihrem eigenen Bett geschlafen, als sie vier war. Und er muss auch damit aufhören, tagsüber zu schlafen, Rikke. Er ist zu groß für einen Mittagsschlaf.«

»Ja«, sage ich und habe keine Lust, noch weiter darüber zu reden.

Lukas ist mein Glückskind. Er wurde fast zwei Monate zu früh geboren. Wir waren gerade in diese Wohnung eingezogen, als er kam, ich packte Tassen und Töpfe aus Kartons, als der stechende Schmerz in Bauch und Rücken einsetzte. Åsmund holte irgendwelche Möbel ab, Emma war bei ihrer Großmutter, ich stand vor den leeren Küchenschränken und dachte: Habe ich zu schwer getragen? Mich zu sehr angestrengt? Sollte ich mich eine Weile hinsetzen?

Als ich ins Krankenhaus fuhr, war es höchste Zeit. Ich rief Åsmund an, während ich auf das Taxi wartete, er sprang sofort ins Auto und kam gerade noch rechtzeitig. Mein Sohn wurde mir unmittelbar nach der Geburt weggenommen, er musste getestet, gemessen, gewogen werden, alles war sehr dringend, und in der ganzen Eile mussten einige Informationen verloren gegangen sein, vielleicht war ich nach der Geburt aber auch so benommen gewesen, dass ich es nicht mitbekommen hatte, denn ich wusste nicht, wie es dem Baby ging, lebte es oder nicht? Das Personal verschwand mit dem Neugeborenen, und ich drehte mich zu Åsmund um und fragte: »Sind wir jetzt wieder Eltern geworden?«

Åsmund weinte, denn so ist er, er kann nicht anders, bei Hochzeiten und Taufen kommen ihm immer die Tränen. Eine Ärztin trat ins Zimmer, ihre Stirn war gerunzelt und die Lippen zusammengepresst, und ich dachte: Das Baby ist tot. Ich spürte die Furcht erst wie einen Schlag in den Bauch, ehe sie sich bis in die Beine und Arme ausbreitete und meinen ganzen Körper in Beschlag nahm. Die Ärztin bemerkte es nicht und Åsmund auch nicht, aber in diesen Sekunden, bevor sie uns mitteilte, dass unser Sohn zwar klein sei, aber stark, und sie viele Untersuchungen durchführen und ihn eventuell auch anschließend noch weiterbehandeln müssten, aber großer Anlass zur Hoffnung bestehe, dass alles gut gehen würde. In den Sekunden davor war ich sicher, ich hätte ihn verloren. Es war eine Tatsache für mich gewesen. Und als ich begriff, dass es nicht so war und aller Wahrscheinlichkeit nach auch nicht eintreten würde, war meine Erleichterung so groß, dass mir alles andere, das Risiko für Asthma und ADHS und eine eingeschränkte Lungenfunktion, gleichgültig war. Ich kehrte immer wieder in Gedanken zu diesem Augenblick zurück und tue es noch immer. Mein Glückskind. Auf irgendeine Weise ist er ein Bonus. Ich hatte ihn verloren. Ich bekam ihn zurück.

»Ich wäre dann so weit«, sagt Åsmund.

Er trägt seine enge Fahrradkleidung, schwarz mit reflektierenden gelben Streifen. Während ich Emma zur Schultheatergruppe bringe und mit meiner Schwester ins Café gehe, wird er Lukas mitnehmen und einen Freund in Bærum besuchen.

Auf dem E-Bike natürlich, aber trotzdem hat er sich ausstaffiert wie für ein Rennradtraining. In den letzten Jahren hat er ein wenig zugenommen. Nicht weiter außergewöhnlich, es ist, wie es ist. Seine Kumpels haben auch zugelegt. Mit Mitte dreißig war etwas passiert, das physische Spuren hinterlassen hatte.

»Was ist?«, fragt er.

»Was soll sein?«

»Du guckst mich so an?«

Ich lächle.

»Der Fahrraddress«, erkläre ich.

»Ach der, ja«, sagt er. »Zu eng?«

»Nein, nein. Sehr profimäßig.«

Er zwinkert mir zu.

»Tour de Tåsen, Baby«, sagt er und geht ins Wohnzimmer.

Ich kann ihn da draußen hören, er wirbelt Lukas in die Luft und stößt einen Schrei aus. Lukas lacht. Das schlechte Gewissen versetzt mir einen kurzen, brennenden Stich in der Magengegend. Da geht er also. Der Vater meiner Kinder, dieser Mann, den zu lieben und zu ehren ich geschworen habe. Ich mache weiter das Bett, klaube die Schmutzwäsche vom Boden auf. Oben bei Jørgen ist es nach wie vor still.

»Na, jedenfalls finde ich das Ganze wahnsinnig unheimlich«, sagt Leas Mutter zu Sagas Mutter.

»Ja, puh«, erwidert Sagas Mutter und runzelt die Stirn.

Ich lehne mit dem Rücken an einer Säule neben der mit Vorhängen abgehängten Sprossenwand und höre ihnen zu, während ich die Bühne betrachte. Zurzeit ist sie leer. Die Schauspieler, wenn man sie so nennen kann, laufen zwischen der ersten Reihe und der Umkleide hin und her, wo zwei Mütter aus der Kostümgruppe gerade Maß nehmen. Ich war kurz dort, um Emma zu treffen, doch sie stand in einer Gruppe von Freundinnen und ignorierte mich. Eine ihrer Freundinnen wurde gerade vermessen, und eine mit Maßband und Stecknadeln bewaffnete Mutter sagte zu ihr: Lass uns mal sehen, welche Größe hast du denn? Das Mädchen wurde rot und murmelte leise etwas. Emma und die beiden anderen Freundinnen lachten. Ich sah zu meiner Tochter hinüber, sie ist groß und schlank, ohne jede Andeutung weiblicher Formen, aber die Freundin, die vermessen wurde, hatte bereits etwas rundere Brüste und Hüften. So sind sie, die Kinder. Ich ging wieder in den Saal, weil ich mir überflüssig vorkam.

Die Mütter neben mir sind aus der Programmgruppe. Ich kenne sie noch nicht so gut. Saga gehört zu Emmas neuen Freundinnen, und ich weiß, dass ihre Mutter Journalistin bei einer großen Zeitung ist, ab und zu sehe ich ihr Porträtfoto über einem Artikel. Vor nicht allzu langer Zeit schrieb sie einen persönlicheren Text über Schönheitswahn und wie früh die Mädchen inzwischen erwachsen werden. Leas Mutter ist Hausfrau, angeblich freiwillig, denn sie hat wohl an einer englischen Eliteuniversität studiert. Als im August die Schule anfing, luden sie und ihr Mann alle Mädchen aus der Klasse zu sich nach Hause ein. Sie wohnen in einer Villa am oberen Ende von Tåsen. Ich holte Emma dort ab und versuchte, mich nicht zu sehr von dem riesigen Haus und dem sorgfältig gestalteten Vorgarten beeindrucken zu lassen.

»Nach allem, was ich gehört habe, war die arme Katze geradezu ausgeweidet worden«, sagt sie, die Hausfrau mit dem Masterabschluss. »Die Gedärme lagen überall verstreut, und der Rest – also das Fell und die Knochen, nehme ich an – hing an einem schmiedeeisernen Zaun.«

»Wie furchtbar«, sagt die andere.

»Der Junge, der sie gefunden hat, war noch ziemlich jung, der Ärmste. Höchstens zehn oder elf, glaube ich. Und die bedauernswerten Zwillinge, denen die Katze gehörte, sind wohl am Boden zerstört. Sie gehen mit meiner Jüngsten in eine Klasse, und ihre Mutter hat erzählt, sie hätten mehrere Tage lang nicht in die Schule gehen können. Du weißt doch, wie sehr sie in diesem Alter an ihren Haustieren hängen, und es ist ja schon traurig genug, wenn sie von selbst abhauen. Aber auf die Weise abgeschlachtet zu werden …«

»Die armen Mädchen«, sagt Sagas Mutter.

Ich lehne meinen Kopf zurück an die Säule. Denke: Ich will mich nicht in diese Sache hineinziehen lassen. Ich werde einfach nicht darauf eingehen.

Auf der Bühne sind die jungen Schauspielerinnen und Schauspieler mittlerweile auf ihre Positionen gegangen, bereit anzufangen. Emma und ihre Freundinnen stehen in einem Grüppchen am rechten Rand, und auf einem Sofa in der Mitte sitzt der Neuntklässler, der Mackie Messer spielt, zusammen mit ein paar anderen Jungen in tragenden Rollen. Der Regisseur erklärt ihnen von der ersten Reihe aus, wie er sich die Szene vorstellt. Die Mädchen sind unkonzentriert. Emma sagt etwas, das ich nicht verstehe, weil ich zu weit entfernt bin. Die vier Freundinnen lachen in einem Chor. Irgendetwas an ihrem Lachen ist künstlich, denke ich. Als würden sie auf Kommando lachen, ohne darüber nachzudenken, ob sie es wirklich lustig finden.

»Und du weißt ja, dass es nicht zum ersten Mal passiert«, sagt die Hausfrau jetzt.

»Nein, stimmt«, pflichtet Sagas Mutter bei. »Es gab auch diese Fälle im Frühling.«

»Ja«, sagt die Hausfrau. »Erst die Katze, die im Godalsparken gefunden wurde, und dann die im Garten im unteren Teil von Tåsen. Die in einem Baum aufgehängt war. An einer Schlinge, wie an einem Galgen. Die wurde aber zum Glück von einem Erwachsenen gefunden.«

»Ja, das ist das Schlimmste«, pflichtet Sagas Mutter ihr bei. »Was das mit den Kindern macht.«

Die Hausfrau sagt:

»Sie können traumatisiert werden.«

Sie schweigen einen Moment. Es wirkt fast, als würden sie sich den Ernst auf der Zunge zergehen lassen und darauf warten, wie die Unruhe in ihnen wächst.

Der Regisseur hat sein Gespräch mit den Jungen beendet. Er geht gar nicht erst zu den Mädchen, sondern ruft ihnen nur zu: Denkt dran, die ganze Zeit präsent zu sein, okay? Er ist ein ziemlich junger Mann, groß und dünn, mit vollem dunkelbraunem Haar und einer Hornbrille, wie sie Männer in den Zwanzigern gerne tragen, um zu zeigen, wie innovativ sie sind. Er hat die Stelle kurz vor dem Sommer angetreten. Auf dem Elternabend im August stellte er sich vor, er heiße Gard, sagte er, sei frisch ausgebildet und wolle gerne mit Jugendlichen arbeiten, weil er finde, zu diesem Zeitpunkt im Leben sei man neuen Impulsen gegenüber am ehesten aufgeschlossen. Er wolle sie mit der Weltliteratur vertraut machen.

Das Stück, das er mit ihnen einübte, war *Die Dreigroschenoper* von Bertolt Brecht. Niemand konnte behaupten, er besäße keinen Ehrgeiz. Eigentlich war Theater ein reines Wahlfach, doch er hatte sich erfolgreich dafür eingesetzt, den Deutsch-, Norwegisch- und Musiklehrern ein paar Stunden abzuringen. Das war gut angekommen, und selbst Emma, die anfangs nicht besonders interessiert gewesen war, hatte sich für die Theatergruppe beworben, als ihr klar wurde, dass sie auch auf der Bühne stehen konnte, anstatt deutsche Verben zu konjugieren.

»Seid ihr bereit?«, ruft er auf die Bühne und fährt sich mit der Hand durch den kräftigen Haarschopf. »Ja, eigentlich sollte jetzt ja die Musik spielen, aber weil Merete heute nicht hier ist, müssen wir ohne sie auskommen. Ich markiere also nur kurz die Melodie. Eins, zwei und *ta-ram-tam-tam-tam.*«

Für seine schlaksige Gestalt hat er eine beeindruckend tiefe Stimme. Trotzdem ersetzt sein Summen nicht Meretes tiefe, suggestive Klavierakkorde, die diese Szene für gewöhnlich begleiten. Die Hausfrau fragt: »Merete ist gar nicht da?«

»Sie ist wohl mit Filippa zum Zelten gefahren«, sagt Sagas Mutter. »Und du weißt ja, Jørgen ist kein großer Theaterfreund.«

»Zelten«, sagt die Hausfrau und hebt eine Augenbraue. »Obwohl sie heute proben?«

Als hätten wir an einem Samstag nicht auch etwas Besseres vor, besagt diese eine Augenbraue. Als würden wir gerne hier stehen, in dieser Turnhalle, in der es auch dann noch nach Schweiß riecht, wenn die Wände mit Bühnenvorhängen geschmückt sind. Als hätten wir keine Ferienhütten, die winterfest gemacht, Gärten und Häuser, die gepflegt, und Skier, die rechtzeitig vor Saisonbeginn präpariert werden müssten?

Ich sage nichts. Emma wird nach der Probe mit zu Saga gehen, weil ich meine Schwester im Café treffen möchte, in einer Stunde werde ich mich davonschleichen, ich bin auch nicht viel besser.

In der ersten Reihe sitzt Nina Sparre, die stellvertretende Schuldirektorin, die in unserem Haus auf der anderen Seite des Flurs wohnt. Ich sehe ihren kleinen Kopf mit den kurzen Haaren hastig nicken, als wäre ihr Hals eine Sprungfeder. Was macht sie hier, denke ich, warum verbringt sie ihren Samstag damit, diesen Proben beizuwohnen? Vermutlich nimmt sie als Repräsentantin der Schulleitung teil. Vor einiger Zeit hatte es eine Kontroverse um die Aufführung gegeben, ein paar Eltern waren der Meinung gewesen, Brecht hätte unpassend viele Prostituierte in das Stück hineingeschrieben, und es wurden wütende Mails gewechselt. Die Schule konnte die erregten Gemüter beruhigen, indem sie das Stück ein wenig anpasste – aus den Prostituierten wurden Tänzerinnen –, aber vielleicht ist die Leitung dennoch auf der Hut und entsendet Nina, um alle neuen Proteste im Keim zu ersticken. Sie reckt ihren dünnen Vogelhals, und obwohl ich nur ihren Hinterkopf sehe, kann ich mir vorstellen, wie sie ihre Umgebung untersucht, mit eifrig umherspähenden Augen, damit ihr auch ja kein Detail entgeht.

»Ach, ich muss die ganze Zeit an diese Katzen denken«, sagt

Sagas Mutter, und dann richtet sie sich an mich: »Wurde unten bei euch nicht auch eine gefunden, Rikke?«

»Nein«, antworte ich schnell, »das war im Hauges vei. Und zwar ziemlich weit am unteren Ende.«

Sie nickt. Die Hausfrauenmutter wirft mir einen skeptischen Blick zu. Meiner Meinung nach hat die Nachbarschaft diesen Fall mit den verschwundenen und getöteten Katzen ein bisschen zu ernst genommen. Natürlich kann es einen gruseln, und ich verstehe auch, dass es die Menschen bewegt, aber diese kollektive Panik erscheint mir doch ein wenig unangemessen. Man wirft mit großen Worten um sich, *Bösartigkeit, traumatisierend, Kriminalität.* Sogar die Polizei wurde eingeschaltet.

»Aber weißt du«, sagt die Hausfrauenmutter, »das könnte überall in Tåsen passieren. Wenn so ein Psychopath erst einmal damit angefangen hat, ist niemand mehr im Viertel sicher.«

Beide haben ihr Gesicht in tiefe Sorgenfalten gelegt.

»Was geht eigentlich im Kopf eines Menschen vor, der so etwas macht?«, fragt Sagas Mutter leise.

Jetzt kann ich mich nicht mehr zurückhalten.

»Aber wird das alles nicht ein bisschen aufgebauscht?«, frage ich.

Sie sehen mich an.

»Klar bekommen die Leute Angst, wenn so etwas in ihrer näheren Umgebung passiert«, fahre ich fort. »Aber stellt man es nicht ein bisschen dramatischer dar, als es eigentlich ist?«

»Das Tier wurde brutal zugerichtet«, erwidert die Hausfrau ein wenig defensiv. »Und die Polizei hat auch gesagt, dass eine Katze nicht so auf einen Eisenzaun fallen kann.«

»Das sah bestimmt furchtbar aus«, entgegne ich. »Aber ich glaube, dass die, wie hast du es genannt, *Bösartigkeit* hinter dem Ganzen ein bisschen übertrieben wird. Mich würde es nicht überraschen, wenn das nur ein paar kleine Jungs waren, die eine tote Katze gefunden haben und sich einen üblen Scherz erlauben wollten.«

Ich versuche, möglichst unbekümmert zu klingen, als wollte ich die Stimmung ein wenig auflockern, aber ich höre selbst, wie ich versage. Ich bin zu schnell, zu lapidar. Tue ab, was sie sagen, diskreditiere ihre Angst. Eigentlich habe ich recht. Zumindest glaube ich das. Aber ich sage es nicht auf die richtige Weise, ich vermassele es. Sie betrachten mich. Das werden sie nicht vergessen. Ich hole Luft, will noch etwas ergänzen, doch bevor ich dazu komme, taucht ein Vater mit zerschlissenen Jeans und einer Klebepistole am Handwerkergürtel auf.

»Die Pizza ist da!«, ruft er.

Die Hausfrau wirft sich die Tasche über die Schulter und folgt ihm. Ihre Trainingshose sitzt wie eine zweite Haut, sie ist nichts als Haut und Knochen.

Meine Schwester hat leider abgesagt. Ich lehne an der Säule, während ich ihre Nachricht lese. Ihr sei etwas Wichtiges dazwischengekommen, schreibt sie, es gehe leider nicht anders. Direkt neben mir steht Sagas Mutter, ebenfalls in ihr Telefon vertieft. Åsmund und Lukas werden erst in ein paar Stunden zurück sein, ich werde das Haus für mich allein haben.

Und Jørgen ist allein dort oben. Er hatte mir gestern Vormittag geschrieben, dass Merete und Filippa bis Sonntag weg seien und er das ganze Wochenende zu Hause sein und schreiben werde. Seine Nachricht klang wie eine halbe Einladung. Ich ging nicht darauf ein. Viel Erfolg beim Schreiben, antwortete ich nur. Und beließ es dabei.

Auf der Bühne spinnt Peachum gerade seine Intrige und sorgt dafür, dass Mackie verhaftet wird. Der Regisseur mit der Hornbrille hat bereits über die moralischen Verhältnisse im Stück doziert, ich habe ihn bei mehreren Proben gehört: Mackie begeht schreckliche Verbrechen, ohne dass die anderen reagieren, doch als er Peachums Tochter Polly verführt, was ja prinzipiell noch kein Gesetzesverstoß ist, meint Peachum, Mackie müsse sterben. Können wir Peachums Zorn verstehen, weil Mackie nun einmal ist, wie er ist, fragte der Regisseur rhetorisch, oder fällt eigentlich Peachum die Rolle des Schurken zu, indem er Mackie verrät und ihn *de facto* zum Tode verurteilt? Dazu hatten die jungen Schauspieler nicht viel zu sagen, sie interessieren sich eher für ihre Kostüme und wer mit wem auf der Bühne knutschen wird.

Die Mädchen sind von der Bühne gestiegen und haben sich in den Saal gesetzt. Emma hat mit schnellen, routinierten Bewegungen ihre Haare zusammengebunden, es wirkt erwachsen, finde ich, weiblich. Sie hat blonde Haare, genau wie ich. Die Leute sagen oft, wir würden uns ähneln. Ich sehe, wie sie einen Blick über die Schulter wirft. Vielleicht hält sie nach mir Ausschau, denn ihr Blick wandert zu der Säule, an der ich stehe, und begegnet meinem. Ich lächle sie an. Etwas regt sich in ihrem Gesicht, eine winzige Bestätigung, dass sie mich gesehen hat. Dann dreht sie sich wieder um, und ich sehe nur noch ihren Nacken, aufrecht und muskulös, das blonde Haar in einem Knoten gesammelt.

»Ich bin doch kein Verbrecher«, sagt Peachum auf der Bühne, seine Stimme hat einen hellen, unheimlichen Klang angenommen, der mich frösteln lässt. »Ich bin doch ein armer Mensch.«

Dies ist die Szene, in der er seinen Verrat rechtfertigt, und der Junge, der seine Rolle spielt, ist gut. In der zweiten Reihe entsteht Unruhe, Emma und eine ihrer Freundinnen lachen. Peachum dreht sich hastig in ihre Richtung, vielleicht denkt er, sie lachen über ihn. Der Regisseur unterbricht die Szene.

»Jetzt wiederholen sie das alles noch einmal«, sagt Sagas Mutter seufzend in meine Richtung.

»Sieht ganz so aus«, erwidere ich und hoffe, ihre Bemerkung signalisiert, dass zwischen uns wieder alles im Reinen ist.

Ich denke: Ich werde Jørgen nicht schreiben. Natürlich nicht. Nein, ich werde diese Stunden, die mir geschenkt wurden, für mich selbst nutzen, eine Runde spazieren gehen oder ein Buch lesen. Ich freue mich schon. Ich verlagere mein Gewicht von einem Bein auf das andere, kann ich jetzt aufbrechen, oder ist es noch zu früh, was macht das für einen Eindruck?

»Tja«, sagt der Regisseur. »Jetzt wäre eigentlich Filippas Lied an der Reihe, aber sie ist ja auch nicht da wegen dieses Zeltausflugs, deshalb bin ich ein bisschen unsicher, ob wir die Szene heute nicht ausfallen lassen sollten.«

Sie diskutieren dort vorne. Nina Sparre beugt sich vor und redet mit dem Regisseur, er nickt ein wenig zweifelnd. Peachum späht in den Saal. Zu jemandem, der hinter mir steht, denke ich, und als ich mich umdrehe, sehe ich Simen Sparre, der irgendein Zeichen in Richtung Bühne gibt.

»Hallo«, sage ich.

Simen sieht zu mir herüber, lächelt freundlich und grüßt. Ich frage: »Besuchst du frühere Stationen?«

Er hat letztes Jahr die Schule am Bakkehaugen abgeschlossen und geht jetzt auf eine weiterführende Schule im Stadtzentrum.

»Ich helfe bei der Aufführung«, sagt er. »Kümmere mich um Ton und Beleuchtung und so.«

Im Grunde ist er ein gut aussehender Junge, denke ich. Sein volles Potential hat sich noch nicht entfaltet, er ist sicher nicht der beliebteste Junge in seiner Klasse. Er trägt uncoole Kakihosen, hat Pickel und einen unregelmäßigen Bartwuchs. Aber er ist ein typischer Spätzünder. In ein paar Jahren werden ihn die Mädchen umschwärmen.

»Das ist ja nett«, erwidere ich. »Ein Gefallen für Nina?«

Er dreht sich zur Bühne um und sagt ein wenig defensiv: »Ich werde dafür bezahlt.«

Ein oder zwei Minuten stehen wir wortlos nebeneinander und blicken zur Bühne hinauf. Vielleicht beurteilt Simen die Beleuchtung, oder er wartet auf eine neue Aufgabe. Ganz vorn spricht seine Mutter immer noch angeregt mit dem Regisseur, doch Simen beachtet sie nicht, es ist, als würde er sie gar nicht kennen. Wenn ich sie zusammen im Garten oder in der Einfahrt sehe, schweigt er oft, denke ich jetzt, wohingegen Nina gern redet. Sein Vater führt eine Art Zeitarbeitsfirma, wenn ich es richtig verstanden habe, er verdient einen Haufen Geld, ist ein jovialer Haudegen und lässt zwischendurch gern auch mal politisch unkorrekte Bemerkungen fallen, *frei von der Leber weg*, unter dem Motto: *Das wird man doch wohl noch sagen dürfen.* Simen ist siebzehn Jahre alt und – vielleicht aus einer Art Rebellion gegen den Vater heraus – ausgesucht höflich.

Als Nina offenbar alles losgeworden ist, was sie auf dem Herzen hatte, und der Regisseur den Schauspielern auf der Bühne erneut etwas zuruft, steckt Simen die Hände in die Tasche, verabschiedet sich und verlässt den Saal. Peachum sieht ihm nach, während er durch die Bühnenvorhänge am Ausgang verschwindet. Ich warte noch eine halbe Minute, ehe ich meine Jacke nehme und mich an Sagas Mutter wende.

»Ich muss jetzt leider los«, sage ich. »Kannst du Emma so gegen sechs nach Hause schicken?«

Oben bei Jørgen in der Küche brennt Licht. Ich bleibe vor dem Haustor stehen und blicke an der Fassade hoch, als wollte ich nur mein Zuhause betrachten und nicht nach ihm spähen. Das Haus hat etwas Ur-Norwegisches an sich, als würde es von den Werten dieses Landes getragen: gleiche Chancen, Wachstum, Freiheit und Fortschritt. Es wurde in den Fünfzigerjahren erbaut und symbolisiert die sozialdemokratische Wohnungspolitik und den Optimismus der Nachkriegszeit. Inzwischen hat der Neoliberalismus den Stadtteil erreicht, alle Mehrfamilienhäuser wurden ausgebaut und haben Dachböden und Keller, und die Wohnungen wurden so exklusiv wie möglich saniert und verbessert, wirken von außen aber immer noch bescheiden, als würde die Genügsamkeit früherer Zeiten den Überfluss im Inneren tarnen. Ich hole tief Luft. Der Garten ist leer. Die anderen Fenster sind dunkel, die meisten Bewohner sind wohl unterwegs. Aber bei Jørgen brennt wie gesagt Licht. Nicht, dass es von Bedeutung wäre.

Im Kontrast zur bescheidenen Fassade ist die Haustür groß und modern. Sie wurde erst vor einem Jahr eingebaut, und die Eigentümerversammlung, geleitet von der eifrigen Nina, stimmte für einen schwarzen Koloss aus widerstandsfähigem Furnier.

»Sie sieht aus wie das Tor zu einem Hochsicherheitsgefängnis«, sagte ich zu Åsmund, als sie eingebaut wurde.

Åsmund, der sich in einem schwachen Moment von Nina hatte überreden lassen, sich als aktives Mitglied in die Versammlung wählen zu lassen, zuckte mit den Schultern.

»Du weißt doch, dass sie sich schon längst entschieden hatte, als der Vorschlag bei der Sitzung eingebracht wurde«, sagte er. »Und das ist doch eigentlich gut? Sie ist wohl auch *wahnsinnig* sicher.«

Woher diese kollektive Paranoia kam, weiß ich nicht, denn das war noch bevor die Katzen in der Nachbarschaft verschwanden. Die moderne Tür hat kein Schlüsselloch, sondern muss mit einer Ziffernkombination geöffnet werden. Jede Partei hat ihren eigenen Code, der in regelmäßigen Abständen geändert werden sollte, wie regelmäßig, lag im Ermessen jedes Einzelnen, wie Nina mir erklärte, als sie sich an einem Dienstagnachmittag im Treppenhaus auf mich stürzte, aber Svein und sie würden ihn einmal im Monat wechseln.

»Das ist am schlauesten, Rikke«, sagte sie. »Mach es zu einer Gewohnheit. Am Ersten jedes Monats. Schreib es dir in den Kalender.«

Åsmund und ich haben den Code immer noch nicht verändert, und so gebe ich jetzt den ein, den wir im Herbst vor einem Jahr ausgesucht hatten. 1812. Das Datum unseres ersten Kusses. So sentimental sind wir. Oder jedenfalls Åsmund, denn er schickte das Formular ein.

Der Hauseingang ist verlassen und still. Am schwarzen Brett neben der Tür hängt die Liste für die große Jahreshausordnung, Nina hatte sie vor ein paar Wochen aufgehängt, mit einer langen Reihe von Aufgaben. Zäune müssen gestrichen, Wurzeln beseitigt, Grünflächen geharkt, Steine entfernt werden. *Es gibt viel zu tun*, steht ganz unten, *aber wenn wir alle gemeinsam mit anpacken, ist es ein Kinderspiel!* Sie hat sogar einen Smiley danebengemalt. Weder Åsmund noch ich haben uns bisher eingetragen. Ich gehe daran vorbei, schließe unsere Wohnungstür auf. Lehne die Schulter an den Türrahmen und denke: Die anderen werden mehrere Stunden nicht da sein. Hier drinnen riecht es nach Familie, nach Essen und Jacken und einem Hauch von Müll, der zu lange nicht weggebracht wurde. Die Stunden liegen offen vor mir.

Ich setze mich nicht hin. Das Buch, das ich gerade lese, liegt auf dem Couchtisch, und in der Küche liegt noch die Zeitung von heute Morgen, aber dafür fehlt mir die Ruhe. Ich denke, dass ich ein wenig aufräumen könnte, der Familie etwas Gutes tun.

Über mir ist es vollkommen still. Kein Laut dort oben. Ist das nicht seltsam? Das Licht brannte doch, und er hatte ja gesagt, er wäre zu Hause. Es ist zehn nach eins. Ich werde keine Nachricht schicken, werde nicht kontrollieren, ob er da ist. Werde auf keinen Fall fragen, ob er immer noch gerne Besuch hätte. Das schmutzige Geschirr vom Frühstück steht nach wie vor auf der Arbeitsplatte, ich räume es in die Spülmaschine. Die Milch vom Müsli ist eingetrocknet, die Körner sind aufgequollen und zu einem Brei verschmolzen. Ich kratze die halbleeren Schüsseln aus, eine nach der anderen. Was Jørgen macht, geht mich nichts an. Die Schüsseln stehen in der Spülmaschine, und ich sehe mich um. Im Grunde ist es schon ziemlich ordentlich. Ich könnte genauso gut einen Spaziergang machen.

Ich halte noch eine halbe Stunde durch, bevor ich ihm doch schreibe. Ich schäme mich ein bisschen, denn ich wusste ja schon die ganze Zeit, dass ich es tun würde, natürlich würde ich es tun, es war schon in dem Moment klar, als meine Schwester absagte, und das Schauspiel, das ich vor mir selbst aufführe, das Aufräumen, das Buch, das ich weiterlesen möchte, wirkt ziemlich armselig.

Jørgen antwortet mir nicht. Er scheint die Nachricht nicht einmal gelesen zu haben.

Ich räume die Turnbeutel der Kinder von gestern aus, eigentlich hatte Åsmund das versprochen, musste es aber vergessen haben. Ich stelle die Schuhe in den Flur, zwei und zwei nebeneinander, unvermeidliche Paare, der eine Schuh taugt nichts ohne den anderen. Ich sammle Lukas' Spielzeug zusammen. Jetzt gibt es eigentlich nichts mehr zu tun, und das Telefon ist immer noch stumm.

Aber er *ist* ja zu Hause. Das Licht brennt. Vielleicht ist er so in seine Arbeit vertieft, dass er Zeit und Raum vergisst. Das wäre nicht das erste Mal. Vielleicht kommt er gar nicht darauf, einen Blick auf sein Handy zu werfen.

Ich könnte ja einfach hochgehen. Anklopfen und hallo sagen. Fragen, ob er Zeit hat. Gestern schrieb er mir ja, dass es so sei. Eigentlich muss ich nicht einmal auf seine Antwort warten. Das ist das Gute daran, Nachbarn zu sein. Von dieser Idee ermuntert, richte ich die Kissen auf dem Sofa, lege das Tablet in die Schublade und blättere die Post auf der Kommode im Flur durch. Er hat immer noch nicht geantwortet, seither ist eine Stunde verstrichen, und wir haben auch nicht alle Zeit der Welt, deshalb verlasse ich die Wohnung und gehe die Treppe hinauf.

Auf dem nächsthöheren Treppenabsatz gibt es zwei Türen, eine zu Meretes und Jørgens Wohnung und eine zu Samans und Jamilas. Auf Meretes und Jørgens Fußmatte steht *This is a green home.* An der Tür hängt ein Messingschild mit dem eingravierten Nachnamen *Tangen*. Jetzt, da ich hier stehe, zögere ich. Bin ich aufdringlich? Ist das zu viel, zu nah? Das ist wiederum der Nachteil daran, Nachbarn zu sein. Jørgen und ich haben darüber gesprochen. Das Bedürfnis nach Freiraum. Das Bedürfnis nach Diskretion. Nicht nur wir sind Nachbarn, unsere Familien sind es auch.

Ich bin kurz davor, mich wieder zurückzuziehen, zu mir hinunterzugehen. Ich blicke die Treppe hinauf zum Fenster, dort, wo die Wand einen runden Bogen macht. Es würde mir ein gutes Gefühl geben. Ich hätte der Verlockung widerstanden, war schon so kurz davor und hätte es sein lassen. Aber gleichzeitig … ich zögere. Stehe da und könnte beide Richtungen einschlagen. Dieses Gefühl, wenn man beschlossen hat, etwas Verbotenes zu tun, ist so schön. Schwerelos und schwebend, jetzt kann alles passieren. Meine Treffen mit Jørgen finden jenseits des Hamsterrads statt. Er hat die Fähigkeit, die Zeit aufzuheben, mich aus dem herauszuholen, was mir wie eine unvermeidliche Progression vorkommt: Man bekommt Kinder, sie wachsen, man kümmert sich um sie; sie gehen in den Kindergarten, man plant seine Ferien und seine Finanzen; sie kommen in die

Grundschule, man investiert in die Altersfürsorge und denkt darüber nach, was man aus seinem Leben machen möchte; sie gehen in die Oberstufe, und man macht sich Sorgen, wann sie nachts nach Hause kommen, man überlegt, was einmal aus ihnen werden soll; sie ziehen aus und man sagt zueinander, dass es auch schön ist, ein bisschen mehr Platz zu haben, man unterstützt sie finanziell, man versucht, sie an sich zu binden, während sie sich abnabeln wollen, man ist älter geworden, bis zur Rente dauert es nicht mehr so lange – hat man genug vorgesorgt? –, und dann ist das Arbeitsleben vorbei, die Kinder bekommen selber Kinder, und man schmiedet all die Pläne, man reist, man fährt mit Freunden zusammen ins Ferienhaus in die Berge, man hütet die Enkel, als wären diese Pläne das wahre Leben, als käme es darauf an, möglichst viele Verabredungen zu haben, ehe man stirbt oder im Pflegeheim landet. Ja, ich weiß, ich vereinfache, überzeichne. Es gibt auch glückliche Momente. Sonnenuntergänge auf der Veranda mit einem Glas Weißwein, die Kinder, die sich auf Heiligabend freuen, oder die Alltagsfreuden: das Laub des Kastanienbaums unten am Weg, das gelb und orange leuchtet, wenn man an einem frühen Herbsttag von der Arbeit nach Hause radelt. Doch selbst diese Augenblicke scheinen von Vergänglichkeit geprägt, sind lediglich atemlose Versuche, innezuhalten und im Hier und Jetzt zu leben und kurz zu verschnaufen. Mit Jørgen wird diese Progression aufgehoben. Wir treffen uns jenseits all dessen. Und wer kann der Möglichkeit widerstehen, die Zeit aufzuheben, und sei es nur für einen Moment?

Ich klopfe an. Meine Fingerknöchel treffen auf das Holz. Drinnen herrscht Stille. Ich warte darauf, seine Schritte zu hören. Vielleicht dauert es einen Moment, ehe er sich losreißen kann, er ist in Gedanken versunken, muss erst aus ihnen geweckt werden, ehe er zur Tür kommt. Ich lasse ihm Zeit. Doch nichts passiert. Ich klopfe erneut, fest und energisch. Warte. Immer noch Stille.

Ist er unterwegs? Aber das Licht. Und er hatte geschrieben, er würde den ganzen Tag hierbleiben. *Ich bin das ganze Wochenende allein hier,* schrieb er, *falls du doch noch Zeit haben solltest.* Ich bleibe stehen. Was mache ich jetzt? Damit hatte ich nicht gerechnet. Ich drehe mich wieder zur Treppe um, dann muss ich wohl wieder hinuntergehen, die Gelegenheit verstreichen lassen.

Auf der Fensterbank im Treppenhaus steht ein kleiner Blumentopf mit einer Blattbegonie. Offenbar ein besonders widerstandsfähiges Gewächs, denn sie scheint nicht viel Pflege zu bekommen, doch sie harrt aus, hat einen kalten Winter und einen trockenen, heißen Sommer überlebt. Jeder im Haus weiß, dass dort unten im Übertopf der Schlüssel zu Jørgens und Meretes Wohnung liegt. Wir haben alle schon die Blumen für sie gegossen, den Briefkasten geleert, irgendetwas für sie übernommen, während sie verreist waren. Was, wenn Jørgen seine Kopfhörer trägt? Ich kann ihn vor mir sehen, dort drinnen in seinem Arbeitszimmer, ganz vertieft vor seinem Computer, konzentriert auf seine Aufgabe, wie er es manchmal ist. Vielleicht vollkommen absorbiert von irgendwelchen YouTube-Videos über Talibankämpfer oder Vorlesungen zur neueren afghanischen Geschichte aus Harvard oder Oxford, Aufnahmen von den führenden Experten der Welt, die bis hierher übertragen werden, auf Jørgens Computer im Kastanjesvingen. Durch die Kopfhörer bekommt er nur schwer mit, wenn jemand an der Haustür klopft. Noch dazu, wenn gerade die Stimme von Professor Soundso ertönt, Fachgebiet Geopolitik.

Ich stecke die Finger in den Übertopf, ertaste den kleinen Schlüssel dort unten. Er hängt nicht an einem Anhänger. Kommt schmucklos daher, ein einzelnes Metallstück in einem Übertopf. Ich umschließe ihn fest mit der Hand, er ist feucht von der Pflanzenerde, und dann steige ich wieder die Treppe hinauf zu Jørgens Tür. Ich stecke den Schlüssel ins Schloss und drehe ihn um. Die Tür gleitet auf, ich gehe hinein.

Drinnen ist es still. Es riecht sauber und nach etwas anderem, einem dezenten, aber doch klaren Duft. Angenehm. So, wie es im Wald riecht, nachdem es geregnet hat. Ich stehe im Flur und blicke ins Wohnzimmer. Meretes glänzender Flügel, mit geöffnetem Deckel, als wollte er nach etwas schnappen, das Sofa mit dem cremeweißen Wollbezug, die Bücherregale aus Tropenholz. Die Tür zum Arbeitszimmer ist geschlossen. Sicher sitzt er dort drinnen, doch ich bleibe ganz reglos stehen. Irgendetwas hier drinnen schreckt mich ab.

Das Wohnzimmer ist leer, aus irgendeinem Grund wirkt es verlassen. Es erscheint beinahe unheimlich, wie sauber und ordentlich es ist. Ich müsste nur den Mund aufmachen und nach Jørgen rufen. Nur einen Fuß heben und das Zimmer betreten. Zur Tür seines Arbeitszimmers gehen, sie öffnen. Aber ich rühre mich nicht von der Stelle. Dieser schwache Luftzug. Ich atme flach und hastig. Mein Blick springt von einem Punkt zum anderen, von den säuberlich aufgereihten Sofakissen zum Teppich, der keine einzige Falte wirft, zu einem Lichtstrahl aus der Küche, der einen Strich auf die Wohnzimmerwand zeichnet. Irgendetwas hier drinnen verheißt Gefahr. Und ich kann nicht einordnen, was es ist, doch ich begreife, dass ich wegmuss. Ich muss raus, aber ich kann mich nicht bewegen. Eine Sekunde, dann noch eine, ich stehe einfach nur da und atme, lasse den Blick wandern, wittere irgendetwas, und dann reiße ich mich los. Bin mit einem Satz draußen. Ziehe die Tür hinter mir zu. Versuche, die Hände so ruhig zu halten, dass ich das Schlüsselloch treffen und abschließen kann, doch ich zittere zu sehr und brauche mehrere Anläufe. Ich bemühe mich, ruhiger zu atmen. Denke: Es gibt keinen Grund, Angst zu haben. Denke: Ich bin grundlos panisch. Ich stecke den Schlüssel in die Hosentasche und will mich gerade umdrehen und die Treppe hinunterrennen, als ich höre, wie sich hinter mir jemand räuspert.

In der Tür gegenüber steht Saman.

»Hallo«, sagt er.

»Hallo«, erwidere ich, meine Stimme ist schwach, nichts als Luft.

Er sieht mich an, und ich versuche, mich zusammenzureißen. Schlucke mehrmals hintereinander. Denke: Was wird er denken? Er sieht mich hier stehen und keuchen, als wäre ich gerannt. Vielleicht hat er auch beobachtet, wie ich die Wohnungstür abgeschlossen habe, nein, das glaube ich nicht, aber ausschließen kann ich es nicht, und ungeachtet dessen sieht er ja, dass ich hier bin, jetzt, da Jørgen allein ist. Ich räuspere mich einige Male, versuche, die Fassung wiederzuerlangen.

»Ich wollte«, sage ich, zittere jedoch immer noch, meine Hände und meine Stimme, ich kann nur schwer denken. »Ich wollte mir nur etwas borgen. Eier. Ich backe gerade. Und wir haben keine mehr. Ich hätte vorher nachgucken müssen, aber ich hatte nicht …«

Ich habe vergessen zu atmen, hole im selben Moment Luft, in dem ich auch schlucke, ich huste einmal, zweimal, schlucke erneut.

»Ich hatte einfach nicht daran gedacht«, schloss ich. »Also wollte ich mir welche borgen. Aber es ist niemand da.«

Saman nickt.

»Merete ist wohl verreist«, sagt er.

Offenbar wissen das alle. So ist das hier. Man geht einmal aus, und am nächsten Tag fragen alle Nachbarn, ob man einen schönen Abend in der Stadt hatte. Manchmal ist das nett, andere Male beengend.

»Ich kann mal nachsehen, ob wir noch welche haben«, sagt er und dreht sich um, »einen Moment.«

Er verschwindet in der Wohnung. Die Tür steht einen Spalt offen, ich kann in seine minimalistische, saubere Wohnung hineinspähen, die so modern und karg ist, dass Jamila ihre Fotosessions auch dort drinnen veranstalten könnte. Der Schlüssel in meiner Hosentasche ist klein und von außen nicht zu sehen, aber ich ziehe vorsichtshalber trotzdem den Pullover nach unten.

Er kommt mit zwei braunen Eiern wieder, eins in jeder Hand.

»Hier«, sagt er.

Er reicht sie mir, und ich nehme sie entgegen, versuche, meine Hände ruhig zu halten. Die Eier liegen kalt und rund in meiner Hand.

Unten in der Wohnung bleibe ich am Küchentisch sitzen. Nach zehn Minuten höre ich Schritte auf der Treppe, und am schnellen und gleichmäßigen Rhythmus erkenne ich, dass es Saman ist. Nachdem die Haustür zugefallen ist, lasse ich sieben Minuten verstreichen. Dann gehe ich ins Treppenhaus und zum nächsthöheren Absatz und bleibe vor der Begonie stehen. Während ich den Schlüssel vorsichtig in den Übertopf gleiten lasse, blicke ich aus dem Fenster, hinaus auf den Hang, der nicht gepflegt wird, auf dem Büsche und Gestrüpp ungehindert wuchern. Neben der Grundmauer liegt eine Leiter, vielleicht wollte jemand das Moos von der Wand entfernen, vielleicht hing oben unter dem Dachfirst ein Wespennest. Ich bleibe so stehen. Wenn mich jemand hier sähe, würde er vermutlich denken, ich grüble über die Leiter, dass jemand sie wieder in den Schuppen legen sollte, bevor sie rostet. Als ich wieder zu mir hinuntergehe, zittere ich kaum noch.

Åsmund kommt gegen halb fünf, mit einer leicht glänzenden Stirn und einem Helm auf dem Kopf.

»Hallihallo«, ruft er aus dem Flur, seine Stimme erfüllt die ganze Wohnung.

Ich hatte mich darauf gefreut, die beiden wieder bei mir zu haben, nachdem ich dort oben von diesem Unbehagen befallen worden war, das auch in den Stunden danach nicht ganz verschwinden wollte. Doch jetzt, da Åsmund da ist, wird es mir doch zu viel, er ist so laut. Ich ringe mir ein Lächeln ab, habe wohl ein wenig die Fassung verloren und weiß nicht warum, denn es gibt keinen Grund dafür. Was das Unbehagen oben in der Wohnung ausgelöst hatte, bekomme ich nicht zu fassen. Es ist zu dumm. Ich muss mich zusammenreißen. Vielleicht habe ich im Schultheater zu viel Kaffee getrunken, vielleicht setzen mir die verdammten Katzen ja doch zu.

Sie begannen kurz nach Weihnachten zu verschwinden. Katzen tun das ja öfter, das ist nichts Neues, doch plötzlich waren es drei Katzen gleichzeitig. Dann noch eine und noch eine. Fast sechs Monate vergingen, bevor die erste gefunden wurde, einige Wochen danach tauchte die nächste auf, an einer Schlinge baumelnd, in einem Garten, der an einer Stichstraße unweit des Kastanjesvingen lag. Dann vergingen einige Monate, weitere Katzen verschwanden spurlos. Bis vor einigen Wochen Pusur, die Waldkatze einer Familie aus der Gartenstadt, auf einem

Zaun des Bakkehaugen-Hofs aufgespießt gefunden wurde. Seit man die erste Katze gefunden hatte, kreisten die Gespräche in der Nachbarschaft immer wieder darum, und mit den späteren Funden nahm die Aufregung zu. Man hört die Leute auf der Straße darüber reden, beim Einkaufen, in ihren Gärten. Alle haben etwas beizutragen: eine Meinung dazu, was das Ganze zu bedeuten hat, eine Theorie zur Ursache, eine Beobachtung aus erster oder zweiter Hand, die in die kollektive Erzählung einfließt, und unter all diesen Stimmen ertönt die von Hoffmo am klarsten.

Vor einigen Tagen, kurz nach dem Fund der zweiten Katze, hatte er bei Nina Sparre geklingelt, um ihr sein Leid zu klagen. Seine kräftige Stimme schallte so laut durchs Treppenhaus, dass Åsmund und ich es bis zu uns hörten: *Das geht einfach zu weit, Nina, warum hat eure Versammlung nicht schon längst etwas unternommen?* Nina, die Sprecherin der Eigentümerversammlung und selbsternannte Beschützerin der gesamten Nachbarschaft, hatte ihm geantwortet so gut es ging: »Aber das Wichtigste ist doch, was die *Polizei* zu unternehmen gedenkt, und die Umweltbehörde. Die Haustiere fallen außerdem unter die Aufsicht der Kommune, deshalb ist in erster Linie sie dafür zuständig.«

»Die Polizei«, schnaubte Hoffmo, »die werden nicht einen Finger rühren. Was tun *wir*, Nina?«

»Ich habe alle, die etwas beobachtet haben, dazu aufgefordert, zur Polizei zu gehen«, sagte Nina wichtigtuerisch. »Jetzt liegt der Fall in deren Verantwortung.«

Hoffmo schnaubte erneut. Er ist der zweite selbsternannte Beschützer der Nachbarschaft, und was deren Verteidigung betrifft, ist der ältere Herr nicht minder leidenschaftlich als Nina Sparre. Er war sein ganzes Leben lang für die Armee tätig.

Inzwischen muss er schon seit mindestens zehn Jahren pensioniert sein, aber es scheint nicht so, als hätte sein Tatendrang mit der Zeit abgenommen, wenn er Gefahr wittert. Bei der Gefahr handelt es sich in diesem Fall vermutlich nur um ein paar Jugendliche, die sich etwas beweisen wollen, doch wenn man Hoffmo reden hört, könnte man meinen, eine feindliche Staatsmacht würde mit den Säbeln rasseln.

Vor einigen Jahren, nicht lange nach unserem Einzug, gab es in unserem Wohngebiet Fälle von Vandalismus. Es waren keine schlimmen oder umfassenden Schäden, einige gesprayte Tags hier und da, aber Hoffmo interpretierte es aus alter Gewohnheit als Angriff. Als die Polizei dem Fall aus seiner Sicht nicht ernst genug nachging, nahm er ihn selbst in die Hand. Er montierte billige kleine Überwachungskameras auf dem Spielplatz und entlang der Hecken im Kastanjesvingen, spannte einen Stolperdraht um sein Haus und patrouillierte abends. Die Aktion war nicht sehr erfolgreich. Die Hälfte der Kameras wurde gestohlen oder zerstört, seine Frau war die Einzige, die über den Stolperdraht fiel, und seine nächtliche Patrouille verschaffte ihm lediglich einen guten Überblick darüber, welche Bewohner des Kastanjesvingen am spätesten und am schwersten betrunken nach Hause kamen. Die Polizei zeigte sich demonstrativ desinteressiert an seinen Ermittlungen, und als bekannt wurde, dass er heimlich die Umgebung gefilmt hatte, rief das einen Anwalt aus der Nachbarschaft auf den Plan. Man könne nicht einfach so auf städtischem Boden Kameras aufstellen und filmen, sagte er, das sei nicht erlaubt. Der daraus resultierende Streit hätte nie ein Ende gefunden, wenn Frau Hoffmo nicht ein ernstes Wörtchen mit ihrem Mann geredet hätte, der daraufhin einlenkte und sich halbherzig entschuldigte.

»Für den häuslichen Frieden muss man auch mal Opfer

bringen, weißt du, Prytz«, hatte er gemurmelt, als ich ihn einmal danach fragte, und ansonsten nicht viele Worte über seine Aktion und seinen anschließenden Rückzieher verloren, es wirkte fast, als sei ihm das Ganze selbst ein wenig peinlich.

Seine Bürgerwehraktion war allerdings lästig für Nina, die sich ihrerseits dafür verantwortlich fühlte, dass im Kastanjesvingen alles mit rechten Dingen zuging. Zwischen unserer Wohnung und der von Familie Sparre gibt es eine Lücke in der Isolierung, und wenn wir den Hängeschrank öffnen, in dem sich der Durchlauferhitzer befindet, können wir alles, was in der Küche der Sparres vor sich geht, genauso deutlich hören, als wäre es bei uns. Wir machen das nicht oft, doch an einem der Tage, nachdem Hoffmo sich seine Entschuldigung abgerungen hatte, öffnete ich beinahe zufällig die Schranktür und hörte, wie sie ihrem Mann davon erzählte. Sie war erleichtert, dass die Harmonie in der Nachbarschaft wiederhergestellt war. Das sagte sie immer wieder. Was sie zu Svein gesagt hatte, als die erste tote Katze auftauchte, weiß ich nicht, aber ich hatte selbst gehört, wie sie den Nachbarn und Eltern in der Schule riet, sie sollten zur Polizei gehen, wenn sie etwas gesehen hätten. Die Polizei kam auch tatsächlich nach Tåsen, die Beamten machten Fotos, bevor sie die Katzenleiche entfernten, und sprachen mit einigen Nachbarn. Vielleicht hatte Nina gut argumentiert, oder die Polizisten hatten gedacht, ein wenig Präsenz zu zeigen, wäre der einfachste Weg, Nina wieder loszuwerden.

»Wegen ein paar toten Katzen die Polizei rufen«, sagte ich an dem Abend zu Åsmund, als ich sah, wie die Polizisten Fotos vom Tatort machten. »Dass ich das noch erleben darf.«

»Wir müssen aber auch verstehen, dass die Menschen Angst haben, Rikke«, sagte Åsmund.

Auf der letzten Eigentümerversammlung hatten einige Leute

sogar geweint. Åsmund hat sich davon beeindrucken lassen und findet mich zynisch. Ich finde ihn zu weichherzig, aber ich verstehe auch, dass ich ziemlich allein bin mit meiner Meinung, und behalte sie weitgehend für mich. Dass ich mich bei den Müttern im Schultheater nicht zurückhalten konnte, bereue ich schon.

Warum irritiert mich die Angelegenheit so? Ich weiß keine Antwort darauf. Meine Schärfe gegenüber den anderen Müttern überrascht mich. Habe ich vielleicht doch Angst? Habe ich es nur nicht wahrgenommen? Habe ich deshalb oben in Jørgens Wohnung ein so starkes Unbehagen empfunden? War es das, was mich heute Morgen weckte, was mich so unruhig träumen ließ und schon um sechs aus dem Schlaf riss?

Jørgen hat immer noch nicht auf meine Nachricht geantwortet. Sie bislang auch gar nicht gelesen. Nach wie vor ist es ganz still dort oben.

Lukas hat sich auf dem Sofa zusammengerollt, bereit für seine abendliche Dosis Kinderfernsehen, und ich habe die Fernbedienung geholt, um sie ihm zu geben, als Åsmund aus der Küche ruft:

»Rikke? Warum liegen denn hier zwei Eier auf der Arbeitsplatte?«

Ich halte inne, bleibe mit der Fernbedienung mitten im Zimmer stehen und denke: O nein, die Eier habe ich vergessen. Dabei hatte ich mir ansonsten solche Mühe gegeben, habe den Schlüssel sorgfältig wieder in den Übertopf gelegt und sogar eine Weile aus dem Fenster auf dem Treppenabsatz gesehen, damit ein möglicher Zuschauer geglaubt hätte, ich würde darüber grübeln, ob man die Gartenabfälle eventuell am Hang kompostieren könnte oder nicht, alles war so durchdacht. Und dann habe ich die Eier vergessen. Wie ist das möglich?

»Die hatte ich bei Saman geborgt«, antworte ich mit angestrengter Stimme. »Ich hatte vor, Muffins zu backen.«

Ich drücke auf die Fernbedienung, nehme den falschen Knopf und schalte versehentlich die BBC ein, Lukas stößt einen Klagelaut aus. Hinter mir höre ich Åsmund hereinkommen.

»Wir haben noch Eier im Kühlschrank«, sagt er.

»Ach, echt?«, sage ich und drücke weiter, versuche, mich zu erinnern, welcher Knopf der richtige ist. »Die muss ich übersehen haben.«

Während ich so mit dem Rücken zu ihm dastehe, atme ich tief in den Bauch ein und finde den richtigen Knopf. Ein Zeichentrickfilm mit grellen, lustigen Farben erscheint auf dem Bildschirm. Hinter mir lacht Åsmund ein wenig.

»Na so was. Und, hast du Muffins gebacken?«

»Nein«, sage ich.

Ich lege die Fernbedienung auf den Tisch und drehe mich zu ihm um. Er lehnt im Türrahmen. Nach seiner Radtour hat er geduscht, sein Haar ist nass und klebt platt am Schädel.

»Ich habe es mir anders überlegt«, sage ich. »Der Aufwand ist so groß. Ich weiß auch nicht.«

»Na gut. Dann werde ich sie jetzt nehmen. Wir sollten sie wahrscheinlich besser gleich benutzen, nachdem sie draußen gelegen haben.«

Ich wende mich wieder dem Vierjährigen auf dem Sofa zu, streiche mit der Hand über sein wirres Haar. Er duckt sich weg, seine Augen kleben am Bildschirm.

»Ja«, erwidere ich. »Ja, nimm sie einfach.«

Åsmund schiebt sich vom Türrahmen weg und begibt sich wieder in die Küche.

»Schade, dass du keine Muffins gebacken hast«, sagt er über die Schulter zu mir. »Nach der Radtour hätte ich mir wirklich einen verdient.«

Dagegen erinnere ich mich noch gut an das erste Mal, als ich in Jørgens und Meretes Wohnung war. Ich erinnere mich, wie mich der Geruch überwältigte, so sauber, so unaufdringlich. Während es bei uns nach Essen und auch ein wenig nach all dem roch, was man lieber nicht in die Nase bekommt, Körperdünste, Atem, Kinderkotze, Windeln, wirkte die Luft bei ihnen so appetitlich. Als würde dort oben nicht gewohnt und geatmet und geschwitzt und verdaut, als wäre sie von allem Menschlichen bereinigt worden. Ich erinnere mich, wie ich dort in ihrem Wohnzimmer stand und dachte: Wie schaffen sie das?

Merete hatte uns eingeladen. Im Jahr nach unserem Einzug hatten wir öfter darüber gesprochen. Ihr müsst mal zum Essen kommen, hatten wir uns gegenseitig gesagt, wir sollten uns besser kennenlernen. Trotzdem war ein Jahr vergangen, ehe wir es umsetzten. Åsmund und ich hatten Lukas bekommen, und es folgten durchwachte Nächte, Arzt- und Krankenhausbesuche und zahlreiche Untersuchungen. Nun war er elf Monate alt, und zum ersten Mal seit seiner Geburt waren wir abends gemeinsam aus. Ich trug das Babyphone an einer Schnur um den Hals, als wir bei ihnen anklopften. Åsmund lachte und sagte, vermutlich seien die Wände dünn genug, und wir bräuchten es gar nicht.

Ich weiß nicht, wie es dir ging, als du zum ersten Mal dort

warst, du hattest bestimmt anderes im Kopf als die Einrichtung. Aber ich wurde von einer gewissen Ehrfurcht erfüllt. Als hätte ich eine Galerie betreten. Echte Kunst an den Wänden. Bücher über Renaissancemaler und moderne Fotografie, Seite an Seite neben Ausführungen von Prof. Dr. Soundso über den Kaschmirkonflikt, die Weimarer Republik oder die Hintergründe der Russischen Revolution. In der Ecke zur Küche stand ein gewaltiger schwarzer Konzertflügel, so blank poliert, dass man sich darin spiegeln konnte und ihn niemals angerührt hätte vor lauter Angst, einen Fettfleck auf der Oberfläche zu hinterlassen. Der Deckel war geschlossen, aber ich stellte mir die Tasten vor, die weißen und schwarzen, so klar nebeneinander, ich stellte mir Meretes schlanke, starke Finger vor, die sie betätigten. Es war ein überaus schönes Instrument. Ich konnte nicht glauben, dass etwas so Besonderes in einem Wohnzimmer stehen konnte, das mit unserem identisch war.

Ich erwähnte den Flügel ihr gegenüber, nachdem wir uns am Tisch niedergelassen hatten. Jørgen saß mir gegenüber, er trug ein weiches Leinenhemd, an dessen Kragen einige Knöpfe geöffnet waren, er war eleganter gekleidet als Åsmund, der noch sein zerknittertes Hemd von der Arbeit anhatte. Wir tranken Weißwein und aßen Risotto mit Kammmuscheln und Krebsschwänzen.

»Das ist ein Steinway«, erklärte sie. »Nicht der allerbeste, aber für den Hausgebrauch völlig ausreichend. Ich habe ihn gekauft, als ich noch Konzertpianistin war, da brauchte ich ihn.«

»Und jetzt gibst du keine Konzerte mehr?«, fragte Åsmund.

Sie schwieg zunächst, und für einen Moment hörte man

uns nur kauen, vier Menschen, die ihr Essen verzehrten. Dann erzählte sie, sie sei häufig aufgetreten, als sie Jørgen kennengelernt habe, und wenn sie das so unbescheiden sagen dürfe, ein vielversprechendes Talent gewesen. Natürlich noch jung, aber aufstrebend. Sie habe die ganze Zeit gearbeitet. Sei viel gereist.

»Es ist ein anstrengendes Leben«, sagte sie, »das sich nicht leicht mit einer Familie vereinbaren lässt. Als wir beschlossen, dass wir Kinder haben wollten, musste ich zwangsläufig etwas ändern.«

Merete hatte sich zwischen Familie und Karriere entscheiden müssen, von der sie so viele Jahre geträumt hatte. Mit einundzwanzig Jahren habe es noch so spannend gewirkt, Konzertpianistin zu sein, aber es sei auch harte Arbeit und bei weitem nicht so glamourös, wie man es sich vorstelle, wenn man noch zur Schule gehe und der Klavierlehrer behaupte, man könne alles erreichen. Die Entscheidung sei ihr nicht schwergefallen, als es darauf ankam.

»Schade ist nur, dass es nicht viele familienfreundliche Möglichkeiten gibt, etwas mit meinem Beruf anzufangen«, sagte Merete. »Ich habe ein paar Schüler und spiele in mehreren Chören. Ab und zu bekomme ich auch mal Aufträge, die ein bisschen prestigeträchtiger sind. Aber ja: Im Großen und Ganzen habe ich meine Karriere an den Nagel gehängt.«

Sie lachte.

»Und das ist auch in Ordnung. Ganz ehrlich. Ich habe es nie bereut.«

Jørgen, der kein Wort gesagt hatte, als Merete erzählte, wandte sich an mich.

»Und was machst du beruflich, Rikke?«, fragte er.

»Ich arbeite an einem Forschungsinstitut«, antwortete ich.

»Ich leite ein Projekt über die kognitiven und emotionalen Komponenten des Konsumverhaltens.«

Er beugte sich vor.

»Aha, und um welche Komponenten geht es da?«

»Tja«, sagte ich zögernd, als würde ich an der Aufrichtigkeit seines Interesses zweifeln. »Um Schuldgefühle zum Beispiel.«

»Schuldgefühle?«

»Ja. Ich beschäftige mich mit der Schnittmenge von Haltung und Verhalten. Dass wir oft eine Sache für moralisch richtig ansehen und genau das Gegenteil tun. Wenn ich meine, ich wäre ein guter, umweltbewusster Mensch und dann aber für ein langes Wochenende zum Shopping nach New York fliege, ist das natürlich widersprüchlich, nicht wahr? Wenn man sich auf eine Weise verhält, die erwiesenermaßen schädlich für die Umwelt ist und sich gleichzeitig als umweltbewusster Mensch betrachtet, wäre es ziemlich normal, Schuld zu empfinden, so der Gedanke.«

»Eine Art Klimascham?«

»Nicht ganz. Scham und Schuld sind unterschiedliche Gefühle mit unterschiedlichen Funktionen. Während die Schuld uns dazu motiviert, das zu reparieren, was wir kaputt gemacht haben, motiviert die Scham uns dazu, es zu verbergen.«

Jørgen lächelte. Der eine Vorderzahn stand etwas schief, sodass eine kleine Lücke entstanden war, wodurch sein Lächeln gewitzt und verschwörerisch wirkte. Wenn er seine Aufmerksamkeit auf mich richtete, so wie jetzt, hatte ich das Gefühl, er würde mich in seine warme, freundliche Blase einladen. Dort drinnen gab es Raum für Gedanken und Ideen, es gab die Zeit und den Willen, mit Hypothesen zu spielen, sie aufzunehmen und von allen Seiten zu beleuchten und zu sehen, wohin sie führten.

»Wir glauben, dass im Schuldgefühl auch ein Saatkorn der Veränderung liegen kann«, fuhr ich fort. »Wenn die Leute Schuld wegen etwas empfinden, das sie getan haben, sind sie auch motiviert, es wiedergutzumachen. Der erste Schritt besteht darin, die Zusammenhänge zu erkennen. Wir schicken einen Fragebogen an viertausend Personen. Anschließend können wir vielleicht Tests durchführen.«

Die Teller klirrten, als Merete sie einsammelte, und sie schlugen gegeneinander. Das Babyphone leuchtete orange und knisterte, und ich schreckte zusammen. Åsmund legte die Hand auf meinen Arm.

»Es ist nichts Schlimmes, Rikke«, sagte er. »Mach dir keine Sorgen. Wenn er anfängt zu weinen, hören wir es ja.«

Ich lächelte Jørgen an und zog den Arm zu mir.

»Und du«, fragte Jørgen an Åsmund gewandt. »Du arbeitest in der Verwaltung, war das nicht so?«

»Genau«, sagte Åsmund. »IT-Administrator in der Direktion für Bildung und Ausbildung.«

Er schlug sich auf die Brust, eine Geste, wie ich sie noch nie bei ihm gesehen hatte, sie erinnerte mich an einen Affen. Merete stellte einen Stapel Dessertschälchen vor Jørgen ab. Sie wechselten einen Blick, sie hob unmissverständlich die Augenbrauen, und er nahm die Schälchen mit langsamen Bewegungen und verteilte sie an uns.

»Und was genau macht ein Computermensch in einer solchen Direktion?«, fragte er.

Åsmund begann zu erzählen. Er verlor sich zu sehr in Details, aber immerhin kannte er seinen Beruf gut und konnte Jørgens Fragen vernünftig beantworten. Merete stellte den Kuchen auf den Tisch.

»Der heißt Mud Cake«, erklärte sie. »Das Rezept habe ich

von einer Freundin aus Philadelphia. Er sieht komisch aus, aber das soll so sein. Rikke, nimmst du das erste Stück?«

Ich nahm den Tortenheber.

»Der sieht doch verlockend aus«, sagte ich.

Sie lächelte schmallippig. Etwas in ihrem Gesicht weckte den Anschein, als wäre sie in Gedanken woanders und würde gar nicht mehr zuhören. Ich stellte mir vor, dass sie sich gestritten hatten, kurz bevor wir kamen, aber vielleicht war sie auch nur müde. Als ich mich gerade strecken wollte, um mir ein Stück Kuchen abzuschneiden, weinte Lukas durch das Babyphone. Ich ließ den Tortenheber fallen und sprang auf, noch bevor Åsmund mir wieder die Hand auf den Arm legen konnte.

»Entschuldigt mich bitte«, sagte ich und ging aus der Küche, an dem glänzenden Flügel vorbei und hinaus in den Flur.

Ich eilte auf Socken die knackenden Stufen hinunter und schloss unsere Wohnungstür auf. Ich roch den säuerlichen Dunst von Bäuerchen, Windeln und Essensresten, aber immerhin auch den Geruch von Kindern, der besagte, dass hier eine Familie wohnte. Im Schlafzimmer stand Lukas in seinem Gitterbett, er umklammerte die Stäbe und sah mich an, zwei Tränen rannen seine Wangen herab. Ich hob ihn hoch und drückte ihn an mich, ich hatte das Gefühl, erst jetzt, als ich seinen Körper an meinen drückte, wieder Luft zu bekommen.

Als er erneut eingeschlafen war, ging ich langsam die Treppe hinauf. Ich öffnete die Tür so leise, wie ich konnte. Jedenfalls habe ich es so in Erinnerung, obwohl ich nicht mehr weiß, warum ich das getan haben sollte. Vielleicht wollte ich tatsächlich lauschen. Während ich die Schuhe auszog, hörte ich sie in der Küche reden. Åsmund hatte gerade das Wort.

»Es war total bescheuert«, sagte er. »Inzwischen erkenne ich das natürlich auch, ich meine, wenn ich heute daran denke, begreife ich nicht mehr, was wir uns dabei gedacht hatten. Aber du weißt ja, wie Jungs in dem Alter sind. Man muss den starken Macker spielen, und irgendwann brennt eine Sicherung durch. Ziemlich erschreckend, wenn ich bedenke, dass ich jetzt auch einen Sohn habe. Wir hätten sterben können. Aber damals habe ich überhaupt nicht an so etwas gedacht, ich war nur begeistert, wie toll mein Kumpel schlittern konnte. Eigentlich ist es ein Wunder, dass alles noch so glimpflich ablief. Das Auto kam von der Fahrbahn ab und durchbrach die Leitplanke, und nur ein paar Bäume am Straßenrand hinderten es daran, einen zwanzig Meter langen Hang hinabzurasen. Der eine Baum hatte sich in das Auto hineingebohrt, als wäre es aus Butter. Wenn er nur einen halben Meter dicker gewesen wäre, hätte er unseren Freund auf der Rückbank getötet. Auf meiner Seite war die Tür von der Leitplanke rasiert und ins Auto hineingedrückt worden, ich habe eine ordentliche Narbe am Oberschenkel, da, wo sie mich erwischt hat. Ich habe viel Blut verloren, und einige Nerven sind geschädigt, um die Narbe herum ist mein Bein immer noch ein wenig taub, aber das behindert mich ja nicht sehr im Alltag.«

An dieser Stelle lachte er. Soweit ich es hören konnte, lachte außer ihm niemand.

»Und dann habe ich mir noch den Oberschenkelknochen gebrochen. Ich lag eine Woche im Krankenhaus und musste mehrere Monate lang einen Gips tragen. In der Schule habe ich auch sechs Wochen gefehlt und musste viel nachholen.«

»Du meine Güte«, hörte ich Merete sagen, »das klingt ja lebensgefährlich.«

Ich lehnte mich in ihrem Flur an die Wand und schloss die Augen. Ich wusste, worauf er hinauswollte.

»Zu dem Zeitpunkt waren Rikke und ich zwei Jahre zusammen«, fuhr er fort. »Ich weiß noch, wie wütend sie war, als sie mich im Krankenhaus besuchte. Sie hat mich richtig ausgeschimpft.«

Er lachte immer noch ein wenig.

»Sie hat mich einen Idioten genannt. Das stimmte ja auch. Wie konntest du etwas so Dummes machen, hat sie gesagt, und darauf wusste ich auch keine Antwort. Dann ist sie gegangen, und ich war sicher, dass ich sie verloren hätte.«

Es wurde still. Ich stellte mir vor, wie er die anderen in diesem Moment ernst ansah, vielleicht war er sogar so gerührt von seiner eigenen Geschichte, dass er ein paarmal schlucken musste, ehe er weitererzählen konnte. Jørgen räusperte sich und sagte mit einer Stimme, von der ich nicht genau bestimmen konnte, ob sie mitfühlend oder ironisch war:

»Aber so kam es nicht.«

Åsmund ließ sich nicht beirren.

»Sie war achtzehn«, sagte er. »Sie hätte mich damals verlassen können. Hätte es vielleicht sogar tun sollen. Ich hätte ihr keinen Vorwurf gemacht. Aber sie ist bei mir geblieben. Sie hat mich zum Reha-Training gefahren. Hat mich überall hingefahren, nachdem ich für zwei Jahre meinen Führerschein abgeben musste.«

Wieder wurde es still bis auf ein leises Tellerklirren. Vielleicht nahm jemand noch ein Stück von dem Kuchen, vielleicht begann Merete abzuräumen.

»Das werde ich nie vergessen«, sagte Åsmund. »Die Liebe, die sie damit bewies. Schon da, im Krankenhaus, wusste ich, dass sie die Richtige für mich war. Wir heirateten erst sechs

Jahre später, aber schon damals war mir klar, dass ich es tun würde. Dass wir beide zusammengehörten.«

Drinnen ertönte zustimmendes Brummen. Jørgen sagte, das sei eine schöne Geschichte. Merete sagte, was für ein Glück, dass es noch mal gut gegangen sei, und fragte, ob jemand Kaffee haben wolle. Åsmund nahm dankend an. Ich konnte ihn genau vor mir sehen, selig lächelnd, überaus zufrieden mit der Geschichte, mit der Bedeutung, die er ihr beimaß. Ich stand an die Wand im Flur gelehnt und wäre am liebsten im Boden versunken.

DER ERSTE SONNTAG

Wir sehen das Blaulicht, noch bevor wir in den Kastanjesvingen einbiegen. Es wird über den Hang hinweg von den Fassaden der Einfamilienhäuser gegenüber reflektiert, erleuchtet sie flackernd wie Diskoscheinwerfer. Es ist vollkommen still, eine dröhnende Stille.

»Um Himmels willen«, sagt Åsmund. »Ist etwas passiert?«

»Vielleicht die Feuerwehr«, sage ich, ich beuge mich vor und versuche, die Quelle des flackernden Lichts auszumachen, während Åsmund vor der scharfen Kurve abbremst, die zu unserer kleinen Sackgasse hinaufführt.

Wir kommen spät nach Hause. Eigentlich hatte Åsmunds Mutter uns versprochen, das Essen so früh zu servieren, dass wir rechtzeitig nach Hause kommen würden, um die Kinder in Ruhe ins Bett zu bringen, doch schon als wir dort eintrafen, war mir klar, dass es nicht funktionieren würde. Das ist nichts Neues, sie zieht immer alles in die Länge. *Müsst ihr denn schon wieder gehen,* sagte sie, als ich einen Versuch zum Aufbruch unternahm, *wollt ihr denn nicht noch ein bisschen bleiben, ihr habt den Kranzkuchen doch noch gar nicht richtig probiert.* Ich sagte, es würde allmählich spät werden, versuchte, Åsmund mit den Augen Signale zu geben, aber er tat so, als würde er es nicht sehen. Er hat eine Schwäche für sie, seine arme kleine Mutter. Seit der Vater gestorben ist, hat sie jedes Mal angerufen, wenn sie bei irgendetwas Hilfe brauchte, mit derselben koketten Stimme, die sie früher ihrem Mann gegenüber aufsetzte: *Åsmund, jetzt muss ich meine Steuererklärung abgeben, und du weißt doch, dass ich so schlecht mit Zahlen umgehen kann, ich verstehe kein Wort, kannst du nicht vorbeikommen und einen Blick darauf werfen?* Und Åsmund kommt vorbei und verbringt einen ganzen Nachmittag mit ihrer Steuererklärung, während sie herumtrippelt und ihn verwöhnt, ihm Kuchen serviert und Kaffee nachschenkt. Sie lobt ihn über den grünen Klee, was würde sie nur ohne ihn tun. Und er lächelt stolz und isst den Kuchen oder die Kekse oder was auch immer sie zur Belohnung gebacken hat. Mit diesem Austausch von Diensten und Backwerk teilen sie einander etwas mit, und wenn ich diese Kommunikation kritisiere, ist Åsmund verletzt. Ob ich denn nicht verstehen würde, dass das ein Liebesdienst sei? Dass man so etwas gern für diejenigen erledige, die einem wichtig seien? Also lasse ich sie gewähren. Versuche ihn, so gut es geht, davon zu überzeugen, dass wir zu der Zeit gehen, die wir auch vereinbart hatten, und ertrage es, wenn er mich ignoriert. Trotzdem kann ich es mir meistens nicht verkneifen, entnervt zu seufzen, wenn wir im Auto nach Hause sitzen, jaja, dann sind wir also wie immer zu spät zu Hause. Anschließend verbringen wir die restliche Fahrt demonstrativ schweigend, doch diesmal drehte Åsmund sich plötzlich zu mir um, als wir von der Ringstraße abfuhren.

»Wie schön du heute aussiehst«, sagte er und legte die Hand auf meinen Oberschenkel.

Seine unerwartete Freundlichkeit schwebt immer noch zwischen uns, als wir auf das Blaulicht zufahren.

»Was ist denn da, Mama?«, fragt Lukas vom Rücksitz.

Normalerweise gerät er außer sich vor Begeisterung, wenn er Polizei oder Feuerwehr sieht, doch unsere Unruhe hat auf ihn abgefärbt.

»Das war sicher nur ein Fehlalarm«, sage ich.

»Oder vielleicht eine neue Katze«, schlägt Emma vor, und ich sage in scharfem Ton ihren Namen, will nicht, dass sie Lukas Angst einjagt, der die Geschichte von den Katzen noch nicht kennt, weil wir ihn davor beschützen wollen.

Aber das Blaulicht wird stärker, je mehr wir uns nähern, und als wir an dem Kastanienbaum vorbeikommen, sehen wir schon den ersten Streifenwagen mit blinkendem Blaulicht am Wegrand. Direkt dahinter noch einer, neben unserem Tor ein weiterer.

»Ist das bei uns?«, frage ich.

»Ich weiß es nicht«, antwortet Åsmund und beugt sich ebenfalls vor. »Ich glaube schon.«

Dann verstummen wir. Unser Auto gleitet langsam vor das Tor und vor einen der Streifenwagen mit dem blinkenden Blaulicht und den ausgeschalteten Sirenen. Die Lichter sind so eindringlich, und durch die Stille wirkt alles nur noch unheimlicher. Åsmund bremst. Hinter den drei Streifenwagen steht ein Rettungsfahrzeug, ebenfalls mit stummem Blaulicht vor dem nächtlichen Himmel. Wir bleiben einfach nur sitzen. Wir starren auf unser Haus. Keiner von uns sagt etwas.

Ein uniformierter Polizist kommt auf uns zu. Er geht langsam, seine Körpersprache wirkt nicht, als wäre Eile geboten. Åsmund lässt auf seiner Seite die Scheibe herunter, und der Beamte beugt sich zu uns herab.

»Ja?«, fragt er.

Åsmund sagt: »Hallo, wir wohnen hier.«

»Ist etwas passiert?«, frage ich und lehne mich über die Handbremse.

Der Polizist räuspert sich, ehe er antwortet. »In Ihrem Haus wurde eine Person tot aufgefunden.«

Jeder von uns kennt diesen Satz. Person tot aufgefunden. So vorgetragen, als wäre lediglich ein wildfremder Mensch bei uns im Garten kollabiert, aber so ist es nicht, das weiß ich bereits. Dies ist etwas, das uns betrifft. So wie ich jetzt sitze, den Oberkörper zu Åsmunds Seite hinübergelehnt, habe ich das Haus gut im Blick. Bei uns ist es dunkel, bei Saman und Jamila auch. Bei Nina und Svein brennt jedoch Licht, und bei Jørgen und Merete.

»Ist das wahr?«, fragt Åsmund.

»Leider ja«, erwidert der Polizist.

Er hat ein kantiges, unrasiertes Kinn, sieht robust und ein bisschen verwegen aus, wie ein Polizist aus einem amerikanischen Film.

»Wo?«, frage ich. »Wo wurde die Person gefunden?«

Doch ich weiß es bereits. Die fehlenden Schritte dort oben an diesem Wochenende. Die unbeantwortete Nachricht, die Tür, die nicht geöffnet wurde. Der kühle Hauch, als ich in seinem Flur stand.

»In der Wohnung ganz oben rechts«, antwortet der Polizist.

Åsmund dreht sich zu mir um. Seine Augen sind weit aufgerissen, ungläubig. Mein Hals schnürt sich zu, ich bekomme kaum Luft. Wie in dem Traum, als ich nach meinen Kindern suchte. Ich sitze mucksmäuschenstill da und spüre das Gewicht all dessen: Das, was uns jetzt gerade erzählt wird, kann uns nicht unberührt lassen. Dies ist etwas, was uns zeichnen wird.

Und dann beginnt Lukas zu weinen.

Wir bleiben auf dem Rasen stehen. Lukas sitzt auf Åsmunds Arm und presst das Gesicht an seinen Hals. Ich stehe neben Emma. Wir sehen zu unserem Haus hinauf. Können die lange Reihe der Küchenfenster in unserer eigenen Wohnung sehen, doch unsere Blicke kleben an der Reihe darüber. Dort bewegen sich Leute hin und her, wir sehen ihre Schatten. Hin und wieder tauchen sie an den Küchenfenstern auf, meist jedoch nur als Silhouetten, aber wenn sie sich wieder entfernen, kann man hin und wieder das helle Blau ihrer Uniform erkennen. Ich strecke den Arm aus und versuche, Emma an mich zu drücken. Erst lässt sie sich nur widerwillig in meine Richtung ziehen. Dann lehnt sie sich doch mit ihrem ganzen Gewicht an mich, wie ihr kleiner Bruder gegen Åsmund, und lässt sich umarmen.

Im Fenster der Wohnung neben unserer kommt Nina Sparre zum Vorschein. Ihre Silhouette ist unverwechselbar, die dünnen Schultern, der kleine Körper, klein, aber eindeutig auch stark, und das Haar, kurz und stachelig, eine Frisur, die sie selbst als *modern* bezeichnen würde, dabei ist sie in Wirklichkeit das genaue Gegenteil. Die lange, aristokratische Nase, das Kinn, das so klein ist, dass es fast nahtlos in den Hals übergeht. Sie späht hinaus. Der Garten und die Straße müssen einen dramatischen Anblick bieten, all die blinkenden Polizeiautos, die Menschen. Es scheint, als würde sie uns sehen. Sie winkt nicht, und wir auch nicht, da ich nicht weiß, wie ich das schaffen soll, und dann verschwindet sie wieder.

»Das ist …«, sagt Åsmund.

»Ja«, erwidere ich.

Lukas schluchzt ab und zu. Seine Laute werden von Åsmunds Hals gedämpft, deshalb weiß ich nicht, ob er immer noch weint oder schon aufgehört hat. Ich drücke Emma fester an mich.

Die Haustür geht auf, und Nina kommt heraus und marschiert zielstrebig auf uns zu. Während sie sich nähert, denke ich, dass ich sie noch nie so schwungvoll gesehen habe. Nicht unbedingt eifrig, und sie zieht eine angemessen ernste Miene dabei, strahlt aber dennoch eine ungewohnte Energie aus.

Mich nimmt sie sich zuerst vor, umarmt mich, drückt mich an sich, sodass ich ihr aufdringliches Parfüm stärker rieche als je zuvor. Ich werde dreimal vor- und zurückgeschaukelt, bevor sie mich loslässt, aber immer noch an den Schultern festhält und mich ein wenig von sich wegschiebt, um mich anzusehen, in mein Gesicht hinaufzusehen, und dann sagt sie: ach, *Rikke*, als wäre ich ihre Tochter. Ich weiß nicht, was ich erwidern soll. Ich habe es noch nicht realisiert. Mir kommt es so vor, als würde das alles vorübergehen, als wäre es nur eine sehr wirklichkeitsnahe Fantasie oder ein Albtraum. Zweimal blinzeln, und weg ist sie. Und dann wird der Garten wieder so daliegen wie vorher. Das Blaulicht, die Menschen, diese lautlose, intensive Situation werden sich in Luft auflösen.

Nina schüttelt den Kopf.

»Das ist einfach so furchtbar«, sagt sie. »Das habe ich auch zu Svein gesagt. Ich kann es nicht glauben. Ich kann es ganz einfach nicht glauben.«

»Ja«, sage ich.

Ich kann es auch nicht, so wenig, dass ich es nicht einmal

äußern kann. Im Gegensatz zu dem, was Nina sagt, wirkt es ganz so, als könnte sie es durchaus glauben, wenn sie so unbeschwert darüber reden kann. Sie nimmt die Hände von meinen Schultern und geht zu Åsmund. Umarmt auch ihn, aber weniger fest als mich, weil er den schluchzenden Jungen auf dem Arm hat, und dann ist Emma an der Reihe.

»Und du, meine liebe kleine Emma«, sagt Nina.

Sie seufzt schwer. Streicht Emma über das Haar. Emma sieht sie an.

»Wo ist Filippa?«, fragt Emma.

Es ist das Erste, was ich sie sagen höre, seit der Polizeibeamte diesen unheilschwangeren Satz in unserem Familienauto hinterlassen hat: *In Ihrem Haus wurde eine Person tot aufgefunden.*

»Soweit ich es verstanden habe«, antwortet Nina und sieht in die Luft, als müsse sie sich konzentrieren, um die verschiedenen Informationshäppchen miteinander zu kombinieren, die sie besitzt, »ist sie mit Merete an irgendeinem anderen Ort. Sie sind noch nicht nach Hause gekommen. Aber man hat sie natürlich informiert.«

Nina schüttelt den Kopf.

»Ach, ach«, sagt sie erneut. »Das arme Mädchen. Es ist einfach zu schlimm.«

»Ist es …«, beginne ich, sage dann aber nichts mehr.

Sie sieht zu mir auf, ihre Augen sind hellwach. Nichts möchte sie lieber, als helfen zu können, Fragen zu beantworten. Aber ich möchte nicht fragen. Ich möchte nichts wissen, jedenfalls nicht von ihr, und nicht hier, auf diesem Rasen, zusammen mit meiner Familie.

Doch dann erkundigt Åsmund sich trotzdem:

»Wissen sie, wer es ist?«

»Oh«, sagt Nina und sieht erneut auf, sucht ihre Informationen abermals zusammen. »Noch sagen sie nichts, ich meine, das können sie ja auch nicht. Aber es besteht doch wohl kein Zweifel daran, dass es sich um Jørgen handelt?«

Dieser Satz trifft mich wie ein Tritt in die Brust, und nur dieser gefühllose, fassungslose Zustand, der vermutlich ein Schock ist, hindert mich daran, zusammenzubrechen. Stattdessen atme ich so schnell und hörbar aus, als hätte mich wirklich jemand getreten. Nina sieht mich an.

»Ja«, sagt sie einfühlsam. »Es ist so furchtbar. Svein und ich haben nichtsahnend im Wohnzimmer gesessen, als die Polizei kam.«

Darauf erwidert keiner von uns etwas. Wir sehen zum Haus hinauf. Nina dreht sich um und blickt in dieselbe Richtung.

»Und dann auch noch hier bei uns«, fährt sie fort. »Das ist so unbegreiflich. Diese Gegend wirkt doch so sicher. Wir wohnen schon fünfzehn Jahre hier, und es ist nie auch nur annähernd so etwas passiert.«

Das Loch in meiner Brust schmerzt. Ich kann immer noch nicht richtig atmen. Mit einiger Verzögerung beschleicht mich Panik, und ich will ins Haus, weg von Nina, auch weg von meiner Familie. Ich wäre gerne für mich allein, wenn mich die Einsicht voll und ganz trifft. Aber vermutlich dürfen wir noch nicht hinein, niemand hat gesagt, dass wir es dürfen. Und dann wird die Haustür erneut aufgeschoben, und ein Polizist kommt heraus. Er sieht uns und steuert auf uns zu. Jetzt werden Informationen gewechselt, denke ich, wir werden sagen müssen, wer wir sind, und er wird uns informieren müssen, und Nina, Nina wird sich natürlich auch vorstellen und wiederholen, was sie uns berichtet hat und versuchen, es mit dem abzugleichen, was uns der Polizist mitteilt, hat sie recht, sind all ihre Schlussfolgerungen korrekt? Es werden so viele Sätze hin und her gewechselt werden. Es wird noch so unerträglich lange dauern, bis ich mich allein irgendwo hinsetzen und zulassen kann, dass diese gewaltige, schwarze Welle, die in meiner Brust schwappt, über mich hereinbricht. Und ich weiß nicht, wie lange ich sie noch zurückhalten kann, weiß nicht, wie viel meine Willenskraft ihr entgegenzusetzen hat. Ich hoffe, es wird schnell gehen, aber ich ahne bereits, dass es nicht so kommen wird.

Er bleibt vor uns stehen. Überraschenderweise sieht er ganz anders aus als sein verwegener Kollege. Sein Gesicht wirkt jung, kugelrund und offen, als wäre er gerade mal volljährig.

»Hallo«, sagt er und streckt die Hand aus. »Ich heiße Robin Pettersen und arbeite für die Osloer Polizei.«

Seine Hand ist groß und weiß. Er streckt sie in meine Richtung, und ich glaube nicht, dass ich es schaffen werde, sie zu ergreifen, doch dann reagiert mein Körper wie von selbst, und meine Hand hebt sich und legt sich in seine.

»Rikke Prytz«, sage ich.

Meine Stimme klingt kalt und mechanisch, als käme sie gar nicht aus mir selbst, doch außer mir scheint niemand darauf zu reagieren. Robin Pettersen gibt auch Åsmund und Nina die Hand, Nina klärt ihn auf, dass sie sich schon bekannt gemacht hätten, sie wohne in der Wohnung unten links, sagt sie und deutet mit dem Finger darauf.

Zu meiner Überraschung verkündet Robin Pettersen mit einer hellen, freundlichen Stimme, wir könnten in unsere Wohnung gehen.

»Demnächst wird jemand vorbeikommen, um mit Ihnen zu reden«, sagt er. »Sind Sie heute Abend zu Hause?«

Åsmund und ich nicken synchron.

»Gut«, sagt Pettersen. »Dann können Sie einfach hineingehen und die Kinder ins Bett bringen und alles so machen wie sonst auch. Wir kommen dann später vorbei.«

Er geht an uns vorbei zu den Polizeiautos am Tor, und wir sehen einander an. Åsmund setzt eine ähnlich tragische Miene auf wie Nina und sagt: »Gut. Dann sollten wir wohl hineingehen.«

Wir setzen uns in Bewegung. Lukas entfährt ein weiterer Schluchzer. Ich nehme Emmas Hand, sie fühlt sich kalt und knochig an.

Ich hatte angenommen, Lukas würde nach dem, was geschehen war, nur schwer einschlafen können, aber seine Augen fallen bereits nach einer Seite von *Die Tiere aus dem Hakkebakkewald* zu, und ich habe kaum die Lampe ausgeknipst, da höre ich ihn auch schon langsam und rhythmisch atmen.

Ich stehe trotzdem nicht auf. Ich bleibe bei ihm liegen. Ich höre Åsmunds Schritte, vielleicht räumt er auf, trägt seine Kleider ins oder aus dem Bad. Emma ist in ihrem Zimmer, ich habe gehört, wie sie nebenan ihre Zimmertür schloss, als ich Lukas vorlas, und seither ist es drüben still. Wahrscheinlich sitzt sie mit ihren Kopfhörern da. Ich sollte zu ihr gehen und sie fragen, wie es ihr geht. Mich auf die Bettkante setzen und ihr zuhören. Ein paar schlaue Sätze darüber sagen, was passiert ist, weil sie bestimmt ängstlich in ihrem Bett liegt. Aber ich glaube, ich schaffe es nicht. Ich weiß auch nicht, was ich Åsmund sagen soll. Ich möchte lieber hier bei Lukas bleiben, neben meinem schlafenden Sohn liegen, unter der Obhut all der Dinosaurier, die auf dem Regal an der Wand aufgereiht stehen, sortiert nach Größe und Zeitalter, eine Parade der ausgestorbenen Arten. Ich werde erst wieder aufstehen, wenn ich weiß, wie ich reagiere. So kann ich es vermeiden, plötzlich mitten in der Küche in Tränen auszubrechen oder Ähnliches. Nicht, dass ich glaube, Åsmund würde Verdacht schöpfen, dafür ist er nicht der Typ. Er vertraut mir hundertprozentig, und ich weiß, dass ich das ausgenutzt habe, seine Gutmütigkeit, sein bedingungsloses Vertrauen. Nein, Åsmund wird keinen Verdacht schöpfen, selbst wenn ich ein paar Tränen vergieße, aber es wäre mir trotzdem unangenehm, wenn er mich so sähe. Als wären diese Tränen unanständig. Am liebsten würde ich ihm nicht begegnen, bis ich sicher weiß, dass ich die Kontrolle über diese schwarze Welle besitze. Bislang schwappt sie nur leicht in meiner Brust und droht noch nicht damit, hervorzubrechen, so wie eben noch auf dem Rasen.

Lukas' Dinosaurier werfen dunkle Schatten an die Wand. Ich versuche, nicht nachzudenken. Nicht die unvermeidbaren Schlüsse zu ziehen. Jørgen ist nicht einfach nur auf dem Boden zusammengebrochen, an einer unentdeckten Krankheit gestorben, einem Todesurteil, das in seinem Körper lauerte, bereit, sein Gehirn zu lähmen oder sein Herz aussetzen zu lassen. Nicht wenn unten mehrere Streifenwagen stehen, nicht wenn dort oben Polizisten hin und her laufen, und bald werden sie bei uns vorbeikommen und mit uns reden. Aber ich werde diese Gedanken jetzt nicht vertiefen. Keine weiteren Schlussfolgerungen ziehen, die unweigerlich zu neuen Fragen führen. Was ist dort oben passiert, und wo waren wir zu diesem Zeitpunkt? Hat er sich selbst etwas angetan, oder war es jemand anders? In einem Haus wie unserem, mit diesen dünnen Wänden – wie ist es möglich, dass in dem einen Stockwerk ein Gewaltverbrechen verübt wird, während sich direkt darunter das ganz normale Familienleben abspielt? In diese Grübeleien will ich mich nicht weiter vertiefen. Jedenfalls nicht jetzt. Ich zähle Lukas' Atemzüge. Ach, wäre ich nur auch ein Kind und könnte so ruhig schlafen, obwohl außerhalb der Wohnung alles kopfsteht.

Erst als ich oben die Türklingel höre, gehe ich hinaus. Ich küsse meinen Sohn auf die Stirn, bevor ich sein Zimmer verlasse, streiche mit der Hand über sein wirres Haar und schließe vorsichtig die Tür hinter ihm. Ich blicke zu Emmas Tür hinüber, sie ist geschlossen, kein Laut dringt hervor. Ich spüre einen Stich in der Brust. Ich hätte hineingehen sollen. Hätte diese Unterhaltung führen müssen. So wie man es als Mutter machen würde. Jetzt ist es zu spät. Die Polizei steht vor der Tür, sie will mit uns sprechen. Mit schweren Schritten gehe ich die Treppe hinauf und spüre, wie es an mir nagt, ich habe Emma im Stich gelassen.

Der jugendliche Robin Pettersen stellt die Fragen. Sein Kollege mit dem markanten Kinn sieht sich in der Wohnung um, während wir reden. Er steht lange an der Wand mit den Küchenfenstern. Untersucht jedes einzelne davon, öffnet und schließt sie, fingert an den Griffen und Haken herum.

Robin Pettersen sitzt am Küchentisch, Åsmund und ich ihm gegenüber. Sie waren bereits in der Küche, als ich hochkam. Åsmund hatte den Polizisten Kaffee angeboten, Pettersen lehnte dankend ab, der Kantige und ich nahmen an, und hier sitzen wir nun, Åsmund und ich mit unseren Kaffeetassen und Pettersen ohne, auf der anderen Seite des Tischs.

»Na dann«, sagt Pettersen. »Können Sie uns von Ihrem Wochenende erzählen?«

Wir sehen uns an.

»Tja«, sagt Åsmund. »Was haben wir eigentlich gemacht?«

Ich räuspere mich.

»Na ja, gestern fand eine Probe von Emmas Schultheatergruppe statt, also waren sie und ich dort. Sie üben drüben an der Schule am Bakkehaugen.«

»Und ich war zusammen mit Lukas bei einem Kumpel in Bærum«, sagt Åsmund. »Wir waren fast den ganzen Tag weg.«

»Gut«, erwidert Robin Pettersen und lächelt breit, als wären wir Kinder, die gerade eine schwierige Rechenaufgabe gelöst haben.

Åsmund lächelt mich an, stolz über die Anerkennung des Polizisten, froh, dass wir die Frage bewältigt haben. Robins Kollege hantiert lärmend am Fenster herum.

»Zeitpunkte sind etwas Gutes«, erklärt Robin. »Ich weiß natürlich, dass es begrenzt ist, wie genau man sich erinnert, aber Sie bekommen das sicher gut hin.«

»Bei der Theaterprobe sollten wir um zehn erscheinen«, sage ich. »Ich war dort bis, lassen Sie mich kurz überlegen, eins vielleicht. Emma ist anschließend noch zu einem anderen Mädchen nach Hause gegangen, und ich wollte mich eigentlich mit meiner Schwester treffen, aber die hat abgesagt, deshalb bin ich stattdessen nach Hause gefahren.«

Ich sehe Åsmund nicht an, während ich das sage. Ich war um eins zu Hause und hatte mehrere Stunden hier allein für mich. Das ist ja nicht weiter verdächtig. Ich wohne hier. Man muss doch nach Hause gehen dürfen, wann immer man will.

»Ich bin wohl so gegen halb zehn aufgebrochen«, sagt Åsmund und dreht sich zu mir um. »Meinst du nicht auch, Rikke? So ungefähr?«

Ich nicke. Es scheppert am Fenster im Wohnzimmer, der kantige Kollege hat sich dort hinbegeben.

»Ich kam so gegen zehn bei meinem Kumpel an. Und zu Hause war ich dann wieder um … Was denkst du, Rikke? Gegen vier?«

Pettersens Kollege rüttelt draußen am Fenster und ruft zu uns herein: »Dieses Fenster, ist das normalerweise geschlossen?«

»Ja«, antworten wir im Chor.

»War es am Freitag und Samstag auch geschlossen?«

Wir sehen einander an.

»Ich glaube schon«, sagt Åsmund.

»Ja«, pflichte ich ihm bei. »Morgens lüften wir meistens kurz, aber das war nicht lange. Zwanzig Minuten vielleicht. Als wir aufgebrochen sind, war alles wieder geschlossen.«

Darüber scheint er nachzudenken. Draußen ist es vollkommen still, dann rasselt der Schließmechanismus erneut.

»Und Freitag?«, fragt Pettersen.

»Wir waren beide bei der Arbeit«, antwortet Åsmund. »Gegen halb fünf habe ich Lukas im Kindergarten abgeholt. Emma war nach der Schule bei einer Freundin und um fünf wieder hier. Rikke war, tja, du warst vielleicht auch um fünf da?«

»Später«, sage ich. »Halb sechs.«

»Ja, halb sechs. Und dann waren wir den ganzen Abend zu Hause. Haben Pizza gegessen und den satirischen Wochenrückblick gesehen. Und als die Kinder im Bett waren, haben wir einen Film geguckt, wie hieß der noch mal?«

Robin Pettersen lächelt, natürlich ist der Name des Films nicht wichtig, und ich zucke mit den Schultern, aber Åsmund lässt nicht locker.

»Hieß der nicht irgendwas mit atmen?«, fragt er.

»Das ist sicher nicht so wichtig, Åsmund«, antworte ich.

»Und dann hätten wir noch den heutigen Tag«, sagt Pettersen.

»Morgens waren wir zu Hause«, sage ich. »Wir sind so gegen zwölf zu Åsmunds Mutter nach Bærum gefahren, damit Lukas dort einen Mittagsschlaf machen konnte, falls er müde wurde. Wir sind dann erst nach Hause gekommen, als Sie schon hier waren, wann kann das gewesen sein, so gegen sieben?«

Pettersens Stift fliegt über den Notizblock, alle Zeiten werden sorgfältig notiert.

»Wann haben Sie die Familie Tangen zum letzten Mal gesehen?«, fragt er.

»Ich habe Merete Freitagmorgen im Treppenhaus getroffen«, sagt Åsmund. »Zusammen mit Filippa. Sie hat erzählt, sie würden gerade packen, sie wollten wohl in die Berge fahren oder so.«

»Und Sie?«, fragt Pettersen mich, und ich versuche, nachdenklich in die Luft zu gucken, während ich an die Nachricht denke, die am Freitag kam, in der Jørgen schrieb, er sei das ganze Wochenende zu Hause.

Das letzte Lebenszeichen. So etwas wollten sie natürlich hören. Es wäre seltsam, es nicht zu erzählen, beinahe unnatürlich. Ich sollte es sagen. Sollte auch von der Nachricht erzählen, die ich am Samstag schickte, und dass ich darauf keine Antwort erhielt. Das könnte wichtig sein. Doch neben mir sitzt Åsmund. Wenn ich die SMS jetzt erwähne, wird Pettersen darum bitten, sie zu sehen. Ich werde mein Telefon aus der Tasche holen und es auf den Tisch legen, sodass alle drei die Nachricht sehen könnten, Robin Pettersen, sein Kollege und Åsmund. *Ich bin das ganze Wochenende allein hier.* Hatte er das geschrieben? Oder hatte er sich expliziter ausgedrückt? So oder so hätten sie es seltsam gefunden, dass er mir das mitteilte. Und was hätte ich darauf erwidern können?

Und dann denke ich: Pettersen hatte gefragt, wann wir die Familie zuletzt gesehen hatten. Also, wann ich sie zum letzten Mal mit eigenen Augen erblickt hatte. Deshalb war die Nachricht streng genommen nicht relevant.

»Ich habe Jørgen irgendwann diese Woche im Treppenhaus getroffen«, sage ich deshalb. »Und Merete und ihre Tochter in einem Laden im Tåsensenteret, ich muss mal überlegen, könnte das Mittwoch gewesen sein?«

So einfach geht das. Pettersen macht Notizen. Åsmund weiß von nichts. Aber damit ist die Nachricht natürlich nicht aus der Welt. Sie wird wieder auftauchen. Eigentlich sollte ich selbst davon erzählen. Robin Pettersen oder seinen Kollegen ansprechen, ehe sie sie auf Jørgens Handy finden. Ich muss einen von ihnen allein erwischen, meine Sünden bekennen. Es ist nur verständlich, dass ich die Nachricht in Åsmunds Beisein nicht erwähnt habe. Es ist ja kein Verbrechen. Jedenfalls nicht im juristischen Sinne. Ich muss es sagen, wenn nicht jetzt, dann später. Muss Robin Pettersens Nummer im Internet finden, ihn von der Arbeit aus anrufen. Morgen. Oder an einem anderen Tag. Ein bisschen Zeit bleibt mir hoffentlich noch.

Pettersens Kollege ist mit dem Wohnzimmer fertig. Er untersucht noch einmal die Küchenfenster, fummelt an den Haken herum. Pettersen legt seinen Stift beiseite. Er sieht uns nacheinander beide an, sein rundliches Kindergesicht ist ernst. Mir wird bewusst, dass Robin Pettersen ein Mann ist, den schlechte Nachrichten aufrichtig traurig machen. Er muss es schwer haben in seinem Job, denke ich.

»Ich würde Sie auch gern über einige Fakten informieren«, sagt er mit getragener Stimme. »Bei der Person, die tot aufgefunden wurde, handelt es sich also um einen Mann, der vermutlich zwischen fünfundvierzig und fünfzig Jahre alt ist. Bislang wurde er noch nicht offiziell identifiziert, aber … Ja. Es ist wie gesagt ein Mann.«

Wir verstehen, was er uns mitteilen möchte. Im Grunde wusste ich es bereits, aber gleichzeitig schien es irgendwie noch theoretisch. Die schwarze Welle in meiner Brust drängt in meine Kehle, und ein Schluchzer entfährt mir. Åsmund sieht mich an. Er legt nicht seine Hand auf die meine. Ich schlucke und schlucke, will nicht noch einmal schluchzen, doch jetzt spüre ich es erneut, ich muss weg, allmählich überkommt es mich, und ich kann nicht mehr hier sein, in meiner Küche, vor den Augen meines Mannes, wenn es über mich hereinbricht.

Die Polizisten wollen sich auch unsere übrigen Fenster ansehen, bevor sie wieder gehen. Åsmund führt sie in unser Schlafzimmer. Ich hole meine Sporttasche aus dem Flur, gehe ins Bad und schlüpfe in meine Laufklamotten. Ich achte darauf, mich nicht selbst im Spiegel anzublicken, sehe mich nur von der Seite, wie einen Schatten. Ich möchte auf keinen Fall meinem eigenen Blick begegnen. Anschließend gehe ich wieder in den Flur, nehme meine Trainingsjacke, schnüre die Laufschuhe. Die anderen sind jetzt im Keller, inspizieren das Fenster dort unten im Flur, und ich strecke meinen Kopf ins Treppenhaus.

»Ich gehe eine Runde laufen.«

Die drei Männer drehen sich um. Åsmund sieht mich ungläubig an.

»Jetzt?«

»Ja.«

Ich bemühe mich um einen alltäglichen Ton. Robin Pettersen und er ähneln sich ein wenig, fällt mir jetzt auf. Åsmund hat zwar nicht diese haarlose Kindlichkeit, aber beide haben diese offenen Gesichter. Wenn ich sie so nebeneinander sehe, könnte Pettersen durchaus Åsmunds Bruder sein.

»Ich bin mir nicht sicher, ob ich Ihnen das in dieser Situation empfehlen würde«, sagt der Polizist mit dem markanten Kinn.

Ich bleibe mit hängenden Armen stehen. Mir wird klar, dass es merkwürdig ist, jetzt im Dunkeln laufen gehen zu wollen. Es ist nicht unwahrscheinlich, dass in der näheren Umgebung ein wahnsinniger Mörder herumläuft. Und was habe ich da draußen zu suchen, wo ich doch hier zu Hause bei meinem Ehemann Trost und Unterstützung finden kann? Mein Hals schnürt sich erneut zu, die Welle will wieder hervorbrechen, und ich wünsche mir nichts sehnlicher, als außerhalb dieser Wände zu sein, wenn sie sich nicht länger zügeln lässt. Aber ich sollte vermutlich auch nicht wider die Empfehlung der Polizei handeln.

»Na gut«, sage ich.

Ich gehe wieder ins Bad. In einem unvorsichtigen Moment erblicke ich mein Gesicht im Spiegel und sehe, wie aufgewühlt ich wirke, mein Zopf löst sich auf, meine Augen sind weit aufgerissen und panisch. Ich drehe das Wasser in der Dusche auf, so weit es geht. Es prasselt aus dem Duschkopf und gegen die Fliesen, und ich hoffe, es ist laut genug, ich hoffe, es übertönt mich selbst, als ich auf dem Badezimmerboden zusammensinke, ein Handtuch gegen meinen Mund presse und hysterisch weine.

Jørgen erzählte bereitwillig von seinen beruflichen Reisen, und je riskanter und waghalsiger seine Erlebnisse waren, desto freudiger berichtete er darüber. Man hätte fast meinen können, das sei eine Art Wettbewerb zwischen Kollegen: Wer war dem Tod am nächsten gewesen? In diesem Zusammenhang war das, was auf seiner ersten Reise geschah, als er Anfang zwanzig war, nicht weiter spektakulär, und dennoch erinnere ich mich an diese Geschichte am besten, weil er sie so unmotiviert und widerstrebend erzählte, ohne jene Erzählfreude, die ich sonst von ihm kannte. Eigentlich hatte er wohl gar nicht vorgehabt, sie zum Besten zu geben. Wir waren gerade in London, saßen in tiefen Sesseln in einer Bar in Camden Town und tranken Whisky, weil es das war, was man an diesem Ort klassischerweise bestellte. Ich sprach ihn auf einen großen Preis an, mit dem er gerade ausgezeichnet worden war, was ich großartig fand, aber Jørgen wirkte beklommen, und dann erzählte er scheinbar aus dem Blauen heraus diese Geschichte. Ich erinnere mich, wie er sich geradezu sammeln musste, ehe er anfing, und mich beim Reden kaum ansah.

Es begann damit, dass er zusammen mit einem befreundeten bosnischen Journalisten und dessen Frau außerhalb von Sarajevo in einem Auto saß. Wo sie hinwollten, hatte ich nicht richtig erfasst, falls er das überhaupt erwähnt hatte, aber jedenfalls saßen sie in einer unzuverlässigen Schrottkarre, der Motor bockte immer wieder, bis er schließlich ganz aussetzte, mitten auf einer Straße, weit entfernt von der Stadt. Die drei Freunde stiegen aus, um den Schaden zu begutachten. Der bosnische Journalist fluchte, denn Ersatzteile waren nur schwer zu bekommen. Sie beschlossen, ein Café zu suchen, um dort das Telefon zu benutzen und Hilfe zu rufen. Während sie gingen, warf die Frau nervöse Blicke in alle Richtungen, und Jørgen wollte sie aufmuntern und sagte, es würde sicher alles gut gehen. Sie sah ihn an und murmelte etwas Unverständliches. Er fragte nach. Sie sagte: Diese Gegend ist nicht sicher.

Die Schüsse fielen, als sie noch nicht weit gekommen waren. Als er an diesen Punkt kam, wurde die Erzählung weniger detailliert. Jørgen sprach zu dem Glas, das er in den Händen hielt, und ich sagte nichts, weil ich verstand, dass ich ihn jetzt nicht mit Fragen unterbrechen durfte, dass diese Geschichte genauso lang oder kurz sein musste, wie er sie erzählte. Ohne Vorwarnung seien die Kugeln hinter ihnen in einem Gebäude eingeschlagen. Und dann waren sie mittendrin. Instinktiv warfen sie sich hinter ein Autowrack am Straßenrand. Die beiden Eheleute redeten hektisch auf Bosnisch miteinander, die Frau gestikulierte und deutete auf die Hausdächer. Ringsherum hörten sie Schüsse, aber Jørgen vermutete, dass sie in ihrer Deckung relativ sicher waren, und außerdem schienen sich die Schützen von ihnen weg zu bewegen.

Dann kamen die Schüsse von einem Dach. Die erste Kugel pfiff nur wenige Zentimeter an seinem Ohrläppchen vorbei, und ein tiefer, gutturaler Laut entfuhr seiner Kehle. Er legte sich flach auf den Boden, mit dem Herzen auf den Asphalt. Das Autowrack, hinter dem sie Schutz gesucht hatten, war so zerstört, dass sich höchstens ein Mensch unter ihm verstecken konnte, und er robbte darunter. In seinem Blick veränderte sich etwas, als er das erzählte: dass nur für einen Platz gewesen sei und er die anderen beiseitegeschoben habe, um sich selbst zu retten. Dort unter der Karosserie hörte er die Schüsse, und wie sein bosnischer Kollege vor Schmerz aufschrie. Jørgen presste sich auf den Asphalt, ballte die Fäuste und kniff die Augen zusammen. Er war sicher, dass er sterben würde.

Hier endete seine Geschichte. Das heißt, er erzählte auch noch, dass sie alle lebend davongekommen seien, der Journalist sei ins Bein getroffen und in ein Krankenhaus gebracht worden, aber er habe anschließend keinen Kontakt mehr zu dem Ehepaar gehabt und wisse daher nicht, wie es ihnen ergangen sei. Letzteres war aber eher eine Ergänzung, die eigentliche Erzählung endete damit, wie er unter dem Autowrack lag, die Augen zusammenkniff und auf den Tod wartete. Im Sessel in London sah Jørgen von seinem Glas auf. Und mit diesem verschmitzten schiefen Grinsen, seinem Markenzeichen, mit dem er sein Gegenüber um den Finger wickelte, das mich aber oft daran zweifeln ließ, ob er etwas ernst meinte oder nicht, sagte er: »Seither bin ich der Meinung, dass alles, was nach diesem Erlebnis kam, ein Bonus ist. Ich hätte sterben können, aber ich tat es nicht. Deshalb denke ich, egal, wie mein Tod aussehen wird – wenn es so weit ist, kann ich zufrieden sein. Verstehst du?«

Ich dachte an Lukas, meinen eigenen Bonus, und sagte, ich würde ihn verstehen. Später dachte ich, dass ich es wohl doch nicht tat. Das war alles, was wir darüber sagten. Kurz darauf schlug er vor, ins Hotel zurückzugehen. Ich versuchte zu Hause in Oslo noch ein- oder zweimal, mit ihm darüber zu reden, doch ohne meine Fragen direkt zurückzuweisen, wich er ihnen aus und lenkte das Gespräch auf ein anderes Thema. Ich dachte daran, wie sich sein Blick damals verändert hatte, wie etwas in ihm aufbrandete, als er erzählte, dass er sich selbst auf

Kosten der anderen beschützt hatte. Was für eine Lehre mochte er daraus gezogen haben, und was verriet das seiner Meinung nach über ihn? Diese Konfrontation mit dem Tod, so intensiv und plötzlich, mit Mitte zwanzig: Ist das Leben jetzt vorbei, ist das alles gewesen – wie ging er später damit um? Und jetzt, während ich zusammengekrümmt auf dem Badezimmerboden liege und ins Handtuch schluchze, muss ich daran denken, wie er, der in den Neunzigerjahren beinahe in Sarajevo auf offener Straße erschossen worden wäre, gemeint hatte, egal, wie er einmal sterben werde – er könne damit zufrieden sein. Und vielleicht hätte ich darin Trost finden können, wahrscheinlich hätte ich das auch selbst gedacht, wenn mir jemand die Geschichte erzählt hätte, aber so ist es nicht, nein, ganz und gar nicht. Sie erscheint eher wie eine Verhöhnung dessen, was geschehen ist. Als hätte ihn etwas Finsteres befallen, während er dort auf dem Boden lag, als sei er, weil er dem Tod ein Schnippchen geschlagen hatte, mit einem Fluch belegt worden, der ihn schließlich doch eingeholt hatte, hier, in Tåsen, einem der sichersten Orte auf Erden, als er allein in seiner eigenen Wohnung saß. Und jetzt muss ich das Handtuch wieder gegen meinen Mund pressen, damit man mich draußen nicht weinen hört. Mein Körper wringt sich geradezu aus, er zittert so heftig, als würde er von außen geschüttelt. Darüber habe ich keine Kontrolle, ich lasse es einfach nur geschehen.

Anschließend ziehe ich mich aus und dusche, und währenddessen denke ich an die Geschichte aus Sarajevo. Daran, dass viele seiner Geschichten so gewesen waren, kleine Ausschnitte dessen, was geschah, ohne Verbindung zu dem, was davor oder danach war. War er an jenem Abend in ein Hotelzimmer zurückgekehrt, hatte sich unter die Decke gelegt und geweint? Hatte er jemandem davon erzählt, einem Kollegen, mit dem er essen ging, beispielsweise, oder seinem Chef oder seiner Mutter, am Telefon? Das werde ich nie mehr erfahren.

Als ich aus der Dusche komme, sind die Polizisten gegangen. Åsmund sitzt im Wohnzimmer vor dem Fernseher. Ich gehe an ihm vorbei in die Küche und tue so, als würde ich mir etwas zu essen nehmen, um mich nicht neben ihn setzen zu müssen, und er beachtet mich nicht weiter. Das Blaulicht der Streifenwagen flackert nicht mehr. Ich kehre dem dunklen Garten den Rücken, hole Brot und Wurst aus dem Kühlschrank und schmiere mir eine Scheibe, die ich gar nicht haben will. Während ich sie gezwungenermaßen esse, denke ich daran, wie ich gestern oben bei ihm war, an die ein oder zwei Minuten, die ich in der Wohnung stand. Und wie Saman anschließend auf den Treppenabsatz trat. Hatte er gesehen, dass ich aus Jørgens Wohnung kam? Wusste er, dass ich drinnen war oder glaubte er mir, dass ich nur angeklopft hatte? Ich verdränge es. Ich will nicht daran denken. Jedenfalls nicht jetzt. Schließlich sah es so aus, als würde er mir glauben, er hatte mir ja auch diese Eier gegeben. Ich spüre es trotzdem in der Magengegend. Wenn ich mich täusche, wenn er gesehen hatte, wie ich die Tür abschloss. Dann habe ich ein Problem.

In der Nacht träume ich, dass ich Jørgen treffen will. Ich bin auf dem Weg nach oben, aber mir kommt ständig etwas dazwischen. Mein Telefon klingelt, sein Name steht auf dem Display, und ich gehe ran und sage: Ich komme gleich, ich muss nur noch schnell etwas erledigen. Ich warte seine Antwort gar nicht erst ab. Als ich schließlich anklopfe, öffnet niemand die Tür. Ich schließe sie auf, stehe im Wohnzimmer. Es ist verlassen. Sein Telefon liegt auf dem Boden. Davon abgesehen ist es dunkel, ich sehe nichts als das Telefon, aber ich weiß, da ist jemand, jemand steht im Dunkeln in einer Ecke und betrachtet mich.

Der Geräuschpegel in der Bar war derart angestiegen, dass ich die anderen kaum noch verstehen konnte. Meine Kollegin beugte sich über den Tisch, um etwas zu erzählen, offenbar etwas Lustiges, denn sie lachte schon vorher. Die anderen grinsten erwartungsvoll. Ihr Lächeln saß lockerer als gewöhnlich, sie hatten wohl schon einiges getrunken. Ich lehnte mich auf dem Stuhl zurück. Auch ich hatte einiges getrunken. Eine leichte Müdigkeit beschlich mich. Vielleicht sollte ich allmählich an die Heimfahrt denken. Ich sah mich um, verfolgte das Gespräch nicht mehr, war damit zufrieden, die anderen Menschen im Raum zu beobachten. Lippenstiftlächeln und Arme in feinen Hemden, die Gläser hoben. Lange Ohrringe, die hin und her pendelten, wenn jemand den Kopf bewegte, gepflegte Bärte, die mit der Haut in die Breite gezogen wurden, wenn die Männer lachten.

Er stand an der Bar. Hatte den Arm auf dem Tresen abgelegt und redete mit einem anderen Mann. Er erzählte gerade etwas, ein kleines Lächeln spielte in seinem Mundwinkel und verriet, dass die Geschichte gleich eine überraschende Wendung nehmen würde. Der andere Mann stand mit dem Rücken zu mir, deshalb sah ich nicht, wie Jørgens Erzählung ankam. Dann bemerkte Jørgen mich. Er hielt mitten im Satz inne, wie es schien, und änderte seine Haltung. Lächelte. Hob die Hand und winkte. Der Mann, mit dem er sich unterhielt, drehte sich um, und jetzt konnte ich erkennen, dass es sich um einen bekannten Autor handelte, wenn es für dich von Bedeutung ist, kann ich dir erzählen, wer es war. Der Autor nickte mir zu. Sie unterhielten sich weiter. Ich lächelte vor mich hin, meine Kolleginnen und Kollegen waren ins Gespräch vertieft und bemerkten es nicht. Einmal, vermutlich redete der Autor gerade, drehte Jørgen sich zu mir um und lächelte. Hier sitzen wir nun, sagte sein Lächeln. Als wären eigentlich wir beide, er und ich, zusammen hier. Ergibt das einen Sinn? Ich weiß nicht, wie ich es erklären soll. Schließlich kannten wir einander ja nicht mal besonders gut.

Nach einer Weile stand ich auf, entschuldigte mich bei meinen Kollegen und ging zu ihnen.

»Hallo«, sagte ich.

»Hallo«, sagte Jørgen.

Er umarmte mich. Er roch sauber und leicht nach Alkohol. Nicht ein Hauch von Parfüm oder Rasierwasser. Er umarmte gut, drückte mich angemessen fest, sodass ich die Konturen seines Oberkörpers an meinem spürte.

Dann drehte er sich zu dem Autor um.

»Das ist Rikke«, sagte er. »Wir wohnen zusammen, aber nicht so, wie es klingt.«

Der Autor lachte. Ich nahm seine Hand und sagte meinen Namen, obwohl Jørgen es schon getan hatte. Der Autor stellte sich ebenfalls vor, obwohl ich ihn natürlich kannte, und mir dämmerte, dass vor nicht allzu langer Zeit ein vieldiskutiertes Buch von ihm erschienen war, ein Buch, das man gelesen haben sollte, was ich jedoch nicht getan hatte. Ich überlegte, ob ich es einfach trotzdem behaupten könnte. Der Autor wandte sich zu einem Mann und einer Frau, die ein wenig abseits standen, und Jørgen beugte sich zu mir. Mit dem Mund nicht weit von meinem Ohr fragte er: »Möchtest du etwas trinken?«

Ich überlegte. Eigentlich hatte ich geplant, jetzt nach Hause zu gehen. Es war verlockend, noch ein wenig zu bleiben. Doch es war schon spät, und Lukas wachte fast immer nachts auf.

»Eigentlich wollte ich gerade aufbrechen«, sagte ich.

Jørgen lächelte.

»Ich auch. Ich brauche nur immer ziemlich lange dafür.«

Wir blieben stehen. Er berichtete von einer Geschichte, die durch die Medien ging, ein Politiker, der wegen Steuerhinterziehung angeklagt worden war, und Jørgen erzählte, dass einer in der Runde, mit der er zuvor essen gewesen sei, besagten Politiker öffentlich unterstützt und beim Dessert ein flammendes Plädoyer dafür gehalten hätte, dass es in einer bestimmten Situation völlig vertretbar wäre, Steuern zu hinterziehen. Ich lachte und hatte das Gefühl, ich müsste mit irgendetwas kontern. Einer Meinung oder einer Anekdote, die die seine ergänzte, etwas, das ihm zeigte, dass ich genau wie er ein Mensch war, auf den man zählen konnte, der sich auf dem Laufenden hält und aktuelle Ereignisse in einen soziopolitischen Kontext einordnen und auf amüsante und souveräne Art und Weise Verbindungen von der Planwirtschaft über die Yuppiezeit bis hin zur norwegischen Lokalpolitik ziehen kann. Mir fiel nichts ein.

»Das ist wirklich lustig«, sagte ich, und mehr hatte ich nicht beizutragen.

Er nahm seine Jacke vom Haken unter der Bar und sagte: »Ich glaube, ich werde auch aufbrechen. Wie wäre es, wenn wir zusammen gehen? Wir haben ja denselben Weg.«

Auf dem Weg zum Bus stellte er mir Fragen. Ob wir uns im Kastanjesvingen wohlfühlten, über die Kinder, über meine Forschung. Was ich durch meine Studien herausfände, und welches Ziel ich damit verfolgen würde. Die Hemmung, die ich in der Bar gespürt hatte, war noch nicht verschwunden, dieses Gefühl, interessant sein zu müssen. Nicht nur smart im Sinne von belesen, nein, auch auf jene aktive Art und Weise, bei der man sich anhand dessen, was man gelesen und beobachtet hat, eine Meinung bildet und Dinge sagt wie *der politische Rechtsruck hängt natürlich auch mit der Finanzkrise zusammen, denn die Rechten profitieren ja häufig von Wirtschaftskrisen, vielleicht, weil wir uns in Zeiten von Unsicherheit und Sorgen eher zu der konservativen Idee hingezogen fühlen, das zu bewahren, was gewesen ist.* Doch so etwas wäre mir schwergefallen. Vielleicht war ich nicht schlau genug, und auf jeden Fall war ich zu müde. Meine Antworten waren kurz und platt. Ich lauschte mir selbst, als würde ich neben uns hergehen, und ich hörte, wie vorhersehbar alles wirkte, was ich sagte. Immerhin fühlte ich mich an diesem Abend aber ziemlich attraktiv.

Dachte ich auch, dass Jørgen mich ausfragte, um mir etwas über sich zu verraten? Wollte er mir vielleicht zeigen, dass er ein guter Zuhörer war und sich für andere Leute interessierte? Ich weiß es nicht, aber ich weiß, dass mich dieser Gedanke ab und zu streifte, im Nachhinein, als ich ihn besser kannte. Ich weiß nicht, wie ich jetzt darüber denken soll. Er war tatsächlich aufrichtig an den Menschen interessiert, aber es war ihm auch wichtig, dass alle bemerkten, wie gut er andere zum Reden bringen konnte.

Wir erreichten die Bushaltestelle. Draußen war es kalt, irgendwo zwischen Herbst und Winter, zu früh oder zu spät, mittendrin. Die Frostwolken dampften vor unseren Mündern, wir zogen die Jacken fester um uns. Jørgen fragte:

»Wo bist du aufgewachsen?«

»In Bærum«, antwortete ich. »Genauer gesagt in Lommedalen, tief im Wald.«

»Lommedalen«, sagte er und lächelte, als versuchte er, es sich vorzustellen.

»Und du?«, fragte ich.

»Im Herzen von Oslo«, antwortete er. »Ein Stadtkind aus Bolteløkka. Hast du Geschwister?«

»Eine Schwester. Und du?«

»Einen Bruder und eine Schwester. Ist sie jünger oder älter als du?«

Ich lachte. Er wollte mir nicht erlauben, das Gespräch auf ihn zu lenken. Ich hatte keine große Lust, über meine Schwester zu sprechen. Ich werde oft nach ihr gefragt, wie du dir bestimmt denken kannst. Aber ich glaube nicht, dass er auf solche Informationen aus war.

»Jünger«, sagte ich und blieb ebenso standhaft. »Und deine?«

»Ein älterer Bruder, eine jüngere Schwester. Wie heißen deine Eltern?«

»Du willst wissen, wie meine Eltern heißen?«

Diesmal musste er lachen.

»Jetzt lernen wir uns wirklich kennen, Rikke.«

»Ja«, sagte ich. »Denn du kennst mich auf keinen Fall, bevor du nicht weißt, wie meine Eltern heißen.«

Er grinste mich an und sah plötzlich aus wie ein Junge. Wir schwiegen für einen Moment, standen einfach nur da und lächelten uns an.

»Eine Sache habe ich mich schon immer gefragt«, sagte er.

»Da kommt der Bus!«, rief jemand hinter uns.

Wir drehten uns um und sahen eine Gruppe junger Leute auf uns zulaufen, zuerst ein Junge und weiter hinten ein Mädchen und ein weiterer Junge. Der Junge ganz hinten trug eine Zipfelmütze. Und tatsächlich tauchte am Ende der Straße ein Bus auf. Der Junge, der gerufen hatte, rannte, so schnell er konnte. Der Bus kam vor ihm an, Jørgen und ich stiegen ein, und Jørgen hielt eine Hand in die Tür, damit die anderen es noch rechtzeitig schafften.

Als wir nebeneinanderstanden und uns an den Stangen festhielten, um das Gleichgewicht zu halten, als der Bus mit einem Ruck anfuhr, fragte ich:

»Was hast du dich gefragt?«

»Wie bitte?«

»Du hattest gesagt, dass es eine Sache gäbe, die du dich schon immer gefragt hast.«

»Habe ich das gesagt?«

Er zuckte die Achseln. Der Bus fuhr in eine Kurve, er schaukelte und schob mich gegen ihn.

Zu Hause im Treppenhaus war die Stimmung zwischen uns verändert. Wir mussten leise sprechen, um niemanden zu wecken, und ich hatte plötzlich das akute Gefühl, Nina und Svein könnten uns hören, ich stellte mir vor, wie Nina ein Ohr an die Wand hielt und lauschte.

»Schläft deine Familie?«, fragte er.

»Ich hoffe es«, sagte ich und lachte leise.

Er erwiderte mein Lachen nicht.

»Und deine?«, fragte ich.

»Sie sind verreist«, sagte er. »Ich bin ganz allein zu Hause.«

Der Satz hing zwischen uns in der Luft. Die leere Wohnung

dort oben mit den geschmackvollen Möbeln, dem teuren Wein. Dem gemütlichen, cremeweißen Sofa. Alles frei verfügbar. War es das, was er mich fragte?

»Wie schön«, sagte ich. »Dann kannst du ja lange ausschlafen.«

Ich hatte das Gefühl, als würde ich uns von etwas Gefährlichem weglenken.

»Ja.«

So standen wir zwei Sekunden da. Erwartete er, dass ich noch etwas sagte?

»Danke für die Gesellschaft, Rikke«, sagte er und lehnte sich zu mir.

Diese Umarmung war leichter als die vorherige, seine Wange streifte gerade so die meine. Ich hielt die Luft an, als er sich zu mir beugte.

Dann drehte er sich um und ging die Treppe hinauf.

»Schlaf gut«, sagte er über die Schulter hinweg.

In der Wohnung war es dunkel, als ich die Tür öffnete. Ich schloss sie hinter mir, lehnte mich mit dem Rücken dagegen. Über mir konnte ich ihn hören. Er ging durch den Flur in die Küche. Seine Schritte waren gleichmäßig. So blieb ich in der Dunkelheit stehen, atmete flach und heiß, hatte das Gefühl, jede Zelle in meinem Körper würde glühen.

Im Gang vor meinem Büro herrscht Betriebsamkeit. Kollegen holen Ausdrucke und Kaffeetassen, besuchen einander, um sich vor der Besprechung auszutauschen, eilen hin und her. Mein Kopf ist schwer, ich habe heute Nacht kaum geschlafen und sitze vor dem PC und dem Dokument, an dem ich weiterarbeiten müsste, um in zwanzig Minuten auf dem Montagsmeeting etwas zu sagen zu haben, doch die Wörter tanzen vor meinen Augen. Mein kleines Büro ist durch eine gläserne Wand von den anderen getrennt, und ich verstecke mich hinter meinem PC und reibe mir die müden Augen. Letzte Nacht war ich mehrmals unten bei Lukas, öffnete die Tür, während mein Herz wild gegen die Rippen schlug, weil ich mir sicher war, dass mich etwas Schreckliches erwartete, doch er schlief ganz friedlich durch. Dann schlich ich in der Wohnung umher und prüfte, ob die Türen zugesperrt waren, die Sicherheitskette eingehängt, die Fensterhaken verschlossen. Ich blieb auch mehrfach vor Emmas Tür stehen, denn von ihrem Zimmer führt eine Brandschutztür in den Keller, und ich wollte überprüfen, ob auch sie abgeschlossen war, zögerte jedoch jedes Mal hineinzugehen. Ich war mir nicht sicher, ob mir das zustand oder ob es übergriffig wäre. Sie ist so groß geworden. Hat einen Anspruch auf ihre Privatsphäre. Nichtsdestotrotz ist sie meine Tochter, und gegen vier schob ich die Tür einen Spalt weit auf. Sah, wie sie auf dem Rücken lag und schlief, die eine Hand neben dem Gesicht und den Mund halb geöffnet, für diese Welt verloren.

Ihr Zimmer ist so wahnsinnig brav. An den Wänden hängen Plakate, aber nicht von männlichen Stars, die sie gut findet, wie ich sie in dem Alter hatte, sondern von Mädchen, die in schicken Klamotten posieren. Die Zimmer ihrer Freundinnen sind genauso dekoriert, und es kommt mir so traurig vor, dass sich die Mädchen mehr damit beschäftigen, wie sie bei anderen ankommen, als damit, was ihnen selbst gefällt. Auf dem Wandbord über dem Bett steht ein Bild von Emma und zwei ihrer Freundinnen, sie umarmen sich gegenseitig und lächeln. Sie haben nicht das Selbstbewusstsein, das sie sonst so oft auf Fotos vermitteln, allerdings ist die Aufnahme auch schon ein paar Jahre alt. Neben dem Bilderrahmen sitzt ihr Schmuseteddy, der jede Nacht neben ihr lag, bis sie acht Jahre alt war. Ich schleiche mich hinein, ziehe an der Brandschutztür, die ordentlich abgeschlossen ist, und gehe auf Zehenspitzen wieder hinaus. Bleibe vor ihrem Bett stehen. Ihre Hand und dieser ferne Gesichtsausdruck; sie ist jetzt im Reich der Träume versunken, wo ich sie nicht erreichen kann. Auf ihrem Nachttisch liegen der Text zur *Dreigroschenoper* und mein alter iPod, den sie sich ausleiht, weil wir nicht wollen, dass sie ihr Handy oder Tablet mit ins Zimmer nimmt. Beides darf sie gerne benutzen, aber nicht unbeaufsichtigt. Mit einer gewissen Enttäuschung nehme ich zur Kenntnis, dass sie die alte Technik und die Einsamkeit dem Tablet und unserer Gesellschaft vorzieht.

Ich war sechsundzwanzig, als ich feststellte, dass ich mit ihr schwanger war. Ich hatte gerade die Stipendiatenstelle bekommen, die ich unbedingt gewollt hatte. Die Konkurrenz war hart gewesen, aber ich hatte im Vorstellungsgespräch überzeugt, und ich weiß noch, wie unbesiegbar ich mich damals fühlte; ich war jung, ich war gut, ein neuer Frauentyp, befreit von dem, was die Generation unserer Mütter von einer Karriere abgehalten hatte. Ich würde es der Welt zeigen. Dann meldete sich ein leiser Verdacht, die Menstruation blieb aus, ich war außergewöhnlich müde, das konnte doch wohl nicht sein? In der Übergangszeit zum neuen Job arbeitete ich als Wissenschaftliche Mitarbeiterin für einen Professor an jenem Institut, wo ich auch meinen Master gemacht hatte, und in einer Mittagspause ging ich in die Apotheke im Univiertel und kaufte einen Schwangerschaftstest. Ich machte ihn auf der Toilette der Unibibliothek und hatte panische Angst, erwischt zu werden. Mit angezogenen Beinen saß ich auf dem Klodeckel und wartete die vorgeschriebenen zwei Minuten. Als ich das Ergebnis sah, weigerte ich mich, es zu glauben. Ich saß in der Toilettenkabine und flüsterte nein, nein, nein vor mich hin. Ich begann mit einem Schöpfer zu diskutieren, an den ich in meinem bisherigen Leben nicht geglaubt hatte, lieber Gott, sagte ich, jetzt musst du mir helfen. Jetzt musst du das regeln. Dafür sorgen, dass dieses Ding in mir verschwindet, und zwar verdammt noch mal schnell. Man hört doch ständig von Fehlgeburten. Komm schon, Gott. Übernimm mal ein bisschen Verantwortung.

Als ich es Åsmund erzählte, heulte ich laut schluchzend. Er sagte alles, was sich für einen jungen Mann gehörte, es ist deine Entscheidung, sagte er, ich unterstütze dich, wie auch immer du dich entscheidest.

»Wie kannst du das sagen?«, brüllte ich, ich brauchte einen Gegner, jemanden, den ich anschreien konnte. »Wie kannst du diesen Beschluss allein mir aufbürden? Dieser Zellklumpen geht dich genauso viel an wie mich.«

»Ich kann doch nicht über deinen Körper bestimmen«, erwiderte er.

»Warum denn nicht, verdammte Scheiße?«, fragte ich. »Ist das jetzt allein meine Verantwortung? Soll ich dich von jeder moralischen Schuld befreien und die schwierigste Entscheidung meines Lebens ganz alleine treffen?«

Ich wollte ihn in dieselbe Verzweiflung treiben wie mich. Er sagte: »Wir sind schon lange zusammen. Wir lieben uns. Wir werden früher oder später sowieso eine Familie gründen. Wir hatten es zwar noch nicht jetzt geplant, aber warum denn nicht?«

»Was ist mit meiner Stelle?«, schrie ich.

»Du gehst in Elternzeit.«

Ich zog alle Karten, die ich hatte. Was war mit den Ferien, die wir angedacht hatten, der Weltreise, von der wir träumten? Was war mit unseren Freunden, die bestimmt nichts mehr von uns wissen wollten, wenn wir uns nur noch mit Windeln und Kinderwagen beschäftigten? Was war mit meinem Körper, der schlaff und dick werden und für immer entstellt sein würde? Und was war mit unseren langen Samstagen im Bett?

Und Åsmund ging auf alles ein. Wir könnten immer noch reisen, wir müssten es nur ein wenig anders planen. Wir würden unsere Freunde nicht verlieren, und wenn doch, wären es keine richtigen Freunde gewesen. Meinen Körper würde ich schon wieder zurückbekommen, und er wäre genauso schön wie immer, und Åsmund würde ihn anschließend nur umso mehr lieben. Und die Samstage im Bett, versprach er, könnten wir trotzdem beibehalten. Ich sah ihn ungläubig an, sah den Teil von ihm hervortreten, der sich das Kind wünschte, und empfand es wie einen Dolchstoß von hinten.

»Ich möchte das nicht«, sagte ich. »Ich werde es abtreiben.«

»Wie du willst«, sagte er und sah traurig aus, und obwohl ich ihn dazu aufgefordert hatte, hasste ich ihn dafür, dass er Partei ergriff.

Und als es so weit war, brachte ich es doch nicht über mich, denn was würde aus uns werden, wenn ich es ihm wegnahm? Als ich ihn darum gebeten hatte, für mich zu entscheiden, machte ich es mir selbst gleichzeitig unmöglich, das Gegenteil von dem zu tun, was ich mir wünschte, und so weiterzuleben wie zuvor. Er hatte ja auch nicht ganz unrecht, das musste ich zugeben. Also schob ich es vor mir her, einen Termin zu vereinbaren, und eines Tages, als ich in der zehnten Woche war und wir gerade vor dem Fernseher Tiefkühlpizza aßen, sagte ich: »Also gut, dann behalte ich es.«

Er schlang die Arme um mich und wollte mich gar nicht mehr loslassen.

»Aber du übernimmst die meisten Nächte«, sagte ich. »Fünfundsiebzig Prozent.«

Er versprach es, und wir wussten noch viel zu wenig, um zu begreifen, dass solche Versprechen nicht einmal die Luft wert sind, die man verbraucht, während man sie ausspricht.

Jetzt spüre ich die Nachwirkungen der vergangenen Nacht. Mein Kopf ist schwer und vernebelt. Die ganze Abteilung nimmt am Montagsmeeting teil, wir sollen gegenseitig unsere Projekte diskutieren, Vorschläge machen und uns herausfordern, und diese Besprechungen dauern immer ewig, es gibt so viel Wenn und Aber. Das Dokument vor mir ist ein Antrag auf Stipendiengelder, an dem ich seit mehreren Wochen arbeite, aber die Formulierungen verschwimmen vor meinen Augen.

Stattdessen surfe ich im Internet. Springe zwischen den beiden Ansichten hin und her, klicke das Dokument an, sobald ich Schritte höre, damit niemand sieht, was ich lese. Fahre mir mit den Händen durchs Haar, ich bin so müde, ich schaffe das nicht. Ich würde so gerne schlafen. Gestern Abend war ich auch müde, doch kaum hatte ich mich hingelegt, drehten sich meine Gedanken im Kreis. Diese SMS von Jørgen. Samans Gesicht, als ich mich umdrehte und ihn in der Tür stehen sah, dieses unangenehme Gefühl, auf frischer Tat ertappt worden zu sein. Jørgens Stimme aus dem Sessel in London, *dass alles, was nach diesem Erlebnis kam, ein Bonus ist.* Die beiden Eier auf der Arbeitsplatte. Die unheimliche Stimmung in Jørgens Wohnung. Ich konnte unmöglich schlafen.

Jetzt wirkt alles so leicht. Wenn ich mich einfach hinlegen könnte, würde ich sofort einschlafen. Ich könnte meine Jacke zusammenfalten und mich darauflegen, als wäre sie ein Kissen. Hätte es getan, wenn es diese Glaswand nicht gäbe.

Die Onlineversion einer großen Zeitung titelt *Todesfall in Tåsen.* Ich erschrecke. Es musste natürlich herauskommen. Aber dennoch. Unterliegt so etwas nicht einer Art Schweigepflicht? Ich klicke auf den Link. *Gestern um 17 Uhr meldete die Polizei, in einer Wohnung in Tåsen sei eine Person tot aufgefunden worden. Am Abend wurde bestätigt, dass es sich um einen Mann handelt. Die Todesumstände sind unklar.* Das ist alles. Die beiden ersten Sätze enthalten nichts Neues für mich, aber dennoch erscheinen sie mir so unumstößlich, dass ich es kaum ertragen kann. Der letzte Satz erschüttert mich. Unklare Todesumstände. Unsere dünnen Papierwände, meine Familie, die in so unmittelbarer Nähe lebt und schläft. Was verbirgt sich hinter dem Begriff unklare Todesumstände?

Dieses Gefühl, als ich am Samstag die Wohnung betrat. Warum hatte ich das bloß getan? Was für eine Grenzüberschreitung, sich ungebeten Zutritt zu verschaffen, oder vielleicht nicht gerade ungebeten, aber auch nicht direkt gebeten. Was hatte ich mir dabei gedacht? Was veranlasste mich zu der Einschätzung, dass es in Ordnung wäre? Und war es vielleicht sogar gefährlich gewesen? Ich rutsche auf dem Stuhl hin und her, spüre, wie kalt meine Hände sind. Könnte noch jemand da gewesen sein, als ich dort war, auf der anderen Seite der Wand, hinter der geschlossenen Tür, die ich nicht zu öffnen gewagt hatte?

Ich finde keine bequeme Sitzhaltung, es ist, als würde immer irgendetwas stechen oder kribbeln oder schmerzen, ganz gleich, wie ich meine Beine positioniere. Noch habe ich die Telefonnummer von Robin Pettersen nicht herausgesucht. Früher oder später sollte ich das in Angriff nehmen. Je länger ich damit warte, desto schlechter werde ich dastehen, das verstehe ich trotz meines Schocks. Doch dann sperrt sich alles in mir dagegen, denn was soll ich sagen? Zu dem Polizeibeamten, den schlechte Nachrichten traurig machen.

Meine Tür geht auf, ich zucke zusammen und drehe mich ruckartig um. Die Kollegin, die hinter mir steht, sagt: »Habe ich dich erschreckt?«

»Ich war nur gerade so in Gedanken«, antworte ich.

Die Onlinezeitung auf dem Bildschirm hinter mir ist geöffnet, sie könnte sie sehen, wenn sie wollte, aber sie tut es nicht.

»Wirst du im Meeting deinen Antrag vorstellen?«, fragt sie.

»Um ehrlich zu sein, habe ich schreckliche Kopfschmerzen«, antworte ich. »Ich weiß es nicht genau. Vielleicht sollte ich besser nach Hause gehen.«

»Oje«, sagt sie. »Stress?«

Ich tue so, als würde ich darüber nachdenken.

»Ja, vielleicht. Oder einfach nur schlecht geschlafen. Keine Ahnung.«

»Na dann, gute Besserung«, sagt sie und schließt die Tür.

Meine Schultern senken sich, sobald sie draußen ist, als hätte ich befürchtet, man könnte mir meine Schuldgefühle ansehen. Natürlich geht es letzten Endes um das Verbrechen. Wie auch immer man mein Verhalten bewerten mag, der Mord ist weitaus schlimmer. Aber ich habe nicht das Gefühl, dass die Leute das so sehen werden. Die Leute wollen nicht denken, dass Schuld etwas ist, das man in passende Stücke aufteilen kann, und jeder bekommt genau die Größe, die er verdient. Schuld wird eher als etwas Fließendes angesehen. In dieser Angelegenheit bin ich schuldig, wenn nicht an dem einen, dann an dem anderen. Und ich weiß, dass ich Robin mit dem Kindergesicht anrufen und ihm von dieser Nachricht berichten müsste. Wenn ich schon darauf vertraue, dass Saman mich nicht aus der Wohnung kommen sah, sollte ich wenigstens von der SMS erzählen.

Doch dann zögere ich. Vielleicht sollte ich damit warten, bis ich mich wieder besser im Griff habe. Wer weiß, was ich in meinem jetzigen Zustand alles von mir gebe?

Mein Handy piepst, und ich schrecke erneut zusammen, bin so nervös, dass ich nicht ruhig bleiben kann. Neben dem SMS-Symbol steht Jamilas Name. *Wie geht es dir?*, schreibt sie. *Ich bin total geschockt, ich begreife das einfach nicht! Wollen wir vielleicht einen Kaffee trinken? Ich arbeite heute von zu Hause aus, du kannst jederzeit hochkommen!* Ich lese die Nachricht mehrmals hintereinander. Sie wirkt irgendwie alltäglich, obwohl sie voller Ausrufezeichen und Emojis ist. Jamila ist aufgewühlt, sie will sich treffen, will reden. Damit kann ich umgehen. Ich sollte bald zu ihr gehen und hören, was sie zu sagen hat. Falls Saman gesehen hat, wie ich aus Jørgens und Meretes Wohnung kam, muss er es ihr gegenüber erwähnt haben. Jedenfalls spätestens dann, als ihm klar wurde, was in der Wohnung geschehen ist. Wenn wir uns treffen und sie nichts darüber sagt, kann ich relativ sicher sein, dass er nichts beobachtet hat. Vielleicht kann ich es unauffällig einflechten, auf die Eier zu sprechen kommen, die ich mir ausgeliehen habe, und sehen, ob sie darauf reagiert. Das sollte ich machen, bevor ich die Polizei anrufe. Ich antworte ihr: *Bin auf dem Heimweg, wir sehen uns in einer halben Stunde!*

Bevor ich gehe, klopfe ich bei der Empfangsdame an.

»Ich habe so schlimme Kopfschmerzen«, sage ich.

»Ich habe Paracetamol dabei«, sagt sie, sie ist jung und nett und hilfsbereit und hat bereits die Hand in der Tasche.

»Ich hab schon eine genommen«, lüge ich. »Kannst du mich krankmelden?«

In den Jahren, bevor wir die Wohnung im Kastanjesvingen kauften, diskutierten Åsmund und ich immerzu darüber, wo wir einmal leben wollten. Die Frage schlich sich in all unsere Gespräche ein, bestimmte unser Schweigen am Esstisch und den Ton zwischen uns, wenn wir wieder einmal schwere Einkaufstüten die Treppen zu der kleinen Wohnung hinaufschleppten, in der wir damals wohnten. Die meisten Freunde von Åsmund waren nach Bærum zurückgezogen, als sie eine Familie gründeten. Sie kauften enge Reihenhäuser in Neubausiedlungen, die zwischen dem Wald und der U-Bahn eingeklemmt waren, und in denen die Häuser wie Schuhkartons nebeneinanderstehen, mit einem winzigen Garten, den die Bewohner sofort mit riesigen blauen Trampolinen ausfüllen. Ihre mikroskopischen Terrassen verstopfen sie wiederum mit überdimensionalen Gasgrills und Gartenmöbeln, sie kaufen große Rasenmäher und Schneefräsen und verbringen ihre Wochenenden damit, Unkraut zu jäten und das Haus zu renovieren.

»Ist das denn wirklich so schlimm?«, fragte Åsmund. »Denk doch mal an die Kinder.«

Wir besuchten einen seiner Schulfreunde, aßen Waffeln auf der Veranda. Der Freund und seine Frau lobten die Gegend über den grünen Klee, sie sei so *kinderfreundlich*, so nah am Wald und trotzdem direkt an der U-Bahn, sodass sie jederzeit schnell in die Stadt fahren konnten. Ich fragte, ob sie denn immer noch spontan unter der Woche in der Stadt essen gingen, und sie sahen sich an und lachten, tja, vielleicht nicht gerade oft, aber das liegt auch an den Kindern, wenn wir wollten, könnten wir es. Ihre Töchter hatten Emma zum Trampolinspringen mit in den Garten genommen, wir konnten sie von der Veranda aus beobachten. Die beiden Einheimischen zeigten all ihre Tricks, sprangen auf und ab und drehten sich im Kreis. Emma lehnte am Gartenzaun und beobachtete sie mit einer vollkommen gleichgültigen Miene.

Auf der Heimfahrt im Auto sagte ich:

»Ich möchte nicht in so einer engen Schachtel wohnen.«

»Ist unsere Wohnung etwa keine enge Schachtel?«, fragte Åsmund und bog aus einer kleinen Wohnstraße ab auf die Hauptverkehrsader, die zurück in die Stadt führte.

Ich dachte an meine Schwiegermutter, die seit einem Jahr verwitwet war und in einem großen, unpraktischen Haus wohnte, nur fünf Minuten Fahrtzeit von dem Reihenhaus des Schulfreundes entfernt, den wir gerade besucht hatten. Ich wusste schon genau, wie es werden würde, die ständigen Telefonanrufe: Ich hoffe, ich störe nicht, aber ihr versteht doch sicher, dass ich bei dieser und jener Sache Hilfe brauche, und ich stelle mich doch immer so dumm an. Åsmund würde alles stehen und liegen lassen, ich konnte ihn bereits hören: Arme kleine Mama, natürlich helfen wir dir! Allein das Gefühl, sie so nah bei mir zu haben, wäre belastend. Ganz so, als würde sie uns in den Nacken atmen. Und weil ich Åsmund das nicht so sagen konnte, sagte ich: »Ich möchte keinen Mähroboter kaufen. Ich möchte mich nicht mit Nacktschnecken herumschlagen und immer auf das Auto angewiesen sein und jeden Abend zu Hause hocken und Netflix-Serien gucken, weil ich mich nicht aufraffen kann, in die Stadt zu fahren.«

Åsmund sagte: »Du bist so ein Snob. Ich behalte mir das Recht vor, so viel Netflix zu gucken, wie ich will.«

Mehr sagten wir nicht. Emma saß auf dem Rücksitz und sah aus dem Fenster und schwieg ebenfalls. Ich blickte auf meinen Bauch herab. Unter den Anziehsachen konnte man es noch nicht sehen, aber wenn ich nackt war, zeichnete sich die Kugel deutlich ab. Unsere jetzige Wohnung hatte nur zwei Zimmer. Streng genommen sogar nur eins, denn Emmas Zimmer war so klein, dass es offiziell allenfalls als halbes zählte. Sie war acht Jahre alt, höchste Zeit für eine größere Wohnung.

Als wir die Stadtgrenze passierten, sagte Åsmund: »Na gut. Also nicht Bærum. Ich kann dich schließlich auch nicht zwingen.«

Nachdem wir wieder zu Hause waren und Emma in ihrer kleinen Kammer ins Bett gebracht hatten und in dem engen Wohnzimmer saßen und fernsahen, sagte er: »Aber umziehen müssen wir, Rikke.«

»Ich weiß«, erwiderte ich. »Wir werden schon etwas finden.«

Unsere jetzige Wohnung war die Antwort auf die Diskussion gewesen, die wir seit dem Besuch bei dem Schulfreund in Bærum immer erbitterter führten. Mein Bauch ließ sich nicht länger verbergen, Åsmund wollte einen Garten haben, und alles, was wir uns ansahen, und was zentral genug für mich lag, war ihm zu klein oder von zu viel Asphalt umgeben. Dann tauchte diese Anzeige auf: eine Wohnung mit ausgebautem Keller in einem Vierparteienhaus in Tåsen. Zu klein und zu unpraktisch für Leute, die reicher waren als wir, aber groß genug für uns und praktischer als unsere jetzige Wohnung, mit drei Zimmern und einem Gemeinschaftsgarten. Wir gingen zu Fuß zur Besichtigung, kamen von Sagene, durchquerten Voldsløkka und spazierten nach Tåsen hinein, zwischen Häusern und Gärten bis zu dem großen Baum, an dem der Kastanjesvingen vom Bakkehaugveien abzweigt. Das Haus war eines von drei nebeneinanderliegenden Vierparteienhäusern, ein jedes von einem Garten umgeben und mit einer steilen Böschung dahinter. Drinnen bahnte ich mir einen Weg durch die anderen hoffnungsvollen Paare, die umherschlenderten und sich umsahen, sie umklammerten die Prospekte, die der Makler verteilt hatte, und ich betrat die Küche, stellte mich ans Fenster, blickte in den Garten und dachte: Hier müssen wir wohnen. Ich sah zu Åsmund hinüber, der anerkennend nickte. Damit konnte er sich auch anfreunden. Ein Garten. Eine ruhige Sackgasse. Ruhig und grün, und trotzdem nur fünfzehn Minuten Fußweg bis Sagene, eine kurze Radfahrt zur Arbeit. Der Preis war hoch, aber wenn wir bereit waren, unsere Ausgaben ein wenig zu reduzieren, billiger zu essen, günstiger zu verreisen, wäre es möglich. Wir sahen einander an. Wir waren dazu bereit.

Jetzt stehen zwei Streifenwagen vor dem Haus, ohne Blaulicht und Sirenen, ich sehe sie, als ich den Kastanjesvingen hinaufgehe. Direkt neben dem Tor hält ein Auto mit dem Logo eines Fernsehsenders. Der Anblick versetzt mir einen Stich, aber bedrohlich wirkt es nicht. Hinter dem Steuer sitzt ein Mann, der aber mit seinem Telefon beschäftigt ist und mich nicht beachtet, als ich an ihm vorbeigehe und das Tor öffne.

Die Polizei hat einen Bereich um das Haus herum abgesperrt. Direkt hinter dem Flatterband hockt eine Polizistin mit einer Kamera. Ab und zu macht sie Bilder, ich weiß nicht genau, wovon, vom Gras und vom Boden vielleicht, oder von unseren Kellerfenstern. Davon abgesehen liegt der Garten unberührt da. Das Gras ist feucht. Hier und da liegen gelbe Blätter, noch sind es nicht viele, aber sie künden von dem, was unausweichlich kommen wird.

Ich schaue nicht in unserer Wohnung vorbei. Eigentlich hätte ich meine Tasche ablegen können, bevor ich zu Jamila hochgehe, aber ich scheue mich vor der Stille dort drinnen. Stattdessen begebe ich mich direkt in den ersten Stock. An Jørgens Tür vorbei, die ich nicht ansehe. Stattdessen richte ich meinen Blick auf Jamilas Tür und klopfe an.

»Ich komme!«, ertönt es von drinnen, vollkommen unnötig, weil es höchstens fünf Sekunden dauert, ehe sie die Tür aufreißt. »Rikke!«

Ihre Stimme ist hoch und unkontrolliert, sie hallt an den Wänden des Hausflurs wider.

»Wie schön, dich zu sehen!«

Jamila trägt immer hohe Absätze, weshalb ich es gewohnt bin, mit ihr auf Augenhöhe zu sein, doch in der Wohnung ist sie barfuß und damit zehn Zentimeter kleiner als ich. Als sie mich umarmt, was sie im selben Moment tut, in dem sie mich sieht, sodass ich gerade noch rechtzeitig meine Arme öffnen kann, schaue ich auf ihren Kopf hinab, auf die dichten, schwarzen Strähnen. Sie duftet nach Shampoo; frisch gewaschenes Haar und Holunderblüten.

Dann lässt sie mich wieder los. Ihre Augen sind feucht.

»Das ist so schrecklich«, sagt sie. »Ich habe heute Nacht kaum geschlafen.«

Sie legt eine Hand auf meinen Arm und zieht mich hinein. Ich schließe die Tür hinter mir. Sie geht vor mir ins Wohnzimmer, ihre Schritte sind eilig, ihre Fußsohlen tapsen hastig über das Parkett, und sie redet im Gehen. Sie stehe völlig unter Schock, sagt sie, sie könne nicht glauben, dass das wahr sei.

Saman und sie hätten bei Freunden übernachten müssen, es habe sie viel zu sehr gestresst, dass die Polizei direkt nebenan arbeitete, ganz zu schweigen von ihm, *der dort lag.*

Sie sagt: »Er muss jetzt weg sein. Glaubst du nicht?«

Dazu kann ich nichts sagen, nicke aber trotzdem. Wir setzen uns in ihr Wohnzimmer. Jamila stellt eine Kaffeekanne auf den Tisch, die sie offensichtlich schon vorbereitet hat, und lässt sich gegenüber von mir auf das Sofa fallen. Sie hat ihr langes schwarzes Haar zu einem Knoten hochgesteckt, trägt ein T-Shirt und eine Jeans, die garantiert ein Vermögen gekostet haben, und könnte auf einem Instagram-Foto trotz ihres schlichten Outfits als Filmstar oder Modeikone durchgehen.

»Begreifst du das?«, fragt sie. »Kannst du dir vorstellen, dass so was wirklich passiert?«

Jetzt sehe ich, dass ihre Augen gerötet sind, und bin überrascht. Natürlich habe ich sie schon einmal mit Jørgen reden sehen, aber nicht mehr als eine übliche Unterhaltung unter Nachbarn, und ohne zu wissen warum, hatte ich immer den Eindruck, sie wäre nicht sonderlich von ihm angetan.

»Ich meine, er wurde wirklich *ermordet*. Hier, Rikke. In unserem Haus. Wand an Wand.«

Vollkommen überflüssigerweise streckt sie den Arm aus und zeigt auf die Wand, die ihr Wohnzimmer von Jørgens und Meretes trennt.

»Vielleicht saßen wir hier gerade und haben ferngesehen, oder in unseren Betten gelegen und geschlafen, während er direkt nebenan verblutet ist. Das ist so ein gruseliger Gedanke.«

Sie reibt sich die Augen. Ihr Teint ist ein wenig grauer als sonst. Ich rutsche unruhig hin und her.

»Ja«, sage ich. »Ja, das ist ja vollkommen …«

»Armer Jørgen«, sagt sie. »Ich meine, wir standen uns nicht besonders nah, und er war ja nicht unbedingt ein Engel, aber trotzdem. In seiner eigenen Wohnung ermordet.«

Für einen Moment kommen ihr die Tränen, und ihre Augen sind so groß, die nach oben gebogenen Wimpern geben den Blick auf die Augäpfel frei, die so sehr glänzen, dass man unmöglich wegsehen kann. Dann verschwinden die Tränen wie von selbst wieder. Sie fährt sich mit dem Zeigefinger, dessen Nagel rosa lackiert ist, unter den Augen entlang, obwohl es nicht viel Feuchtigkeit wegzuwischen gibt. Ich drehe die winzige Kaffeetasse in den Händen.

»Aber ist es denn ganz sicher, dass er umgebracht wurde?«, frage ich. »Ich meine, wissen wir das?«

Sie sieht mich an, als könnte sie nur schwer verstehen, was ich sage, als wäre ich dumm.

»Ich habe in der Zeitung gelesen, die Todesumstände wären *unklar«,* fahre ich fort. »Aber das kann ja alles Mögliche bedeuten. Es ist doch noch nicht gesagt, dass er …«

Ich bringe das Wort nicht über die Lippen.

»Du weißt schon«, sage ich nur.

»Rikke«, erwidert Jamila. »Er lag in einer Blutlache über seinem Schreibtisch.«

Die Beschreibung dröhnt in mir. Jørgen, über seine Arbeit gebeugt. In einer Blutlache. Ein Bild, das ich mir unmöglich vorstellen kann. Ihre Worte setzen sich in meiner Brust fest, und die Wut steigt in mir auf. Was bildet Jamila sich ein, so ein sensationsheischendes Drama daraus zu machen?

»Wie kannst du das denn wissen?«, fahre ich sie in einem schärferen Ton an, als ich es wollte.

Sie geht darüber hinweg.

»Aber weißt du das denn nicht?«

»Was denn?«

Für einige Sekunden ist sie ungewohnt still. Dann sagt sie: »Ich war diejenige, die ihn gefunden hat.«

Jamila hatte hier an ihrem Mac gesessen und ein paar Bilder bearbeitet, der entspannte Teil ihrer Arbeit, wie sie sagt, sie hörte Musik und trank Tee und puzzelte an dem Ergebnis eines Fotoshootings aus dieser Woche herum, als Merete sie anrief. Ihre Stimme klang gereizt, und im Hintergrund rauschte es, sie sei gerade in Skar, erzählte sie, im Wald, tief in Maridalen. Zusammen mit ihrer Schwester und Filippa stehe sie auf einem abgelegenen Parkplatz und warte, Jørgen hätte sie um drei abholen sollen, aber jetzt sei es fünf vor halb vier, und er sei immer noch nicht da, und telefonisch könne sie ihn auch nicht erreichen. Ob Jamila zufällig zu Hause sei und drüben nachsehen könne, ob er da sei?

Ja, klar, hatte Jamila gesagt, natürlich könne sie rübergehen. Sie ging auf Socken über den Hausflur und klopfte an. An dieser Stelle sah sie mich mit einem wissenden Blick an und sagte atemlos: »Aber niemand hat mir aufgemacht.«

Also rief sie Merete zurück und sagte, er habe die Tür nicht geöffnet, und Merete seufzte laut und meinte, wie typisch, aber trotzdem danke. Und dann fragte sie, ob es Jamila etwas ausmache, in die Wohnung zu gehen. Manchmal höre er Musik, sagte sie, oder sehe auf seinem Computer mit Kopfhörern irgendwelche Vorlesungen aus Gott weiß nicht wo und vergesse darüber die Zeit. Der Schlüssel liege im Blumentopf im Treppenhaus, sie wisse bestimmt, welcher. Jamila sagte, das sei kein Problem, holte den Schlüssel und öffnete die Tür zur Nachbarwohnung.

»Es war so still da drinnen«, sagt Jamila. »Eine so unheimliche Stille. Irgendetwas lag in der Luft, ich weiß nicht genau, wie ich es erklären soll.«

Ich nicke. Ich weiß genau, was sie meint.

Jamila sah sich um. Die Küche war leer, das Licht jedoch eingeschaltet. In der Spüle stand ein Teller mit Fett- und Saucenresten, den niemand abgespült hatte, auf der Arbeitsplatte ein leerer, schmutziger Topf, den niemand in die Spülmaschine gestellt hatte. Jamila ging wieder ins Wohnzimmer und sah, dass die Tür zum Arbeitszimmer verschlossen war. Wahrscheinlich sei es die Dramatik dessen gewesen, was folgte, die sie nachträglich beeinflusst habe, sagt Jamila, doch als sie sich der Tür genähert habe, hätte sie das Gefühl gehabt, sie wisse es bereits. Ihr graute davor, sie zu öffnen.

Er lag mit dem Kopf auf der Tastatur. Der Bildschirm war schwarz. Erst glaubte sie, er wäre nur über seiner Arbeit eingenickt, doch dann sah sie das Blut. Überraschend rot, sagte sie. Natürlich habe sie solche Mengen an Blut noch nie in echt gesehen, nur im Film, aber es sei anders gewesen, als sie es sich vorgestellt habe. Ein klareres Rot. Sie habe eine gefühlte Ewigkeit dagestanden und einfach nur gestarrt, bis ihr bewusst geworden sei, was sie sah.

»Wie das Gefühl, wenn eine Vase herunterfällt«, sagte Jamila. »Man steht da und sieht das Unglück voraus, die tausend Scherben, in die sie zerspringen wird, wenn sie auf dem Boden aufkommt, und es fühlt sich an, als würde es so langsam gehen, dass man alle Zeit der Welt hat, um einzugreifen, und trotzdem steht man einfach nur da, ohne sich rühren zu können, und sieht es geschehen. Verstehst du?«

Ich nicke. Jamila sagt: »Dann habe ich geschrien. Jedenfalls glaube ich das. Am besten erinnere ich mich daran, wie ich hinauslief. Und dass ich weinte.«

Sie senkt die Stimme und sagt mit einem Ausdruck von Verwunderung in ihren großen Augen: »Ich hatte vorher noch nie einen toten Menschen gesehen.«

Jørgen gehörte zu den Menschen, die wenig Schlaf brauchten. Er kam problemlos mit sechs Stunden in der Nacht aus, häufig weniger, und arbeitete gern, wenn die anderen schliefen. In den Nächten, in denen wir ein Hotelzimmer teilten, war ich mehrmals vom Klappern seiner Tastatur wach geworden. In einer Blutlache, sagt Jamila, und jetzt hat diese Blutlache alle anderen Bilder von ihm beschmutzt, Jørgen, der im Hotelzimmer in London arbeitet, während ich ihn im Halbschlaf betrachte. Und ich ahne, dass es so kommen wird, jedes Bild, das ich von ihm habe, wird fortan davon beschmutzt sein; das ist alles, was mir noch bleibt. Jamila sitzt mir im Schneidersitz gegenüber, auf ihrem hellgrauen, minimalistischen Sofa, und erwartet, dass ich etwas sage. Und ich möchte nicht mehr über die Sache sprechen. Will nicht noch mehr Bilder von ihm verunreinigen. Mir ist übel, und ich kann es nicht zeigen. Doch Jamila ist nervös, ihr nackter Fuß klopft aufgeregt gegen das Sofakissen, und als ich nichts sage, stellt sie ihre Tasse auf dem Couchtisch ab und beugt sich zu mir vor.

»Wer kann so etwas getan haben?«, fragt sie. »Dieser Gedanke quält mich. Wir wohnen doch direkt nebenan. Wir müssten doch etwas gesehen oder gehört haben.«

»Ich weiß es nicht«, sage ich und denke an all das, von dem ich hoffe, die anderen haben es nicht gesehen und gehört.

Sie hört meine Skepsis nicht, ist voller Energie. So etwas müsse man doch herausfinden können, meint sie. Sie möchte mit den anderen Nachbarn sprechen, mit allen, die sie im Laden oder auf der Straße trifft. Vielleicht könne ich ja mit den anderen Eltern aus Emmas Klasse reden, den ganzen Tåsen-Muttis, von denen ich ihr erzählt hätte. Irgendwer müsse doch etwas bemerkt haben. Und es gebe vielleicht auch einiges, was man der Polizei lieber nicht erzähle. Nachbarschaftstratsch. Kleine Beobachtungen, die man gemacht habe. Man lebe so nah beieinander. Man sehe gewisse Dinge, das lasse sich nicht vermeiden. Und dann denke man vielleicht, das habe nichts zu bedeuten, und wolle die Polizei nicht damit aufhalten. Vielleicht wolle man auch nicht als Klatschtante dastehen oder seinen Nachbarn Probleme bereiten. Aber es ihr selbst mitzuteilen oder mir, das sei doch eine andere Sache.

»Die Leute in der Nachbarschaft mögen uns, Rikke«, sagt sie, sie hat meine Hand ergriffen und drückt sie mit einer überraschenden Kraft, ihre dünnen, sehnigen Hände pressen sich so fest um meine, dass mir ihre Ringe in die Finger schneiden. »Sie vertrauen uns.«

Das Kopfweh, das sich schon auf der Arbeit anschlich, schlägt jetzt mit voller Wucht zu. Meine von Jamila umklammerte Hand schmerzt ebenfalls, und ich denke: Was schlägt sie mir hier eigentlich vor? Und warum schlägt sie es vor?

»Jamila«, sage ich und ziehe meine Hand zu mir. »Das ist ein Fall für die Polizei. Ich glaube, es ist besser, wenn wir uns raushalten und uns nicht einmischen.«

»Wir *können* uns doch gar nicht raushalten!«, entgegnet sie.

Ihre Augen sind so weit aufgerissen, dass ich das Weiße um ihre Iris sehen kann, und sie starrt mich an. Verstehe ich es denn nicht? Wir können uns der Sache gar nicht entziehen, weil wir so nah dran wohnen. Es geht darum, Verantwortung für die Menschen in seiner Umgebung zu übernehmen, sich umeinander zu kümmern.

»Das Böse hat hier bei uns Einzug gehalten, Rikke«, sagt sie.

»Diese Sache mit den toten Katzen, weißt du? Ich denke das schon, seit ich das erste Mal davon gehört habe. Was sollte die Leute zu so etwas bewegen, wenn nicht Bösartigkeit?«

Ich seufze. Da sind sie schon wieder, die verdammten Katzen. Und Jamila hat einen Hang zur Dramatik. Mehr als einen Hang. *Das Böse hat hier bei uns Einzug gehalten.* Sie hat sich von der Situation verführen und mitreißen lassen und merkt gar nicht, wie übereifrig sie ist. Und ihr schreckliches Erlebnis von gestern sorgt dafür, dass ich es ihr nicht sagen kann.

Ich denke an ihren Mann auf dem Treppenabsatz, die beiden geliehenen Eier, die auf der Arbeitsplatte liegen blieben und mich an meine Lüge erinnerten. Eigentlich hatte ich ja geplant, sie ihr gegenüber zu erwähnen, aber jetzt weiß ich nicht, wie ich es unauffällig anstellen soll. Außerdem will ich sie auch nicht unnötig darauf aufmerksam machen. Und ich bin mir nicht ganz sicher, ob ich ihr trauen kann.

Als sie mich zur Tür begleitet, sagt sie: »Es war so unheimlich, Rikke. Das Blut auf der Tastatur. Ich habe kaum ein Auge zugemacht.«

Und da erinnere ich mich wieder daran, wie jung sie ist, nicht einmal dreißig. Ich lege ihr einen Arm auf die Schulter, sie sieht zu mir auf, und für einen kurzen Augenblick fühle ich mich wie eine große Schwester.

»Versuch, nicht so viel daran zu denken«, sage ich.

Draußen auf dem Treppenabsatz stehe ich vor Jørgens verschlossener Tür. Wie oft habe ich sie schon geöffnet, nachdem ich auf Socken, so leise wie möglich, die Treppe hinaufgeschlichen bin, wohl wissend, dass man jedes Knarzen der Stufen in allen vier Wohnungen hören kann. Hinter mir klickt das Schloss, und ich drehe mich um. Jamila schließt sonst nie von innen ab.

Ich muss an Jørgens Tür vorbei, um nach unten zu gehen, und versuche trotzdem, einen Bogen darum zu machen, presse mich an das Geländer auf der anderen Seite. Eine Blutlache. Oft war ich ganz eifrig, wenn ich herkam, durch diese Tür ging, aber mitunter tat ich es auch wider besseres Wissen. Vor allem in der letzten Zeit verspürte ich manchmal einen regelrechten Unwillen, begleitet von dem Wunsch, moralisch korrekt zu handeln, von einer kleinen, schwachen Stimme, die sagte: Lass es sein. Geh wieder zurück. Denk an deine Familie. Argumente, die gegen mein Begehren nur wenig ausrichten konnten, dabei fand ich dort oben nicht einmal immer die gewünschte Befriedigung. Und jetzt ist das Ganze unweigerlich vorbei, ich brauche nicht mehr darüber nachzudenken.

In unserer Wohnung bleibe ich stehen und lehne mich an die Haustür. Empfinde ich auch eine gewisse Erleichterung? Er ist nicht mehr da. Es ist vorbei, und diesmal unwiderruflich. Empfinde ich eine leise Befreiung? Ich habe mit ihm abgeschlossen, ich muss nicht mehr daran denken. Ich schließe die Augen und versuche, ruhig und kontrolliert zu atmen. Doch. Wenn ich ganz ehrlich zu mir bin, trifft es zu. Aber das kann ich niemandem erzählen. Ich sollte es nicht einmal denken. Jørgens Tod ist eine Tragödie, mehr darf man darüber nicht sagen.

Die Polizistin mit der Kamera hält sich nicht mehr im Garten auf. Wahrscheinlich ist sie jetzt hinter dem Haus. Oben im ersten Stock herrscht Stille, als hätte die Polizei ihre Arbeit dort eingestellt, und Merete wird wohl woanders sein, jetzt, da ihre Wohnung zu einem Tatort geworden ist. Normalerweise ist sie tagsüber oft zu Hause. Als ich in Elternzeit war, konnte ich sie dort oben hören. Ihre Schritte, leicht und flink. Ich hörte ihre Schüler auf dem Flügel spielen, zögerliche oder schnelle Tonfolgen, wohlklingende und schiefe. Manchmal übernahm Merete die Tastatur, und ich war nie im Zweifel, wann ich sie hörte, sie hat ein ganz eigenes Selbstbewusstsein am Klavier, bei ihr fließen die Töne unangestrengt und fehlerfrei dahin. Manchmal spielt sie auch allein zu Hause, meistens die großen Komponisten, Debussy, Tschaikowski, Bartók. Einmal hörte ich sie David Bowie spielen. Sie behandelte »Life on Mars« wie ein klassisches Stück, und ich musste schmunzeln. In letzter Zeit hörte ich dann, wie sie *Die Dreigroschenoper* übte, hörte die tiefen, suggestiven Töne von Kurt Weill durch die Wände unseres Vierparteienhauses dringen, ein ganz anderer Klang als in der Turnhalle am Bakkehaugen. Wie Merete an den Job als Pianistin für die Vorstellung kam, weiß ich nicht. Vielleicht hatte sie den jungen Regisseur bei jenem Elternabend im August angesprochen, vielleicht lud er sie nachher ein. Ich kann mir nicht vorstellen, dass sie sich aktiv darum bemühte. Irgendetwas an ihr veranlasst mich zu dem Gedanken, dass sie nie um etwas bitten muss, sondern ihr immer alles angeboten wird, und es ihr Privileg ist, sich zu entscheiden, ja, bitte, nein, danke.

Der Regisseur war einige Male hier. Einmal sah ich ihn vom Fenster aus, ein anderes Mal begegnete ich ihm im Treppenhaus. Er hatte einen Stapel Papiere dabei, vielleicht Noten oder Anmerkungen zum Stück. Wie ihr Verhältnis aussieht, kann ich nicht einschätzen. Merete, immer ein wenig reserviert und professionell bis in die Fingerspitzen, lässt sich eventuelle Antipathien nicht anmerken, aber ich meine, etwas in ihrem Gesicht registriert zu haben, bei irgendeiner Probe am Wochenende, als Gard sich wieder einmal über die Deutung des Stücks ausbreitete.

»In letzter Konsequenz stellt sich doch die Frage, ob Mackie ein schlechter Mensch ist«, sagte er damals, »und falls ja: Ist es sein eigener Fehler, oder haben ihn die Umstände dazu gemacht? Und unabhängig davon: Ist es richtig, dass er für seine Sünden sterben muss? Gibt es irgendeine Tat, die so grausam ist, dass der Täter den Tod verdient hat?«

Merete saß da und wartete darauf, dass er seine Ausführungen beendete, ihre Miene war tadellos neutral, und trotzdem glaubte ich, ein kleines Zucken in ihrem Mundwinkel zu bemerken, ein leichtes Stirnrunzeln, als hätte sie in dem Moment gedacht: *Mein Gott, was für ein weihevolles Jüngelchen.* Falls es so war, kann ich ihr aber nicht vorwerfen, dass sie es sich anmerken ließ.

Es ist knapp einen Monat her, dass die große *Dreigroschen*-Kontroverse ausbrach, verursacht durch die E-Mail der aufgebrachten Mutter einer Schülerin aus der achten Klasse, die im Rollentext gelesen hatte, dass ihre Tochter eine Prostituierte spielen sollte. Im Stück lautete die Bezeichnung sogar *Hure*, was die Mutter nur schwer erträglich fand. *Was sollen wir eigentlich davon halten,* schrieb sie, *ist das für eine Schulvorstellung angemessen?* Die anderen Eltern wurden sofort hellhörig, und eine Flut von E-Mails brach los. In endlosen Mailwechseln wurde argumentiert, das sei unpassend, vielleicht sogar schädlich. Sensible junge Mädchen sollten ihre Sexualität auf der Bühne darbieten, als stehe sie zum Verkauf, und das auch noch unter der Aufsicht der Schule, schrieb eine Mutter. Sagas Mutter verfasste einen flammenden Appell und verlinkte ihren Artikel über Schönheitswahn. Andere Eltern reagierten zurückhaltender. *Die Dreigroschenoper* versuche doch schließlich, etwas darüber zu erzählen, unter welchen sozialen Bedingungen das Böse besonders gedeihen würde, schrieb ein Vater, der für einen linken Thinktank arbeitet – und sollten nicht gerade unsere privilegierten Kinder mehr darüber erfahren, wie Armut und Marginalisierung in die Kriminalität führen konnten? Eine Mutter, die eine Juniorprofessorenstelle an der Universität hatte, schrieb, bei Brecht handele es sich immerhin um Weltliteratur, und dass dieses Stück Unbehagen hervorrufe, wie es nur gute Literatur vermögen würde, sei umso mehr ein Grund *für* eine Aufführung. Diese Einwände stießen auf wenig Verständnis. Sie meinen also, es wäre völlig in Ordnung, dass jetzt sogar zwölfjährige Mädchen Prostituierte spielen, schrieb eine andere Mutter, was die andere, bis dahin eher zurückhaltende Seite zum Anlass nahm, ebenfalls schärfere Töne anzuschlagen. Sollen wir unsere Kinder vor der harten Realität des Lebens verschonen, schrieb jemand, obwohl es eine Tatsache ist, dass Kinder, die nicht einmal in der Pubertät sind, in anderen Ländern zwangsverheiratet oder als Sexsklaven verkauft werden? Hier werde die Meinungsfreiheit eingeschränkt, schrieb Jørgen, der sich normalerweise nicht groß dafür interessierte, was an der Schule passierte, jetzt aber mit großem Eifer in die Debatte einstieg. Er sei jedenfalls sehr stolz, dass seine Tochter die Kneipen-Jenny spiele und ein Lied darüber singe, wie zerstörerisch es für eine junge Frau sei, von einem Zuhälter ausgenutzt zu werden.

An diesem Punkt schaltete irgendjemand die Schulleitung ein. Nina Sparre, die angesichts des Konflikts natürlich höchst alarmiert war, lauerte mir zu Hause im Treppenhaus auf und fragte mich, was ich von der Kontroverse hielte. Was ich davon hielte? Ich antwortete, meiner Ansicht nach sei das Ganze völlig aus dem Ruder gelaufen, und ich fände es weder so wahnsinnig wichtig, das Stück unbedingt aufzuführen, wie die einen meinten, noch hielte ich es für so schädlich, wie die anderen behaupteten. Doch obwohl ich es Jørgen gegenüber nie zugegeben hätte, war ich insgeheim auch erleichtert, als die Schule einschritt und beschloss, Brecht ein wenig zu zensieren, damit Emma nicht auf der Bühne stehen und eine Hure spielen musste. Gard war verzweifelt und hatte sich mit den Eltern zusammengetan, die meinten, das Stück müsse unbedingt in seiner ursprünglichen Fassung belassen werden, doch letzten Endes war er auch pragmatisch und ließ sich schließlich darauf ein, die Huren zu Tänzerinnen zu machen und einzelne Lieder zu streichen, darunter auch die Zuhälter-Ballade, die Filippa Tangen hätte singen sollen.

Merete äußerte sich nie zu dieser Kontroverse. Von allen Eltern war sie diejenige, die am engsten mit Gard zusammenarbeitete, und wahrscheinlich hatte er sie auch nach ihrer Einschätzung gefragt, doch falls sie ihn unterstützte, tat sie es jedenfalls nicht öffentlich. Sie ist eine Kunstkennerin und hat einen überraschend modernen Geschmack, der angesichts ihrer klassischen Erscheinung erstaunen mag. Gleichzeitig würde es mich nicht wundern, wenn sie genau wie ich ein wenig erleichtert darüber war, wie unsere Töchter in der geänderten Fassung auf der Bühne bezeichnet wurden. Auf den Proben, die nach der Diskussion stattfanden, saß sie genauso aufrecht am Klavier wie zuvor, aber ich kann mich nicht erinnern, Gard nach der Änderung des Stücks noch einmal hier im Kastanjesvingen gesehen zu haben, vielleicht hatte er also das Gefühl, sie habe ihn im Stich gelassen.

Der Wagen vom Fernsehen parkt immer noch am Straßenrand, ich sehe ihn vom Küchenfenster aus. Der Apfelbaum hat seine Blätter verloren, die Äste spreizen sich dem Himmel entgegen, vielleicht müsste er beschnitten werden. Im vergangenen Sommer saßen Jørgen und ich manchmal beide mit einem Buch auf der Bank unter dem Baum. Bevor das mit uns anfing. Doch jetzt sieht die Bank aus, als wäre sie eine andere. Das hängt mit dem Herbst zusammen, denke ich. Besser mit dem Herbst als mit Jørgens Tod.

Jørgen lebt nicht mehr. Das ist so schwer zu fassen. Habe ich das Recht zu trauern? Für einen kurzen Moment beneide ich Jamila. Sie kann über Jørgens Tod weinen, *sie* darf es. Für sie ist es unkompliziert. Ich muss dagegen aufpassen. Ich kann traurig sein, aber nicht zu traurig. Vor allem nicht in Åsmunds Gegenwart. Der arme Åsmund, der gar nichts falsch gemacht hat. An ihm lag es nicht, er hat mich nicht dazu getrieben. Vielleicht hatten wir eine etwas schwierige Phase, aber sie war auch nicht dramatisch. Nicht über das hinausgehend, was alle Ehepaare durchleiden. Es hatte nie etwas mit ihm zu tun.

Als ich Mitte zwanzig war, lebte ich mit meinen Freundinnen in einer Wohngemeinschaft. Die anderen waren alle Singles, und manchmal beneidete ich sie um ihre Abenteuer. Jeder Abend in der Stadt bot die Gelegenheit, jemanden kennenzulernen. Einen Mund, den man küssen, einen Körper, den man ausziehen konnte. Neue Geschichten für den WG-Küchentisch. Oft handelten diese Geschichten aber auch davon, was schiefgegangen war, von Männern, die nicht zu Verabredungen auftauchten, von all den Zweifeln und Selbstbefragungen, was hatten meine Freundinnen falsch gemacht? All die seltsamen Männer, die etwas abgedrehten oder selbstverliebten Typen, um nicht von den angsteinflößenden, vielleicht sogar gefährlichen zu sprechen. Hinzu kamen die schlimmen Trennungen, die per SMS oder durch einen Freund übermittelt wurden, oder gar nicht, wenn die Freunde einfach abtauchten. Ich lauschte ihren Geschichten, gab Ratschläge und tröstete. Verbarg meine Dankbarkeit darüber, dass ich Åsmund hatte. Der auf meine Nachrichten antwortete, der ganz normal war, und verlässlich, und den ich außerdem liebte. Hätte ich ihn für so etwas verlassen sollen?

Meine Unzufriedenheit kam in Wellen. In manchen Phasen war alles gut, in anderen nicht. Es gab Zeiten, in denen ich davon träumte, jemand anderen kennenzulernen, wen auch immer. Einen Mann ohne Gesicht, ohne Vergangenheit oder Zukunft, mit dem ich im Lesesaal auf der Toilette oder in einer geschützten Ecke auf dem Weg nach Hause vögeln konnte. Doch ich setzte meine Fantasien nie in die Tat um. Es gab einige Gelegenheiten, die ich hätte ergreifen können. Niemand hätte es je erfahren. Ich hätte meine Lust stillen und anschließend wieder zu Åsmund zurückkehren und unser gemeinsames Leben fortsetzen können, ohne je wieder daran zu denken. Doch ich ließ es sein. Ich dachte wohl, dort verläuft eine Grenze. Überschreitet man sie, gibt es kein Zurück mehr. Und wenn es darauf ankam, war ich doch nicht so draufgängerisch und machte immer einen Rückzieher, bevor es zu weit ging.

Åsmund ist zu Hause, als Lukas und ich vom Kindergarten kommen. Er steht in der Küche, ich kann ihn vom Garten aus sehen. In der Küche riecht es nach gebratenen Zwiebeln und Frikadellen.

»Hallo«, sage ich ein wenig zögerlich aus dem Flur.

»Hallo«, ruft er aus der Küche.

Fröhlich? Nicht mehr als sonst, aber genau das macht mich beklommen; Åsmund ist wie immer. Lukas rennt zu seinen Spielsachen ins Wohnzimmer. Ich gehe in die Küche, sehe Åsmund mit dem Rücken zu mir am Herd stehen. Er hat meine Schritte nicht gehört, weiß nicht, dass ich hinter ihm stehe, und ich betrachte ihn einige Sekunden, wie er dort steht, sich nach etwas in einem Schrank streckt, in einen Topf schaut, den Pfannenwender benutzt, um das Fleisch umzudrehen. Er summt dabei, keine richtige Melodie, es sind eher unzusammenhängende Laute, die er von sich gibt. Ich erinnere mich, wie er schon damals in der WG so vor sich hin summte, wenn er bei mir übernachtet hatte und morgens für uns alle Omelett zum Frühstück machte. Die Mädchen lobten ihn über den grünen Klee. Ich forderte sie scherzhaft dazu auf, still zu sein, übertreibt es mal nicht, sagte ich, sonst wird er noch übermütig. Ich genoss den Neid der anderen, ich hatte etwas, das sie sich wünschten.

Er dreht sich um.

»Hallo«, sagt er überrascht, »stehst du hier?«

»Ja«, sage ich.

»Ist etwas?«

»Nein.«

Er lächelt mich an, als wolle er mich aufmuntern. Der nette Åsmund, der immer will, dass es mir gut geht. Ich weiß, es gab Momente, als mich das genervt hat, ich sagte es ihm sogar, musst du immer so verdammt nett zu mir sein, mach doch einfach mal, worauf du selbst Lust hast, du brauchst nicht immer Rücksicht auf mich zu nehmen. Aber wenn ich ihn jetzt sehe, kann ich meine Reaktion nicht nachvollziehen. Gibt es eine größere Liebeserklärung, als wenn jemand Tag für Tag, Jahr für Jahr, sein Bestes dafür tut, dass es einem anderen Menschen gut geht?

Er blickt mich an, und ich glaube, er möchte etwas über Jørgen sagen, ich sehe, wie er daran denkt, wie sich seine Stirn in Falten legt. Doch dann glättet sie sich wieder, und er sagt: »Starrst du etwa auf meinen Hintern?«

Er dreht sich wieder um und wackelt mit dem Po, und ich muss unfreiwillig lachen.

»Ertappt.«

Er lächelt mich über die Schulter hinweg an. An den Schläfen hat er einige graue Strähnen in seinem braunen Haar. Wenn ich an Åsmund denke, denke ich immer, er sieht noch genauso aus wie mit zwanzig, aber auch er wird älter.

»Nur zu«, sagt er. »Das gehört alles dir.«

Mit einem Mal schnürt sich mir wieder der Hals zu, als müsste ich weinen, ganz plötzlich und akut. Ohne etwas zu sagen, verlasse ich die Küche, durchquere hastig das Wohnzimmer, wo Lukas gerade kniet und in seiner Spielzeugkiste wühlt, und gehe ins Bad hinein. Ich schließe die Tür ab, stelle mich ans Waschbecken, drehe den Hahn auf, um wie zuletzt mein Weinen mit dem fließenden Wasser zu übertönen, und dann warte ich, doch es kommt nichts. Ich versuche es. Nichts. Habe ich vergessen, wie es geht?

Ich kehre ins Wohnzimmer zurück.

»Hol doch nicht alle Spielsachen auf einmal heraus, Lukas«, sage ich halbherzig.

Es ist zu spät, er hat die Kiste längst auf den Kopf gedreht, aber ich musste etwas sagen. Åsmund taucht in der Tür auf.

»Alles in Ordnung, Rikke?«, fragt er.

Ist es das? Ich habe keine Ahnung.

Es werden immer mehr Leute dort oben. Im Wohnzimmer, wo Åsmund und ich gerade fernsehen, können wir sie die Treppe hinauftrampeln hören. Ab und zu läuft auch wieder jemand hinunter, aber nicht so häufig wie umgekehrt. Der eine Ü-Wagen ist weg, dafür stehen zwei neue Autos da, eins von einer Boulevardzeitung und eins von einem anderen Fernsehsender. Wir schauen eine Netflix-Serie, Åsmund würde gern Nachrichten gucken, aber ich habe keine Lust.

»Bist du sicher?«, fragt er. »Vielleicht können wir unser Haus sehen.«

»Genau das will ich eben nicht«, antworte ich, und er zuckt mit den Schultern.

Lukas schläft, Emma bleibt in ihrem Zimmer. Sie hat schlechte Laune, war beim Abendessen schweigsam und mürrisch, reagierte kaum, wenn man sie ansprach. In der Regel ist sie zu Åsmund wohlwollender als zu mir. Wenn Åsmund sich Zahnstocher als Vampirzähne unter die Oberlippe steckt oder sein Besteck als Schlagzeugstöcke benutzt, kann sie genauso darüber lachen wie als Kind, und in ihren Augen blitzt echte Freude auf. Mir gegenüber ist sie nicht so, aber ich albere vielleicht auch nicht derart viel herum. Und ich weiß nicht, was sie da unten in ihrem Schlafzimmer treibt. Ich würde gern fragen, und will es doch nicht.

Wenn sie laut direkt über unseren Köpfen trampeln, sehen wir zur Decke.

»Ganz schön heftig«, sagt Åsmund irgendwann, ansonsten gehen wir nicht weiter darauf ein.

Es ist, als würde es uns nicht betreffen, solange wir nicht darüber reden. Bislang stimmt das ja auch, was dort oben passiert ist, hat schließlich nichts mit uns zu tun, aber trotzdem krümme ich mich innerlich zusammen. Warum musste ich am Samstag dort hochgehen? Ich habe mich immer noch nicht wegen der SMS an die Polizei gewandt. Ich hätte heute anrufen können. Als ich von der Arbeit nach Hause kam, oder nach meinem Besuch bei Jamila. Es ist unlogisch, dass ich es so vor mir herschiebe. Ja, sogar unklug.

Wir hören erneut Schritte auf der Treppe, diesmal nicht ganz so stampfend. Auch Stimmen, ohne dass wir etwas verstehen. Sie kommen herunter, gehen unseren Hausflur entlang, und dann klopft es an der Tür.

Ich springe im Nu auf, als hätte ich nur darauf gewartet, und obwohl es nicht so ist, bin ich sofort bereit, als es klopft, und habe schon die halbe Strecke zurückgelegt, als das Klopfen verstummt. Åsmund sieht mich fragend an, aber ich sage nichts, und während ich weiter in den Flur eile, um zu öffnen, krampft sich mein Magen zusammen, und meine Hand zittert, als ich sie zur Klinke ausstrecke.

Draußen steht Robin mit einer Frau. Er trägt eine Uniform, sie nicht, aber man sieht, dass sie Polizistin ist, und ich erkenne sie sofort wieder.

»Hallo«, sagt Robin zu mir. »Hätten Sie Zeit für ein kurzes Gespräch?«

»Ingvild?«, frage ich, und ein Ausdruck der Verblüffung bricht durch ihre professionelle Miene.

Sie sieht mich verwirrt an, ich habe sie überrascht, und sie scheint kein Mensch zu sein, der oft von etwas überrascht wird.

»Rikke«, sage ich. »Die Freundin von Hege, erinnerst du dich?«

Und da lächelt sie. Über das ganze Gesicht sogar, warmherzig.

»Ja«, sagt sie. »Rikke. Jetzt erinnere ich mich. Hallo.«

Sie reicht mir die Hand. Wäre sie nicht dienstlich hier, hätte sie mich vielleicht sogar umarmt, das wäre mir jedenfalls natürlich vorgekommen.

Als wir einundzwanzig waren, hatte meine Mitbewohnerin Hege eine kurze lesbische Phase, und in dieser Zeit tauchte Ingvild Fredly bei uns in der WG auf. Sie war Polizistin, trug eine Lederjacke und fuhr Motorrad, irgendwie schien sie genau der Typ Frau zu sein, mit der man eine lesbische Affäre anfängt, wenn es bei einer einzigen bleibt. Ingvild war dreißig, Hege war einundzwanzig und stimmte ihren Partnern immer in absolut allem zu. Sobald Ingvild etwas sagte, nickte Hege eifrig, dabei glaube ich eigentlich nicht, dass Ingvild eine solch unverhohlene Bewunderung gefiel. Die Beziehung währte auch nur ein paar Monate, aber in dieser Zeit war sie oft bei uns zu Hause, saß an unserem Küchentisch, trank morgens Kaffee und abends Bier. Ich erinnere mich, dass sie aus einem kleinen Ort im Norden kam. Einmal erzählte sie, wie die älteren Jungs im Dorf den Mädchen nach einer Party anboten, sie im Auto mitzunehmen, wenn sie ihnen im Gegenzug einen bliesen. Ich weiß noch, dass ich schockiert war, und Ingvild nur lakonisch sagte, das sei immerhin ein guter Grund gewesen, sich ein Motorrad zuzulegen.

»Wie geht's dir denn so?«, frage ich sie, als würden wir uns in einem ganz anderen Zusammenhang treffen, zu Gast bei irgendjemandem, gemeinsamen Freunden, die wir hatten, ohne es vorher zu wissen.

»Ach ja«, antwortet sie. »Eigentlich gut. Viel zu tun. Und dir?«

»Ja«, antworte ich. »Auch gut. Ich wohne hier.«

Sie späht lächelnd in die Wohnung.

»Und hast Kinder.«

»Ja, zwei. Ein Mädchen und einen Jungen. Dreizehn und vier.«

»Ja«, sagt sie und deutet mit dem Kopf auf die Akte, die sie in der Hand hält, »das habe ich hier schon gelesen.«

Wir blicken beide zu der Mappe, und dann wird uns bewusst, dass dies kein Treffen zwischen alten Bekannten ist und die Situation etwas anderes von uns verlangt. Unser Lächeln verschwindet, wird durch andere Mienen ersetzt, ihre ist wieder professioneller, meine etwas zurückhaltender. Es ist ein seltsames Gefühl, als würde das sanfte, leichte Gespräch nach wie vor über uns im Flur schweben.

»Ich leite die Ermittlungen«, sagt Ingvild mit einer tieferen, autoritäreren Stimme. »Und würde gern kurz mit euch sprechen. Dürfen wir reinkommen?«

Wir setzen uns wieder in die Küche. Åsmund und ich nehmen auf der einen Seite des Tischs Platz, Ingvild und Robin auf der anderen. Ingvild räuspert sich.

»Könntet ihr uns ein bisschen was über die Beziehung zu euren Nachbarn erzählen?«, fragt sie. »Also, wie gut ihr Jørgen und Merete Tangen kennt?«

»Tja«, sagt Åsmund und sieht mich an. »Wie soll man das beschreiben? Nicht besonders gut, oder?«

Mein Herz pocht hart und schnell, aber ich muss hier die Kontrolle übernehmen. Muss die Rolle der gewöhnlichen Nachbarin spielen, als ginge es um Saman und Jamila oder Nina und Svein.

»Eine ganz normale nachbarschaftliche Beziehung«, sage ich.

Meine Stimme zittert nicht. Es ist, als würde ich es selbst glauben.

»Was bedeutet das genau?«, fragt Ingvild. »Besucht ihr euch manchmal gegenseitig, ladet euch zum Essen ein, fahrt zusammen in den Urlaub?«

»Ab und zu essen wir im Sommer gemeinsam auf dem Holzdeck«, antworte ich. »Einmal im Jahr veranstalten wir ein Nachbarschaftsfest für alle, die im Haus wohnen. Aber sonst? Einmal waren wir bei ihnen zum Essen eingeladen, oder?«

Åsmund nickt.

»Das ist aber schon einige Jahre her«, sage ich.

Robin macht Notizen.

»Und sonst?«, fragt Ingvild.

Ich tue so, als würde ich nachdenken.

»Unsere Töchter gehen in dieselbe Klasse«, sage ich. »Auf die Schule am Bakkehaugen. Wir sehen uns also auf Elternabenden und so weiter …«

Mein Hals ist trocken, ich räuspere mich.

»Und sie proben gerade ein Theaterstück. *Die Dreigroschenoper.* Es soll vor Weihnachten Premiere haben, unsere Töchter spielen beide mit, und die Eltern helfen. Solche Sachen.«

Es müssen Rechnungen von unseren Hotelaufenthalten existieren. Und in seinem Mailpostfach oder bei den Hotels gibt es sicher auch Informationen darüber, dass wir im selben Zimmer übernachtet haben.

»Keine gemeinsamen Ausflüge oder so was?«, fragt Ingvild, als hätte ich ihr ein Stichwort gegeben.

»Nein«, antworte ich scheinbar unbeschwert.

Haben sie bereits alles gefunden? Die Flugtickets oder die Mails, die wir einander zur Planung geschrieben haben? Ingvild sieht auf ihren Block hinab und sagt: »Mir wurde von einem

Ausflug in die Berge berichtet, irgendwann im Spätsommer, lasst mich mal sehen, vom 24. bis 26. August? Nach Beitostølen?«

»Ach«, sagt Åsmund überrascht. »Unser Männerwochenende?«

»Ja«, antwortet Ingvild.

Robin sagt: »Offenbar waren Jørgen Tangen, Saman Karimi, Svein Sparre und Sie dabei? Stimmt das?«

Ich atme unmerklich aus.

»Ja, das stimmt«, sagt Åsmund. »Ich habe die Daten nicht mehr genau im Kopf, aber wir waren alle vier dabei, und es kann durchaus Ende August gewesen sein.«

Ingvild fragt: »Kannst du uns etwas von diesem Ausflug erzählen?«

Åsmund sieht erst sie verständnislos an, dann mich, dann wieder sie.

»Ich weiß nicht genau, was ich darüber erzählen sollte. Wir sind freitags nach der Arbeit hingefahren, haben zusammen gekocht und so. Am Samstag haben wir eine lange Wanderung unternommen, und dann waren wir in der Sauna, ja, die haben so eine tolle Sauna. Es ist Sveins Ferienhaus, er hatte uns eingeladen. Und dann haben wir wieder zusammen gegessen und ein paar Bier getrunken. Am nächsten Tag waren wir noch mal kurz spazieren, haben aufgeräumt und sind nach Hause gefahren. Jørgen saß mit Saman im Auto, ich mit Svein.«

Robin macht wieder Notizen, während Åsmund redet, sein Stift rast über das Papier. Åsmund sieht die beiden Polizisten fragend an, hatten sie das von ihm hören wollen?

»So war es wohl«, sagt er. »Viel mehr gibt es über diesen Ausflug eigentlich nicht zu sagen. Es sei denn … willst du auf etwas Bestimmtes hinaus?«

»Gab es an diesem Abend irgendwelche Meinungsverschiedenheiten?«, fragt Ingvild.

Ihr Ton klingt effektiv und geschäftsmäßig. Ich überlege, ob das mit den Abenden in der WG zusammenhängt, unseren Gesprächen über einem Bier und unserem freundlichen Schwatz eben im Flur. Ich kann mir vorstellen, dass sie glaubt, deswegen besonders streng sein zu müssen, unsere private Verbindung wegzuwischen. Vielleicht ist sie aber auch immer so. Professionell, ja, aber nicht besonders entgegenkommend. In meinen Ohren rauscht es wieder. Die SMS auf Jørgens Telefon. Die Bilder der Überwachungskameras über dem Empfang in seinem Büro, die ihn und mich zeigen, wie wir am späten Abend Hand in Hand hineingehen.

»Meinungsverschiedenheiten?«, fragt Åsmund, er kneift die Augen zusammen, als würde er versuchen, in weiter Ferne etwas zu erkennen, und dann sagt er: »Ach, du meinst dieses Gespräch am Samstagabend? Also, es gab eine Diskussion über – ich erinnere mich gar nicht mehr genau, worum es ging. Um Impfungen oder etwas Ähnliches? Jørgen vertrat eine Meinung, Saman eine andere, und sie schaukelten sich gegenseitig ein bisschen hoch. Mehr war es aber nicht. Es war nicht unangenehm. Wir hatten einiges getrunken, du weißt ja, wie das ist. Nichts, was man …«

Er verstummt kurz.

»Ist es das, was du glaubst? Dass einer von uns ihn ermordet hat?«

Ingvild antwortet nicht. Stattdessen sagt sie: »Könnt ihr mir etwas über die anderen Nachbarn erzählen? Was für ein Verhältnis sie zueinander haben?«

»Nina und Svein Sparre haben schon hier gewohnt, als wir eingezogen sind«, sage ich. »Sie sind, nein, ich meine, ihr Sohn ist ein paar Jahre älter als unsere Tochter, sie gehen nicht auf dieselbe Schule. Wir treffen die Familie ab und zu im Garten oder Treppenhaus oder so, darüber hinaus haben wir nicht so viel Kontakt. Nina ist die stellvertretende Rektorin an Emmas Schule, da begegnen wir uns also auch ab und zu mal. Und Åsmund sitzt zusammen mit ihr in der Eigentümerversammlung.«

»Ja«, bestätigt Åsmund.

»Saman und Jamila sind vor anderthalb Jahren eingezogen«, sage ich. »So ungefähr? Ihn kennen wir nicht so gut, ich jedenfalls nicht. Jamila schon ein bisschen. Wir haben auch ein paarmal etwas außerhalb unseres Hauses unternommen. Waren zusammen im Café und so.«

»Und über welche Themen unterhaltet ihr euch dann?«, fragt Ingvild.

Ich habe unser heutiges Gespräch im Kopf, *das Böse hat hier bei uns Einzug gehalten.* Und ihre Beschreibung, *in einer Blutlache.*

»Na ja«, sage ich. »Dies und jenes. Das Leben im Allgemeinen, und … ja, solche Sachen. Sie erzählt mir ein bisschen was von ihrem Job und ich ihr von meinem.«

»Und was machst du beruflich?«

»Ich arbeite an einem Forschungsinstitut, das zur Universität gehört. Wir untersuchen die Einstellung der Menschen zum Klimawandel und zum nachhaltigen Konsum.«

»Gefällt es dir?«

»Ja, sehr.«

Fragt sie mich jetzt als Polizistin oder als alte Bekannte? Sie schaut auf ihren Block, wirkt ein bisschen desinteressiert, aber nicht mehr so konfrontativ wie vorher. Dann blickt sie wieder auf und richtet sich an Åsmund.

»Und du? Was arbeitest du?«

»Ich bin IT-Administrator in der Direktion für Bildung und Ausbildung.«

»Aha. Also, dann haben wir noch diesen Freitagabend«, sagt sie und blickt erneut auf ihren Block. »Mal sehen …«

Sie blättert ein wenig, liest. Wir warten.

»Robin hat mir erzählt, dass du«, sie sieht Åsmund an, »gegen halb fünf mit Lukas – eurem Sohn, nicht wahr? – nach Hause gekommen bist und eure Tochter eine halbe Stunde danach. Stimmt das?«

»Ja«, antwortet Åsmund ernst.

»Und du«, sagt sie an mich gewandt, »bist etwas später hier gewesen?«

»Ja.«

»Uhrzeit?«

»Ich weiß nicht. Halb sechs vielleicht. Oder ein bisschen früher?«

Ich sehe zu Åsmund hinüber, der sofort eine zutiefst konzentrierte Miene zieht und mir helfen will.

»Bist du über den Code an der Außentür ins Haus gekommen?«, fragt Ingvild.

»Ja«, sage ich. »Wir benutzen nichts anderes. Wir haben keine Schlüssel mehr, alle haben einen Code, mit dem sie hereinkommen.«

»Gibt es noch jemanden außer eurer Familie, der den Code kennt?«

Wir sehen einander an.

»Nein«, sage ich. »Oder?«

»Nicht, dass ich wüsste«, sagt Åsmund.

»Ihr seid also Freitagnachmittag von der Arbeit nach Hause gekommen«, fasst Ingvild zusammen. »Seid ihr an dem Abend noch einmal hinausgegangen?«

»Nein«, antworten Åsmund und ich fast synchron.

»Seid ihr sicher?«

»Ja.«

Ich räuspere mich.

»Ja, wir waren den ganzen Abend zu Hause. Haben einen Film gesehen. Das heißt, ich nur den halben. Ich bin zuerst ins Bett gegangen, und du bist noch ein bisschen länger sitzen geblieben?«

»Aber nur eine Stunde oder so«, sagt Åsmund entschuldigend, als wäre es verdächtig, an einem Freitagabend erst nach zehn Uhr ins Bett zu gehen.

»Und die Kinder? Emma?«

»Ich habe noch mal bei ihr hereingeschaut, bevor ich mich hingelegt habe«, antwortet Åsmund. »Sie hat geschlafen.«

»Gibt es eine Leiter hier auf dem Grundstück?«

Åsmund und ich sehen uns an.

»Leiter?«, frage ich.

»Hinter dem Schuppen müsste eine stehen«, sagt er. »Vor ein paar Jahren mussten einige kaputte Dachziegel ersetzt werden, da war sie in Gebrauch.«

Ingvild nickt zweimal, dann klappt sie ihren Block zu.

»Es ist so, dass der tote Mann, der in der Wohnung über euch gefunden wurde, Jørgen Tangen ist. Das habt ihr euch sicher schon gedacht. Die Identifikation ist noch nicht offiziell abgeschlossen, aber wir sehen keinen Grund, daran zu zweifeln. Und er wurde ermordet. Er hatte einen tiefen Schnitt in der Kehle und ist vermutlich innerhalb weniger Minuten verblutet.«

Eine Blutlache. Als wir im Gymnasium waren, karrten sie uns mit dem Bus zu einem Hof beim Hønefoss, damit wir erfuhren, wie unser Essen produziert wird. Der Bauer nahm uns mit in den Schweinestall und erzählte uns mit einem gewissen

Sadismus, als er klein gewesen sei, habe man den Schweinen ab und zu noch die Kehle durchgeschnitten, sodass das Blut nur so sprudelte. Wir traten nervös von einem Bein auf das andere. Einige Mädchen schauderten. Åsmund, der kein Blut sehen kann, wurde schon bei dem Gedanken kreidebleich und musste den Stall verlassen und sich draußen hinsetzen. Ich erinnere mich, dass ich ein bisschen lächeln musste, die armen Kinder aus Bærum, die mit dem Ursprung ihrer Grillwürstchen konfrontiert wurden. Einige von Åsmunds Freunden versuchten, Witze über das Schlachten zu machen, aber eigentlich fühlten sie sich erst wieder wohl, als wir im Bus nach Hause saßen.

»Wir ermitteln hier also in einem Mordfall«, sagt Ingvild. »Heute Abend werden wir eine Pressekonferenz abhalten, deshalb informieren wir jetzt die Nachbarn. Und ihr versteht ja sicher, dass dies eine ernste Angelegenheit ist.«

An dieser Stelle blickt sie uns beide eindringlich an, als wären wir Kinder und sie unsere strenge Tante.

»Es ist also wichtig, dass ihr alles so erzählt, wie es war. Nicht wahr?«

Wir nicken. Ingvild wühlt in der Tasche ihrer Lederjacke und zieht ein Stück Karton heraus, das sie auf den Tisch legt.

»Hier ist meine Karte. Wenn euch noch etwas einfällt, könnt ihr mich jederzeit kontaktieren.«

Wir nicken erneut. Die Visitenkarte liegt zwischen uns auf dem Tisch, und ich denke, das ist mein Ausweg. Ich muss mit Ingvild sprechen. Ihr alles so erzählen, wie es war.

Auf dem Weg zur Tür sieht Ingvild sich um und sagt:

»So schön habt ihr's hier.«

»Danke«, sage ich.

»Total gemütlich, irgendwie. Warm und einladend.«

Im Flur ziehen sie sich die Schuhe an, verabschieden sich und gehen. Als die Tür hinter ihnen zufällt, sagt Åsmund: »Meine Güte. Ist das gerade wirklich passiert?«

Während er auf der Toilette ist, fotografiere ich die Visitenkarte ab. Später gehe ich selbst ins Bad, drehe wieder das Wasser auf, als würde ich mir gerade die Zähne putzen, und gebe ihre Telefonnummer ein. Ich schreibe: *Hallo noch mal! Es gibt ein paar Dinge, die ich vorhin nicht erwähnt habe. Können wir uns morgen sprechen? Gruß, Rikke.* Ich drücke so schnell es geht auf »senden«, damit ich es nicht wieder bereue. Anschließend lege ich mich auf den Badezimmerboden und spüre, wie die beheizten Fliesen die Unterseite meines Körpers wärmen. Mein Handy bleibt stumm. Ich kann sehen, dass sie die Nachricht gesehen hat, darunter steht: *gelesen 21.32 Uhr.* Nur wenige Minuten, nachdem ich sie abgeschickt habe. Aber sie antwortet mir nicht.

Erst in der Nacht kommt die Antwort. Natürlich habe ich nicht geschlafen. Es ist nach Mitternacht, und ich streife im Haus umher und finde keine Ruhe. Setze mich an den PC, denke, dass ich nach Jørgen googeln müsste, doch ich kann es nicht, zu groß ist meine Angst davor, was ich finden könnte. Ein tiefer Schnitt durch die Kehle, eine Blutlache. Zuletzt tue ich es doch und finde als Erstes Artikel, die er geschrieben hat, Überschriften und Einleitungen, und dann sein Profilfoto. Ich betrachte ihn. Ein attraktiver Mann, Mitte vierzig, als das Foto aufgenommen wurde. Lockiges Haar, eine hohe Stirn, ein eindringlicher Blick. Doch wenn ich ihn so sehe, könnte er einfach irgendwer sein. Jørgens Gesicht wurde erst lebendig, wenn er redete, denke ich. Er sah durchaus gut aus. Aber in erster Linie war es sein Wesen, das ihn so anziehend machte.

Mein Handy vibriert, und ich zucke zusammen, bin so aufgewühlt, dass ich ganz vorne auf der Stuhlkante sitze, wie fluchtbereit. *Kaffee morgen um zehn?*, fragt Ingvild. Das ist alles. *Ja*, antworte ich, *das passt gut. Wo wollen wir uns treffen?* Eine weitere halbe Stunde vergeht, es ist fast eins, als sie wieder schreibt. Nur den Namen eines Cafés. Ich habe noch nie davon gehört, finde es jedoch im Internet, es liegt im Zentrum. *Wunderbar*, schreibe ich. *Wir sehen uns morgen!* Darauf antwortet sie nicht mehr. Ich betrachte ihre knappen Nachrichten und bin mir nicht sicher, ob ich Ingvild Fredly als meine Freundin ansehen darf.

»Genieß das Wochenende!«, sagte Jørgen zu mir.

Er schlenderte mit einer Papiertüte aus einem Feinkostladen in der Hand den Plattenweg im Garten entlang. Als er näher kam, wurde er langsamer.

»Danke«, sagte ich. »Na, mal sehen, wie sehr ich es genießen kann. Åsmund ist verreist, und ich bin mit den Kindern allein.«

Wir lachten.

»Verstehe«, sagte er.

Lukas spielte drüben neben dem Holzdeck, sein knallroter Overall leuchtete vor dem weichen, kreideweißen Januarschnee. Es dämmerte bereits, aber selbst in diesem Licht war er vor all dem Weiß unmöglich zu übersehen.

»Und du?«, fragte ich.

»Tja, ich kann es wirklich genießen. Merete ist in die Berge gefahren und hat Filippa mitgenommen. Ich bin allein zu Hause.«

Er grinste breit, schien sich dann aber selbst zu ertappen, als ginge ihm plötzlich auf, dass es sich nicht gehörte, so froh über die Abwesenheit der Familie zu sein.

»Aha«, sagte ich und sah höflich weg, um zu signalisieren, dass ich seine Freude nicht unpassend fand. »Hast du große Pläne?«

»Nein«, sagte er. »Nur arbeiten. Ich schreibe gerade an

einem Buch. Oder jedenfalls hoffe ich, dass ein Buch daraus wird.«

»Ach ja? Und worüber?«

Er lächelte, sah zu meinem rot leuchtenden Sohn hinüber.

»Über Afghanistan«, antwortete er. »Ich interessiere mich sehr für Afghanistan.«

»Na so was«, erwiderte ich lachend. »Afghanistan?«

Wir blieben schweigend stehen, und es war, als versuchte Jørgen, eine Erklärung zu formulieren, vielleicht darüber, was er an Afghanistan mochte, die Natur oder die Menschen oder die Küche, vielleicht wollte er auch etwas darüber sagen, warum das Land im geopolitischen Zusammenhang so wichtig war, und ich blieb stehen und wartete darauf, dass er so etwas erzählen würde, doch dann sagte er: »Komm doch auf ein Glas Wein vorbei, wenn du da unten einsam bist. Ich verspreche auch, dass ich dir keinen langen Vortrag über Afghanistan halten werde. Na ja, ich will es zumindest versuchen.«

»Danke«, sagte ich und lächelte, und dann verabschiedete er sich und ging.

Die Tür fiel hinter ihm zu, ich betrachtete meinen Sohn, der im Schnee spielte, und musste wieder lächeln. Er wollte also, dass ich hochkam. Ich würde es natürlich nicht tun. Aber trotzdem. Man fühlt sich selbstverständlich geschmeichelt.

Sein Vorschlag meldete sich den Nachmittag über immer wieder in meinem Bewusstsein. Während die Kinder fernsahen und ich kochte. Während wir aßen. Während ich Lukas die Zähne putzte und ihn ins Bett brachte, während ich still neben ihm auf der schmalen Matratze lag und darauf wartete, dass er einschlief. Bestimmt steckte gar nicht mehr dahinter, ein Glas Wein mit einem Nachbarn, ein nettes Gespräch. Ich habe doch auch schon mit anderen Nachbarn ein Gläschen getrunken, mit Jamila, sogar mit seiner Frau. Als Merete mich einlud, habe ich mir schließlich auch nichts dabei gedacht.

Aber dies war etwas anderes. Ich wusste es. In dieser Einladung schwang etwas mit, das sich nicht missverstehen ließ. Vielleicht würde nichts passieren, wenn ich hinaufginge. Doch seine Frage hatte etwas impliziert.

Emma und ich guckten einen Film. Sie war mit ihrem Handy beschäftigt und sah kaum hin. Als der Abspann begann, ging sie sofort schlafen. Ich räumte die Küche und das Wohnzimmer auf. Schaute bei ihr vorbei, ihre Tür stand einen Spalt weit offen, und als ich ihren gleichmäßigen, ruhigen Atem hörte, ertappte ich mich dabei, es ernsthaft in Betracht zu ziehen. Sollte ich einfach hochgehen?

An dieser Stelle muss ich vielleicht auch erwähnen, dass Åsmund der Einzige war, mit dem ich je zusammen gewesen bin. Ich weiß nicht, ob ich dir davon erzählt habe, wie wir uns kennenlernten, vielleicht hat er es dir auch selbst erzählt. Wir waren auf dem Gymnasium. Das erste Jahr der Oberstufe. Seit unserem sechzehnten Lebensjahr sind wir ein Paar. Und jetzt wurde ich in ein paar Wochen schon neununddreißig. Wenn ich es langweilig fand, das ganze Leben über nur mit einer einzigen Person geschlafen zu haben – und der Meinung war ich wirklich –, musste ich jetzt etwas daran ändern.

Ich dachte, es wäre etwas, das ich mir selbst zuliebe täte. Es hätte nichts mit Åsmund zu tun. Ja, wir hatten auch weniger schöne Phasen erlebt, nachdem sein Vater gestorben war, und auch in den ersten Jahren mit Lukas. Aber eigentlich verbesserte sich das alles gerade. Und ja, wenn man mehrere Jahrzehnte zusammen ist, verändert sich die Beziehung. Wenn dann noch Kinder hinzukommen, ein hoher Immobilienkredit, anstrengende Jobs, Zeitnot und Streit über die Hausarbeit und die Berge von Schmutzwäsche ... All das traf auch auf uns zu, aber da waren wir wohl nicht die Einzigen. Oder doch? Darum ging es aber nicht. Es ging nur darum, dass ich es unbedingt durchziehen musste. Dachte ich. Ein kurzes Zappeln, bevor ich für immer zur Ruhe kam. Oder bevor es zu spät war.

Aber ich erinnere mich noch, wie es in meinem Bauch kribbelte, als ich die Treppe hinaufging. Ich erinnere mich, wie meine Hand zitterte, als ich sie hob, um bei ihm anzuklopfen. Bin ich vollkommen durchgeknallt, dachte ich. Habe ich die Fähigkeit verloren, mein Leben ernst zu nehmen? Bin ich nicht mehr zurechnungsfähig, wie eine Verbrecherin, die im Rausch handelt?

Er öffnete die Tür.

»Du bist wirklich gekommen«, sagte er und wirkte ehrlich erfreut und ein bisschen überrascht.

»Ja«, sagte ich und hatte das Gefühl, ich würde mich verletzlich machen. »Ja, mir war tatsächlich ein bisschen langweilig.«

»Hereinspaziert.«

Er hatte in seinem Büro gesessen, die Tür stand offen. Dort, wo er gefunden wurde, wie du ja weißt.

Jetzt holte er sein Weinglas von dort – das hilft bei der Arbeit, sagte er. Dann ging er in die Küche, um auch für mich ein Glas zu holen. Ich blieb allein im Wohnzimmer zurück und sah mich um. Es wirkte anders, wenn sie nicht zu Hause war. Weniger wie aus einer Wohnzeitschrift, mehr wie sein eigenes Reich. Der Geruch, das Licht, vielleicht auch seine Unordnung auf dem Tisch, das Handy, eine Fernbedienung, eine Dose

Snus. Wir setzten uns mit unserem Wein auf das Sofa. Jetzt sollten wir uns also unterhalten. Keiner von uns sagte etwas, also räusperten wir uns beide gleichzeitig und mussten lachen.

»Du zuerst«, sagte er.

»Nein, nein«, erwiderte ich. »War nicht so wichtig. Was wolltest du sagen?«

Er grinste.

»Ich wollte dir etwas über Afghanistan erzählen. Also bitte, sag du zuerst.«

»Nein, erzähl mir von Afghanistan.«

Hast du etwas von dem gelesen, was er schrieb? Sein Buch wurde ja nicht fertig, aber er hat einige Zeitungsartikel über die afghanische Geschichte und Politik geschrieben, und wenn du die gelesen hast, weißt du, wie er schreibt. Er nimmt sich eine Anekdote vor und weitet sie so, dass er an ihrem Beispiel etwas über zweihundert Jahre afghanischer Geschichte zeigen kann. Er berichtet von einer Familie, die er kennengelernt hat, irgendeine Kleinigkeit aus ihrem Alltag, zum Beispiel, wie schwierig es ist, einen Schuh reparieren zu lassen, und führt uns von dort aus nahtlos weiter in die Erzählung darüber, wie die Briten ohne großes Glück versuchten, die Kontrolle über das Land zu übernehmen, wie die Mudschaheddin in den Siebzigern gegen die Sowjets kämpften, bis er schließlich bei der Herrschaft der Taliban und dem kriegerischen Haqqani-Netzwerk ankommt, seine Sätze fließen frei und assoziativ dahin, und trotzdem muss man aufmerksam lesen, um nichts zu verpassen, weil der Inhalt so konzentriert ist.

Wie führte das eine zum anderen? Wer küsste wen zuerst? Hierüber möchte ich lieber nicht alles teilen. Nicht, weil ich die Ermittlungen behindern will. Doch das, was geschehen ist, betrifft auch mich. Ich trauere auch um ihn, obwohl ich keinen Anspruch auf diese Trauer habe. Manche Erinnerungen sind privat. Du kannst mich aber etwas fragen, und ich werde antworten, so gut es geht.

Ich kann sagen, dass er mich ansah, bevor wir uns auszogen, er löste seine Lippen von meinen, strich mir über die Wange und fragte: »Bist du sicher, dass du das willst?«

Und ich kann sagen, dass ich in diesem Moment sicher war. Ich verhielt mich nicht passiv. Es war nichts, was einfach nur so passierte. Ich traf eine Entscheidung. Er auch. Wir wollten es beide.

Man kann sich natürlich fragen, ob es das wert war. Wie gut es gewesen sein muss, um dafür sein Haus und Heim und eine intakte Familie aufs Spiel zu setzen, ob es dieses Risiko wert war. Um nicht von dem potentiellen Schaden für die anderen zu sprechen, meinem Mann, meinen Kindern. Ob es überhaupt irgendetwas gibt, das einen solchen Preis wert sein kann. Doch als ich anschließend wieder nach Hause kam, stand ich am Küchentisch und lächelte vor mich hin. Wie oft hatte ich mir vorgestellt, wie es sein würde, mit einem anderen Mann zu schlafen, ich hatte es so oft vor mir gesehen, dass es fast unmöglich erschien, es wirklich in die Tat umzusetzen. All das geschah ausschließlich zwischen Åsmund und mir, und vorher hatte ich das Gefühl gehabt, mit anderen Männern könnte ich das gar nicht.

Und dann war es so leicht. Wie Radfahren. Man muss es einfach nur tun. Sich entspannen und es geschehen lassen.

DIENSTAG

Es ist eines dieser Cafés mit alten Sachen an der Wand. Werkzeuge aus ländlicheren Gegenden und früheren Zeiten dienen als Deko, und zwar so aufdringlich, dass ich mich frage, ob sie wirklich alt sind oder ob es Firmen gibt, die billige Kopien produzieren, damit Restaurants und Hotels sie für genau diese Zwecke kaufen können. Ich hatte den Webshop genau vor Augen, mit Kategorien wie *Norwegischer Bauernstil für gastronomische Innenräume.*

Sie verspätet sich. Ich bin dagegen absichtlich zu früh gekommen. Ich hatte zu viel Zeit, um mir Gedanken zu machen. Gleich morgens rief ich bei der Arbeit an; es tue mir wirklich leid, aber ich hätte immer noch Kopfschmerzen und könne nicht kommen. Anschließend saß ich allein in der Wohnung, während die anderen Bewohner nach und nach das Haus verließen, ich hörte, wie sie sich verabschiedeten, hörte die knarrenden Stufen, und dann waren alle weg. Ich hatte kaum geschlafen. Åsmund ging mit den Kindern los, und ich hatte alle Zeit der Welt, um dieses Treffen vorzubereiten und zu überlegen, was ich Ingvild Fredly erzählen, wie ich mich darstellen sollte. Doch ich kam nicht weiter, ich wusste nur: Ich würde früh da sein. Würde schon auf meinem Platz sitzen, wenn sie käme, und ihr etwas anbieten, mich kooperationsbereit zeigen. Schließlich will man der Polizei ja helfen. Es ist eine ernste Angelegenheit, wie sie gestern zu uns sagte, mit diesem mahnenden Blick. Als hätten wir das nicht verstanden. Als hätten wir keine Angst.

Den restlichen Morgen verbrachte ich vor dem Computer. Ich hatte die vage Idee gehabt, noch ein wenig zu arbeiten, mit dem Datenerhebungsplan für das neue Projekt weiterzumachen, doch ich konnte es nicht. Stattdessen ging ich wieder zu meiner nächtlichen Google-Suche zurück, den ganzen Artikeln von Jørgen. Er hatte viel über den Nahen Osten berichtet, aber auch über Russland und Afghanistan und vor ein paar Jahren zudem über die Zentralafrikanische Republik. Die neuesten Treffer handelten von Norwegen. Es war eine Artikelserie, die Jørgen und eine andere Journalistin für eine große norwegische Tageszeitung geschrieben hatten. Es ging um Korruption in der Reinigungsbranche. Der Artikel lag hinter einer Bezahlschranke, deshalb konnte ich ihn nicht lesen, aber der Einleitung nach zu urteilen ging es um Geldwäsche und Sozialdumping. Die Fotos der Journalisten ließen sich öffnen, bevor man etwas zahlen musste. Jørgens war dasselbe, das ich schon am Vorabend gesehen hatte, vor einigen Jahren aufgenommen. Die andere Journalistin hieß Rebekka Davidsen. Sie sah jung aus, vielleicht Mitte dreißig. Jünger als ich. Und hübsch, zumindest auf dem Bild.

Ingvild Fredly kommt erst um zwanzig nach zehn. Sie eilt mit großen Schritten herein, ich sehe sie sofort und kann beobachten, wie sie stehen bleibt und sich umsieht, während sie mich unter den Gästen sucht. Im Café ist es nicht voll, aber zwischen den Sitzecken und dem ganzen Krempel, der hier herumsteht und hängt, gewinnt man nur schwer einen Überblick über den Raum. Es tut gut, sie so zu sehen, als würde ihre verwirrte Suche das Gleichgewicht zwischen uns wiederherstellen, als wäre die autoritäre, direkte Ermittlerin von gestern Abend für einen Moment geschwächt. Dann entdeckt sie mich.

»Wie gut, dass du herkommen konntest«, sagt sie und lässt sich nieder.

Jetzt lächelt sie plötzlich, sie umarmt mich nicht, aber sie ergreift meine Hand und schüttelt sie herzlich.

»Ich muss sowieso noch nach Tåsen, wir hätten uns also dort treffen können, aber ich dachte, hier wäre es besser.«

Sie sieht sich um und scheint den ganzen Nippes völlig ironiefrei zu betrachten.

»Neutraler Boden«, sagt sie.

Ich denke an den Konstruktionsfehler in der Wand zwischen unserer und Familie Sparres Küche, dieses Gefühl, dass man im Kastanjesvingen alles hören kann. Ich nicke.

»Ja klar, das ist völlig in Ordnung«, sage ich.

Der Barista kommt an unseren Tisch. Ingvild ordert einen doppelten Espresso und fragt mich, was ich trinken wolle, sie lade mich ein. Ich bestelle einen normalen Kaffee, um nicht unverschämt zu wirken.

»Also«, sagt sie, nachdem der Barista wieder verschwunden ist. »Wie geht es euch da oben?«

»Tja«, antworte ich und räuspere mich. »Eigentlich ganz okay. In Anbetracht der Umstände.«

»Das muss wirklich schwer sein«, erwidert sie. »Du erlebst es ja hautnah. Für mich ist es ein Job, aber für dich, der eigene Nachbar …«

Jetzt redet sie bereitwillig, erzählt von einem Fall, an dem sie gearbeitet hat, von einem Mann, der ermordet wurde, dessen Frau allem Anschein nach daran zerbrach und durchdrehte. Später habe sich herausgestellt, dass es jemand anderes darauf abgesehen hatte, sie als unzurechnungsfähig dastehen zu lassen, sagt Ingvild, aber anschließend habe sie dennoch viel darüber nachgedacht. Wie sehr es einem zusetze, wenn ein Verbrechen in einer solchen Nähe stattfinde. Ein Mord im eigenen Haus. Sie selbst erledige ihre Arbeit und sei dafür ausgebildet, mit so etwas umzugehen, und dann erlebe man es anders. Ich nicke erneut. Versuche, eine Gelegenheit zu finden, um das Gespräch in die gewünschte Richtung zu lenken. Der Barista bringt unsere Tassen, Ingvild bedankt sich und zahlt. Sie öffnet ein Tütchen Zucker, das auf ihrer Untertasse liegt, schüttet den Inhalt in die kleine Tasse und rührt um. Ist vollkommen still, während sie dieses Ritual durchführt. Auch ich sage nichts, obwohl ich jetzt die Möglichkeit hätte. Ich betrachte sie lediglich, während sie die Tasse an die Lippen führt und probiert, kurz nachzudenken scheint, als sie einen Schluck nimmt, dann zufrieden wirkt und sie wieder abstellt, ehe sie mich ansieht.

»Aber Rikke«, sagt sie. »Du wolltest mir irgendetwas erzählen.«

»Ja«, sage ich.

Dies ist der Moment. Das hätte ich zu Hause durchdenken sollen, während ich mir stattdessen Jørgens Artikel im Netz ansah. Meine einleitenden Worte.

Am schwierigsten finde ich, wie immer alles reduziert wird, und das sorgt dafür, dass ich mich innerlich so gegen dieses Gespräch sperre. Ich weiß es bereits. Wenn man diese Geschichte erzählt, wird sie zu einer Geschichte über Untreue. Über Sex. Alles andere zu erklären, diese ungeteilte Aufmerksamkeit, die zwischen Jørgen und mir herrschte, ist kompliziert. Seine Bedeutung, die Bedeutung unserer Freundschaft. Wie ich mich danach sehnte, seine Meinung über alles Mögliche zu hören, was bei der Arbeit in der Kantine diskutiert wurde, wie ich etwas in der Zeitung lesen und mich darauf freuen konnte, es ihm zu erzählen. Wie schnell er zu einem festen Bezugspunkt für mich wurde.

Letzten Sommer, viele Monate vor unserer Affäre, saßen wir manchmal zusammen unter dem knorrigen Apfelbaum im Garten und lasen. Ich hatte angefangen, mich abends mit einem Buch dort niederzulassen, wollte den Garten besser nutzen, sprach mit Åsmund darüber und sagte, wir müssten ihn als eine Verlängerung der Wohnung ansehen. Eines Abends kam Jørgen zu mir, er hatte ein Buch und eine Flasche Bier dabei.

»Darf ich mich dazusetzen?«, fragte er. »Ich verspreche, dich nicht zu stören.«

Anfangs war es anstrengend. Ich war mir seiner Anwesenheit zu sehr bewusst, registrierte all seine Bewegungen und konnte mich nicht auf meine Lektüre konzentrieren. Doch er gesellte sich immer wieder zu mir. Nicht jeden Abend, den ich dort verbrachte, aber ab und zu. Ich gewöhnte mich an ihn. Überraschend schnell, würde ich sagen. So konnten wir nebeneinander sitzen und ganz unbeschwert schweigen. Hin und wieder wechselten wir ein paar Worte, ich fragte ihn, was er las, oder er fragte mich, was ich von meinem Buch hielt. Aber wir mussten uns nicht unbedingt unterhalten. In dieser stummen Gemeinschaft lag eine große Nähe.

Doch dafür wird sich niemand interessieren. Die Tiefe unserer Freundschaft wird keine Bedeutung haben. Alles, was er für mich war, wird auf Sex reduziert werden. Auf Zahlen, so stelle ich es mir vor, wie oft, über welche Dauer.

Und ich habe ihn gerade verloren. Es setzt mir zu, aber bin ich wirklich überrascht über meine Trauer? Hatte ich geglaubt, es würde glücklich enden? Nein, hatte ich nicht. Oder, ich weiß es nicht. Es hätte damit enden sollen, dass wir wieder unserer eigenen Wege gingen. Es hätte eine schöne Erinnerung bleiben sollen, etwas, das man sich bewahren konnte. Wenn man die Mitte des Lebens erreichte, oder im Alter. Damals, als ich noch jung und wild war. Oder jedenfalls etwas jünger und wilder. Dieser Gedanke erscheint nun schnell wie ein Hohn. Eine schöne Erinnerung? Ist irgendetwas daran schön?

Aber genau das erzähle ich Ingvild. Es hatte etwas Echtes, sage ich. Ich versuche, es zu rechtfertigen. Mich im Voraus reinzuwaschen. Diese vergebliche Mühe, das zu erklären, was ich mir nicht einmal selbst erklären kann. Ingvild nickt langsam, während ich rede. Ihr Gesicht ist ernst, aber nicht missbilligend. Eher konzentriert. Ihre eine Hand liegt vor ihr auf dem Tisch, neben der Tasse, eine schöne Hand, denke ich, nicht zu klein oder zu groß, ohne Ringe oder Nagellack, seriös und ganz ruhig. Sie unterbricht mich nicht, also erzähle ich weiter, versuche zu erklären, wie es so weit kam, dass ich ihn jedes Mal anrief, wenn ich allein war und eine Gelegenheit witterte. Wie ich anfing, mein Familienleben so zu organisieren, dass sich genügend derartige Chancen boten. Wie ich all diese unverzeihlichen Dinge tat, ich, die doch eigentlich kein schlechterer Mensch ist als die meisten anderen.

Ich bin noch nicht weit gekommen, als Ingvilds Handy, das zwischen uns auf dem Tisch liegt, plötzlich brummt. »Entschuldigung, da muss ich leider rangehen«, sagt sie, ihr erster Beitrag zu unserem Gespräch.

Sie bleibt nicht am Tisch sitzen, sondern nimmt das Handy und sagt: einen Moment. Dann steht sie auf, geht am Tresen vorbei in einen Gang, der vermutlich zu den Toiletten führt, bis ich sie nicht mehr sehe. Ich folge ihr so lange wie möglich mit dem Blick. Der Barista sieht ihr ebenfalls nach. Dann schaut er zu mir hinüber, und für einen kurzen Moment treffen sich unsere Blicke, ehe er höflich lächelt und sich wieder seiner Zeitung widmet. Ich spähe in Richtung des Gangs, in dem Ingvild verschwunden ist, und überlege, was er wohl dachte, als er uns beobachtete.

Sie bleibt ewig weg. Ich hole mein Handy hervor, scrolle wahllos herum. Jamila hat mir eine Nachricht geschickt. *Können wir uns heute sehen??*, fragt sie. Für sie ist immer alles dringend. Ich verspüre plötzlich überhaupt keine Eile mehr. Endlich ist es raus. Ich habe die Katze aus dem Sack gelassen, denke ich, und die zu Tode gequälten Katzen blitzen vor meinem inneren Auge auf, die Gespräche mit den Nachbarn, Hoffmo, der sich echauffiert, die Mütter an den Schulen, die in grausamen Details schwelgen. Das, was Jamila als das Böse bezeichnet. Gibt es da eine Hierarchie? Denken wir nicht, derjenige, der Hauskatzen tötet, wäre bösartiger als diejenigen, die fremdgehen? Die Katzenmörder haben zumindest keinerlei Anlass, das zu tun, was sie tun, sie profitieren nicht von ihrer Tat, es ist einfach nur widerlich. Aber so würde es keiner sehen, da bin ich mir sicher. Was zählt ein Katzenleben schon dagegen, eine Familie zu zerstören?

Ingvild bleibt fast zehn Minuten verschwunden. Als sie zurückkehrt, zeichnet sich eine tiefe Furche auf ihrer Stirn ab. Ich sage nichts, plötzlich fehlen mir die Worte. Sie setzt sich auf den Stuhl, legt das Telefon zwischen uns und schweigt, als würde sie darüber grübeln, was sie gerade besprochen hat. Dann wird sie sich meiner Anwesenheit offenbar wieder bewusst, sie räuspert sich und scheint ihre Gedanken neu zu sortieren. Sie schiebt ihre leere Kaffeetasse beiseite, legt den Löffel akkurat auf die Untertasse, als könnte sie dadurch auch ihren Kopf ordnen.

»Ich muss leider gehen«, sagt sie. »Es ist etwas passiert, um das ich mich sofort kümmern muss. Wir müssen dieses Gespräch später fortsetzen.«

Ich nicke. Wer bin ich, irgendwelche Ansprüche an sie zu stellen?

»Aber Rikke«, sagt sie. »Du musst es Åsmund erzählen. Das verstehst du doch, oder?«

Ich schüttele energisch den Kopf.

»Nein«, antworte ich. »Nein, das kann ich nicht.«

Ich sehe ihn vor mir, wie er gestern am Herd stand. *Nur zu, das gehört alles dir.*

Ingvild räuspert sich.

»Eigentlich sollte ich das nicht preisgeben. Aber vermutlich wird es sowieso in den nächsten Tagen herauskommen, also nehme ich das Risiko in Kauf. Also, es sieht nicht so aus, als wäre in der Nacht zum Samstag jemand in den Kastanjesvingen 15 eingebrochen. Verstehst du? Das Fenster in Jørgen Tangens Arbeitszimmer war angelehnt, und darunter lag eine Leiter. Aber wir haben den Boden unter dem Fenster millimetergenau abgesucht, und es finden sich nirgends Abdrücke. Die Erde ist feucht und weich, eine Leiter, die das Gewicht eines Menschen getragen hätte, wäre eingesunken. Es erscheint also unwahrscheinlich, dass jemand auf diesem Weg in die Wohnung eingedrungen ist. Auf der Rückseite wurden in Bodenhöhe ebenfalls keine Fenster eingeschlagen oder aufgebrochen, und es stand auch keines offen. Und eure Haustür ist ja sehr solide. Wir haben die Daten von der Firma bekommen, die das Codeschloss an der Tür installiert hat, und analysieren gerade, wie oft sie an diesem Tag und in der Nacht aufgeschlossen wurde, aber es gibt keine Hinweise darauf, dass sie gewaltsam aufgebrochen wurde. Verstehst du, was ich dir sage?«

Ich starre sie nur leer an.

»Es wirkt also nicht so, als hätte sich irgendein Typ im Rausch zufällig hierher verirrt und mitten in der Nacht Zutritt zu Jørgen

Tangens Wohnung verschafft«, sagt sie. »Es sieht eher so aus, als hätte eine Person das Messer gehalten, die er selbst hereingelassen hatte oder die den Türcode kannte.«

Ich erinnere mich wieder an den kalten Windhauch, als ich die Tür aufschloss und Jørgens Wohnung betrat. Das beklemmende Gefühl, dass etwas nicht stimmte.

»Noch ist es zu früh«, fährt Ingvild fort und tätschelt vorsichtig meine kalte Hand auf dem Tisch. »Aber bis auf Weiteres müssen wir davon ausgehen, dass die Bewohner des Kastanjesvingen 15 die besten Voraussetzungen für eine solche Tat hatten. Und was du mir jetzt erzählst, erhärtet den Verdacht gegen Åsmund. Er hätte ein eindeutiges Motiv. Wenn du ihn also liebst, bist du gezwungen, es ihm zu beichten.«

»Aber«, meine Stimme klingt hell und ängstlich. »Wenn ich es ihm sage, mache ich doch alles kaputt.«

Sie legt auch ihre andere Hand auf meine Hand, hält meine beiden Hände in ihren geborgenen, warmen, und sagt:

»Das verstehe ich, Rikke. Das ist nicht gut. Aber in diesem Fall musst du alles daran setzen, deinem Mann zu helfen.«

Ich schweige. Denke an Åsmund, wie er war, als ich ihn kennenlernte, sein junges, offenes Gesicht.

»Außerdem wird es sowieso herauskommen«, fügt sie hinzu. »Es wird jetzt ein Teil der Ermittlungen werden. Das muss es.«

»Aber muss er es denn erfahren?«, frage ich. »Kann es nicht etwas sein, das nur ihr wisst, bei der Polizei, und das nicht nach außen dringt? Ich meine, die Wahrscheinlichkeit ist doch groß, dass es nichts mit dem zu tun hat, was Jørgen widerfahren ist.«

Ingvild sieht mich an, in ihrem Blick liegt ein Ernst, den ich erst nicht verstehe. Dann denke ich: Sie ist nicht überzeugt. Sie denkt, dass Jørgen wegen dem sterben musste, was zwischen ihm und mir war. Oder sie hält es zumindest für möglich. Sie kennt Åsmund nicht, weiß nicht, dass er Jørgen auf keinen Fall die Kehle durchgeschnitten haben kann. Alles, was Ingvild sieht, ist ein Motiv.

»Du glaubst doch nicht, dass es deswegen ist?«, beginne ich, meine Stimme bricht, ich schaffe es nicht, in ruhigem Ton darüber zu sprechen, und der Barista liest so angestrengt seine Zeitung, dass ich mir fast sicher bin, er belauscht uns.

Sie rückt erneut die Kaffeetasse und den Löffel gerade.

»Hör mir zu, Rikke«, sagt sie. »Ich kann dir Folgendes anbieten. Wir treffen eine Abmachung. Du hilfst mir. Du erzählst mir das, womit du schon angefangen hattest. Alles, was du über Jørgen weißt, euer Verhältnis, von eurem Kennenlernen bis zum letzten Wochenende. Okay? Und alles, was du in dieser Zeit über seine Familie erfahren hast, seinen Job, die finanzielle Situation, alles, was dir einfällt. Du hilfst uns bei den Ermittlungen. Damit wir den kriegen, der das getan hat.«

Ich nicke, ja, natürlich, ich würde alles tun.

»Und währenddessen setze ich alles daran, dein Geheimnis zu bewahren. Ich muss es natürlich den anderen Kollegen erzählen, und vermutlich wird ohnehin jemand anderes die Leitung der Ermittlungen übernehmen, weil wir beide uns kennen, das wäre nur vernünftig. Aber so weit es geht, werde ich das schützen, was du mir erzählt hast.«

»Danke. Vielen, vielen Dank.«

»Damit zögerst du die Lösung des Problems aber nur hinaus«, sagt sie. »Das verstehst du doch? Eines Tages wird es so oder so herauskommen. Wenn wir von der Polizei involviert sind, wenn es sich um ein Verbrechen handelt, ist das meistens so. Aber auf diese Weise schenke ich dir einen kleinen Vorsprung. Damit du erst die Gelegenheit hast, selbst mit ihm zu sprechen.«

»Ich verstehe. Vielen Dank.«

»Und dann weiß ich natürlich nicht, wie lange ich das zurückhalten kann. Der neue Ermittlungsleiter wird vielleicht andere Prioritäten setzen. Du hast nicht alle Zeit der Welt.«

»Verstehe«, sage ich erneut.

Als ich anschließend zu meinem Fahrrad gehe, das ich einige Straßen entfernt angeschlossen habe, frage ich mich selbst, ob ich es wirklich verstehe. Ob ich mir dessen bewusst bin, was es bedeutet, Åsmund all das zu erzählen. Das Einzige, das ich spüre, ist die Erleichterung über meine Galgenfrist.

Ich sehe die Autos schon, als ich den Kastanjesvingen hinaufradle, ein Van mit dem Logo eines Fernsehsenders und einige weitere, darunter ein Streifenwagen. Eine Gruppe von Menschen hat sich auch dort versammelt, und ein Mann in einer Windjacke lehnt sich mit einer riesigen Kamera über unseren Zaun. Um an ihnen vorbeizugelangen, muss ich vom Rad absteigen und das letzte Stück schieben. Als ich die Hand zum Tor ausstrecke, kommt eine Frau mit Mantel und Halstuch auf mich zugerannt.

»Entschuldigen Sie«, sagt sie. »Wohnen Sie hier?«

»Ja«, sage ich.

Ohne darüber nachzudenken, blicke ich zu unserem Haus hinauf. Früher habe ich mich darüber gefreut, es dort stehen und auf mich warten zu sehen; dieser perfekte Kompromiss zwischen Åsmunds und meinen Wünschen. Aber es könnte einen neuen Anstrich gebrauchen.

Die Frau mit dem Mantel kommt von einem der größten Fernsehsender des Landes, wie sie mir erzählt, und man sei natürlich sehr daran interessiert, was die Nachbarn über diesen Fall denken.

»Wie haben Sie das erlebt?«, fragt sie und zieht eine aufgesetzt besorgte Miene. »Es muss doch sehr merkwürdig sein, direkt nebenan zu wohnen, wenn so etwas passiert.«

Wir blicken einander an. Sie hat einen geraden Pony und

ein hübsches Gesicht, und irgendetwas an ihrer Kleidung, der Schnitt ihres Mantels, die Länge der Hosen, signalisiert, dass sie genau weiß, worauf es ankommt. Ich wäre nicht verwundert, wenn sie auch in Tåsen wohnen würde.

»Ich habe keine Lust, darüber zu reden«, sage ich.

»Ich frage doch nur, wie Sie das erlebt haben«, entgegnet sie. »Und Sie dürfen auch anonym bleiben, wenn Sie das möchten.«

»Nein, danke«, sage ich.

Ich ziehe am Tor, es schwingt auf, und es ist immer etwas kompliziert, es weit genug zu öffnen und gleichzeitig offen zu halten, während ich mein Rad hineinschiebe. Ich versuche es, die Journalistin streckt eine Hand aus, um mir zu helfen, und ein etwas peinlicher Moment entsteht, in dem wir beide versuchen, die Aufgabe gemeinsam zu bewältigen, ich glaube, Sie müssen es noch ein Stück weiter öffnen, geht es so, es hakt ein wenig in den Angeln, so, ja. Sie schließt das Tor wieder hinter mir, und ich bedanke mich bei ihr, denn was bleibt mir schon anderes übrig.

»Gern geschehen«, sagt sie mit einem breiten Lächeln. »Ich bin noch eine Weile hier, falls Sie es sich anders überlegen.«

Immerhin wartet sie hinter dem Tor. Ich schiebe mein Rad den Plattenweg hinauf, gebe meinen Code neben der Tür ein und öffne auch sie, diesmal mit meiner eigenen Hand. Als die Tür hinter mir und meinem Rad zufällt, kommt Svein Sparre in den Hausflur.

»Hallo«, sagt er. »Ein ganz schöner Auflauf da draußen, oder?«

»Ja«, sage ich. »Scheinen alles Journalisten zu sein.«

Er deutet mit dem Kopf zur Haustür, die ja jetzt geschlossen ist, doch er starrt darauf, als könne er hindurchsehen. Er trägt eine Jacke und einen Rucksack über der Schulter.

»Wenn du mich fragst, sind das alles Vampire«, sagt er. »Sobald sie Blut riechen, schwärmen sie aus.«

Ich hole Luft, nicke anstandshalber. Svein verwickelt mich ab und zu in Gespräche, und es wurde schon einige Male unangenehm. Er vertritt so stark Meinungen, die ich nicht teile. Wir sehen uns an.

Seine Haltung ist ein wenig gebeugt, ich habe noch nie darüber nachgedacht, wie groß er ist, groß und breit.

»Das ist so ein Beruf, dem niemand eine Träne nachweinen würde, wenn er ausstirbt«, sagt er und schielt erneut zu der verschlossenen Tür hinüber. »*Was fühlen Sie jetzt?* Wenn gerade einer von uns gestorben ist. Das ist wirklich zu schlimm.«

»Jørgen war auch Journalist«, gebe ich vorsichtig zu bedenken.

»Ja«, sagt er und sieht mich an. »Er war auch nicht besser. Hat einen Artikel nach dem anderen über angebliche Gesetzesverstöße geschrieben, die von der ehrlichen, arbeitenden Bevölkerung doch nur begangen werden, um halbwegs über die Runden zu kommen. Hast du dir diese Steuerregeln mal angesehen? Jeder Mensch kann daran scheitern, deshalb muss man noch lange kein Sklaventreiber sein.«

Er räuspert sich, es hallt im Treppenhaus wider, so leer ist es hier drinnen.

»Vor seiner Arbeit hatte ich nun wirklich keinen großen Respekt«, sagt Svein ein wenig freundlicher als zuvor. »Aber er war ja nichtsdestotrotz unser Nachbar und ein feiner Kerl, auf seine Weise. Aber die da draußen … Mir wird schlecht, wenn ich sehe, wie die sich aufführen. Die geifern richtig nach Blut, obwohl er einer von ihnen war.«

Ich nicke ein wenig zweifelnd, weiß nicht, was ich dazu sagen soll. Jørgen hatte viel über die Pflicht zur Berichterstattung zu sagen. Wie wichtig es sei, auch in schrecklichen Situationen zu berichten, und dass es nicht notwendigerweise unmenschlich sein müsse, ein Foto zu machen, anstatt Erste Hilfe zu leisten. Aber diese Diskussion will ich nicht führen. Schon gar nicht mit Svein, und nicht jetzt.

»Ja«, sage ich. »Ich muss dann mal rein.«

Ich schiebe mein Rad an ihm vorbei. Auf dem Weg zur Kellertür fällt mir etwas ein, und ich drehe mich um und sage seinen Namen.

»Diese Polizisten«, sage ich. »Haben die dich auch nach diesem Ausflug in euer Haus gefragt, den ihr Männer im Sommer gemacht habt?«

Ein unheimliches Grinsen breitet sich auf Sveins Gesicht aus, und mir schaudert angesichts dieser Schadenfreude, die meine Abneigung gegen ihn umso mehr verstärkt. Erst jetzt wird mir klar, dass es so ist: Ich mag ihn nicht besonders, ich hatte nur noch nie darüber nachgedacht. Er hat auch versöhnliche Eigenschaften. Kann als freundlich durchgehen, als gutmütig. Auf seine Weise auch nett, er ist großzügig mit seinem Ferienhaus, leistet seinen Beitrag für die Hausgemeinschaft. Gleichzeitig hat er auch etwas Hinterhältiges an sich. Dieses Bedürfnis, denen, die ihm nicht zustimmen, Böses zu wünschen.

»Ja«, sagt er und schiebt die Hände in die Hosentasche. »Haben sie. Und ich habe es auch erzählt. An einem Abend kam es zu einer, wie soll man sagen, *Diskussion.* Also, die anderen haben diskutiert. Ich nicht, mir ging das sonst wo vorbei. Aber *sie* waren außer sich. Vor allem unser Freund Saman. Er schäumte so richtig. Ich habe befürchtet, er würde Jørgen gleich an die Gurgel springen.«

Ich wende den Blick ab. Hätte wissen müssen, dass ich Svein Sparre besser nicht frage.

»Ach so. Na dann«, sage ich und fange an, am Schloss der Kellertür herumzufummeln.

Doch Svein geht nicht hinaus. Ich spüre seinen Blick auf mir, während ich aufschließe, die kleinen Augen, die meinen Bewegungen folgen. Ich werde hektisch, will einfach nur diese Tür aufkriegen, meine Hand zittert leicht, und ich verfehle das Schlüsselloch.

»Und weißt du«, sagt er hinter mir. »Dein Mann war auch nicht ganz ohne. Ich sage es ja nur. Er hat sich auf Samans Seite geschlagen und war genauso außer sich. Man könnte sich fast fragen … Ja, man könnte sich fast fragen, was dahintersteckt, wenn ein Mann, der sonst so gutmütig wirkt, plötzlich dermaßen ausrastet. Hm? Ich kenne Åsmund ja, aber hätte ich ihn nicht gekannt, hätte ich mir meinen Teil gedacht.«

Endlich bekomme ich den Schlüssel ins Schloss und drehe ihn um, ziehe die Kellertür auf. Davon will ich nichts hören. Ich habe keinerlei Vertrauen, dass Svein die Wahrheit erzählt. Ich vertraue Åsmund viel mehr als diesem Giftzwerg, und trotzdem beschleicht mich eine leise Unsicherheit, das kenne ich bereits. Könnte Svein recht haben? Selbst eine Geschichte, die ein wenig ausgeschmückt wird, um einem bestimmten Zweck zu dienen, kann ja ein Fünkchen Wahrheit enthalten. Meine Hände zittern, als ich sie wieder auf den Fahrradlenker lege, und hätte ich es nicht besser gewusst, hätte ich gedacht, ich würde mich fürchten.

»Verstehe«, sage ich und schiebe das Rad auf die Schiene, um es hinabzurollen.

Er nickt. Sein Gesicht glättet sich wieder, und das widerwärtige Grinsen verschwindet. Wenn er seinen Kiefer nicht so anspannt, hat er durchaus etwas Ansprechendes. Man kann sich vorstellen, dass er in jungen Jahren einmal gut aussah, so wie es sich jetzt bei seinem Sohn andeutet. Aber man kann sich Svein nur schwer als jungen Menschen vorstellen – dass er irgendwann einmal fröhlich und energisch war und hoffnungsvoll in die Zukunft blickte.

»Na«, sagt er. »Dann wage ich mich mal zu den Hyänen hinaus. Wir sehen uns.«

Die Tür fällt hinter ihm zu, und ich atme leichter. Während ich mein Fahrrad abschließe, denke ich: Das hat Svein also der Polizei erzählt. Deshalb hatten sie danach gefragt. Vielleicht haben sie sich von ihm beeinflussen lassen. Oder gedacht, sie müssten der Geschichte nachgehen, ganz unabhängig davon, wie glaubwürdig die Quelle ist. Oder haben sie etwas in dem gesehen, was er gesagt hat? Etwas, das ich nicht erkenne. Etwas, das mir entgeht.

Als Ingvild Fredly in unserer WG-Küche saß, war sie um die dreißig, denke ich, während ich nach dem Essen den Tisch abräume. Vielleicht sechs oder acht Jahre älter als wir, und das bedeutete zu dieser Zeit einiges. Wir studierten noch und bildeten uns ein, dass wir alles wüssten, aber sie war eine richtige Erwachsene. Sie hatte einen Job, eine Wohnung und eine Meinung, die auf eigenen Erfahrungen basierte. Wir löcherten sie über die Polizeiarbeit. Ist das so wie im Fernsehen?, fragten meine Freundinnen und ich. Hast du einen Partner? Spioniert ihr die Leute aus? Spielt ihr *good cop* und *bad cop?* Eine meiner Freundinnen, die Kriminologie studierte und Foucault gelesen hatte, versuchte, Ingvild in ein Gespräch darüber zu verwickeln, ob die Gesellschaft nicht selbst inhuman handle, indem sie Gesetzesbrecher bestrafte. Ingvild versuchte geduldig, die Diskussion abzublocken. Meine Freundin ließ nicht locker. Ich weiß noch, wie ich von der anderen Seite des Küchentischs zusah. Ingvilds höfliche Versuche, das Thema zu wechseln, und die angehende Kriminologin, die ihre Andeutungen nicht verstand. Ich erinnere mich, wie ich Ingvild angrinste und die Augen verdrehte, und wie sie resigniert zurücklächelte und beinahe unmerklich die Achseln zuckte, *da kann man nichts machen.* Ich fühlte mich erwachsener als die anderen und dachte, Ingvild und ich wären ihnen überlegen. Vielleicht war ihr Lächeln aber auch weniger einvernehmlich gewesen, als ich es mir vorgestellt hatte. Vielleicht war ich in ihren Augen genauso unreif wie die anderen. Damals waren wir meilenweit voneinander entfernt, und für sie musste dieser Abstand viel deutlicher gewesen sein als für uns.

Als sie uns eines Tages wieder in der Wohnung besuchte, wenn ich mich richtig entsinne, war es einer der letzten Abende, redeten wir über die überzogenen Träume einer abwesenden Freundin, die Musikerin werden wollte. Sie hatte ihre Ausbildung abgebrochen, um sich ganz der Musik zu widmen, und wollte nun all ihr Erspartes dafür ausgeben, eine Platte aufzunehmen. Das Problem war nur, dass die Lieder, die sie schrieb, ziemlich mies waren, und besonders gut Gitarre spielen konnte sie auch nicht. Sie hatte eine schöne Stimme, das musste man ihr lassen, aber insgesamt hatte sie einfach nicht genug zu bieten, und wir mussten gequält zusehen, wie sie ihre Seele in dieses zum Scheitern verurteilte Projekt legte. Unser moralisches Dilemma bestand darin, inwieweit wir ehrlich zu ihr sein sollten. Wir tendierten dazu, es nicht zu sein. Ist es denn unsere Aufgabe, ihr all diese Illusionen zu rauben?, fragte ich rhetorisch. Eine Psychologiestudentin im dritten Semester meinte, unsere Freundin verstehe auf einer Ebene gewiss, wie unrealistisch ihr Traum sei, schütze sich jedoch unbewusst selbst vor dieser Einsicht, und es wäre arrogant von uns, wenn wir versuchten, ihr Unterbewusstsein eines Besseren zu belehren.

Da wurde Ingvild wach. Wie könnten wir uns Freundinnen nennen, fragte sie, wenn wir nicht willens waren, unser eigenes Unbehagen in Kauf zu nehmen und ehrlich zu sein? Wie sollte unsere Freundin je eine vernünftige Entscheidung treffen, wenn sie nicht alle Tatsachen kennen würde? Ob wir selbst so etwas denn nicht wissen wollten? Wir wechselten Blicke. Wollten wir das? Doch, schon, sagte eine von uns. Nicht unbedingt, sagte eine andere. Nehmen Sie einem Durchschnittsmenschen die Lebenslüge, und Sie nehmen ihm zur gleichen Zeit das Glück, heiße es schließlich auch bei Ibsen. Ingvild Fredly betrachtete uns. Sie sah aus, als könnte sie ihren Ohren nicht trauen. Dann verschloss sich ihr Blick, und ich erinnere mich immer noch an dieses Gefühl, sie enttäuscht zu haben.

Habe ich sie jetzt auch enttäuscht, denke ich, während ich mich auf die Arbeitsplatte in der Küche stütze und hinaussehe. Wird sie sich verpflichtet fühlen, Åsmund zu erzählen, was ich berichtet habe? Ich atme tief ein. Da unten liegt der Garten, leer in der einsetzenden Dämmerung. Die Journalisten sind verschwunden, und sonst ist niemand dort unten. Ich kann in die Einfamilienhäuser auf der anderen Seite hineinsehen. Bei Hoffmo brennt Licht. Die Laternen am Kastanjesvingen sind auch schon angegangen. Nein, denke ich, Ingvild wird Åsmund nichts sagen. Sie erlegt es mir auf, und schon beim Gedanken daran krampft sich mein Magen zusammen.

Ich höre, wie er hinter mir in die Küche kommt. Denke: Ich muss es sagen. An einem der nächsten Tage, wann auch immer.

»Passiert da draußen irgendwas?«, fragt er hinter mir.

»Nein«, sage ich und sehe in die Ferne. »Nein, es dämmert nur.«

Nina Sparre redet atemlos in einem fort, noch bevor sie im Wohnzimmer ist. Sie hat angeklopft, Åsmund hat sie hereingelassen, und jetzt wirbelt sie in einem Strom aus Worten herein. Zunächst müsse sie sich für die späte Störung entschuldigen, aber sie habe etwas Wichtiges zu erzählen und sei der Meinung, es könne nicht bis morgen warten und auch nicht in den Briefkasten geworfen werden, weil es *streng vertraulich* sei. Åsmund und ich sehen sie verwirrt an. Wir hatten gerade auf dem Sofa gesessen und ferngesehen, als sie kam, und sie verliert keine Zeit, sondern kommt sofort auf den Punkt. Sie habe sich letzte Woche die Liste mit den Daten des Codeschlosses aushändigen lassen, erzählt sie, denn sie halte es für *prinzipiell wichtig,* dass alle Hausbewohner dieselben Informationen besäßen wie die Polizei, und weil sie in solchen Angelegenheiten für eine *völlige Offenheit* plädiere, verteile sie nun einen Ausdruck an alle Nachbarn.

»Und hier ist eurer«, erklärt sie und legt einige Seiten vor uns auf den Tisch.

Åsmund und ich werfen einen Blick darauf. Da stehen unsere Namen nebeneinander, Tangen, Karimi, Sparre und Prytz/Ellingsen. Jede Partei hat einen eigenen Code, es gibt nur einen pro Haushalt, weshalb man nicht sehen kann, *welches* Familienmitglied die Tür geöffnet hat, aber diese Liste vermittelt dennoch ein genaues Bild davon, wie das Leben in dem Vierparteienhaus abläuft. Erschreckend detailliert können wir sehen, wann und wie oft wir und die anderen Nachbarn in der vergangenen Woche hier ein- und ausgegangen sind.

»Ach du meine Güte«, sagt Åsmund, und fügt hinzu: »Ich kann nicht glauben, dass sie diese Daten einfach an uns herausgeben dürfen.«

»Ach was«, erwidert Nina, »das ist doch nur angemessen! Wenn die Polizei das anfordern kann, haben wir Bewohner doch erst recht ein Anrecht darauf. Das habe ich auch dem Typen von der Sicherheitstechnikfirma gesagt. Ein sehr junger Mann, höchstens zwanzig. Er wollte mir die Unterlagen nicht geben, aber da habe ich gesagt: Hören Sie mal, das ist immerhin *unser* Eigentum. Wir haben dieses Schloss von Ihnen einbauen lassen. Wenn Sie die Daten an die Ermittler weitergeben, müssen Sie sie ja wohl auch uns zugänglich machen. Im Grunde ist es ein Skandal, dass ich selbst bei Ihnen vorbeifahren und darum bitten musste. Das hätte von ganz allein passieren sollen.«

Auf den Seiten steht der Zeitpunkt, wann jeder von uns die Tür aufgeschlossen hat, unter dem Namen der Familie mit dem entsprechenden Code. Ich kann mir Nina genau vorstellen, wie sie voller Autorität über dem Tresen der Schlüsselfirma lehnt. Sie hat sich bestimmt als Sprecherin der Eigentümerversammlung aufgeplustert und mit allem Möglichen gedroht. Hat den armen Jungen von der Abendschicht schikaniert, der sich nicht getraut hat, ihr die Herausgabe der Unterlagen zu verweigern. *Unser Eigentum,* sagt sie in ihrem selbstgerechten Zorn und übersieht dabei, dass sie in diesem Zuge auch die Daten der Nachbarn erhält. Die Hausgemeinschaft ist nicht eine Einheit, wie sie es zu glauben scheint. Wir sind vier Einheiten, mindestens. Selbst die scheinen zu bröckeln, denn bilden Åsmund und ich in dieser Sache wirklich eine Einheit? Soll er sehen, dass ich manchmal tagsüber nach Hause kam, wenn alle anderen außer Jørgen nicht da waren? Und wie viel Offenheit hätte Jørgen sich gewünscht? Ich schiele zu Nina hinüber, während sie redet. Sie scheint zu erwarten, dass wir ihr dankbar sind.

Ingvild hatte angedeutet, die Polizei vermute, es sei einer von uns gewesen. Entweder das oder jemand, den Jørgen selbst hereingelassen hatte. Abgesehen von der dritten Möglichkeit, versteht sich – dass einer von uns anderen den Täter hereingelassen hatte. Ich sehe zu Nina, wie sie dort steht und redet und redet, und denke: Könnte sie es gewesen sein? In diesem Fall wäre sie eine gute Schauspielerin. Ich schlinge die Arme um mich und denke: Man spielt den Nachbarn eine Rolle vor. Die glückliche Ehefrau, das verliebte Paar, der geduldige Elternteil. Man tut das, so gut man kann, um sie daran zu hindern, hinter die Kulissen zu schauen, denn sie sind vielleicht nicht ganz fremd, aber auf keinen Fall Freunde. Und wir leben so nah beieinander, dass es besser für uns alle ist, wenn wir gegenseitig so tun, als hielten wir unsere Fassaden für wahr und vollständig. Nina redet über Svein oft wie über eine Requisite oder einen Verbündeten. Ihre Geschichten sind gespickt mit Sätzen wie *und da habe ich zu Svein gesagt* oder *und es ist genau, wie Svein sagt.* Ihre Streitigkeiten, seine giftigen Kommentare und ihr Geschimpfe, alles, was sie sich gegenseitig an den Kopf werfen, bleibt streng auf ihre Wohnung beschränkt. Wenn dieser Konstruktionsfehler in der Wand hinter dem Küchenschrank nicht wäre, würden wir auch das nie so genau erfahren, wenn sie nicht gerade schreien. Ich fahre mir mit den Händen über die Arme, als würde ich frieren.

Das Einzige, was das Schloss registriere, sei der Zeitpunkt, zu dem der Code eingegeben worden sei, erklärt Nina. Wenn man die Tür von innen aufschließe, drehe man ja nur an dem Knauf, und diese Information werde nirgends registriert. Wenn jemand eine andere Person von innen hereingelassen hatte, gab es also keine Möglichkeit, das nachzuvollziehen. Am Freitagnachmittag hat Tangen um 15.24 Uhr die Tür aufgeschlossen, steht dort. Das war Jørgen, denke ich, er muss früh von der Arbeit gekommen sein, um den ganzen Abend in seinem Arbeitszimmer sitzen und schreiben zu können. Zehn Minuten darauf betritt ein Mitglied der Familie Sparre das Haus, ich tippe auf Nina oder Simen, weil Svein normalerweise später kommt. Um 16.15 Uhr und 16.17 Uhr sind wir vermerkt, das waren erst Åsmund und Lukas und danach Emma. Karimi wurde einmal um 16.54 Uhr registriert, anschließend wieder wir um 17.25 Uhr, das war ich. Dann Sparre um 17.32 Uhr, das wird wohl Svein gewesen sein. Als Letztes ist an diesem Abend um 22.54 Uhr erneut Karimi verzeichnet. Nach meinen Berechnungen sind zu diesem Zeitpunkt dann alle eingetroffen, möglicherweise mit Ausnahme eines Mitglieds der Familie Sparre, sicherlich Simen, der an diesem Abend unterwegs war, und die nächste Registrierung erfolgt erst tags darauf.

»Vielen Dank«, sage ich zu Nina und schiebe die Blätter zusammen.

Sie redet immer noch, und ich unterbreche sie, sie wollte gerade einen Gedanken ausführen, versteht meinen Hinweis aber, lächelt schmallippig und erwidert: »Gern geschehen.« Åsmund begleitet sie hinaus. Er kommt erneut herein, verdreht die Augen und sagt: »Meine Güte, ich hätte zusammenklappen können, und sie hätte trotzdem weitergeredet.«

Die ausgedruckten Seiten bleiben auf einem Stapel im Bücherregal liegen. Ich weiß, dass ich sie heute Nacht herausnehmen und durchsehen werde, dass ich meinen Nachbarn und meiner Familie hinterherspionieren werde, die Bewegungen von Åsmund und Emma in der vergangenen Woche verfolgen und prüfen werde, ob sie zu einem Zeitpunkt nach Hause gekommen sind, zu dem sie eigentlich unterwegs hätten sein sollen. Würde Åsmund dasselbe tun? Es ist zwei Wochen her, dass ich das letzte Mal tagsüber nach Hause gekommen bin, um Jørgen zu treffen, aber dennoch. All diese Daten, ich hatte nicht bedacht, dass es sie geben könnte und noch viel weniger, dass sie für uns zugänglich sein würden, ausgedruckt und uns bis an die Wohnungstür geliefert. Ich hasse Nina dafür, dieses armselige Wühlen in unserem Privatleben so leicht und unwiderstehlich gemacht zu haben.

Åsmund räumt die Spülmaschine aus und hört dabei Musik. Ich schaffe Ordnung im Wohnzimmer, hebe Spielzeuge und Fahrradhelme vom Boden auf, falte Zeitungen zusammen. Lege sie auf die hässliche Liste von der Sicherheitstechnikfirma, sodass sie darunter verschwindet. Höre Åsmund da draußen. Ab und zu summt er und klappert mit den Tellern.

Jetzt könnte ich es machen. Jetzt habe ich die Möglichkeit, das zu tun, was Ingvild Fredly mir rät. Ich muss nur den richtigen Moment finden. Ich tue so, als würde ich es in Betracht ziehen, als würde ich ganz ernsthaft überlegen, zu ihm zu gehen, eine Hand auf seine Schulter zu legen und es zu sagen. Åsmund, könnte ich sagen, wir müssen reden. Ich muss dir etwas sagen. Was ist denn, würde er fragen. Und dann kann ich es einfach erzählen. Es wird schnell gehen, genau dieser Teil. Wie wenn man ein Pflaster abreißt.

Doch das, was darauf folgt, wird nicht so schnell vorbei sein. Ich sehe vor mir, wie sich sein Gesicht verändert. Kann mir genau vorstellen, wie er sich von mir zurückzieht, und wie alles, was jetzt zwischen uns ist – mein ganz natürliches Recht, ihn anzufassen, zu küssen, die Arme um ihn zu legen –, verschwinden wird. Seine Freundlichkeit, mit der ich jetzt rechnen kann, dass er mich fragt, wie es mir geht, und mir anbietet, die Reste des Abendessens in eine Plastikdose zu packen, damit ich sie am nächsten Tag zur Arbeit mitnehmen kann;

sie wird verschwinden. Vielleicht für immer. Dazu bedarf es nicht viel.

Das Risiko war immer vorhanden. All das wusste ich, als ich zum ersten Mal die Treppe hochging, an jenem Abend im Januar. Ich erstellte eine Einschätzung und beschloss, dass die Sache es wert sei. Drüben in der Küche summt Åsmund die Melodie mit. Okay, denke ich, ich wusste, was ich riskieren würde, aber das Risiko erschien mir im Voraus betrachtet so anders. Damals lag auf beiden Seiten etwas in der Waagschale. Ich weiß noch, wie ich an jenem Abend hier unten stand, bevor ich zum ersten Mal zu Jørgen hochging, und dachte: Åsmund könnte es herausfinden, und alles wäre zerstört. Doch dann dachte ich: Aber wenn ich es nicht tue, werde ich es dann bereuen? Werde ich immer an diesen Augenblick denken und mir wünschen, ich hätte es getan? Nächstes Jahr werde ich vierzig. Ich habe zwei Kinder bekommen, und das hat Spuren hinterlassen, ich sehe nicht mehr so aus wie mit vierundzwanzig. Immer weniger, mit jedem Jahr, das vergeht. Wann wird es zu spät sein? Wann werden die Gelegenheiten ausbleiben? Was ist, wenn dies das letzte verlockende Angebot ist? Damals wirkte es so viel einfacher. Und auch so viel wichtiger. Ist es nicht so, dass man das, was man nicht tut, mehr bereut als das, was man tut?

Und ich weiß bereits, dass ich jetzt nicht zu Åsmund gehen werde. Ich kann nicht, denke ich. Ich muss mich besser vorbereiten. Muss mir genau überlegen, was ich sagen werde. Wie ich es sagen werde. Dies wird eines der wichtigsten Gespräche in unserer Ehe sein, und ich habe nicht vor, mich unvorbereitet hineinzubegeben. Nicht jetzt, da ich mir Zeit erkauft und Ingvild versprochen habe, ihr im Gegenzug meine intimsten Geheimnisse zu verraten. Natürlich werde ich diese Zeit auch nutzen. Morgen tue ich es, denke ich. Ich werde den Tag für die Vorbereitung nutzen, und dann reden wir abends, wenn die Kinder im Bett sind. Mir bleiben noch vierundzwanzig Stunden.

Meine Füße passen nicht mehr zusammen. Ich drehe mich erst auf die Seite, dann auf den Rücken, aber auch das ist unbequem, die Füße stören sich gegenseitig, liegen nicht mehr so gut nebeneinander. Ich trenne sie, schiebe den einen vor den anderen, aber das klappt auch nicht richtig, es kommt mir komisch vor. Ich wälze mich hin und her. Neben mir liegt Åsmund und schläft mit halb geöffnetem Mund und einer kleinen Falte auf der Stirn, als wäre er eingeschlafen, während er sich auf irgendetwas Schwieriges konzentrierte. Ich bewege meine Füße erneut hin und her. Mir fällt nicht mehr ein, was ich normalerweise mit ihnen anstelle. Ich wäre nie auf die Idee gekommen, dass das ein Problem sein könnte. Wie konnte ich jahrzehntelang ins Bett gehen, ohne mich je zu fragen, wie meine Füße bequem liegen?

Schließlich stehe ich auf, schleiche mich zur Tür und trete ins dunkle Wohnzimmer. Ich lehne mich mit dem Rücken an die Schlafzimmertür und versuche, die verborgenen Ecken zu ignorieren. Jørgens Mörder wurde entweder von ihm selbst hereingelassen oder wohnte im Haus. Es muss doch wohl Ersteres sein. Letzteres kann einfach nicht sein. Wir waren sechs Erwachsene. Saman und Jamila. Nina und Svein. Åsmund und ich. Für einen schrecklichen Augenblick stelle ich mir jeden der anderen vor, wie er oder sie auf dem Weg zu ihm ist. Saman, der dort oben über den Treppenabsatz schleicht. Sveins breite

Gestalt, die sich über Jørgen am PC beugt. Åsmunds Hand, die den Griff des Messers umklammert. Mir wird ganz schwindelig, als befände ich mich nahe am Abgrund, und jedes dieser geistigen Bilder, das ich heraufbeschwöre, wäre ein Schritt darauf zu. Ich stehe vollkommen reglos da und lausche. Erwarte fast, dass ich Schritte höre, ein Räuspern, einen Körper, der sich bewegt. Mein Atem beschleunigt sich. Welche Garantie habe ich dafür, dass derjenige, der es auf Jørgen abgesehen hatte, nicht auch hinter mir her ist, hinter uns? Kein Laut ist zu hören. Nur das Rauschen dort draußen, die Zweige des Kastanienbaums am Fenster. Ich bin als Einzige wach. Ich gehe zu unserer Wohnungstür, prüfe, ob sie abgeschlossen ist, und berühre die Sicherheitskette.

Ich stelle mich an den Küchentisch und blicke erneut auf den leeren Garten. Stütze mich mit den Händen auf die Tischplatte und denke: Okay. Denke: Jetzt musst du einen klaren Gedanken fassen. Denke: Du bist ein rationaler Mensch. Du bist Wissenschaftlerin und hattest schon immer einen Hang zum Unpersönlichen, zum Unpolitischen. Du weißt es zu schätzen, dass die Wissenschaft keine Ideologie ist, sondern eine Methode, um Probleme zu lösen. Und was haben wir in den methodischen Kursen gelernt? Systematisch Daten zu sammeln. Strukturiert zu sein. Prämisse und Schlussfolgerung. Aus A folgt B. Logik, Dialektik. Ich hole tief Luft. In den Fensterscheiben sehe ich mein Spiegelbild. Weil es hier drinnen auch dunkel ist, sehe ich nur meine Konturen, wie ich mich auf den Tisch stütze. In diesem Licht hätte mein Spiegelbild das einer jungen Frau sein können.

Jener Samstag in Jørgens Wohnung; ich öffnete die Tür und wurde von Unbehagen befallen. Es war beinahe übernatürlich, hätte ich denken können, wenn ich an so etwas glauben würde, als wüsste etwas in mir, was auf der anderen Seite der geschlossenen Tür des Arbeitszimmers wartete. Aber das sind Hirngespinste. Als würde ich an Geister glauben, oder dass zufällige Begegnungen in Wirklichkeit zu einem kosmischen Plan gehören, der davon bestimmt wird, wie die Sterne im Augenblick deiner Geburt stehen oder was man in deinem Kaffeesatz lesen kann. All so etwas halte ich für Humbug. Es gibt keinen kosmischen Plan. Der Stand der Himmelskörper, oder eher der Stand der Erde im Verhältnis zu ihnen, sagt nichts darüber aus, wie das Leben verläuft. Es war kein siebter Sinn, der mich an jenem Vormittag aus Jørgens Wohnung zurückweichen ließ. Dieses Unbehagen lässt sich erklären. Es ist die Summe vieler kleiner Details, die für sich genommen nicht weiter bemerkenswert gewesen wären, zusammen aber ausreichen, um mir eine Gefahr zu vermitteln. Ich setze mich auf einen Küchenstuhl.

Was hatte ich dort oben gesehen? Was ließ mich zurückschrecken? Ich hatte keine Antwort auf meine Nachrichten erhalten, und das bereitete mir ein wenig Sorge. In der Küche brannte Licht, er musste zu Hause sein, und trotzdem antwortete er nicht. Das ist die eine Sache, aber da war noch mehr. Ich runzle die Stirn, sehe aus dem Fenster. Die Außenlampen an den Häusern auf der anderen Seite erleuchten die Wände. Ich sehe zu Hoffmos Haus hinüber, weiß noch, wie ich an jenem Morgen dasaß und ihn in seinem ulkigen Jogginganzug herauskommen sah. Sehe Hoffmo vor mir, wie er sich Nina Sparre gegenüber wegen der Katzen auslässt: *Was unternimmt eigentlich die Versammlung, Nina, und erwartet ihr etwa, dass wir alle tatenlos dabei zusehen, wie unsere Nachbarschaft zerstört wird?* Jetzt ist es dunkel bei ihm. Die Straße liegt verlassen da, aber am Ende kann ich die beiden Frontscheinwerfer eines Autos sehen, sie verschwinden zwischen den Büschen und tauchen wieder auf, als das Auto in den Kastanjesvingen einbiegt. Die Uhr am Herd zeigt zehn Minuten vor Mitternacht. Ich folge den Scheinwerfern mit den Augen.

Irgendetwas ist mir entgangen. In dieser Erinnerung steckt mehr, die wenigen Sekunden, die ich dort oben stand, die verschlossene Tür. Das Auto erscheint wieder in meinem Blickfeld, es ist klein und weiß. Ich versuche mir das Innere des Arbeitszimmers ins Gedächtnis zu rufen, dessen Fenster offen stand, vermutlich, um den Eindruck zu erwecken, jemand sei über diesen Weg hineingekommen, mit Hilfe der Leiter. Ich denke nicht gern darüber nach, wie kalkuliert diese Leiter war. Ich denke auch nicht gern darüber nach, dass jemand sie hinter unserem Schuppen hervorgeholt haben könnte, und wie viel einfacher das ist, wenn man ihren Standort kennt.

Warum komme ich nicht darauf? Warum fällt mir nicht ein, was genau mir solche Angst bereitete? Liegt es an Saman und den Eiern – dass das, was direkt danach geschah, meine Erinnerung verschwimmen lässt? Oder ist es etwas, an das ich mich nicht erinnern *will*?

Unten geht die Tür des Autos auf, und eine Frau kommt heraus. Sie geht um das Auto herum und öffnet die Beifahrertür, aus der eine weitere Frau aussteigt. Im Dunkeln und aus der Ferne sind sie schwer zu erkennen, aber ich weiß instinktiv, wer es ist. Die Fahrerin öffnet auch die hintere Tür, und eine dritte Person kommt zum Vorschein, ein junges Mädchen, so klein und schmächtig, dass es noch ein Kind sein könnte. Die drei bleiben stehen und spähen zum Haus hinauf. Hier oben, wo ich sitze, ist es dunkel, deshalb sehen sie mich nicht, und ich kann sie beobachten.

Da war noch mehr, denke ich. Die unbeantwortete Nachricht und das Licht in der Küche sind nicht alles. Es waren noch mehr Sachen. Kleinigkeiten, Unbedeutendes, Dinge, die ich in dem Moment bemerkte, ohne mir etwas dabei zu denken. Ich muss mich konzentrieren. Ich schließe die Augen, versetze mich wieder in die Situation: Ich stehe im Flur und sehe mich um. Der Flügel? Das Bücherregal? Etwas, das auf dem Boden lag? Oder etwas, das in der Luft schwebte? Wäre ich nicht direkt danach Saman begegnet, hätte sich meine Aufmerksamkeit nicht panisch auf ihn gerichtet, könnte ich mich jetzt besser erinnern. Ohne diese Ablenkung wäre es mir jetzt möglich, die Sekunden in der Wohnung zu rekonstruieren, das, was mich so erschreckte.

Die drei dort unten auf dem Weg setzen sich in Bewegung. Die erwachsene Frau, die hinter dem Steuer saß, holt etwas aus dem Kofferraum. Die andere Frau öffnet das Gartentor und geht hinein. Das junge Mädchen folgt ihr, die Frau legt ihm den Arm auf die Schulter, und so gehen sie zum Haus hinauf. Sie zieht die Tochter an sich, als wolle sie sie stützen, wobei die Frage ist, wer eigentlich wen stützt. Ich erhasche einen Blick auf das Gesicht der Mutter, es ist bleich und abgespannt. Dann lasse ich mich auf den Boden gleiten, um sicher zu sein, dass sie mich wirklich nicht sehen, wenn sie näher kommen, und eine Weile sitze ich nur so da und lehne mich mit dem Rücken an den Herd. Das Schloss der Haustür klickt, ich höre ihre Schritte draußen im Treppenhaus. Merete ist zurück.

Es sollte etwas Einmaliges bleiben. Ein letztes Zappeln. Und zugleich ein erstes. Danach würde ich mich beruhigen. Das Schlimmste war, dass es funktionierte. Die darauffolgenden Wochen waren schön. Ich weiß nicht, ob es Zufall war, aber Åsmund schien besser gelaunt zu sein. Vielleicht war ich der Auslöser dafür, denn ich wurde plötzlich wieder spontan. Bereitete ganz unvermittelt an einem Mittwoch sein Leibgericht mit Hühnchen zu – das ich normalerweise nur an seinem Geburtstag machte, und in den letzten Jahren nicht einmal das. Rief ihn an einem Vormittag an, an dem ich eine Besprechung in der Stadt hatte, und lud ihn zum Mittagessen ein. Küsste ihn jeden Morgen, bevor er zur Arbeit aufbrach, und jeden Nachmittag, wenn er wiederkam. Wir hatten öfter Sex, und wir gaben uns mehr Mühe dabei, probierten neue Sachen aus, für die wir seit Lukas' Geburt nicht mehr die nötige Energie aufbrachten. Und wir unterhielten uns wieder so, wie wir es in unserer Anfangszeit getan hatten.

Bereust du es, fragte ich mich selbst einige Male und war überrascht, als ich mir gegenüber ehrlich zugeben musste, dass es nicht so war. Ganz im Gegenteil, ich war beinahe froh, es getan zu haben. Ein schlechtes Gewissen hatte ich nicht. Vielleicht war es notwendig gewesen, dachte ich, denn wenn man uns jetzt sieht! Wie schön wir es haben. Ich ging sogar so weit zu denken, es hätte uns gutgetan.

Einige Wochen vor jenem Abend, an dem ich zu Jørgen hochging, hatte ich eine alte Freundin getroffen, Hanna, vielleicht erinnerst du dich an sie? Ich hatte angedeutet, dass es vielleicht Umstände in einer Beziehung gebe, die Fremdgehen rechtfertigen könnten. Vielleicht könne es in manchen Fällen sogar positiv wirken, wie eine Vitaminspritze.

Hanna sagte: Nein. Sie sagte: Die wichtigste Regel ist, dass Untreue eine Beziehung eher zerstört, als sie zu retten.

Aber könnte es nicht trotzdem wichtig sein, es zu tun, fragte ich. Für einen selbst, persönlich? Sind nicht alle großen Männer durch alle möglichen Betten gesprungen? Bjørnstjerne Bjørnson? John F. Kennedy? François Mitterand? Und bestimmt auch eine Menge anderer Männer, sicher die meisten. Und haben ihnen ihre Frauen nicht immer verziehen? Ist das nicht eine Art Doppelmoral? Sollten wir Frauen uns nicht endlich auch das nehmen, was die Männer schon die ganze Zeit genossen haben?

Hanna sagte: Aber Rikke. Hierbei geht es doch nicht um Gleichberechtigung. Es geht um das Vertrauen zwischen Partnern. Darum, an der Beziehung zu arbeiten und nicht einfach abzuhauen, wenn es einmal schwierig wird.

Ich machte einen Rückzieher, ja, natürlich, erwiderte ich, ich meinte ja auch nicht *uns*, es war rein hypothetisch, eine fiktive Beziehung.

Und als es so weit kam, erzählte ich es niemandem. Ich hatte auch nicht das Bedürfnis danach. Es fühlte sich privat an. Wenn ich Jørgen sah, im Treppenhaus oder im Garten, fragten wir einander, ob es uns gut gehe, und wünschten uns einen schönen Tag. Vielleicht hatten diese kurzen Wortwechsel ein anderes Gewicht, vielleicht war unser Lächeln ein wenig aufgeladener, ehe wir wieder unserer Wege gingen. Doch es verbarg sich keine Einladung dahinter. Es war nicht so, dass der eine die Hand auf die des anderen auf dem Geländer legte. In den ersten Wochen nach diesem Samstag im Januar glaubte ich ernsthaft, dass diese kleine Spannung zwischen uns mit der Zeit wieder verschwinden würde. Doch dann stürzte meine Schwiegermutter auf dem Eis.

Åsmund rief mich mit aufgeregter Stimme an. Mama ist im Krankenhaus, sagte er, ich muss sofort hin, kannst du die Kinder abholen? Natürlich, antwortete ich und fragte, ob wir ihn begleiten sollten. Nein, sagte er, wir könnten ruhig zu Hause bleiben. Ich dachte: Er will mit ihr allein sein.

Sie wurde noch am selben Abend entlassen. Wie sich herausstellte, hatte sie sich den Fuß gebrochen und war ganz grün und blau nach dem Sturz, doch beides erforderte keine stationäre Behandlung. Åsmund war ganz verzweifelt, arme kleine Mama. Wie konnten sie sie einfach entlassen, sahen sie denn nicht, was für eine Angst sie hatte? Er hatte für sie eingekauft und gekocht. Anschließend hatte er große Skrupel, sie wieder zu verlassen, aber sein Bruder würde kommen und bei ihr übernachten. Åsmund wollte dann die nächste Nacht übernehmen.

In den nächsten Wochen war er fast täglich bei ihr. Er musste ihr bei allem helfen, nicht nur bei den Dingen, die sie wegen des Gipses nicht erledigen konnte, sondern auch bei allem anderen. Sie dankte ihm überschwänglich für alles, was er tat, er koche den besten Kaffee, und er habe den Schnee vor der Tür so schön geräumt, viel besser, als sie es selbst je hinbekäme. Åsmund war stolz und froh, na ja, sagte er, das sei doch keine große Sache.

Ich wurde nie gefragt, ob ich mitkommen wolle. Er holte Lukas kaum noch vom Kindergarten ab und kam immer noch spät nach Hause. An den Wochenenden übernachtete er manchmal bei seiner Mutter, weil es so beruhigend für sie war, sie fühle sich nachts allein immer so unwohl. Gut, sagte ich. In Ordnung, sagte ich. Wenn es sein muss.

Und an einem Freitagnachmittag traf ich Jørgen im Supermarkt.

DIE NACHT AUF MITTWOCH

Meine Finger hatten wild auf die Tastatur eingehämmert. Das wird mir erst bewusst, als ich fertig bin, ich muss eine ganze Weile hier gesessen haben. Es ist halb vier, mehrere Stunden sind vergangen. Als ich die E-Mail begann, schrieb ich noch ruhig, wollte leise sein und niemanden wecken, doch dann überkam es mich. Ich vergaß mich selbst, konnte nur noch schreiben, wie in Trance, und jetzt spüre ich meinen steifen Rücken. Ich hatte zusammengekauert mit dem Laptop auf dem Sofa gesessen und muss die Schultern hochgezogen haben; war völlig gefesselt. Ich meine mich zu erinnern, dass ich oben in der Wohnung Schritte gehört hatte. Merete, vielleicht auch die Tochter. Ein- oder zweimal hatte ich Åsmund im Schlaf husten hören, und vielleicht auch die Haustür unten, doch konzentriert, wie ich war, registrierte ich das alles kaum. Meine E-Mail ist beinahe endlos, sie erzählt die ganze Geschichte von meinem ersten Gespräch mit Jørgen bis zu der Nacht, in der es geschah. Ich scrolle schnell nach oben, Wörter und Sätze springen mir entgegen, *atmete flach und heiß, hatte das Gefühl, jede Zelle in meinem Körper würde glühen.* Es ist seltsam, das losschicken zu müssen. Es kommt mir nicht vor wie eine Mail. Eher wie ein Tagebucheintrag. Oder ein Geständnis, das zugleich auch eine Verteidigungsschrift ist. Ich spüre schon, wie mich die Scham beschleicht. Wird Ingvild Fredly dies mit ihrem Polizistinnenblick lesen? Wird sie es mit ihren Kolleginnen und Kollegen teilen, mit Babyspeck-Robin? Wird sie meine intimsten Handlungen und ihre Beweggründe der Akte beifügen – als Beweismaterial? Ich weiß bereits, dass ich es bereuen werde, aber ich habe auch keine Kraft, noch einmal von vorn anzufangen, deshalb schreibe ich: *So war es also. Ich hoffe, das hilft Dir weiter, wir hören uns bestimmt bald. Viele Grüße, Rikke,* und drücke auf Senden.

Überraschenderweise bereue ich es doch nicht, nachdem ich die Nachricht abgeschickt habe. Ich bin erleichtert, ich habe es getan. Jetzt ist alles egal, ich habe meinen Beitrag geleistet, niemand kann mir vorwerfen, ich würde nicht mit der Polizei zusammenarbeiten. Ich lehne mich auf dem Sofa zurück. Beuge den Oberkörper vor, um meinen schmerzenden unteren Rücken zu entlasten. Es ist ein gutes Gefühl, das hinter sich gebracht zu haben. Werde ich dasselbe empfinden, wenn ich mit Åsmund gesprochen habe? Vielleicht werde ich auch danach in erster Linie erleichtert sein, denn mir graut davor, mein Magen dreht sich um, wenn ich nur daran denke. Vielleicht sollte ich es auch aufschreiben und ihm zu lesen geben, um sein Gesicht nicht zusammenfallen zu sehen, während ich die verletzenden Worte ausspreche, um nicht zu sehen, wie seine Miene sich verändert, erst aufmerksam lauschend, dann wütend, hasserfüllt, verletzt. Vor allem Letzteres. Ich ertrage den Gedanken nicht, Åsmund wehzutun. Wieder verkrampft sich mein Magen so heftig, dass ich die Hände daraufpressen muss, um den Schmerz zu ertragen. Es ist fast vier Uhr. Streng genommen also schon Mittwoch, und noch bevor dieser Tag vorüber ist, *muss* ich mit ihm gesprochen haben. Ich muss nur die richtigen Worte finden. Sie üben, genau überlegen, wie ich es sagen will. Damit er versteht, dass es nicht an ihm lag, und dass es nichts bedeutet hat. Oder jedenfalls nicht das, was er glaubt. Und dass es nie wieder vorkommen wird. Vor allem das. Das spüre ich jetzt bis tief ins Rückenmark. Ich habe damit abgeschlossen. Nicht nur, weil Jørgen nicht mehr da ist. Nein. Die Unruhe, die ich in mir gespürt habe, ist verschwunden. Es war so, als würde es jucken, und ich versuchte, mich nicht zu kratzen, aber schließlich tat ich es doch, und es fühlte sich gut an, deshalb kratzte ich weiter, grub meine Fingernägel tief in die Haut, bis es zu bluten begann, und jetzt bildet sich ganz allmählich Schorf, und ich käme nie auf die Idee, diese Wunde erneut aufzukratzen. Ich schließe die Augen. Das werde ich nie wieder tun. Ich bin vollkommen sicher. Oh, Åsmund, können wir das nicht einfach hinter uns lassen und weitergehen?

Doch bevor es so weit ist, muss ich ihn verletzen. Dann darf er ausrasten und mich hassen, und ich muss es ertragen. Danach können wir wieder Freunde sein. Er wird mir vergeben, und ich muss für meine Taten sühnen. Ich muss beweisen, dass er sich auf mich verlassen kann. Er wird mir doch hoffentlich verzeihen? Das muss er. Immerhin ist es Åsmund. Wir sind schon ein Paar, seit ich ein Kind war, nur wenige Jahre älter als Emma. Der Schmerz in meinem Bauch strahlt weiter aus bis in die Beine und Arme, diese beklemmende Furcht, die noch schlimmer ist als vorher, denn erst jetzt wird es mir bewusst, und nicht nur theoretisch, sondern als tatsächliche Möglichkeit: Es kann sein, dass Åsmund mich für immer verlässt.

Also tigere ich in der Wohnung umher und finde keine Ruhe. Ich denke, dass ich versuchen sollte zu schlafen, und lege mich ins Bett. Ich versuche mich zu beruhigen, zähle von 100 herunter, gehe das ganze Alphabet durch und überlege mir möglichst viele Städte, die mit dem jeweiligen Buchstaben anfangen, ich zwinge mein Gehirn zur Ablenkung. Åsmund liegt schnarchend auf dem Rücken. Die Luft, die er einatmet, erzeugt im Rachen ein lautes Geräusch, ein ganz seltsames, mit keinem Laut vergleichbar, den er im wachen Zustand von sich gibt; ein tiefes Röcheln, das im Hals und in der Brust widerhallt. Ich war oft von diesem Schnarchen genervt und habe ihn mit dem Ellenbogen angestoßen, aber jetzt bleibe ich liegen und betrachte ihn. Was für eine Vorstellung, allein zu schlafen, ohne ihn. Dieser große, Geborgenheit vermittelnde Körper, sein Schnarchen, der seltsame Gesichtsausdruck, den er beim Schlafen hat, mit halb geöffnetem Mund, als wollte er gerade etwas sagen. Er liegt am Rand des Betts, näher an der Tür, beschützt mich gegen potentielle Eindringlinge. Wer soll mich beschützen, wenn Åsmund mich verlässt?

Um zehn vor halb sechs gebe ich auf. Ich habe in dieser Nacht keine Minute geschlafen, aber jetzt ist es sowieso schon Morgen. Ich kann in die Küche gehen, den Kaffee aufsetzen, die Zeitung holen und mir eine gemütliche Zeit am Esstisch machen. Und ich gehe wirklich in die Küche, doch mein Schädel fühlt sich grau und schwer an, und mein Kehlkopf ist wie mit Watte überzogen, als müsste ich weinen. Mein Körper ist so erschöpft, ich möchte einfach nur schlafen. Diese gemütliche Morgenstunde mit Kaffee und Zeitung wird eine Qual werden. Aber ich ziehe es durch, denn was sollte ich sonst machen? Ich setze den Kaffee auf, werfe mir eine Jacke über das Nachthemd, schlüpfe in meine Gummistiefel und gehe hinaus ins kühle, leere Treppenhaus, wo meine Schritte an den Wänden widerhallen.

Draußen ist es kalt. Dichter Nebel hängt über der Landschaft, die Häuser auf der anderen Seite des Kastanjesvingen kann ich nur erahnen, selbst die Straßenlaternen sind undeutlich. Der Nebel ist grauweiß, und er riecht gut, es ist so frisch hier draußen, dass mein schmerzender, schwerer Kopf klarer wird. Als ich klein war, dachte ich, der Nebel wären heruntergefallene Wolken, und so kommt er mir auch jetzt vor, wie Baumwollwolken, die auf Tåsen herabgepurzelt sind, während ich im Bett lag und zu schlafen versuchte, Wolken, die unseren Garten vollkommen verändert haben, ihn eingepackt und zugedeckt und in einen Märchengarten verwandelt haben. Ich habe nicht mehr das Gefühl, in der Stadt zu sein, und fühle mich erstaunlich beschwingt, als ich den Plattenweg betrete.

Die Briefkästen hängen an einem Gestell an der Innenseite des Zauns. Im Nebel entdecke ich es erst, als ich schon ganz nah davorstehe. Neben dem letzten Briefkasten hängt ein Schatten, und zunächst denke ich, jemand hätte etwas verloren, eine Mütze oder einen Schal. Dann sehe ich die Umrisse eines unnatürlich verrenkten Kopfes, ich sehe die Schultern, falls man bei einer Katze überhaupt von Schultern sprechen kann, und die kleinen Vorder- und Hinterläufe mit den schlaffen Pfoten, die wie die Arme und Beine eines Menschen herabbaumeln. Sie blutet nicht. Ihr Körper ist an einem blauen Nylonseil aufgeknüpft, dessen Ende zu einer Schlaufe geknotet wurde, und mich schaudert: Sie hängt an einem Galgen. Am schlimmsten ist der Kopf. Die Ohren stehen ab wie bei einer lebenden Katze, der graugesprenkelte Pelz ist glatt und unversehrt, und sie ist so klein, dass man sie in die Arme nehmen und streicheln möchte, vielleicht noch ein Junges. Doch die Augen sind geöffnet, erinnern an kleine Murmeln, und dann dieser Strick, der Galgen.

Um uns, die Katze und mich, ist es vollkommen still. Ich starre sie mehrere Sekunden lang durch den Nebel hindurch an. Sehe jedes einzelne Haar im Fell auf den zarten Ohren. Und dann schreie ich.

TEIL II

Kognitive Dissonanz

MITTWOCH

Das Sommerfest unserer Nachbarschaft fand immer Ende Juni statt, kurz vor Ferienbeginn, doch in diesem Jahr wurde erst im Herbst etwas daraus. Im vergangenen Jahr war es besonders schön. Wir hatten den Apfelbaum und das Holzdeck mit Lampions geschmückt, Jamila hatte Girlanden über den Tisch gehängt, Merete ein elektrisches Klavier nach draußen getragen und alte Jazzsongs gespielt. Aretha Franklin, Miles Davis und Nina Simone, »My baby just cares for me«. Auf dem Holzdeck wurde getanzt, ich tanzte mit Jørgen, er war ein guter Tänzer, führte mich ganz leicht. Ich tanzte auch mit Åsmund und mit Svein und Saman. Ein solcher Abend war das. Wir waren alle ein bisschen angetrunken und lachten viel. Svein redete von der Jagd, er ziehe immer von seiner Hütte aus los, erzählte er, und Jørgen beugte sich vor und löcherte ihn mit Fragen. Vielleicht täusche ich mich auch, aber ich glaube, bei dieser Gelegenheit verabredeten sie sich auch für den Ausflug, den sie im August dieses Jahres machten. Selbst Nina war ausnahmsweise entspannt. Sie erzählte einige Anekdoten aus dem Lehrerzimmer, bei denen die Schule nicht ganz so gut wegkam, und ich erinnere mich, dass es nett war, sie so zu sehen, einmal nicht im Dienst.

Doch in diesem Jahr vergaßen wir es also. Erst kurz vor den Ferien kam jemand darauf, und da war es schon zu spät, deshalb visierten wir den frühen Herbst an. Diesmal feierten wir nicht abends, denn mittlerweile war es kälter und wurde früher dunkel, und außerdem hatten wir Schwierigkeiten, einen Abend zu finden, der allen passte, deshalb verabredeten wir uns stattdessen zur Mittagszeit. Alle Parteien brachten zwei Gerichte für das kalte Büfett mit. Es gab keine Lampions und kein Klavier, aber Jamila hatte die Girlanden aus dem Vorjahr wieder herausgesucht, und das Essen war gut. Ich unterhielt mich möglichst wenig mit Jørgen. Es war zu der Zeit, als ich versuchte, von ihm loszukommen, allerdings auch kurz bevor ich diesen Versuch wieder aufgab. Åsmund hatte aus irgendeinem Grund schlechte Laune, bestimmt hing es mit seiner Mutter zusammen, denn er ging zwischendurch mehrmals ans Telefon oder hielt es in den Händen und tippte darauf herum. Wenn er mit den Leuten redete, sah es so aus, als müsste er sich zusammenreißen und wäre lieber mit seinem Handy allein, und ich weiß noch, dass ich überlegte, ob ich ihn bitten sollte, es wegzulegen. Merete wirkte erschöpft. Nina redete über die Pläne der Eigentümerversammlung für den Garten und über die Liste für die große Hausordnung, die sie bald aufhängen würde, und wie viele Aufgaben jeder von uns übernehmen sollte. Svein saß mürrisch neben ihr und sah alle zwei Minuten auf seine Uhr. Filippa verschwand im Haus, noch bevor wir mit dem Essen fertig waren, Simen ging kurz darauf mit Freunden weg, und Emma, die weder ins Haus noch mit Freundinnen weggehen durfte, weil ich es ihr nicht erlaubte, saß abseits und zeigte allzu deutlich, dass sie auf keinen Fall hier sein wollte. Saman war höflich, aber reserviert. Nur Jamila bemühte sich, für ein bisschen gute Stimmung zu sorgen. Sie ging unbeschwert von einem zum anderen, stellte Fragen, erzählte Anekdoten, gestikulierte und lachte. Irgendwann ging jedoch selbst ihr die Puste aus, und da saßen wir dann. Es war ein wenig frisch. Wir gingen schon früh wieder hinein, jeder zu sich.

Jetzt sind erneut Polizisten im Garten. Zwei stehen unten bei den Briefkästen, der eine fotografiert, der andere sieht zu. Ich stehe am Küchenfenster und beobachte sie. Es ist bewölkt und sicher kalt, aber sie scheinen zu konzentriert bei der Arbeit zu sein, als dass sie es merken würden. Am Zaun steht ein Mann im Parka mit einer riesigen Kamera und lichtet sie ab, und sie lassen ihn gewähren.

Als wir gerade beim Frühstück saßen, klingelte eine Polizistin an unserer Haustür, stellte mir ein paar Fragen und bat mich, in der Wohnung zu warten. Bald würde ein Kollege kommen, um sich mit mir zu unterhalten. Es sei denn, ich hätte etwas anderes vor? Ich verneinte es. Ich weiß immer noch nicht, ob ich heute zur Arbeit gehen soll oder nicht, ich habe mich noch nicht entschieden, aber ich tue, was die Polizei mir sagt, und warte. Das Holzdeck liegt verlassen da, während sich die Beamten ganz den Briefkästen widmen, und ich starre auf die Holzbohlen und denke: Warum war die Stimmung beim Nachbarschaftsfest dieses Jahr eigentlich so schlecht? War es meine Schuld, weil ich Jørgen mied? Lag es an den Jugendlichen, die sich zu cool fühlten? Oder steckte dieser Ausflug in die Berge dahinter, nach dem sich die Polizei bei uns erkundigt hatte? Er hatte nur einige Wochen vor dem Fest stattgefunden. Mir läuft es kalt den Rücken hinunter, als ich denke: Könnten die Katzen der Grund gewesen sein? Hatte sich das Unbehagen über die Funde im Frühling so sehr in uns festgesetzt, dass wir nicht länger das Gefühl hatten, unsere Nachbarn könnten auch unsere Freunde sein, wenn wir sie nur richtig kennenlernten? Betrachteten wir uns schon damals gegenseitig als potentielle Psychopathen?

Heute Morgen, als Åsmund unter der Dusche war, fragte Lukas besorgt, was mit einer Katze passiere, wenn sie tot sei. Ich deutete das als existentielle Frage und antwortete entsprechend:

Einige Menschen glauben an den Himmel, andere glauben, wer stirbt, wird wieder ein Teil der Natur. Ich versuchte pädagogisch zu sein, doch es fiel mir schwer. Meine Hände zitterten noch, ich spürte eine Unruhe im Bauch, und das Bild dieses kleinen Fellgeschöpfs am Strick tauchte ständig in meinem Kopf auf. Lukas sorgte sich allerdings eher um den Körper an sich. Ein Junge aus seiner Klasse hatte gesagt, die Katzen würden in die Mülltonne geworfen. Emma warf mir einen verächtlichen Blick zu, als könne sie nicht glauben, dass es ihr biologisches Los sei, die Hälfte ihres Erbguts von mir zu haben.

»Meine Güte«, sagte sie. »Dieses ganze Theater nur wegen einer Katze!«

Ihr Kommentar hallte in meiner Brust wider. Dieses kleine Katzenkind, an einem Galgenstrick baumelnd.

»Sie ist getötet worden, Emma«, sagte ich.

»Na und?«, fragte sie.

»Du solltest einfach nur ein bisschen Respekt zeigen«, antwortete ich.

»Mein Gott, Mama«, sagte sie und stand mit ihrer Müslischale in der Hand auf. »Noch vor ungefähr zwei Tagen hast du selbst genau dasselbe gesagt.«

Da hat sie recht, denke ich, während ich beobachte, wie unten ein Auto parkt, natürlich hat sie recht. Wie verächtlich war ich selbst gegenüber den beiden Müttern gewesen, die mit ihren grabesernsten Mienen während der Theaterprobe diskutierten. Als ich ein Kind war, hatte unser Nachbar eine Katze, die ab und zu Junge bekam, und ich erinnere mich, dass er diejenigen umbrachte, die niemand haben wollte. Er gab ihnen eine Überdosis von irgendetwas ins Futter und brach ihnen sicherheitshalber auch noch das Genick. Es gebe eben Grenzen dafür, wie viele Katzen man halten könne, sagte er, als meine Schwester und ich weinten. Er finde einfach keine Abnehmer für sie, und diese Methode sei schonender, als sie im Wald verhungern zu lassen. Davon abgesehen war er der freundlichste Mann der Welt, er ließ uns in seinem Garten die süßen Pflaumen pflücken und beschwerte sich auch nicht, wenn wir unseren Schulweg abkürzten und über sein Grundstück liefen. Diese überempfindlichen Stadtmenschen regen sich über getötete Katzen auf, hatte ich noch vor Kurzem gedacht, aber sie fragen sich nie, was die Kühe und Schweine, die sie essen, durchmachen mussten, ehe sie auf ihren Tellern landeten. Ist das nicht heuchlerisch? Warum wiegt das Leid der Haustiere so viel mehr als das der Nutztiere?

Unten steigen zwei Männer aus dem Auto. Der eine trägt eine Polizeiuniform, und ich erkenne sofort, dass es Robin Pettersen ist. Der andere ist groß und dünn und trägt eine Outdoorjacke. Der große Mann geht voran, öffnet das Tor und sagt offenbar etwas zu den beiden Beamten neben den Briefkästen, denn sie beenden ihre Tätigkeit und wenden sich ihm zu.

Es trifft vollkommen zu, was Emma sagt, ich habe selbst herumgetönt, man veranstalte einen viel zu großen Zirkus wegen einer toten Katze. Doch etwas änderte sich, als ich den kleinen Körper sah, der mit gebrochenem Genick neben den Briefkästen hing. Die kleinen, schlaffen Pfoten. Die Markierung im Ohr, die besagte, dass sie jemandem gehört hatte, dass es eine Familie gab, die sie beherbergt und gefüttert und getauft hatte und jetzt vermisste. Die weichen Ohren und das kleine Gesicht, sie war noch so jung gewesen. Das zusätzliche Gewicht der Tatsache, dass im selben Haus auch ein Mensch umgebracht worden war, die Gewalt hinter all dem. Die Galgenschlinge. Robin Pettersen und der andere Mann gehen auf die Eingangstür zu, und ich denke an Emma und spüre ein Zittern im Hals aufsteigen: Wie kann sie das alles so auf die leichte Schulter nehmen?

Das Klopfen ist scharf und effektiv. Es verrät etwas über den Charakter dessen, der klopft, denke ich, während ich zur Tür gehe, ich habe zum Beispiel gleich gehört, dass es nicht Robin Pettersen war, es muss der andere gewesen sein, der Mann in der Outdoorjacke. Ich entferne die Sicherheitskette und schließe auf, um ihnen zu öffnen.

»Hallo noch mal«, sagt Robin Pettersen, er zieht die Augenbrauen hoch und neigt den Kopf zur Seite, um sein Mitgefühl auszudrücken. »Wie geht es Ihnen?«

»Geht so«, antworte ich.

Der Mann in der Outdoorjacke räuspert sich einmal, dann streckt er mir eine lange, knochige Hand entgegen.

»Hallo«, sagt er. »Gunnar Gundersen Dahle. Leitender Ermittler. Können wir uns unterhalten?«

Kurze, informative Sätze. Er hat einen festen, ebenfalls kurzen Händedruck. Für diesen Mann scheint alles zu drängen, vielleicht tut es das ja auch in diesem Moment, oder er ist immer so. Er ist dünn und sehnig und hat einen mächtigen Bart. Im Grunde ein Hipsterbart, und trotzdem sieht man sofort, dass dieser Mann keiner Subkultur angehört, er trägt den Bart bestimmt schon, seit er zwanzig ist, obwohl das damals als prollig galt und seine Chancen bei den Mädchen zunichtemachte, die nur darüber lachten. Leitender Ermittler, hat er gesagt, also musste Ingvild ihre Führung abgeben. Gunnar

Gundersen Dahle trägt eine Plastiktüte in der Hand und riecht nach Rauch.

»Kommen Sie herein«, sage ich, und gehe einen Schritt zur Seite.

Sie betreten unsere Wohnung. Gundersen Dahle behält seine Schuhe an.

»So«, sagt er, nachdem sie sich gesetzt haben. »Sie waren heute also schon sehr früh draußen?«

»Ja«, antworte ich. »Ich schlafe zurzeit nicht gut.«

Er nickt. Wir sitzen in der Küche. Ich hatte ihnen Kaffee angeboten, der Chef lehnte sofort ab, und Robin Pettersen, der so aussah, als könnte er sich durchaus eine Tasse vorstellen, verzichtete ebenfalls dankend. Gunnar Dahle sieht sich um, lässt seinen Blick wandern. Es scheint, als würde er unsere Wohnung katalogisieren, alle Details registrieren und in einen Zusammenhang bringen. Als könnte er daraus ablesen, was wir für Menschen sind: an den Krümeln auf der Arbeitsfläche, an der Schranktür, die ein wenig schief in den Angeln hängt, an dem leeren Platz an der Wand, wo früher die Designer-Uhr der Vorbesitzer hing.

»Wann sind Sie aufgestanden?«

Ich zucke die Achseln, bin mir nicht mal sicher, ob ich mich heute Nacht überhaupt hingelegt habe.

»Um halb sechs vielleicht.«

»Und dann?«

»Tja, dann bin ich ein bisschen planlos hin und her gelaufen. Ich wollte die Zeitung holen, deshalb bin ich rausgegangen, und … ja.«

Robin Pettersen nickt freundlich.

»Sie hat die Polizei um 5.42 Uhr angerufen«, ergänzt er hilfsbereit.

Der Bärtige kommentiert es nicht. Stattdessen fragt er: »Schlafen Sie immer so schlecht?«

»Na ja«, sage ich, »wir haben einen Vierjährigen, deshalb habe ich einen eher leichten Schlaf und wache oft auf. Aber in der letzten Woche habe ich fast gar nicht geschlafen wegen … Sie wissen schon.«

Ich werfe einen Blick zur Decke. Robin Pettersen tut es mir gleich. Gunnar Gundersen Dahle sieht mich mit ruhigem Blick an, und ich denke: Er weiß es. Bestimmt wissen sie es alle. Es ist nur eine Frage der Zeit, bis er die E-Mail liest, wenn er es nicht längst getan hat.

»Wo ist denn Ingvild Fredly?«, frage ich. »Ermittelt sie nicht mehr in diesem Fall?«

»Sie hat einen neuen Fall übernommen«, sagt er. »Oder besser gesagt, sie geht einer neuen Entwicklung in einem alten Fall nach. Sie wird auch hier weiter mitarbeiten, wann immer sie kann. Aber ich leite die Ermittlungen jetzt.«

Schwingt in seiner Stimme Selbstzufriedenheit mit? Ich weiß es nicht, ich durchschaue ihn nicht. Ingvild ist immer noch dabei, denke ich. Von der Seitenlinie aus. Wollen sie sie ausnutzen? Von der privaten Beziehung profitieren, die wir haben?

»Sie waren heute Nacht also lange wach«, sagt er. »Haben Sie etwas gehört?«

»Was meinen Sie?«

»Ich meine, Türen, die geöffnet und geschlossen werden, Schritte auf der Treppe, so etwas? Bewegungen im Haus. Hier ist es doch ziemlich hellhörig, oder?«

Ich denke nach. Ich erinnere mich, dass ich wie im Rausch dasaß, während ich an Ingvild schrieb, dass ich auf die Tastatur einhämmerte und nicht merkte, wie die Zeit verging. Ich muss mehrere Stunden so geschrieben haben. Doch irgendwann hatte ich das Gefühl, ich hätte eine Tür gehört. So war es doch? Ich meine, dass ich für einen Moment aufgesehen und überlegt hätte, wer wohl mitten in der Nacht unterwegs war. Aber sicher bin ich mir nicht, vielleicht war auch gar nichts.

»Ich weiß nicht«, sage ich. »Es kann sein, dass irgendwann eine Tür ging. Aber ich war zu der Zeit gerade beschäftigt. Ich habe nicht richtig hingehört.«

»Sie haben nicht hingehört?«

»Ich war gerade dabei, eine Mail zu schreiben«, erwidere ich, und meine Wangen werden heiß. »Ich bin mir nicht sicher, ob ich wirklich etwas gehört habe, ich erinnere mich nicht richtig. Aber es könnte sein.«

»Oben oder unten?«

»Ich weiß es nicht.«

Er nickt nachdenklich. Ich überlege. Es kann nicht oben bei Jørgen und Merete gewesen sein, denn von dort dringen alle Geräusche so deutlich zu uns herunter, dass ich es auf jeden Fall bemerkt hätte. Erst recht, wenn die Person anschließend auch noch die Treppe hinabgegangen wäre, die aus Holz ist und so sehr knarrt, dass man es in der ganzen Wohnung hört. Nein, niemand war die Treppe vom ersten Stock hinuntergegangen, Saman und Jamila können es also auch nicht gewesen sein. Aber einer von den Sparres.

Gunnar Gundersen Dahle steckt die Hand in die Tüte, die er bei sich trägt, zieht etwas heraus und legt es zwischen uns auf den Tisch. Es ist ein zusammengerolltes Seil aus blauem Nylon.

»Erkennen Sie das wieder?«, fragt er mich.

Ich betrachte es.

»Ist es das, womit die Katze … Sie wissen schon … aufgeknüpft wurde?«

Der Anblick lässt mich schaudern, diese knallblaue Farbe, die Brutalität hinter dem Ganzen.

»Wir glauben, ja«, sagt er. »Haben Sie das schon mal gesehen?«

»Ich weiß nicht. Ist das nicht ein ziemlich gewöhnliches Seil?«

»Hier auf dem Grundstück?«

»Ich weiß nicht, ob wir irgendwo solche Seile haben. Wenn, dann im Schuppen.«

Er nickt.

»Ist der Schuppen normalerweise abgeschlossen?«

Ich runzle die Stirn, versuche, mich zu entsinnen. Es knirscht in der Wand, wir sehen alle dorthin. Vielleicht sitzt jemand mit dem Ohr an der Wand und horcht. Vielleicht kennt auch Nina den Konstruktionsfehler, der dafür sorgt, dass man durch die Wand alles hören kann, was gesagt wird. Doch anschließend bleibt es still, und die Polizisten wenden sich wieder mir zu.

»Ich weiß nicht«, sage ich. »Ich glaube schon. An der Tür hängt ein Zahlenschloss.«

Der Bärtige nickt. Das ist ihm schon bekannt, verstehe ich.

»Wie lautet der Code?«, fragt Robin Pettersen.

»1951«, sage ich. »Das Baujahr des Hauses.«

Ein Lächeln huscht über Pettersens Lippen. Gundersen Dahle bleibt natürlich unberührt.

»Na dann«, sagt er. »Das war es auch schon.«

Sie stehen auf, ich tue es ihnen gleich.

Derjenige, der durch die Haustür hinausgegangen ist, könnte aus der Wohnung der Sparres gekommen sein, denke ich. Aus dem ersten Stock kam niemand herunter, und obwohl ich in meine E-Mail vertieft war, hätte ich doch bemerkt, wenn jemand aus meiner eigenen Familie durchs Wohnzimmer gegangen wäre, während ich schreibend auf dem Sofa saß. Aber was ist mit der Brandschutztür in Emmas Zimmer? Sie führt direkt von ihrem Zimmer in den Gemeinschaftsbereich des Kellers. Hätte ich es gehört, wenn sie diesen Weg nach draußen genommen hätte? Meine Rippen scheinen sich zu verengen. Wenn die Zimmertür geschlossen war, hätte sie sich so leise durch die Brandschutztür schleichen können, dass ich es in der Etage darüber nicht gehört hätte. Oder? Ich weiß allerdings nicht, welchen Grund sie dafür gehabt haben sollte. Ich kann mir nicht vorstellen, dass sie etwas mit der toten Katze zu tun hat. Ausschließen kann ich es aber auch nicht.

»Ist noch etwas?«, fragt der Bärtige.

»Was sollte denn sein?«

»Sie sahen so aus, als wäre Ihnen noch etwas eingefallen.«

»Nein«, antworte ich etwas zu schnell, deshalb muss ich es sofort überspielen. »Nein, ich dachte nur, dass wir dringend mal die Fenster putzen müssten. Das war mir gerade aufgefallen.«

»Ach so.«

Er lächelt freundlich. Er glaubt mir nicht.

»Manchmal fällt den Leuten auch erst nach unseren Gesprächen mit ihnen etwas ein«, sagt er. »Wenn sie in Ruhe nachdenken. Falls das der Fall ist, melden Sie sich doch bitte. Pettersen, haben Sie mal einen Zettel?«

Robin Pettersen reicht ihm seinen Block, und wir schweigen einen Moment, während der Bärtige schreibt. Dann reicht er mir den Zettel. *Gundersen,* steht darauf, und eine Telefonnummer.

»Das mache ich«, sage ich.

Ich halte den Zettel zwischen zwei Fingern, als wollte ich ihn so wenig wie möglich berühren. Gundersen sieht mich an. Etwas in seinem Blick beunruhigt mich. Ingvild war vielleicht nicht ganz auf meiner Seite, aber ich habe ihr vertraut. Bei diesem Mann bin ich mir nicht sicher. Er sich bei mir auch nicht, glaube ich. Er mustert mich.

»Wir hören uns wieder«, sagt er. »Noch einen schönen Vormittag.«

Als mir die Schritte verraten, dass die beiden sicher im ersten Stock angekommen sind, gehe ich in den Keller. Ich bleibe vor Emmas Tür stehen. Sie ist in der Schule, ich kann das Zimmer unbemerkt betreten, zögere aber dennoch. Bin mir nicht ganz sicher, ob ich das wirklich will.

Drinnen herrscht eine penible Ordnung. So ähnlich war mein Jugendzimmer früher auch, aber Emma ist noch pedantischer als ich. Ich sehe mich um, folge den leeren, verführerischen Blicken der Mädchen auf den Postern. Auf einigen stehen auch die Namen, doch sie sagen mir nichts, ich habe keine Ahnung, ob sie Popstars oder Schauspielerinnen sind oder einfach nur Klamotten vorführen.

Mitten auf ihrem Schreibtisch liegt der Text zur *Dreigroschenoper.* Die Ränder sind etwas zerfleddert, ganz untypisch für Emma, aber das Manuskript liegt säuberlich platziert, parallel zur Schreibtischkante. Ich hebe vorsichtig das Titelblatt an und werfe einen Blick hinein. Blättere es durch. Emma hat Regieanweisungen hinzugefügt und ihren eigenen Text unterstrichen. Einige Repliken sagt sie allein, die meisten spricht oder singt sie jedoch zusammen mit anderen, als eine Art Chor. Auf der letzten Seite hat sie einen Satz unterstrichen, der eigentlich Peachum zugeordnet ist. *Darum sollte man das Unrecht nicht zu sehr verfolgen.* Ich runzle die Stirn. Warum hat Emma das markiert? Direkt danach folgt aber eine Zeile, die alle singen sollen:

Verfolgt das Unrecht nicht zu sehr, vielleicht hat sie sich nur vertan. Ich blättere zur nächsten Seite. Auf der Rückseite, dem Umschlag, ist ein Herz aus Bleistift gezeichnet. In dem Herz steht GG. Hat Emma das geschrieben? Ich weiß nicht, weiß nicht, ob es ihre Schrift ist. Vielleicht war es auch eine ihrer Freundinnen, um sie zu ärgern. Mädchen in diesem Alter können so sein, denke ich, manchmal finden sie so etwas lustig. Ich blicke darauf. GG? Gibt es einen Gustav oder Gaute in ihrer Klasse? Für einen Moment denke ich an Gunnar Gundersen Dahle und muss kichern, ein überraschender Laut, der mir entfährt und ungehört an den Wänden hier unten verhallt. Ich achte darauf, das Manuskript genauso ordentlich wieder hinzulegen, wie ich es vorgefunden habe, mitten auf den Schreibtisch, parallel zur Kante, bloß keinen Fehler machen. Dann drehe ich mich zur Brandschutztür um.

Der Notausgang war sicher eine Auflage der Baubehörde, damit das Haus erweitert und dieser Teil des Kellers in die Wohnung integriert werden durfte. Åsmund hat mit Emma gescherzt, als wir hier einzogen, guck mal, sagte er, durch diese Tür kannst du dich hinausschleichen, um heimlich deinen Freund zu treffen, wenn du mal größer bist. Ach, Papa, sagte sie, damals war sie erst neun. Åsmund erwiderte: Warte nur ab, du, in ein paar Jahren … Die Tür ist aus Metall, um Feuer abzuhalten, nehme ich an, und sie lässt sich nur von innen aufschließen. Ich drehe am Zylinder. Erst einmal, dann zweimal, so sanft, wie ich kann. Er gibt schon bei der kleinsten Bewegung nach. Ich seufze. Das hätte ich oben auf keinen Fall gehört. Jedenfalls nicht, wenn die Tür zu ihrem Zimmer geschlossen war. Ich drehe den Zylinder noch einige Male hin und her. Dann öffne ich die Tür. Sie lässt sich lautlos aufschieben, der Kellerraum tut sich vor mir auf. Hier unten ist es kalt und feucht. Vier

Fahrräder stehen nebeneinander, eins davon gehört mir. Neben den Fahrrädern steht eine große weiße Gefriertruhe, die nicht mehr auf Sveins Dachboden passte, weshalb er sie im Gemeinschaftskeller abstellte und verkündete, alle könnten sie nutzen, ehe er sie mit einem Vorhängeschloss versah und uns damit effektiv daran hinderte, ihn beim Wort zu nehmen. Neben der Gefriertruhe befindet sich eine weitere Tür, die Brandschutztür zum Souterrain der Familie Sparre. Ich bleibe einen Moment so stehen, dann höre ich Schritte auf der Treppe. Ehe ich mich zurückziehen kann, sehe ich erst Gundersens langen Körper, dann seinen Kopf, als müsste er den Nacken beugen, um unter dem Türrahmen hindurchzupassen.

»Ach, hallo«, sagt er. »Sie hier?«

»Hallo«, antworte ich. »Ich wollte nur nachgucken, ob ich mein Fahrrad hier geparkt habe.«

Die Lüge geht mir so leicht über die Zunge, als wäre es wirklich so.

»Aha«, sagt Gundersen. »Und, haben Sie das?«

»Ja«, erwidere ich. »Da drüben.«

Er betrachtet es, dann lässt er seinen Blick im Raum umherschweifen. Robin kommt hinter ihm zum Vorschein und schaltet die Deckenbeleuchtung ein. Wir bleiben einen Moment stehen, und ich denke: Er glaubt mir nicht. Er glaubt nicht im Entferntesten daran, dass ich hergekommen bin, um nachzugucken, ob ich mein Rad hier abgestellt habe, denn warum sollte ich das auch tun, und warum genau jetzt? Stattdessen könnte er jedoch glauben, dass ich das vermeintliche Geräusch mit Emma in Verbindung gebracht hatte und prüfen wollte, ob sie sich hinausgeschlichen hatte. Mein Kopf fühlt sich schwer an, und ich kann nicht klar denken, ist das zu kompliziert, zu unwahrscheinlich, oder könnte er diesen Schluss tatsächlich ziehen?

»Wem gehört die Gefriertruhe?«, fragt er.

»Nina und Svein.«

»Sie ist abgeschlossen.«

»Ja«, sage ich. »Sveins Jagdbeute.«

»Aha«, sagt Gundersen, und dann lächelt er tatsächlich kurz. »Ein Mann, der das beschützt, was er selbst erlegt hat.«

»Ja«, sage ich.

Mir selbst ist plötzlich nicht mehr nach Lächeln zumute. Es hat irgendetwas mit dem Kontext zu tun, dem Grotesken daran. Die tote Katze, Jørgen. Wieder stehen wir schweigend da.

»Und hier kommt man also zu Ihnen?«, fragt Gundersen und sieht über meine Schulter hinweg.

»Ja«, sage ich, ich trete einen Schritt zur Seite, um ihn durchzulassen, falls er das möchte, doch er bleibt lediglich stehen und schaut. »Das ist das Zimmer meiner Tochter.«

Er nickt, als wäre er in Gedanken woanders.

»Na dann«, sagt er. »Wir wollen Sie nicht länger aufhalten. Ich wollte mir nur die Fenster hier unten ansehen.«

Für einen Moment spähen wir alle zu den kleinen Oberlichtern hoch, die rechts und links von der Treppe zur Eingangstür liegen und auf den Garten hinausgehen. Dann dreht Gundersen sich um und fragt: »Pettersen, haben wir ein Foto von denen?«

»Ja«, bestätigt Robin.

»Bis bald«, sage ich, ziehe die Tür hinter mir zu und schließe sie ab.

Wieder in Emmas Zimmer, halte ich inne. Ich atme so schnell und schwer, als wäre ich gerannt.

»Jaha«, sagt der junge schwedische Arzt. »Na, dann erzählen Sie mal.«

Er zieht ein mitfühlendes Gesicht. Seine haarlosen, gepflegten Hände liegen übereinander auf dem Tisch, um den Ringfinger trägt er einen blankpolierten Ehering. Seine Nägel sind gleichmäßig geschnitten, fast bis zum Nagelbett, aber nicht ganz. Ich kann ihn mir morgens im Bad vorstellen, wie er mit dem Nagelknipser auf dem Klodeckel sitzt, vermutlich schon sehr früh, noch bevor seine Frau und die Goretex-bekleideten Kinder auf dem Foto hinter ihm wach sind. Ich stelle mir vor, wie er zu seiner Frau sagt: Es geht darum, Vertrauen zu erwecken.

Im Vergleich dazu wirke ich vermutlich nicht besonders vertrauenswürdig. Ich reibe die Hände aneinander, während ich rede, ändere ständig meine Sitzposition, kann nicht stillhalten. Ich weiß, dass ich nervös wirke und bin es auch, ohne genau zu wissen warum, denn nichts deutet darauf hin, dass dieser junge schwedische Arzt mir gegenüber skeptisch ist. Ich erzähle von meinem ermordeten Nachbarn, das können Sie im Internet nachlesen, sage ich, als ginge ich davon aus, dass er mir nicht glaubt, und er hebt beschwichtigend seine gepflegten Hände, nein, das sei nicht nötig, er vertraue mir. Dann erzähle ich von meinen Kopfschmerzen und der Schlaflosigkeit, ich habe in dieser Nacht kein Auge zugetan, und dann war da noch die Sache mit der Katze, ich berichte auch davon.

»Jaha«, sagt er erneut.

Er will gerade ansetzen, doch bevor er etwas sagen kann, erzähle ich ihm, dass Jørgen und ich außerdem ein besonderes Verhältnis gehabt hätten, ja, das bleibt doch unter uns, sage ich, das fällt ja bestimmt unter die Schweigepflicht, ich meine, das schreiben Sie doch hoffentlich nicht in die Patientenakte, denn man weiß ja nie, ob diese Systeme nicht gehackt werden, und ja, am liebsten wäre es mir, wenn das nirgendwo stehen würde, aber, wir hatten also ein Verhältnis, könnte man sagen. Deshalb verstehe er vielleicht, fahre ich in halsbrecherischem Tempo fort, dass ich nachts nicht schlafen könne, und dass es mir nicht so gut gehe, und ich es jetzt nicht schaffen würde, wieder zur Arbeit zu gehen, ich wisse, dass ich streng genommen nicht krank sei, nicht im klinischen Sinne, aber gesund sei ich eben auch nicht, oder jedenfalls nicht in der Lage zu arbeiten. Und er dürfe nicht glauben, dass ich so ein Mensch sei, der ständig zum Arzt renne und sich krankschreiben lasse, das könne er ja auch in meiner Patientenakte sehen, wenn er wolle, im Grunde sei ich so gut wie nie krank. Aber jetzt habe sich meine private Situation eben dramatisch zugespitzt. Ja, es ist alles ziemlich schwierig geworden, sage ich, deshalb wollte ich fragen, ob es möglich wäre, für einige Tage ein Attest zu bekommen, um mich wieder zu fangen, und vielleicht könnte ich auch ein Schlafmittel bekommen?

»Jaha«, sagt der Schwede erneut und atmet tief ein. »Tja, das ist alles nicht leicht.«

»Nein«, sage ich und atme ebenfalls tief ein. »Ist es nicht.«

Wir schweigen einen Moment. Ich fühle mich ganz leer, habe keine Worte mehr, spüre nur, wie wahr es ist, was er sagt. Es ist nicht leicht.

»Ich kann Ihnen gern eine Krankmeldung ausstellen«, sagt er

dann und wendet sich seinem PC zu, legt die sauberen Hände auf die fleckenfreie Tastatur. »Was meinen Sie, wäre eine Woche ausreichend?«

»Ja«, antworte ich. »Ja, das ist sicher mehr als genug.«

»Gut«, sagt er und schreibt.

Seine Finger hüpfen über die Tastatur. Ich betrachte sie. Muss daran denken, wie eine Kollegin mir erzählte, ihre Katze beobachte immer ihre Finger, wenn sie am Computer schreibe, als seien sie Mäuse. Sie lauere ihnen häufig auf, ohne dass sie es bemerke, ehe sie sich auf ihre Hände stürze und die Krallen hineinbohre.

Der Arzt sagt: »Ja, und dann ist da noch die Sache mit dem Schlaf.«

Ich nicke langsam. Er schweigt, sieht aus, als würde er nachdenken, und ich tue ebenfalls so.

»Ich denke Folgendes«, sagt er. »Meiner Meinung nach sollten wir noch ein bisschen damit warten, Medikamente einzusetzen. Oder? Schlaftabletten bergen immer ein Risiko. Sie beheben ja nicht die eigentliche Ursache der Schlaflosigkeit, stattdessen stört das Medikament den inneren Schlafrhythmus, und außerdem besteht die Gefahr einer Abhängigkeit. Also denke ich, wir sollten es lieber erst auf natürlichem Wege versuchen.«

Ich nicke erneut. Bin nicht seiner Meinung, fühle mich aber auch nicht in der Position, ihm zu widersprechen. Die Müdigkeit schleicht sich an. Der natürliche Weg.

»Sport«, sagt er. »Jeden Tag. Am besten im Freien, damit Sie genügend Tageslicht bekommen, und lange genug vor dem Schlafengehen. Und auf Kaffee und Alkohol sollten Sie ganz verzichten.«

»Okay«, sage ich.

»Was halten Sie davon?«, fragt er.

Er lächelt freundlich, ist mit sich zufrieden.

»Ich weiß nicht«, sage ich.

Ich fühle mich, als wäre ich hundert Jahre alt und des Lebens müde.

»Das wird schon werden«, sagt er. »Warten Sie nur ab, dann werden Sie sehen. Geben Sie dem Ganzen ein paar Tage. Wenn es über das Wochenende nicht besser wird, sollten Sie noch einmal wiederkommen, und dann entscheiden wir neu. Einverstanden?«

»Einverstanden«, antworte ich resigniert.

Eine Pille wäre so schön gewesen. Ein kleiner, in Folie verpackter Freund, den ich mit einem Glas Wasser hinunterspülen könnte, ehe ich mich hinlege, und der mich völlig außer Gefecht setzen würde, sodass meine Füße wieder nebeneinanderpassten und meine Zunge in meinen Mund. Etwas, das sich wie ein Deckel auf alles legt, was in meinem Kopf herumgeistert, damit es endlich wieder still dort drinnen ist.

Vor allem heute Abend könnte ich das gebrauchen. Ich, deren Ehe vielleicht in ein paar Stunden beendet ist. Ist das wirklich zu viel verlangt, nur eine kleine Schlaftablette als Aussicht, um den Tag durchzustehen, an dem man die ganze Beziehung aufs Spiel setzt, um die Wahrheit zu erzählen? Besteht denn wirklich ein Abhängigkeitsrisiko, wenn man das Mittel in einer solchen Ausnahmesituation einsetzt, vollkommen jenseits des Alltags?

Doch ich habe nicht die Kraft, um zu protestieren, und Angst, dass er sich dann eines Besseren besinnt und die Krankmeldung zurückzieht. Ich will keine sein, die ihren Arzt um Drogen anbettelt, vor allem nicht diesen Arzt, der so kerngesund und unangreifbar wirkt. Um ehrlich zu sein, habe ich auch panische Angst davor, dass er mir sagt, was er von mir hält. Erwarte ich in meiner Situation etwa auch noch Mitleid? Ich, die Ehebrecherin? Was denkt er über solche wie mich, dieser Mann, der so aussieht, als hätte er in seinem ganzen Leben noch nie Kummer gehabt?

»Gehen Sie eine Runde laufen«, sagt er und gibt mir seine Hand, die er sicher nach allen Regeln der Kunst waschen und desinfizieren wird, sobald ich seine Praxis verlassen habe.

»Powern Sie sich ordentlich aus. Und meiden Sie rotes Fleisch und fettes Essen. Hähnchen mit Reis und Salat ist besser. Das wird schon, warten Sie nur ab.«

Ingvild hat auf meine E-Mail geantwortet, ich lese ihre Antwort am Laptop zu Hause in der Küche. *Danke, Rikke,* schreibt sie. *Wir hören uns bald, Grüße Ingvild.* Nichts über die Katze, von der sie bestimmt gehört hat. Ein brennendes Schamgefühl schießt in mir hoch, was habe ich eigentlich geschrieben? Ich war zu persönlich geworden. Hatte zu viel von mir preisgegeben. Private Details, die niemanden etwas angehen. Warum hatte ich nicht darum gebeten, das Ganze mündlich mitteilen zu dürfen? Wenn Åsmund diese Mail lesen würde, wäre er am Boden zerstört.

Ich beuge mich über den Laptop und sehe aus dem Fenster. Merete arbeitet gerade im Garten. Sie steht neben dem Apfelbaum und hält die riesige Heckenschere in der Hand, mit der sie für gewöhnlich überflüssige Zweige stutzt. Streng genommen würde man das im Frühling erledigen, aber vielleicht hatten wir es damals versäumt, denn der Baum sieht wirklich so aus, als könnte er es vertragen. Sie arbeitet schnell, hat starke Arme, zögert nicht, schneidet einfach drauflos, sodass die Zweige um sie herum zu Boden fallen. Jetzt klemmt sie die Schere um einen Ast, der ziemlich dick ist und Widerstand leistet, und ich kann an ihren Schultern erkennen, wie sie sich abmüht, gegen den Baum kämpft, und sie wird gewinnen. Sie trägt einen Trainingsanzug und einen Wollpullover, alles von erlesener Qualität. An den Füßen trägt sie Turnschuhe, und selbst sie sind fein, blütenweiß und feminin, ich habe sie schon mal an ihr gesehen und weiß, dass sich an jeder Seite eine Tulpe befindet, die mit kleinen, akkuraten Stichen aufgestickt wurde. Der Blütenkelch ist leicht gebeugt, er ist blutrot, und wie so oft denke ich, wo hat Merete diese Schuhe gekauft? Auf dem Holzdeck neben dem Blumenbeet sitzt Filippa. Sie trägt ebenfalls Gartenhandschuhe, scheint aber nichts zu tun. Jetzt beobachtet sie ihre Mutter dabei, wie sie mit dem widerspenstigen Zweig kämpft, folgt ihren Bewegungen mit dem Blick.

Ich betrachte Filippa. Sie ist dünn und ziemlich klein, hat dickes dunkelbraunes Haar und große braune Augen. Nichts an ihr wirkt künstlich, sie verwendet nicht viel Make-up, und ich habe sie nie auf zu hohen Absätzen davonwackeln sehen wie so viele andere Mädchen. Sie trägt auch keine auffallenden Taschen und hinterlässt nie schwere Parfümwolken im Hausflur, und gleichzeitig ist sie sich zweifellos darüber im Klaren, wie hübsch sie ist. Sie macht aber nicht viel Aufhebens darum. Mir fällt auf, dass ich sie immer mit irgendwelchen Freundinnen sehe, sie scheint eine Menge davon zu haben. Alle anderen sprechen lauter als sie und machen sich stärker zurecht, und sie schielen die ganze Zeit zu ihr hinüber, um zu sehen, ob sie alles mitbekommt, und was sie dazu meint. Filippa, denke ich, ist eine, die führt, ohne ihre Stimme zu heben.

Doch irgendetwas ist jetzt anders. Ihr Gesicht wirkt ungesund, blass und eingefallen, als hätte sie ebenfalls nicht geschlafen. Ihre Bewegungen sind langsam und ein bisschen fahrig. Möglicherweise sieht das bei mir genauso aus, denke ich, und erst während ich es denke, wird mir bewusst, dass Filippa mehr als alle anderen um Jørgen trauert. Vielleicht haben wir beide etwas gemeinsam, was wir nicht mit vielen Menschen teilen. Doch Filippa Tangens Trauer ist anders als meine. Möglicherweise weniger kompliziert, aber tiefer. Sie trägt einen stechenden Schmerz in sich, der wohl nie ganz vorübergehen wird, und ich ahne nur die Konturen davon.

Unten am Tor taucht Simen Sparre auf. Er hat seinen Schulrucksack über die Schulter geworfen und öffnet langsam das Tor. Ich kann sehen, wie er sich aufrichtet, als er Filippa sieht, als würde er seinen Körper in Position bringen. Merete unterbricht ihren Kampf mit dem Ast für einen Moment und scheint etwas zu Simen zu sagen, aber da sie mit dem Rücken zu mir steht, kann ich ihren Gesichtsausdruck nicht sehen. Eigentlich ist es doch merkwürdig, dass sie heute im Garten arbeiten, obwohl sein Tod noch so frisch ist. Aber vielleicht tut es ihnen gut; praktische Arbeit, die gegen existentiellen Kummer hilft. Simen lächelt und nickt zu dem, was sie sagt. Er wirkt ein bisschen befangen. Wie als ich ihn im Schultheater traf, denke ich. Ab und zu wirft er einen Blick zu Filippa hinüber, während er nickt und lächelt und ihrer Mutter antwortet. Filippa sitzt stumm auf dem Holzdeck und studiert eine Pflanze, die sie in der Hand hält. Sie scheint völlig davon gefesselt zu sein und würdigt den Nachbarsjungen, der den Kontakt zu ihr sucht, keines Blickes.

Kurz bevor wir ein Angebot abgaben, erzählte uns der Makler am Telefon, in der Wohnung über uns würde ein neun- oder zehnjähriges Mädchen wohnen. Hätten wir an so etwas geglaubt, hätten wir es für ein Zeichen gehalten. Eine Freundin für Emma, sagten Åsmund und ich zueinander. Nach unserem Einzug verabredeten wir ab und zu mit Jørgen und Merete, dass die Mädchen einander besuchten, wir versuchten, sie zu verkuppeln. Emma fand auf ihrer neuen Schule fast sofort treue Freundinnen, die bei uns klingelten, mit ihren Handys im Treppenhaus standen und fragten, ob sie zu Hause sei. Aber gehörte

Filippa dazu? Einige Male war sie zu Besuch gewesen. Sie hatte sich höflich benommen, für das Essen gedankt und ihren Teller in die Spülmaschine geräumt. Ich weiß nicht, wann sie zum letzten Mal hier war, das muss lange her sein. Ich runzle die Stirn. Eine Abneigung zwischen den Mädchen hatte ich eigentlich nie bemerkt.

Simen und Merete haben ihre Unterhaltung beendet, sie widmet sich wieder dem Zweig, er schlurft langsam den Plattenweg entlang und sieht Filippa an. Bleibt neben ihr stehen. Sie sagt nichts, bemerkt ihn scheinbar nicht, starrt nur auf die Pflanze in ihrer Hand. Dann sagt Simen etwas. Sie antwortet, ohne sich ihm zuzuwenden. Er nestelt am Riemen seines Rucksacks herum, während er ihr etwas erzählt. Seine Hand zittert, sein Körper ist verkrampft, sein Gesicht ernst. Filippa dreht sich um und sieht ihn an. Ich kann ihr Gesicht nicht sehen, und es dauert nur einen Moment, dann blickt sie wieder zum Blumenbeet und wendet ihm den Rücken zu. Er geht weiter. Ich beobachte, wie er vor der Haustür steht und seinen Code eingibt. Sein junges, glattes Gesicht wirkt gequält, dem Jungen geht es schlecht. Bestimmt ist er in sie verliebt. Das wäre nicht verwunderlich, denn es trifft wohl auf die Hälfte der männlichen Teenager in der Nachbarschaft zu. Doch irgendetwas wirkt anders in seinem Blick, den aufgerissenen Augen. Zwischen diesen Jugendlichen passiert irgendetwas.

Die Haustür öffnet sich, und er verschwindet hinein. Draußen im Garten bezwingt Merete endlich den Ast, sie presst die Schere mit aller Kraft zusammen, und er gibt nach und hängt schlaff nach unten. Noch ein Ruck mit der Schere, und er fällt neben ihren weißen Turnschuhen zu Boden. Sie richtet sich auf, ruft der Tochter etwas zu. Filippa antwortet nicht, sondern dreht sich von ihr weg.

Ich lege mich aufs Sofa, stütze den Kopf auf die Armlehne und schließe die Augen. Vielleicht kann ich jetzt schlafen. Vielleicht kann ich in einen tiefen, traumlosen Schlaf sinken und eine Ruhe spüren wie schon seit Tagen nicht mehr und in ein paar Stunden erholt und ausgeruht wieder aufwachen. Wenn ich heute mit Åsmund rede, brauche ich das. Ich wälze mich hin und her, will es nicht glauben. Fast zehn Monate habe ich es geheim gehalten, und jetzt soll ich es sagen. Ach, Ingvild, gibt es denn keinen anderen Ausweg?

Während ich schlafe, denke ich: Simens tragischer Gesichtszug hatte nichts mit unglücklicher Liebe zu tun. Jedenfalls nicht nur. Seine zitternden Hände, die steifen Bewegungen. Die weit aufgerissenen Augen, diese gerunzelte Stirn. Das war Furcht, denke ich. Simen Sparre hat Angst.

Der Anblick des hilflosen Katzenjungen, das am Genick aufgehängt war, löste etwas in mir aus. Ich bekam Lust, es abzunehmen und in meine Arme zu schließen. Über sein Fell zu streichen. Es hin und her zu wiegen wie einen Säugling. Aber ich darf nicht sentimental werden. Ein getötetes Tier ist nicht ungewöhnlich. Im Internet kann ich zum Beispiel nachlesen, dass nahezu jeder zehnte Norweger ein Jäger ist. Wo ich aufgewachsen bin, kamen früher oft Jagdgesellschaften vorbei, sie stellten ihre Kombis auf den Parkplätzen tief im Tal ab, packten ihre Waffen aus, setzten ihre Wanderrucksäcke auf und zogen los, um Vögel und anderes Kleinwild zu erlegen. Mehrere Bewohner unseres Dorfs jagten als Hobby, darunter auch Frauen. Durchaus nette Menschen. Und natürlich ist es ein Unterschied, ob man einen Elch erschießt oder eine Katze umbringt. Zumindest, wenn die Katze jemandem gehört. Doch in meinem müden Kopf verschwimmen die Grenzen. Vor ein paar Jahren erzählte Svein auf unserem Nachbarschaftsfest, wie er einen Elch angeschossen hatte und der Blutspur folgen musste, um ihn zu töten. Es war eine Elchkuh, die ein Junges hatte. Eigentlich ist es üblich, das Kalb zuerst zu erschießen, weil es nicht allein zurechtkommt und es unethisch wäre, mit der Mutter anzufangen. Das Kind vor der eigenen Mutter zu erschießen, scheint dagegen vertretbar zu sein. Ich habe vergessen, wie seine Geschichte ausging, ich glaube, am Ende konnten sie den

Elch erledigen. So wie ich Svein kenne, hätte er sie sonst auch gar nicht erzählt.

Doch mein Unbehagen darüber ist unlogisch, denn ich esse doch selbst Fleisch, sogar vom Elch, ohne groß darüber nachzudenken. Ich stelle mir Svein Sparre vor, wie er sich von hinten über Jørgen beugt, der vor dem Laptop in seinem Zimmer sitzt und nicht hört, dass jemand im Zimmer ist. Ich sehe ein riesiges Jagdmesser in Sveins Händen und spüre erneut die Unruhe im Bauch. Das kann doch wohl nicht sein? Aber irgendjemand *hat* mit einem Messer Jørgens Kehle durchgeschnitten. Ingvild sagt, dass es für die Bewohner des Kastanjesvingen 15 am einfachsten gewesen wäre, diese Tat zu begehen, und was weiß ich schon über Svein Sparre?

Wir sind schon seit Jahren auf Facebook befreundet, aber ich habe mir bis heute nie sein Profil angesehen. Nachdem ich mich ins Wohnzimmer vor meinen Laptop gesetzt und mich eingeloggt habe, erkenne ich, dass es auch nicht viel hergibt. Er hat nur wenige Freunde, doch das muss nichts heißen. Sein Profilbild zeigt ihn an Bord eines Bootes, es ist Sommer, er trägt eine Baseballcap und eine Sonnenbrille und lächelt vergnügt in die Kamera. Zwölf Personen gefällt das Bild. An seiner Pinnwand stehen nicht viele Beiträge. Ein paar Geburtstagsgrüße, ein Bild von drei toten Wildvögeln in der Heide mit dem Kommentar *Beute des Tages!* Ein Zeitungsartikel über konfessionsneutrale Weihnachtsfeiern, die er mit dem Kommentar *Bald ist hier wohl gar nichts mehr erlaubt* geteilt hat. Nur zwei Personen gefällt das, eine dritte hat ein wütendes Emoji daruntergesetzt.

Ich google seinen Namen. Die ersten vier Treffer handeln von einem anderen Mann namens Sveinung Sparre aus Mo i Rana, der im Orientierungslauf starke Leistungen für seine Mannschaft erbracht hat. Dann bringt mich Google auf die Idee, seinen Namen im Steuerregister zu suchen, und ein Eintrag im Onlinetelefonbuch informiert mich überflüssigerweise darüber, dass Svein Sparre im Kastanjesvingen wohnt. Das siebte Suchergebnis leitet mich zur Zeitarbeitsfirma EasyTemps. Ich klicke darauf und gelange sofort auf die Kontaktseite, auf der Svein als Geschäftsführer steht. Es gibt auch ein Bild von ihm, diesmal im Anzug und ohne Sonnenbrille. Es muss einige Jahre alt sein, er sieht jünger aus, hat volleres Haar, ein schlankeres Gesicht. Ebenso breite Schultern. Ich gehe auf die Startseite. *Personal von EasyTemps,* steht dort in großen, weißen Buchstaben auf einem türkisfarbenen Banner. *Wir sind hier, wenn du uns brauchst.* Darunter das Foto von einer Gruppe lächelnder Menschen, Männer und Frauen, hell und dunkel. Alle sind jung und gutaussehend, ihre Zähne gerade und blendend weiß, die Haut glatt und offensichtlich retuschiert, und aus irgendeinem Grund beschleicht mich sofort das Gefühl, dies sei ein Bild aus irgendeiner Datenbank und kein reales Gruppenfoto von den Zeitarbeitern von EasyTemps.

Weiter bin ich nicht gekommen, als es an der Tür klopft.

Draußen steht Nina. Sie trägt einen Mantel, ist vielleicht auf dem Weg zur Arbeit und spät dran, und sie lächelt nervös, tritt von einem Fuß auf den anderen.

»Wie geht es dir, meine Liebe?«, fragt sie.

»Ach ja«, antworte ich. »Geht schon.«

»Ich habe von der Sache mit der Katze gehört, das muss ja schrecklich für dich gewesen sein. Natürlich ist es nur eine Katze und nicht so schlimm wie das, was Jamila am Sonntag erleben musste, aber … Na ja. Es muss trotzdem furchtbar unheimlich gewesen sein.«

Jetzt legt sie den Kopf schief und streckt eine kleine, warme Hand aus, die sie auf meinem Unterarm platziert.

»Vor allem«, sagt sie und sieht sich um, »wenn man bedenkt, was …«

Sie wirft einen Blick nach oben, zur Etage, wo Jørgen gefunden wurde.

»So gruselig«, sagt sie und sieht sich hastig in alle Richtungen um. »Wahnsinnig gruselig. Ich kann nachts kaum noch schlafen, weil mich das alles so sehr stresst.«

Und sie sieht wirklich gestresst aus. An dem Abend, an dem sie Jørgen fanden und wir mit ihr im Garten standen, schien sie beinahe aufgeräumt darüber, was passiert war, als gäbe es ihr ein Gefühl von Bedeutsamkeit, ausnahmsweise einmal im Zentrum der Begebenheiten zu stehen. Doch jetzt wirkt sie ganz anders.

»Was für eine Vorstellung, dass das ausgerechnet bei uns passiert ist«, fährt sie traurig fort. »Wo es doch hier eigentlich so sicher ist. Nein, das hätte ich nie gedacht.«

Ich habe sie noch nie so aufgewühlt gesehen. Nicht während der Kontroverse um die *Dreigroschenoper,* nicht, als Hoffmo sich beschwert hatte, die Vereinigung tue nicht genug, um den Katzenmörder zu finden. Sie wirft erneut einen Blick über die Schulter, und ich denke: Nina hat wirklich Angst.

Ich sage: »Ich glaube, das konnte sich niemand von uns vorstellen.«

Sie schließt die Augen, schüttelt den Kopf.

»Es ist wie ein böser Traum«, sagt sie. »Ich rechne beinahe damit, dass ich aufwache und sich herausstellt, dass ich es nur geträumt habe.«

Das Codeschloss der Haustür piepst. Nina und ich schweigen und lauschen, wollen beide nicht weiterreden, solange wir nicht wissen, wer uns hören kann. Wir spähen nervös zur Tür, und ich spüre, wie mein Atem schneller und flacher wird. Dann klickt es in der Mechanik, die Tür wird aufgeschoben, und Saman kommt zum Vorschein.

»Hallo«, sagt er.

»Hallo«, sagen wir.

Wir bleiben schweigend stehen, während er vorbeigeht, als wären wir nicht ganz beruhigt, obwohl er nur ein Nachbar ist. So weit ist es also gekommen, denke ich, ausgerechnet hier, wo wir es bis letzte Woche noch besonders harmonisch miteinander hatten. Abgesehen von den Katzen natürlich, und die lassen sich immer schwerer ignorieren. Saman ist auf halbem Weg zu seiner Wohnung, als Nina sagt: »Ich hoffe, sie kriegen ihn bald. Den Typen, der das getan hat.«

Sie wirft einen langen Blick die Treppe hinauf.

»Wer auch immer es ist. Man macht sich natürlich so seine Gedanken. Einige hier wirken ein bisschen aggressiver als andere, wenn du verstehst, was ich meine.«

Samans Schritte über uns auf der Treppe halten inne. Einen Moment stehen wir reglos da, Nina und ich hier unten, er dort oben, alle drei lauschen, und dann hören wir, wie seine Schritte kehrtmachen und er wieder nach unten kommt, ehe er auf dem Treppenabsatz auftaucht.

»Was hast du gerade gesagt, Nina?«, fragt er.

»Was ich gesagt habe?«, fragt sie unschuldig.

»Ja. Was hast du gesagt?«

Er hat rote Flecken auf den Wangen. Nina antwortet nicht.

»Was für Gedanken machst du dir?«, fragt er leise.

Saman wirkt so, als wollte er einen beherrschten Eindruck machen, aber seine Kiefermuskeln verraten ihn, ein Zittern unter der Haut. Nina blickt auf seine Schuhe, dann springt ihr

Blick wieder zu mir, und sie sagt mit Kulleraugen: »Einfach nur Gedanken.«

Es wird still. Saman atmet mehrmals ein und aus, und wir stehen da und sehen einander an. Dann kann Nina sich nicht mehr zurückhalten.

»Das bin ja nicht nur ich«, sagt sie. »Die Polizei läuft im Haus herum und stellt Fragen. Über seltsame Sachen. Über die Nachbarn. Darüber, was auf diesem Ausflug gesagt und getan wurde. Und Svein hatte so einiges über die Diskussion an diesem Abend zu erzählen.«

Saman schielt zu ihr hinunter. Dann verlagert er sein Gewicht auf das andere Bein und wirkt plötzlich ruhig und kalkuliert.

»Ich war nicht der Einzige, der wütend war«, sagt er.

Er richtet seinen Blick auf mich. Er hat schöne braune Augen, solche, die einem auffallen. Jetzt werden sie schmal, und er studiert mich, als wäre ich ein Versuchstier, und er müsste meine Reaktion beobachten.

»Dein Mann war auch ziemlich gereizt an dem Abend«, fährt er fort. »Er hat ganz schön laut gebrüllt.«

»Åsmund?«, frage ich.

Nina schnaubt entrüstet.

»Warst du etwa dabei, Nina?«, fragt Saman sie in scharfem Ton.

»Ich habe so einiges gehört«, entgegnet sie wichtigtuerisch.

Sie wirft mir einen verschwörerischen Blick zu, ehe sie mit zugekniffenem Mund die Blattbegonie betrachtet, als wollte sie zeigen, dass ihrerseits nun alles gesagt wäre. Saman wirkt, als ginge ihm ein wenig die Luft aus. Er seufzt, hebt resigniert die Hände und sagt: Na dann. Anschließend dreht er sich wieder um und trampelt so energisch die letzten Stufen hoch, dass die empfindliche Treppe wackelt. Wir hören ihn dort oben mit den Schlüsseln klimpern, ehe die Tür zuschlägt.

Nina wendet sich mir zu und hebt vielsagend die Augenbrauen.

»Hierbei geht es nicht um ...«, sie sieht nach oben, überlegt. »Um Hautfarben oder so was. Natürlich fragt man sich selbst ab und zu, aus was für einer Kultur manch einer so kommt. Aber du weißt ja, wie sehr ich Jamila mag, das ist also nicht das Problem.«

Sie senkt die Stimme. Ich lehne mich instinktiv vor, und schon während ich es tue, denke ich, dass es verschwörerisch aussehen muss, obwohl uns niemand beobachten kann.

»Svein sagt, er wäre an dem Abend völlig ausgerastet. Sie hatten irgendetwas diskutiert. Irgendein Thema, unter Freunden, du weißt schon. Saman war völlig außer sich, er hat geschrien und geflucht und hässliche Dinge gesagt. Svein sagt, er hätte seine Wut nicht im Griff gehabt. Er wäre wie ein wildes Tier gewesen. Und wenn ich daran denke, wie Jørgen ermordet wurde, so brutal ...«

Sie schaudert.

»Was für eine *Wut* das voraussetzt. Du verstehst, was ich meine.«

Jetzt sieht sie mich an, als suchte sie Bestätigung. Als wäre ich an der Reihe, etwas zu sagen, eine Anekdote zu erzählen, die alles bestätigt und ergänzt, was sie berichtet hat. Aber ich habe nichts zu sagen. Mein Hals ist ganz trocken. Die Wohnung über uns, das Arbeitszimmer, in dem Jørgen getötet wurde, ist wie eine böse Leere, ein schwarzes Loch, das wir nicht wahrhaben wollen, und das uns trotzdem in sich hineinsaugt. Das, was dort geschah. Die haarsträubende Möglichkeit, was das bedeuten kann: Sind wir sicher, wir, die in diesem Haus wohnen? Und jetzt benehmen wir uns auch genau wie bedrohte Individuen: Wir wenden uns gegeneinander.

Nina und ich schweigen für einige endlose Sekunden, und ich weiß bereits, dass ich später viele Ausreden dafür finden werde. Ich war müde, werde ich sagen, es war die Schlaflosigkeit, ich schaffe es gerade nicht, mich so zu verhalten, wie ich es gerne würde. Oder einfach nur, dass es so schnell ging, und noch bevor ich etwas einwenden konnte, war die Gelegenheit auch schon verstrichen. Ich werde diesen langen, zähen Moment verharmlosen, in dem Nina ihren Verdacht gegen Saman aussprach und mich um Zustimmung heischend ansah; in dem ich hätte widersprechen und ihn verteidigen müssen und es nicht getan habe. Weil ich nicht schnell genug reagieren konnte, werde ich mir selbst einreden. Oder kann es sein, dass ich ihr glaube? Oder zumindest befürchte, sie könnte recht haben? Ohne Jørgen sind wir elf Personen im Haus. Ohne die Kinder sieben. Jamila und Saman, Nina und Svein, Åsmund und ich. Und Merete, die weit entfernt von allen Menschen in ihrem Zelt lag, als es geschah, und in dieser Nacht gar nicht im Haus war. Sechs Verdächtige. Wenn ich raten müsste, würde ich auf Svein tippen. Aber meine Beweisgrundlage ist ziemlich dürftig. Es könnte genauso gut Saman gewesen sein. Wir sind nicht viele. Ohne die Kinder.

Nina sagt: »O Gott, o Gott. Mir gefällt das alles nicht. Der Gedanke ist so gruselig, dass einer von uns eine solche Wut in sich trägt, einer, der den Türcode hat und Wand an Wand mit uns wohnt.«

Wir frösteln beide. Der einsame, kalte Raum dort oben.

»Aber die Polizei macht wohl Fortschritte«, ergänzt Nina mit leiser Stimme. »Sie werden der Sache schon auf die Spur kommen.«

Sie sieht sich erneut um, ehe sie sagt: »Das ist wirklich vollkommen unfassbar. Ich weiß gar nicht, wie man auf so etwas reagieren soll.«

Und in diesem Moment, denke ich, ist sie vollkommen ehrlich.

Darum geht es hier nicht, denke ich, während ich vor meinem Laptop sitze und *Saman Karimi* bei Facebook eingebe. Es geht nicht darum, jemanden aufgrund seines Namens oder seiner Herkunft oder Ähnlichem zu verdächtigen. Ich höre das Echo von Ninas Worten in meinen eigenen und argumentiere dagegen. Es geht nicht *darum.* Aber es muss doch erlaubt sein, gewisse Dinge zu fragen. Ich gehe auf »suchen«.

Mir werden mehrere Profile angezeigt, drei im Iran, zwei in den USA, eins in Australien. Keins in Norwegen. Ich gehe auf Jamilas Seite, um nachzusehen, ob man Samans Profil über sie finden kann, doch vergebens. Dort steht, dass sie verheiratet ist, aber nicht mit wem. Es gibt keine gemeinsamen Bilder von ihnen, im Grunde gar keine privaten Bilder, es sind nur ihre Jobfotos: Models, die unergründlich in die Kamera starren, bewusst hässlich gestylt mit wirrem Haar und kunstvoller Schminke, rotem Lidschatten, weißen Wimpern. Sie tragen lange Röcke und Stilettos oder hautfarbene Bikinis mit durchsichtigen T-Shirts darüber, und Jamila hat sie in Herbstwäldern oder alten Holzhütten fotografiert, alles sehr arty. Nicht schön, nicht so, wie man sich die Arbeit einer Modefotografin vorstellt, aber ihre Inszenierungen wirken sehr selbstbewusst. Genau wie Jamilas eigener Auftritt. Man zweifelt nie daran, dass sie weiß, worauf es ankommt.

Ich google Samans Namen. Einfach nur so, sage ich mir selbst.

Wieder einige Treffer, die von anderen Namensvettern handeln. Ich füge Oslo hinzu, und da werden mir vier angezeigt, die relevant scheinen. Einer zur Homepage der Universität, ein drei Jahre alter Post, in dem seine Disputation angekündigt wird, und der Titel seiner Doktorarbeit, der lang und unbegreiflich ist, voller Buchstaben und Zahlen, die so zusammengestellt sind, dass nur Eingeweihte sie verstehen können. Das nächste Ergebnis führt zur Seite der Angestellten im Rikshospitalet, wo Saman in der Orthopädie arbeitet. Weitere Personalseiten, diesmal von der Universität, wo er offenbar auch eine Stelle hat; das wusste ich nicht, aber es ist auch nicht weiter verwunderlich, so nah stehen wir uns nicht. Dann ein Artikel auf Googles Wissenschaftsseite, den er veröffentlicht hat. Noch ein unbegreiflicher Titel. Der Beitrag wurde über fünfhundertmal zitiert, sehe ich mit einem gewissen Neid, meine meistzitierten Artikel kommen gerade mal auf zweihundert. Der letzte Treffer führt zu einer Seite namens *Von der Wiege zum Grab.* Ich runzle die Stirn und klicke auf den Link. Mein Rechner lädt eine Weile, dann erscheint eine leere Seite. Ich scrolle auf und ab, klicke willkürlich darauf. Nichts passiert. Wiege. Grab. Ich habe keine Ahnung, was ich davon halten soll, es gibt keinen Hinweis darauf, wie es zu verstehen ist.

Dann suche ich Jamila. Weitere Modefotografien, weitere ausdruckslose Models in Nadelwäldern und Steinwüsten. Ihre Homepage ist ein Katalog über ihre Arbeiten, und das ist im Großen und Ganzen alles, was ich über sie finde. Ich gehe erneut auf ihr Facebookprofil und schnüffele herum, und je länger ich nichts Persönliches finde, desto schamloser werde ich. Ich vergesse, dass ich in ihr Privatleben einfalle. Ich konzentriere mich nur noch darauf, etwas zu finden, ich weiß nicht was, irgendetwas, das mir zeigt, dass sie mehr ist als eine Fotografin. Weit unten auf ihrer Pinnwand finde ich es. Eine Frau namens Shamala hat eine Nachricht geschrieben. *Jammie! Ich habe gehört, was passiert ist! Ich denke an dich.* Weinendes Emoji. Vierzig Personen haben darauf reagiert, mit Herzen und Daumen und weinenden Emojis. Auf die meisten anderen Posts hat Jamila mehrere hundert Reaktionen. Sie hat Shamalas Post selbst gelikt, sehe ich, aber nichts kommentiert, und auch die anderen haben es nicht getan. Der Eintrag ist anderthalb Jahre alt. Shamala muss ihn geschrieben haben, kurz bevor Saman und Jamila in den Kastanjesvingen gezogen sind.

Die nächste Frau auf meiner Liste ist Nina Sparre. Ihr Profil ist voller inspirierender Kalendersprüche und rührender Nachrichten über Kinder mit schlechten Bildungschancen, die gegen alle Widerstände etwas erreichen, und über Fremde, die unerwartet nett zueinander sind. Oft hat sie diese Artikel mit *So toll!* kommentiert, manchmal auch mit Ratschlägen versehen oder eine Lehre daraus gezogen: *Und das kommt dabei heraus, wenn wir es wagen, einander zuzuhören!* Wie ich sehe, interessiert sie sich auch für Bildungspolitik, und diese Postings sind weitaus informativer. Hier schreibt Nina darüber, was es für Folgen hat, wenn die Kinder schon mit sechs eingeschult werden, und über Bildungsreformen. Sie macht sich Sorgen wegen der Dokumentationspflichten, die dem Lehrpersonal aufgebürdet werden, und fürchtet, diese Zeit würde im Unterricht fehlen. Nina ist engagiert und postet fast jeden Tag etwas, manchmal sogar mehrmals täglich. Das letzte Mal hat sie am Sonntagmorgen etwas veröffentlicht, dem Tag, an dem Jørgen gefunden wurde. Es ist ein Beitrag über eine Alleinerziehende, die es sich nicht leisten konnte, ihrem Kind ein Fahrrad zu kaufen, woraufhin die Nachbarn sich zusammentaten und Geld sammelten, um genau das Rad zu kaufen, das sich das Kind wünschte. *Hilf dei-*

nem Nächsten!, lautet Ninas Kommentar darunter. Seither hat sie nichts mehr geschrieben.

Merete ist nicht besonders aktiv auf Facebook. Sie hat einige Freunde, die eifrig alles liken, was sie postet, aber viel ist es nicht. Ein paar Links zu Nachrichten oder Musikveranstaltungen oder Kunstausstellungen. Ab und zu auch Bilder von Filippa, die immer nur von hinten zu sehen ist, Filippa auf Skiern in einer schönen Winterlandschaft, Filippa, die sich auf einer Klippe sonnt. Wenige Kommentare.

Ich rufe Åsmunds Seite auf. Das Profilbild wurde in einem Urlaub mit ein paar Freunden aufgenommen und ist mindestens sechs oder sieben Jahre alt. Er trägt eine Sonnenbrille im Haar und lächelt breit, sieht glücklich und zufrieden aus. Ich blättere mich durch seine Posts und Bilder oder Beiträge von Freunden, auf denen er markiert wurde. Ich versuche, mir vorzustellen, wie ich sie deuten würde, wenn ich seine Nachbarin wäre. Er hat viele Freunde, die ihn mögen. Er sieht gerne Sportsendungen im Fernsehen. Er ist stolz auf sein E-Bike. Er interessiert sich für seinen Beruf, aber nicht zu sehr. Er träumt von exotischen Urlaubsregionen und davon, dass seine Lieblingshockeymannschaft die Eliteserie gewinnt. Ist das alles, was mir von ihm bleiben wird, wenn er mir den Rücken kehrt?

Dann suche ich Emma auf Instagram. Ihr Profilbild wurde mit einem Filter, mit Schatten und scharfen Kontrasten bearbeitet, sodass sie kaum wiederzuerkennen ist. Hübsch, aber verwechselbar. Mehr bekomme ich nicht zu sehen. *Dieses Profil ist privat,* steht dort. Ich klicke erneut darauf, aktualisiere die Seite, als ob das etwas helfen würde. Emma ist nicht privat, nicht für mich. Wir folgen uns auf Instagram. Das war vor drei Jahren, als sie noch nicht alt genug war, meine Bedingung dafür, dass sie überhaupt beitreten durfte. Die Unruhe setzt sich in meinem Körper fest, während ich mein Handy hervorhole und auf andere soziale Netzwerke gehe, mein Atem beschleunigt sich, meine Finger zucken. Sie hat mich auch auf Snapchat blockiert. Zu dem Elterninformationsabend der Schule vor einigen Monaten hatte Nina auch eine Psychologin eingeladen, die etwas über Jugendliche und Internetnutzung erzählen sollte. Reden Sie mit Ihren Kindern darüber, was sie im Internet machen, hatte sie gesagt. Legen Sie sich ebenfalls Profile an und folgen Sie ihnen. Interessieren Sie sich für ihr Leben im Internet und zeigen Sie ihnen, dass Sie auch dort für sie da sind, so wie im Alltag. Machen Sie Ihren Kindern deutlich, dass sie sich jederzeit an Sie wenden können. Und so weiter. Ich weiß noch, dass die Psychologin jung war und garantiert selbst noch keine Kinder im Jugendalter hatte. Ich starrte die feindliche Nachricht auf dem Bildschirm an. Dieses Profil ist privat. Ich habe keinen Zugang mehr, Emma hat mich ausgesperrt.

Sie knallt die Wohnungstür hinter sich zu, als sie nach Hause kommt, und ich werde davon geweckt. Erst bin ich desorientiert, ich liege auf dem Sofa und muss eingeschlafen sein. Mein Körper ist steif und schmerzt, meine Zunge wie mit Watte überzogen.

»Hallo«, rufe ich mit einer Stimme, die tief, stockend und fremd klingt, als wäre ich im Schlaf eine andere Version meiner selbst gewesen, ein Nacht-Ich, das ich überhaupt nicht kenne. Ich muss mich räuspern, um es zu vertreiben.

»Mama?«, fragt Emma und steckt den Kopf aus dem Flur herein. »Was machst du denn um diese Zeit hier?«

»Wie viel Uhr ist es?«, frage ich und spüre, wie meine normale Stimme wieder zum Vorschein kommt, mein Tages-Ich, das aus den Schatten hervorgleitet.

»Viertel nach drei«, antwortet sie.

Ich setze mich auf und strecke mich. Emma geht wieder in den Flur, ich höre das dumpfe Geräusch der Stiefel, die sie von ihren Füßen schleudert, dann kommt sie ins Wohnzimmer.

»Hast du geschlafen?«, fragt sie und runzelt die Stirn.

»Ja«, sage ich. »Ich hatte letzte Nacht so schlecht geschlafen.« Ich gähne.

»Ich war beim Arzt. Er hat mich krankgeschrieben, ich bleibe also für ein paar Tage zu Hause. Wegen der Sache mit der Katze und so.«

Die Falten in ihrer Stirn vertiefen sich. Ich schlucke und füge hinzu: »Und wegen Jørgen.«

Ihre Stirn glättet sich wieder, sie kneift die Lippen zusammen und bekommt diesen Gesichtsausdruck, den ich hin und wieder bei ihr bemerke, eine Miene völliger Überlegenheit, als könnte sie ohne Weiteres alle verurteilen, die auch nur die kleinste Schwäche offenbaren, weil sie, Emma, dreizehn Jahre, vollkommen ungerührt bleibt.

»Das ist doch keine richtige Krankheit«, sagt sie.

»Nein«, erwidere ich müde, habe keine Lust, mich auf diese Diskussion einzulassen. »Aber der Arzt meinte, ich sollte zu Hause bleiben, solange ich nicht schlafen kann.«

Wir reden nicht weiter. Sie geht in die Küche. Ich folge ihr mit dem Blick, diese schmale Figur in den engen Klamotten. Ihr Gang wirkt immer noch etwas kindlich, aber das verschwindet allmählich, das sehe ich. Ich überlege, wie sehr sie sich ihrer Bewegungen bewusst ist. Ich beobachte die Teenagermädchen, wenn sie sich ausprobieren. Ich habe Emma mit ihren Freundinnen gesehen, zuletzt bei der Theaterprobe an der Schule, wie sie übertreiben, die Brust vorstrecken und mit den Hintern wackeln, sodass die Freundinnen lachen. Aber es ist nicht nur Show. Sie testen etwas aus. Versuchen zu sehen, wie weit sie gehen können, und übernehmen einige Elemente daraus auch in ihr Bewegungsmuster. Sie wollen, dass die Jungs sie sehen. Sie tun es der Jungs wegen, aber genauso sehr auch ihrer Freundinnen wegen. Sie spielen sich auf, und ich sehe, dass die anderen Mädchen vor allem Emma gegenüber Stärke markieren wollen. Ihr höhnisches Lachen, mit dem sie gnadenlos austeilt, genügt, um die anderen an den Rand zu drängen. Und jetzt hat sie mich also blockiert. Dazu müsste ich etwas sagen. Ich folge ihr in die Küche, sehe, wie sie sich nach dem Oberschrank streckt und etwas sucht. Ich überlege, wie ich es anstellen könnte, ob ich vorsichtige Fragen stellen sollte oder mich dumm stellen und so tun, als glaubte ich, es sei ein Fehler. Oder sie direkt konfrontieren? Ich versuche, ihre Reaktion auf das eine oder andere vorherzusehen.

»Was suchst du?«, frage ich.

Sie antwortet nicht, kramt weiter dort drinnen, geht auf die Zehenspitzen, um das oberste Fach zu erreichen. Sie ist ziemlich groß. Das hat sie von mir geerbt, Åsmund und sein Bruder sind mittelgroß, aber eher am unteren Ende der Durchschnittsskala. Sie sind gedrungen, während Emma schlank ist, so wie ich auch in ihrem Alter. Sie holt die Kakaopackung aus dem Schrank und zeigt sie mir als Antwort auf meine Frage, und ich nehme alles über den bewussten femininen Gang wieder zurück. Sie kommt von der Schule zurück und macht sich einen Kakao. Ich setze mich an den Küchentisch und sehe zu, wie sie die Milch einschenkt, drei Messlöffel Pulver dazugibt und umrührt, sodass der Löffel hell und leicht klirrend gegen die Innenseite des Glases schlägt. Sie stellt die Milch wieder zurück in den Kühlschrank und die Kakaopackung in den Schrank, und dann zögert sie einen Moment, ehe sie mir gegenüber am Tisch Platz nimmt.

»Na«, sage ich, »wie war's in der Schule?«

Sie zuckt die Achseln.

»Gut.«

»Was hattet ihr heute?«

»Was meinst du?«

»Welche Fächer?«

Erneutes Achselzucken.

»Norwegisch, Mathe, Englisch. Das Übliche.«

»Und, hast du was gelernt?«

Jetzt lacht sie. Nicht so, wie sie zusammen mit Åsmund lacht, sondern zurückhaltender, ein Lachen, das mir etwas zeigen soll.

»Mama, jetzt mal im Ernst. Du musst das nicht machen.«

»Was denn?«

»So tun, als würde dich das interessieren.«

»Ich tue nicht nur so«, sage ich und muss an das gesperrte Facebookprofil und die junge Psychologin denken. *Interessieren Sie sich für ihr Leben im Internet.* »Du bist meine Tochter, natürlich interessiere ich mich dafür, was in deinem Leben passiert.«

»Na dann«, sagt sie und verdreht die Augen.

»Es ist mir wichtig, wie es dir geht«, erwidere ich ein wenig zu laut.

Sie seufzt schwer.

»Schon gut«, sagt sie. »Das meinte ich auch gar nicht.«

»Was meintest du denn?«

»Nur dass du dich eigentlich gar nicht so sehr für die Schule und das alles interessierst. Aber das ist wirklich okay, Mama, brauchst du auch nicht. Das macht nichts.«

Damit stimme ich aber nicht überein. *Zeigen Sie ihnen, dass Sie auch dort für sie da sind, so wie im Alltag.*

»Engagiere ich mich etwa nicht in der Bühnenbildgruppe deines Schultheaters?«, frage ich. »Bin ich nicht bei all den Freiwilligendiensten und Elternabenden? Kümmere ich mich etwa nicht um deine Noten?«

»Ach, Mama«, erwidert sie. »Dann sag mir mal, wer meine vier besten Freundinnen sind.«

»Saga, Thea«, beginne ich. »Carina?«

»Carina!«, stöhnt Emma verächtlich.

»Filippa?«

»Mama. Filippa und ich sind nun wirklich keine Freundinnen.«

»Seid ihr denn verfeindet?«, frage ich.

»Nicht verfeindet«, sagt Emma und zögert. »Wir passen einfach nur nicht so gut zusammen. Sie ist so eingebildet.«

»Eingebildet?«

»Ja. Es ist echt so lächerlich, sie glaubt, alle wären in sie verliebt.«

Emma sieht mich mit klarem Blick an. Sie besitzt eine Stärke, die ich nicht ganz verstehe. Fordert sie mich heraus? Ich weiß nicht, warum sie das tun sollte.

Ich versuche, sie mir in der Schule vorzustellen, diese beiden Mädchen. Filippa, die so hübsch ist und die natürliche Eleganz ihrer Mutter besitzt. Neben ihr wirkt Emma ordinär, denke ich, so habe ich es noch nie betrachtet, doch als ich es denke, wird mir bewusst, dass ich es schon seit mehreren Jahren als Tatsache akzeptiert habe. So wie ich selbst neben Merete ordinär wirke.

»Läuft da irgendetwas zwischen Simen Sparre und Filippa?«, frage ich.

Für eine Hundertstelsekunde steht Emma der Mund offen. Dann fängt sie sich wieder und sagt entschlossen: »Nicht, dass ich wüsste.«

Aber sie ist rot im Gesicht. Ich hatte wohl das richtige Gespür.

»Das arme Mädchen«, sage ich. »Den eigenen Vater auf eine solche Weise zu verlieren.«

Emma erwidert nichts, trinkt ihren Kakao.

»Und wie geht es dir überhaupt, mein Liebes?«, frage ich und strecke eine Hand nach ihr aus, streiche ihr über den Arm. »Nach allem, was hier im Haus passiert?«

Sie sieht mich an.

»Mir geht es wie immer«, antwortet sie. »Ich habe eigentlich nicht das Gefühl, das würde mich etwas angehen.«

Ich nicke und ziehe meine Hand zurück.

Anschließend, als sie im Wohnzimmer über dem iPad hängt, denke ich: Was hatte sie darüber gesagt, was mit Jørgen passiert ist? Ich habe eigentlich nicht das Gefühl, das würde mich etwas *angehen*? Oder hatte sie das Objekt betont? Ich habe eigentlich nicht das Gefühl, das würde *mich* etwas angehen. Im Gegensatz zu wem? Filippa? Oder hatte sie von mir gesprochen? Sie kann es doch wohl nicht wissen, denke ich, nein, sie kann es nicht wissen. Dafür waren Jørgen und ich viel zu vorsichtig. Nicht vorsichtig genug vielleicht, da war diese Sache mit dem Babyphone, aber damals hatte sie nichts gesagt, und es passierte nur einmal. Ich kann nicht glauben, dass sie es weiß.

Und trotzdem war da irgendetwas in Emmas Blick, diese moralische Überlegenheit. Ihre betonte Gleichgültigkeit gegenüber dem Mord an einem Nachbarn. Was soll ich davon halten?

»Da draußen hat sich jetzt eine ganze Meute von Journalisten versammelt«, erzählt Åsmund beim Abendessen.

»Oh«, sage ich.

»Als ich hier reinwollte, wurde ich dreimal aufgehalten. Es ist anscheinend wegen der Sache mit der Katze.«

»Die Kinder«, sage ich und deute mit dem Kopf auf Lukas.

»Und die Polizei hat wohl eine Pressekonferenz abgehalten und gesagt, dass sie einige Hinweise gefunden hat und sich jetzt für die unmittelbare Nachbarschaft interessiert«, fährt er unverdrossen fort. »Das ist vollkommen verrückt.«

Er schüttelt ungläubig den Kopf.

»Du hast doch nicht mit denen gesprochen?«, frage ich.

»Na ja …«

»Åsmund«, sage ich.

»Die eine vom Fernsehen war noch so jung«, sagt er, wie um sich zu verteidigen. »Sie hat gesagt, es wäre wichtig für die Menschen, ein Bild davon zu erhalten, wie es ist, so etwas hautnah mitzuerleben.«

Ich sehe die Journalistin mit dem Pony vor mir, die mir vor ein paar Tagen das Tor aufhielt, als ich mein Fahrrad hineinschob. Hatte sie nicht fast genau dasselbe zu mir gesagt?

»Ich habe nichts Schlimmes erzählt«, sagt er. »Nur dass wir unter Schock stehen, und dass wir nie gedacht hätten, dass so etwas hier passieren könnte. Solche Sachen.«

»Na, zum Glück«, erwidere ich.

»Vielleicht sind das unsere fünf Minuten im Rampenlicht«, sagt er und lächelt mich versuchsweise an, können wir schon darüber scherzen, oder ist es noch zu früh?

Wider Willen muss ich lächeln.

»Papa«, sagt Emma, die noch breiter lächelt als ich. »Ich bin nicht sicher, ob eine Nachrichtensendung über einen Mordfall der richtige Auftrittsort für dich ist.«

Åsmund grinst ebenfalls breiter, und mir wird bewusst, dass dies vielleicht unser letzter Abend als vollständige Familie ist. Eine glückliche Familie sogar. Nicht perfekt, nicht ohne Macken. Aber eine ganz normale Familie. Freundliches Foppen und Gespräche am Esstisch, liegt das Glück nicht in den kleinen Dingen?

Die Worte habe ich mir schon zurechtgelegt. Mir fehlt nur noch ein Einstieg, dann wird der Rest schon von allein kommen. Heute Abend werde ich es hinter mich bringen. Ich kann es nicht länger vor mir herschieben. Er wird es ohnehin erfahren, hat Ingvild gesagt, und je mehr Zeit ich mir lasse, desto schlimmer könnte es werden.

Er ist so selten wütend. Ich kann mich nicht erinnern, wann er zum letzten Mal seine Wut gegen mich gerichtet hat. Natürlich ist das schon vorgekommen. Wir haben uns gestritten, so wie alle. Aber ich bin mir nicht sicher, ob ich ihn je wirklich in Rage erlebt habe. Ich kann mir nicht vorstellen, wie er auf eine solche Nachricht reagieren wird.

»Papa«, sagt Lukas. »Kommst du ins Fernsehen?«

Rikke, schreibt Jamila, *stimmt es, dass du die Katze gefunden hast?* Hinter ihrer Frage stehen drei weinende Emojis und eins, dem der Kopf wegfliegt. Ich seufze. Åsmund bringt Lukas ins

Bett, ich bleibe im Wohnzimmer und warte auf ihn, zum Erzählen bereit. Nein, eigentlich warte ich gar nicht richtig, ich gehe zwischen der Küche und dem Wohnzimmer hin und her, und mir graut davor. Ich habe das Gefühl, ich hätte eine Leere in mir, die von der Kehle bis hinab in die Brust und den Bauch reicht, als gäbe es keinen Körper, nur einen riesigen Abgrund, in dem es widerhallt. Wenn ich ruhig dasäße, würde ich hineinstürzen, und deshalb bewege ich mich die ganze Zeit. Gehe von der Küche ins Wohnzimmer, hebe ein paar Sachen auf, räume hier und dort ein bisschen auf, gehe wieder in die Küche.

Ich schaffe es nicht, Jamila zu antworten. Lege das Handy beiseite, gehe in die Küche und wische den Tisch noch einmal ab. Höre unsere Treppe knacken. Höre seine Schritte im Wohnzimmer. Hole tief Luft. Jetzt sind wir so weit. Jetzt passiert es.

Er hat den Fernseher eingeschaltet, als ich hereinkomme.

»Hallo«, sagt er.

»Hallo«, sage ich.

Meine Stimme besteht fast nur aus Luft.

Er sagt: »Ich muss wohl gucken, ob ich in den Nachrichten bin. Ich war noch nie im Fernsehen.«

Ich frage: »Åsmund? Kann ich mit dir reden?«

»Ja«, antwortet er, zu mir gewandt.

Sein rundliches, sanftes Gesicht. Ich muss mich davor hüten, jetzt sentimental zu werden. Darf ihn nicht so vor mir sehen, wie er war, als wir aufs Gymnasium gingen, auf die Schule, auf der ich allein angefangen hatte, ohne jemanden zu kennen, auf der ich vollkommen einsam war, bis er sich im Biounterricht zu mir umdrehte und sagte: Ich möchte mit dir in einer Gruppe sein. Der nette Åsmund, der beliebte Åsmund. Der sah, wenn jemand ausgeschlossen wurde und denjenigen integrierte. Weil du das hübscheste Mädchen auf der ganzen Schule warst, antwortete er mir, als ich ihm das sagte. Er sei ja auch nicht nur selbstlos gewesen. Aber ich erinnere mich an die riesige Erleichterung darüber, dass jemand mit mir sprach. Und was Åsmund den anderen vermittelte, indem er es tat. Er hatte mich ausgewählt. Seht sie euch an, sagte er zu ihnen, ist sie euch gar nicht aufgefallen?

Und da sahen sie mich, alle miteinander. An diesen Moment darf ich jetzt nicht denken.

»Ich wollte nur sagen«, beginne ich.

Er sieht mich aufmerksam an. Ich will ansetzen, bekomme jedoch kein Wort heraus, und dann gleitet sein Blick zum Fernseher hinüber.

»Da ist unser Haus«, sagt er.

Tatsächlich flackert das gelbe Holzhaus über den Bildschirm, als Hintergrund für die Journalistin mit dem Pony. *Neue Entwicklungen im Tåsen-Mord,* steht unter dem Bild. Im Fernsehen wirkt unser Haus seltsam klein. Nicht so exklusiv, wie es mir vorkam, als ich es zum ersten Mal sah: gemütlich, aber nicht protzig, und trotzdem elegant und gepflegt. Nun wirkt es eher wie ein schäbiges kleines Haus an einem Hang. Vielleicht liegt das an irgendeinem Filter.

Dann ein Schnitt, und Åsmund taucht auf. Auch er sieht im Fernsehen anders aus. Nicht kleiner, aber ernster. Wichtiger. Wie ein Mann, den ich nicht kenne, der eine Zeugenaussage macht, die man beachten sollte. Die Frage der Journalistin ist weggeschnitten, deshalb wirkt es so, als würde er auf eigene Initiative sprechen.

»Das Ganze ist natürlich ziemlich unheimlich«, sagt Fernseh-Åsmund. »Die Kinder haben sich sehr über die Sache mit der Katze erschrocken, es ist ja auch gruselig.«

Irgendwo hinter der Kamera ertönt die Stimme der Journalistin: »Und sehen Sie einen Zusammenhang zu dem Mord am Wochenende?«

Fernseh-Åsmund runzelt die Stirn, als würde er genau überlegen. Er sieht älter aus, denke ich verblüfft, er erinnert an einen Erwachsenen. Er *ist* erwachsen. Sogar ein nicht mehr ganz junger Erwachsener.

»Tja«, sagt er. »Das muss natürlich die Polizei beurteilen. Aber man macht sich so seine Gedanken. Dies ist eigentlich eine sehr ruhige, sichere Gegend. Wir wohnen jetzt schon ein paar Jahre hier, und so etwas ist noch nie passiert. Und jetzt zwei Fälle direkt hintereinander, in so kurzer Zeit.«

Er sieht besorgt aus. Erneuter Schnitt zur Pressekonferenz der Polizei. Eine Frau in Uniform redet. Sie hat einen starken Dialekt und scheint aus dem Nordvestlandet zu kommen. Ich habe sie noch nicht hier gesehen, und ihrem Titel nach zu urteilen, steht sie sehr weit oben in der Hierarchie, vielleicht arbeitet sie nur vom Schreibtisch aus. Am linken Bildrand erkenne ich Gundersen. Er trägt jetzt eine Polizeiuniform, sieht anders aus als heute Morgen. Geschniegelter. Beinahe gut aussehend. Er sagt nichts, lauscht der Frau aber aufmerksam.

»Du lieber Himmel«, sagt Åsmund. »Mein erster Fernsehauftritt. Na, was sagst du, Rikke? War es so schlimm?«

»Nein, überhaupt nicht«, sage ich. »Nein, du warst gut.«

Polizei ermittelt in der Nachbarschaft, steht unten am Bildschirm. Mehr sehe ich nicht, ehe Åsmund ausschaltet und sich wieder zu mir umdreht.

»Du wolltest etwas sagen.«

»Ja.«

Ich schlucke. Irgendetwas ist merkwürdig mit uns, mit unserer Verteilung im Raum. Er sitzt, ich stehe immer noch mitten im Zimmer. Ich gehe an ihm vorbei und setze mich aufs Sofa, aber auch das kommt mir falsch vor. Ich weiß nicht, wohin mit meinen Händen.

Jetzt ist der Moment gekommen. Der Fernseher läuft nicht mehr, die Kinder schlafen. Keine Unterbrechungen. Keine Ausreden. Ich hätte die Gelegenheit nutzen sollen, denke ich, als er im Fernseher auftauchte, hätte ich mich zurückziehen sollen, das wäre ein guter Anlass gewesen.

»Ich muss dir etwas sagen«, sage ich.

»Ja?«

Für einen Augenblick denke ich daran, wie Emma einmal bei einer Turnvorführung auftrat und mitten in einer Übung kurz zögerte, ein wenig unsicher, ob sie alles unter Kontrolle hatte. In dem Moment verlor sie das Gleichgewicht und kam unsauber auf. Man darf nicht zögern. Nichts in die Länge ziehen. Die Sachen einfach hinter sich bringen, als hätte man keine Angst.

»Tja«, sage ich. »Weißt du …«

Und hat man nicht vorher schon gepatzt, in dem Moment, in dem man zögert? Gierig greife ich mit beiden Händen nach der Idee. Ja, vielleicht ist es so. Vielleicht kann ich dieses Gespräch nicht mehr führen, weil ich zögere. Ich möchte auf keinen Fall unsauber landen. Ich möchte die besten Voraussetzungen haben.

»Ach«, sage ich hektisch, »ich habe heute mit Emma geredet, über das, was passiert ist, ich wollte einfach ein bisschen herausfinden, wie es ihr mit all dem geht. Und ihr war das alles so gleichgültig. Das hat mich ein bisschen erschrocken. Als würde es sie gar nicht kümmern.«

Åsmund nickt langsam. Ich bin ein wenig atemlos, versuche es zu verbergen. Es ist, als würde das Zimmer wanken. Er sieht mich an, irgendetwas ist in seinem Blick. Versteht er es, denke ich, oder bilde ich es mir nur ein? Ich atme hastig und flach.

»Weißt du was, Rikke«, sagt er. »Ich glaube, es ist am besten, wenn wir Emma einfach damit in Ruhe lassen. Sie reagiert eben auf ihre Weise. Das müssen wir ihr zugestehen.«

Seine Stimme klingt fremd. Er sagt es ernst und gewichtig, als wollte er es mir auferlegen: Lass sie in Ruhe. Ich nicke. Ich weiß nicht, was ich glauben soll.

»Ja«, sage ich und würde mich auf alles einlassen. »Schon gut. Es hat mich nur nachdenklich gemacht.«

Er nickt ebenfalls.

»War es nur das?«, fragt er.

Für einen schwindelerregenden Moment offenbart sich die Möglichkeit wieder, soll ich es trotzdem sagen, das, wozu ich mich entschieden habe, von dem ich weiß, ich muss es tun. Doch dann ziehe ich mich zurück, ja, sage ich, es war nur das, und Åsmund lächelt und sagt gut, und dann schaltet er den Fernseher wieder ein, und ich weiß, dass ich mich selbst für meine Feigheit hassen werde, wenn ich heute Nacht wieder nicht schlafen kann.

Den restlichen Abend sitzen wir so da, vor dem Fernseher.

Oder ist da doch etwas? Betrachtet mich Åsmund ab und zu nachdenklich, wenn er glaubt, ich würde es nicht bemerken? Im Stockwerk über uns läuft Merete umher. Ihre Nähe schwelt über uns, das leere Arbeitszimmer zieht mich an, und hier sitzen wir und sehen fern, als wäre nichts geschehen, während der Puls an meinen Schläfen pocht.

Ich verschlinge Jørgen in großen Happen; er gehört mir, jedenfalls hier und jetzt, und ich bin gierig. Ich möchte ihn schmecken, ihn mir mit Haut und Haaren einverleiben. Ich fahre mit den Händen über sein Haar, über seinen ganzen Körper, die Muskeln an Oberschenkeln und Oberarmen, den glatten Rücken, die feine Vertiefung hinten im Nacken. Ich möchte alles über ihn wissen, woher hast du diese Narbe an der Wade, warum ist der Nagel des kleinen Fingers an deiner linken Hand gespalten, und hattest du dort im Ohrläppchen mal einen Ring? Aber mir bleibt keine Zeit, ihn zu fragen. Ich möchte ihn konsumieren. Bin unersättlich.

Anschließend liegen wir nebeneinander in den sauberen weißen Laken, in dem Bett, das einen Großteil des Hotelzimmers ausfüllt, und ich drehe mich zu ihm und denke, wie seltsam es ist, diese intime Seite eines Nachbarn zu kennen, eines Menschen, mit dem man normalerweise höchstens ein paar Höflichkeitsphrasen am Briefkasten wechselt. Oder dem gegenüber man allenfalls einen kleinen Teil von sich preisgibt – ein paar Anekdoten erzählt, während man im Garten Unkraut jätet, oder über das Abendessen plaudert, wenn man im Supermarkt die Einkaufswagen aneinander vorbeischiebt. Ansonsten ist das Verhältnis für gewöhnlich sehr begrenzt. Man ist die Nachbarin, man ist die Mutter von Dem-und-Dem, man ist die von oben oder unten. Ich fahre Jørgen mit der

Hand über die widerspenstigen Locken und frage ihn, woran er gerade denkt. Er stemmt sich auf die Ellbogen.

»Ich denke, dass dieser Ausflug nach Bergen eine hervorragende Idee war«, sagt er.

Wenn solche Affären einmal Gesprächsthema sind, geht es nur selten um die praktischen Probleme, die sie mit sich führen. Zeit und Ort zum Beispiel, wobei der Ort die größte Herausforderung darstellt, zumindest, wenn der Liebhaber der eigene Nachbar ist. Es gab keinen geschützten Ort, an dem Jørgen und ich regelmäßig das Bett teilen konnten. Wir versuchten es in seinem Auto, und einmal schlichen wir uns abends in die Bürogemeinschaft, wo er einen Platz gemietet hatte. An einigen Abenden hatten wir das Glück, dass Merete und Åsmund beide außer Haus waren, und dann ging ich zu ihm hinauf. Das erschien allerdings sehr riskant, weil unser Haus so hellhörig war.

Aber wir konnten uns treffen. Wir fanden ein italienisches Restaurant in Enerhaugen, wo unsere Partner garantiert nicht hinkamen, saßen an einem Tisch mit rotkarierten Decken und lernten einander kennen. Er war mitten in Oslo aufgewachsen, in einer großen Wohnung voller Bücher, wie er erzählte. In jungen Jahren ließ er sich einige Zeit treiben, trampte durch Europa, betrank sich in Prag, wurde in Bratislava überfallen und verliebte sich in eine italienische Backpackerin, die er in Athen kennengelernt hatte. Als ihm das Geld ausging, und zwar wirklich so, dass er sich am nächsten Tag kein Frühstück mehr hätte leisten können, lieh er sich ein paar Münzen von seiner italienischen Freundin und rief zu Hause an, um seine Eltern anzupumpen. Sie könnten ihm doch vorzeitig einen Teil des Erbes auszahlen, schlug er hoffnungsfroh vor. Unter keinen Umständen, erwiderte seine Mutter. Er solle gefälligst wieder nach Hause kommen. Sie werde ihm höchstens Geld für ein Ticket nach Oslo vorlegen, und selbst das müsse er zurückzahlen. Und so stand Jørgen in einer Telefonzelle in einer Seitenstraße von Athen, der Wiege der Zivilisation, wie er lächelnd hinzufügte, und dachte, jetzt ist meine Kindheit vorbei. Er lieh sich Geld, fuhr zurück nach Norwegen und meldete sich für ein Wartesemester an, damit er später an der Journalistenschule anfangen konnte.

»Hast du das jemals bereut?«, fragte ich, und er lachte und sagte: »Im Grunde bereue ich nur sehr wenig.«

Ich erzählte ihm von meiner Kindheit im Dorf am Waldrand. Meine kleine Schwester war der große Star des Ortes gewesen. Sie sang im Fernsehen und veröffentlichte Platten, und ihre immer abenteuerlichere Karriere verlangte unserer Familie einiges ab; meinen Eltern, aber auch mir. Meine Aufgabe bestand darin, allein klarzukommen und möglichst wenige Ansprüche zu stellen. Es mit einem Lächeln hinzunehmen, wenn meine Freundinnen die CDs meiner Schwester kauften und mich darum baten, sie signieren zu lassen. Zu sagen *gut, danke der Nachfrage,* wenn mich Lehrer, Trainer und Nachbarn mit einem idiotischen Lächeln fragten, wie es sei, *die Schwester von Caroline* zu sein. Man hätte meinen können, dass es mich quälte, sagte ich zu Jørgen, aber daran kann ich mich eigentlich nicht erinnern. Eher, dass ich darüber lachte und es ein bisschen peinlich fand. Aber ich entschied mich für die weiterführende Schule auf der anderen Seite der Kommune, vielleicht quälte es mich also doch ein bisschen.

»Jedenfalls trug all das glaube ich dazu bei, dass ich mich in Åsmund verliebte«, sagte ich. »Er ließ völlig jene Faszination vermissen, die sie in anderen weckte. Als ich ihn mit nach

Hause brachte, um ihn meiner Familie vorzustellen, stellte er ihr erst nach anderthalb Stunden überhaupt eine Frage.«

Davon abgesehen redete ich wenig über Åsmund, erzählte kaum Geschichten über Sex und Liebe. Ich hatte keine italienischen Backpacker in meiner Vergangenheit. Zu diesem Zeitpunkt war es mir beinahe unangenehm. Nicht, dass ich etwas an Åsmund auszusetzen gehabt habe. Er ist vielleicht nicht so belesen wie Jørgen, schreibt nicht für die Zeitung, hat keine Ansichten über Afghanistan, aber er ist ein netter Mensch. Viele meinen sicher, ich hätte Glück gehabt. Mein einziges Problem war, dass seine Mittelmäßigkeit auf mich abfärbte und mich auf Dauer selbst grau und unauffällig machte. Hätte ich mit Anfang zwanzig eine wilde Zeit erlebt und mich in Musiker, Schauspieler oder meine Professoren verliebt, wäre ich in diesen Jahren durch die Betten getobt, um am frühen Morgen unbekümmert wieder nach Hause zurückzukehren, wäre Åsmund eine sehr verständliche Wahl gewesen. Vielleicht wäre ich mit dreißig eines Morgens aufgewacht und hätte *mit all dem abgeschlossen,* wie die Leute sagen, oder mehr noch den Wunsch verspürt, *endlich in den ruhigen Hafen zu finden, zu einem Menschen, mit dem ich den Rest meines Lebens teilen will.* Und hätte ich dann Åsmund wiedergetroffen, auf einer Party bei gemeinsamen Freunden vielleicht, und gedacht, ja, habe ich nicht genau das vermisst, brauche ich nicht genau diesen Kumpel aus meiner Jugend? Um dann zuzuschlagen, zu heiraten, Kinder zu bekommen und eine Wohnung im Kastanjesvingen zu kaufen. Dann hätte Åsmund das Bild gewissermaßen vervollständigt. Ihn jedoch so früh schon gewählt zu haben, in einem so jungen Alter, und dann bei ihm zu bleiben, was sagte das über mich aus?

Also redete ich lieber über meinen Job. Erzählte von der

Idee meiner Doktorarbeit: die Verhaltensökonomie, diesen Schnittpunkt zwischen Ökonomie und Psychologie, zu nutzen, um das Konsumverhalten in Bezug auf den Klimaschutz zu untersuchen. Über die Entdeckungen, die ich mit meinen Fragebögen machte, und die Experimente, die wir jetzt planten.

»Mich beschäftigt es wirklich, wie sehr wir uns selbst widersprechen, wenn wir über das Klima reden«, sagte ich. »Wie wir im Laden und im Restaurant fragen, ob das Obst auch biologisch angebaut ist, uns aber nicht die Frage stellen, wie umweltfreundlich eine Mango, die im Januar in Norwegen auftaucht, überhaupt sein kann. Das nennt sich *kognitive Dissonanz*, dieses Unbehagen darüber, wenn ein Missverhältnis besteht zwischen dem, für das wir uns halten, und dem, was wir tun. Es ist unangenehm für uns, weil wir gerne konsequent handeln. Um nicht zu sagen rational und moralisch. Also versuchen wir, die Dissonanz auszuräumen, indem wir die Situation schönreden, damit wir uns nicht ändern müssen. Es ist faszinierend, wie schon kleine Änderungen in einer Geschichte dafür sorgen können, dass wir widersprüchliche Verhältnisse gleichzeitig für wahr halten.«

»Und, gibt es in deinem Leben auch eine Dissonanz?«, fragte Jørgen über die rotkarierte Tischdecke hinweg.

Ich lächelte ihn an, und er fügte hinzu: »Sicher nicht. Du wirkst, als hättest du alles im Griff.«

»Na ja«, sagte ich. »Immerhin habe ich einen Liebhaber.«

Noch während ich es sagte, bereute ich es. Das Wort wirkte so groß, so melodramatisch. Vielleicht war es dumm, es überhaupt zu benennen. Abgesehen von jenem Abend im Januar trafen wir uns jetzt seit vier Wochen, und unsere Beziehung war nach wie vor neu, unversehrt, und wir hatten auch noch nie auf diese Weise darüber gesprochen. Doch Jørgen wiegte seinen Kopf und sagte:

»Ein Liebhaber. Ist das denn nichts Gutes?«

»Ich weiß nicht«, sagte ich und knibbelte mit den Fingernägeln an der Kerze, die mitten auf dem Tisch stand, entfernte mit den Nägeln die erstarrten Wachstropfen. »Manche halten das für unmoralisch.«

Jørgen lächelte so, dass die Lücke zwischen seinen Vorderzähnen sichtbar wurde.

»Du aber nicht, oder?«

»Nein«, antwortete ich, aber ich zögerte ein wenig dabei.

»Weißt du«, sagte er. »Ich fand dieses Wort irgendwie immer schön. Einer, der lieb hat. Das wäre ich gern.«

Später am Abend erzählte er mir, er müsse in der nächsten Woche geschäftlich nach Bergen fahren, er streckte seine Hand über die rotkarierte Decke und fragte neckend: »Du musst nicht zufällig auch beruflich dorthin?« Tja. Es gab dort an der Universität tatsächlich eine Forschungsgruppe, mit der ich mich gerne austauschen würde. Ich könne sie ja kontaktieren, sagte ich, und versuchen, ein Treffen zu vereinbaren.

Im Flughafenbus fühle ich mich wie ein Kind vor Heiligabend. Ich trommele mit der Hand auf den Sitz, schaue alle paar Sekunden auf mein Handy, lächle breit und unmotiviert und versuche, es vor meinen Mitpassagieren zu verbergen, sehe stattdessen aus dem Fenster, in die außergewöhnlich starke Märzsonne, hinaus zu all diesen Bergen und Fjordarmen und Brücken und Häusern, ich lächle, bis der Flughafenbus den Puddefjord überquert, und ich tatsächlich da bin, fast am Ziel, wo er auf mich wartet. Ich eile am Strandkaien entlang und zum Hotel in der C. Sundts Gate. Der junge Mann an der Rezeption schaut in seinen Computer und sagt, meine Begleitung sei bereits eingetroffen. Ich bekomme eine Schlüsselkarte und warte auf den Aufzug, der nicht schnell genug kommen kann, ich trippele auf der Stelle. Und als ich mit der Karte die Tür öffne, steht er da, mitten im Zimmer, groß und lächelnd. Er sagt: Hereinspaziert, ich habe auf dich gewartet. Und ich schlinge die Arme um ihn.

Dann gehen wir essen. Jørgen hat einen Tisch in einem Restaurant auf Bryggen für uns reserviert. Mitten im Zentrum, nicht in irgendeinem Stadtteil versteckt, den Leute wie wir normalerweise selten besuchen, so wie die Restaurants, die wir sonst wählen. Wir halten auf dem Tisch Händchen. Alle, die uns sehen, müssen uns für ein verliebtes Paar halten. Die Leute ringsherum denken bestimmt, wir wären verheiratet. Vielleicht denken sie, wir hätten ein Wochenende für uns allein, ohne die Kinder, oder sie denken, wir hätten keine Kinder, wir würden zu den Menschen gehören, die lieber reisen, forschen, im Café frühstücken und manchmal donnerstagnachts bis drei Uhr Amarone trinken, statt Windeln zu wechseln oder in der Bühnenbildgruppe am Schultheater aktiv zu sein.

Wir schlendern Hand in Hand vom Restaurant ins Hotel, sind ein wenig angeheitert und reden wild durcheinander. Auf dem Vågsallmeningen steht eine Mariachi-Band und spielt, und ein Musiker ruft uns in gebrochenem Englisch etwas zu, erst verstehen wir ihn nicht, und Jørgen bleibt lachend stehen, was haben Sie gesagt, und der Mann versucht es in irgendeiner osteuropäischen Sprache, und dann wieder auf Englisch, *in the love*, sagt er, *you are … in the love!* Jørgen und ich lachen, der Mann lacht, und Jørgen fragt, was für eine Musik sie machen, nein, nein, nicht diese alten typischen Hits wie

»La Paloma« und »Lambada« und all das, was sonst noch? Ob sie etwas von The Clash spielen könnten? Nein? Was ist mit den Rolling Stones? Stones, sagt der Mann, *yes, yes, pleased to meet you. Yes, yes,* ruft Jørgen, und dann lachen wir erneut, und dann beginnt die Band, »Sympathy for the Devil« zu spielen, mit Akkordeon und Trompete und allem. Jørgen nimmt meine Hand und wirbelt mich herum. Wir müssen tanzen, Rikke, sagt er, komm schon, es wäre unhöflich, das jetzt nicht zu tun, und ich lache so sehr, dass ich mich kaum auf den Beinen halten kann.

Und es ist so einfach. Das ist fast das Schlimmste. Meine Seele leidet kaum darunter. Ich kehre einen Tag vor Jørgen zurück nach Oslo, um keinen Verdacht zu erwecken, und bin bester Laune. Ich habe am Flughafen Süßigkeiten für die Kinder gekauft. Als Åsmund mich fragt, ob mein Treffen erfolgreich war, antworte ich wahrheitsgemäß, die Kollegen seien sehr sympathisch und kooperativ gewesen, aber man müsse sehen, was am Ende dabei herauskomme, so etwas könne man vorher nie klar sagen. Und als er mich fragte, was ich sonst noch erlebt hätte, erzähle ich, ich hätte mit der Forschungsgruppe auf Bryggen zu Abend gegessen, und auf dem Weg nach Hause seien wir an einer Mariachi-Band vorbeigekommen, und der Leiter der Forschungsgruppe habe die Musiker dazu gebracht, »Sympathy for the Devil« von den Stones zu spielen. Darüber lacht Åsmund herzlich, und ich denke: Wie leicht es ist. Wenn ich früher manchmal von einer solchen Affäre träumte, dachte ich in Momenten der Ernüchterung immer, die Schuldgefühle würden sicher so an mir nagen, dass ich es gestehen müsste, um nicht zugrunde zu gehen. In Wahrheit fällt es mir nicht schwer, ihm solche Geschichten zu erzählen. Sie kommen mir so leicht über die Lippen, als wären es alltägliche Phrasen, und ich habe keine Gewissensbisse, als ich mich an jenem Abend neben ihn ins Doppelbett lege.

»Du riechst anders«, sagt er und legt seinen Kopf an meine Schulter.

»Das ist die Hotelseife«, sage ich und gebe ihm einen Kuss auf die Stirn.

Und es ist kein bisschen schwer. Ich bin fast enttäuscht, dass es mir nicht mehr abverlangt.

DIE NACHT AUF DONNERSTAG

Heute ist es nicht ganz so still im Haus. Ich kann Merete dort oben hören. Sie schläft auch nicht. Ich habe es halbherzig versucht, aber den Glauben daran verloren, dass es gelingt, und wälze mich im Bett hin und her. Åsmund beginnt zu schnarchen, kaum dass er den Kopf auf das Kissen gelegt hat, und ich spüre einen brennenden Neid, als stünde uns beiden insgesamt nur eine bestimmte Menge an Schlaf zur Verfügung, und er habe sich gierig davon bedient, ohne mir etwas übrig zu lassen. Um halb zwei gebe ich auf, denn was nützt es schon.

Das einzige Licht, das ich im Wohnzimmer einschalte, ist die Lampe auf dem Beistelltisch neben dem Sofa. Sie verbreitet einen warmen, runden kleinen Schein in dem dunklen Raum. Ich überprüfe die Sicherheitskette an unserer Tür, habe jede Nacht die gleiche Angst, doch sie hängt an ihrem Platz. Dann klappe ich meinen Laptop auf und öffne meine Mails. Lese das, was ich Ingvild Fredly geschrieben habe.

Wie Merete mir damals nicht zugewunken hatte, darüber habe ich geschrieben. Am Tag vor unserem Einzug, als ich am Fenster stand und Jørgen und sie draußen auf dem Holzdeck mit ihren Freunden betrachtete. Es ist wahr, dass es sich so zutrug, und zugleich eine verzerrte Darstellung. Weiter unten habe ich ihre Wohnung beschrieben. Ich schreibe, wie schön alles ist, lasse zwischen den Zeilen aber auch durchklingen, dass die Einrichtung kalt und unpersönlich wirkt. *Als wäre sie von allem Menschlichen bereinigt worden*, schreibe ich. Meretes Haus. Meretes Hände überall. Dann schreibe ich darüber, wie ich Jørgen dort oben zum ersten Mal besuchte. *Es wirkte anders, wenn sie nicht zu Hause war*, schreibe ich. *Weniger wie aus einer Wohnzeitschrift, mehr wie sein eigenes Reich*. Ansonsten schreibe ich nicht viel über sie, erst am Ende, als ich von ihrer Ehe erzähle, wie sie eigentlich war. Doch schon hier deute ich etwas an: die eiskalte Ehefrau, so sehr damit beschäftigt, die Fassade aufrechtzuerhalten. Mir gegenüber von Anfang an skeptisch. Kein Wunder, dass ich keine Skrupel hatte, mit ihm mitzugehen; so könnte man es verstehen. Kein Wunder, dass er sich mir annäherte.

Mit keinem Wort erwähne ich, dass Merete und ich nach dem gemeinsamen Abendessen bei ihnen eine Zeit lang versuchten, uns anzufreunden. Manchmal ging ich zu ihr hoch, wenn die Kinder im Bett waren und Jørgen nicht zu Hause. An einigen Sommerabenden saßen wir auch auf dem Holzdeck und tranken Wein. Sie erzählte mir von ihrer Kindheit. Sie sei die mittlere dreier Schwestern gewesen, berichtete sie, und in einer großen Wohnung in Frogner aufgewachsen. Der Vater hatte eine hohe Stelle im Außenministerium, die Mutter war Opernsängerin. Als sie ein Kind war, wohnten sie ein Jahr in Paris, sie und die Schwestern sprachen fließend Französisch, am Küchentisch wurde über Musik und Diplomatie und Theater geredet. Wir waren so verdammt gebildet, sagte Merete zu mir und lachte. Da war sie ein bisschen betrunken, sonst benutzte sie nur selten ein Wort wie *verdammt*. Sie erzählte, dass sie Musik liebte und schon als kleines Kind auf dem Familienflügel gespielt hatte. Familienflügel?, fragte ich lachend, und sie sagte, ja, habe ich es nicht gesagt, verdammt gebildet. Sie war eine gute Klavierspielerin. Besser als ihre große Schwester, die wiederum ein ausgeprägteres diplomatisches Geschick hatte als Merete. Besser als die kleine Schwester, die schöner sang. Man hatte den Eindruck, dass es eine gewisse Konkurrenz unter den Schwestern gab. Merete sagte, ihre Eltern hätten erwartet, dass ihre Töchter in allem die Besten waren. Weil sie gut Klavier spielte, setzten sie voraus, dass sie einmal zu den Besten des Landes gehören würde, oder sogar zur Weltklasse. So sind sie, sagte sie zu mir. Sie habe nie daran gezweifelt, dass ihre Eltern sie liebten. Doch wer hohe Erwartungen hat, ist umso schneller enttäuscht.

Ich erzählte ihr von meiner Schwester. Caroline Prytz, sagte ich, du kennst sie bestimmt? Ich sagte: Sie hat als Kind diese Talentshow im Fernsehen gewonnen, du weißt schon. In dem kleinen Dorf, in dem wir aufgewachsen sind, war sie schon früh ein Promi, hat mit acht Jahren Solopartien im Kirchenchor gesungen und das Abschlusslied beim Weihnachtsfest in der Schule, und mit neun Jahren war sie im ganzen Land bekannt. Sie hat ein Album aufgenommen, Konzerte und Fernsehinterviews gegeben, und schließlich ist sie auf Tournee gegangen und hat ein Weihnachtslied produziert. Dann hatte sie einen kleinen Zusammenbruch, wie es sich gehört, der ganze Druck, alle wollten etwas von ihr. Sie ist zum Psychologen gegangen und zur Physiotherapie und danach direkt ins Studio, um eine neue Platte aufzunehmen. Meine Eltern achteten sehr darauf, uns nicht unterschiedlich zu behandeln. Wenn sie mit Caroline prahlten, fügten sie immer hinzu: Aber Rikke ist so gut in der Schule. Wirklich wahnsinnig gut. Und was macht man dann? Ich lächelte Merete schief an, ich war wohl auch ein bisschen betrunken. Tja, dann wird man die beste Schülerin der ganzen Schule. Ich habe promoviert, noch bevor ich dreißig war, und bevor ich fünfunddreißig war, hatte ich einen festen Forschungsauftrag. Merete sagte: Vielleicht ist das trotzdem besser. Sie sagte: Ich war ein Wunderkind, und schau, was aus mir geworden ist. Ich sah sie an. Ja, sie war definitiv betrunken, sonst hätte sie nie angedeutet, dass ihr alles, was sie besaß – die Wohnung, den Mann, die Tochter –, nicht genug war.

Irgendwann trafen wir uns nicht mehr. Ich weiß nicht, warum. Vielleicht war es wie mit unseren Töchtern, und wir passten ganz einfach nicht zusammen. Vielleicht erinnerte sie mich zu sehr an meine Schwester und ich sie zu sehr an die ihren. Wenn mich jemand gefragt hätte, wäre meine Antwort gewesen, der Alltag hat uns eingeholt. Es war nicht so, dass etwas Bestimmtes vorgefallen wäre. Oder sich die eine oder die andere zurückgezogen hätte. Jedenfalls glaube ich das nicht. Die Sache verlief einfach nur im Sande, so wie es manchmal eben ist. Das war lange bevor ich etwas mit ihrem Mann anfing.

Jetzt läuft sie dort oben herum. Ihre Schritte sind müder als sonst. Die arme Merete. Sie ist keine Eiskönigin, das weiß ich ja. Vielleicht hat es mir einfach nur gut gepasst, so über sie zu denken. Und dann habe ich sie Ingvild Fredly auch noch so beschrieben.

Ich gehe in die Küche. Irgendwo habe ich noch einen Tee im Schrank, der beim Einschlafen helfen soll. Dieser verdammte Arzt, der mir keine chemische Lösung für mein Problem liefern wollte. Jetzt muss ich mir stattdessen mit Kräutern aus dem Supermarkt behelfen. Während ich dort stehe, wird mir bewusst, dass sie auch in ihrer Küche ist. Vielleicht steht sie jetzt direkt über mir. Wir sind die Einzigen im Haus, die noch wach sind.

DER ERSTE DONNERSTAG

Die Tür zu Jørgens Büro ist geschlossen, aber ich weiß, was sich dahinter verbirgt. Ich sehe mich um. Irgendetwas stimmt nicht. Etwas mit der Luft. Ich möchte nicht zur Tür gehen, aber ich tue es trotzdem, meine Füße machen sich selbstständig, lenken mich darauf zu. Ich drücke die Klinke herab, schiebe die Tür auf. Er ist nicht da. Das Einzige, was ich sehe, ist eine Blutlache auf dem Schreibtisch. Auf der Fensterbank, neben einem Topf mit einer Blattbegonie, sitzt eine Katze und leckt sich die Pfoten. Sie hebt den Kopf und starrt mich mit ihren Knopfaugen an.

Es klopft an der Tür, und ich schrecke hoch. Ich liege auf dem Sofa und kann mich nicht einmal mehr erinnern, dass ich mich hier hingesetzt habe, sicher direkt, nachdem die anderen heute Morgen gegangen waren. Ich habe keine Ahnung, wie viel Uhr es ist, weiß nicht, wie lange ich geschlafen habe. Draußen ist es hell, das sehe ich, und es klopft immer noch wie verrückt an der Tür, und dann höre ich Jamila rufen: Rikke, bist du da?

Ich stakse auf wackeligen Beinen zur Tür. Der Traum steckt mir noch in den Knochen, ich hänge nach wie vor halb darin fest. Die starrende Katze. Mich schaudert. Ich öffne die Tür, und da steht sie, in einer Parfümwolke und mit frischgewaschenem Haar, mit glänzenden Lippen und einem mitleidigen Gesichtsausdruck, bevor sie sich mir um den Hals wirft und sagt: »Rikke, liebe Rikke, wie geht es dir denn?«

Ihre dünnen Arme sind stark. Sie presst sich an mich, dass ich fast keine Luft mehr bekomme, wiegt mich so hin und her, dass ich kaum das Gleichgewicht halten kann, und als sie mich loslässt und mich ansieht, bricht es aus ihr heraus: »Meine Güte, du siehst ja furchtbar aus!«

Wir setzen uns in die Küche. Jamila kocht Kaffee, ich habe ihr erklärt, dass ich geschlafen hatte, und sie kümmert sich um mich, nimmt die Stempelkanne, findet die Kaffeedose in unserem chaotischen Küchenschrank und schaltet den Wasserkocher ein. Sie redet ununterbrochen. Sie sei auch gestern hier gewesen, sagt sie, habe mich aber nicht erreicht, ob ich ihre Nachricht gar nicht gesehen hätte?

Sie habe gehört, was passiert sei. Gestern Nachmittag sei ein Polizist bei ihnen an der Tür gewesen, Gundersen habe er wohl geheißen, und dieser Gundersen habe sie gefragt, was sie gesehen und gehört hätten, was leicht zu beantworten gewesen sei, denn weder Saman noch sie hätten irgendetwas gehört, sagt Jamila und fügt hinzu: Wir haben ja geschlafen. Nicht, dass es ihnen in letzter Zeit leichtgefallen sei zu schlafen. Sie selbst habe nachts oft wach gelegen, sei aufgestanden, um im Netz zu recherchieren und habe dies und jenes dabei herausgefunden, das werde sie mir später noch zeigen, aber ausgerechnet gestern Nacht nicht, denn da habe sie geschlafen, und Saman auch, weshalb sie nichts gehört hätten, und das hätten sie auch so gesagt. Der Polizist, der zusammen mit Gundersen eintraf, habe ihnen berichtet, dass eine tote Katze gefunden worden sei, und dass ich sie gefunden hätte, die Nachbarin von unten, habe er nur gesagt, aber Jamila habe sofort gewusst, dass ich es war. Sie dreht sich zu mir um, ihre Augen sind geweitet.

»Und da habe ich gedacht, arme Rikke, es muss ihr jetzt wirklich schlecht gehen.«

Ich nicke. Ich bin immer noch ganz dösig, und es gelingt mir nicht, sie richtig ernst zu nehmen. Geht es mir schlecht? Ich weiß es nicht. Ich möchte nur schlafen. Der Kaffee muss ziehen. Jamila stellt die Kanne so schwungvoll auf den Tisch, dass die Tassen wackeln. Sie stehen ungefähr da, wo Gundersen gestern Morgen das Seil platziert hatte, und ich fröstele, möchte mich nicht mehr damit befassen. Ich denke: Was will sie von mir?

Jamila sagt: »Es kann doch wohl keinen Zweifel daran geben, dass hier ein Zusammenhang besteht. Zwischen der toten Katze und dem, was mit Jørgen passiert ist?«

Ich schlucke. Mein Hals ist belegt und fühlt sich eng an. Wie viel Uhr ist es, denke ich, aber Jamila sitzt so, dass ich die Uhr hinter ihr auf dem Herd-Display nicht erkennen kann.

»Zwei so brutale Ereignisse auf ein und demselben Grundstück«, sagt sie, »mit nicht mal einer Woche dazwischen. Natürlich kann man ihre Brutalität nicht gleichsetzen, denn eine getötete Katze, so schlimm das auch sein mag, ist immer noch etwas anderes als der Mord an einem Menschen, das wird man doch noch sagen dürfen, aber nichtsdestotrotz kommen solche Sachen ja allgemein ziemlich selten vor. Und sie sind doch irgendwie beunruhigend, diese Katzentötungen, wie eine Warnung, wozu der Mensch fähig ist.« Sie drückt den Stempel der Kaffeekanne herunter und sagt: »Ehrlich gesagt bin ich ziemlich schockiert.«

Ich will ihr widersprechen. *So* selten ist das auch wieder nicht, will ich sagen, es wurden doch schon tote Katzen gefunden, lange bevor das mit Jørgen passierte. Doch ich kann mich nicht dazu überwinden. Inzwischen ist mir ein wenig die Luft ausgegangen bei diesem Thema, also nicke ich nur. Der Kaffee tut gut. Mein Hals weitet sich wieder.

»Aber jedenfalls«, fährt Jamila fort, »habe ich ein bisschen im Internet recherchiert und mir genauer angesehen, was Jørgen so geschrieben hat. In der Zeitung.«

Sie holt ein paar Ausdrucke aus der Ledertasche, die sie über ihren Stuhl gehängt hat, und breitet sie auf dem Küchentisch aus, sie bedecken fast die ganze Tischplatte. In erster Linie scheinen es Ausdrucke von Zeitungsartikeln zu sein. Auf mehreren davon sehe ich Jørgen von seinem Autorenfoto lächeln, das breite Grinsen mit dem schiefen Vorderzahn, und ich ertrage es kaum und muss den Impuls unterdrücken, mich abzuwenden.

»Wo ist es denn jetzt«, sagt Jamila und sucht zwischen den Seiten. »Da, hier!«

Sie zieht ein Blatt heraus und liest vor.

»Reinigungsfirma mit Sitz in Oslo gibt ausländischen Arbeitern Knebelverträge. Das ist die Einleitung, es geht um baltische Reinigungskräfte, die ohne Mindestlohn und Tarifvertrag arbeiten mussten. Hier, genau. *›Krzysztof‹ erzählt, dass die Arbeiter zusammen in einem leerstehenden Mietshaus im Stadtteil Grønland leben. ›Meistens waren wir hier vierzig Leute‹, sagt ›Krzysztof‹, der aus Furcht vor Repressalien nicht möchte, dass wir seinen wahren Namen veröffentlichen.«*

Sie sieht mich über das Blatt hinweg an.

»Furcht vor Repressalien«, sagt sie nachdrücklich und fährt fort. *»Die Branche ist lukrativ und unterliegt nur selten Kontrollen. Die Aufsicht über den Arbeitsschutz ist so mangelhaft, dass man fast meinen könnte, in Wirklichkeit gäbe es eine Straffreiheit für solche Gesetzesbrüche. ›Krzysztof‹ und die anderen Arbeiter verdienen hundert Kronen am Tag, nachdem die Ausgaben für Wohnung und Essen abgezogen wurden, und das auch nur an Tagen, an denen sie arbeiten dürfen. Doch gerichtlich dage-*

gen vorzugehen, wäre aussichtslos. Die Verträge wurden in ihrem Heimatland abgeschlossen, der Chef hat ihre Pässe einbehalten, und die Arbeiter haben eindeutig Angst davor, was ihnen und ihren Familien widerfahren könnte, wenn sie mehr verlangen. ›Krzysztof‹ ist sich darüber im Klaren, welch großes Risiko er eingeht, indem er mit uns darüber spricht.«

Sie legt das Blatt wieder ab. Ich nicke. Ich habe diesen Text schon einmal gesehen. Ich erinnere mich an die junge Journalistin, mit der er ihn schrieb, wie hieß sie noch? Die, die so blond und hübsch war.

»Diese Leute haben Angst, Rikke«, sagt sie. »An mehreren Stellen im Text steht, dass sie sich davor fürchten, was die Hintermänner tun könnten. Ich habe es unterstrichen, guck mal hier.«

Sie schiebt die Blätter über den Tisch, ich sehe hektische blaue Striche und Kringel im Text, Ausrufe- und Fragezeichen am Rand, manches ist auch farbig markiert. Mein Blick wandert zu den Fotos der Journalisten. Rebekka Davidsen. Genauso blond, genauso hübsch. Genauso selbstbewusst lächelnd.

»Jørgen schreibt Artikel über Verbrechen, die von gefährlichen Menschen begangen werden«, sagt Jamila. »Und dann wird er ermordet in seiner eigenen Wohnung aufgefunden. Also selbst Opfer eines Verbrechens, das von einem gefährlichen Menschen begangen wurde.«

»Ja«, sage ich. »Aber die Polizei scheint doch davon auszugehen, dass es jemand hier aus dem Haus war.«

»Hier aus dem Haus«, Jamila runzelt die Stirn. »Nein, das glaube ich nicht.«

Ich denke hastig zurück. Was Ingvild mir damals im Café erzählte, war das eine geheime Information? Oder etwas, was ich mit anderen teilen darf? Ich erinnere mich nicht, ich bin zu benommen.

»Ich denke nur an diese Sache mit der Tür«, sage ich. »Nina hat uns ja die Übersicht gezeigt. Und es scheint keinen Einbruch gegeben zu haben. Aber er könnte die Person natürlich selbst hereingelassen haben.«

Sie denkt nach. Ihre markanten, sorgfältig gezupften Augenbrauen erinnern an zwei grazile Würmer, die aufeinander zustreben. Ich betrachte sie, trinke einen Schluck Kaffee und denke: Warum ist sie eigentlich hier? Was bezweckt sie mit diesen Nachforschungen? Ist das nicht alles ein bisschen zu übereifrig?

»Ja«, erwidert sie. »Das ist doch wahrscheinlicher. Ich meine, wer aus unserem Haus sollte denn so was tun?«

Wir sehen einander an, und dieses Schweigen, so kurz es auch sein mag, ist unheimlich, als würde es uns erst jetzt einfallen, einander zu verdächtigen. Ich trinke noch einen Schluck, verberge mein Gesicht hinter der Tasse, damit sie meine Skepsis nicht sehen kann. Denke: Wäre das nicht der beste Weg, um sich zu tarnen, wenn man selbst etwas damit zu tun hat? Die moralisch einwandfreie Detektivin zu spielen. Die zu allem Überfluss auch noch Beweise gegen jemand ganz anderen sammelt. Und warum beharrt sie so sehr auf ihrer Überzeugung, dass der Verdacht gegen die Bewohner des Kastanjesvingen unberechtigt ist? Ich ringe mir ein Lächeln ab und spüre, dass meine Wangen heiß werden. Doch Jamila geht ganz ungerührt zum nächsten Punkt über. Ihre gerunzelte Stirn glättet sich wieder, und dann sieht sie abermals jung aus, so unschuldig.

»Da ist noch eine Sache, Rikke«, fährt sie ernst fort. »Ich habe wirklich lange überlegt, ob ich es dir erzählen soll oder nicht. Man soll ja nicht schlecht über die Toten reden. Aber gleichzeitig denke ich auch, es ist notwendig. Wenn das dazu führen kann, den Schuldigen zu finden, muss es eben sein. Und das ist ja langfristig das Wichtigste, findest du nicht? Diesen Typen zu schnappen. Na, jedenfalls. Ich glaube …«

Sie sieht sich um, als wolle sie sich vergewissern, dass wir allein sind.

»Ich glaube, er hatte eine Geliebte.«

Etwas steigt in mir auf, vom Magen bis hoch in die Brust. Ich hole tief Luft. Versuche, so zu sein wie immer. Plötzlich wird mir peinlich bewusst, wie eingehend sie mich betrachtet. Jamila wünscht sich eine Reaktion, das sehe ich, wünscht sich blankes Entsetzen, und ich habe völlig die Kontrolle über mich verloren und bin dazu nicht im Stande.

»Oh«, sage ich nur.

»Ich weiß es«, sagt sie. »Ich habe es mehrmals gehört. Wenn Merete nicht da war. Hochhackige Schuhe und Frauenlachen, und dann Geräusche wie … na ja, du weißt schon. Es war ziemlich eindeutig.«

Das trifft mich direkt in die Brust, zerreißt mich innerlich. Ich erinnere mich nicht, was ich anhatte, wenn ich dort war, aber eines weiß ich sicher: Ich bin nie auf hochhackigen Schuhen zu ihm hinaufgegangen.

»Es gibt da eine Art Fehlkonstruktion zwischen unserer und ihrer Küche«, sagt sie, ungerührt davon, dass ich nach Luft schnappe. »Im Schrank, wo der Durchlauferhitzer hängt. Wenn wir die eine Schranktür öffnen, hören wir, was sie da drinnen reden. Ja, eigentlich mache ich das nicht, es gehört sich ja nicht, andere auszuspionieren, aber einmal habe ich gehört, dass drüben eine Frau war, und da dachte ich, das muss ich mir doch anhören, und deshalb habe ich die Tür aufgemacht und ein bisschen gelauscht. Und da hat er mit einer Frau gesprochen, die so ein heiseres, sexy Lachen hatte. Verstehst du, was ich meine? Ein bisschen so wie Janis Joplin. Sie haben über jemanden geredet, den sie beide kannten, und dann hat sie gesagt: Aber ich bin nicht hergekommen, um über den Job zu reden. Und dann habe ich Jørgen sagen hören: Ach nein, weshalb bist du denn gekommen? Und anschließend haben sie beide gelacht. Und kurz darauf habe ich gehört, wie sie loslegten. Und das war auf keinen Fall Meretes Stimme, um es mal so auszudrücken. Außerdem war das in den Osterferien. Merete und Filippa waren mit ihren Eltern in die Berge gefahren, also *wusste* ich auch, dass sie nicht da waren.«

Diese Geschichte brennt wie Salz in einer offenen Wunde: Jørgen hatte mich damals gefragt, ob ich an Ostern zu Hause wäre, er hätte ein paar Tage ganz für sich allein. Doch leider war ich auch verreist.

Jamila sagt: »Du verstehst also, warum ich ihn nicht mochte. Da kann er noch so sehr den großen Menschenfreund geben.«

Sie macht eine Geste in Richtung der ganzen Zeitungen, die auf dem Tisch verteilt liegen. »Aber solange er seine eigene Frau betrügt, ist er für mich ein Dreckskerl. Untreue, das ist Verrat.«

Ich starre in meine Kaffeetasse, versuche, diesen Schlag zu verkraften. Er und ich hatten nie darüber gesprochen, ob wir auch andere trafen. Ich kam nie auf die Idee, ihn danach zu fragen, weil ich ganz einfach nicht glauben konnte, dass ich ihm nicht genug war. Dieses Ostern folgte kurz auf unseren Ausflug nach Bergen. Damals ging es mir so gut mit ihm. Ich hatte gedacht, für ihn wäre es ähnlich.

»Vielleicht hatten sie Probleme«, sagte ich mit schwacher Stimme. »Merete und er.«

»Probleme!«, schnaubte sie. »Alle haben doch wohl Probleme. Haben Saman und ich etwa keine Probleme? Und Åsmund und du? Aber löst man die Probleme, indem man sich jemand anderen sucht? Nein. Wenn man versprochen hat, an jemandes Seite zu stehen, hat man es versprochen. Dann löst man die Probleme auch innerhalb der Beziehung.«

Sie schlägt so energisch mit der Hand auf die Tischplatte, dass die Kaffeetassen hüpfen.

»Anstatt mit anderen ins Bett zu gehen. Also, wenn die Ehe total zerrüttet ist, verstehe ich das, dann ist es eine ehrliche Sache. Aber dann muss man sich erst trennen. Man springt nicht mit anderen ins Bett, während man noch verheiratet ist. Man muss seinem Partner doch ein bisschen Respekt erweisen.«

Ich kann dazu nichts sagen, aber das scheint sie auch gar nicht von mir zu erwarten.

»Das habe ich Saman klipp und klar gesagt«, fährt sie fort. »Schon am ersten Tag. Du kannst unzufrieden mit mir sein, mit mir streiten, mich ausschimpfen, aber du darfst mich nie so hintergehen, habe ich gesagt. Das ist das Mindeste, was man verlangen kann.«

Ich hole Luft, atme ganz tief in die Lungen hinein. Sie sieht mich an, und dann ändert sich ihr Gesicht, ihre wütende Miene verschwindet, und sie legt ihre kalte, schmale Hand auf die meine und drückt sie, bis es wehtut.

»Liebe Rikke, jetzt habe ich mich völlig vergessen. Du hast gestern einen fürchterlichen Schock erlitten, du Arme. Ich wollte dich gar nicht so damit überrumpeln. Ich wollte es dir nur erzählen. Aber wir können später weiterreden.«

Ihre Hände suchen die ganzen Blätter zusammen, schieben sie zusammen und stecken den Stapel in ihre Tasche, während sie aufsteht.

»Was ich in dem Zusammenhang für wichtig halte«, fährt sie trotzdem fort, »ist, dass sie dort drinnen bei ihm war. Oder sogar mehrere Frauen.«

Die Wunde in meiner Brust brennt erneut, ich sinke fast in mich zusammen. Damenbesuch auf hohen Absätzen. Und dann denke ich: diese Rebekka Davidsen. Ob sie ein heiseres, sexy Lachen hat?

»Das bedeutet doch, dass ein Motiv vorhanden ist«, sagt Jamila. »Nicht wahr? Untreue hat schließlich oft solche Konsequenzen. Dann hätte auch Merete ein Motiv, das ist klar. Aber sie war ja mitten im Wald, als es passiert ist, ohne Auto. Und Ninas Liste zeigt doch auch, dass sie an dem Tag nicht ins Haus kam. Aber was ist mit den anderen Frauen, denke ich. Wer sind sie? Und war eine von ihnen eifersüchtig, oder hasste ihn, weil er Merete nicht verlassen wollte? Oder vielleicht war eine von ihnen auch verheiratet, und was würde der Ehemann in diesem Fall von Jørgen halten? Verstehst du?«

Ich nicke stumm, fühle mich wie eine Puppe. Kann es nicht erwarten, dass sie endlich meine Wohnung verlässt. Sie kneift die Augen zusammen, als würde sie nachdenken, über die Konsequenzen dessen nachdenken, was sie gesagt hat. Jamila ist nicht dumm, denke ich. Vielleicht hat sie uns gehört. Nicht mich, nicht meine Stimme, das glaube ich kaum, denn dann würde sie sich nicht so verhalten. Aber sie könnte etwas anderes gehört haben. Was weiß ich, ein Handyklingeln, das Knistern in meinem Babyphone. Irgendetwas, dessen Bedeutung sie noch nicht erkannt hat, aber das kann noch kommen.

Dann lächelt sie mich an.

»Ich wollte dir das nur sagen.« Sie umarmt mich. »Aber wir können morgen weiter darüber reden. Und ruh dich ein bisschen aus, meine Liebe, du siehst schrecklich müde aus.«

Ich höre, wie ihre Stiefeletten ins Treppenhaus hinausklappern und hinauf in den ersten Stock.

Wie heuchlerisch kann man eigentlich sein, denke ich. Die U-Bahn rattert am Stadion von Ullevål vorbei und bremst vor der Station ab. Auf dem Bahnsteig stehen kleine Schülergrüppchen, sie haben wohl eine Freistunde und wollen kurz in die Stadt fahren, sie steigen lärmend ein, reden eindringlich mit lauten, schneidenden Stimmen, ihr Gelächter durchschneidet die Luft. Ich bin so müde, dass ich mich seekrank fühle. Schon aufrecht zu sitzen und das Gleichgewicht zu halten, ist eine Kraftanstrengung für mich. Ich denke: wie passend, die Betrügerin, die selbst betrogen wird. Und wie ironisch: Wenn es darauf ankommt, kann ich nicht mit den Schultern zucken und denken, dass es nur ein vorübergehender Flirt war, eine Reaktion, wie ich sie von meinem eigenen Mann erwarte, wenn ich es ihm endlich erzähle. Nichts in mir ist bereit zu sagen: Tja, wenn man mit einem verheirateten Mann ins Bett geht, muss man damit rechnen. Ja, ich bin eine Heuchlerin. Es schmerzt in meiner Brust, und ich muss das Gesicht von den schwatzenden Schülerinnen abwenden, weil ich ihren Enthusiasmus nicht ertrage.

Es ist nicht so, dass ich Jørgen geliebt habe. Nicht so, dass ich mir wünschte, wir wären ein echtes Paar gewesen. Die Möglichkeit, dass wir unsere Partner verlassen und ein neues Leben anfangen würden, erwähnten wir nie. Und ganz ehrlich, hätte er es vorgeschlagen, hätte ich nein gesagt. Da bin ich fast sicher. Ich hatte nie den Wunsch, Åsmund zu verlassen. Darum ging es nicht.

Im März war er für eine Woche in Afghanistan, um für sein neues Buch zu recherchieren, und als er nach Hause zurückkehrte, hatte er mir ein Geschenk mitgebracht: einen hellblauen Pashmina-Schal mit einer bestickten rosafarbenen Borte, fein gewebt, beste Qualität, wie er mir versicherte. Er hatte ihn im Laden des Vaters eines Stringers gekauft, den er schon seit Jahren kannte. Ich war geradezu lächerlich glücklich über das Geschenk und trug den Schal den ganzen Frühling über, oft auch im Haus, vor allem bei der Arbeit, ich legte ihn mir anstelle eines Pullovers um die Schultern. Manchmal saß ich in meinem Büro vor meinem Computer und schmiegte meine Wange an den weichen Stoff. Ich stellte mir vor, wie er auf der Suche nach dem perfekten Geschenk für mich im Laden umhergegangen war und dann diesen Schal entdeckt hatte. Und dachte: Den muss ich Rikke schenken. Vielleicht stellte er sich sogar vor, wie er um meinen nackten Hals lag. Manchmal steckte ich die Nase hinein und versuchte, ihn durch mein eigenes Parfüm hindurch zu erschnuppern. Und jetzt, während die U-Bahn in die Station Majorstuen einfährt und die Türen öffnet und die plappernden Schüler herausströmen, muss ich mich fragen, ob ich so etwas öfter mit Geschenken mache? Hätte ich diesen Schal von einer Freundin, meiner Schwester oder von Åsmund bekommen – hätte ich mir dann auch vorgestellt, wie er gekauft worden war? Hätte ich mir Åsmund vorgestellt, wie er in einem Laden umherstreift, um etwas für mich zu finden, und hätte ich daran geschnuppert, um einen Hauch von ihm einzufangen?

Zu dieser Zeit spürte ich jedes Mal ein Kribbeln in mir, wenn mein Handy ein Signal von sich gab, denn vielleicht war es Jørgen. Wenn ich seine Schritte auf der Treppe hörte, suchte ich manchmal einen Vorwand, um genau dann hinauszugehen, die Zeitung zu holen oder die Post, oder den Müll hinauszutragen, damit ich ihn sehen und ein paar Worte mit ihm wechseln konnte. Im Frühsommer fand in der Schule unserer Mädchen eine Abschlussfeier statt, und an diesem Nachmittag spürte ich seine Anwesenheit auf dem Schulhof ganz physisch. Ich wusste in jedem Moment genau, wo er sich befand, ich beobachtete ihn während der ganzen Veranstaltung aus dem Augenwinkel. Kurzum, ich benahm mich so, wie Verliebte es tun.

Doch für Jørgen war ich nur eine unter vielen. Eine Kollegin hier, eine Nachbarin dort. Jørgen hatte sich alles gut eingerichtet. Familie und Junggesellenleben in einem, ohne sich entscheiden zu müssen. Nein, das ist ungerecht. Ich weiß genau, dass es nicht so leicht ist. Jørgen hatte eine Dunkelheit in sich, Räume, die niemand betreten durfte. Als er mir damals von Sarajevo erzählte, durfte ich kurz hineinspähen. Bei anderen Gelegenheiten konnte ich lediglich die Konturen davon erahnen. Es gab Dinge, mit denen Jørgen zu kämpfen hatte. Aber diese Nuancen möchte ich jetzt nicht sehen, möchte nicht versuchen, etwas zu verstehen. Ich steige mit festen Schritten aus der U-Bahn, marschiere hinauf ins Tageslicht, überquere die Straße. Der Teufel soll dich holen, Jørgen Tangen. *Einer, der lieb hat,* sagte er schon früh in unserer Beziehung zu mir, in diesem italienischen Restaurant. *Das wäre ich gerne.* Doch das war eine Lüge, jetzt verstehe ich es. In allem, was er war, und wie er handelte, kann ich nirgends eine Absicht zu lieben erkennen – weder mich noch irgendjemanden sonst. Das Schlimmste ist, dass es so lächerlich einfach ist: Ich dachte, wir hätten aus einer unwiderstehlichen, beinahe schicksalhaften Anziehung heraus zusammengefunden. Doch das hatte ich alles lediglich hineininterpretiert. Von ihm waren nichts als leere Komplimente und Schmeicheleien gekommen, mit denen man Frauen herumkriegte, und angesichts dieser Erkenntnis wird mir ganz flau. Wie billig sie alles erscheinen lässt.

»Sie haben wirklich Glück«, sagt der sanfte, junge Rezeptionist, der seinem Dialekt nach zu urteilen aus Stavanger kommt. »Sie ist gerade in ihrem Büro. Warten Sie kurz, dann rufe ich sie an.«

Ich lächle ihn vage an und sehe mich um, während ich warte. Ich weiß nicht, wie ich mir den Empfang einer Zeitungsredaktion vorgestellt hatte, vielleicht Glasflächen und Design, vielleicht auch schmuddelige, staubige Bürolandschaften, in denen die Leute zwischen den Schreibtischen hin und her laufen, um miteinander zu diskutieren, wie ich es in Filmen gesehen habe. Diese Rezeption ist so anonym wie die einer Zahnarztpraxis.

»Ja, du hast Besuch«, sagt der Rezeptionist. »Eine Dame, die mit dir über Jørgen Tangen sprechen möchte. Rikke Prytz. Ja, okay.«

Er überreicht mir einen Aufkleber mit meinem Namen und einem Code.

»Sie kommt gleich«, erklärt er, und ich nicke.

In einer Glasvitrine an der Wand steht die kleine Bronzeskulptur eines Hundes, der einen Ball auf der Nase balanciert. Ich beuge mich vor und betrachte sie. Sie ist auffallend hässlich, und ich frage mich, was irgendjemanden dazu bewegt hat, sie hier aufzustellen. Vielleicht symbolisiert sie etwas, vielleicht soll sie einen Wachhund darstellen, und der Ball ist die Welt.

Ich habe keinen Plan für dieses Treffen, bin aus einem Impuls heraus hergekommen. Ich wollte Rebekka Davidsen einfach nur sehen. Mit ihr reden, einen Eindruck von ihr gewinnen. An der Rezeption habe ich Jørgens Namen genannt, weil ich dachte, die Chancen, dass sie mit mir sprechen würde, wären größer, wenn sie wüsste, dass ich ihn kenne, aber ich habe keine Ahnung, was ich sie fragen soll und was ich von ihr hören will. Und sie ist Journalistin. Was ist, wenn sie mich etwas fragt? Was habe ich ihr zu sagen?

Der Aufzug gibt ein Pling von sich, und dann kommt sie heraus.

»Hallo«, sagt sie und lächelt, sie streckt ihre Hand aus und drückt fest zu, als ich ihr die meine gebe, die schlaff und schwer und kraftlos ist.

Sie nennt ihren Namen, ich meinen.

»Wir können uns in die Kantine setzen«, sagt sie und bedeutet mir mit einem Wink, dass ich mitkommen soll.

Sie geht schnellen Schrittes, ist klein und zierlich und ihr blondes Haar gewellt wie bei den Fernsehansagerinnen, auf ihrem Autorenfoto über den Artikeln sieht es wunderbar aus, doch als ich ihr jetzt folge, sehe ich, wie steif es ist, wie viel Haarspray sie verwendet haben muss, damit die Frisur sitzt. Sie trägt Jeans und einen Blazer, leger und zugleich modisch, und sie ist dünner als ich. Und jünger.

Wir halten an einer Kaffeemaschine, Rebekka füllt zwei Tassen, fragt mich, ob ich Milch oder Zucker nehme und plaudert, während der Kaffee läuft, tja, das Gebäude habe seine besten Tage schon hinter sich, aber die Führungsebene sei gegen eine umfassende Sanierung, vor allem in diesen Tagen, Sie wissen schon, die strukturellen Veränderungen und das Zeitungssterben und so weiter. Es seien unsichere Zeiten, aber was solle man tun? Stattdessen das Zeitungshaus verfallen lassen?

Sie ist wirklich nett, denke ich, während sie redet, und es

versetzt mir einen Stich. Sogar hübsch. Sie weiß es auch und verlässt sich ein bisschen zu sehr darauf. Aber attraktiv ist sie zweifellos. Diese Kollegin, die ihn an Ostern besucht hatte, die mit dem sexy Lachen, war sie das? Rebekka trägt flache Schuhe, aber sie ist klein, vielleicht kompensiert sie das ja mit hohen Absätzen, wenn sie gut aussehen möchte. Sie reicht mir die eine Tasse, und wir setzen uns an einen Tisch.

»Also dann«, sagt Rebekka.

»Also dann«, sage ich.

»Jørgen Tangen.«

»Ja.«

Ihr Gesichtsausdruck wirkt für einen kurzen Moment wachsam. Dann seufzt sie schwer.

»Verdammt, es ist so unglaublich traurig«, sagt sie. »Ich kann es einfach nicht glauben. Ich habe immer noch das Gefühl, er könnte jeden Moment in mein Büro spazieren.«

Sie blickt zu der Tür, durch die wir hereingekommen sind, als würde er gleich dort auftauchen. Ich drehe mich auch dorthin um.

»Wir hätten heute eine Besprechung gehabt«, sagt sie wie zu sich selbst. »Um eins.«

Ich werfe einen Blick auf die Uhr. Als hätte das etwas zu sagen.

»Wer sind Sie?«, fragt sie. »Ich meine, in welchem Verhältnis standen Sie zu ihm?«

»Ich bin seine Nachbarin«, antworte ich mechanisch. »Wir wohnen unter ihm.«

»Oh«, sagt Rebekka, und irgendetwas flackert in ihrem Blick auf. »Waren Sie da, als es, Sie wissen schon … passierte?«

»Ja.«

Sie neigt ihren Kopf ein wenig, und für einen Moment stelle

ich mir vor, sie würde mir gleich eine Frage stellen, so wie die Journalistin, die Åsmund interviewte, *Was ist das für ein Gefühl, so nah an einem Tatort zu wohnen?* Aber sie sagt nur, dass es unheimlich sein muss.

»Ja, das ist es auch«, stimme ich zu. »Und deshalb wollte ich einfach, ich meine, ich sehe ja, dass Sie mit ihm zusammen geschrieben haben, und dann kam ich hier vorbei und ich dachte …«

Ich schlucke. Rebekka sieht mich an, sie hört zu, tja, was dachte ich?

»Ich dachte, ich wollte mich erkundigen, wie es Ihnen geht. Ich meine, kannten Sie ihn gut?«

Ich kann nicht heraushören, ob ihre Stimme zu einem Lachen à la Janis Joplin fähig wäre. *Ich bin nicht hergekommen, um über den Job zu reden.* War Rebekka bei uns zu Hause gewesen? Wurde sie hereingelassen, um auf ihren hohen Absätzen die Treppe hinaufzueilen und von ihm in Empfang genommen zu werden?

Sie zögert ein wenig.

»Was heißt schon gut. Privat nicht besonders, aber wir haben viel zusammengearbeitet. Er hat sich ein bisschen um mich gekümmert, als ich neu war, hat mir die Tricks der Branche beigebracht. Mit wem man kooperieren und um wen man lieber einen weiten Bogen machen sollte. Sie wissen schon. Wir arbeiteten an dieser Knebelvertragssache, die im März veröffentlicht wurde und für eine Menge Diskussionen sorgte. Ich war sogar in den Nachrichten und habe darüber gesprochen, ich weiß nicht, ob Sie die Sendung gesehen haben?«

Ich habe sie nicht gesehen, nicke aber trotzdem und hoffe, Rebekka fragt mich nicht, wie ich sie fand.

»Den SKUP-Preis für investigativen Journalismus haben wir

auch dafür bekommen«, sagt sie mit einem selbstzufriedenen kleinen Lächeln im Mundwinkel.

»Herzlichen Glückwunsch«, erwidere ich automatisch, und sie scheint sich ertappt zu fühlen und wirkt ein wenig peinlich berührt.

An der Hand, mit der sie die Kaffeetasse hält, sehe ich einen Ehering.

»Also ja, ich kannte ihn gut aus beruflichen Zusammenhängen. Er war ein kluger Mensch, sehr belesen. Allerdings war er auch ein … wie soll ich sagen?«

Sie sieht mich an, scheint ihre Worte abzuwägen.

»Ein Frauenheld. Wenn Sie verstehen, was ich meine?«

Wieder versetzt es mir einen Stich, nein, tausend Messerstiche.

»Ja«, antworte ich.

»Bei mir hat er es auch einmal versucht«, sagt sie und dreht ihren Ehering mit zwei Fingern. »Er war nicht aufdringlich, also ich meine, nicht so me-too-mäßig. Aber ziemlich durchschaubar im Grunde, sodass man denkt, mein Gott, wer fällt denn auf so etwas herein? Eher lächerlich als alles andere.«

Ich lächle steif.

»Aber es war wie gesagt nicht schlimm«, fährt Rebekka fort. »Ich habe ihm einen Korb gegeben, und damit hatte es sich, er hat es gut verkraftet. Und man konnte wirklich wunderbar mit ihm zusammenarbeiten. Er übernahm seinen Teil, ohne dabei seine Ellbogen auszufahren. In unserer Branche geht es ja manchmal rau zu.«

An dieser Stelle lacht sie. Vielleicht ist sie selbstironisch, oder sie versucht, mir zu zeigen, dass sie keine Angst hat und darüber lachen kann. Ich habe keine Ahnung, wie es im Journalismus zugeht, und ich habe sie auch nicht danach gefragt. Ihr

Lachen wirkt aufgesetzt. Ihre Freundlichkeit womöglich auch. Vielleicht ist sie in Wirklichkeit genervt davon, dass ich hergekommen bin und sie aufhalte.

»Dieser Artikel, den Sie beide schrieben«, sage ich. »Über die Knebelverträge und das alles. Gab es Leute, die wütend darüber waren? Und Sie bedroht haben oder Ähnliches?«

Ich höre mich das selbst sagen, als würde ich am Nebentisch sitzen und mich beobachten. Das sind Jamilas Worte, nicht meine, denn eigentlich glaube ich nicht an diese Theorie. Ich gebe nur Jamilas Schlüsse wieder, um etwas zu sagen zu haben, doch sie haben eine unmittelbare Wirkung auf Rebekka Davidsen. Fast so, als hätte ich eine Waffe gezogen. Sie reißt die Augen auf, rutscht ein wenig auf ihrem Stuhl zurück, und ihre Gesichtszüge erstarren.

»Warum fragen Sie mich das?«

Das weiß ich auch nicht genau, denn im Grunde frage ich es vor allem, um meinen Besuch bei ihr zu legitimieren, deshalb sage ich: »Die Polizei hatte das gefragt. Und man fragt sich natürlich auch: Wer könnte Jørgen etwas Böses gewollt haben?«

Einige Sekunden vergehen, und Rebekkas Blick gleitet hektisch im Raum hin und her. Ich sitze wie betäubt da. Schon seit Ingvild Fredly mir von dem fehlgeschlagenen Versuch erzählte, mit dieser unbenutzten Leiter unter Jørgens offenem Fenster einen Einbruch vorzutäuschen, habe ich gedacht, dass er von jemandem ermordet worden sein muss, den er kennt. Jemandem, den er selbst hereingelassen hatte. Vielleicht von einem Nachbarn. Und natürlich riskierte Jørgen mitunter viel für eine wichtige Reportage, doch selbst Jørgen hätte keinen Hintermann einer halbkriminellen Organisation hereingelassen, die er selbst hatte auffliegen lassen, wenn dieser an seiner Haustür geklingelt hätte.

Doch Rebekka hat Angst. Sie blickt auf ihre Hände, die flach auf der Tischplatte liegen. Ihre Finger sind klein und beinahe mollig, denke ich. Nicht so lang und schlank wie Meretes, aber sicherlich stark. Arbeitshände. Die Fingernägel sind abgekaut.

»Ein bisschen ängstlich bin ich inzwischen schon«, sagt sie mit einem Seufzer. »Es geht in diesem Fall ja um finanzielle Interessen und große Summen. Wenn es einen nur ein paar läppische Tausender kostet, diese Arbeiter im Land zu behalten, und man ihre Arbeitskraft mit bis zu achtzig Prozent Gewinn verkaufen kann, fast ohne Risiko, na ja, dann ist man natürlich sauer, wenn ein paar Journalisten ankommen und diese Geschäftsidee enthüllen. Diese Leute bauen ihr ganzes Business mit dem Wissen auf, dass sich die Behörden nicht um die Gesetzesverstöße kümmern. Sie haben viel Geld zu verlieren. Um gar nicht erst davon zu sprechen, dass es jetzt zu einer Strafverfolgung kommen muss. Selbst wenn es nur darum geht, ein Exempel zu statuieren.«

Sie befeuchtet ihre Lippen mit der Zunge. Hat sich vorgebeugt, scheint jetzt im Arbeitsmodus zu sein. Ich kann mir genau vorstellen, wie sie diese Argumente ihren Chefs darlegt, oder dem Moderator einer Nachrichtensendung, allerdings zittert ihre Stimme immer noch leicht.

»Wir sind gerade an einer neuen Sache dran«, sagt sie. »Deshalb wollten wir uns heute treffen. So ähnlich wie der letzte Fall, aber diesmal geht es um die Zeitarbeitsbranche. Da gibt es ganz ähnliche Knebelverträge. Neben Geldwäsche und Korruption. Wir sind schon ziemlich weit gekommen. Ich gehe der Korruptionsspur nach, Jørgen ist für die Verträge zuständig. War.«

Wir schaudern beide.

»Okay«, sage ich. »Mehr wollte ich auch eigentlich gar nicht.«

Sie setzt ein Lächeln auf. Es sieht aus, als würde sie es oft gebrauchen, ein gewinnendes Lächeln, das sie bei solchen Gelegenheiten einsetzt, aber es wirkt ein wenig gequält.

»Ich hoffe, Sie und die anderen Nachbarn verkraften das gut«, sagt sie. »So schrecklich, diese ganze Sache. Ich habe darüber nachgedacht, ob wir jemanden schicken sollen und über den Fall berichten, aber wissen Sie …«

Sie lächelt beklommen. Ich kann sehen, dass ihr die Idee alles andere als verlockend erscheint. Wir stehen auf, und ich folge ihr zu einem Ständer mit Tabletts, wo wir unsere Tassen abstellen.

»Vielleicht würde ich mich bei Ihnen melden«, sagt sie. »Wenn wir das wirklich machen.«

»Ja, natürlich«, sage ich.

Das kann ich ihr wohl kaum ausschlagen, nach allem, was sie mir erzählt hat. Sie blickt auf das angeklebte Namensschild, das mir der Mann vom Empfang gegeben hat.

»Prytz«, sagt sie. »Sind Sie mit Caroline Prytz verwandt?«

»Ganz entfernt«, antworte ich.

»Wie cool«, antwortet sie. »Ich mochte das letzte Album. Dieser Electronica-Stil passt zu ihrer Stimme.«

Wir gehen am Empfang vorbei, sie begleitet mich zur Tür.

»Ich muss mir eine Schachtel Zigaretten kaufen«, sagt sie und wühlt in ihrer Tasche. »Eigentlich hatte ich aufgehört, aber die Sache mit Jørgen hat mich völlig aus der Bahn geworfen.«

Sie zieht einen Schal aus der Tasche. Es ist ein hellblauer Pashmina, fein gewebt, mit einer bestickten, rosafarbenen Borte. Die tausend Messer bohren sich erneut in mich hinein. Rebekka Davidsen lächelt freundlich.

»Danke für das Gespräch, Rikke Prytz. Vielleicht sehen wir uns wieder.«

Mein Gott, wer fällt denn auf so etwas herein, hatte Rebekka gesagt. Und seine Avancen als lächerlich bezeichnet. Ich bin fast allein in der U-Bahn nach Hause, keine Schülergruppen, sondern nur ein paar vereinzelte Fahrgäste, eine alte Dame, ein Mann mit einer Zeitung. Rebekka hatte sich einen Pashmina-Schal umgebunden, der in Afghanistan gekauft worden war. Es sei denn, auch das war gelogen. Vielleicht hatte er ihn auch in Oslo gekauft und eine gute Geschichte dazu erfunden.

Er hat nicht gelogen, denke ich. Er hat mir nie etwas versprochen. Ich habe ihn nie gefragt, wie viele solcher Schals er gekauft hatte und wie viele andere Frauen er traf. Und es muss auch nichts zu bedeuten haben, dass er ihr ein Geschenk kaufte. Sie hatten gerade diese Artikelreihe veröffentlicht und einen Preis dafür gewonnen. Vielleicht war es nur eine nette Aufmerksamkeit gewesen. Ich sehe Rebekka Davidsens steife, gewellte Haare vor mir. Versuche, mir einzureden, dass alles völlig normal ist. Ich habe das Gefühl, ich könnte auf der Stelle einschlafen, mit dem Kopf an der Scheibe, könnte die Augen schließen und es einfach darauf ankommen lassen. Die Welt dort draußen allein weiterrasen lassen.

In jener Bar in London war er von einem großen Ernst durchdrungen gewesen. Es schmerzte ihn, über Sarajevo zu sprechen. Eigentlich wollte er gar nicht darüber sprechen, da bin ich mir relativ sicher. Ich weiß nicht, ob er es überhaupt anderen erzählt hatte, Kollegen oder Freunden, vielleicht nicht einmal Merete. Warum erwähnte er es mir gegenüber? Habe ich ihm vielleicht doch etwas bedeutet, gab es etwas zwischen uns, das ihm die Geborgenheit vermittelte, mir davon zu erzählen? Oder hatte ihn irgendetwas an der Situation, das mir nicht bewusst gewesen war, dazu bewegt, und es wurde unausweichlich für ihn? Vielleicht wollte er wirklich einer sein, der lieb hat, denke ich, vielleicht wusste er selbst, dass ihm eine Kapazität zur Liebe fehlte, wie sie die meisten von uns besitzen; die Fähigkeit dazu, wirklich zusammenzuhalten, zu verzichten, sich anzupassen. Kleine oder große Dinge zu tun, um dem anderen eine Freude zu machen. Vielleicht konnte er so etwas schlichtweg nicht.

Ich stelle ihn mir vor, unter diesem Auto, in einem Vorort, in einem Land im Kriegszustand. Er glaubte, er müsste sterben. Er starb nicht. Deshalb sei das Leben ein Geschenk für ihn, hatte er gesagt, und alles, was nach diesem Erlebnis kam, ein Bonus. Dann fuhr er nach Hause und setzte sein Leben fort, reiste in neue Städte, in neue Länder im Kriegszustand. Lernte eine Frau kennen, heiratete sie und ließ sich scheiden. Lernte eine andere Frau kennen, heiratete erneut, bekam eine Tochter. Lernte ständig neue Frauen kennen. So lebte er sein Bonusleben. War das etwas, wofür er sich bewusst entschied, wollte er so leben?

Ich erinnere mich sogar daran, dass sie diesen SKUP-Preis bekamen. Es war nur wenige Wochen, bevor wir zusammen nach England reisten, und an dem Abend, als er von Sarajevo erzählte, hatte ich im Restaurant Champagner bestellt. Das müssen wir feiern, sagte ich. Vielleicht war ich ein bisschen angeheitert. Jørgen lächelte ein wenig über meinen Eifer. Es sah nicht so aus, als würde ihn dieser Preis besonders beeindrucken. Nachdem wir das halbe Champagnerglas getrunken hatten, sagte ich: »Aber nun freu dich doch!«

Er zuckte mit den Schultern. Später, während wir in den Sesseln saßen, kurz bevor er mir von Sarajevo erzählte, sagte er, so etwas wie ein Preis könne ihn nicht glücklich machen. Er wisse, dass es eine große Ehre sei, aber eigentlich gebe es nur wenige Dinge im Leben, die ihn wirklich mit Glück erfüllen würden.

»Sei nicht so kindisch«, sagte ich. »Dasselbe hätte Emma sagen können.«

In diesem Moment war ich definitiv schon ein bisschen betrunken. Und vielleicht auch sauer. Machte ich ihn nicht glücklich? Aber vielleicht gelang das niemandem, denke ich jetzt. Vielleicht war das Jørgens Unglück, diese mangelnde Fähigkeit, etwas schätzen zu können, über das wir andere uns freuen. Eine Auszeichnung, ein Lächeln, ein Abend Hand in Hand mit dem, in den man verliebt ist.

Und vielleicht war es trotzdem so, dass ich gerne die Einzige für ihn gewesen wäre. Und besser sein wollte als Merete, cooler, schlauer. Dachte ich nicht ganz insgeheim, sie wäre dafür verantwortlich, dass es zwischen ihnen nicht perfekt lief? War ich nicht der Meinung gewesen, ich könnte ihm etwas bieten, was sie nicht hatte? Nein, denke ich dann und sehe aus dem U-Bahnfenster Darum ging es nicht. Doch es gelingt mir nicht, mich selbst zu überzeugen. Redete ich vielleicht deshalb so viel über meinen Beruf, weil ich ihm etwas beweisen wollte? Wie gut ich war. Dass ich eine war, auf die andere Menschen hörten. Schmückte ich mich gerade deshalb mit meiner Karriere, weil ich wusste, dass Merete die ihre aufgegeben hatte? Versuchte ich, ihm zu zeigen, dass ich besser war als sie? Nein, nein, *nein.* Der Mann mit der Zeitung dreht sich um und wirft mir einen Blick zu. Vielleicht hatte ich meine Gedanken laut ausgesprochen, mich selbst vergessen. Ich versuche zu lächeln. Er wendet sich wieder seiner Zeitung zu, macht sich taub und unnahbar, wie man es tut, wenn man sich vor Verrückten schützen will. Ich lehne den Kopf an die Scheibe. Ach, wenn ich doch nur schlafen könnte.

Erst als ich in Tåsen aus der U-Bahn aussteige, wird mir bewusst, dass etwas, was Rebekka Davidsen sagte, seither in meinem Kopf herumschwirrt. Ihre neue Geschichte sollte von Zeitarbeitsfirmen handeln. Und ich muss durch den Schlafmangel so unkonzentriert gewesen sein, dass ich diese Information nicht sofort mit Svein Sparre in Verbindung gebracht habe, der eine Zeitarbeitsvermittlung hat.

Ich bemerke sie zu spät. Sie marschiert energisch den Blåsbortveien hinauf, und als ich sie sehe, hat sie mich ebenfalls schon entdeckt. Sie holt ihr Handy aus der Tasche ihres gestreiften Hip-Bags, drückt auf einige Tasten und hat es wieder verstaut, als noch etwa zehn Meter zwischen uns liegen.

»Hallo«, sagt Leas Mutter, die Hausfrau aus dem besseren Teil von Tåsen, und lächelt mit ihren strahlend weißen Zähnen.

»Hallo«, erwidere ich.

Ich lächle, auch das muss ich ja. Mir hängt noch immer unsere Begegnung im Schultheater nach, das Gespräch über die toten Katzen, wie ungeschickt ich versuchte, das Ganze zu verharmlosen. Und wie sie es mir übelnahm.

»Wie geht's?«, fragt sie.

»Tja«, antworte ich. »Es geht so.«

Gut kann ich nicht sagen, das verstehe ich, aber zu schlecht darf mein Zustand auch nicht sein. Ich sehe schon vor mir, wie sie sich zu einer anderen Mutter in der Schule vorbeugt, bei irgendeinem Elternabend oder in der Yogaschule, oder einfach nur auf der Straße, so wie jetzt, und sagt: Letztens habe ich Rikke Prytz getroffen, die Mutter von Emma aus der Achten, weißt du, die wohnen direkt unter Jørgen und Merete Tangen, und sie war vollkommen verstört.

Sie betrachtet mich. Ihre Augen sind hinter einer riesigen, verspiegelten Sonnenbrille versteckt, und wenn ich Blickkontakt zu ihr aufnehmen will, sehe ich nur mich selbst. Vielleicht bilde ich es mir nur ein, aber ich habe das Gefühl, man würde mir meine schlaflosen Nächte ansehen, selbst in dem kleinen, gekrümmten Spiegelbild der Brillengläser.

»Das mit Jørgen ist so schrecklich«, sagt sie.

Ich stimme ihr zu, und für einen kurzen Moment stehen wir da und nicken. Ich überlege, was sie wohl weiß. Ob es öffentlich bekannt ist, dass es keinen Einbruch gegeben hatte? Ob Nina allen gegenüber ausgeplaudert hat, dass wir von der ganzen Nachbarschaft verdächtigt werden?

»Ich habe gehört, dass man auch eine tote Katze bei euch gefunden hat«, fährt sie fort. »Gestern? Irgendwer sagte sogar, du hättest sie gefunden.«

Ich nicke. Ja, das muss Nina gewesen sein. Normalerweise hören ihr diese Mütter nicht so genau zu. Sie muss ganz aus dem Häuschen sein, weil sie endlich die Informationen besitzt, nach der die anderen dürsten.

»So gruselig«, sagt die Hausfrau.

»Ja, das war es wirklich.«

Sie nimmt die Sonnenbrille von der Nase. Jetzt kann ich ihre Augen sehen, die eine kalte, graublaue nordische Farbe haben, wie das Meer an bewölkten Tagen. Sie ist ein paar Jahre älter als ich, was man ihr aber nicht auf den ersten Blick ansieht. Sie zieht ein ledernes Brillenetui aus ihrem Hip-Bag, öffnet es, holt ein Putztuch heraus, reibt routiniert die Brillengläser ab und blickt auf ihre Hände hinab, während sie sagt: »Tja, dann scheint das mit den Katzen wohl doch ein bisschen dramatischer zu sein als gedacht, oder etwa nicht?«

Sie wirft mir einen verstohlenen Blick zu. Ich weiß, was jetzt gefragt ist, es führt kein Weg daran vorbei. Ich hole tief Luft. Das hätte ich mir gern erspart.

»Ja«, sage ich. »Es hat vielleicht doch mehr zu bedeuten, als ich erst dachte. Vielleicht habe ich es zu sehr auf die leichte Schulter genommen.«

»Es klingt jedenfalls wie ein schreckliches Erlebnis«, sagt sie.

Sie wirkt aufrichtig. Das muss ich ihr lassen, denn sie hätte mich auch mehr spüren lassen können, wie sehr ich mich blamiert habe.

»Ja, das war es auch«, sage ich.

»Es gibt einen Zusammenhang zwischen der Gewalt gegen Tiere und der Gewalt gegen Menschen«, sagt sie. »Viele Psychopathen quälen in jungen Jahren Tiere.«

Plötzlich erscheint die Bedeutung der Katzenmorde überwältigend. Am liebsten würde ich mich auf den Boden werfen und um die toten Tiere weinen.

»Und dann wurde im selben Haus ein Mann ermordet«, sagt sie. »Auf eine, entschuldige, dass ich das so sage, auf eine brutale Art und Weise!«

Sie blickt in die Luft. Auf der anderen Straßenseite ragen große Trampoline über den Zaun.

»Was für eine Vorstellung, dass in Tåsen ein Psychopath frei herumläuft«, sagt sie verwundert, wie zu sich selbst. »Vielleicht ist es sogar jemand, den wir kennen.«

Mir scheint, ich könnte Sveins Schatten vor mir sehen, wie er die Treppe hinaufgleitet und vor Jørgens Tür schwebt. Erst jetzt fällt mir auf, wie still es ist.

»Aber du«, sage ich, um das Thema zu wechseln. »Wie läuft es eigentlich mit der Vorstellung? Du leitest doch die Programmgruppe, oder?«

»Die Vorstellung wurde erst mal verschoben«, sagt sie. »Hat Emma das nicht erzählt? Die Premiere wird stattdessen im Frühling stattfinden.«

Ich gehe die letzten Vormittage und Nachmittage bei uns zu Hause im Kopf durch, wir vier am Esstisch. Könnte es zur Sprache gekommen sein, ohne dass ich mich daran erinnere? Oder hat Emma es mir verschwiegen?

»Wir schicken heute Nachmittag eine Mail an die Eltern raus«, sagt sie und zieht ihre Sonnenbrille wieder aus dem Hip-Bag hervor. »Es war die einzig richtige Entscheidung. Filippa Tangen hat ja eine ziemlich zentrale Rolle, und ich kann mir nicht vorstellen, dass sie jetzt die Kraft hat, auf der Bühne zu stehen. Außerdem geht es in dem Stück ja um einen Kriminellen, der die Leute mit einem Messer umbringt. Nach allem, was passiert ist, scheint das etwas unpassend. Vielleicht ist es sowieso besser. Das mit den Tänzerinnen war ja ohnehin ein bisschen speziell. Und dieser Gard hat sich total dagegen gewehrt, das Stück umzuschreiben, und es ist doch schon ein bisschen merkwürdig, wenn ein erwachsener Mann es vollkommen in Ordnung findet, jungen Mädchen die Anweisung zu geben, sich als Prostituierte zu verkleiden. Findest du nicht?«

»Doch«, sage ich.

Gard. Ich denke an seine schlaksige Erscheinung, den langen Haarschopf, die Hornbrille. Die tiefe, kraftvolle Stimme. Und Emma, die sich plötzlich fürs Theater interessierte. Ob sie für ihn schwärmt? Er ist Mitte zwanzig, für mich sehr jung, für sie hingegen alt, ein Erwachsener. Ich denke an die Tänzerinnendiskussion zurück, wie Gard damals argumentierte. Was sagte er genau? Und dann der unangenehme Gedanke: Warum war es ihm so wichtig? Ging es wirklich um die künstlerische Freiheit, um die Texttreue, um die ungeschönte Darstellung des Bösen? Oder zog er irgendetwas anderes daraus? Aber diesen Gedanken will ich gar nicht verfolgen. Ich schließe die Augen. Das ist nur die Gerüchteküche der Umgebung, und die sollte man mit Vorsicht genießen.

»Nur unter uns, versteht sich«, erklärt sie und hebt vielsagend die Augenbrauen. »Der offizielle Grund dafür, die Vorstellung zu verschieben, ist die Sorge um Filippa und Merete. Und die Nachbarschaft, könnte man vielleicht auch sagen.«

Wir schweigen eine Weile, und dann sagt sie: »Weißt du was, ich kannte das Paar, das vor euch in eurer Wohnung lebte. Inga ist die Freundin einer Freundin. Und sie sagt, in diesem Haus war schon die ganze Zeit etwas seltsam. Etwas mit Jørgen und Merete. Sie wirken ja vollkommen normal und freundlich, wenn man ihnen begegnet, aber sie hatte immer das Gefühl, dass etwas nicht stimmte.«

Jetzt hört man die Autos im Maridalsveien, aber nur leise, in der Ferne, denn obwohl die Stadt in der Nähe liegt, ist dieses Gebiet auf merkwürdige Weise von den Geräuschen und Gerüchen abgeschirmt. Ich erinnere mich noch gut an das Paar, dem die Wohnung vor uns gehörte. Vor allem an sie. Ich weiß noch, dass sie uns bei der Übergabe zeigte, wie alles funktionierte, so schaltet ihr die Induktionsplatten ein, hier ist der Sicherungskasten. Hatte ich nicht das Gefühl gehabt, dass sie etwas herablassend war? Ich glaube, irgendetwas in dieser Richtung sagte ich damals zu Åsmund.

»Na dann«, sagt die Hausfrau. »Ich muss zusehen, dass ich nach Hause komme. Passt gut auf euch auf da unten.«

Sie tippt auf ihrem Telefon herum, und als ich mich verabschiede, strömt die Musik anscheinend schon in ihre Ohren, sodass sie mich nicht mehr hört. Ich sehe sie in schnellem Trainingstempo davonstapfen, mit geradem Rücken, die Arme mit den spitzen Ellbogen angewinkelt, als würde sie joggen.

Man muss sich täuschen dürfen, denke ich, während ich nach Hause gehe. Man muss seine Meinung darüber ändern dürfen, ob etwas gefährlich ist oder nicht, wenn man neue Informationen hinzugewinnt. Genau das läuft in unserer Gesellschaft falsch. Man erwartet, dass wir an unserer Meinung festhalten und niemals einen Schritt zurückgehen und etwas überdenken, sondern hartnäckig behaupten, schon immer das eine oder andere befunden zu haben. Und noch dazu sollen wir uns von unseren Gefühlen leiten lassen. Den Gefühlen wird eine Wahrheit zugesprochen, an der alle rationalen Argumente abprallen. Wenn jemand Angst hat, besitzt er auch *das Recht,* Angst zu haben. Gnade dem, der versucht, die Furcht herauszufordern und zu sagen, das eine oder andere sei vor einem bestimmten Hintergrund vielleicht doch nicht so gefährlich – denn dann ist man *respektlos,* dann ist man *kalt* und *zynisch,* alles andere als bedingungslose Sympathie wird kritisiert. Ich schlage das Gartentor hinter mir zu. Warum hatte ich das Gefühl, ich müsste mich bei der Hausfrau entschuldigen?

Natürlich sollte die Geschichte mit den Katzen jetzt, da wir wissen, dass ein Mann getötet wurde, anders bewertet werden. Natürlich ändert das alles. Doch zu dem Zeitpunkt, als wir uns im Schultheater unterhielten, wusste noch niemand, dass Jørgen tot in seinem Arbeitszimmer lag. Und sie erlaubt sich die Bemerkung, dass mit Jørgen und Merete irgendetwas nicht stimmte, jetzt, nur wenige Tage nach seinem Tod. Während ich vor ihr zu Kreuze kriechen muss wegen eines dummen Kommentars über tote Katzen. Ich hole tief Luft, versuche mich zu beruhigen. Ich stimme ihr ja auch zu. Ich habe die Katze am Strick neben den Briefkästen baumeln sehen, und der Ernst war mir schlagartig klar. Ich habe mich getäuscht. Ich gebe es zu.

Im Treppenaufgang hängt immer noch Ninas Aufgabenliste. Als ich die Wohnungstür aufschließe, denke ich: Nina ist ganz schön unsensibel. Hat diesen Zettel hängen lassen, obwohl wir von einem Mord betroffen sind.

Zu Hause räume ich mit energischen, harten Bewegungen die Küche auf. Bin ich schlicht und ergreifend wütend auf die Hausfrau, denke ich, wegen ihrer Respektlosigkeit gegenüber Jørgen? Oder bin ich vielmehr auf ihn wütend? Ein ganzer Strom von Frauen, die die Treppe zu seiner Wohnung hinaufstiegen, wenn Merete nicht da war, meine Wangen brennen, mein Brustkorb verengt sich. Ich darf mich nicht darüber aufregen, denn was hatte ich erwartet? Vielleicht hat ihre Bemerkung über Gard meine Unruhe zusätzlich befeuert. Diese bösartige Andeutung, an die ich nicht glauben will, weil ich denke, ich würde darüberstehen, hat sie sich doch in mich hineingeschlichen und sich in mir festgesetzt?

Ich lasse mich am Küchentisch nieder, trommele mit den Fingern auf die Tischplatte. Es ist ein gewöhnlicher Donnerstag, mitten am Tag, draußen herrscht Stille. Im Garten auf der anderen Straßenseite erscheint Hoffmo auf seiner Veranda, er hält eine Plane in der Hand, die er gleich über seine Gartenmöbel breiten wird. Jetzt muss der Garten für den langen Winter vorbereitet werden. Das macht er sicher seit vierzig Jahren jeden Herbst, und trotzdem wirken seine Bewegungen ungelenk. Ich wende den Blick ab, möchte nicht von ihm gesehen werden. Inzwischen weiß er wohl auch, dass ich die Katze gefunden habe, und ich kann mir vorstellen, dass er darauf brennt, mit mir darüber zu sprechen, alle Details zu erfahren. Vielleicht auch mögliche Methoden zu diskutieren, wie man den Bösewicht zu fassen bekommen könnte. Aber ich habe so wenig darüber zu sagen. Ich bin nicht blutrünstig oder rachedürstend. Ich empfinde nur eine tiefe, dunkle Traurigkeit über das tote Katzenjunge mit dem weichen Fell.

Auf dem Holzdeck sehe ich Filippas Gartenhandschuhe von gestern. Da standen sie, Mutter und Tochter, nur wenige Tage, nachdem Jørgen gestorben war, und leisteten ihren Beitrag zur nachbarschaftlichen Hauspflege. Nina hatte sie wohl kaum dazu überredet, so unsensibel ist selbst sie nicht. Aber ihre Liste hat sie trotzdem hängen lassen. Wir sollen unseren Namen neben die Aufgabe schreiben, die wir erledigt haben, und die Anzahl an Stunden notieren, die wir dafür gebraucht haben. Damit es auch gerecht verteilt ist, wie Nina sagt. In ein paar Wochen wird sie bei uns an der Tür klopfen und sich beschweren, dass Åsmund und ich zusammengenommen nur fünf Stunden gearbeitet haben, während andere viel mehr geleistet haben, und sie wolle uns natürlich nicht drängen, aber ob wir denn nicht ein Wochenende entbehren könnten, um ein wenig anzupacken, damit alles *fair* läuft? Als würde sie sich fair verhalten, denke ich. Tratscht in der Schule weiter, was die Leute in ihren eigenen vier Wänden sagen, als würde sie darüber bestimmen, was wir mit anderen teilen. Lässt trotz unserer Proteste diese gigantische Haustür einbauen, weil *sie* es so möchte. Und dann verlangt sie auch noch, dass wir ihre gehorsamen Untertanen sind und nach ihren Anweisungen das Haus streichen und abdichten und Steine schleppen.

Und verhält sie sich nicht auch in anderen Zusammenhängen so? Diese Liste von unserem Codeschloss unterliegt garantiert der Schweigepflicht, und dann wäre es sogar illegal, sie überhaupt zu besitzen, und erst recht, sie zu verteilen. Und dann diese Gefriertruhe, die Svein und sie im Keller aufgestellt haben. Nicht in ihrem Schuppen, nein, denn da hatten sie keinen Platz, sondern auf unserer Gemeinschaftsfläche, und das finden sie völlig normal. Ist das nicht ein Verstoß gegen die Regeln der Hausgemeinschaft, denke ich, und ich weiß, dass ich gerade kleinlich werde, dass ich genauso schlimm bin wie sie, oder noch schlimmer, aber es ist so schön, so herrlich, ein Ventil für all das Schmerzliche, Brutale zu finden, das mich seit Jamilas Besuch heute Morgen quält. Jørgen kann ich nicht zur Rechenschaft ziehen, denn er ist tot, und außerdem hat er mir nie irgendeine Art von Treue versprochen. Vor der Hausfrau musste ich mich wohl oder übel demütig und einsichtig zeigen. Aber über diese Sache kann ich wütend sein, hier bin ich in meinem vollen Recht. Ich habe auch das Recht, auf Svein zu schimpfen, doch vor ihm fürchte ich mich ein wenig, er ist so groß, so aggressiv und unversöhnlich. Aber Nina kann ich mir vorknöpfen. Kann meinen Zorn über sie ausschütten. Oder noch besser, kann mit meiner eigenen Pedanterie gegen die ihre kontern, in ihrer eigenen Disziplin. Sieh dir nur diese Gefriertruhe an, kann ich sagen. Ist die etwa erlaubt? Hilf mir doch mal auf die Sprünge, Nina. Was steht in den Vorschriften darüber, privaten Besitz auf den Gemeinschaftsflächen auf dem Dachboden und im Keller zu lagern? Ach, du sagst, wir könnten die Truhe alle nutzen, ach so, verstehe, aber dann erklär mir mal eben, was dort hängt, ja, dort, direkt neben dem Handgriff? Ist das nicht ein verdammtes Hängeschloss? Wie sollen wir anderen sie denn dann nutzen, hm?

Bestimmt haben sie das Schloss auch mit einer eigenen Zahlenkombination gesichert, darauf wette ich. Nicht mit dem Gemeinschaftscode für den Schuppen draußen, sondern mit Zahlen, die uns andere effektiv daran hindern, die Truhe ebenfalls zu verwenden. Dieser verdammte Svein, der mit giftigen Anspielungen um sich wirft, mir gegenüber, sicher auch bei Saman und Jamila, von der Polizei ganz zu schweigen. Svein, dem Jørgens Journalismus nicht gefiel, und der noch dazu eine Zeitarbeitsfirma betreibt.

Ich bremse mich selbst, halte meine Finger auf der Tischplatte ruhig. Meine ich das ernst? Habe ich wirklich vor, wieder in den Keller zu gehen? Bin ich am Ende genau wie Jamila, muss ich Detektiv spielen? Oder noch schlimmer, ist es einfach nur Neugier?

Nein, denke ich. Darum geht es nicht. Aber es muss doch erlaubt sein, das Schloss zu prüfen. Wenn er seine Truhe dort abstellt, ist es mein gutes Recht, sie zu öffnen. Der Keller gehört uns allen. Ich könnte behaupten, dass ich etwas Tiefgefrorenes lagern muss. Die Truhe wird abgeschlossen sein und die Zahlenkombination eine andere, und ich kann sofort zu ihnen hochmarschieren, sobald ich Nina nach Hause kommen höre, und bevor Svein da ist, kann gegen die Tür klopfen und sie dazu auffordern, doch bitte endlich diesen Koloss aus unserem *Gemeinschaftskeller* zu entfernen. Und dann werde ich der Polizei gegenüber die Sache mit der Zeitarbeitsfirma erwähnen. Warum auch nicht? Svein zerreißt sich das Maul über Saman und Åsmund, warum sollte ich mich da zurückhalten?

Die Luft dort unten ist feucht und modrig. An den Wänden hängen große braune Spinnen, sie verstecken sich in den Ecken und Winkeln, bauen ihre Netze und flitzen davon, wenn man etwas verrückt. Die Truhe steht unter einem Oberlicht an der Wand. Ein schwerer weißer Block, der ein konstantes, leises Brummen von sich gibt. Direkt unter dem Deckel leuchtet ein kleines orangefarbenes Licht, und neben dem Griff befindet sich ein Metallbeschlag mit dem Hängeschloss, das vier Zahlenräder mit Feldern hat, die zusammen einen vierstelligen Code ergeben. Ich stelle 1951 ein, das Jahr, in dem das Haus gebaut wurde, und bin davon überzeugt, dass es nicht funktioniert, doch dann klickt das Schloss, und ich spüre, wie der harte Metallbügel in meiner Hand nachgibt.

Unten in der Truhe liegen die tiefgefrorenen Reste der Tiere, die das Pech hatten, Svein und seiner Jagdgesellschaft über den Weg zu laufen. Das Fleisch ist überwiegend filetiert, auf einem Gefrierbehälter, der weiß vom Frost ist, klebt sogar ein Etikett mit der Aufschrift *Elchfrikadellen 2017*, aber ich sehe auch eine Ziplock-Tüte, die einen ganzen Huf enthält. Ich betrachte ihn, das Bein hängt daran, es wurde am Unterschenkel abgesägt und hat noch Fell. Für einen Elch ist es zu klein, denke ich, vielleicht war es ein Reh oder ein Rentier. Es ist ebenfalls mit einer Frostschicht bedeckt, in der Gefriertruhe muss es wirklich kalt sein. Ich öffne eine andere Tüte, in der gefrorene, steinharte Fleischbrocken liegen.

Ganz unten blitzt eine etwas größere Plastiktüte auf, weiß und dünn, von der Sorte, wie man sie in größeren Einrichtungen, zum Beispiel in Schulen, als Müllsack benutzt. Sie unterscheidet sich in ihrer Größe und Art von den anderen Tüten. Ich finde die Öffnung und blicke hinein. Darin liegt eine weitere Tüte, in die etwas eingewickelt wurde, und ich falte sie auseinander.

Das Erste, was ich sehe, sind die Ohren. Sie sind spitz, das Fell ist mit Frost überzogen. Dann sehe ich zwei weitere Ohren.

Und noch eins. Die Körper sind steifgefroren. Insgesamt sind es drei. Ich öffne die Tüte ein wenig mehr, als könnte ich es nicht glauben, und dann sehe ich die Schnauze und die Schnurrhaare. Die eine trägt ein rotes Filzhalsband mit einem kleinen Medaillon. Ich lasse die Tüte erst fallen, als ich in die leeren, gefrorenen Katzenaugen blicke.

Jørgen und ich vögeln stumm. Wir unterdrücken alle Geräusche, nur ein leises Stöhnen entfährt uns ab und zu. Über uns befindet sich das Dachfenster des Mansardenwohnzimmers, denn nach einigem Hin und Her haben wir herausgefunden, dass dies der beste Ort ist, wenn wir uns zu Hause treffen wollen. Nebenan befindet sich Meretes und Jørgens Schlafzimmer, dorthin wollen wir nicht. Das Schlafzimmer der Tochter liegt auch hier oben und kommt natürlich nicht in Frage, und die untere Etage kann man vom Nachbarhaus einsehen. Das Mansardenzimmer ist nicht ideal, aber es geht. In die eine Ecke, wo die Dachschräge auf die Wand trifft, haben sie eine alte Boxspringmatratze gestellt. Früher hatten Filippa und ihre Freundinnen es als Sofa benutzt, und einige riesige IKEA-Kissen erinnern noch an diese Zeit, aber mittlerweile verbringt sie die meiste Zeit in ihrem Zimmer, und die Matratze wird in erster Linie Übernachtungsgästen zur Verfügung gestellt. Sie nennen es *»daybed«*. Als er es das erste Mal erwähnte, fand ich es lächerlich, doch inzwischen erscheint mir die Bezeichnung ganz passend, wenn man bedenkt, für welche Aktivität wir die Matratze nutzen.

Unsere Stille ist eine Notwendigkeit. Ich protestiere nicht dagegen, aber sie sorgt auch dafür, dass alles ein wenig mechanisch wirkt. Als wäre es eine Zwangshandlung, eine Bewegungsabfolge, die wir absolvieren müssen, um ein bestimmtes Ziel zu erreichen, das eher unklar erscheint, wenn man erst einmal die Leidenschaft aus der Gleichung herausgenommen hat. Das Ganze erinnert an Fernsehaufnahmen von Tänzern, die sich ohne Musik bewegen. Nicht, dass es mir nichts geben würde. Ich lege meine Nase an Jørgens Nacken und sauge seinen Geruch ein, nach etwas Warmem, Würzigem, das ich nicht einordnen kann. Er atmet schwer und rhythmisch. So gerät es zum reinen Vögeln, denke ich, mehr nicht. Ich weiß aber auch nicht, ob das so verkehrt ist. Plötzlich knistert das Babyphone.

Der kleine schwarze Lautsprecher auf dem Boden neben dem Daybed blinkt aggressiv orange. Merete und Filippa sind mit Jørgens Schwiegereltern im Ferienhaus in den Bergen, und Åsmund ist bei seiner Mutter, aber meine Kinder schlafen unten im Souterrain. Ich habe das Babyphone in den Flur zwischen ihre Zimmer gestellt, und die Tür zu Lukas' Zimmer geöffnet, und ich denke, wenn irgendetwas passiert, müsste ich es hören. Jørgen und ich erstarren und betrachten das Gerät. Es verstummt wieder. Wir blicken uns an. Als ich gerade etwas sagen will, um meine Panik zu dämpfen, knistert es erneut, und dann höre ich Emmas Stimme: »Mama?«

Im Nu bin ich auf den Beinen. Ich raffe meine Sachen zusammen und schlüpfe hinein, schaffe es nicht mehr, den BH anzuziehen, streife den Pullover direkt über den Kopf. Mit dem Babyphone in der Hand stürze ich die Treppe vom Mansardenzimmer hinab und ins Wohnzimmer, am Flügel vorbei. Im Flur stecke ich hastig die Füße in die Schuhe, und dann laufe ich hinaus, so leise ich kann, die Treppen hinab und in meine Wohnung.

Sie ist ins Obergeschoss hinaufgekommen, steht barfuß und im Nachthemd im Zimmer. Ihre Augen sind schmal und schläfrig.

»Mama?«

»Emma, mein Schatz«, sage ich und gehe auf sie zu. »Ist alles in Ordnung?«

Ich drücke sie an mich. Sie hängt schlaff in meinen Armen und erwidert meine Umarmung nicht. Als ich sie loslasse und ansehe, sind ihre Augen geweitet.

»Wo warst du?«, fragt sie.

Dies ist einer dieser Momente, in denen man binnen Sekunden entscheiden muss, was man sagen soll, wie ehrlich man sein soll. Ein Moment, in dem es leicht zu Fehleinschätzungen kommen kann, weil die Einschätzung so komplex ist und man sie blitzschnell machen muss. Es bleibt keine Zeit, das Für und Wider abzuwägen. Man muss aus dem Bauch heraus entscheiden, und das Bauchgefühl hat nun einmal die Tendenz, die angenehmste Lösung für einen selbst zu wählen.

»Oben«, sage ich. »Ich war nur kurz oben bei Jamila. Auf einen Kaffee.«

Sie sagt nichts, sieht mich nur an. Anschließend denke ich: Hat sie gemerkt, dass ich nach Wein rieche, oder schlimmer noch, nach ihm? Und in diesem Haus, in dem man alles mitbekommt, was die Nachbarn machen – hat sie die Schritte in der Wohnung über uns gehört? Versteht sie, dass ich lüge? Oder weiß sie es nicht? Oder hat sie nicht gehört, wo genau meine Schritte herkamen, war sie einfach nur müde und aufgewühlt, weil sie aus einem Albtraum erwachte und mich nicht finden konnte?

»Ist etwas, mein Schatz?«, frage ich und streiche ihr mit den Händen über das Haar.

Als wäre sie ein kleines Kind. Als wäre ich eine warmherzige und liebevolle Mutter, zum Trösten bereit.

»Ich war nur bei Jamila oben. Sie hatte mir eine Nachricht

geschickt und gefragt, ob ich Zeit habe. Ihr habt geschlafen, und ich saß alleine da. War das schlimm für dich?«

Ich umarme sie erneut, spüre, dass mein Herz schnell und fest pocht, dass ich nervös bin und neben mir stehe.

»Nein, nein«, sagt Emma.

Aber sie sieht mich nicht an, als sie es sagt.

Es ist das letzte Mal, dass ich das Babyphone mit hinaufnehme. Anschließend lasse ich meine Wut an Jørgen aus, ist dir klar, was alles hätte passieren können, ist dir klar, wie kurz davor es war? Ich sage, wir können so nicht weitermachen, was haben wir uns nur dabei gedacht? Mich schaudert beim Gedanken, was Emma verstanden haben könnte, was sie wohl glaubt, ich möchte es mir gar nicht ausmalen. Ich sage zu Jørgen, das mit uns ist vorbei, wir können das nicht fortsetzen. Mir wird schwindelerregend deutlich, was alles auf dem Spiel steht, das Leben, wie ich es kenne, alles und alle, die mir wichtig sind. Das geht nicht. Es ist vorbei. Es war das letzte Mal.

Doch ich bin emotional schon zu tief verstrickt. Einige Wochen vergehen, dann treffen wir uns wieder. Wir buchen unseren Ausflug nach London. Wenn ich noch einmal mit dir schlafen soll, muss es auf ausländischem Boden geschehen, sage ich zu ihm. Auf dem Flug knete ich meine Finger. Natürlich fliege ich allein, damit niemand Verdacht schöpft, und spüre keine glühende Erwartung. Ist das vielleicht doch eine Zwangshandlung, frage ich mich. Ich lehne den Kopf an das kalte Fenster und tröste mich damit, dass ich immerhin das Daybed hinter mir gelassen habe.

FREITAG

Gundersen lehnt sich über den Küchentisch und greift ganz selbstverständlich nach der Kaffeekanne. Ich habe sie dort abgestellt und zwei Tassen aus dem Schrank geholt und wollte ihm gerade einschenken, doch er ist mir zuvorgekommen. Er füllt die Tasse bis zum Rand, stellt die Kanne ab und trinkt einen Schluck.

»Ah«, sagt er wonnig.

Er ist ein Mensch, der Stimulanzien braucht, denke ich, als hätten mir das seine tabakgelben Finger und der Rauchgestank, der mit ihm hereinzieht und den Raum erfüllt, nicht schon längst verraten. Ich überlege, wie er wohl zum Alkohol steht, ob er viel trinkt oder vielleicht angestrengt wenig.

»Möchten Sie auch welchen?«, fragt er, während er seine Tasse abstellt.

Ohne meine Antwort abzuwarten, füllt er die andere Tasse, ebenfalls bis zum Rand.

»Ja, danke«, sage ich überflüssigerweise, weil er längst dabei ist.

Er stellt die Tasse vor mir ab. Sie ist so voll, dass ich mehrmals schlürfen muss, ehe ich richtig trinken kann. Der Kaffee ist heiß, ich verbrühe mir die Zunge, es brennt in der Kehle. Ich stelle die Tasse wieder ab und fahre mir über den Mund, versuche, mir den Schmerz nicht anmerken zu lassen, obwohl er ohnehin schnell vergehen wird.

»Also«, sagt er.

»Also«, wiederhole ich.

Wir sehen einander an.

»Sie sind also in den Keller gegangen und haben die Gefriertruhe der Familie Sparre geöffnet.«

»Ja«, sage ich seufzend. »Tja, ich weiß auch nicht genau warum. Mir war sie nur wieder eingefallen, nachdem wir uns unterhalten hatten. Deshalb bin ich an dem Tag auch nach unten gegangen.«

»Was ist Ihnen eingefallen?«

»Die Sache mit der Gefriertruhe. Dass Svein sie einfach dort abgestellt hatte, und, tja …«

Ich halte inne. Ich kann nichts von Emma erzählen, von der Brandschutztür in ihrem Zimmer, dass ich die Geräusche nachgeprüft habe, die diese Tür erzeugt, und mir klar geworden ist, dass sie sich nachts hinausschleichen könnte, ohne dass ich es merke. Ich kann sie nicht da hineinziehen. Von meiner Wut kann ich aber auch nicht sprechen, denn ohne auch zu erwähnen, was mir Jamila und Rebekka über Jørgens Eroberungen erzählt hatten, würde das Ganze nur kleinlich wirken.

»Er sagte, wir könnten sie alle benutzen«, sage ich stattdessen. »Und trotzdem war sie seltsamerweise abgeschlossen. Falls sie eine andere Zahlenkombination benutzt hätten, wäre es uns anderen natürlich schwergefallen, sein Angebot zu nutzen, und, na ja, deshalb dachte ich, das überprüfe ich mal.«

Gundersen sieht mich an. Es ist eine Technik, das verstehe ich. Journalisten nutzen sie bisweilen auch, das habe ich bei Jørgen beobachtet: Wenn man auf eine Behauptung lediglich mit Schweigen reagiert, hat das Gegenüber das Gefühl, es müsste mehr sagen, etwas erklären oder vertiefen. Das weiß ich, und trotzdem kann ich nicht anders.

»Es war nicht so, dass ich damit gerechnet hätte, da unten tote Katzen zu finden«, fahre ich fort. »Ich habe einfach nur … Ich finde das alles so unheimlich. Dass jemand in unserem Haus …«

Auch diese Nacht habe ich nur wenige Stunden geschlafen, und das spüre ich. Ich kann meine Gedanken nur schwer sammeln. Mir fällt einfach keine plausible Erklärung dafür ein, warum ich in der Truhe nachgesehen habe. Außerdem ist mir bewusst, dass Nina auf der anderen Seite der Wand in ihrer Küche sitzen und lauschen könnte. Oder Svein. Oder ihr Sohn. Mich beschleicht Unbehagen angesichts der Vorstellung, ihnen nach der Sache mit der Truhe zu begegnen. Nina in die Augen sehen zu müssen, nachdem sie weiß, dass ich in ihren Sachen herumgeschnüffelt habe. Hinzu kommt das Unbehagen, das sich in meinem Magen festsetzt: Warum lagen diese gefrorenen Katzen eigentlich in ihrer Gefriertruhe? Sveins große Gestalt im Arbeitszimmer, in jener Nacht, dieses Bild in meinem Kopf, das ich so oft vor mir gesehen habe, dass es mir inzwischen vorkommt wie eine Erinnerung.

Gundersen sagt: »Sie müssen mir an dieser Stelle einfach auf die Sprünge helfen, denn ich finde es wirklich schwer nachvollziehbar. Wir unterhalten uns hier oben, Sie, ich und Pettersen. Wir sprechen über die Katze, die Sie gefunden haben, ich zeige Ihnen das Seil aus dem Geräteschuppen, und Sie erzählen, Sie wären nachts wach gewesen und hätten nichts mitbekommen, aber vielleicht doch irgendwann eine Tür gehört. Stimmt das?«

»Ja.«

»Anschließend verabschieden wir uns, und Sie gehen in den Keller. Um nach Ihrem Fahrrad zu schauen.«

Er wirft mir einen langen Blick zu.

»Tja«, sage ich, und anschließend schweige ich.

»Wie, tja?«, fragt er.

Ich hole tief Luft. Ich weiß nicht, wie ich es erklären soll. Im Job kann ich so etwas gut, ich baue eine Argumentationskette auf, stelle Theorien über die Gefühle der Menschen an, erkläre Denkfehler und scheinbar irrationale Handlungen anhand von Verhaltenstheorie, Ökonomie und Psychologie, zitiere Richard Thaler und Daniel Kahneman und komme zu einer Schlussfolgerung, die so überzeugend ist, dass diejenigen, die mir zuhören, einfach nur zustimmen müssen.

Aber jetzt schaffe ich es nicht. Ich weiß, dass ich verlässlich erscheinen muss. Und auf keinen Fall den Verdacht auf meine Tochter lenken darf. Ich atme mit einem tiefen Seufzer aus und nehme einen neuen Schluck aus der Tasse. Als ich sie abstelle, sehe ich außen einen braunen Streifen Kaffee, der die Tasse in zwei Hälften teilt, er ist bei meinem letzten Schluck heruntergelaufen und hat dort, wo die Tasse gestanden hat, einen kreisförmigen Abdruck hinterlassen.

»Mir ist unsere Brandschutztür wieder eingefallen«, sage ich. »Ich wollte nur prüfen, ob jemand durch sie hereinkommen kann.«

»*Herein?*«

Sein Tonfall verrät ihn, denke ich, während sich ein eisiges Gefühl in meinem Magen ausbreitet. Er hat bereits begriffen, dass ich dort war, um zu prüfen, ob jemand aus der Familie hinausgelangt sein könnte.

»Ja«, sage ich mit verzagter Stimme. »Es könnte immerhin sein, dass wir einen Mörder hier im Haus haben.«

Gundersen sagt: »Also gut, Sie sind nach unten gegangen, um zu prüfen, ob jemand durch die Brandschutztür hineingelangen kann. Haben Sie denn das Schloss an der Außenseite überprüft?«

»Ja.«

»Und, geht es?«

»Was denn?«

»Kann jemand von außen hineingelangen?«

Für einen Moment ist mein Kopf vollkommen leer. Dann sage ich: »Ich weiß nicht. Ich wurde abgelenkt, als Sie kamen.«

Er nickt langsam und wirft mir wieder diesen eindringlichen Blick zu, fährt jedoch fort.

»Und dann bin ich gekommen, und wir haben uns unterhalten, und dann sind wir alle wieder unserer Wege gegangen. Sie sind wieder in ihre Wohnung zurückgekehrt, wenn ich mich recht entsinne?«

»Ja.«

»Und dann?«

»Dann bin ich zum Arzt gegangen«, sage ich. »Ich habe mich krankschreiben lassen, weil, ja, weil mich das Ganze ein wenig aus der Bahn geworfen hat. Ich kann nachts nicht mehr schlafen, und …«

Ist es merkwürdig, dass ich mich krankschreiben habe lassen? Aber inzwischen muss er meine E-Mail an Fredly gelesen haben. Er weiß es. Dann muss er wohl auch verstehen, wie nah mir das geht? Irgendetwas hängt damit zusammen, es ist ein ferner Gedanke, der sich mir immer wieder entzieht, und ich ertappe mich dabei, starr in die Luft zu gucken, während Gundersen mich betrachtet.

»Entschuldigung«, sage ich. »Ich bin so müde, ich habe kaum geschlafen, seit das passiert ist. Ich kann mich nur schwer konzentrieren.«

Er nickt. Ich verstehe, dass er wartet, denn er nimmt den Faden nicht wieder auf, sondern sieht mich nur an.

»Und gestern habe ich einen Ausflug in die Stadt gemacht«,

fahre ich fort. »Ich bin mit der U-Bahn nach Hause gefahren und habe mich hier an den Küchentisch gesetzt und auf den Briefkasten hinausgeschaut, und dann habe ich gedacht …«

»Ja?«

»Dann habe ich gedacht, verdammt noch mal, warum steht diese große Gefriertruhe eigentlich da unten? Als wir am Dienstagmorgen dort waren, ist sie mir wieder eingefallen. Die Truhe, und dieses Schloss. Ich wollte nur mal nachsehen.«

»Und dann haben Sie die Zahlenkombination getestet, und als sie funktionierte, haben Sie sich bis zum Boden der Truhe durchgewühlt?«

»Ja.«

»Sehr eifrig.«

»Diese Tüte sah so anders aus.«

»Was dachten Sie denn, was sie enthalten würde?«

»Keine Ahnung. Noch mehr Fleisch von der Jagd. Oder was weiß ich. Ich habe sie eben einfach geöffnet.«

Wieder nickt er langsam.

»Ich kann es nicht besser erklären«, sage ich. »Es war so etwas, was man eben einfach macht, eine dämliche Sache, von der man nicht denkt, dass man sie jemals irgendwem erzählen muss. Man spioniert seinen Nachbarn aus, man guckt in den Badezimmerschrank, wenn man jemanden besucht, man wirft einen Blick in eine Abstellkammer oder Schublade, man ist, keine Ahnung … man ist *neugierig.* Man glaubt ja nicht, dass man etwas findet, weswegen man die Polizei anrufen muss.«

Meine Stimme klingt zu verzweifelt, denke ich, ich habe die Kontrolle über meinen Ton und meinen Gesichtsausdruck nicht mehr ganz, nicht mal darüber, was ich sage.

Gundersen fragt: »Wie schläft Åsmund normalerweise?«

»Wie meinen Sie das?«

»Ich meine, wie schläft Ihr Mann in einer ganz gewöhnlichen Nacht. Tief oder eher leicht?«

»Ich weiß es nicht«, sage ich. »Ganz normal, glaube ich.«

»Und Sie?«

»Leicht. Es kommt vor, dass Lukas nachts nach mir ruft und ich zu ihm heruntergehen muss.«

»Werden Sie wach, wenn Åsmund nachts aufsteht?«, fragt er, »also beispielsweise, wenn er auf die Toilette muss, werden Sie da wach?«

»Normalerweise muss er nachts nicht auf die Toilette, meistens schläft er durch. Aber ja, wenn etwas anderes sein sollte, werde ich wach. Wenn ein Telefon piepst oder so etwas.«

»Hm.«

Ich verstehe erst zu spät, was er im Schilde führt, worauf er mit seinen Fragen hinauswill. Die schnellen Wechsel in den Gesprächen mit ihm verwirren mich, und ich bin erschöpft, besitze nicht mehr die mentale Wendigkeit, um hinterherzukommen.

»Wenn man kleine Kinder hat, schläft man ja sowieso leichter als die meisten anderen Leute. Das gilt für uns beide. Ich meine, Åsmund wird auch wach, wenn Lukas nach uns ruft. Nur werde ich normalerweise als Erste wach. Ich bin dann schon auf den Beinen, wenn Åsmund erwacht. Wenn ich nachts aufstehe, wird er auch jedes Mal wach.«

Gundersen sieht mich an. Ich verfluche mich selbst, dass ich an dieser Stelle nicht wachsamer war. Åsmund ist mein Alibi. Und umgekehrt. Wenn einer von uns beiden in jener Nacht aufgestanden wäre, um Jørgen zu ermorden, wäre der andere wach geworden.

»Das heißt, wenn Sie zu Jørgen Tangen hinaufgegangen wären, um ihn zu treffen«, sagt Gundersen, »für eine, ich weiß nicht, wie Sie das nennen, für eine nächtliche *Visite*, dann wäre Åsmund wach geworden?«

»Ich bin nie zu Jørgen gegangen, wenn Åsmund zu Hause war«, sage ich und senke die Stimme, weil ich mir der Nachbarn auf der anderen Seite der Wand bewusst werde, oder in diesem Fall der Nachbarin. »Merete und Åsmund mussten beide verreist sein, das war unsere Vereinbarung.«

»Aber nicht die Kinder?«

»Filippa hat ihre Mutter meistens begleitet«, sage ich. »Meine Kinder schliefen mehrere Stockwerke unter uns. Ich habe das Babyphone mitgenommen. Wie ich es Ingvild ja auch geschrieben hatte.«

Gundersen nimmt erneut einen Schluck aus seiner Kaffeetasse. Es scheint der letzte zu sein. Während er trinkt, sehe ich, dass auf seiner Seite des Tischs kein kreisförmiger Abdruck zu sehen ist, dass er seine Tasse mit vollendeter Präzision hochgehoben und wieder abgestellt hat.

»Welche Auswirkung hat Jørgens Tod auf Sie?«, fragt er.

»Wie meinen Sie das?«

»Ich meine nur: Wie fühlen Sie sich? Sind Sie traurig oder wütend oder ein bisschen erleichtert?«

»Erleichtert?«

»Sie wollten sich doch gerne aus diesem Verhältnis befreien, oder?«

Ich bleibe schweigend sitzen. Wie oft habe ich seit Sonntag eigentlich um Jørgen geweint? An dem Abend, als ich es erfuhr, habe ich hemmungslos auf dem Badezimmerboden geweint, aber seither? Es stimmt, dass ich es nicht schaffte, ihn zu verlassen. Wir hatten mehrmals Schluss gemacht, es aber nie lange durchgehalten, und im Nachhinein frage ich mich selbst, warum ich es nicht einfach lassen konnte, ihn zu treffen, wenn ich es wirklich unbedingt wollte. Aber es war so schwierig. Wir waren Nachbarn. Ich konnte der Lust widerstehen, zu ihm hinaufzugehen, wenn es mir gut ging, ja sogar, wenn meine Stimmung nur mäßig war oder ich mich ein bisschen niedergeschlagen fühlte. Doch wenn die Lage hier unten schwierig wurde, wenn irgendetwas passierte, mit dem Åsmund und ich nicht umgehen konnten, war der Weg nach oben sehr kurz. Jørgen war allzu verfügbar, und um die Affäre wirklich zu beenden, hätte ich dem Impuls widerstehen müssen, ihn zu besuchen, nicht allein in diesem Moment, sondern die ganze Zeit, auch in meinen schwächsten Momenten. Ich verstehe nur zu gut, warum trockene Alkoholiker keine Weinflasche im Haus haben dürfen. Und selbst wenn ich um Jørgen trauere, lässt sich nicht leugnen, dass es auch eine Erleichterung ist. Die Weinflasche ist weg, ich muss nicht mehr daran denken.

Aber das wage ich Gundersen nicht zu erzählen. Also sage ich nur: »Mir geht es schrecklich.«

Und das ist auch nicht gelogen.

»Na gut«, erwidert er. »Dann möchte ich Sie auch nicht länger stören. Aber ich werde mich in den nächsten Tagen bestimmt wieder bei Ihnen melden, wir sehen uns also bald.«

»Ich habe mich eine Sache gefragt«, sage ich, nachdem wir aufgestanden sind. »Diese Katzen, die ich gefunden habe …«

»Ja?«

»Sind sie … Ich meine, sind das die, die verschwunden waren?«

Wir stehen uns am Küchentisch gegenüber.

»Eigentlich ist es nicht üblich, Katzen zu obduzieren«, antwortet er langsam. »Und Fälle von Tierquälerei müssen leider ein ziemliches Ausmaß annehmen, ehe man ihnen überhaupt nachgeht. Leider. Aber die Katze, die Sie am Briefkasten gefunden haben, wurde in die Veterinärhochschule überführt. Und der Tierarzt, der sie untersucht hat, sagt, sie sei bis vor Kurzem tiefgefroren gewesen. Sie war also schon eine Weile tot. Und ihr Tod wurde nicht durch Erhängen herbeigeführt, um es so auszudrücken.«

Ich bleibe am Küchentisch stehen und lasse ihn allein zur Tür gehen und sie hinter sich schließen. Dann höre ich seine Schritte draußen im Treppenhaus. Ich höre eine andere Tür, vielleicht jene, die in den Keller führt, aber die Treppe unten ist aus Beton, und die Schritte von dort hört man hier oben nicht mehr sehr gut. Ich bleibe einfach nur stehen. Alles um mich herum erscheint mir unwirklich. Es ist, als wäre ich nur zur Hälfte wach. Als würde ein Teil von mir das alles träumen.

Filippa öffnet mir die Tür. Damit hatte ich nicht gerechnet. Ich stehe da, hatte mich für die Begegnung mit der Mutter gestählt und nicht damit gerechnet, mit der Tochter konfrontiert zu werden.

»Hallo«, sagt sie.

»Hallo«, erwidere ich.

Wir sehen einander an. Sie macht keine Anstalten, Merete zu holen, steht einfach nur da. Die Verantwortung für die Situation, mit all ihrer Schwere, sinkt auf mich herab. Sie ist ein Kind, das seinen Vater verloren hat. Ich bin eine Erwachsene. Ich kann nichts sagen, um ihre Trauer zu lindern oder irgendetwas besser zu machen, nichts, was sie trösten könnte, und dennoch bin ich dazu gezwungen.

»Liebes, das tut mir so wahnsinnig leid«, sage ich.

Obwohl ich sie nicht gerade gut kenne, kann ich sehen, dass etwas an ihr verändert ist, wie ich es schon im Garten erahnte. Sie ist blasser, härter. Ihr Blick scheint wie nach innen gerichtet, obwohl sie mich ansieht.

Sie bleibt stehen. Der Augenblick dauert unerträglich lange, und ich weiß nicht, was ich tun soll, wieder gehen, oder sie bitten, mich hereinzulassen, oder nach Merete rufen? Doch dann tritt sie einen Schritt zur Seite.

»Komm doch rein«, sagt sie mit müder Stimme. »Mama sitzt in der Küche.«

Sie dreht sich um und geht. Ich kann ihre Schritte auf der Treppe zum Dachgeschoss hören.

In der Wohnung macht sich eine leichte Unordnung bemerkbar. Auf dem Tisch neben dem cremeweißen Sofa stehen einige Tassen, dazwischen liegt ein halb zusammengeknülltes Schokoladenpapier. Die Sofakissen sind heruntergeglitten, und niemand hat sich die Mühe gemacht, sie wieder zu richten. Langsam gehe ich im Kopf das Wohnzimmer durch. Hier habe ich einen Blick hineingeworfen, an jenem Tag, an dem ich das Gefühl hatte, dass etwas nicht stimmte. Unbewusst drehe ich den Kopf zum Arbeitszimmer, der offenen Wunde des Hauses. Mein Magen verkrampft sich, aber die Tür ist zum Glück geschlossen.

Als ich das letzte Mal hier war, wenn man von jenem Samstag absieht, an dem ich mir mit dem Schlüssel Zutritt verschaffte, und daran möchte ich nicht wirklich denken, habe ich Jørgen besucht. Es war ein Vormittag vor einigen Wochen, er arbeitete zu Hause, Merete war unterwegs. Damals verspürte ich einen gewissen Unwillen, als seien diese Treffen eine Aufgabe, die ich übernehmen und einfach nur hinter mich bringen müsse. Wir lagen auf einer Decke auf dem Boden oben im Mansardenzimmer, weil ich eine Abneigung gegen das Daybed entwickelt hatte, und ich wurde wütend, als Jørgen anschließend einen Kommentar darüber fallen ließ. Du weißt, dass es auf dem Daybed bequemer gewesen wäre, sagte er.

»Dann leg du dich doch auf das verdammte Daybed«, sagte ich.

Sind wir ein solches Paar geworden, dachte ich anschließend, als ich wieder zur Arbeit radelte, das die ganze Zeit aufeinander herumhackt? Hat die Realität uns eingeholt, selbst hier, in dieser verbotenen Beziehung, in der die Zeit aufgehoben ist?

Jørgen reagierte nicht darauf. Er stand auf und ging nackt hinüber zum Plattenspieler. Dort drüben hatte er eine ganze Sammlung, er meinte, der Klang von Vinyl sei besser. Ich begann mich anzuziehen. Ohne mich umzudrehen, wusste ich genau, wie er gerade eine Platte herauszog, sie mit größter Behutsamkeit aus der Hülle nahm und zwischen seinen Handflächen hielt, damit die Fingerkuppen nicht die Rillen berührten. Eine leichtfüßige Bassline erfüllte den Raum, und eine Stimme sang eine Rockabillyversion von »Suzie Q«.

»Solche Musik hört mein Vater«, sagte ich.

Jørgen lächelte mich an.

»Ich mochte dieses Lied schon immer«, sagte er und summte mit. »*I like the way you walk, I like the way you talk, Suzie Q.* Weißt du warum?«

»Weil der Text so komplex und poetisch ist«, schlug ich schlechtgelaunt vor.

Er ignorierte meine Bemerkung, schlüpfte in seine Hose und blickte aus dem Dachfenster über die Nachbarschaft.

»Weil so ein Mann der wenigen Worte seine Liebe ausdrücken würde«, sagte er. »Einer, der das Gefühlsvokabular der meisten Leute nicht richtig beherrscht, der nicht wohlformuliert darüber sprechen kann, was er für seine Freundin empfindet. Und der sie vielleicht trotzdem sehr innig liebt.«

Ich lachte ein wenig widerwillig. Er grinste, zeigte all die geraden Zähne, die seinen schiefen Vorderzahn umrahmten. Ich erinnere mich immer noch genau, wie mir dieser Zahn zum ersten Mal auffiel, im Treppenhaus, lange bevor wir anfingen, uns so zu treffen wie jetzt.

Bevor ich ging, strich er mir das Haar hinter das Ohr.

»Meine liebste Rikke«, sagte er. »Und jetzt fahr los und zeig ihnen, wer die Chefin ist.«

Als ich zur Arbeit zurückradelte, dachte ich wie immer, dass das aufhören musste, dass es jetzt reichte und dies das letzte Mal gewesen war. Aber ich glaubte nicht daran, und diese Erkenntnis machte mich traurig.

Merete sitzt am Küchentisch. Sie hat die Zeitung aufgeschlagen vor sich, daneben steht eine große Teetasse. Als ich hereinkomme, dreht sie den Kopf.

»Hallo«, sagt sie.

Ist sie überrascht? Hätte sie nicht geglaubt, dass ich kommen würde?

»Hallo«, sage ich. »Ich meine, mein Beileid. Wie geht es euch?«

»Ach«, sagt sie. »Ich weiß nicht. Es ist …«

Sie schweigt einen Moment, blickt hinaus. Ihre Küche gleicht der unseren, aber weil sie eine Etage höher liegt, ist die Aussicht besser. Hier oben befinden sie sich sozusagen auf einer Höhe mit dem Bakkehaugen, über die anderen Häuser in dieser Straße erhaben.

»Ich glaube, ich habe es noch nicht ganz verstanden«, sagt sie zu dem Himmel dort draußen. »Es fühlt sich so an, als wäre er nur für ein paar Tage verreist.«

Sie ist blass, denke ich, und sieht müde aus. Und trotzdem ist sie so schön, ja, fast noch schöner als sonst. Als würde ihr die Trauer stehen.

»Das dauert bestimmt eine Weile«, sage ich unbeholfen, denn was um alles in der Welt soll ich sagen.

Es kommt mir verkehrt vor, hier zu sein. Als würde ich in etwas hineintrampeln, das mich nichts angeht.

»Ja.«

Für einen kurzen Augenblick sieht sie aus, als müsste sie weinen, dann schluckt sie und steht auf. Sie geht zur Arbeitsfläche, dreht mir den Rücken zu und sagt: »Setz dich doch. Ich mache uns einen Kaffee.«

»Das brauchst du nicht«, sage ich.

»Doch«, erwidert sie. »Ich brauche es.«

Ich setze mich, mir bleibt nichts anderes übrig. Ich sollte besser schnell trinken.

»Wie geht es Filippa?«, frage ich, nachdem sie den Kaffee gemahlen und in die Kanne geschüttet hat.

»Tja«, antwortet Merete. »Ich weiß es nicht. An manchen Tagen besser, an manchen schlechter. Vielleicht steht sie immer noch unter Schock. Sie redet nicht viel.«

Sie stellt die Kanne auf ein Tablett und kommt zum Tisch, sie bewegt sich wie eine Balletttänzerin, mit sanften, leichten Schritten, die man kaum hört.

»Ich weiß nicht genau, was ich mit ihr machen soll.«

Sie fährt sich mit den Fingern durchs Haar, reibt sich die Schläfen. Es scheint, als sei alles eine Kraftanstrengung für sie, und gleichzeitig wirkt sie resigniert. Nein, denke ich. Merete wird das überstehen. Vielleicht sogar gestärkt daraus hervorgehen. Bei der Tochter bin ich mir nicht so sicher, ihr wurde eine tiefe Wunde zugefügt, die vielleicht nie ganz verheilt. Wir hören, wie sie dort oben im Schlafzimmer umhergeht, direkt über der Küche.

»Es ist ja kein Wunder, dass es schwierig für sie ist«, sage ich.

»Ja«, sagt Merete, »das stimmt.«

»Geht sie denn wieder zur Schule?«

»Ja, meistens schon. Hat Emma das nicht erzählt?«

Im selben Moment erklingen über uns einige schlichte Gitarrentöne. Es ist eine akustische Gitarre, nicht so ein lärmendes Ding, jedoch in einer derart hohen Lautstärke, dass es bis nach hier unten dröhnt. Es ist ein Riff, das ich kenne, gefolgt von einer harmonischen Männerstimme, das Intro eines alten Simon-&-Garfunkel-Lieds. In meiner Kindheit hatte mein Vater eine CD davon, die ich mir auslieh und auf meinem tragbaren CD-Spieler hörte. Ich stellte ihn neben mein Kopfkissen und lag im Bett und lauschte. *Hello darkness, my old friend.*

»So ist das«, sagt Merete.

»Simon & Garfunkel in voller Lautstärke«, sage ich. »Das hört man auch nicht oft.«

Ein kleines Lächeln umspielt Meretes Lippen.

»Nein«, sagt sie. »Das hört man wirklich nicht oft.«

Ich lächle leicht zurück, bin mir unsicher, ob es angemessen ist. Mir fällt wieder ein, dass Merete durchaus lustig sein kann. Sie besitzt Humor, ist intelligent.

»Jørgen hat ihr das immer zum Einschlafen vorgesungen, als sie noch klein war«, sagt sie. »Ich weiß nicht. Wahrscheinlich ist es gut, wenn sie so etwas macht. Sich in diesen Schmerz hineinfallen lässt. Jedenfalls besser, als ihn zu unterdrücken.«

Ich nicke. Simon & Garfunkel schallen dort oben weiter.

Ihre Kaffeetassen stehen im dritten Küchenschrank, den ich öffne. Ich spiele ihr etwas vor, tue so, als würde ich diese Küche nicht kennen, denke, wenn ich sofort zum richtigen Schrank gehe, werde ich verraten, dass ich schon zu oft hier war. Ich verabscheue meine Durchtriebenheit, aber mir bleibt keine andere Wahl. Ich schenke uns beiden eine Tasse ein und stelle sie zwischen uns auf den Tisch.

Simon & Garfunkel singen jetzt ein wenig gedämpfter dort oben. Ich frage mich, welche Absicht diese Vorführung hatte, ob Filippa uns etwas mitteilen wollte. Merete, aber vielleicht auch mir. Ich fühle mich so durchschaubar. Hier sitze ich, um mein Beileid auszudrücken; eine der Geliebten des Mannes, den sie vermissen. Ich bin durch und durch falsch, und ich bin mir nicht sicher, wie gut ich es verbergen kann.

»Ich hoffe, ihr passt auf euch auf«, sagt Merete über den Rand ihrer Tasse hinweg.

»Was hast du gesagt?«

»Dass ihr auf euch aufpassen sollt. Die Polizei scheint zu glauben, dass es jemand aus der Nachbarschaft war.«

Jetzt hält sie meinen Blick fest, es wirkt sehr eindringlich, nur einen kurzen Augenblick, aber irgendetwas passiert in diesem Moment. Dann sieht sie wieder aus dem Fenster, und ich denke: Habe ich mir das nur eingebildet? Projiziere ich meine eigenen Schuldgefühle auf sie? Vertraut sie mir, vertraue ich ihr? Aber sie war in dieser Nacht verreist. Sie kam nicht ins Haus.

»Und diese Sache mit den Katzen«, sagt sie.

Ich dagegen. Ich war hier. Merete weiß das. Nach allem, was sie weiß, könnte ich es gewesen sein.

»Ja«, sage ich. »Und ihr müsst auch vorsichtig sein.«

Sie sieht mich erneut an, diesmal entspannter. Sie scheint keine Angst zu haben. Wir hören, wie Filippa den Plattenspieler verlässt und in ihr Zimmer geht, hören die Tür zuschlagen.

»Sag Bescheid, wenn ich irgendetwas tun kann«, sage ich.

Als hätte ich nicht genug getan.

»Danke«, sagt Merete tonlos.

Sie begleitet mich zur Tür. Keine von uns blickt zum Arbeitszimmer hinüber, aber ich kann sehen, dass sie die Tassen und das Schokoladenpapier auf dem Couchtisch bemerkt.

Während ich die Schuhe anziehe, sagt sie: »Du, Rikke? Es war wirklich nett, dass du gekommen bist.«

Ich richte mich auf. Wir stehen einander zugewandt, ich bin einen Kopf größer als sie, und sie legt ihre Hände auf meine Arme.

»Wenn du das wirklich ernst gemeint hast, dass ich Bescheid sagen soll, wenn ich Hilfe brauche … könnte Filippa vielleicht ab und zu für ein paar Stunden nach unten zu euch kommen?«

»Ja, natürlich«, sage ich.

»Und irgendwann können wir vielleicht auch wieder ein Glas Wein zusammen trinken? Das letzte Mal ist ja lange her, aber früher haben wir das doch auch gemacht.«

»Ja, natürlich«, antworte ich. »Das wäre nett.«

Ich könnte jetzt in ihre Arme sinken. Alles, was sie sagt, werde ich tun, alles, worum sie mich bittet, werde ich erfüllen. Ich habe keinerlei Willenskraft mehr, sie darf alles übernehmen, und ich würde mich darüber freuen.

Erst auf der Treppe wird mir bewusst, wie schwer ihr Vorschlag auf mir lastet. Freundinnen sein. Sich treffen und miteinander reden, vielleicht gemeinsam kochen und Wein trinken. Mit dem ganzen Körper zu spüren, dass ich nicht nur Åsmund betrogen habe, sondern auch sie. Und diese schwarzen, verletzten Augen der Tochter. Eines Tages wird es sowieso herauskommen, hatte Ingvild Fredly gesagt. Bald werden sie es erfahren, und sie werden mich hassen.

Der Geruch von Regen und Moos steigt vom Waldboden auf und mischt sich mit der frischen, feuchten Luft, die ich schubweise einatme. Die Fichten strecken mir von beiden Seiten des Weges ihre schweren Zweige entgegen, und ich mag den Anblick dieses Waldes und den unwegsamen Boden, aus dem Wurzeln und Steine hervorragen, sodass ich mich konzentrieren muss, um nicht bei hohem Tempo zu stolpern. Viel Zeit zum Nachdenken bleibt mir dabei nicht. Vielleicht meinte der schwedische Arzt genau das, als er erklärte, das beste Mittel gegen meine Schlaflosigkeit seien Ernährung und Bewegung, ausreichend Obst und Gemüse und körperliche Verausgabung. Und ich muss zugeben, dass mir das Laufen guttut. Im Kastanjesvingen habe ich das Gefühl, die Wände würden sich um mich schließen, aber hier bewege ich mich frei. Vielleicht würde ich besser schlafen, wenn ich mehr liefe. Vielleicht würden mir all meine Probleme, Jørgen, Åsmund, die Katzen, Emma, ganz klein und unwichtig erscheinen, wenn ich nur schnell genug liefe.

Ich treibe mich zum Äußersten. Spüre mein Herz. Spüre, wie mir der Hals und die Beine brennen. Dass es zu viel wird. Der Trick besteht darin, rechtzeitig aufzuhören, bevor es so weit kommt. Sich zu verausgaben, aber nicht über die eigenen Grenzen hinauszugehen. Dann hält man länger durch, kann seine Ausdauer trainieren. Das liegt mir auch eher, nicht die

Sprintdistanz, sondern die Langstrecke. Doch mein Kopf wird klarer, wenn ich mich anstrenge, wenn die Landschaft an mir vorbeirauscht. Ich weiß nicht, ob man seinen Gedanken wirklich davonlaufen kann, wahrscheinlich nicht, denn das wäre zu einfach, aber niemand kann mir vorwerfen, dass ich es nicht versucht hätte. Wenn das der Arzt sehen würde. Meine Füße hämmern über den Waldboden, ich springe über Steine, weiche Wurzeln und Löchern aus, laufe jedoch durch die Matschpfützen, sodass das Wasser an meinen Beinen hochspritzt. Ich werde immer schneller, ich gebe alles, fühle mich unbesiegbar, und genau in dem Moment, als ich denke, ich hätte alles unter Kontrolle, könnte alles schaffen, die Tatsachen verändern, das Negative ins Positive umkehren, trete ich auf einen Stein, der sich als nicht so flach erweist, wie er aussieht. Die unerwartete Schräglage bringt mich aus dem Gleichgewicht, und ich stolpere und fliege mit voller Kraft durch die Luft, und dann falle ich und schlage mit dem Knie auf einen Stein, sodass der Schmerz die Nervenbahnen zum Gehirn hinaufjagt.

Ich schluchze, weine wie ein Kind, das sich das Knie aufgeschlagen hat, stoßweise, weil ich so außer Atem bin. Der Schmerz von Kniescheibe auf Stein ist brutal und stechend. Außerdem blutet die Hand, mit der ich mich abgefangen habe. Ich sitze auf dem feuchten Waldboden. Nachdem sich mein Atem beruhigt hat, versiegen auch meine Tränen. Ich rolle meine Lauftights hoch und untersuche das Knie. Man kann kaum etwas erkennen, es ist rot, aber eher wie eine Druckstelle. Natürlich wird es blau werden, und gelb und lila, aber bisher habe ich keine Wunde, die ich vorweisen kann, um diesen Schmerz zu rechtfertigen.

Langsam hinke ich den Weg entlang bis zum Brekkekrysset. Ich bin weit gelaufen, brauche ewig, um wieder zurückzuhumpeln. Als ich ankomme, beginne ich zu frieren, spüre die nasse Hose, und dass die Jacke zu dünn ist, wenn ich mich nicht schnell bewege. Der Schweiß trocknet an meinem Körper und wird kalt. Es dauert zwanzig Minuten, ehe ein Bus kommt.

Ich gehe langsam vom Blåsbortveien zum Kastanjesvingen. Der Schmerz hat sich verändert, ist nicht mehr so stechend, eher dumpf und nagend, ich werde ihn noch viele Tage spüren. Am Ende des Weges, wo der Kastanjesvingen anfängt, kommt mir eine Gestalt entgegen. Ein bärtiger Mann, groß, langsam und dennoch energisch vorgebeugt. Als hätte er sich noch nicht daran gewöhnt, dass sein Alter den Körper daran hindert, mit seinem Willen Schritt zu halten.

»Prytz«, ruft er, als nur noch vierzig Meter zwischen uns liegen. »Jetzt passiert langsam was. Die Polizei ist wieder überall da oben. So wie am Sonntag.«

Ich bleibe stehen, ziehe sofort die Schultern hoch und spüre wieder, wie sich mein Magen verkrampft: Wer ist es diesmal?

»Drei Polizeiautos auf der Straße«, ruft Hoffmo. »Und im Haus und im Garten wimmelt es nur so vor Beamten. Ist alles in Ordnung, Prytz?«

»Was ist passiert?«, flüstere ich und verschaffe mir im Kopf einen Überblick: Åsmund ist bei der Arbeit, Lukas im Kindergarten und Emma, Emma ist in der Schule.

Oder doch nicht? Nein, bei ihr kann ich mir nicht sicher sein, sie blockiert mich, versteckt sich. Vielleicht schleicht sie sich hinaus, wenn ich denke, sie schläft, ich weiß es nicht, ich habe keine Kontrolle. Lieber Gott, lass es niemanden aus meiner Familie sein, lass es jemand anderes sein, dessen Verlust andere betrifft.

Hoffmo kratzt sich am Kopf.

»Sie haben Simen Sparre abgeführt«, sagt er dann. »Es sah aus, als würden sie den Jungen verhaften. Ich habe es von meinem Garten aus beobachtet. Zwei Polizisten haben ihn hinausbegleitet, einer auf jeder Seite. Sie haben ihn in einen Streifenwagen gesetzt und sind mit ihm davongefahren. Seinen Computer haben sie auch geholt, und einige andere Sachen von ihm. Bist du ganz sicher, dass alles in Ordnung ist, Prytz? Du siehst ein bisschen blass aus.«

Simen Sparre hielt uns bei unserem Einzug die Tür auf. Damals muss er etwa dreizehn Jahre alt gewesen sein, hatte einen Seitenscheitel und einen blonden Pony und begrüßte uns freundlich.

»Ich werde versuchen, nicht zu viel Lärm zu machen«, sagte er scherzhaft und sah niedlich aus, als das Lächeln sein Gesicht erhellte.

Schon damals dachte ich, dass er eine Schönheit besaß, die sich erst voll und ganz entfalten würde, wenn er erwachsen war. Dass er sich als Teenager vielleicht selbst nicht gefiel, als zu klein empfand, zu schüchtern, zu pickelig. Aber innerlich wachsen würde.

Was weiß ich noch über ihn? Ab und zu habe ich ihn im Keller gehört, sein Schlafzimmer grenzt an das von Lukas. Manchmal besuchen ihn Freunde, dann hört man ihre Stimmen, grob und tief, wie es oft bei Jungs in diesem Alter ist, die sich noch nicht an ihre Stimmen gewöhnt haben. Manchmal hören sie auch Musik, aber zu uns dringt nur der Rhythmus eines Liedes durch, zu schwach, um herauszuhören, was für ein Stil es ist, Dance oder House, Rock oder Pop? Genauso wenig kann ich Simen selbst einordnen, ihn nicht in eine der Schubladen stecken, die es zu meiner Schulzeit gab: Nerd, Sportler, Stoner, Loner. Beliebt, weder noch oder verhasst. Ich tippe auf weder noch. Es hängt damit zusammen, wie er sich kleidet, wie er sich verhält. Aber er besitzt ein gewisses Charisma.

Wenn seine Eltern sich streiten, hören wir ihn nie. Wenn sie sich dort drinnen gegenseitig anschreien, gibt Simen keinen Mucks von sich. Das weiß ich. Darüber habe ich nachgedacht. Wo hält er sich auf, wenn diese hässlichen Streitigkeiten losgehen, habe ich mich selbst gefragt. Verzieht er sich in sein Zimmer? Geht er hinaus, zu Freunden, oder streift er durch die Straßen? Oder bleibt er einfach nur da, setzt sich die Kopfhörer auf und kapselt sich auf diese Weise ab? Und lassen die Eltern es zu? Ich habe nie gehört, dass sie mit ihm sprechen, wenn sie sich anbrüllen.

Die Zärtlichkeit in seinem Blick, als er sich im Garten an Filippa Tangen wendete, wie seine Augen an ihr hingen, wie er nervös auf der Stelle trat und dringend mit ihr sprechen wollte. Die Art und Weise, wie sie sich wegdrehte. Und der anschließende Schmerz in seinem Gesicht, die erste unglückliche Liebe. Auch seine Angst. Oh, Simen, was hast du getan?

Die Schule am Bakkehaugen liegt an einem sanft abfallenden Hang. Ihr Eingang ist von großen Kastanien gesäumt, die hundert Jahre alt sein müssen, und der Architekt hat das Gebäude perfekt nach ihnen ausgerichtet, sodass man den Eindruck hat, die Schule sei von einem Wäldchen aus schönen, ehrwürdigen Bäumen umrahmt, wenn man dort ankommt. Sobald man den Schulhof betreten hat, erkennt man, dass es nicht stimmt, es sind nur drei Bäume, zwei neben dem Eingang und einer im Schulhof, aber ihre Wirkung wurde optimal ausgenutzt, und so verkörpert dieser optische Trick das, was Tåsen am besten kann: einen bestimmten Eindruck vortäuschen.

Viele Jugendliche sind nicht zu sehen. Es ist zehn Minuten vor drei, kurz vor dem Ende einer Unterrichtsstunde, und wahrscheinlich sitzen die meisten noch drinnen. Ein paar andere Mütter betreten auch gerade den Schulhof, wir nicken einander zu, keine hat das Bedürfnis, mehr zu sagen. Eine von ihnen, eine Frau in einem kamelfarbenen Mantel, die Mutter eines Jungen, der in Emmas Klasse geht, scheint regelrecht zu fürchten, dass ich sie anspreche. Zunächst versetzt es mir einen Stich, ist unser Haus inzwischen so belastet, dass keiner mehr etwas mit uns zu tun haben will? Dann fällt mir auf, dass ich immer noch meine verschwitzten, schmutzigen Laufsachen trage und Erde an den Knien und Händen habe, vielleicht sogar im Gesicht, und dass ich humpele. Vielleicht hätte ich besser nicht herkommen sollen. Ich hatte die spontane Idee, Emma abzuholen und sie nach Hause zu begleiten, bevor jemand anderes mit ihr sprechen könnte, aber im Grunde weiß ich ja, dass sie dreizehn Jahre alt ist und alles, was ich tue, negativ auf sie abfärben kann. Ich nicke der Mutter im kamelfarbenen Mantel vorsichtig zu und halte mich auf Abstand, sie soll wenigstens nicht sagen können, ich hätte mich aufgedrängt.

Im Schulhof sehe ich mich um. Ich habe Emmas Stundenplan nicht im Kopf, weiß nicht, wo ich sie finden kann und möchte das Gebäude lieber nicht betreten. Die Kamelmantelmutter verschwindet durch eine doppelte Glastür im Hauptgebäude, und ich überlege einen Moment, ob ich ihr folgen soll, verwerfe die Idee aber wieder, denn wo hätte ich anschließend hingehen sollen? Noch dazu übel zugerichtet und hinkend wie der Glöckner von Notre Dame. Stattdessen humpele ich zu dem Kastanienbaum, lehne mich mit dem Rücken dagegen und schaue mich erneut um. Die Basketballkörbe, die Bänke. Der überdachte Gang zur Turnhalle. Hier verbringt Emma ihre Tage. In diesem Schulhof spielen sich ihre Dramen ab. Filippa und Emma, die Blicke, die sie einander zuwerfen. Ich kann Emma förmlich zu ihren Freundinnen sagen hören: *Meine Güte, die ist so was von eingebildet.* Was sagt Filippa wohl über Emma? Sie ist stiller als meine Tochter, weniger deutlich in ihren Machtdemonstrationen, aber wohl kaum schonender. Plötzlich werde ich ganz hoffnungslos. Am liebsten würde ich diese ganzen Jugendlichen gar nicht erst treffen müssen. Die Kinder der Hausfrau und ihre Freundinnen, Emmas Freunde und Feinde. Möchte nicht von ihnen gesehen werden, vor allem nicht in meinem jetzigen Zustand, kalt und verschwitzt und dreckig, kurz davor, die Kontrolle über mich zu verlieren. Ich möchte nur mit meiner Tochter zusammenfinden. Wenn ich stehen bleibe, werde ich all die anderen treffen, deshalb trabe ich hinüber zur Turnhalle und gehe hinein.

Drinnen riecht es nach Sägemehl, Schweiß und Kaffee. Die Bühnenvorhänge von der *Dreigroschenoper* hängen schwer an den Wänden, ich gehe geradewegs zwischen ihnen hindurch, als ich den Saal betrete. Sie sind an einem Dachbalken befestigt und bilden eine schützende Hülle um den Bühnenraum. Hier drinnen könnte ich eine abgelegene Ecke finden, denke ich, eine Nische zwischen der Wand und dem Vorhang. Ich könnte mich hinlegen und einfach nur schlafen. Ich bleibe stehen und ziehe es ernsthaft in Erwägung. Dann höre ich jemanden dahinter rumoren. Ich schiebe den Vorhang beiseite und blicke hinein. Gard steht direkt vor der Bühne. Die Sitzreihen wurden unterbrochen, viele der Stühle, die für das Publikum aufgestellt worden waren, sind schon entfernt worden, aber die erste Reihe ist immer noch intakt, und auf den Sitzen stehen ein paar Pappkartons, in denen er wühlt.

»Hallo«, sage ich.

Er sieht auf.

»Ach, hallo.«

Sein Blick wirkt verschwommen, als er mich sieht, ich weiß nicht, ob es daran liegt, dass er sich nicht an mich erinnert, oder daran, dass er mit seinen Gedanken woanders ist. Ich muss daran denken, was die Hausfrau sagte, wie merkwürdig es sei, dass ein Mann in seinem Alter alle jungen Mädchen als Prostituierte verkleiden wolle. Alle Mädchen, oder ein bestimmtes? Ich blicke auf seine Hände, die im Vergleich zu seinem dünnen Körper überraschend kräftig wirken, und denke: Kann er sie damit angefasst haben? Emma ist noch ein Kind, aber ist das für andere genauso klar wie für mich? Könnte er etwas anderes in ihr gesehen haben? Bei dem Gedanken wird mir schwindelig, und ich habe das Gefühl, ich würde zusammenbrechen, wenn ich ihn weiter verfolge.

»Rikke«, sage ich. »Ich bin Emmas Mutter.«

Nichts wird mir entgehen. Wenn er rot wird, wenn sein Blick für eine Sekunde ausweicht, werde ich es merken. Doch nichts passiert, er nickt nur, und wenn ihr Name irgendetwas in ihm auslöst, kann man es ihm unmöglich ansehen. Er hat die Hornbrille ins Haar hochgeschoben und einen Dreitagebart und wirkt müde. Es erscheint absurd, dass die Mädchen für ihn geschwärmt haben sollen. Allerdings sieht er jetzt auch anders aus, die Haut unter den Augen ist geschwollen, und er ist blass und bewegt sich nur langsam. Hinter ihm auf der Bühne steht eine Holzkonstruktion, eine Kiste mit einem Holzpfahl. Aus dem Pfahl ragt ein Ast, und von dem Ast hängt ein Strick, und ich erkenne das von den Zeichnungen der Bühnenbildgruppe wieder: Es ist das Schafott, auf dem Mackie gehängt werden soll. Immerhin war jemand aufmerksam genug, um den Strick mit der Schlinge um den Ast zu wickeln. Und immerhin ist der Strick nicht aus blauem Nylon.

»Räumen Sie auf?«, frage ich.

»Ich würde es eher packen nennen«, antwortet er. »Heute Abend kommen die Handwerker und bauen die Bühne ab. Ich versuche nur, die Reste zu retten.«

In der Hand hält er Mackies Hut. Es ist ein altmodischer Fedora mit Band und einer breiten Krempe. Original aus den Fünfzigern, erinnere ich mich, von einer Mutter aus der Kostümgruppe beschafft, die eine wichtige Stelle an der Oper hat.

»Ich habe gehört, dass die Vorstellung bis auf Weiteres verschoben wurde«, sage ich und gehe einige Schritte in den Raum auf ihn zu.

»Verschoben«, schnaubt er und sieht zu mir auf. »Glauben Sie, ich würde darauf hereinfallen? Sie wollten unsere Theatergruppe schon im Herbst auflösen, wegen der Sache mit den Huren. Der Rektor, der Lehrer-Eltern-Ausschuss und die Programmgruppe. Und diese Nina Sparre. Eigentlich hätten wir nach der ersten wütenden Mail nicht einen Tag überlebt, wenn sich nicht einige Eltern für die freie Meinungsäußerung eingesetzt hätten.«

Er greift sich an den Kopf und stößt dabei gegen die Brille. Vielleicht hat er vergessen, dass sie in seinem Haar sitzt, denn er zuckt zusammen, und die Brille rutscht auf die Stirn herab, wo er sie gerade noch rechtzeitig auffängt.

»Alle auf dieser Schule geben sich immer so progressiv«, fährt er fort. »Vor dem Sommer fanden sie es noch ganz toll, Brecht zu inszenieren, so *mutig* und gesellschaftskritisch. Aber sobald sie Gegenwind bekommen, geraten sie ins Wanken. Diese verdammte Nina mit ihren ganzen Monologen und ihrem Einerseits-Andererseits, und ich dürfe bloß nicht glauben, dass *sie* dagegen sei, aber die Schule und der Lehrer-Eltern-Ausschuss und blablabla.«

Er sieht mich eindringlich an. Seine Augen sind leicht gerötet, und er ist noch so jung. Vielleicht ist dies seine erste Stelle. Ich überlege, ob er geweint hat.

»Wissen Sie, was deren Problem ist?«, fragt er, jetzt hat er seine Stimme erhoben, schreit beinahe. »Dass keiner ehrlich genug ist, um die Dinge klar zu benennen. Stattdessen wird man aufgerieben. Nein, auf die Weise darf man es nicht machen, auf jene aber auch nicht. So verhaltet ihr euch hier, bis man plötzlich dasteht und versteht, dass man keinen Job mehr hat.«

Es sieht aus, als wolle er noch etwas sagen, aber die laut schrillende Schulglocke unterbricht ihn. Wie ein Alarm, denke ich. Er wirft den Hut in den Pappkarton vor sich, wo er auf den anderen Hüten, ein paar Manuskripten und dem falschen Verlobungsring landet, den Polly Peachum von Mackie bekommt. Für einen Moment denke ich, ihm würden gleich die Tränen kommen. Ich möchte mich zurückziehen, möchte den Blick abwenden und ihn in Ruhe lassen, aber ich bin so unglaublich müde. So müde, dass ich nicht einmal die Kraft habe, mich zu bewegen, den Kopf abzuwenden. Ich bleibe einfach nur stehen und starre ihn an, wie er in sich zusammenfällt. Die Schulglocke verstummt, und er fängt sich wieder.

»Als es darauf ankam«, sagt er mit belegter Stimme, »gab es niemanden, der die Vorstellung verteidigt hat. All die Leute, die vorher Mails geschrieben haben, wie wichtig sie wäre, wissen Sie? Nachdem Filippas Vater gestorben war, haben sie alle geschwiegen. Die Schule schafft uns einfach ab. Als wären wir an seinem Tod schuld. Die Entscheidung wurde getroffen, ohne dass jemand mich gefragt hat. Und kein Einziger von euch – wirklich niemand! – hat dagegen protestiert.«

Ich sehe ihm nicht in die Augen. Stattdessen blicke ich auf seine Hände, die weiß sind mit schwarzen Haaren, und denke: Was sieht Emma, wenn sie diese Hände betrachtet?

Er reibt sich die Augen und verbirgt sein Gesicht, und als er die Hände wieder sinken lässt, wirkt er ruhiger. Er hat etwas Junges, Unverfälschtes an sich. Ich überlege, wie er in zehn oder fünfzehn Jahren auf diese gescheiterte Vorstellung zurückblicken wird; ob er sie als Lehrgeld betrachtet, als nötige Erfahrung, oder als ersten Dämpfer seines Idealismus – von vielen weiteren.

»Die Gerüchte besagen, dass die Polizei jemanden festgenommen hat, der mit der Vorstellung zu tun hatte«, sagt er müde. »Anscheinend gibt es ein paar Protestvideos im Internet.

Und das Stück hat ja auch einen kommunistischen Kern. *Was ist die Ermordung eines Mannes gegen die Anstellung eines Mannes?* Und da haben sie schon alles, was sie brauchen. Ein Mord, ein paar gefolterte Katzen, und ich hätte die Kinder angeblich mit Propaganda gefüttert. Als hätte das irgendeine Bedeutung. Diese Jugendlichen gucken sich abends im Bett die wildesten YouTube-Videos an, und ihre Eltern denken, Bertolt Brecht würde ihnen schaden.«

Er betrachtet mich mit harten Augen.

»Die Welt, in der Ihre Kinder leben. Sie werden das nicht glauben. Was sie im Internet sehen. Was sie teilen, wie sie miteinander reden. Sie wären alle schockiert, wenn Sie wüssten, was die Kinder zueinander sagen, wenn Sie nicht dabei sind.«

Das glaube ich sofort. Ich will etwas sagen, nach Details fragen. Womit sie sich beschäftigen. Was es ist, das ich nicht glauben würde, ob er das näher erklären könne. Doch dann packt er den Karton, hebt ihn hoch.

»Na ja«, sagt er. »Es hat keinen Sinn, das noch weiter auszuführen.«

Er stellt den Karton auf dem Bühnenrand ab und springt hinauf. Dann hebt er ihn erneut, und so steht er da, vor dem Galgen, und sieht auf mich herab.

»Könnten Sie bitte Merete von mir grüßen?«, fragt er. »Und Filippa?«

Ich vermag nicht zu beurteilen, inwiefern er aufrichtig Anteil nimmt, oder ob in seinem Anliegen auch Bitterkeit mitschwingt. Aber ich nicke. Gard dreht sich um und verschwindet zur Seite. Hinter den Vorhängen höre ich eine Tür zuschlagen.

Emma ist nicht zu Hause, als ich die Tür aufschließe. Das Schrillen der Schulglocke ist schon lange her, und ich bin in ihr Zimmer gegangen, habe den Stundenplan gefunden und die Bestätigung dafür erhalten, dass es ihre letzte Stunde war. Ich setze mich in die Küche. Ich möchte auf sie warten, kann jedoch nicht stillsitzen. Was ist, wenn Simen das alles nicht allein getan hat, sondern mit einem Komplizen? *Sie wären alle schockiert, wenn Sie wüssten, was sie zueinander sagen, wenn Sie nicht dabei sind,* hatte Gard gesagt. Der Junge, der Peachum spielte, und der am Samstag im Theater mit Simen redete, er hatte sich so glaubwürdig in seine Rolle eingelebt, als er seine Verteidigung dessen deklamierte, anderen zu schaden: *Ich bin doch kein Verbrecher. Ich bin doch ein armer Mensch.* Ich tigere in der Küche auf und ab. Ja, er ist jung und impulsiv, dieser Freund von Simen, und irgendetwas an ihm zeugt von einem Potential zur Rücksichtslosigkeit, einem Willen zur Gewalt. Hätte er in unser Haus hineingewollt, hätte Simen ihn hereinlassen können. Ich spähe durchs Fenster und halte Ausschau nach Emma. Ich sehe es vor mir: Peachum folgt ihr nach der Schule, fängt sie dort ab, wo der Kastanjesvingen vom Bakkehaugveien abzweigt. Bittet sie zu kommen oder schlimmer noch, packt sie am Arm und zerrt sie mit sich. Legt sie in einem Garten ab, bedeckt sie mit Laub und Zweigen. Ich sehe vor mir, wie ich hier sitze und warte, wie lange es dauern wird, ehe ich den Zettel mit Gundersens Nummer hervorsuche. Dann folgt eine breit angelegte Suchaktion mit Menschenkette und Hunden, und schließlich, spät in der Nacht, Robin Pettersen, der mit seiner bedauernden Miene vor der Tür steht: Leider muss ich Ihnen eine traurige Nachricht überbringen.

Ich denke: Dieser Kumpel von Simen hätte Jørgen umbringen können. Wenn Simen ihn hereingelassen hätte, wäre das auf der Liste der Sicherheitsfirma nicht zu sehen. Vielleicht hatte er ihm sogar den Code gegeben. Ja, vielleicht war es Peachum, der in jener Nacht mit dem Code der Familie Sparre ins Haus kam. Simen könnte ihm von dem Reserveschlüssel erzählt und die Leiter aus dem Schuppen geholt und sie als Tarnmanöver unter Jørgens Fenster gestellt haben.

Ganz abgesehen von Gard selbst. Er war mehrmals im Haus, hatte Merete besucht, um mit ihr zu reden. Vielleicht hatte sie ihm ihren Code gegeben? Vorhin war er ganz außer sich vor Zorn, und wer weiß, wozu er noch in der Lage wäre. Was ist, wenn Jørgen etwas gegen ihn in der Hand hatte? Vielleicht etwas über die jungen Mädchen, die die Prostituierten spielen sollten. Filippa, die eine große verheißungsvolle Rolle bekam, oder Emma, die ihm vielleicht verfiel.

Als sie endlich kommt, springe ich auf, und der Schmerz schießt wieder ins Knie und hinauf ins Gehirn. Ich humpele in den Flur, habe sie erreicht, noch bevor sie die Tür hinter sich geschlossen hat. Sie trägt ihren Schulrucksack und ihre Winterjacke. Ihr langes blondes Haar ist über die eine Schulter drapiert, jedoch ein wenig zerzaust, der Tag und der Wind haben es in Unordnung gebracht. Sie sieht mich an.

»Ist irgendwas?«, fragt sie.

Wieder hat sie diesen ungeduldigen Blick, als sei die Welt es ihr schuldig, sich zusammenzureißen. Ich brenne darauf, sie nach Gard zu fragen, was sie über ihn denkt, ob etwas zwischen ihnen lief.

»Warum hast du mich auf Facebook blockiert?«, frage ich stattdessen.

Sie antwortet nicht sofort, steht einfach nur da. Ihre Augen sind bewusst ruhig, als wäre sie die Erwachsene und ich das Kind, und ich habe solche Angst, dass ich sie anschreien und schlagen könnte.

»Warum fragst du?«, sagt sie schließlich.

»Wir hatten eine Abmachung«, antworte ich, viel zu laut und schrill. »Erinnerst du dich noch? Das war die Bedingung dafür, dass du dich in all den Sozialen Medien anmelden durftest. Das ist völlig in Ordnung, habe ich damals gesagt, solange du mir erlaubst, dir zu folgen.«

Nach wie vor sieht sie mich nur an. Ihr Rucksack hängt über der einen Schulter, sie hat die Hände in die Taschen geschoben und eine Warteposition eingenommen, als würde sie denken, dass sie einfach nur ausharren muss, bis ich mich fertig ereifert habe.

»Es ist nicht so, dass ich alles verfolgen muss, was du im Internet machst«, fahre ich fort, und jetzt verliere ich tatsächlich die Fassung und schreie. »Aber Emma, ich bin deine Mutter! Ich mache das, um dich zu beschützen.«

»Indem du siehst, was ich auf Facebook poste?«

»Hier läuft irgendwo ein Mörder herum! Jemand hat unseren Nachbarn umgebracht.«

»Ich weiß«, sagt sie.

Ganz ruhig, als würde es sie langweilen. Aber eine leise Unsicherheit hat sich doch in ihre selbstgefällige Miene geschlichen. Ja, ich sehe es, sie hat auch Angst. Ich lege noch einen Zahn zu.

»Die Polizei hat jemanden festgenommen«, sage ich. »Hast du das nicht mitbekommen?«

»Nein«, sagt sie. »Wen denn?«

»Weißt du das nicht?«

Irgendwo tief in meinem Inneren genieße ich es. All ihre Aufmerksamkeit zu bekommen, klar und unvoreingenommen. Die Oberhand zu gewinnen.

»Wer ist es denn?«, fragt Emma erneut.

»Simen Sparre.«

Etwas läuft über ihr Gesicht. Für einen kurzen Augenblick wirkt es, als wäre dieses Gesicht, das sie der Welt zuwendet, nur eine dünne Schutzschicht, die man abkratzen kann, und direkt darunter würden das Blut und die schwelende Angst zum Vorschein treten. Es dauert nur ein paar hundertstel Sekunden, dann ist es wieder verschwunden. Sie kräuselt die Nase und sagt:

»Simen Sparre? Nein, das glaube ich nicht.«

»Tja«, sage ich mit dem Gefühl, sie würde meine Autorität herausfordern. »Die Polizei scheint es aber zu glauben. Sie haben ihn heute Nachmittag mitgenommen.«

Wieder flackert dieses Unbekannte, Wilde in ihrem Gesicht auf, es ist wie ein Tic, als würde es einfach passieren, ohne dass sie die Kontrolle darüber hätte.

»Simen engagiert sich für die Umwelt«, sagt sie dann mit fester Stimme. »Simen hat wirklich ein moralisches Rückgrat. Er hat einen YouTube-Kanal.«

»Er hat was?«

Sie holt tief Luft und atmet aus, als wäre ich unendlich naiv, und als sei es furchtbar anstrengend, mir immer erklären zu müssen, wie die Welt funktioniert.

Simens Gesicht ist auf dem Tablet zu einer seltsamen Grimasse erstarrt, die Augen sind halb geschlossen, die Lippen leicht gekräuselt und der Mund etwas geöffnet, anscheinend ist er gerade dabei, etwas zu sagen. Unter dem Pfeil, mit dem man den Film startet, steht: *Green Gonzo erklärt: Das Leben im Goldfischglas.* Ich habe den Finger schon auf der Maustaste, spüre jedoch plötzlich einen Widerstand dagegen, darauf zu klicken.

»Woher kennst du das Video?«, frage ich Emma.

»Mama«, sagt sie und erhebt sich vom Sofa. »Alle auf unserer Schule kennen es.«

Ich höre, wie sich ihre Schritte die Treppe hinab entfernen.

Simen hat 109 Follower und bislang siebzehn Videos veröffentlicht. Sein Gesicht wird auf dem Bildschirm zum Leben erweckt, seine Augen öffnen sich, und er grinst und beugt sich zur Kamera vor.

»Hallo«, sagt er, »und willkommen im Goldfischglas. Ich bin Green Gonzo, und jetzt werde ich euch zeigen, warum wir nichts gegen die großen Probleme dieser Welt unternehmen, und *spoiler alert*, es liegt daran, dass die Leute so verdammt *dumm* sind. Ja, und darüber wollen wir also heute reden.«

Er holt tief Luft und lacht. Ein Teil von mir denkt: Mein Gott, wie kindisch er ist, ein kleiner Junge, der so tut, als würde er einen Fernsehmoderator spielen. Ein anderer Teil von mir verfolgt den Film mit Schrecken und denkt: Was ist das eigentlich?

Sein Thema ist das Klima. Wie sich herausstellt, ist Simen enttäuscht über den mangelnden Willen der Elterngeneration, die Klimaprobleme anzugehen. Er findet uns heuchlerisch.

»Der Flugverkehr nimmt immer mehr zu«, sagt er, »und es ist ja nicht gerade so, dass wir nicht wüssten, dass wir weniger fliegen sollten, und es ist auch nicht so, dass uns niemand erzählt hat, dass wir nicht überall mit dem Auto hinfahren und ständig neue Klamotten kaufen oder das ganze Öl aus dem Meeresboden hochpumpen und verbrauchen sollen. Aber wir tun es trotzdem, und das, all das, ist der Selbstbetrug, den ich *Goldfischglas* nenne.«

An dieser Stelle lehnt Simen sich für einen Moment selbstzufrieden auf seinem Stuhl zurück. Hinter ihm sehe ich die kalte Mauer des Kellers und denke: Er hat Wand an Wand mit meinem kleinen Glückskind gesessen. Vielleicht lag Lukas gerade im Bett und schlief, als er das filmte.

Das Goldfischglas, meint Simen, sei das beste Bild für die wohlhabenden, gebildeten Menschen in der Gegend, in der er selbst lebe.

»Alle Leute hier *meinen* so vieles richtig. Politisch oberkorrekt, versteht ihr? Deshalb sind natürlich alle wahnsinnig umweltbewusst. Das schreiben sie in ihren Facebookprofilen, könnt ihr da alles nachlesen. Aber ich frage dich, ja, *dich,* der mir gerade zuschaut: Was passiert wohl, wenn der nächste Sommer ansteht und sie eine Weinprobe in der Toskana und eine Safari in Botswana in Aussicht haben? Machen diese Leute dann lieber Campingurlaub im norwegischen Binnenland?«

Er lehnt sich zurück und lacht schallend, man kann seinen Adamsapfel am Hals hüpfen sehen. Etwas an seiner Botschaft erinnert mich an meine eigene Forschung. Wie ich den Nachbarn davon erzählt habe und sicher auch seinen Eltern: dieser Schnittpunkt zwischen Haltung und Verhalten. Kognitive Dissonanz.

»Ich bezeichne diese Nachbarschaft als Goldfischglas, weil sie klein ist, und weil keine Impulse von außen hineindringen. Versteht ihr? Eine klassische Echokammer. Und genau diese Heuchelei will ich in meinen Videos bloßlegen. Also *stay tuned*, okay? Macht es gut.«

Das Video endet damit, dass er sich für einen Moment auf irgendetwas auf dem Bildschirm konzentriert, mit den Augen nach dem Icon zum Ausschalten sucht, ehe das Bild erstarrt.

Im nächsten Video geht es um Mikroplastik. Diesmal erhält man den Eindruck, dass Simen sich inzwischen eingehend vorbereitet hat, denn er ist ernster, hält sich an eine Art Manuskript, nennt Zahlen. Das dritte hat er mit einem Freund zusammen gedreht, und es ist ziemlich lang. Nachdem sie die Umweltthemen am Anfang kurz abgehandelt haben, unterhalten sie sich vor allem über Computerspiele, die sie anscheinend beide gern spielen. Im vierten Film geht es um das Bienensterben. Diesmal ist Simen deutlicher, wütender. Jetzt fühle ich mich ein wenig von seiner Kritik getroffen. Mir fällt ein, dass ich auch schon in Abendrunden gesessen und erzählt habe, wie der Mensch unseren Planeten zerstört, als wäre ich aufgrund meiner Arbeit zu solchen Vorträgen berechtigt, und je schuldbewusster meine Zuhörer wirkten, desto besser fühlte ich mich dabei. Als wir bei Jørgen und Merete zum Essen eingeladen waren, erkundigte Jørgen sich nach meinem Job, und ich fühlte mich so überlegen, als ich von meinem Forschungsprojekt berichtete, das den *Überkonsum thematisiert, um Wissen über effektive Gegenmaßnahmen zu generieren*. Um die Natur zu retten, ganz einfach.

Ich erklärte es Jørgen freundlich und nüchtern, während ich Meretes Blick auf mir spürte und dachte: Und was erreichst du in deinem Leben? Was hast du vorzuweisen, das sich damit messen kann?

Im elften Video knöpft Simen sich die Heuchelei dann so richtig vor. Die Menschen im Goldfischglas würden nichts unternehmen, um sich das Leben im Überfluss zu erschweren, sagt er, zum Beispiel durch höhere Steuern, weil sie sich selbst nicht schaden wollen. Und dann kommt er auf die Tiere zu sprechen. Er behauptet, dass das Aussterben der Tierarten, wie wir es heute sehen, einer Massenvernichtung gleichkäme. Die Ausrottung von achthundert Arten könne direkt mit dem Menschen in Verbindung gebracht werden, aber die wahre Zahl sei vermutlich weit höher. Eine Million Tierarten sei vom Aussterben bedroht, darunter zum Beispiel die weißen Nashörner. Das letzte Männchen der nördlichen Unterart sei vor einigen Wochen gestorben. Es habe lediglich eine kurze Zeitungsnotiz darüber gegeben, und den ein oder anderen Facebookeintrag mit weinenden Emojis und Herzen, aber wo sei die Verzweiflung, die Wut? Eine Krankheit, von der norwegische Hauskatzen betroffen waren, habe viel mehr Bestürzung ausgelöst, die Zeitungen hätten immer wieder darüber geschrieben, und die Artikel seien geteilt und gelikt und kommentiert worden, und weil sich die Algorithmen von Facebook nach dem Engagement richteten, verschwand die Nashorngeschichte sofort tief im kollektiven Vergessen. An dieser Stelle werden Simens Augen groß und rund, und er sagt:

»Und mal davon abgesehen: Wen interessieren schon die weißen Nashörner? Die Leute kümmern sich nur um ihre dämlichen Haustiere. Hunde und Katzen, für die engagieren sie sich. Obwohl wir so viele Haustiere haben, dass sie der natürlichen

Fauna schaden, wenn die vollgefressenen Hauskatzen kleine, brütende Vögel töten. Wenn diese verdammten Katzen vor einer Massenausrottung stünden – dann würden sich die Leute engagieren.«

Ich sehe das pelzige Tierkind vor mir, das neben den Briefkästen baumelt. Ist es das, worüber Simen redet? Blitzschnell kopiere ich den Link und schicke ihn an Jamila.

Als ich das vierzehnte Video zur Hälfte gesehen habe, kommen Åsmund und Lukas nach Hause.

»Was machst du da?«, fragt Åsmund und kommt zu mir und späht auf das Tablet.

»Das ist Simen Sparres YouTube-Kanal«, sage ich. »Emma hat ihn mir gezeigt.«

»Ach«, sagt Åsmund. »Worüber macht der denn Videos? Über Khakihosen und wie man sich auf jeden Fall *nicht* rasieren sollte?«

»Darf ich Ninjago gucken?«, fragt Lukas und greift nach dem Tablet, sodass ich es außerhalb seiner Reichweite in die Luft strecken muss.

Ich besteche ihn mit einer kleinen Rosinenschachtel, die er sofort auf dem Couchtisch ausschüttet und isst, und während er damit beschäftigt ist, folge ich Åsmund in die Küche und sage: »Sie haben ihn verhaftet. Simen.«

»Simen?«, fragt Åsmund. »Du meinst doch nicht etwa diesen mustergültigen, sympathischen Teenager?«

»Doch.«

Åsmund runzelt die Stirn.

»Nein«, sagt er. »Nein, das klingt einfach zu absurd. Sie haben ihn wegen des Mordes an Jørgen verhaftet?«

»Ja, scheint so.«

»Warum um alles in der Welt sollte er Jørgen umbringen?«

»Ich weiß nicht«, sage ich. »Er hat diesen YouTube-Kanal. Emma hat ihn mir gezeigt, ich sehe mir gerade die Videos an. Und, na ja. Einige davon sind schon ziemlich durchgeknallt. Er hat ziemlich wilde Ideen.«

Wir stehen eine Weile lang schweigend da. Åsmund räumt die Einkaufstüten aus, ich stehe tatenlos daneben und betrachte ihn, und dann sagt er:

»Nein, das glaube ich einfach nicht. Die Polizei wird schon wissen, was sie tut, aber das … Er ist doch noch ein Kind, Rikke.«

Noch ein Kind, denke ich, während ich hinter der verschlossenen Badezimmertür sitze und mich auf meinem Telefon durch Green Gonzos Kanal scrolle. Wie alt sind die Amokläufer an den Schulen in den USA? Wie alt waren die Jugendlichen, die sich von der ISIS anwerben ließen? Ich stimme Åsmund zu, dass Simen Sparre eher harmlos wirkt, aber was weiß man schon, wozu Menschen in der Lage sind? Jamila hat auf meinen Link reagiert, indem sie einen neuen geschickt hat, den zu Video Nummer fünfzehn, in dem er die Leute neun Minuten und vier Sekunden lang dazu auffordert, auf die Straße zu gehen und ihre Mitbürger wachzurütteln – mit allen notwendigen Mitteln.

Ich ziehe mich aus und gehe unter die Dusche. Während mich das heiße Wasser umfängt, denke ich: Angenommen, die Polizei hat recht. Angenommen, Simen Sparre hat Jørgen ermordet. Weil er die Menschen wachrütteln wollte, und für diesen Zweck hatte sich Jørgen genauso gut geeignet wie jeder andere Kandidat. Vielleicht war Jørgens Recherche in der Zeitarbeitsbranche auch eine Bedrohung für Svein, und Simen wusste es? Vielleicht hatte er auch die hochhackigen Schuhe auf der Treppe gehört, als Merete und Filippa verreist waren – auch das könnte man als Heuchelei ansehen. Und sind die klackernden Absätze auf der Treppe nicht auch ein Betrug an Filippa?

Angenommen, Simen hatte beschlossen, einen Fisch aus dem Goldfischbecken zu töten, um die Bevölkerung wachzurütteln, und seine Wahl war auf Jørgen gefallen. In diesem Fall, denke ich, während ich von dem Shampoo nehme, das in einem kleinen Körbchen neben der Armatur steht, hätte Jørgens Tod nichts mit mir zu tun. Und dann bräuchte ich Åsmund auch nichts zu erzählen. Hastig spüle ich das Haar aus, verlasse die Dusche und wickele mich in ein Handtuch. Vielleicht ist es ganz einfach so. Vielleicht ist jetzt alles vorbei.

Åsmund sitzt am Küchentisch und ist mit seinem Handy beschäftigt, als ich herauskomme. Auf dem Herd steht ein Topf, wahrscheinlich wartet er darauf, dass das Wasser kocht. Ich gehe von hinten auf ihn zu, lege die Arme um seinen Hals und schmiege mein Gesicht an die warme Haut in seinem Nacken. Dann schließe ich die Augen und atme seinen Duft ein. Er benutzt schon seit der Schule dasselbe Aftershave, es riecht angenehm und frisch, wie der Wald nach dem Regen, und erinnert mich daran, wie es war, jung und so glücklich zu sein, weil man den bekommen hat, den man liebt. Das ist mein Zuhause, denke ich, dieser Geruch ist meine Essenz eines Zuhauses. Es spielt keine Rolle, in was für einem Haus wir leben, und wo es liegt. Dies, Åsmund und meine Kinder, sorgen dafür, dass ich zu Hause bin.

»Na so was«, sagt er. »Habe ich irgendwas Besonderes getan, von dem ich nichts weiß?«

»Nein«, antworte ich mit den Lippen ganz dicht an seiner Haut. »Ich hatte nur das Bedürfnis, dich zu umarmen.«

Während ich meinen Kopf an ihn lehne, spüre ich, wie müde ich bin. Vielleicht kann ich heute Nacht sogar schlafen.

Diesmal gestaltete sich der Weg über den Strandkaien etwas anders. Ich zog den Koffer hinter mir her, er war schwer und holperte über das Kopfsteinpflaster, und obendrein regnete es. Die Rezeption war noch genauso, wie ich sie in Erinnerung hatte, und als ich den Namen unserer Buchung nannte, sagte der junge Mann am Empfang, der dem vorherigen zum Verwechseln ähnelte, Jørgen sei bereits da. Ich nahm den Schlüssel und zog meinen schweren Koffer in Richtung Aufzug.

Er kam lächelnd auf mich zu, als ich die Tür zum Hotelzimmer öffnete, und ich umarmte ihn, lehnte mein Gesicht an sein Hemd, fuhr mit den Fingern durch seine Locken und dachte, dass dies alles inzwischen dennoch vertraut war, er vermittelte mir das Gefühl, nach Hause zu kommen, und ich wünschte, es wäre nicht so gewesen, denn das hätte alles erleichtert.

Diesmal spielte keine Mariachi-Band für uns. Stattdessen stank es auf dem gesamten Torgallmenningen nach Frittierfett, ein aufdringlicher Gestank, dem man nicht entkommen konnte. Nach dem Abendessen schlenderten wir Hand in Hand nach Hause. Es war Juni, aber die Luft kühl wegen des Regens, und der Himmel so grau, dass man nicht erkennen konnte, ob Frühling oder Herbst war. Wir redeten nicht viel, zwischendurch teilte der eine oder der andere eine Beobachtung mit, doch alle Versuche, ein Gespräch anzufangen, verebbten wieder, als wären wir beide unsagbar müde.

Wieder im Hotel angekommen, schlug ich meine Fingernägel in seine Oberarme und zog ihn an mich, als würde ich ertrinken, wenn ich mich nicht mit aller Kraft an ihn klammerte, und ich liebte ihn mit einer solchen Leidenschaft, dass ich den Verdacht hatte, es sei reine Verzweiflung. Anschließend holte er eine kleine Flasche Wein aus der Minibar und schenkte ihn in zwei Plastikgläser, wir saßen in unsere Bettdecken gehüllt im Bett, und er sagte: »Okay. Und nun sag, was los ist.«

»Nichts Besonderes«, sagte ich. »Oder jedenfalls nichts Neues.«

»Aber du siehst aus, als würdest du gerade zerbrechen«, erwiderte er.

Von der Straße drang Lärm herein, es waren Studenten auf dem Weg in die Stadt, sie grölten einander etwas zu, sie waren schon betrunken und taumelten und hatten noch die ganze Nacht vor sich. Ich holte tief Luft und wusste nicht, wie ich es sagen sollte.

Jørgen wollte eigentlich nie Kinder haben, das hatte er mir erzählt. Er habe schon früh den Verdacht gehegt, dass er nicht der fürsorgliche Vatertyp sei, und obwohl er seine Tochter natürlich liebe, lasse sich nur schwer davon absehen, dass er im Grunde recht gehabt habe. Es gebe so vieles, über das er jetzt eine Meinung haben sollte. Winterstiefel und Schulwahl und Pausenbrote und Schlafroutinen, Noten und Hausaufgaben und Freundinnendramen und Freizeitaktivitäten. Damals hatte er Merete freiheraus gesagt, dass er nicht glaube, ein Mensch zu sein, der für einen anderen Menschen alles aufgeben könne. Zum Beispiel könne er sich nicht vorstellen, nein zu sagen, wenn sein Chef ihn bitten würde, aus einem Kriegsgebiet zu berichten. Er könne keine Rücksicht darauf nehmen, wie es für ein Kind sei, wenn ihm etwas zustoße. Merete akzeptierte es. Das Kind habe ja immer noch sie, sagte sie, und sie werde nicht in ein Kriegsgebiet gehen. Das sei die Abmachung, erzählte Jørgen mir. Eigentlich habe er nicht heiraten und eine Familie gründen wollen. Merete meinte, er hätte nur Angst vor Veränderungen. Vielleicht hatte sie geglaubt, das würde sich ändern, wenn das Kind erst da wäre, doch so war es nicht, oder jedenfalls nicht so, wie sie es sich vorgestellt hatte. Es war ihr eigener Wunsch gewesen, ihre Karriere aufzugeben. Sie hatte ganz zweifelsfrei gesagt, das würde ihr nichts ausmachen. Sie sagte, sie wisse ohnehin nicht, ob sie gut genug sei, um die Beste in ihrem Fach zu werden, die Konkurrenz sei erbittert und die Ellbogen spitz, und ein solches Leben wolle sie nicht. Es störe sie auch nicht, dass er mehr arbeite, und sie zu Hause die Hauptverantwortung übernehme und nur in Teilzeit tätig sei.

»Ich wäre dazu bereit gewesen, es zu beenden«, sagte Jørgen zu mir. »Ich habe sie geliebt, aber ich war willens, die Konsequenzen aus meinen Eigenheiten zu ziehen. Sie wünschte sich ein Kind, und ich fand, sie hätte es verdient, eins mit jemandem zu bekommen, der es auch wollte. Ich verließ sie, aber sie bat mich am Telefon weinend, wieder zu ihr zurückzukommen. Sie sagte, sie würde das alles übernehmen, ich bräuchte mich nicht zu verändern. Und ich war so dumm, ihr zu glauben.«

Er mache Merete keine Vorwürfe, sagte er. Sie hatte geglaubt, es würde so gehen, wie sie es sich vorgestellt hatte. Das könne man für naiv halten, aber er sei genauso naiv gewesen. Sie waren einen Kompromiss eingegangen, an den sie sich ganz offensichtlich beide nicht halten konnten, und sie hätten es verstehen müssen. Sie machte ihm hingegen durchaus Vorwürfe. Ständig, sagte Jørgen. Wegen allem, was er nicht tat. Wegen allem, was er nicht im Blick hatte und wofür er sich nicht interessierte. Und mit der Zeit auch dafür, was und wie er war. Doch irgendwie war es ihnen gelungen, alles am Laufen zu halten. Sie hätten eine Form gefunden, mit der es sich leben ließ, bis Filippa alt genug sein würde und sie sich trennen könnten.

»Wenn wir es überhaupt je tun«, sagte Jørgen. »Ab und zu überlege ich, ob wir hier festgewachsen sind.«

Er wollte Merete nicht verlassen, jedenfalls nicht jetzt. Er hatte ihr ein Versprechen gegeben und fand, er war ihr etwas schuldig. Sie kümmerte sich um die Tochter, er versorgte sie, das war seine Pflicht. Aber gleichzeitig hatte er kein schlechtes Gewissen wegen seiner Seitensprünge.

Mir erging es anders. Ich liebte Åsmund. Wir waren nicht nur aufgrund von gegenseitigen Versprechen aneinander gebunden, und ich hatte ihm nichts vorzuwerfen. Ich lebte mit ihm zusammen, weil ich es wollte. Wenn Jørgen über seine Beziehung sprach, hörte ich ihm schockiert zu. Anschließend hatte ich mich nachts manchmal an Åsmund gekuschelt und meine Wange an seinen Rücken gelegt, weil ich so dankbar war, dass wir einander nicht gegenseitig derartig verachteten.

Und ich hatte ein schlechtes Gewissen. Jetzt wurde mir bewusst, wie sehr es mich belastete. Ich spürte einen Stich in der Brust, wenn Åsmund mir seine alltäglichen Liebeserklärungen machte. Ein Schulfreund von ihm hatte seine Frau für eine Jüngere verlassen, und Åsmund schüttelte verständnislos den Kopf, was dachte der sich nur? Ich klagte mich selbst immer wieder für mein eigenes Verhalten an, und ich wusste, dass es so nicht weiterging, ich musste von Jørgen loskommen. Ich hätte es schon längst tun sollen.

Er verstehe es, sagte er, während wir dort unter den Decken im Hotelzimmer saßen. Für ihn sei es anders, aber er verstehe auch, dass es für mich nicht richtig sei.

»Ich will dich ja auch nicht unglücklich machen«, sagte er, als ich weinte.

Anschließend schliefen wir zum letzten Mal miteinander. Tags darauf reiste ich allein nach Hause, und das war es. Als Åsmund mich fragte, wie es mir auf meiner Reise ergangen sei, nagte es an mir, und obwohl ich eine gewisse Erleichterung darüber verspürte, dass es vorbei war, wurde ich jetzt, ein wenig zu spät, von Selbstvorwürfen zermürbt. Aber immerhin hatte ich es geschafft, einen Schlussstrich zu ziehen.

DIE NACHT AUF DEN ZWEITEN SAMSTAG

Die Sparres verlassen den Kastanjesvingen mitten in der Nacht. Im Schutz der Dunkelheit, so spät, dass sie ganz sicher niemandem begegnen werden, holen sie ihre Sachen. Ich habe es tatsächlich geschafft zu schlafen, wache jedoch vom Rumoren auf der anderen Seite der Wand auf und bin sofort in Alarmbereitschaft. Mein Hals schnürt sich zu, meine Hände werden feucht, ich laufe barfuß in die Küche, knie mich neben den Durchlauferhitzer und öffne die Schranktür.

Erst höre ich nur Schritte, und Dinge, die hin und her getragen werden. Mit klammen Fingern gebe ich die Notrufnummer der Polizei ein und bin bereit, auf den grünen Hörer zu tippen, doch dann höre ich Sveins Stimme.

»Willst du die mitnehmen?«, fragt er gedämpft.

»Nein«, antwortet Nina.

Jedenfalls glaube ich, dass sie es ist. Ihre Stimme klingt anders, heiser und kleinlaut, beraubt von der ihr sonst eigenen Energie. Irgendwie leer.

»Na gut. Ich glaube, das war dann alles.«

Sie erwidert nichts. Einige Sekunden vergehen, und dann sagt er: »Aber mein Mädchen!«

Sie schluchzt. Ich schiebe die Schranktür vorsichtig wieder zu. Jetzt wird es zu intim, und es steht mir nicht länger zu, sie zu belauschen.

Kurz darauf brechen sie auf. Aus der Dunkelheit meiner

Küche beobachte ich, wie sie den Plattenweg entlangeilen ohne mich zu sehen. Jeder trägt einen Koffer. Am Ende des Wegs bleibt Nina stehen, dreht sich um und blickt zum Haus hinauf. Er stellt seinen Koffer ab und legt die Arme um sie. Sie lehnt ihren Kopf an seine Schulter. So stehen sie eine Weile da, diese beiden Eltern, und mir blutet das Herz.

Wie ich sehe, hatte die Polizei noch gestern am späten Abend eine Pressekonferenz einberufen. Ich klicke auf die Nachrichtenseite und sehe die Polizeifrau mit dem Nordvestlandet-Dialekt und dem gleichen todernsten Gesicht. *Festnahme eines Tatverdächtigen im Tåsen-Mord,* steht in fetten schwarzen Buchstaben unter ihrem Foto. Sie selbst scheint alles daran zu setzen, die Neuigkeit zu entdramatisieren. Die festgenommene Person stehe unter Verdacht, sagt sie, aber sie könne nicht mit Sicherheit sagen, ob sie der Aufklärung des Mordfalls näher gekommen seien. Sie hätten einige interessante Funde gemacht, die den Verdacht gegen diese Person erhärten würden. Nein, sie könne nichts darüber sagen, was sie gefunden hätten. Und nein, sie wolle nicht darüber spekulieren, ob der Fall nun aufgeklärt sei. Die schwarzen Buchstaben am Bildschirmrand verkünden parallel dazu fortwährend, dass jemand festgenommen worden sei und die Aufklärung des Falls näher rücke. Ein eindeutiger Widerspruch zu dem, was die ranghohe Polizistin sagt, als würde der Fernsehsender ihre vorsichtige, bürokratische Sprache überhören und seinen Zuschauern zurufen: Aber wir wissen längst, was das bedeutet, oder etwa nicht? Alle Zeitungen berichten über den Fall. Die eine hat ihren Rechtsexperten interviewt, bei dem es sich, wenn ich es richtig verstehe, lediglich um einen Reporter handelt, der schon so lange über Gerichtsprozesse berichtet, dass man ihn allein seiner Ausdauer wegen dieses Titels für würdig befunden hat. Er behauptet, eine solche Festnahme spreche dafür, dass sich die Ermittlungen nun in einer heißen Phase befänden, und es sei nicht außergewöhnlich, wenn sich die Polizei bedeckt halte. Eine andere Zeitung hat den YouTube-Kanal aufgespürt und schreibt darüber in einer anonymisierten Form, die allerdings kaum etwas verschleiert, wenn man die Filme kennt: dass die festgenommene Person mehrere Videos mit agitatorischem Inhalt veröffentlicht habe, in denen sie dazu aufrufe, das Klima zu schützen, und dabei auch nicht vor *gewaltsamen Methoden* zurückschrecke. Allmählich bekomme ich Kopfschmerzen. Sie fühlen sich an wie eine Wolldecke, die sich auf meinen Hinterkopf legt, dick und schwer, sodass kein Sauerstoff mehr hindurchdringt und ich nicht mehr ordentlich denken und atmen kann. Ich bleibe auf dem Sofa sitzen, lehne den Kopf an die Wand und schließe die Augen. Ich bin zu unruhig, um jetzt schlafen zu können, das spüre ich, es wäre sinnlos, sich wieder hinzulegen. Ich verfluche den kerngesunden Arzt, der die Schlaftabletten nicht herausrücken wollte. Was gäbe ich jetzt für eine solche Pille, die alles ein wenig abmildern und mich betäuben würde.

Dabei bewegt sich der Fall doch von mir weg. Simen Sparre habe Videos aufgenommen, in denen er zur Gewalt aufruft, schreibt die Zeitung, obwohl ich ein wenig daran zweifle, wie ernst man ihn darin nehmen sollte. Sie haben ihn festgenommen. Die Polizei weiß, was sie tut. Vermutlich hat sie schlagende Beweise, die man zu diesem Zeitpunkt noch nicht veröffentlichen kann. All dies wird sich nach und nach klären. Und es hat nichts mit mir zu tun. Nichts damit, dass ich auf Socken die Treppe hinaufgeschlichen bin, nicht mit meinen angeblichen Geschäftsreisen am Wochenende oder den SMS am späten Abend. Ich kneife erneut die Augen zusammen. Am Ende hatte nichts von alldem etwas mit Jørgens Tod zu tun. Stattdessen steckt ein durchgeknallter Siebzehnjähriger dahinter. Wand an Wand mit dem Wahnsinn. Nicht den Wahnsinn, den wir hörten, wenn wir die Schranktür zum Durchlauferhitzer öffneten, sondern einen anderen, stummeren Wahnsinn. Dagegen lässt sich nichts ausrichten. Man kann sich nicht vor allem schützen. In jeder Familie, in allen Städten und Gesellschaftsschichten kommt so etwas vor, und ganz gleich, wie viel Geld man zusammenkratzt, um sich eine Wohnung in der richtigen Gegend leisten zu können – man kann sich doch nicht ganz vom Risiko freikaufen, Seite an Seite mit dem Gefährlichen, Gewalttätigen zu leben.

Im Traum bin ich in Jørgens Wohnung. Ich befinde mich im Wohnzimmer. Die Tür zu seinem Arbeitszimmer ist angelehnt, drinnen herrscht Dunkelheit, und ich werde von ihr angezogen, obwohl es mir widerstrebt, weil ich weiß, was mich erwartet.

Dann stehe ich dort drinnen. Jørgen liegt über der Tastatur, ich sehe nur seinen Hinterkopf. Er ist nicht von einer Blutlache umgeben, es sieht aus, als schliefe er nur, doch ich weiß, so ist es nicht. Als ich gerade seine Schulter berühren möchte, verstehe ich, dass sich noch andere Menschen im Zimmer aufhalten. Jemand steht hinter mir im Dunkeln. Ich bin mir sicher, obwohl ich nichts höre, und mir wird klar, dass ich in Lebensgefahr bin.

Im nächsten Moment stehe ich draußen auf dem Rasen. Ich atme schnell und hastig. Ich kann durch die Wand sehen, kann sehen, wie oben bei Jørgen die Tür geöffnet wird, und ich weiß, dass die Person kommt. Ich weiß, dass es jemand ist, den ich kenne, und ich weiß auch wer, und ich sage zu mir selbst: *Aber das bedeutet, das bedeutet …* Ich sehe zum Haus hinauf. Jemand kommt, ein Name fällt nicht, aber ich weiß, wer es ist.

In der grauen Morgendämmerung erwache ich auf dem Sofa. Mein Rücken schmerzt, meine Schultern sind steif, und ich friere so, dass meine Zähne klappern. Mein Knie tut weh. Ich greife nach meinem Handy und sehe, dass es sechs Uhr morgens ist. Intuitiv öffne ich den Browser und aktualisiere die Seite, auf der ich war. Ein kurzer Moment vergeht, und dann taucht die Schlagzeile dieses Morgens auf: *Tatverdächtiger im Tåsen-Mord wieder freigelassen.*

TEIL III

Hello, darkness

DER ZWEITE SAMSTAG

Die ranghohe Polizistin sieht erschöpft aus. Um es zu kompensieren, hat sie tiefroten Lippenstift aufgetragen. Wieder halten sie eine Pressekonferenz ab, und jetzt ist die gesamte norwegische Presse versammelt. Ganz egal, welchen Fernsehsender ich einschalte oder welche Onlinezeitung ich öffne: Das Foto von ihr ziert die Titelgeschichte. Erschöpft und ernst, denke ich, sie signalisiert, dass sie und ihr Team hart und ausdauernd arbeiten und die Wahrheit eines Tages ans Licht bringen werden.

»Der Siebzehnjährige, der gestern festgenommen wurde, ist seit heute wieder frei«, sagt sie, während die Blitzlichter über ihr Gesicht flackern. »Er hat immer noch einen Zeugenstatus, aber ich möchte betonen, dass er nicht länger des Mordes verdächtigt wird. Dagegen spielt er eine zentrale Rolle in einem gesonderten Fall, in dem es um Tierquälerei geht, und in dem der Staatsanwalt im Laufe des Tages eine Anklage erheben wird.«

»Rikke«, sagt Åsmund und zieht überdeutlich die Augenbrauen hoch. »Die Kinder.«

Doch ich schaffe es nicht, den Blick vom Bildschirm abzuwenden.

»Geht es dabei um die Tötungen von Katzen in derselben Gegend?«, fragt ein Journalist, der nicht im Bild zu sehen ist.

»Das kann ich nicht beantworten«, sagt die Polizistin.

Lukas hat all seine Dinosaurier geholt, er sitzt auf dem Wohnzimmerboden und reiht sie auf dem Teppich auf. Er sagt nichts. Åsmund wirft mir einen mahnenden Blick zu.

Eine Onlinezeitung hat ein Foto von Simen gefunden. Seine Augen sind verpixelt, aber der Mund und die Nase sind immer noch zu erkennen. Das Foto ist vor einem Hintergrund aus blauen Wellen aufgenommen, wie ihn Schulfotografen oft verwenden. Er lächelt und trägt einen Kapuzenpullover, auf seinem Kinn kann man einige Pickel erahnen. Ich überlege, was ich als Außenstehende beim Anblick dieses Bildes gedacht hätte, wenn wir uns nie begegnet wären. Hätte ich ein Kind gesehen? Oder sozialen Abschaum, einen jugendlichen Versager, hinter dessen pickeliger Fassade die Wut schwelt, der die Mädchen hasst, die ihn nicht haben wollen, und die Jungen, die sich für etwas Besseres halten, und diese Nachbarschaft, die eine Art von Erfolg voraussetzt, der außerhalb seiner Reichweite liegt?

Verdächtiger in einem gesonderten Fall. Die Pfoten der kleinen Katze baumelten schlaff am Körper herab, der Kopf war gebeugt, der Hals hing in einem unnatürlichen Winkel nach unten. Dieses Bild werde ich nicht wieder los. Ich bin so müde. Ich wünschte, ich könnte mich hinlegen und in einen hundertjährigen Schlaf versinken.

Zum Ausgleich gebe ich mir besondere Mühe mit dem Frühstück. Ich backe Bananenpfannkuchen und stelle mehrere Marmeladensorten heraus. Ich mahle den Kaffee frisch. Es kann sein, dass Simen immer noch unter Verdacht steht, denke ich, zumindest inoffiziell. Um ihn für eine längere Zeit festzuhalten, brauchen sie wohl ziemlich stichhaltige Beweise. Dass sie die nicht haben, muss nicht bedeuten, dass er die Tat nicht begangen hat. Und ansonsten gibt es noch viele andere Möglichkeiten. Svein Sparre, der seine Zeitarbeitsagentur beschützen wollte und die anderen bei diesem Wochenendausflug in seiner Hütte aufgestachelt haben könnte, um den Verdacht später auf Saman und eventuell auch auf Åsmund zu lenken. Die Schurken aus der Baubranche, vor denen sich Rebekka Davidsen fürchtet. Die gehörnten Ehemänner, die Jamila verdächtigt. Ich spüre, wie mir die Überzeugung, der Mord würde uns nicht betreffen, allmählich entgleitet – mein Traum, dieser Schatten, der mir allzu vertraut war –, aber ich halte trotzdem verbissen daran fest, während ich Eier verquirle und Pfannkuchen backe. Man soll mir nicht nachsagen können, ich würde meine Familie nicht verwöhnen.

Ich rufe, das Frühstück sei fertig, und Lukas kommt angerannt.

»Pfannkuchen!«, jubelt er.

Åsmund schlendert hinter ihm herbei.

»Das sieht aber gut aus«, sagt er, sieht jedoch müde aus, oder vielleicht abwartend.

Er ist nicht ganz so begeistert, wie ich es erwartet hätte. Ich spüre, wie mich die Panik beschleicht, was, wenn es nicht Simen war, was, wenn wir wieder unter Verdacht stehen, dann muss ich es trotzdem erzählen, und was ist, wenn Åsmund mich daraufhin verlässt? Aber ich darf jetzt nicht daran zweifeln. Es wird sich schon regeln.

»Ich dachte, wir könnten es uns ein bisschen gemütlich machen«, sage ich.

Lukas klettert auf seinen Tripp Trapp-Stuhl.

»Darf ich mir einen nehmen?«, ruft er und streckt seine kleine, braune Kinderhand aus. Das grüne Pflaster um seinen Zeigefinger ist schmuddelig an den Rändern.

»Wir müssen auf Emma warten«, sage ich.

»Emma kommt wohl eher nicht«, erwidert Åsmund.

»Wie meinst du das?«, frage ich.

»Es geht ihr nicht so gut. Sie wollte allein sein.«

Ich stütze mich mit der Hand auf die Arbeitsfläche. *Dieses Konto ist privat.* Emma sperrt mich aus. Diese Pfannkuchen habe ich auch für sie zubereitet. Ich spüre, wie die Verzweiflung in mir aufsteigt, ich muss die Zähne zusammenbeißen. Mich zusammenreißen. Freundlich sein.

»So geht das nicht«, sage ich. »Wir essen alle zusammen. Es ist Samstag.«

»Rikke«, sagt Åsmund mit einer Stimme, als wollte er mir schon vorher Vorwürfe für das machen, was jetzt kommt.

Ich nehme zwei Stufen auf einmal, als ich die Treppe hinuntereile, und hämmere an ihre Tür. Sie antwortet nicht, ich klopfe erneut.

»Emma«, rufe ich. »Es gibt Frühstück!«

Keine Antwort.

»Emma! Mach auf!«

Noch immer Stille.

»Emma, ich komme jetzt rein.«

Endlich regt sich dort drinnen etwas. Ich höre erst ein Stöhnen und Rascheln, dann dumpfe, langsame Schritte, die sich der Tür nähern.

Sie hat sich die Bettdecke um die Schultern gelegt und hält sie mit einer Hand vor der Brust zusammen, sodass sie wie eine Schildkröte mit Panzer aussieht. Der Kopf und die Beine in Schlafanzughosen ragen heraus, ansonsten besteht sie aus nichts als der Bettdecke. Ihr Haar ist wirr, die Mascara verschmiert, ihre Augen sind geschwollen, ob vom Schlaf oder vom Weinen, lässt sich nicht erkennen. Ihre Wangen sind gerötet von der Wärme im Bett. So sahen sie nach dem Aufwachen aus, als sie klein waren, meine beiden Kinder, mit roten und warmen Wangen.

»Ich habe geschlafen«, sagt sie.

Ihre Stimme klingt rau, aber mich führt sie nicht so leicht hinters Licht, sie hat nicht geschlafen.

»Wir frühstücken gleich«, sage ich, jetzt ein wenig freundlicher. »Komm doch hoch und iss mit uns.«

Wie eine Einladung. Einfach nur nett, damit sie ein bisschen was zu essen bekommt, und genauso wichtig: gesehen, gehört, anerkannt wird.

Emma sagt: »Ich schlafe noch. Es ist Samstag.«

»Ach, komm doch und iss mit uns, mein Schatz.«

Ich strecke die Hand aus, um ihr über die Wange zu streichen, doch sie schreckt zurück. Meine Hand bleibt zwischen uns hängen, Emma starrt sie an, und da ist etwas in ihrem Blick, Angst oder Abscheu, als könne sie sich nichts Schlimmeres vorstellen als diese Liebkosung von mir. Ich frage: »Was ist los, Emma?«

Ich wollte einfach nur eine neutrale Frage stellen, doch ich habe kaum noch die Kontrolle über mich selbst und kann mich nicht länger so darstellen, wie ich es gerne hätte.

»Nichts«, sagt sie, klingt aber nicht besonders überzeugend.

»Natürlich ist etwas«, erwidere ich. »Du blockierst mich auf Facebook, du willst nicht mit uns essen, ich versuche, dir die Wange zu streicheln, und …

»Lass mich einfach in Ruhe!«, schreit sie.

Es kommt so plötzlich. In ihrer Stimme liegt ein unbändiger Zorn, den ich nicht habe kommen sehen, ich zucke zusammen und weiche zurück, als hätte ich Angst vor ihr.

»Ich will nicht mit euch frühstücken, ich will nicht mit euch zusammensitzen, du kannst mich mal.«

»Aber Emma.«

»Hau ab!«

Sie knallt mir die Tür vor der Nase zu, und ich starre darauf.

Als Kind hatte sie eine Zeit lang Wutausbrüche. Eigentlich war sie immer so ruhig und besonnen, entschlossen, aber berechenbar, und dann, als sie drei Jahre alt wurde, begannen diese Ausbrüche. Sie warf sich auf den Boden und heulte, weil ich ihre Brotscheibe falsch geschnitten hatte. Sie wollte den einen Pullover nicht anziehen, den anderen aber auch nicht, und schrie mich an, ICH WILL NICHT, ihr Gesicht bestand nur noch aus diesem weit aufgerissenen Mund, während die Tränen nur so aus ihren Augen strömten. Ich stand mit ihren beiden Pullovern da, einem in jeder Hand, und wusste nicht, wo ihre Wut herkam. Wusste nicht, was ich mit diesem zornigen Kind vor mir anstellen sollte. Als wir ärztlichen Rat suchten, sagte man, wir sollten ihr Zeit lassen. So sei das in diesem Alter, und man solle freundlich, aber konsequent mit den Kindern umgehen. Ich hielt mich daran, vor allem konsequent war ich. Emma sollte nicht selbst entscheiden, was sie aß oder anzog oder wann sie schlafen ging, ich war die Erwachsene. Ich sagte nein, du ziehst diesen Pullover an, und da heulte sie noch mehr, sie lief puterrot an, NEIN, NEIN, NEIN, brüllte sie. Sie schlug nach mir. Ich wurde ebenfalls wütend, du darfst mich nicht hauen, schrie ich, das machst du nicht. Ich war stärker, zwang ihre Arme in den Pullover. Sie wehrte sich, versteifte ihre Ellbogen und spreizte die Finger, sodass ich den Pullover mühsam darüberziehen musste. Es war schwierig, ich wurde grob. Sie kreischte, war völlig außer sich, es waren keine Worte mehr, nur noch Gebrüll. Sie trat nach mir. Schlug, biss, zog mich an den Haaren.

Ich erinnere mich nicht, wie lange es dauerte, waren es Wochen oder Monate? Ich erinnere mich nur an diese Kämpfe mit ihr, und diese weiße, glühende Wut in mir selbst, sie darf nicht gewinnen, ich werde es ihr zeigen.

Ich reiße die Tür auf. Sie ist schon wieder auf halbem Weg zu ihrem Bett, noch immer mit ihrem Schildkrötenpanzer, und dreht sich um, als ich hereinkomme, ihr Mund ist vor Staunen halb geöffnet, denn das ist noch nie vorgekommen, dass ich einfach in ihr Zimmer komme, wenn sie die Tür geschlossen hat, aber ich stapfe zu ihr, greife ihren Arm, der so dünn und klein ist unter der Decke, und ich sage: »Du kommst jetzt und isst zusammen mit uns, hast du das verstanden?«

»Ich will aber nicht!«, faucht Emma.

Ich packe ihren Arm fester, ziehe sie mit heraus. Spüre die gleiche weiße Wut wie damals, spüre, wie ich meinen Kiefer anspanne, die Zähne aufeinanderbeiße, sie darf nicht gewinnen. Ich lasse sie nicht los, zerre sie an ihrem dünnen Arm hinter mir her. Sie leistet keinen großen Widerstand, geht jedoch auch nicht selbst, ich muss sie die Treppe hinaufschleifen. Ihr Schildkrötenpanzer öffnet sich, die Decke fällt von ihren Schultern und sinkt hinter uns zu Boden, jetzt trägt sie nur noch ihren Schlafanzug und schreit mich an: »Mama, bist du jetzt völlig durchgeknallt?«

Ist sie wütend oder ängstlich? Mache ich ihr Angst? Ich kann nicht aufhören, ich bin so ärgerlich, ich bin ihre Mutter, sie soll gefälligst machen, was ich ihr sage. Ich weiß nicht, wie lange es diese Familie noch gibt, aber bis auf Weiteres soll eines so bleiben, wie es ist: Sie soll mit uns zusammensitzen, und wir werden diese verdammten Pfannkuchen essen. Ich zerre sie in die Küche.

»Setz dich«, schreie ich so, wie man ein Kommando bellt.

Ich spüre, wie Åsmund und Lukas uns anstarren, aber ich beachte sie nicht. Ich lasse Emmas Arm los und will um den Tisch gehen und mich setzen, und in dem Moment wittert sie ihre Chance. Sie dreht sich um, klaubt die Decke auf und rennt aus dem Wohnzimmer. Ich laufe ihr nach, aber sie ist schneller. Das Schloss der Badezimmertür klickt; ich rüttele an der Klinke, doch es nützt nichts. Ich höre sie drinnen laut und heftig schluchzen.

»Emma«, rufe ich. »Emma, lass mich rein. Mach auf. Es tut mir leid. Das wollte ich nicht. Bitte, mein Schatz, kannst du mir nicht aufmachen?«

Sie antwortet nicht. Das Schluchzen verstummt. Jetzt hat sie den Wasserhahn aufgedreht, und ich höre nur noch das Rauschen. Vielleicht dringt ein leiseres Schluchzen hindurch, das lässt sich nicht leicht sagen. Ich rufe erneut durch die Tür, Emma, mein Schatz, willst du mich nicht hereinlassen? Jetzt möchte ich sie trösten, das versteht sie natürlich nicht, aber genau das möchte ich doch eigentlich. Sie ist mein Kind. Sie darf nicht alles bestimmen, aber sie soll auch nicht allein sein und leiden. Ich klopfe erneut an die Tür, komm raus, Emma. Ich weiß nicht, was sie möchte, aber ich würde so gern alles wiedergutmachen, sie umarmen und um Entschuldigung bitten.

Dann spüre ich eine Hand auf meiner Schulter. Åsmund steht hinter mir, sein Gesicht ist streng und verschlossen.

»Jetzt reicht es, Rikke«, sagt er.

Auf dem Tripp Trapp-Stuhl in der Küche sitzt Lukas und betrachtet uns mit runden Augen. Er sagt kein Wort.

»Jetzt essen wir«, sagt Åsmund ruhig.

Jamila fegt in unsere Küche, während ich den Tisch abräume. Wir haben schweigend gegessen, Emma ist immer noch im Bad, und wir bewegen uns hier drinnen leise und langsam, als wäre die Luft eigentlich Wasser und würde bei jeder Bewegung Widerstand leisten, sodass man nur mühevoll die Arme und Beine bewegen kann. Doch Jamila überwindet den Widerstand. Sie stöckelt auf ihren spitzen Absätzen herein, packt mich mit ihren dünnen, starken Händen und sagt: »Simen Sparre hat ein neues Interview veröffentlicht.«

»Ach«, erwidere ich träge, und als ich nicht schockiert genug reagiere, packt sie meine Oberarme noch fester, sodass es schmerzt, sie kneift mich geradezu.

»Er hat es vor zehn Minuten veröffentlicht, ich habe es gerade erst entdeckt und dachte, wir könnten es zusammen sehen.«

»Wir können es uns auf dem Fernseher anschauen«, sage ich zahm.

Im Grunde ist es auch egal, denke ich, was hat das für uns schon für eine Bedeutung. Jamila zieht mich mit sich ins Wohnzimmer. Åsmund sieht ein bisschen verdutzt aus, er hat Lukas gerade mit seinen Dinosauriern auf dem Boden abgesetzt und es sich mit seinem Handy auf dem Sofa bequem gemacht, aber gleichzeitig ist er viel zu höflich, um gegen einen Gast zu protestieren, egal, wie grenzüberschreitend Jamila ist, deshalb sammelt er Lukas und die Dinosaurier wieder ein und geht mit ihnen nach unten ins Kinderzimmer. Jamila fummelt an den Fernbedienungen herum, erst die eine, dann die andere, drückt ungeduldig mit den Fingerkuppen unter ihren Acrylnägeln auf die Tasten, aber sie bekommt es nicht zustande und wirft sie zu mir herüber. Im selben Moment klickt das Schloss in der Badezimmertür. Ich drehe mich um und sehe Emma hinausflitzen und die Treppe hinunter verschwinden, noch immer mit ihrem Schildkrötenpanzer, sodass ich nur einen Blick auf ihre Füße und ihren hellen Pferdeschwanz erhasche.

»Emma«, sage ich unbeholfen, aber sie bleibt nicht stehen, und das hatte ich auch nicht erwartet.

Ich will es Jamila gegenüber ansprechen, aber sie scheint es gar nicht bemerkt zu haben, starrt lediglich ungeduldig auf die Fernbedienungen, will ich denn nichts unternehmen? Langsam drücke ich auf die richtigen Tasten, und der Bildschirm wird hell. Unten im Keller höre ich eine Tür.

Jamila klickt sich zum YouTube-Icon durch und sucht Green Gonzo. Im obersten Video sieht man ein Standbild von Simen Sparre, der in einem schönen, elegant möblierten Büro zu sitzen scheint. Hinter ihm steht ein Bücherregal, und links von dem Schreibtisch, an dem er sitzt, scheint sich ein Fenster zu befinden, denn Licht fällt herein. Dies ist nicht der Kellerraum, der an Lukas' Zimmer grenzt, und auch kein anderer Raum in Ninas und Sveins Wohnung. Die Möbel und das Licht wirken anders. Er ist an einem fremden Ort.

Eine Erklärung, steht unter dem Standbild, es ist der Titel des Videos. Keine Adjektive, fällt mir auf, und er verwendet auch nicht mehr den Namen Green Gonzo. Die kurze Überschrift vermittelt eine gewisse Seriosität, vielleicht auch Selbstbewusstsein. Das Büro hinter ihm ebenso. Simen hat seinen YouTube-Kanal auf ein neues Niveau gehoben, vom Keller hinein in die

Öffentlichkeit. Unter dem Titel sind die Zuschauerzahlen und Kommentare zu sehen. Das Video wurde vor vierzehn Minuten veröffentlicht und bereits dreihundert Mal gesehen. Green Gonzo scheint jetzt über zweitausend Follower zu haben. Jamila ist eine davon, denke ich, und dann: Ganz Tåsen folgt ihm jetzt. Alle Nachbarn. Alle Schüler an seiner Schule. Die Eltern seiner Freunde, voller Angst und Abscheu. Und alle Medien, damit sie als Erstes darüber schreiben können, was er Neues bringt. Jamila drückt auf Play, und Simen wird lebendig.

»Wie ihr sicher mitbekommen habt«, sagt Simen und blickt in die Kamera, »wurde ich gestern verhaftet, im Zusammenhang mit etwas, was hier bei mir in der Nähe passiert ist.«

Er wirft einen Blick zur Seite, als könnte er dort irgendwelche Anweisungen finden. Sein Gesicht ist ernst, das Spielerische der früheren Videos ist daraus gewichen.

»Einem Mord«, fährt er fort und räuspert sich.

Er blickt hinab auf den Schreibtisch vor sich, und dann in die Kamera.

»Zuallererst möchte ich sagen, dass ich rein gar nichts mit dem Fall zu tun habe. Er betrifft eine Nachbarsfamilie, die ich als meine Freunde betrachte, und es tut mir schrecklich leid für sie. *Natürlich* würde ich nie auf die Idee kommen, einem anderen Menschen zu schaden.«

Wieder wirft er einen Blick nach rechts. Er trägt ein dunkles Hemd, sein Haar ist zur Seite gekämmt, und irgendwie wirkt er so aufgeräumt, so erwachsen. Vor ihm liegt ein Blatt, auf das er ab und zu sieht. Er wirkt ein wenig unsicher und verschreckt. Er ist nervös, denke ich. Die eine Hand zittert ein wenig, doch seine Stimme ist ruhig.

»Die Polizei hat mich freigelassen, und sie betont, dass ich nicht wegen des Mordes an meinem Nachbarn unter Verdacht stehe. Dagegen stehe ich in einigen Fällen von Tierquälerei unter Verdacht, und dazu möchte ich jetzt eine Erklärung abgeben.«

Er schielt erneut auf seinen Zettel und sieht wieder auf, mit festem Blick.

»Zunächst möchte ich um Entschuldigung bitten.«

Für einen Moment muss ich an die Hinrichtungsszene in der *Dreigroschenoper* denken, Mackie Messer, der in der Turnhalle der Schule am Bakkehaugen um sein Leben fleht. Jetzt sehe ich, was Simen hübsch macht. Abgesehen von schön geschwungenen Lippen und einer markanten Kinnpartie hat er große Augen, klar und aufrichtig. Es ist ein Blick, von dem die Mädchen bald weiche Knie bekommen werden. Vielleicht. Wenn sich das, was nun folgt, wiedergutmachen lässt.

»Ich möchte mich bei den Familien entschuldigen, denen die Katzen gehört haben. Es tut mir so leid.«

An dieser Stelle schluckt er und schweigt für zwei fast unerträgliche Sekunden. Dann streckt er den Rücken wieder.

»Zuerst will ich betonen, dass die Katzen keinen langen, qualvollen Tod erlitten haben. Es ist mir wichtig, das zu sagen. Sie sind an einer Überdosis gestorben. Es ging mir nie darum, Tiere zu quälen. Es ging mir um eine Inszenierung. Und ich hätte das, was ich getan habe, nie getan, wenn ich nicht geglaubt hätte, dass ich damit etwas Wichtiges erreichen kann, etwas, das diesem Viertel, vielleicht auch der Welt, zugutekommt.«

Er sieht direkt in die Kamera, sieht uns an.

»Meiner Meinung nach ist die Klimakrise die größte Bedrohung für uns alle, und wir tun nicht genug dafür, sie abzuwenden. Es scheint, als würden weder Zeitungsartikel noch Proteste die Menschen aufrütteln, und das ist unglaublich frustrierend. Also habe ich mir gedacht, am besten rüttelt man die Menschen auf, indem man ein Ziel trifft, das ihnen wichtig ist.«

Wieder blickt er den- oder diejenigen an, die neben der Kamera sitzen, als würde er sich vergewissern, dass sie noch zuhören. Und so scheint es zu sein. Jamila und ich tun es ja auch. Er redet ein wenig gestelzt, aber gleichzeitig wirkt er dabei auch aufrichtig. Ja, Simen Sparre wird diese Sache überstehen.

»Mit der … bestialischen Aktion wollte ich schockieren, aber ich kann den Familien versichern, dass die Tiere nicht gelitten haben. Ich dachte, das Ziel heiligt die Mittel. Aber jetzt erkenne ich, dass das nicht stimmt. Ich stehe immer noch zu meiner Motivation, die darin bestand, meine Nachbarn aus der Trance zu wecken, in die ihr Konsum sie versetzt hat. Die Methode, die ich gewählt habe, bereue ich jedoch zutiefst. Ich bedauere es sehr, dass ich ihren Besitzern Schmerzen zugefügt habe, und vor allem …«

Er hält inne und senkt den Blick.

»Vor allem den Kindern in diesen Familien.«

Simen schiebt seine Blätter beiseite. Jetzt richtet er einen ernsten Blick auf uns, dann sieht er erneut nach rechts und signalisiert mit einem kurzen Nicken, dass er fertig ist. Kurz darauf wird der Bildschirm schwarz.

Jamila wendet sich mir zu.

»Simen Sparre«, sagt sie.

»Ja«, erwidere ich.

Mehr gibt es nicht zu sagen. Ich weiß nicht genau, was ich von der Aufnahme halten soll. Ich verstehe diesen Jungen nach wie vor nicht. Irgendwie fehlen noch ein paar Puzzleteile, vielleicht kann mein müdes Gehirn sie aber auch nur nicht zusammensetzen. Jamila fängt an, mir ihre Meinung mitzuteilen, sie findet, er habe einen sympathischen Eindruck gemacht, trotz allem, was er getan hat und was sie natürlich verwerflich findet. Während sie redet, höre ich unten erneut die Tür. Die Intensität und der Rhythmus des Getrampels auf den Stufen verraten mir, dass sie es ist, noch bevor ihr Kopf auf der oberen Stufe auftaucht.

»Emma«, rufe ich und stehe auf.

Doch ehe ich bei ihr bin, ist sie bereits im Flur und zieht sich die Schuhe an.

»Was ist?«, fragt sie, ohne sich aufzurichten.

Wahrscheinlich soll es gleichgültig wirken, doch es gelingt ihr nicht, sie ist wütend, und sie hat Angst. Als sie sich aufrichtet, sehe ich, dass die Haut um ihre Augen rot und geschwollen ist, wodurch sie fremd aussieht, nicht wie sie selbst.

»Können wir nicht darüber reden?«, frage ich.

Ich möchte mich entschuldigen, sie umarmen, sie an mich drücken, aber es gelingt mir nicht ganz, etwas in meinem Körper wehrt sich dagegen, sie zu berühren. Sie steht auf, sieht mich an. Mittlerweile sind wir fast gleich groß.

»Du willst also reden«, sagt sie, ihre Stimme ist rau und hart. »Für mich ist das okay. Dann können wir ja über Jørgen reden, oder? Ich dachte, du hättest vielleicht nicht so eine große Lust darauf, aber wenn du willst, schieß einfach los.«

Die Luft zwischen uns vibriert. Meine Augen irren in ihrem Gesicht umher, um einen Anhaltspunkt zu finden, was sagt sie da, was meint sie? Ich habe das Gefühl, sie hätte eine Landmine zwischen uns auf den Boden gelegt, die jederzeit hochgehen kann, wenn wir ihr zu nahe kommen, und wir müssen sie vorsichtig umkreisen, auf jede Bewegung achten, um zu vermeiden, dass sie explodiert und alles mitreißt. Zögernd trete ich einen Schritt zur Seite. Sage ihren Namen. Meine Stimme ist dünn und voller Luft. Es ist vollkommen still. Wir sehen einander an, und sie bittet mich mit ihrem Blick um etwas, wünscht sich, dass ich es sage, ihr angespannter Kiefer zittert.

»Rikke!«, ruft Jamila aus dem Wohnzimmer.

Ich drehe den Kopf, nur eine Millisekunde, doch als ich mich wieder Emma zuwende, ist sie schon dabei, die Jacke vom Haken zu nehmen.

»Na gut«, sagt sie. »Das hatte ich mir sowieso gedacht.«

»Warte«, sage ich und lege eine Hand auf ihren Arm.

Sie wartet, ist bereit, mir zuzuhören, und für einen Moment spüre ich den Sog ihrer Landmine, ich könnte einfach hineintreten, etwas darüber sagen, was passiert ist, und alles geschehen lassen. Doch ich kann es nicht. Es hängt zu viel davon ab.

»Wo willst du hin?«, frage ich stattdessen.

Sie holt tief Luft. Für einen Augenblick sieht es so aus, als würde sie weinen.

»Raus. Weiß nicht genau. Zu Saga.«

»Bleibst du lange weg?«

»Mama«, sagt sie, und jetzt hat sie wirklich Tränen in den Augen. »Kannst du mich nicht einfach in Ruhe lassen?«

Nachdem sie gegangen ist, bleibe ich stehen und betrachte die Tür, die sie hinter sich schließt. Dann höre ich die Haustür unten und bin vollkommen entkräftet. Vielleicht ist die Mine doch explodiert, und ihre Splitter stecken in den Wänden, in meiner Haut, in meinem Brustkorb. Ich halte den Atem an. Ich kann das immer noch retten. Kann es mir immer noch zurechtbiegen, *über Jørgen reden,* hat sie gesagt, das kann ja alles Mögliche bedeuten. Ich sehe sie im Nachthemd vor mir, an jenem Abend, als sie durch das Babyphone nach mir rief.

»Rikke«, ruft Jamila ungeduldig aus dem Wohnzimmer.

Und ich weiß, dass ich wieder zu ihr gehen muss. Weiß, dass ich weiter diese Rolle spielen muss, Jamila dabei zuhören, wie sie die Detektivin spielt, ihr nachgeben, damit sie nichts merkt. Selbst jetzt, in diesem Zustand, muss ich mich fragen, ob Jamila gehört haben könnte, was Emma gesagt hat. Es ist so erbärmlich, so kalkulierend, aber mir bleibt keine andere Wahl. Während ich reglos dastehe und in die Leere starre, die Emma hinterlassen hat, denke ich: Oder soll ich die Karten einfach offen vor Jamila auf den Tisch legen, soll sie doch denken, was sie will? Für einen Moment habe ich das Gefühl, ich würde schlafen und die Gestalt aus dem Traum sehen. Als könnte ich ihr jetzt ein Gesicht geben, und es ist nicht das Gesicht irgendeines kriminellen Hintermanns aus Jørgens Text, es ist nicht mehr Rebekka Davidsen mit den blonden Locken oder Svein oder Saman. Es ist Jamila mit ihrer Designerjeans und ihrem unversöhnlichen Blick. Es ist Emma, barfuß im Nachthemd, mit dem angespannten Kiefer und einem Messer in der Hand. Ich bin es selbst.

»Rikke!«, ruft sie erneut.

»Ja«, antworte ich träge.

Ich bin mir nicht einmal sicher, ob ich es sage. Ich blicke erneut auf meine Hände und sehe Emma dort im Nachthemd stehen und mich anstarren.

Jamila ruft: »Simen sagt, die letzte Katze hätte nicht er aufgehängt.«

Anschließend sitze ich in der Küche. Ich bin mir nicht sicher warum, oder wie ich dort hingekommen bin. Jamila ist gegangen. Ich blicke erneut auf meine Hände herab. Ich erinnere mich, wie ich an jenem Abend, als ich bei Jørgen war, hier herunterkam, nachdem Emma mich durch das Babyphone gerufen hatte, wie sie mich fragte, wo ich gewesen sei, und mir nur wenige Sekunden blieben, um zu überlegen, was ich antworten sollte.

Von irgendetwas muss sie geweckt worden sein. Nach ihrem Ruf durch das Babyphone war sie ins Wohnzimmer gegangen. Sie muss gehört haben, wie ich die Treppe aus dem ersten Stock herunterkam, aber hat sie auch gehört, wie ich in der Wohnung über ihr zur Haustür ging? Wusste sie, dass Filippa und Merete weg waren, und konnte sie, die damals noch ein Kind war, oder jedenfalls fast, verstehen, was das bedeutete? Was habe ich nur getan, frage ich mich selbst, was habe ich mir dabei gedacht? Was für ein Mensch tut so etwas? Entschuldigung, sage ich leise in den Raum hinein, Entschuldigung, Entschuldigung, Entschuldigung. Etwas anderes gibt es nicht zu sagen, und eigentlich ist es selbst dafür längst zu spät. Ich sage es erneut, jetzt lauter, doch es ist niemand zu Hause. Oder sind sie es doch? Emma ist unterwegs, aber Åsmund wird wohl da sein, und Lukas. Ich versuche, mich zu sammeln, greife nach dem Erstbesten, das mir in den Sinn kommt, und denke: Was hatte

Jamila eigentlich gesagt? Über Simen Sparre? Und dann gehe ich ins Wohnzimmer und nehme das Tablet.

Anscheinend war es einem Journalisten gelungen, Simen telefonisch zu erreichen, und seither hat sich die Neuigkeit mit einer rasenden Geschwindigkeit von der einen Zeitung auf alle anderen Medien ausgebreitet. Eine Nachrichtensendung in einem der großen Fernsehsender berichtet, dass der junge Umweltaktivist, der im Zusammenhang mit dem Tåsen-Mord festgenommen und später wieder freigelassen wurde, ein neues Video auf YouTube veröffentlicht habe, in dem er eine Erklärung abgebe. Der Zeitung gegenüber habe der junge Aktivist am Telefon ausgesagt, dass er nicht für den Tod der letzten Katze verantwortlich sei. Der Fernsehsender präsentiert das Zitat aus der Zeitung in einer Grafik, während der Moderator die ganze Zeit redet und analysiert und irgendwelche Schlüsse zieht.

Journalist: Warum hast du nur wenige Tage, nachdem im selben Haus ein Mensch ermordet wurde, diese Katze getötet?

Siebzehnjähriger: Das war ich nicht.

Journalist: Du hast die letzte Katze nicht getötet?

Siebzehnjähriger: Ich meine, es kann sein, dass ich sie früher getötet und eingefroren habe. Aber ich habe sie nicht neben den Briefkästen aufgehängt. An dem Abend war ich mit einem Freund unterwegs und habe anschließend bei ihm übernachtet. Und ich hätte so etwas nie getan, nachdem jemand im Haus umgebracht worden ist.

Mit einem lahmen Finger klicke ich die Seite der Zeitung an, die das ursprüngliche Interview mit Simen veröffentlicht hatte. Es ist der Aufmacher, in mehrere Artikel mit unterschiedlichen Perspektiven unterteilt: der Fall an sich, ein Interview mit einem Rechtsexperten, der eine Meinung zur Bedeutung dieser Aussage hat, ein Social-Media-Experte, der eine Meinung zum Phänomen Green Gonzo hat, und ein argumentativer Artikel aus der Feder des Chefredakteurs: *Deshalb haben wir uns dazu entschlossen, den Namen des YouTube-Kanals des Siebzehnjährigen zu veröffentlichen.* Ganz unten befindet sich ein Link zu Simens Erklärung. Inzwischen wurde sie über dreitausendmal gesehen.

Das Tierkind mit dem gebrochenen Nacken. Und die anderen, die ich in der Gefriertruhe fand, das eine mit dem gefrorenen Filzhalsband. Ich schließe die Augen und schwebe kurz zwischen Schlaf und Wachzustand, und dann spüre ich, wie der Traum beginnt. Ich stehe an den Briefkästen. Ich sehe Simen, wie er mit einem blauen Strick hantiert und etwas aufhängen will, doch es ist keine Katze, nicht diesmal, es ist ein Mensch, ein dünnes Mädchen im Nachthemd, mit langem blondem Haar. Ich strecke die Hand nach ihr aus, will ihr die Haare aus dem Gesicht streichen, um zu sehen, ob sie es wirklich ist.

Åsmund rüttelt mich an der Schulter.

»Schläfst du?«

»Wo ist Emma?«, frage ich ihn.

»Ich glaube, sie ist rausgegangen. Ich war mit Lukas unten.«

»Sie sollte nicht mehr allein unterwegs sein«, sage ich. »Hier ist es nicht mehr sicher.«

»Ganz so schlimm ist es doch nun auch wieder nicht«, entgegnet er. »Und was sollen wir tun, sollen wir sie zwingen, hier drinnen bei uns zu bleiben?«

»Da draußen kann alles Mögliche passieren«, sage ich. »Sogar im Treppenhaus. Oder bei den Briefkästen. Simen Sparre war dort, und Emma im Nachthemd. Hast du das gesehen?«

»Wann war denn das?«, fragt Åsmund.

»Hatte sie denn etwas angezogen, als sie gegangen ist?«, frage ich.

Auf Åsmunds Stirn taucht eine Falte auf, die ich vorher noch nicht gesehen hatte.

»Warum wollte Simen Emma an den Briefkästen aufhängen?«, frage ich.

»Rikke«, sagt er. »Ich glaube, wir sollten uns jetzt erst mal beruhigen.«

Seine Stimme ist freundlich und entspannt, aber trotzdem beunruhigend, denn so hat er noch nie mit mir gesprochen: So, wie man mit jemandem spricht, der völlig verwirrt ist, stark dement oder psychotisch. Diese Krankenpflegerstimme, die mich beruhigen soll, aber ich höre die Sorge dahinter, sehe die Falte auf seiner Stirn. Ich atme mehrmals tief in den Bauch. Ich spüre, dass er mich dabei ansieht, und sage mir selbst: Reiß dich zusammen, beruhige dich. Ich bin schließlich erwachsen. Ich habe eine wichtige Stelle, ich publiziere mehr als die meisten anderen. Ich muss es doch schaffen, ruhig zu atmen.

»Ich habe die ganze Woche kaum geschlafen«, sage ich, und dann fange ich an zu zittern.

Åsmund umarmt mich, und ich lehne den Kopf an seine Schulter, nehme seinen Geruch wahr.

»Ich weiß«, murmelt er. »Ich glaube, ich habe in irgendeiner Schublade auf der Arbeit noch eins von Mamas Rezepten liegen. Wenn du willst, kann ich es am Montag holen und eine Schachtel Schlaftabletten für dich besorgen.«

Ich schließe die Augen. Einfach schlafen können. Einfach ausgeschaltet sein. Nicht mehr träumen müssen. Sich einfach nur ausruhen, viele Stunden lang.

»Ja«, sage ich, »das wäre vielleicht gut.«

Wir sitzen eine Weile schweigend nebeneinander. Mein

Atem beruhigt sich, die Falte auf Åsmunds Stirn verschwindet. Schließlich sage ich: »Das mit vorhin tut mir leid.«

»Ach«, sagt Åsmund. »Es wird schon alles wieder werden. Sie muss sich einfach nur abreagieren.«

»Es hat mich nur so erschrocken, dass sie mich angeschrien hat. Und ich stand dermaßen neben mir, weil ich nicht geschlafen hatte, und ich kann nicht aufhören, an Simon Sparre und die Katzen zu denken.«

Ich halte inne, um Luft zu holen.

»Hier ist es nicht mehr sicher. Mein Gott, direkt vor unserer Haustür sterben Menschen und Tiere. Und sie will lieber da draußen unterwegs sein als hier drinnen bei uns.«

Åsmund legt eine Hand auf meinen Arm, eine tröstende Geste, aber sein Blick verrät mir auch, dass er mir etwas erzählen möchte.

»Was ist denn?«, frage ich ihn.

Er antwortet nicht, sieht weg. Für einen Moment denke ich: Er weiß es. Dann denke ich: Er hat es getan, auf irgendeine seltsame Weise, die ich noch nicht ganz durchschaut habe, ist er für Jørgens Tod verantwortlich. Dann halte ich es nicht länger aus, was ist denn, rufe ich, sag es doch einfach, und ich verstehe ja selbst, wenn er denkt, ich wäre durchgedreht.

»Sie ist in ihn verliebt«, antwortet Åsmund leise. »Emma ist in Simen verliebt.«

»Wie bitte?«

»Hast du das gar nicht bemerkt?«

Nein, habe ich nicht. Ich war nicht ansatzweise auf die Idee gekommen.

»Ist dir nicht aufgefallen, wie sie sich benimmt, wenn er in der Nähe ist?«, fährt Åsmund fort. »Wie sie sich vor den Theaterproben zurechtmacht, weil er hin und wieder auftaucht? Und wie sie den ganzen Sommer im Garten herumgelungert und gehofft hat, dass er herauskommen würde?«

Ich bin sprachlos. Ich habe es nicht gesehen. Ich habe nicht einmal bemerkt, dass sie im Garten herumgelungert hat. Wahrscheinlich war ich zu sehr mit meinem eigenen Verliebtsein beschäftigt. Ich hatte nicht nur meinen Mann vergessen, sondern auch meine Kinder.

Während ich unter der Dusche stehe, fällt mir das Herz in dem Theatermanuskript von Emma wieder ein. GG. Ich lehne den Kopf an die Kacheln und denke: Green Gonzo. Das ist er, auf der letzten Seite der Geschichte versteckt.

Åsmund sitzt wie immer mit seinem Handy auf dem Sofa. Er hat die Beine auf die Chaiselongue gelegt, das eine über das andere, und sein Blick klebt am Display, mit diesem leeren Blick, den er immer hat, wenn er sich von diesem Telefon verhexen lässt.

Ich setze mich neben ihn, im Bademantel, das Handtuch ums nasse Haar gewickelt, und ausnahmsweise legt er das Handy sofort beiseite.

»Glaubst du, sie hat die letzte Katze aufgehängt?«, frage ich ihn.

»Die letzte Katze?«

Ich erzähle ihm, was Simen dem Journalisten am Telefon gesagt hat, und was alle Medien des Landes wiedergeben. Wie er diese letzte Tat abgestritten hat. Durchaus glaubwürdig, nicht zuletzt, wenn man die Angst bedenkt, die ich am Mittwoch in seinem Gesicht gesehen hatte, als er im Garten stand, denn es muss ihm eine panische Angst bereitet haben, dass jemand anders seine Signatur übernahm. Noch dazu sein Alibi, das Emma gekannt haben könnte. Vielleicht dachte sie, sie würde ihm damit einen Gefallen tun. Um den Verdacht von ihm wegzulenken, jetzt, da unser Haus im Fokus einer Mordermittlung steht, indem sie diese Tat in einer Nacht durchführte, in der er nachweislich an einem anderen Ort war. Vielleicht wollte sie ihm damit auch etwas zeigen. Dass sie da war, vielleicht, und dass sie wahrnahm, was er tat. Dass sie ihn mochte. Die Brandschutztür dort unten, durch die man sich so leicht hindurchschleichen kann. Wie leicht die Gefriertruhe für sie zugänglich gewesen war. Und das Geräusch der Haustür, das ich in dieser Nacht gehört zu haben glaubte.

»Hm«, sagt Åsmund zögerlich und besorgt. »Ich weiß es nicht. Es würde eigentlich nicht zu ihr passen, aber inzwischen kann man gar nichts mehr sicher sagen. Vielleicht schon.«

»Ich kann es nicht glauben«, sage ich.

»Ich auch nicht«, sagt Åsmund, und dann sitzen wir wieder so da, nebeneinander.

Jetzt könnte ich es sagen. Wir sind allein, es ist ruhig. Dieses Schweigen zwischen uns ist eine Möglichkeit, um es einfach hinter sich zu bringen. In meinem Magen wächst sofort der Stress, ist dies der Moment?

»Rikke«, sagt Åsmund. »Ich denke, es ist besser, wenn wir diesen Verdacht Emma gegenüber nicht erwähnen. Stimmst du mir zu?«

»Ich weiß es nicht«, sage ich.

»Sie muss uns jetzt vertrauen können«, sagt er.

So eindringlich klingt seine Stimme nicht oft.

»Aber es ist ein ernster Vorwurf«, sage ich.

»Genau deswegen. Wir dürfen mit niemand anderem darüber reden. Nicht mit der Polizei, nicht mit Jamila, mit niemandem. Und nicht mit ihr. Ich meine, irgendwann werden wir mit ihr darüber sprechen, das ist klar. Aber nicht jetzt. Jetzt, genau in diesem Moment, braucht sie unsere Unterstützung. Sie muss wissen, dass wir für sie da sind und ihr vertrauen. Und nicht in ihr Zimmer stürmen und ihr Vorwürfe machen. Verstehst du, was ich meine?«

Ich nicke langsam.

Es hat oft an mir genagt, dass Emma ursprünglich kein

Wunschkind war. Natürlich liebe ich sie, und das schon, seit sie ein Baby war. Doch als mir die Hebamme Emma in die Arme legte, war ich nicht von Glück überwältigt. Und obwohl ich mich über ihre ersten Schritte freute, und darüber, wie sie zum ersten Mal Mama sagte, und obwohl es mich mit Stolz und Wärme erfüllte, als die Kindergärtnerinnen sagten, sie könne schon so früh dies oder jenes, gab es so viele andere Dinge, die mich beschäftigten. Ich wollte ein Kind bekommen und meinen Doktor dennoch in der vorgegebenen Zeit machen. Ich wollte zeigen, dass ich eine Familie haben und gleichzeitig genauso schnell Karriere machen konnte wie alle anderen. Wollte beweisen, wie gut, fleißig, hart arbeitend und willensstark ich war. Ich pries Emmas Selbstständigkeit mehr als alles andere. Emma konnte sich schon mit drei Jahren allein anziehen und schmierte sich mit sieben ihre eigenen Pausenbrote. Im Kindergarten oder in der Schule gab es nie Probleme mit ihr. Wenn sie nachts weinte oder Angst vor der Dunkelheit hatte, ließ sie sich trotzdem überreden, allein in ihrem Zimmer zu bleiben, sie erduldete es, bis es vorbei war, weil ich darauf bestand. Sie bekam nur einen Bruchteil der Fürsorge und intensiven Aufmerksamkeit, die ihrem Bruder zuteilwurde. So erging es mir als Kind auch, denke ich, auch ich war die eigenständige große Schwester mit der jüngeren Schwester, die so viel einforderte, ich war diejenige, die sich in der Familie damit hervortat, keinerlei Forderungen zu stellen. Natürlich sage ich meiner Tochter, wie gern ich sie habe, natürlich weiß sie es. Doch es lässt sich nicht leugnen, dass ihr kleiner Bruder, das Glückskind, mit all seinen Untersuchungen und ärztlichen Kontrollen, etwas von mir bekommt, das ich ihr nie gegeben habe.

Zum Glück hat sie Åsmund. Zum Glück hat er sie immer aus ganzem Herzen bestärkt, hat sie durch die Luft gewirbelt, bis sie vor Freude jauchzte, sie in die Arme genommen und gesagt, sie sei das beste Mädchen zwischen hier und dem Südpol, weil sie sein Mädchen sei. Mir gegenüber hat er das nie ausgespielt, selbst im Streit nicht, obwohl er es gut hätte tun können. Aber wenn er dann einmal so deutlich seine Meinung äußert, wenn er mit einer so festen Stimme wie sonst nie sagt, dass wir jetzt genau so und nicht anders mit Emma umgehen müssen, nicht als Aufforderung oder Vorschlag, sondern als ganz klare Anweisung, habe ich dann irgendein Recht, ihm zu widersprechen?

Also stimme ich zu. Ja, okay. Wir werden nichts sagen. Er lächelt und streicht mir über die Wange.

»Das ist toll, meine Liebste«, sagt er zu mir, und etwas in mir zerbricht unter all diesem Wohlwollen.

Hoffentlich sieht er, wie gut ich das mache. Wie ich mich danach richte, was er sagt, wie ich meinen Wahnsinn zusammenpacke und mich besinne und ganz vernünftig werde und das tue, worum er mich bittet. Mich auf seine Einschätzung verlasse. Zählt diese Güte, dieser Einsatz, den ich jetzt leiste, ein wenig als Gegengewicht zu dem, was ich ihm jetzt erzählen muss?

»Ich war gestern bei der Polizei«, sagt Åsmund. »Hatte ich das erwähnt?«

Der Stress meldet sich erneut in meinem Bauch.

»Nein«, erwidere ich, »was wollten sie denn von dir?«

»Einfach nur reden. Es war dieser neue Ermittler, der mit dem Bart, Gundersen oder wie er heißt, und der hat mich gebeten, bei ihnen vorbeizukommen.«

»Und worüber wollte er reden?«

Meine Stimme ist so dünn und kleinlaut. Sie können ihm nichts von meiner Mail erzählt haben. Wenn er es wüsste, könnten wir jetzt nicht so dasitzen. Nichtsdestotrotz haben sie ihn zu sich gebeten. Und er ist gekommen. Keiner von ihnen hat mir vorher Bescheid gesagt, keiner hat mir die Möglichkeit gegeben, in letzter Sekunde noch ein Geständnis abzulegen. Es ist, als würde mir der Ernst von Ingvild Fredlys Aufforderung erst jetzt bewusst werden. Als hätte ich bis zu diesem Augenblick darauf gewartet, dass es noch akuter werden würde, noch dringender erforderlich, es Åsmund zu beichten. Doch so wird es nicht kommen, und plötzlich verstehe ich. Es wird kein Jetzt-oder-nie-Moment kommen. Ich muss es einfach nur tun. Ich kann es genauso gut jetzt tun.

»Tja, worum ging es eigentlich«, sagt er. »Im Grunde viel um dasselbe wie immer. Unser Verhältnis zu den Nachbarn, was wir über sie wissen. Und dann bohren sie immer wieder wegen diesem Ausflug im August nach, den wir Männer gemacht haben.«

Ich *muss* es jetzt tun, ich will es auch. Ich bin kurz davor, die Worte liegen mir auf der Zunge, doch dann lasse ich mich von dem ablenken, was am Rande meines Blickfelds auftaucht: der Ausflug.

»Was interessiert sie daran denn so sehr?«, frage ich. »Jamila hat erzählt, dass sie Saman auch danach gefragt hätten.«

Åsmund zuckt mit den Schultern.

»Ich weiß es nicht. Es ist nichts Besonderes passiert. Sie haben nach dieser Diskussion gefragt, die wir am Samstagabend hatten, aber, ich meine, es war eben nur eine Diskussion. Es ging um Impfskepsis und wie man damit umgehen sollte, medizinische Kompetenz versus Meinungsfreiheit. Vielleicht waren wir etwas temperamentvoll, wie es manchmal so kommt. Aber mehr auch nicht. Anschließend haben wir uns alle wieder gut verstanden. Mir ist nicht ganz klar, worauf sie hinauswollen.«

Jetzt lächelt er mich resigniert an.

»Ich habe das Gefühl, als würden sie nach irgendetwas

suchen, und ich würde es ihnen auch gerne geben. Ich weiß nur nicht, was es ist. Ich habe wirklich alles von diesem Abend erzählt, woran ich mich erinnere. Und du weißt ja, dass wir einiges getrunken hatten.«

»Wonach fragen sie denn genau?«

Will ich das wirklich wissen? Oder versuche ich dieses Gespräch gerade willentlich in die Länge zu ziehen, um dem anderen zu entgehen?

»Nur das«, sagt er. »Worüber wir gesprochen haben, wer was sagte, wie ich die anderen wahrgenommen habe und so weiter.«

»Und was hast du geantwortet?«

»Ich habe geantwortet, dass Jørgen sagte, die Meinungsfreiheit wäre wichtig, selbst wenn die geäußerte Meinung idiotisch ist. Er hat sich ein bisschen aufgespielt, Voltaire zitiert und so weiter. Wir waren eben ein bisschen betrunken. Und Saman hat gesagt, etwas so Dummes hätte er noch nie gehört, vor allem, wenn Kinder an Krankheiten sterben würden, die eigentlich längst ausgerottet wären, nur weil die Eltern etwas in irgendeinem Blog gelesen hätten, und Jørgen sagte, das kann schon sein, aber die Leute würden auch in einer Welt sterben, in der man seine Meinung nicht frei äußern darf, und so ging es immer weiter. Ich hörte zu, war wohl eher auf Samans Seite, aber nicht so leidenschaftlich wie er. Und Svein hat nur in der Ecke gehockt und gedöst, wenn ich mich richtig erinnere, er hatte wohl am meisten getrunken.«

»Saman hat gesagt, du hättest dich auch ganz schön ereifert«, bemerke ich, ohne ihn anzusehen.

»Ach, sagt er das?«, fragt Åsmund. »Tja, vielleicht habe ich auch mehr geredet, als mir bewusst war. Einiges an diesem Abend kommt mir etwas verschwommen vor, um es mal so auszudrücken.«

Er sieht mich lächelnd an, und zum ersten Mal sehe ich sein Lächeln und denke: Erzählt er mir jetzt die Wahrheit? Oder verbirgt er irgendetwas vor mir?

»Heißt das, Saman läuft herum und redet über diesen Abend?«, fragt er. Vernehme ich eine leichte Wachsamkeit in seiner Stimme?

»Er hat es irgendwann mal im Treppenhaus erwähnt«, sage ich. »Ich weiß nicht mal warum, ich habe ihn nicht danach gefragt.«

Ich sehe Saman vor mir, wie er sich wütend über das Geländer beugte. *Dein Mann war auch ziemlich gereizt an dem Abend.* Und dann noch Svein Sparre, der meinte, Åsmund sei auch kein Unschuldslamm. Åsmund zuckt die Achseln.

»Die Nachbarn sind alle ein bisschen paranoid geworden«, sagt er. »Das macht diese Situation mit uns. Ich hoffe, sie kriegen den Täter bald zu fassen, damit wir das hinter uns lassen können.«

Er schwingt seine Beine auf den Boden und lehnt sein Gewicht darauf. Wenn ich etwas sagen will, muss ich es jetzt tun. In meinen Ohren rauscht es. Mit jeder Stunde, die ich es hinauszögere, mache ich es schlimmer.

»Aber dann sind wir uns ja einig«, sagt er und steht auf. »Wir sagen Emma nichts darüber. Nicht jetzt. In dieser Zeit müssen wir sie so sehr unterstützen wie nur möglich. Und den Rest gehen wir später an.«

»Ja«, sage ich zahm und sehe auch diese Gelegenheit verstreichen und bin zu kraftlos, um sie zu ergreifen.

»Und wer weiß«, sagt er, während er in die Küche geht. »Vielleicht kommt sie ja selbst zu uns, um es zu erzählen. Es sind schon ganz andere Dinge passiert.«

An diesem Nachmittag ruft die Polizei an.

»Hier ist Gundersen«, sagt er, als ich mich melde. »Könnten Sie auf ein Gespräch bei uns vorbeikommen?«

»Tja«, antworte ich.

Lukas zeichnet, Åsmund ist im Garten beschäftigt.

»Ich muss kurz meinen Mann fragen, ob er auf die Kinder aufpassen kann.«

»Gut«, sagt Gundersen.

Er wartet. Ich muss also gleich fragen. Ich öffne das Küchenfenster. Åsmund steht mit einer Harke neben dem Holzdeck, und ich rufe ihm zu: »Die Polizei will, dass ich komme, kann ich gehen, würdest du auf Lukas aufpassen?«

»Ja«, antwortet er. »Natürlich.«

»Ich könnte jetzt kommen«, erkläre ich Gundersen.

Er sagt, das sei gut, er werde einen Wagen schicken, der in Kürze da sei, und er selbst warte dann im Präsidium am Empfang auf mich. Dieser Mann hat etwas Unausweichliches an sich, denke ich. Er fragt zwar, ob ich kommen könne, aber ich habe trotzdem nicht das Gefühl, es verneinen zu dürfen. Es ist unangenehm, ich möchte lieber nicht näher darüber nachdenken, was das bedeutet. Åsmund steht mit der Harke in der Hand auf dem Rasen und betrachtet mich. Seine Augenbrauen sind zusammengezogen und seine Stirn gerunzelt, als würde ihn das mit derselben Unruhe erfüllen, die auch in mir rumort.

Gundersen wartet wie versprochen am Empfang auf mich. Er ist energisch, ergreift meine Hand mit seiner dünnen, knochigen und drückt fest zu, während er sich gleichzeitig bedankt, dass ich kommen konnte, und so kurzfristig, ich verstünde ja sicher, dass sie jetzt Tag und Nacht arbeiten würden, die erste Woche einer Ermittlung sei die wichtigste, deshalb gebe es keine Zeit zu verlieren. Während er redet, schleust er mich durch einige Plastiktore, ein Sicherheitssystem, durch das er selbst dank einer Karte gelangt, er signalisiert dem Wachmann hinter seiner Glaswand stumm, die richtigen Knöpfe zu drücken, damit ich passieren kann, während er immerzu weiterredet. Wenn ich in der richtigen Stimmung gewesen wäre, hätte ich es beeindruckend gefunden.

Glücklicherweise führt er mich nicht in eine Art Verhörzimmer, wie ich es befürchtet hatte. Wir gehen durch eine beeindruckende Menge von Korridoren, ehe er plötzlich eine Tür öffnet und mich in ein Büro bittet. Es scheint sein Büro zu sein, darin stehen ein Schreibtisch, ein Bücherregal und ein paar Stühle.

»Bitte entschuldigen Sie die Unordnung«, sagt er und räumt einige Papierstapel vom Schreibtisch.

In Wirklichkeit scheint es ihm aber nicht unangenehm zu sein. Ich sehe mich um. Das Büro ist klein, ein Musterbeispiel für die Grenzen der öffentlichen Finanzierung und für eine optimale Raumnutzung, und in der Tat herrscht ein ausgeprägtes Chaos. Sein Schreibtisch quillt über vor Papieren, Zeitungen und Umschlägen aus grauem Papier, und ich zähle mindestens drei halbvolle Kaffeetassen. Halb versteckt unter einigen Seiten, wie es scheint Ausdrucke einer Internetzeitung, liegt ein hellblaues Päckchen mit dem Logo eines Tabakherstellers. An der Wand hängt ein Aquarell in verwaschenem Blau und Pastellgelb in einem goldenen, angestaubten Rahmen, über der Lehne des

Schreibtischstuhls eine zerknautschte Outdoorjacke. Ihre verblichenen Farben und der Grad ihrer Abnutzung verraten mir, dass sie seit mindestens zehn Jahren in ständigem Gebrauch ist. Es riecht nach kaltem Kaffee und etwas Säuerlichem, das ich nicht richtig einordnen kann.

»Na dann«, sagt er, während er sich auf den Schreibtischstuhl setzt und so zurückfallen lässt, dass die Lehne quietscht. »Setzen Sie sich. Ist es in Ordnung, wenn ich das benutze?«

Er schwenkt ein Diktiergerät, und ich nicke wortlos. Ich wähle einen der beiden Stühle vor dem Schreibtisch, es sind mit einem Baumwollstoff bezogene Holzstühle, die ebenfalls nach Behörde aussehen. Und dann sitzen wir auf unserer jeweiligen Seite des Schreibtischs. Gundersen sieht mich an. Er lächelt, wirkt beinahe freundlich.

»Wie geht es Ihnen eigentlich dort oben im Kastanjesvingen?«

»Geht so«, antworte ich.

Ich hole tief Luft, fülle meine Lungen. Habe das Gefühl, der Sauerstoff würde sich sofort mit großer Effizienz in meiner Blutbahn ausbreiten, um meinem ausgelaugten Körper neue Energie zuzuführen. Als ich wieder ausatme, habe ich das Gefühl, in mich zusammenzufallen.

»Ganz schön schwierig?«, fragt er. »Das kann man Ihnen nicht vorwerfen. Sie stecken ja sozusagen mittendrin.«

Er strahlt eine offensichtliche Stärke aus. Wenn wir miteinander sprechen, wünsche ich mir jedes Mal inständig, stattdessen Ingvild Fredly vor mir zu haben. Doch jetzt, als er dieses unerwartete Mitgefühl zeigt, denke ich, wenn er auf meiner Seite stünde, wäre es schön. Als könnte ich mich zurücklehnen und mich ausruhen und darauf warten, dass er den Fall für mich löst. Und mich darauf verlassen, dass alles gut wird.

»Ich habe kaum ein Auge zugetan, seit das passiert ist«, sage ich. »Und es ist jetzt eine Woche her. Na ja, fast eine Woche.«

»Wann fing das mit Ihrer Schlaflosigkeit an?«, fragt er.

Ich denke nach.

»Am Sonntag, glaube ich. Nein, Montag.«

»Davor haben Sie gut geschlafen? Denn haben Sie nicht … Warten Sie mal.«

Er kramt mit den Händen zwischen den Papieren auf seinem Schreibtisch, angelt einen neuen Stapel aus einem Umschlag hervor. Seine Finger sind lang und an den Kuppen gelb verfärbt von dem starken Tabak, den er verwendet, und jetzt blättern sie flink durch die Papiere.

»Ja, hier«, sagt er. »Ich hatte mich gefragt, ob Sie Fredly nicht etwas darüber geschrieben hatten. Und hier steht es. Dass Sie außergewöhnlich tief geschlafen hatten?«

»Ich weiß es nicht mehr«, antworte ich.

»In der Nacht, in der es geschah, war ich unruhig«, liest Gundersen vor, während er seinen Blick auf das Blatt heftet. *»Trotzdem schlief ich tief. Als ich wieder erwachte, fühlte ich mich, als hätte ich im Koma gelegen. Als wäre ich stundenlang weg gewesen.«*

Er sieht auf.

»Unruhe bei gleichzeitigem Tiefschlaf.«

»Ja«, sage ich, ich runzele die Stirn und versuche, mich zu erinnern. »Ja, das habe ich geschrieben, daran erinnere ich mich, aber ich sehe es nicht mehr klar vor mir … Doch, das wird schon stimmen. Ich erinnere mich an den Morgen. Dass ich sehr früh wach wurde und die anderen noch schliefen. Und Lukas sich zu uns hereingeschlichen hatte, ohne dass ich es bemerkte.«

Er nickt, und für einen Moment schweigen wir beide.

»Warum fragen Sie das?«, erkundige ich mich.

Er zuckt mit den Schultern und lächelt schief.

»Alles kann von Bedeutung sein«, antwortet er. »Und in dieser Nacht ist es passiert. Wenn Sie schlecht geschlafen haben, könnten Sie etwas gehört haben.«

»Ja«, sage ich, »aber ich habe gut geschlafen.«

»So gut, dass Sie nicht von einem Geräusch aufgewacht wären?«

»Keine Ahnung. Doch, wahrscheinlich schon.«

Etwas wird in seinem lächelnden Gesicht wach. Gestern hatte er bei uns zu Hause in der Küche gesessen und Kaffee getrunken, und mir war bewusst geworden, dass Åsmund und ich unsere gegenseitigen Alibis sind. Wenn ich etwas anderes behaupte, bringe ich Åsmund in Gefahr.

»Wie gesagt habe ich einen sehr leichten Schlaf«, sage ich. »Ich wache sofort auf, wenn sich etwas bewegt.«

Und gleichzeitig meldet sich eine leise Unruhe, eine ganz absurde Furcht: Wenn ich in dieser Nacht wirklich so tief geschlafen habe, wäre ich dann aufgewacht, wenn Åsmund hinausgegangen wäre?

»Hm«, sagt er und nickt. »Aber in jener Nacht sind Sie nicht aufgewacht, als Ihr Sohn hereinkam?«

»Ich habe es sicher nur vergessen. Das kommt ja so oft vor. Es war eine ganz normale Nacht. Abgesehen von der Unruhe, aber ich glaube, das lag eher an einem Traum, oder besser gesagt Albtraum.«

»Hm«, sagt er erneut.

Er blättert wieder durch seine Papiere. Ich spüre, wie mir die Schamesröte den Hals hinauf und bis in die Wangen steigt. Da sitzt er und liest, was ich Ingvild geschrieben habe. Was ich ihr als Vorschuss gab, um mir ein bisschen Zeit zu erkaufen. Falls ich das wirklich getan habe.

Dann legt er die Seiten weg.

»Ging es Ihnen gut mit Jørgen?«, fragt er.

Die Frage überrascht mich.

»Ich weiß es nicht«, sage ich. »Wenn ich ganz ehrlich bin. Anfangs wohl schon. Irgendetwas an ihm hat mich magisch angezogen und mich dazu gebracht, all das zu tun.«

Ich gestikuliere in Richtung der Ausdrucke, als wären sie an allem schuld.

»Doch am Ende wollte ich, dass es vorbei ist. Ich meine, ich habe ihm natürlich nicht den Tod gewünscht oder irgendetwas in die Richtung. Auf keinen Fall, ich war vollkommen am Boden zerstört. Und bin es immer noch. Ich weiß nicht.«

Und dann wallt alles erneut in mir auf, diese ganze Woche. Ich schluchze über Gundersens Schreibtisch, breche in Tränen aus, die überraschend heftig sind. Mein ganzer Körper zittert. Als wäre etwas in mich eingedrungen und würde mich von innen schütteln. Er reicht mir eine Serviette, so eine harte, raue, wie man sie in den Papierspendern auf öffentlichen Toiletten findet, mit der man sich die Hände abtrocknet, sie schneidet mir ins Gesicht, als ich sie über Augen und Nase reibe. Etwas an diesem Weinen erinnert mich an das Unwetter in meiner Kindheit, plötzliche Regenschauer, die auf das Tal hinabgehen, bedrohliche Wolken, die sich auftürmten, ihre Heftigkeit aber erst preisgaben, wenn sie direkt über uns waren. Und dann waren sie plötzlich vorbei, der Himmel war klar und im Wald roch es frisch und gut, und egal, wo man sich hinsetzte, man bekam einen nassen Hintern und Flecken auf den Klamotten.

»Entschuldigen Sie«, sage ich, als es vorbei ist.

Ich trockne mir die Tränen, spüre, wie das Papier über die dünne Haut unter den Augen kratzt.

Gundersen sagt nichts. Er betrachtet mich, aber nicht unfreundlich. Eher so, als würde er abwarten, bis ich fertig bin. Er versteht es, denke ich, er versteht dieses Weinen, wahrscheinlich besser als ich selbst.

Ich sage: »Ich darf nicht um Jørgen weinen. Ich muss die Fassade aufrechterhalten. Das wird auf Dauer anstrengend.«

»Er hat Ihnen etwas bedeutet«, erwidert Gundersen neutral.

»Ja. Aber ich wollte es beenden. Ich habe ja verstanden, was ich riskiert habe. Anfangs war es wohl, tja, ich weiß nicht, fast wie eine Art Rausch. Doch dieser Rausch hat eben irgendwann nachgelassen, um es so zu sagen.«

Er sagt: »Sie haben Fredly geschrieben, Sie hätten versucht, Schluss zu machen: *Ich sage zu Jørgen, das mit uns ist vorbei, wir können das nicht fortsetzen.*«

Einen Augenblick ist es still. Er blinzelt, als würde er darüber nachdenken, was ich gesagt habe. Ich will gerade weiterreden, hole Luft, doch dann kommt er mir zuvor.

»Glauben Sie, Åsmund weiß etwas davon?«

»Nein«, sage ich. »Nein, da bin ich mir sicher.«

»Warum sind Sie sich so sicher?«

Ich hole erneut Luft. Warum bin ich mir so sicher? Weil ich ihn kenne. Åsmund ist so durchschaubar. Aber das kann ich nicht sagen.

»Er kann es nicht herausgefunden haben«, antworte ich. »Wir waren so vorsichtig.«

»An einer Stelle schreiben Sie aber, dass Emma es vielleicht wissen könnte.«

Emma im Nachthemd, und mein eigener Albtraum von heute Morgen, mein Kind im Nachthemd mit dem Messer in der Hand.

»Nein«, sage ich. »Sie weiß es nicht. Aber sie könnte es ahnen. Oder, ich weiß es nicht. Nicht gerade *das*. Aber irgendetwas.«

Er nickt erneut, diesmal aber langsamer. Nicht so, als wäre er unbedingt meiner Meinung, sondern eher so, als wollte er signalisieren, dass er hört, was ich sage, und darüber nachdenkt. Mein Hals schnürt sich zu, ich bekomme nur schwer Luft. Jetzt bringe ich meine Tochter ins Spiel. Jetzt denkt er, Emma würde es wissen, und Emma hätte es getan. Das ist ein neuer Tiefpunkt, sogar für mich.

»Hören Sie«, sage ich. »Es geht hier nicht um meine Familie. Keiner von ihnen hätte das getan. Åsmund wird ohnmächtig, wenn er Blut sieht, und Emma, Emma ist noch ein Kind, verdammt.«

Meine Stimme ist laut und panisch. Das leise Klicken, das ich in jener Nacht gehört hatte, die Schritte, die möglicherweise Emmas waren, durch die Brandschutztür, zu den toten Katzen in der Gefriertruhe. Ich habe den Verdacht, dass sie es getan hat, vielleicht, um dem Jungen, den sie so mag, etwas zu beweisen. Gundersen reagiert nicht auf meinen Protest, es ist, als hätte er ihn nicht gehört.

»Aber hat Åsmund denn einen Verdacht?«, fragt er.

»Nein«, sage ich entschieden. »Das hätte ich mitbekommen.«

Jetzt nickt er wieder so langsam und zweifelnd. Ich atme hastig und flach, was habe ich geschrieben, was habe ich getan?

»An jenem Morgen«, fährt Gundersen fort. »Haben Sie da etwas gesehen? Oder ist irgendetwas passiert?«

»Nein«, sage ich, und atme ein wenig aus. »Die Sonne schien. Ich habe Hoffmo auf seiner Türschwelle gesehen. Sie wissen schon, der pensionierte Militär auf der gegenüberliegenden Straßenseite? Bei Jørgen oben war es still. Aber das war nicht weiter ungewöhnlich.«

»Und den restlichen Tag über? Waren Sie irgendwann oben bei ihm?«

Ich hole Luft.

»Was meinen Sie damit?«

»Ich meine«, sagt Gundersen. »Waren Sie irgendwann letzte Woche oben in Jørgens Wohnung?«

Wieder ein solcher Moment, nur ein paar Sekunden, um eine Entscheidung zu treffen.

»Nein«, antworte ich. »Ich habe bei ihm angeklopft. Er hatte gefragt, ob ich zu ihm hochkommen wolle. Doch es hat niemand aufgemacht, und da bin ich wieder nach unten gegangen.«

»Und Sie sind nicht hineingegangen?«

Steckt hinter dieser Frage noch mehr? Er sieht mich mit offenen, klaren Augen an, und ich denke: Dieser Mann ist unmöglich zu durchschauen.

»Nein«, sage ich. »Als er nicht aufgemacht hat, bin ich wieder nach unten gegangen.«

»Haben Sie an diesem Tag mit anderen Nachbarn gesprochen?«

»Saman kam aus seiner Wohnung, als ich gerade geklopft hatte«, sage ich und spüre, wie mir das Blut in den Kopf steigt. »Ich sagte, mir würden Eier zum Backen fehlen, und er hat mir zwei gegeben. Das war natürlich nur eine Ausrede von mir.«

So weit ist es jetzt also gekommen, denke ich, jetzt lüge ich auch schon vor der Polizei. Ich weiß, dass ich ehrlich sein müsste, das ist ein Risiko. Doch alles, was ich sage, alles, was ich geschrieben habe, scheint mich nur immer tiefer in diese Sache hineinzuziehen. Und nicht nur mich. Auch meine Familie. Meinen Mann, mein Kind. Jetzt erscheint es mir unmöglich zu sagen, dass ich drinnen gewesen bin an jenem Samstag, dass ich dort im Wohnzimmer stand und dann wieder hinausgegangen bin. Ich sehe genau vor mir, wie Gundersen vorsichtig nickt, wenn das so ist, entschuldigen Sie mich bitte einen Moment. Ich sehe vor mir, wie er hinausgeht und mit mehreren Kollegen zurückkehrt, und einer von ihnen sagt: Wir müssen Sie leider festnehmen. Ich sehe die Schlagzeilen in den Zeitungen vor mir: *Neue Verhaftung im Tåsen-Mord*, und in den Boulevardmedien: *Sex-Mord: Nachbarin unter Verdacht.* Sehe vor mir, wie Jamila vor ihrem kleinen schicken MacBook zusammenzuckt, wenn sie die Überschriften sieht. Sehe Åsmund vor mir, mit weit aufgerissenen Augen und offenem Mund vor dem Fernseher, Åsmund, der das nicht verstehen kann. Und meine Kinder. Emma in ihrem Schildkrötenpanzer. Lukas, der Åsmund fragt: Ist Mama jetzt im Gefängnis?

Gundersen legt den Ausdruck mit meiner E-Mail auf die übrige Unordnung auf seinem Schreibtisch und lehnt sich wieder zurück. Er legt das eine Bein über das andere, balanciert den Knöchel über seinem Knie. Sitzt breitbeinig da, wie er es vermutlich immer tut.

»Was glauben Sie denn?«, fragt er. »Nur so zwischen uns. Was glauben Sie, was passiert ist?«

Ich schlucke und sage: »Wussten Sie, dass Jørgen an einem investigativen Artikel über die Zeitarbeitsbranche gearbeitet hat?«

Gundersen sieht mich an. Er kneift die Augen zusammen, konzentriert sich.

»Was Sie nicht sagen.«

»Svein Sparre hat eine Zeitarbeitsvermittlung«, sage ich. »Svein mochte Jørgen nicht. Ich weiß nicht, ob es daran lag oder an etwas anderem. Und dann dieser gemeinsame Ausflug.«

»Was ist damit?«, fragt Gundersen.

Sein Gesicht wirkt nicht besonders wachsam. Er sieht nicht so aus, als würde er schon seit Tagen genau danach fragen und nachbohren.

»Es kam dort im Ferienhaus zu einem Streit. Sie hatten sich ja schon danach erkundigt, glaube ich. Und ich meine, ich war nicht dabei, Åsmund sagt allerdings, es wären in erster Linie Saman und Jørgen gewesen, die sich stritten. Aber ich meine, es war Sveins Ferienhaus. Und Svein sagt …«

Ich unterbreche mich, weil ich selbst höre, wie ich klinge, und wie kleinlich es ist, die Schuld auf jemand anderen zu schieben. Wie eifrig ich dabei bin. Plötzlich habe ich wieder das Bild vor Augen, wie Svein in der Nacht die Arme um Nina legte. Was sie in den letzten Tagen alles durchgemacht haben.

»Ich weiß nicht«, sage ich, »aber ehrlich gesagt kann ich mir gar nicht vorstellen, wie einer aus diesem Haus nachts in Jørgens Büro geht und ihm die Kehle durchschneidet. Nicht Simen, nicht sein Vater, niemand. Ich weiß nicht, was einen Menschen dazu bringt, so etwas zu tun.«

Irgendetwas funkelt tief in Gundersens grauen, unergründlichen Augen.

»Hass«, sagt er. »Furcht. Geld. Gesichtsverlust. Sie wären überrascht, wenn Sie wüssten, wozu die Leute in der Lage sind. Leute wie Sie und ich. Oder der nette Nachbar von nebenan, mit dem Sie immer einen freundlichen Schwatz halten. Natürlich sind immer wieder alte Bekannte darunter, die schon eine ausführliche Polizeiakte haben, die töten, damit sie nicht wieder hinter Gitter müssen, oder um das Geld für den nächsten Schuss oder was auch immer zu bekommen. Aber ich habe auch viele Fälle gesehen, die mich nachdenklich gemacht haben.«

Für einen Moment sieht er tatsächlich so aus, als würde er ins Grübeln verfallen, denn er verstummt und starrt auf das blasse Aquarell, als läge irgendetwas anderes, Wichtiges dahinter. Dann ertappt er sich dabei, dreht sich zu mir um und lächelt wieder sein schiefes Lächeln.

»Die Leute sagen immer, Der-und-Der könnte keiner Fliege etwas zuleide tun«, sagt er. »Und ich sage: Wenn die Möglichkeit vorhanden und die Motivation groß genug ist, könnten wir alle zu Mördern werden. Was wäre, wenn jemand Ihrem Kind nach dem Leben trachtet, würden Sie ihn oder sie dann nicht umbringen? Es ist ein angenehmer Gedanke, dass Mord immer etwas ist, was nur wenige von uns betrifft. Diejenigen, die in bestimmten Stadtvierteln leben, zum Beispiel, und die mit Menschen Umgang haben, die klauen und Drogen nehmen. Mit denjenigen, die wir Polizisten im Blick haben oder es jedenfalls tun sollten. Und dass der Rest von uns davon verschont bleibt. Aber so denke ich nicht mehr. Nein. Das habe ich immerhin mittlerweile gelernt. Nun gut. Aber ich möchte Sie auch nicht länger aufhalten. Finden Sie selbst wieder hinaus?«

Da bin ich mir nicht sicher, aber ich nicke trotzdem. Und fünf Minuten später stehe ich vor dem Präsidium, wo die niedrige Herbstsonne die Stadt dunkelrot einfärbt.

Immerhin hatte ich es geschafft, einen Strich unter die Sache zu ziehen. Doch nach dem Sommer fielen wir allmählich wieder ins alte Muster zurück. Bei mir auf der Arbeit hatte es einen großen Konflikt gegeben, und Åsmund besaß nicht die nötige Energie, um mir zuzuhören. Er war wieder einmal viel bei seiner Mutter im Einsatz, einige Bäume, die zum Nachbarn hinüberwuchsen, mussten beschnitten und die Fassade neu gestrichen werden. Du wirst das schon lösen, sagte er mit müden kleinen Augen, als ich ihm davon erzählte, du kannst so was doch so gut. Und als ich eines Abends allein zu Hause saß und versuchte, die giftige E-Mail eines Kollegen zu beantworten, während die Kinder schliefen, schickte ich Jørgen eine Nachricht.

An dieser Stelle möchte ich Åsmund nicht die Schuld in die Schuhe schieben, Ingvild. Ich übernehme ganz allein die volle Verantwortung. Ich war diejenige, die zu Jørgen zurückkam. Ich kann auch ihm nicht die Schuld geben, denn er fragte mich mehrmals, ob ich das auch sicher wolle. Ich weiß nicht, was ich sagen soll. Es war, als bräuchte ich eine Pause von der Wirklichkeit. Ich radelte gegen halb zwölf von der Arbeit nach Hause, schloss die Haustür auf und rannte die Treppe hinauf zu ihm, und als wir neben diesem verdammten Daybed auf dem Boden lagen, verspürte ich eine Art Erleichterung, als würde alles andere aufgehoben. Als könnte Jørgen mir nach wie vor eine Zuflucht bieten.

Es funktionierte nicht mehr so gut wie zuvor, das versteht sich. Aber dieser Übergang, im Alltag einen Freiraum zu haben, um durchatmen zu können, und ihn dann plötzlich nicht mehr zu haben. Ich weiß nicht, wie ich das erklären soll. Das ist so, als wäre man ein trockener Alkoholiker und würde mitten im tiefsten Dreck stecken, den das Leben zu bieten hat, Ärger, Stress und diese graue Masse des Alltags, den es zu bewältigen gilt, einen Tag nach dem anderen, und man müsste das alles ertragen, ohne ein Bier oder etwas Härteres trinken zu dürfen. Nicht allein in dem Moment, sondern für immer. Sich nie mehr ein Gläschen einschenken zu dürfen, um alles ein bisschen abzumildern. Ich sage nicht, dass das unmöglich ist. Ich sage nicht, dass ich das nicht irgendwann geschafft hätte. Aber ich balancierte an einem Abgrund.

Als ich das letzte Mal dort oben war, strich er mir über die Wange, bevor ich ging. Zeig ihnen, wer die Chefin ist, sagte er, und das war das Letzte, was er zu mir sagte.

In der Nacht, in der es geschah, war ich unruhig. Trotzdem schlief ich tief und fest. Als ich wieder erwachte, fühlte ich mich, als hätte ich im Koma gelegen. Als wäre ich stundenlang weg gewesen. Wir verbringen fast ein Drittel unseres Lebens schlafend, wusstest du das? Und trotzdem haben wir oft keine Ahnung, was wir träumen.

DER ZWEITE SONNTAG

Der Garten liegt immer noch in der Dämmerung. Ich stehe nur in Unterwäsche bekleidet dort draußen, aber ich friere nicht. In allen Fenstern brennt Licht. Ich sehe keine Menschen, aber ich weiß, sie befinden sich im Haus. Sie sind da, alle miteinander, und erneut erfüllt mich dieses tiefe Wissen, dass etwas Schreckliches passieren wird.

Ich öffne den Mund, möchte ihnen etwas zurufen, Emma, Lukas und Åsmund. Doch so sehr ich mich auch anstrenge, kein Laut dringt aus meiner Kehle. Und jetzt sehe ich einen Schatten oben bei Jørgen und Merete. Er wirkt vertraut. Ich weiß, wer es ist. Ich beginne zu rennen, will dort hinein, muss die anderen warnen, doch so schnell ich auch renne, ich komme kaum vom Fleck. Im Licht der Fenster kann ich sehen, wie der Schatten die Wohnung von Jørgen und Merete verlässt, die Treppen hinuntergeht und unsere Wohnungstür öffnet. Ich gebe noch einmal alles, schreie, so laut ich kann, renne, so schnell es geht, und im nächsten Moment wache ich auf, und jeder Muskel in meinem Körper ist angespannt. Ich blinzele, mein Hals ist rau und schmerzt, doch meine Wangen sind trocken, und neben mir schläft Åsmund ungerührt.

Jeder Aufprall schmerzt. Mein Plan besteht darin, vorsichtig zu laufen, das verletzte Knie nicht zu stark zu belasten. Nur eine kleine Runde um den Voldsløkka Park, höchstens zwei. Doch obwohl ich mich mit schnellem Gehen aufgewärmt habe, spüre ich es bei jedem Schritt, durch die Belastung verschlimmert es sich, und ich merke, dass es aussichtslos ist, diesen körperlichen Umstand kann ich nicht besiegen. Ich halte mitten auf dem Kiesweg an und bleibe einfach nur stehen. Ein Mann in den Vierzigern in Trainingstights und einer knallgelben Jacke flitzt an mir vorbei. Drüben auf dem Rugby-Platz joggen ein paar Spieler hin und her und werfen sich den Ball zu. Zwei Mütter mit Kinderwagen kommen in langsamem Tempo auf mich zu, sie sind so ins Gespräch vertieft, dass sie mich erst im letzten Moment entdecken und ihre Wagen um mich herumlenken. Ich rühre mich nicht von der Stelle. Mir bleibt nichts anderes übrig, als wieder nach Hause zu gehen, aber es widerstrebt mir, und einen anderen Plan habe ich nicht, also bleibe ich einfach nur stehen.

Schließlich reiße ich mich doch zusammen, bewege mich langsam zum Ende des Parks und nehme den kleinen Weg zwischen den Bäumen, der zum Mariedalsveien führt. Der Schmerz sticht weiterhin bei jedem Schritt, obwohl ich jetzt so ruhig gehe. Wahrscheinlich hinke ich.

Als ich zur Straße gelange, halte ich erneut an. Autos fahren vorüber, ein Bus bremst vor dem Kreisverkehr ab, es herrscht ein reger Verkehr, obwohl Sonntag ist und niemand zur Arbeit fahren muss. Ich blicke zur Bushaltestelle hinüber und entdecke Saman. Im selben Moment sieht er mich auch, und wir nicken einander zu. Seit jenem Tag im Treppenhaus habe ich ihn nicht mehr gesehen, aber jetzt wittere ich eine Chance.

»Setz dich«, sagt er, und ich nehme gehorsam auf der Bank der Bushaltestelle Platz.

Er geht neben mir in die Hocke und hebt prüfend mein Bein. »Wie hast du dich verletzt?«

»Ich war im Wald joggen«, sage ich, »und habe es etwas übertrieben mit dem Tempo, und dann bin ich gestürzt. Es ist schon ein paar Tage her.«

»Hm.«

Er hat diesen Arztblick, untersucht mein Bein, streckt und beugt es ein wenig und fragt mich, ob es wehtut, wenn er es in diese Richtung dreht und in jene zieht. Ich antworte. Wir haben ein neues Verhältnis zueinander entwickelt: Arzt und Patientin. Die Bushaltestelle hat sich in eine Praxis verwandelt, und das Merkwürdige ist, dass es mir gar nicht merkwürdig vorkommt und auch nicht viel abverlangt, es zu akzeptieren.

»Verstaucht ist dein Bein nicht«, erklärt er. »Wahrscheinlich eine leichte Prellung. Es ist ein bisschen geschwollen, da, wo es auf den Stein aufgetroffen ist, aber das ist ja auch nicht weiter verwunderlich. Wenn es nach zwei Wochen immer noch wehtut, solltest du zum Arzt gehen.«

»Okay«, sage ich. »Danke.«

Er steht auf, setzt sich neben mich auf die Bank und schließt mit dieser Bewegung seine improvisierte Klinik, doch vielleicht hängt die Atmosphäre immer noch in der Luft, denn ich erkenne ihn kaum wieder. Trotzdem gelingt es mir zu sagen: »Saman? Ich würde dich gerne etwas fragen.«

Er nickt nur, ich kann ihn fragen, entnehme ich der Geste, und während ich nach Worten suche, dreht er sich zu mir um und sagt: »Es geht um Jamila, oder?«

Ich erwidere nichts. Er sagt: »Ich habe mir schon gedacht, dass du dich vielleicht wunderst. So wie sie ständig zu dir rennt mit ihren ganzen Artikeln und Theorien.«

Er seufzt schwer und wirkt plötzlich wie ein viel älterer Mann.

»Ich kenne Jamila seit dem Kindesalter. Deshalb weiß ich schon immer, dass sie so ist. Ihre Mutter und ihr kleiner Bruder sind beide bipolar. Ich habe viel darüber gelesen. Diese Krankheit hat eine starke genetische Komponente. Es ist das psychische Leiden, das am meisten vererbt wird, wusstest du das? Aber Jamila ist nicht krank, sie hat keine Diagnose.«

Letzteres sagt er mit fester Stimme, als wäre es besonders wichtig für ihn, etwas, woran er sich klammert.

»Ein Freund von mir, der Psychiater ist, hat mir von etwas erzählt, das Zyklothymia heißt. Eine schwächer ausgeprägte Variante, wenn man so will, bei der die depressiven und euphorischen Phasen nicht ganz so extrem sind. Deshalb denke ich, wenn sie etwas hat … ist es wohl Zyklothymia.«

Er holt tief Luft. Unten am Hang bei Nydalen hören wir, wie der Bus beschleunigt. Uns bleibt nicht mehr viel Zeit, und nach Jamila wollte ich ihn gar nicht fragen, aber ich kann ihn jetzt auch nicht unterbrechen. Ich erinnere mich daran, wie sie bei mir zu Hause war, die ganzen Ausdrucke auf dem Tisch, ihre Unterstreichungen und Ausrufezeichen, all die Muster, die sie darin erkannte. Ihre Intensität, als sie an diesem Tag bei mir war, ihre Ungeduld. Wie sie mich in den Arm kniff.

Saman war mit ihrem großen Bruder befreundet, lernte sie

zu Hause bei der Familie kennen und verliebte sich Hals über Kopf in sie, als er sechzehn war. Es habe nie eine andere für ihn gegeben, erzählt er. Ihre Intensität sei auch anziehend gewesen, voller Leidenschaft, Leben und Farben. Ihr Bruder sagte zu Saman: Wenn du sie willst, musst du akzeptieren, dass sie so ist. Wenn du sie deswegen verlässt, schlage ich dich krankenhausreif. Saman versprach es. Er nahm dieses Versprechen ernst, das er ihrem Bruder gab, der damals noch gar nicht wusste, was es wirklich bedeutete. Und er nimmt es bis heute ernst. Steht fest an ihrer Seite.

»Meistens ist es auch kein Problem«, sagt er. »Im Alltag läuft es eigentlich ganz gut. Sie kann ihre intensiven Erlebnisse bei ihrer Arbeit wunderbar umsetzen. Hast du ihre Bilder mal gesehen? Es ist schwierig, diese Instabilität, diesen Ernst, mit dem sie alles aufnimmt, von ihr zu trennen. Vielleicht geht es auch gar nicht. Vielleicht ist sie das. Es fällt normalerweise auch nicht groß ins Gewicht. Sie ist stark. Sie weiß, wie sie es nutzen kann.«

Der Bus bremst und öffnet die Türen, doch Saman macht keine Anstalten von der Bank aufzustehen und einzusteigen.

»Problematisch wird es, wenn dramatische Dinge passieren«, sagt er. »Jamila ist so sensibel für alles, was passiert. Vor zwei Jahren wurde sie schwanger, und wir dachten …«

Er verstummt, blickt zum Bus, der die Türen schließt, wieder losfährt und den Maridalsveien entlang verschwindet.

»Als sie eine Fehlgeburt hatte, fiel sie in eine Depression. Eine sogenannte reaktive, die durch äußere Stressfaktoren ausgelöst wird. Das kommt ab und zu vor und hängt nicht unbedingt mit ihrer grundsätzlichen Verletzlichkeit zusammen, aber ich dachte … Sie war wirklich in einer tiefen Krise. Ich hatte Angst, sie würde sich das Leben nehmen. Für eine kürzere Zeit war sie auch in der Klinik. Als sie zurückkam, wollten wir noch einmal neu anfangen. Wir haben die Wohnung im Kastanjesvingen gekauft und wollten mit dem Familienzuwachs warten, bis sie sich wirklich ganz erholt hatte. Und jetzt …«

Er lächelt mich an, aber es ist ein unendlich trauriges Lächeln.

»Wir hatten gerade angefangen, darüber zu sprechen, es wieder zu versuchen. Und dann passiert die Sache mit Jørgen. Und ausgerechnet Jamila findet ihn.«

Ich nicke. Ich wusste es nicht, aber ich verstehe es.

»Ich habe überlegt, ob wir verreisen sollten«, sagt er. »Ein paar Wochen wegfahren, solange die Ermittlungen laufen. Das Ganze ein bisschen auf Abstand bringen. Und wiederkommen, wenn sie den Kerl gefasst haben. Vielleicht würde das helfen.«

Ich nicke erneut, langsam.

»Ja«, sage ich. »Aber eigentlich wollte ich gar nicht danach fragen.«

Er wendet sich mir zu. Sein Bart ist dunkel, die Augenbrauen sind schön geformt und tiefschwarz. Sein Gesicht liegt ein wenig im Schatten.

In der Ferne höre ich den nächsten Bus an der Haltestelle unten beim Fluss bremsen.

»Eigentlich wollte ich dich nach diesem Ausflug fragen. Als wir damals im Treppenhaus standen, mit Nina, du weißt schon. Da hast du gesagt, Åsmund wäre wütender gewesen als du.«

Saman blickt zu den grünen Wohnblöcken auf der anderen Straßenseite hinüber, und für einen Augenblick sitzen wir so da, vollkommen ruhig. Dann sagt er: »Es gibt eine Sache, die man lernen muss, wenn man Norweger ist, aber einen iranischen Namen trägt und iranisch aussieht. Und zwar, dass man nicht dasselbe Recht hat wie andere Menschen, wütend zu werden. Wut zu zeigen. Egal, wie berechtigt sie ist. Wenn jemand eine Beule in dein Auto fährt, Müll in deinem Garten ablädt, wenn …

Ich weiß nicht, was auch immer. Wenn einer wie Jørgen oder Åsmund bei so etwas durchdreht, zeigen alle Verständnis. Wenn jemand wie ich ausrastet, denken sie dagegen sofort, ich wäre ein Fundamentalist. Ich meine, was soll das. Meine Eltern kommen aus dem Iran, aber meine Familie gehörte zu den Ersten, die aus dem Land geflohen sind, als Khomeini an die Macht kam. Verstehen die Leute nicht, dass ich diesen buchstäblich gedeuteten Glauben und die konservative Auslegung der Religion genauso hasse wie sie? Aber sobald ich meine Stimme das kleinste bisschen erhebe, sehen sie nur das. Ja, ich habe mich von dieser Diskussion im Ferienhaus provozieren lassen. Jørgen sprach von Meinungsfreiheit, und das soll ja auch jeder machen, aber dann darf man nicht erwarten, dass einem niemand widerspricht.«

Ein neuer Bus hält vor uns, ein paar Schulmädchen steigen aus. Saman macht noch immer keine Miene einzusteigen, und dreht sich zu mir um, als der Bus wieder abfährt.

»Åsmund war wütender als ich«, sagt er. »Er hat gebrüllt. Ich habe die Stimme erhoben, aber ich möchte doch festhalten, dass ich leiser gesprochen habe als er. Ich hatte auch viel weniger getrunken. Doch als die Polizei da war, hatten sie natürlich gehört, ich wäre unglaublich wütend gewesen. Das hat garantiert Svein Sparre behauptet. Er war völlig besoffen und ist immer eingeschlafen, mit dem Kinn auf dem Tisch, aber genau das will er natürlich mitbekommen haben. Es war eine Diskussion, mehr nicht, aber als er sie anschließend mit seinem Kater analysiert hat, kam er natürlich zu dem Schluss, dass ich völlig außer mir war.«

Saman seufzt. Wieder sitzen wir eine Weile schweigend da, und es ist vollkommen still, keine Autos, keine Busse. Die Sonne scheint, und es ist relativ warm, ein Tag, an dem der Winter noch in weiter Ferne scheint. Ich frage ihn: »Wo wolltest du eigentlich hin?«

Er lächelt ein wenig gequält.

»Um ehrlich zu sein, habe ich vor, einen Podcast aufzunehmen. Ein Ding, das ich mit ein paar Schulfreunden zusammen plane. Der eine ist Komiker, der andere promovierter Philosoph. Die Idee war, dass der Komiker Fragen stellt. Was ist der Sinn des Lebens, was ist der Tod, was ist die Liebe? Solche Sachen. Und wir sollen antworten. Der Philosoph aus seiner fachlichen Perspektive, ich aus meiner. Eine Folge haben wir schon aufgenommen, aber noch nicht veröffentlicht. *Von der Wiege zum Grab,* haben wir sie genannt. Ich weiß nicht, vielleicht ist das ein doofer Titel.«

Ich lächle. Das war der mysteriöse Titel, auf den ich im Internet gestoßen war. Mehr steckt also gar nicht dahinter. Er blickt auf seine Turnschuhe hinab und grinst. Eigentlich sieht er aus wie ein Hipster, denke ich, der Bart, die Klamotten, sogar seine braune Umhängetasche. Die strahlend weißen, teuren Turnschuhe.

»Klingt interessant«, sage ich.

»Wir werden sehen«, erwidert er.

Ein neuer roter Bus taucht vor dem Kreisverkehr auf, und er sagt: »Den sollte ich vielleicht nehmen.« Dann stützt er die Hände auf den Knien ab und steht auf.

»Saman«, sage ich. »An diesem Samstag, die Sache mit den Eiern.«

Er nickt langsam.

»Hast du das erwähnt … ich meine, Jamila gegenüber?«

»Nein«, antwortet er. »Ich dachte, das wäre besser so.«

Der Bus fährt heran, bremst und öffnet die Türen. Beim Einsteigen dreht er sich um und winkt. Ich bleibe auf der Bank sitzen, bis der Bus verschwunden ist, und zum ersten Mal seit Tagen habe ich das Gefühl, ich könnte wieder frei atmen.

Das ist dann wohl oder übel die einzige Bewegung, die ich heute bekomme, denke ich, während ich die Harke über den Rasen ziehe, sodass die Zinken die braune Schicht der alten Blätter im Gras zu fassen bekommen. Die Sonne steht hoch am Himmel und wärmt, und wenn ich jetzt noch dieses alte Laub entferne, kann der Rasen nach dem Winter wieder schön und grün werden. Åsmund hat gestern schon einiges übernommen, aber jetzt bin ich einmal in Schwung und will den Rest erledigen. Alles hübsch machen für uns. Wenn er von seiner Mutter zurückkehrt, wird er sehen, wie schön es geworden ist. Wie ich das bewahre, was wir haben. Uns ein Nest baue und es pflege, wenn es erforderlich ist.

Merete hockt mit einer Zeitung und einer Tasse Kaffee auf der Treppe und streckt ihr Gesicht in die Sonne. Wir haben ein paar Worte gewechselt, nicht viele, aber ich bin mir ihrer Anwesenheit peinlich bewusst, während ich hier Laub harke. Ich überlege, ob sie meinen Bewegungen mit dem Blick folgt, aber das scheint sie nicht zu tun, sie sieht nur hin und wieder in die Zeitung, ansonsten sonnt sie sich. Filippa und Emma sitzen drüben auf dem Holzdeck und beugen sich über einen Karton, den Filippa von einem Verwandten geschenkt bekommen hat, sicher jemand, der Mitleid mit ihr hatte wegen des schwarzen Blicks und ihrer verzweifelten Simon-&-Garfunkel-Anfälle. In der Schachtel liegt eine kleine ferngesteuerte Drohne. Die Mädchen scheinen ihre Konkurrenz vergessen zu haben, jetzt sitzen sie nebeneinander und bauen das Gerät zusammen, nein, das muss dahin, sagt die eine, o Gott, so viele Schrauben, ruft die andere. Lukas hat seine Versuche, ihnen zu helfen, aufgegeben, er hat sich mit ein paar Spielzeugautos auf die Bank unter den Apfelbaum gesetzt und spielt Autobahn.

So soll es sein, wenn Åsmund nach Hause kommt, denke ich und spüre, wie sich mein Magen erneut verkrampft: Ehe ich es ihm sage. Dieses Bild soll auf seiner Netzhaut auftauchen, wenn er heute Nacht versucht einzuschlafen. Seine Frau, die das Haus pflegt und die Kinder hütet. Alles, was wir haben. Åsmund kann das doch wohl nicht aufgeben? Mein Fehltritt ist nicht unbedeutend, aber wie viel ist er zu opfern bereit, um mich zu bestrafen? Heute Abend werde ich mit ihm sprechen, und diesmal bin ich entschlossen. Und dann ist es, wie es ist. Jetzt kann ich ihm höchstens dabei helfen, eine Wahl zu treffen. Uns vorsichtig in die Richtung schubsen, sich für uns zu entscheiden, trotz allem.

»So vielleicht«, schlägt Emma vor.

»Nein, warte«, sagt Filippa, und dann lachen sie dort drüben.

Sind sie jetzt Freundinnen, denke ich. Hat sich das in den letzten Tagen entwickelt? Merete raschelt mit der Zeitung. Lukas redet leise und ernst mit seinen Autos.

»Hallo, Prytz«, höre ich jemanden unten an der Straße rufen.

Dort steht Hoffmo in seinem ulkigen Jogginganzug mit einem langen weißen Streifen an jedem Bein. Ich hebe die Harke vom Gras und gehe zum Zaun.

»Sieh einer an«, sage ich. »Bereit für die letzte Laufrunde der Woche?«

»Natürlich. Eine gesunde Seele in einem gesunden Körper, Prytz, das ist der Schlüssel. Und hier wird also im Garten gearbeitet?«

»Ja, man muss ja schließlich seinen Pflichten nachkommen.«

»Das versteht sich.«

Ich stütze mich auf den Stiel der Harke. Er sagt: »Und Sie haben sogar noch mehr tote Katzen gefunden, wie ich höre?«

»Ja«, antworte ich und lasse meinen Blick den Kastanjesvingen entlangwandern, zu einer Unebenheit im Boden ein Stück von uns entfernt, auf der Straße zwischen unseren Gärten.

»Ja, ich habe gehört, dass Sie in den Keller gegangen sind und die Gefriertruhe geöffnet haben. Kluger Gedanke, Prytz.«

Ich sage nichts, lächle nur höflich. Möchte mich nicht mehr damit beschäftigen.

»Und dann steckte also der junge Sparre dahinter«, sagt Hoffmo und schüttelt den Kopf. »Traurige Sache.«

»Ja«, sage ich. »Das war eine Überraschung.«

»Wissen Sie, ich fand, diese Morde hatten von Anfang an etwas Aufrührerisches.«

Dieses Wort verwendet er. *Morde.* Ich stütze mich weiter auf die Harke, betrachte einen Riss in der Straße.

»Da war Nina nicht ganz am Ball«, sagt Hoffmo nachdenklich. »Und man kann sich schon fragen, warum. Aber das ist bestimmt auch nicht leicht als seine Mutter.«

Eine Elster hüpft um den Riss im Asphalt herum, sucht am Wegrand nach Futter, und wir beobachten sie beide. Ich spüre seine Anwesenheit neben mir.

»Wie auch immer«, sagt er. »Er wird seine gerechte Strafe bekommen, und gleichzeitig werden sie bestimmt nachsichtig mit ihm sein. Er ist ja noch ein Kind.«

Hoffmo hat etwas Strenges an sich, etwas Aufrechtes, Rankes, das dafür sorgt, dass ich ihn mir oft als Turnlehrer an der Sprossenwand vorgestellt habe. Aber er war beim Militär, das weiß ich ja. Ich kann ihn mir nur schwer in dem Beruf vorstellen, in

Uniform, das Kommando über jemanden führend. Im Grunde weiß ich aber nur wenig darüber, was dieser Beruf überhaupt bedeutete, und was genau er gemacht hat.

»Er ist kaum jünger als die ersten Wehrdienstleistenden«, sage ich und frage: »Haben Sie jemals mit welchen zusammengearbeitet?«

»Nein«, antwortet Hoffmo.

»Aber Sie waren bei der Armee, oder?«

»Doch«, sagt er. »Ich hatte allerdings mit Aufklärung zu tun.«

Die Elster nähert sich dem Riss, und ich denke: Wie porös ist der Asphalt, wie schnell kann sich der Schaden verschlimmern? Wird der Vogel Stückchen daraus loshacken können, ein Loch in unsere Straße reißen?

»Aufklärung«, sage ich. »Was ist das denn, Überwachung und so?«

Er antwortet erst nicht. Der Vogel hält vor dem Riss. Er beugt sich vor, pickt vorsichtig mit seinem Schnabel auf etwas ein.

»Nein, nicht ich«, erwidert er. »Datenanalyse. Ein Bürojob.«

Er sieht mich jedoch nicht an. Irgendetwas verschweigt er mir.

»Schade«, sage ich. »In diesen Zeiten könnte uns ein bisschen Überwachung hier in der Straße ja nicht schaden.«

Hoffmo sagt nichts. Am Ende der Straße nähert sich ein Nachbar mit seinem angeleinten Hund. Bolivar heißt der Hund, ein riesiger Bernhardiner, der etwas zu groß wirkt für unsere kleine Sackgasse. Wir betrachten Bolivar und sein Herrchen. Ich messe ihren Abstand zu dem Vogel neben dem Riss, wie lange wird es dauern, ehe sie ihn erreichen, ehe Bolivar bellt und er flüchten muss?

»Waren Sie denn dann über die Arbeit an diese Kameras gekommen?«, frage ich. »Die Sie hier wegen des Vandalismus montiert hatten?«

»Ich hatte einen Tipp von einem alten Kollegen bekommen«, sagt er. »Falls Sie das meinen. Es hätte auch funktionieren können, wenn sich der feine Anwalt Hove nicht eingemischt hätte. Er meinte ja, es wäre illegal, auf kommunalem Boden zu filmen. Als wollte ich herumschnüffeln. Das sage ich Ihnen aber, Prytz, daran habe ich keinerlei Interesse. Wenn man mit den Jungs redet, die in der Armee für die Überwachung zuständig sind, erfährt man, wie leid sie schmutzige Geheimnisse sind. Wer etwas mit wem hat, wer heimlicher Alkoholiker ist, wer die Frau des Nachbarn begehrt. Es ist überall dasselbe. So was interessiert mich wirklich gar nicht.«

Jetzt bin ich diejenige, die den Blick abwendet, den Vogel anstarrt, der noch nichts von dem Bernhardiner ahnt. Hoffmo wohnt direkt gegenüber von unserem Haus. Er könnte etwas gesehen haben. Vielleicht nichts, womit er mich direkt überführen könnte, aber Kleinigkeiten. Vielleicht hat er mich aus der Wohnung gehen sehen, die Treppe hinauf. Zum wiederholten Mal. Vielleicht hat er eins und eins zusammengezählt, Schlüsse aus seinen Beobachtungen gezogen.

»Nein«, wiederholt Hoffmo. »So was interessiert mich nicht. Aber diesen Pöbel finden, der unser gemeinsames Eigentum zerstört. Und diesen Untaten ein Ende setzen. Das möchte ich schon.«

Im selben Moment entdeckt der Vogel den Hund. Zu meiner Überraschung schreckt er nicht hoch, sondern hüpft nur ein paar Meter weiter, erhebt sich kurz und landet auf Hoffmos Torpfosten. Bolivar schnuppert kurz am Riss im Asphalt und trottet weiter. Die Elster bleibt sitzen, sieht erst den Hund an, dann uns. Kurz haben wir Augenkontakt, der Vogel und ich.

»Tja«, sagt Hoffmo. »Er war ja der Meinung, das sei nicht erlaubt, der feine Herr Anwalt, und was weiß ich schon, er wird das Gesetz schon gut kennen. Aber der Ton, mit dem er das vorgebracht hat, war meiner Meinung nach sehr unschön. Man muss doch reagieren dürfen. Wenn die Nachbarschaft auf eine solche Weise angegriffen wird, muss man die Sache in die Hand nehmen dürfen. Das ist sogar unsere Bürgerpflicht. Meine ich. Meine Frau meinte, ich wäre zu starrköpfig. Also ließ ich die Sache auf sich beruhen, dem Haussegen zuliebe. Den häuslichen Frieden sollte man bewahren, Prytz, das ist eine weitere Pflicht.«

Er lächelt mich breit und gutmütig an. Ich hole Luft, will ihm gerade zustimmen, lasse es aber doch sein. Dann hebt die Elster von dem Pfosten ab, gleitet tief über den Asphalt und in unseren Garten hinein, zwischen Lukas und den Mädchen hindurch, an Merete vorbei. Ich folge ihr mit dem Blick, bis sie hinter dem Haus verschwindet, und ich ahne die gedanklichen Konturen von etwas und greife danach, wie ich es geübt habe, wie ich es auf der Arbeit mache, ich entwerfe Hypothesen und teste sie aus.

»Eines hat mir zu denken gegeben. Eigentlich ist die Sache mit den Katzen doch viel schlimmer als der Vandalismus damals«, sage ich. »Wenn man es sich genau überlegt.«

»Das stimmt vielleicht«, erwidert er.

Ich wende meinen Blick von der Straße ab, sehe in sein bärtiges Gesicht, die breiten Wangen, die kleinen Augen unter den buschigen Brauen. Sie strahlen Intelligenz aus, denke ich. Etwas, das man leicht übersieht, wenn er so poltert.

»Wäre es denn nicht viel dringlicher, jetzt etwas zu unternehmen?«, frage ich. »Wenn die Nachbarschaft einem viel unheimlicheren Angriff ausgesetzt ist, wenn Sie so wollen.«

»Das mag schon sein.«

»Und trotzdem haben Sie nichts unternommen. Diesmal

haben Sie keine Kameras installiert und nichts getan, um sich zu verteidigen?«

Er sieht mich an, kneift die Augen zusammen. Für einen Moment sind wir ganz still, und es ist, als würde er erwarten, dass ich einen Schritt zurücktrete und etwas Entwaffnendes sage, ja, ja, es ist schon nicht leicht, und hätten Sie zufällig noch einen Tipp, was wir mit dem Rasen machen könnten? Als würde er erwarten, dass ich einen Rückzieher mache. Ich stütze mich auf die Harke. Fühle mich so wach und scharfsinnig wie schon lange nicht mehr.

»Oder haben Sie es vielleicht doch getan?«

»Ich breche keine Gesetze«, antwortet er ruhig. »Ich habe dem Anwalt versprochen, das in Zukunft zu unterlassen. Ich war nicht einverstanden, aber ich habe es versprochen. Keine Kameras mehr auf kommunalem Grund und Boden. Und ich bin ein Mann, der sein Wort hält, Prytz.«

»Aber was ist mit dem Grund und Boden, der nicht der Kommune gehört?«, frage ich. »Ihrem eigenen Grund und Boden zum Beispiel?«

Wir drehen uns beide um und blicken zu seinem Garten. Dem Flechtzaun aus Metall, der ihn umrahmt, und der säuberlich gestrichen ist, ohne den kleinsten Hauch von Rost.

»Tja«, sagt Hoffmo. »Was das betrifft, habe ich nichts versprochen, nicht wahr?«

Ich denke: Er hat ein Schlupfloch gefunden. Und war sicher höchst erfreut darüber, nachdem er den Anwalt um Entschuldigung bitten musste.

»Tja«, sagt er und blickt über die Straße, als gehöre sie ihm. »Man kann sich an das Gesetz halten und trotzdem sein Köpfchen einschalten. Als sie die erste tote Katze im Godalsparken fanden, habe ich zu meiner Frau gesagt: Merk dir meine Worte –

das wird nicht die letzte sein. Und in meinem eigenen Garten akzeptiere ich so etwas nicht. Also habe ich die zwei Kameras aufgebaut, die ich noch von der Vandalismussache übrig hatte. Auf meinem eigenen Grund und Boden, muss ich dazu sagen. Und warum sollte ich das auch nicht tun? Ein Mann muss in seinem eigenen Garten tun und lassen dürfen, was er will. Selbst meine Frau war damit einverstanden.«

Er holt tief Luft und hält sie für einen Moment an, sodass sein Brustkorb aufgeblasen ist wie der eines Hahns, ehe er sie mit einem Seufzer wieder ausstößt.

»Tja. Und diesmal wart ihr da drüben dann ja betroffen. Schade, dass ihr nicht selbst Kameras aufgestellt hattet. Hätten sich alle Nachbarn zusammengetan, hätten wir ihn schon längst geschnappt.«

Hinter mir höre ich Lukas mit sich selbst reden, wie immer, wenn er alleine spielt, dann erzählt er so leise Geschichten, dass niemand versteht, worum es geht. Auf dem Holzdeck kichern die Mädchen gerade über etwas. Ich denke: Bin ich darüber erleichtert, dass Hoffmo in jener Nacht nicht unsere Briefkästen gefilmt hat? Ich sehe einen grobkörnigen Film vor mir, Emma, die im Nachthemd und mit einem steifgefrorenen Körper und einem blauen Nylonstrick in den Armen durch unsere große schwarze Tür hinauskommt.

»Wo stehen die Kameras?«, frage ich ihn.

»Ach«, sagt er. »Eine in der Einfahrt, auf den Garten gerichtet. Eine andere am Zaun, auf den Eingang gerichtet.«

»Sehen Sie nur Ihr eigenes Grundstück im Bild?«

»Sind Sie jetzt auch Anwältin, Prytz?«

Ich schweige. Betrachte seinen Garten, der parallel zum Kastanjesvingen verläuft und durch den Metallzaun mit seinen lose geflochtenen Metalldrähten von der Straße getrennt ist. Langsam sage ich: »Ist es denkbar, dass man auf dem Film auch einen Ausschnitt von der Straße sieht? Vielleicht steht sie in einem solchen Winkel, dass ein Stück davon im Bild ist?«

»Dass ich die Straße heimlich mitfilme, meinen Sie?«

»Nein, nein«, sage ich. »Nicht bewusst. Aber so etwas kann doch versehentlich passieren? Durch einen Zufall? Ohne dass jemand die Schuld daran trägt?«

Er schürzt den Mund und betrachtet seine Einfahrt.

»Das könnte schon sein, ja«, sagt er. »Natürlich habe ich so etwas nicht absichtlich getan. Ich gehe davon aus, dass Ihnen das klar ist. Aber man könnte aus Versehen etwas von der Straße erwischt haben, ja, das ist möglich. So oder so wird man wohl kaum mehr als einen Zipfel Asphalt darauf sehen. Wenn es so wäre, meine ich. Euer Haus ist jedenfalls nicht im Bild, und der junge Sparre kam ja anscheinend aus dem Keller.«

Ich starre auf seine Zaunpfähle und spüre, wie mein Atem schneller und leichter wird.

»Aber wenn es so ist, dass man einen Zipfel von der Straße sieht«, sage ich. »Dann könnten wir doch vielleicht nachprüfen, ob jemand in der Nacht, in der Jørgen ermordet wurde, den Kastanjesvingen hinaufgegangen ist?«

Für einen Moment steht die Luft vollkommen still. Keine Autos sind zu hören, keine Fahrräder, keine spielenden Kinder. Dann lachen die beiden Mädchen auf dem Holzdeck erneut, und ich höre Merete mit der Zeitung rascheln.

»Sicher bin ich nicht«, antwortet er langsam. »Aber möglich ist es.«

»Einen kurzen Blick könnte es doch wert sein«, sage ich unbeschwert.

Ich fürchte, dass er sich weigert, auf höfliche Weise: Nein, das ist zu viel. Doch dann nickt er langsam.

»Doch«, sagt er nachdenklich. »Es wäre einen kurzen Blick wert. Kommen Sie mit, Prytz?«

Zögernd bleibe ich stehen, verlagere mein Gewicht von einem Bein auf das andere. Ich weiß nicht, ob es richtig von mir ist, mich tiefer in diese Angelegenheit zu verstricken, als ich es ohnehin schon bin. Aber das Bedürfnis danach, meine Hypothese zu überprüfen, und die Neugier darauf, was auf dem Film zu sehen ist, überwältigen mich. Allerdings bleibt auch ein Zweifel: Was, wenn etwas auftaucht, was ich nicht sehen will, was, wenn Emma gefilmt wurde? Ich glaube es nicht, aber sicher kann ich mir nicht sein. Doch dann denke ich, dass es in jedem Fall besser wäre, es zu wissen. Hoffmo mag mich, er wird nicht unangemessen reagieren, und wenn wir schon so weit gekommen sind, können wir das jetzt auch noch hinter uns bringen.

»Emma«, rufe ich über meine Schulter. »Hoffmo will mir nur kurz etwas zeigen, kannst du Lukas im Blick behalten?«

Die beiden Mädchen spähen konzentriert in den Karton auf dem Tisch, als würden sie nach einem bestimmten Teil suchen. Merete wirft über den Rand ihrer Zeitung hinweg einen Blick in unsere Richtung.

»Jaja«, antwortet Emma, ohne aufzusehen.

Im Haus des Ehepaars Hoffmo ist alles mit Kiefernholz verkleidet, die Wände, die Decken und die Böden. Um diesen Stil zu vervollkommnen, stehen im Flur auch noch drei massive Kiefernschränke. Es wirkt anachronistisch, als würde man dreißig Jahre zurückversetzt in eine Zeit, als Tåsen noch ein ganz normales Wohngebiet in Oslo war und die Hoffmos sich ein Haus kauften und mit drei kleinen Kindern einzogen. Für einen kurzen Moment wünschte ich, wir hätten damals hier gelebt. Frau Hoffmo steckt ihren Kopf aus der Küche, und ihr Gesicht erhellt sich, als sie mich sieht, ach nein, wie nett, sagt sie, soll ich vielleicht einen Kaffee aufsetzen?

»Nein, danke«, antwortet Hoffmo mit wichtiger Miene. »Wir müssen etwas recherchieren.«

»Aber danke«, sage ich und lächle freundlich zurück.

Sie wirken so glücklich, die beiden, denke ich, und mir fällt auf, dass ich das schon oft gedacht habe. Er mit seinen Ideen. Sie, die ihn dabei erwartungsvoll beobachtet, was wird er diesmal aushecken? Und wenn sie ihm Einhalt gebietet, kann sie sich sicher sein, dass er auf sie hört.

Hoffmo schreitet die Treppe empor, und ich folge ihm. An den Kiefernwänden im Aufgang hängen Bilder von den drei Kindern, als Babys, im Schulalter, als Jugendliche. Ganz oben hängen alle drei als Erwachsene, wie sie bei ihren jeweiligen Hochzeiten in die Kamera lächeln. Die Treppe folgt der Evolution der

Familie. Doch wir haben keine Zeit, um stehen zu bleiben und sie uns anzuschauen, Hoffmo und ich. Er führt mich in ein Zimmer, vermutlich eines der ehemaligen Kinderzimmer, das jetzt eine Art Allzweckraum ist. Darin befinden sich ein Bücherregal, ebenfalls aus Kiefernholz, ein alter Sessel und ein Schreibtisch aus glattem Furnier. Auf dem Boden in der Ecke, unter die tiefste Stelle des Schrägdachs geschoben, steht eine Rudermaschine.

Er setzt sich an den Computer und schaltet ihn ein. Ich stelle mich neben ihn. Das Fenster geht nicht auf den Kastanjesvingen hinaus, sondern in die andere Richtung, zum Bakkehaugen. Das Ehepaar Hoffmo hat vernünftige Entscheidungen getroffen, denke ich, ein solides Zuhause eingerichtet, ein gutes Leben geführt. Sie haben nicht renoviert, aber warum sollten sie auch? Der Computer knirscht und arbeitet, und Hoffmo starrt ihn mit gerunzelter Stirn an, als könnte er seine Konzentration auf ihn übertragen. Den Computer haben sie wohl auch schon lange. Ich werfe einen schnellen Blick auf die Uhr, das könnte dauern, und ich wollte doch eigentlich im Garten stehen, wenn Åsmund nach Hause kommt, aber etwas Zeit bleibt mir noch. Der Desktop erscheint. Hoffmo bewegt die Finger. Seine Hand ruht schwer auf der Maus, er findet das richtige Icon und klickt darauf. Kurz darauf wird der Bildschirm vom Garten in der Herbstsonne erfüllt, so wie er jetzt auch daliegt. Auf der rechten Seite ist ein kleiner Streifen vom Kastanjesvingen zu sehen. Ich beuge mich vor. Mehr als ein Streifen. Vielleicht ein Drittel der Straße.

»Haben Sie das gesehen?«, fragt Hoffmo und lächelt mich beklommen an.

»Wo sind die gespeicherten Aufnahmen?«, frage ich.

Immerhin sieht man unseren Garten nicht, denke ich. Wenn Emma herausgekommen ist, wird der Film es nicht zeigen. Hoffmos riesige Pranke lenkt die Maus, er ist ungeschickt, aber er weiß, wo er hinmuss. Findet den richtigen Reiter, stellt einige Parameter ein.

»Jetzt wollen wir doch mal sehen«, sagt er. »Wann ist es passiert?«

»Freitag«, antworte ich atemlos. »In der Nacht auf Samstag, vor etwas über einer Woche.«

Er findet den richtigen Tag, die Aufnahme ist noch gespeichert. Auf einer Linie mit einem Marker scrollt er bis Mitternacht vor. Der Bildschirm zeigt seinen leeren Garten im Dunkeln. Auch die Straße daneben liegt verlassen da, aber ausreichend erleuchtet, das haben wir sicher den Laternen zu verdanken. Das Bild ist körnig, aber wir können deutlich den Torpfosten erkennen, an dem seine Hausnummer hängt. 00:13:14, steht unten am Bildschirm, und die Sekunden verstreichen. 15,16,17. Wir starren darauf. Nichts passiert.

»Vielleicht sollten wir vorspulen«, schlage ich nach einigen Minuten vor.

Er sagt nichts, und ich deute es als Zustimmung, beuge mich über die Tastatur und finde die richtige Taste. Der Film wird im Zeitraffer abgespielt, aber nicht zu schnell. Ich habe meine Hand auf seiner Rückenlehne abgelegt und trommele ungeduldig mit den Fingerspitzen darauf.

Gegen halb eins tauchen einige Schatten auf. Hoffmo stoppt den Film. Die Schatten nähern sich der Kamera, und dann erkennen wir ein paar Schuhe mit Zebramuster, wie sie üblicherweise von Jugendlichen getragen werden.

»Sieh einer an«, sagt Hoffmo und verschränkt die Hände über seinem Bauch.

»Vielleicht sind das einfach nur Nachbarn auf dem Heimweg.«

»Das können wir nicht mit Sicherheit sagen«, erwidert er und vermerkt den Zeitpunkt auf einem Zettel.

Einige Zeit vergeht. Ein Auto fährt vorüber, wir können gerade so die Reifen erkennen. Hoffmo notiert. Ich beginne an dem Projekt zu zweifeln, denn was hatte ich mir zu finden erhofft? Momentan kann ich nicht mehr erkennen, was für ein schlagender Beweis dabei zu Tage gefördert werden sollte. Während Hoffmo weiter vorspult, erkenne ich, wie vergebens die Aktion ist: Meine Hypothese, die mir im Garten so überzeugend vorkam, wird mit einem Schulterzucken enden, und am Ende ist niemand klüger. Die Uhr auf dem Bildschirm zeigt zwei Uhr, dann halb drei.

»Wissen wir, wann es passiert ist?«, fragt Hoffmo.

»Auf jeden Fall in der Nacht«, sage ich. »Wenn wir bei sechs angekommen sind, ist es zu spät, glaube ich.«

In der Etage unter uns höre ich Frau Hoffmo rumoren. Ich wäre nicht überrascht, wenn sie uns trotzdem Kaffee kocht, das würde zu ihr passen.

»Tja, hier passiert nicht viel«, sagt Hoffmo, als die Uhr fast drei anzeigt.

»Es könnte ja auch jemand auf der anderen Straßenseite gelaufen sein.«

»Ja.«

Jetzt ist der Film bei drei Uhr. Hoffmo holt tief Luft. Und dann erscheint am äußersten Bildschirmrand ein kleines Licht.

»Was ist das?«, frage ich.

Er hält den Film an. Für einen Moment erstarrt das Licht flackernd, dann läuft das Video mit normaler Geschwindigkeit weiter. Das Licht kommt näher. Dahinter befindet sich ein Schatten, wie von einem Auto, aber das ist es nicht, es muss etwas Kleineres sein, mit nur einem Licht. Dann verschwindet es aus dem Bild, und die Straße liegt wieder im Dunkeln.

»Spulen Sie zurück«, sage ich.

Er drückt einige Tasten. Das Licht taucht erneut auf. Es ist ein Fahrzeug, denke ich. Die Bewegung, die Geschwindigkeit.

»Was kann das sein?«, frage ich.

»Ein Motorrad?«, schlägt er vor.

»Vielleicht.«

Wir spielen die Sequenz noch einmal ab. Ich halte das Bild an, aber wir kommen nicht weiter. Alles, was wir erkennen, ist dieses Licht und eine Art Kasten dahinter. Und dahinter noch etwas, aber es ist zu dunkel, und die Frontlampe, die auf die Kamera gerichtet ist, erschwert es uns, den Hintergrund genauer zu erkennen. Hoffmo notiert den Zeitpunkt auf seinem Block.

»Tja, wir sollten das wohl der Polizei übergeben«, brummelt er. »Wobei ich nicht glaube, dass sie es verwenden werden.«

Der Film läuft auf dem Bildschirm weiter. Ich will gerade sagen, dass ich wieder zurückgehen muss. Meine Hypothese hält nicht stand, es hat keinen Sinn, noch länger hierzubleiben. Dann sehen wir etwas. Nur ein Schatten am oberen Bildschirm, dann wieder etwas, das sich bewegt.

»War da etwas?«, frage ich, und er stoppt den Film erneut und verlangsamt ihn auf die normale Geschwindigkeit.

Es ist eine schnelle Bewegung, die nur wenige Augenblicke währt, aber wir spulen zurück, starten den Film abermals, und nach einigen Versuchen gelingt es Hoffmo, den Film im richtigen Moment anzuhalten.

Es ist ein Fuß, am äußersten Bildrand, gerade so zu erahnen, doch als wir den Film wieder anhalten, sehen wir ihn deutlich. Er steckt in einem weißen Turnschuh, klein und feminin, unter einem schlanken Knöchel. An der Seite ist der Schuh mit etwas verziert. In dem Winkel kann man nicht leicht erkennen, was die Stickerei darstellt, doch ich weiß es bereits. Ich weiß, wo ich diesen Schuh schon einmal gesehen habe.

An jenem Sommertag, als ich sie zum ersten Mal sah, auf dem Holzdeck vor unserem Haus, zusammen mit ihrem Mann und den gemeinsamen Freunden, sah sie so zufrieden aus. Jørgen hob ihren geflochtenen Zopf an und legte ihn behutsam wieder auf ihren Rücken, und sie wandte sich ihm zu und lächelte. Zu diesem Bild bin ich so oft zurückgekehrt. Sie wirkten sehr verliebt ineinander. Nichts an dieser Situation verriet, dass sie sich gegenseitig enttäuscht hatten und Vorwürfe darüber machten, was aus ihrem Leben geworden war.

Doch Merete winkte mir nicht, als sie mich sah. Sie stand einfach nur gerade da und betrachtete mich. Ich schämte mich so dafür, wie ich sie angestarrt hatte, aber später dachte ich: Ihr Verhalten war aber auch merkwürdig gewesen. Einfach nur dazustehen. Ich war die neue Nachbarin, da sollte man doch meinen, dass sie wenigstens hätte winken können, wenn sie schon nicht hereinkommen und mich begrüßen wollte. Lächeln, anerkennen, dass ich da war. Zeigen, dass sie mich gesehen und verstanden hatte, wer ich war. Willkommen in der Nachbarschaft.

Einmal, in einem ganz anderen Zusammenhang, nachdem es in der Schule auf einem Elternabend zu einer erbitterten Diskussion gekommen war, sagte ich zu Åsmund, dass Merete der Typ sei, der zuschnappen würde, wenn sie sich bedroht fühlte.

Ich renne so schnell wie möglich die Treppe herunter, durchlaufe die Evolution der Familie Hoffmo rückwärts. Schreie Hoffmo über die Schulter zu, dass er die Polizei rufen und sie zur Wohnung von Merete Tangen schicken solle, es seien ihre Schuhe, ihr Fuß, vermutlich auch ihr gestohlenes Transportfahrrad. Er muss sich darum kümmern, denn ich habe keine Zeit. Das Herz rast in meiner Brust: die drei Kinder dort draußen auf dem Rasen. Die beiden Mädchen, die gerade die Drohne zusammenbauen, der kleine Junge, der mit seinen Autos spielt. Merete und ihre Zeitung. Was hat sie von dem gehört, was Hoffmo gesagt hat, ahnt sie, was ich inzwischen weiß? Welche Bedrohung ich für sie darstelle? Ich muss meine Kinder finden und sie zu mir holen, sie nach Hause bringen und die Tür abschließen. Eine Festung aus unserer Wohnung machen. Åsmund anrufen, damit er nach Hause kommt. Ich bin wie ein Hütehund, denke nur noch daran, meine Herde zusammenzutreiben.

Im Erdgeschoss kommt mir Frau Hoffmo mit einem Tablett entgegen, sie hat unsere Antwort tatsächlich ignoriert und trotzdem Kaffee gekocht. Ich fege an ihr vorbei, sie sagt etwas zu mir, aber ich höre es nicht. Ich habe nur ein Ziel, und das Herz in meiner Brust erinnert mich mit jedem dumpfen Schlag daran, wie sehr es eilt. Dieser Verdacht schwelt schon seit Sonntag in meinem Hinterkopf. Ich wohne Wand an Wand mit einer gefährlichen Person. Ich habe vieles falsch gemacht, aber ich werde meine Kinder beschützen, in diesem Punkt darf ich nicht versagen. Ich stecke hastig meine Füße in die Schuhe, vergesse meine Jacke, reiße einfach nur die Tür auf und stürme aus dem Haus.

Schon von Hoffmos Garten aus sehe ich die beiden Mädchen. Inzwischen haben sie die Drohne aus dem Karton gehoben, scheinen sie aber nicht zum Fliegen bringen zu können. Emma hält sie in der Hand, Filippa die Fernbedienung, und sie unterhalten sich. Merete ist weg. Lukas auch, er sitzt nicht mehr auf der Bank unter dem Apfelbaum.

Ich stürme durch das Tor und auf sie zu. Sie drehen sich beide um und sehen mich an. Emma will etwas sagen, doch ich komme ihr zuvor und rufe:

»Wo ist Lukas?«

»Er ist drinnen«, antwortet Emma. »Zusammen mit Merete.«

Mit einem Satz bin ich bei ihr, packe ihren Arm und zerre sie weg. Sie schafft es gerade noch, ihrer Freundin die Drohne zurückzugeben. Filippa sieht mich nur an, und ihr Blick ist so ernst, als wäre sie viel älter als ihre dreizehn Jahre.

»Was ist denn, Mama?«, fragt Emma, während ich sie mitziehe.

In diesem Moment hat sie nichts Kokettierendes an sich, sie möchte mich nicht provozieren, sie fragt mich lediglich als Kind: Mama, was passiert hier?

»Wir müssen rein«, sage ich.

Ich habe immer noch ihren Arm umschlossen, als wäre sie eine Verbrecherin, und drehe mich nicht zu Filippa um, die uns sicherlich nachblickt. Ich gebe unseren Code ein, schleife Emma ins Treppenhaus und schließe unsere Wohnungstür auf.

»Bleib hier«, sage ich schroff, aber vielleicht hört sie die Panik in meiner Stimme, denn sie protestiert nicht. »Ich gehe hoch und hole Lukas.«

Emma sieht mich mit diesen großen, ängstlichen Augen an, das Kind, das Angst vor der Dunkelheit hatte, und das ich gezwungen habe, sie zu ertragen.

»Was ist los?«, fragt sie erneut.

Sie ist kurz vorm Weinen. Wäre mir die Zeit dafür geblieben, hätte ich mich selbst dafür verflucht, was ich von ihr gedacht habe, dass ich überlegt habe, wozu sie fähig wäre. Sie ist immer noch ein Kind, ihre harte Schale ist nur ihr Schutz vor der Welt, aber kein besonders stabiler, man muss ihn bloß mit dem Finger anstupsen, und er fällt in sich zusammen.

»Emma«, sage ich und lege die Hände auf ihre Schultern. »Hör mir zu. Du schließt die Tür hinter mir ab und legst die Sicherheitskette vor. Du lässt niemanden außer Papa und mich herein. *Niemanden.* Verstehst du?«

Ihre Augen sind feucht, aber sie nickt. Sie hört auf mich, tut, was ich sage. Während ich die Treppe in den ersten Stock hochrenne, höre ich unsere Tür klicken und die Sicherheitskette klirren.

This is a green home, steht oben auf der Fußmatte. Ich atme ein. Dann hebe ich die Hand und klopfe an.

»Rikke«, sagt sie. »Wie nett. Komm doch herein.«

Ihr Lächeln wirkt ein wenig reserviert, wie eigentlich oft. Merete neigt nicht zu überflüssigem Enthusiasmus. Ich atme schnell und flach und versuche, mich zu fangen. Ich darf nicht alarmiert wirken. Nicht ängstlich oder verzweifelt.

»Ich wollte Lukas abholen«, sage ich. »Ist er hier?«

»Ja, der ist hier«, bestätigt sie. »Aber komm doch kurz rein!«

Meine Augen irren suchend im Flur umher. Neben ihren Stiefeletten stehen seine Schuhe, die kleinen Joggingschuhe, die wir im Herbst gekauft haben, die Ränder sind schmutzig vom Schlamm im Garten und die Zehenkappe ist abgewetzt, nachdem er auf seinem Roller mit den Füßen gebremst hat. Am Haken neben ihrem Parka hängt seine kleine Daunenjacke.

»Eigentlich haben wir es ein bisschen eilig«, sage ich.

Ich kompensiere über, lächle zu breit.

»Komm schon«, sagt sie. »Was kann denn so eilig sein? Einen Kaffee schaffst du doch bestimmt noch.«

Sie tritt zur Seite. Ich schlucke. Mir bleibt keine Wahl. Ich trete über die Türschwelle.

Diesmal registriere ich nichts von der Einrichtung. Habe keine Meinung über die Ordnung oder Unordnung im Wohnzimmer, analysiere Meretes Gemütszustand nicht anhand der Dinge, die sie umgeben. Ich habe nur eines im Sinn: meinen Jungen zu finden. Ich nehme die Umgebung lediglich wahr, um Spuren von ihm zu finden. Hat sie das Lego hervorgeholt, liegen die Steine irgendwo? Hat sie ihm einen kleinen Teller mit Leberwurstbroten hingestellt, und hat Lukas wie immer die Kruste übrig gelassen? Kann ich irgendein Zeichen dafür erkennen, dass er hier ist, dass alles in Ordnung ist?

»Setz dich«, sagt sie, als wir in die Küche kommen.

Ich scanne den Raum nach Spuren, einem Milchglas, einem Pullover, was auch immer.

»Wo ist er denn?«, frage ich.

Ich versuche, neutral zu klingen, ich bin eine Mutter, die sich einfach nur erkundigt, wo ihr Kind steckt. Merete darf nicht verstehen, dass ich es weiß. Wenn sie es versteht, stelle ich eine Bedrohung für sie dar, und mein Kind ist in ihrer Gewalt. Ich muss so tun, als wäre nichts, aber ich merke bereits, dass es mir nicht gelingt, meine Stimme ist dünn und verzweifelt, ich kann es nicht ganz verbergen.

»Er ist hier«, antwortet sie ganz ruhig.

Sie schraubt die Espressokanne zusammen, stellt sie auf die Platte. Nimmt eine Tasse aus dem Schrank und reicht sie mir lächelnd. Ich versuche, ihr Lächeln zu erwidern. Ziehe die Mundwinkel nach oben. Konnte sie etwas verstehen, als sie dort auf der Treppe saß? Hatte sie gehört, was Hoffmo über die Kameras sagte? Ich versuche, es auszurechnen: Wie lang ist der Plattenweg, wie überträgt sich eine Stimme an einem stillen Sonntagvormittag, wie laut haben wir geredet?

»Wie geht es dir?«, fragt sie.

»Gut«, antworte ich etwas verzagt. »Und dir?«

»Tja.«

Sie öffnet die Hände zu einer resignierten Geste.

»Wir kommen über die Runden. Es ist natürlich traurig. Vor

allem für Filippa. Aber irgendwie hat es auch eine große Ruhe gebracht. Jetzt gibt es nur noch uns. Die Mädchen. Wir werden das schon schaffen.«

Der Kaffee kocht, sie nimmt die Kanne vom Herd und schenkt die tiefschwarze Flüssigkeit in unsere weißen Tassen. Dann setzt sie sich und trinkt einen Schluck. Ich tue es ihr gleich. Meine Hände zittern so, dass ich mich an der Tasse festklammern muss, damit es nicht auffällt. Ich denke: Hat Hoffmo die Polizei gerufen? Ich hatte ihn darum gebeten, seine Antwort jedoch nicht abgewartet. Hatte er überhaupt gehört, was ich rief? Und den Ernst verstanden?

»Es war ja nicht immer so leicht mit Jørgen«, sagt sie. »Das hast du sicher mitbekommen. Wir hatten, wie soll ich das sagen … unterschiedliche Erwartungen an die Ehe.«

Sie lacht ein wenig vor sich hin. Ihr Lachen ist hart und abgehackt. Was, wenn Hoffmo nicht angerufen hat? Wie gut hört ein Mann über siebzig? Was, wenn niemand unterwegs ist, um mir zu helfen?

»Erwartungen, das ist ein schönes Wort«, fährt sie fort. »Als ginge es nur darum, dass man bestimmte Dinge vorher hätte absprechen sollen. Wie auch immer. Du kannst dir nicht vorstellen, wie das war. Åsmund ist ja ein ganz anderer Typ, wie sollst du es dir auch vorstellen können. Jørgen konnte so rücksichtslos sein. Ist alles in Ordnung, Rikke? Du siehst ein bisschen blass aus.«

»Ja«, sage ich nur.

Im Haus ist kein Laut zu hören. Hier, wo man das kleinste Geräusch wahrnimmt. Lukas' Stimme, selbst wenn er beim Spielen nur leise mit sich selbst redet, oder die schnellen Schritte auf dem Weg zu einer neuen Legofigur oder hierher, weil er mich reden hört. Ist er überhaupt hier? Aber seine Jacke, die kleinen

Schuhe. Es zuckt in mir, ich kann gerade noch rechtzeitig schlucken, etwas steigt mir im Hals auf. Ich wage nicht zu überlegen, was sie bedeuten könnte, diese Stille.

»Weißt du«, sagt sie. »Ich bin dir nicht einmal böse. Du denkst sicher, ich wäre es. Das würde ich jedenfalls an deiner Stelle denken. Aber ganz ehrlich, im Grunde bedeutet es nichts. Na ja, vielleicht nicht nichts. Es kam nur schon so oft vor. Es gab so viele andere.«

Sie wirft mir einen vielsagenden Blick zu, mit gesenkten Augenbrauen, als sie fragt: »Wusstest du das? Dass er mehrere Frauen hatte? Dass du nicht die einzige warst?«

Ich habe keine Stimme mehr. Es ist, als würde ich davontreiben. Mein Körper ist angespannt, steif und zitternd. Es hat nichts damit zu tun. Es hat nichts zu bedeuten, dass sie es weiß. Es ist mir vollkommen gleichgültig, ob alle es erfahren, ob jedes schmutzige Detail ans Tageslicht kommt. Ich möchte einfach nur mein Kind wiederhaben.

Ich nicke.

»Er hat es ja auch nicht besonders gut verborgen. Jeder Idiot hätte es gemerkt. SMS zu den seltsamsten Tageszeiten, und wie er sein Handy nie aus den Augen gelassen hat. Er ist in sein Arbeitszimmer gegangen und hat die Tür hinter sich geschlossen, wenn er telefonieren wollte. So was von lächerlich. Wenn ich über Nacht weg war, habe ich am Tag danach öfter mal zwei benutzte Weingläser in der Geschirrspülmaschine gefunden. Manchmal waren sogar Lippenstiftabdrücke darauf. Er hat sich nicht mal die Mühe gemacht, es vor mir zu verbergen. Das ist das Schlimmste. Er hat dir sicher erzählt, ich hätte ihm versprochen, dass ich mich allein um Filippa kümmern würde. Oder? Dass ich ihn dazu gezwungen hätte, ein gemeinsames Kind zu bekommen, aber nur unter der Voraussetzung, dass er seinen

Lebensstil nicht im Geringsten anpassen musste. Er hat sich bestimmt als Heiligen dargestellt. Hat er dir erzählt, er hätte versucht, mich zu verlassen, aber ich hätte ihn mit allen möglichen Versprechungen wieder zurückgelockt?«

»Wo ist Lukas?«, frage ich mit heiserer, belegter Stimme.

»Das sind alles nur Lügen«, fährt sie fort. »Ja, ich habe ihm einiges versprochen, aber das hat er verdammt noch mal genauso getan. *Er* hat mich wieder angerufen, als Schluss war. *Er* hat mich darum gebeten, zurückkommen zu dürfen. Ich habe ihn gebeten, bei mir zu bleiben, das stimmt, aber er hat sich zuerst bei mir gemeldet.«

Sie holt Luft. In der Ferne höre ich eine Sirene. Vielleicht ist es nur ein Krankenwagen auf dem Maridalsveien, vielleicht aber auch nicht.

»Wenn ich ganz ehrlich bin, bereue ich es nicht, meine Karriere an den Nagel gehängt zu haben. Ich wette, er hat dir erzählt, ich wäre deshalb verbittert, aber das bin ich nicht. Ich bin froh, nicht 150 Tage im Jahr unterwegs zu sein und nicht fünf Abende in der Woche zu arbeiten. Aber natürlich habe ich einiges geopfert. Und Jørgen sollte gar nichts für uns aufgeben.«

Sie lächelt, es sieht aus wie eine Grimasse, als wollte sie einfach nur ihre Lippen in die Breite ziehen.

»Das ist so typisch für ihn«, sagt sie. »Worauf wir uns vor fünfzehn Jahren geeinigt hatten, durfte nie wieder neu verhandelt werden. Und ich war damals jung und verliebt. Dann ist man ja so, man lässt sich auf alles Mögliche ein, um ein Kind mit dem zu bekommen, den man liebt.«

Sie sieht an mir vorbei aus dem Fenster.

»Es war kein Opfer für mich, mit Filippa zu Hause zu bleiben«, sagt sie mit fester Stimme. »Jedenfalls nicht zu sehr. Aber ich hätte im Gegenzug doch auch etwas von ihm erwarten dürfen. Und dann war da noch die Sache mit dem Geld.«

Die Sirene verschwindet wieder, und ich verliere den Mut, bin ich vollkommen allein und hilflos?

»Acht Klavierschüler und der ein oder andere Auftrag, das wirft nicht viel ab. Jedenfalls lange nicht genug, um mir eine Wohnung in Tåsen kaufen zu können, wenn ich ihn verlassen hätte. Mit meinem Anteil der Wohnung und mit dem Kredit, den mir die Bank gewähren würde, könnte ich mir hier in der Gegend nichts mehr leisten. Wahrscheinlich nicht einmal irgendwo in der Nähe. Ich hätte weit wegziehen müssen. Und was soll ich auf dem Land? Und was soll Filippa dort? Das Einzige, wofür ich Jørgen wirklich gehasst habe, war meine finanzielle Abhängigkeit von ihm. Du denkst sicher, bei dem Ganzen ging es um Eifersucht, oder? Aber eigentlich ist es ganz einfach. Er ist gestorben, und wir sind die Erbinnen. Wenn uns diese Wohnung gehört, können wir unser Leben fortführen.«

Jetzt tauchen die Sirenen dort draußen erneut auf. Ich weiß nicht, ob es nur Wunschdenken ist, doch es klingt, als kämen sie näher.

»Er hat unsere Ehe zerstört«, sagt sie, und jetzt zittert ihre Stimme ein wenig, als wäre sie aufgewühlt und könne es nicht ganz verbergen. »Er hat mich übergangen, mich gedemütigt. Hat sich alle Freiheiten genommen. Mit einer Schulfreundin von mir. Mit der Nachbarin. Ich war darauf eingestellt, trotzdem alles am Laufen zu halten. *Er* war derjenige, der die Situation unerträglich machte.«

Die Sirenen nähern sich, jetzt bin ich mir sicher. Ich atme schneller.

»Also habe ich gedacht: Wenn er auf alles pfeift, was wir miteinander haben, wenn er mich ausnutzt und seine Familie im

Stich lässt, dann nutze ich ihn eben auch aus. Eine Scheidung war nicht möglich, sie hätte mich in den Ruin getrieben, mich zum Umzug gezwungen und arm gemacht. Und es war seine Schuld, seine Entscheidung, die Ehe unerträglich zu machen. Nachdem er uns so deutlich gezeigt hatte, dass wir ihm egal waren, hielt ich es nicht für eine unangemessene Vorstellung, dass Filippa und ich weiter so leben dürfen sollten wie vor dem Zerfall der Familie.«

Die Küchenschränke hinter ihr flackern im blauen Schein. Sie holt tief Luft, und dann hören wir die Autotüren dort draußen zuknallen.

»Tja«, sagt sie. »Anscheinend habe ich doch nicht alles bedacht. Von jetzt an müssen wir beide unser Leben meistern, so gut wir können, Rikke. Ich bin dir wie gesagt nicht böse. Oder na ja, vielleicht ein bisschen. Ich hasse dich aber nicht so, wie ich ihn hasse.«

Die Haustür schlägt zu, sie sind im Treppenhaus. Dann hören wir ihre Stiefel auf der Treppe.

»Wo ist Lukas?«, frage ich, und meine Stimme versagt beinahe.

Jemand hämmert gegen die Tür.

»Ist da jemand?«, ruft eine Männerstimme. »Machen Sie auf!«

Sie erhebt sich. Atmet tief ein, als würde sie sich für das stählen, was kommt. Dann wendet sie sich zum Hausflur und geht los. Sie schreitet geradezu. Wie eine Konzertpianistin, die eine Bühne betritt. Auf halbem Weg dreht sie sich zu mir um und sagt: »Du findest ihn oben.«

Ich stürze aus der Küche und renne an ihr vorbei, während sie dem entgegengeht, was hinter der Wohnungstür auf sie wartet. Ich stürme an der verschlossenen Tür vorbei ins Arbeitszimmer und die Treppe hinauf, indem ich drei Schritte auf einmal nehme.

Ich sehe ihn schon, als ich noch auf der Treppe bin. Der kleine Körper liegt auf dem Boden, neben dem Daybed. Kein Lego weit und breit, nur er, reglos auf dem Boden. Ich schreie auf eine Weise, zu der ich mich nicht fähig geglaubt hätte, tief aus dem Bauch heraus, ein Urschrei. Ich weiß es instinktiv in dem Moment, in dem ich ihn sehe, auf der Seite liegend, die kleine Hand halb geöffnet neben dem Kopf, das dreckige grüne Pflaster am Zeigefinger. Ich weiß, dass ich diesen Augenblick niemals vergessen werde. Ich werde den Rest meines Lebens damit verbringen, ihn zu verarbeiten.

Die Hundertstelsekunden vergehen so langsam. Ich möchte mich über ihn werfen, den leblosen Körper in meine Arme heben, denken – wie ich es hin und wieder tue –, dass er so leicht ist; er bedeutet mir alles, und trotzdem wiegt er nichts.

Dann bewegt sich sein Brustkorb. Ein winziges Stöhnen entweicht seinen Lippen. Das Schluchzen, das ich in diesen langen Minuten in Meretes Küche unterdrückt habe, bricht aus mir heraus, und er dreht sich um, zieht die kleine Hand mit dem Pflaster zu sich, dreht sich auf den Bauch und hebt den Kopf. Mein Schrei hat ihn geweckt.

Im nächsten Moment bin ich bei ihm, ich fliege die letzten Stufen hoch, sinke sofort neben ihn auf den Boden und nehme ihn in meine Arme. Er kuschelt sich mit schläfrigen Bewegungen an mich und wimmert, meine Panik hat ihn verschreckt. Aber ich halte ihn fest, so fest in meinen Armen, ich bohre meine Nase in sein verwuscheltes Haar, spüre seinen warmen, lebendigen Körper an meinem, und so sitze ich, während die Polizei die Treppe heraufstürmt, ich sitze zusammengesunken auf dem Boden und weine laut schluchzend, während ich mein Glückskind an mich drücke.

An diesem Abend herrscht eine andere Ruhe im Haus. Die Polizei hat sie mitgenommen. Sie haben mit mir gesprochen und Notizen gemacht und mich gebeten, morgen für eine weitere Befragung zur Verfügung zu stehen. Um Filippa kümmert sich jemand, davon gehe ich jedenfalls aus. Die Familie Sparre ist immer noch weg, und Saman und Jamila scheinen es auch zu sein, vielleicht sind sie wirklich verreist, so wie Saman es vorhatte. Aber wir sind noch da, alle vier. In unserer Wohnung ist es warm und gemütlich, hier sind wir alle zu Hause.

Lukas kann lange nicht einschlafen. Ich habe ihn gebadet und sein Haar gekämmt, sodass es glatt am Schädel anliegt. Habe die unsichtbare Wunde an seinem Zeigefinger gereinigt und ein neues Pflaster daraufgeklebt, seine Zähne geputzt und ihm einen sauberen Schlafanzug angezogen. Habe ihm so viele Gutenachtgeschichten vorgelesen, wie er wollte. Habe neben ihm gelegen und ihn umarmt und gespürt, wie er sich hin und her wälzte, ihn jedes Mal getröstet, wenn er zu weinen anfing, es wird alles gut, mein Schatz, habe ich gesagt.

»Du darfst nicht wieder gehen«, hat er gesagt, und ich habe es versprochen. »Nein, mein Schatz, natürlich gehe ich nicht wieder.«

Er darf alles von mir verlangen. Ich bin so dankbar, so dankbar für das unbegreifliche Glück, dass er noch da ist.

Ich gehe nicht, ehe er fest schläft und lasse die Lampe an,

sodass all seine Dinosaurier beleuchtet sind. Ich lehne die Tür an, damit ich ihn höre. Beim kleinsten Schluchzen werde ich zu ihm rennen. Es ist meine Aufgabe, auf ihn aufzupassen, und ich werde sie nie wieder versäumen.

Ehe ich hochgehe, klopfe ich bei Emma an. Herein, sagt sie dort drinnen. Sie sitzt auf ihrem Bett und sieht auf ihrem iPad fern. Ich habe ihr erlaubt, es mit ins Zimmer zu nehmen, heute Abend ist nichts verboten.

»Ist alles in Ordnung?«, frage ich.

»Ja«, antwortet sie. »Und mit dir?«

Ich freue mich so, dass sie mich fragt, ganz ohne Sarkasmus und giftige Anspielungen. Sie fragt mich wirklich nur, ob es mir gut geht.

»Ja, mein Schatz«, antworte ich. »Alles in Ordnung.«

»Schläft Lukas?«

»Ja.«

»Gut.«

Das ist alles, was wir sagen, doch als ich die Treppe wieder hinaufgehe, denke ich, dass ich auch dafür so dankbar bin. Ich gelobe mir selbst, in Zukunft netter zu ihr zu sein. Ein Vorbild. Und viel geduldiger. Mehr zu fragen, aber nicht auf diese inquisitorische Art und Weise. Genau zuzuhören, wenn sie mir antwortet.

Åsmund steht in der Küche. Ich höre ihn vor sich hin summen. Ich hole tief Luft. Ich weiß, was ich tun muss.

Er steht mit dem Rücken zu mir, spült den Topf vom Abendessen. Ich betrachte ihn. Er war mehr als mein halbes Leben bei mir. Wir kennen einander in- und auswendig. Ich räuspere mich, und er dreht sich um.

»Åsmund«, sage ich. »Ich muss dir etwas erzählen.«

DER ZWEITE DONNERSTAG

Die Fugenmasse zwischen den Kacheln auf dem Badezimmerboden bröckelt, wenn ich zu fest reibe. Da ich mit dem Scheuerschwamm nicht bis in die Zwischenräume gelangt bin, habe ich eine unbenutzte Zahnbürste genommen, mit der ich jetzt weiterarbeite. Sie wirkt wahre Wunder, mit ihr gelange ich überall dorthin, wo die großen Werkzeuge versagen. Ich werde jede Vertiefung in diesem Raum putzen, dessen Boden und Wände mit Fliesen verkleidet sind, es ist eine irrsinnige Arbeit, aber ich werde nicht aufgeben. Um ehrlich zu sein, bin ich sogar froh über diese Drecksarbeit.

»Pass auf dich auf«, hat meine Freundin gesagt.

Als sie vor ein paar Stunden hier war, mühte ich mich noch mit dem Scheuerschwamm ab. Sie war gekommen, um die Kinder abzuholen und mit ihnen ins Kino und zu McDonald's zu gehen, damit ich ein bisschen Zeit für mich habe. Selbstfürsorge, sagte sie. Einen Film sehen oder ein Buch lesen. Eine Runde joggen gehen. Oder eine Massage buchen, warum auch nicht? Aber ich habe nicht auf sie gehört. Ich will nur das Bad putzen. Am Montag hatte ich mir die ganze Wohnung vorgenommen, in allen Zimmern Staub gewischt und die Böden geschrubbt. Am Dienstag hatte ich versucht, alles etwas ruhiger angehen zu lassen, Zeit mit meinen Kindern zu verbringen, mit Emma, die kaum spricht, und Lukas, der mich gefragt hat, wo Papa sei und wann er wieder nach Hause komme. Ich war bemüht, nichts Konkretes zu antworten, ein vertrauenswürdiger Elternteil zu sein, auf den sie sich stützen können, doch irgendwann verlor ich die Kontrolle, wann kommt Papa nach Hause, fragte Lukas immer wieder, und am Ende musste ich weinen. Und um nicht vor den Augen der Kinder in Grübeleien zu versinken, habe ich stattdessen die Küche geputzt. Gestern habe ich alle Schränke ausgeräumt, die abgelaufenen Trockenvorräte aussortiert und die Fächer ausgewischt, bis in die kleinsten Ecken und Rillen, in denen sich Zucker und Körner festgesetzt hatten. Nachdem ich alles Essbare wieder an seinen Platz gestellt hatte, habe ich das Gewürzregal in alphabetischer Reihenfolge geordnet. Und den Backofen geputzt. Heute ist das Bad an der Reihe. Zum zweiten Mal. Alle Schränke, alle Regalbretter. Nur die Fugen habe ich nicht schön hinbekommen, deshalb greife ich jetzt zu extremen Maßnahmen. Niemand soll über meine Arbeit meckern können, wenn ich fertig bin. Dabei sehe ich selbst, wie ich übertreibe, wenn die Fugenmasse zu bröckeln beginnt. Ich mache sie kaputt, aber das ist mir egal. Hauptsache, das Bad wird sauber.

Das hatte ich auch zu meiner Freundin gesagt. Jedenfalls einen Teil davon. Es muss sauber werden, sagte ich. Der Dreck muss weg.

»Rikke«, erwiderte sie. »Es *ist* sauber.«

»Nicht sauber genug.«

Sie sagte: »Meiner Meinung nach solltest du jetzt endlich diesen Schwamm beiseitelegen. Ich glaube, du musst dich mal ein bisschen entspannen.«

Aber das glaube ich nicht.

Dies ist der vierte Tag. Nicht ein Wort habe ich von ihm gehört. Ich weiß nicht, was das bedeutet. Also putze ich weiter. Es ist eine vernünftige Arbeit, körperlich und einfach, sie dient einem klaren Ziel. Vielleicht nicht gerade dieses Schrubben mit der Zahnbürste. Ich gebe es ja zu, das ist ein bisschen übertrieben. Aber ich kann jetzt nicht aufhören.

Am zweiten Tag war Ingvild Fredly hier, tagsüber, als die Kinder in der Schule beziehungsweise in der Kita waren. Ich bin krankgeschrieben. Der Arzt hat schließlich doch ein Rezept für Schlaftabletten herausgerückt, sodass ich nachts schlafen kann, aber es nützt nichts, wenn ich wach werde, bin ich noch genauso müde. Ingvild saß auf einem Küchenstuhl und sah mir dabei zu, wie ich die Schränke ausräumte. Sie sagte:

»Du hast das Richtige getan.«

Und fügte hinzu:

»Du musst ihm Zeit geben.«

Und:

»Das wird sich schon regeln. Auf die eine oder andere Weise.«

Aber ich will nicht auf sie hören. Ich habe keine Geduld mit diesen tröstenden Worten. Ich weiß nicht, was sie bedeuten sollen. Es gibt nur eine Weise, wie es sich regeln kann. Und ich möchte nicht getröstet werden, schon gar nicht von ihr. Das habe ich auch gesagt.

»Wird es nicht«, entgegnete ich. »Was weißt du schon darüber? Und ich selbst weiß nur, dass ich diese Wohnung putzen werde, das ist meine Aufgabe. Du kannst mir nicht helfen, also, was machst du hier?«

»Vielleicht sollte ich gehen«, sagte sie, und das war das einzig Vernünftige, was sie von sich gab.

Manchmal weine ich, während ich die Fugen schrubbe. Manchmal arbeite ich einfach stumm vor mich hin. Ich habe das hinter mich gebracht, was ich mir vorgenommen hatte. Im letzten Moment, und ohne dabei irgendeine moralische Befriedigung zu empfinden, aber immerhin. Die Aufgabe, die mir mein schlechtes Gewissen diktiert hat, ist erledigt. Mit meiner anderen Arbeit hier stehe ich noch am Anfang.

Jetzt nehme ich mir den Boden vor. Ich liege auf den Knien und reibe die Zahnbürste fest zwischen die Fugen, bis sich die Borsten nach außen biegen. Åsmund ist ein neurotischer Zähneputzer, er drückt viel zu fest auf, alle seine Zahnbürsten sehen so aus wie diese. Vorhin musste ich noch weinen, als ich das feststellte, aber jetzt habe ich keine Tränen mehr. Ich putze nur noch. Arbeite mechanisch. Selbstfürsorge, wie meine Freundin sagte. Ich weiß nicht genau, was das ist. Eine Buße vielleicht. Oder ein Versuch der Wiedergutmachung.

Ich höre die Haustür unten. Ist er das, denke ich, ich setze mich auf, horche. Oder sind es meine Freundin und die Kinder? Vielleicht hat Emma protestiert und wollte den Film nicht sehen, weil er sich natürlich eher an die Altersgruppe ihres Bruders richtete. Vielleicht ist Lukas im Kinofoyer in Tränen ausgebrochen, und vielleicht blieb meiner Freundin keine andere Wahl, als ihn vom Boden hochzuziehen und nach Hause zu tragen. Ich stehe auf. Meine Knie sind steif und tun weh, das verletzte Knie am schlimmsten, aber das andere schmerzt jetzt auch. Ich stakse aus dem Bad, halte die Zahnbürste noch immer umklammert.

Er steht im Wohnzimmer. Er sieht fremd aus, bleich und erschöpft. Sein Gesicht ist dünner, er wirkt zugleich älter und jünger, als hätten sich seine Falten aufgelöst, während sich der Stress in seine Züge gegraben hat und sie markanter macht. Er hat geweint. Natürlich hat er geweint. Åsmund weint sogar bei Hochzeiten und Taufen, er kann nichts dagegen ausrichten. Ich bleibe stehen, stehe einfach nur im Zimmer, so wie er.

»Hallo«, sagt er.

»Hallo«, sage ich.

Er fragt: »Was hast du mit der Zahnbürste vor?«

»Putzen.«

»Ah.«

Das Haus ist still, nur den Herbstwind hört man da draußen.

»Kommst du nach Hause?«, frage ich.

Er antwortet:

»Du hast ja keine Ahnung, was ich durchgemacht habe, Rikke.«

Ich schüttele den Kopf. Er hat recht; ich habe keine Ahnung.

»Du kannst mir so was nicht antun. Verstehst du das? Das tut so weh.«

Er sieht sich um. Fixiert unsere Wände.

»Das stehe ich nicht noch mal durch. Ich hoffe, das weißt du. Das darf nie wieder vorkommen.«

Ich nicke. Ach, er weiß es ja nicht, er versteht ja nicht, wie sicher ich mir genau darin bin. Dass ich es nie wieder tun werde. Aber ich schaffe es nicht, das zu sagen. Also nicke ich nur. Spüre die Wirkung der kleinen Worte, noch einmal. Die Konturen einer neuen Chance.

»Denn, wenn du das machst«, sagt er, und dann bricht seine Stimme.

Ich lasse die Zahnbürste fallen und renne zu ihm. Lege die Wange an seine Schulter und atme seinen Geruch ein, so hat es schon in seinem Jugendzimmer zu Hause in Haslum gerochen, wo wir den alten Reisefernseher seiner Eltern auf volle Lautstärke drehten, damit sie uns nicht hörten, wenn wir Sex hatten.

»Kommst du nach Hause?«, flüstere ich.

»Ja«, sagt er mit belegter Stimme. »Ja, das tue ich wohl. Ich weiß nicht, wo ich sonst hätte hingehen sollen.«

TEIL IV

Ein armer Mensch

DER LETZTE TAG

Die Klimaanlage bricht fast zusammen, so heiß ist es. Obwohl ich den Temperaturregler so weit wie möglich heruntergedreht habe, läuft mir der Schweiß. Draußen ist es still. Von dem Ort, an dem ich sitze, kann ich auf den Fluss blicken, aber es ist fast niemand da, ein paar Touristen hier und dort, die unterwegs zum Park oder zur Badestelle in Nydalen sind. Ein Paar mit Kinderwagen. Die meisten sind wahrscheinlich im Urlaub im Ausland oder in irgendeinem Ferienhaus. Diejenigen, die noch hier ausharren, sind bestimmt ans Meer oder auf eine der Inseln hinausgefahren. Unsere Räume sind fast leer, in den letzten Tagen waren wir nur zu zweit, ein Promotionsstipendiat, der bald abgeben muss, und ich. Ich grüße ihn, wenn er mir begegnet, und dann lächelt er mich mit einer gequälten Miene an und wendet sich wieder seiner Arbeit zu.

Auf dem Fensterbrett summt eine kleine Fliege. Ich weiß nicht, wie sie hereingekommen ist, denn die Klimaanlage funktioniert nur, wenn wir nicht lüften, eine Tatsache, die unsere Technikverantwortliche bis zur Ermüdung betont, und eine Regel, an die sich alle halten, weil Verstöße so streng geahndet werden, dass wir es aufgegeben haben, dagegen zu protestieren. Vielleicht ist die Fliege mit mir hereingekommen. Ich beobachte sie, sie schwirrt ziellos herum, prallt immer wieder gegen eine Scheibe, sammelt sich kurz und versucht es an der nächsten. Ich versuche zu ergründen, ob ihre Bewegungen systematisch sind, ob sie versucht, möglichst viel Areal abzuarbeiten oder sich einfach nur panisch von einem Ort zum nächsten bewegt.

Eigentlich wollte ich arbeiten. Ich habe einige Dokumente auf dem Computer geöffnet, kann mich bei dieser Hitze jedoch nur schwer konzentrieren. Dieses Jahr werden wir nicht verreisen. Das neue Haus war teuer, obwohl wir beim Verkauf der Wohnung im Kastanjesvingen Gewinn gemacht hatten, also bleiben wir zu Hause. Åsmund und ich arbeiten in den Ferien abwechselnd und unternehmen in der übrigen Zeit nette Sachen mit der Familie. Ich arbeite drei Wochen im Juli und habe meinen Kollegen erzählt, was ich in dieser Zeit alles vom Schreibtisch wegschaffen möchte. Dann wird es hier vollkommen leer sein, sagte ich, keine Besprechungen, keine neuen Aufgaben, die mich überrumpeln, keine Störungen. Anfang Juni hatte ich das Gefühl, es gäbe keine Grenzen dafür, was ich alles schaffen könnte.

Kurz vor Weihnachten waren wir in das neue Haus gezogen. Im Kastanjesvingen konnten wir natürlich nicht bleiben, das hätten weder Åsmund noch ich ausgehalten. Außerdem war es nur eine Frage der Zeit, bis Jørgens und meine Affäre bekannt werden würde. Das Gerücht würde sich in der ganzen Nachbarschaft verbreiten, und die Hausfrau und ihre Freundinnen würden darüber tratschen, und ich wusste jetzt schon, wie sie über mich reden und mit welcher Inbrunst sie mich verurteilen würden. Ich wollte nicht, dass Emma noch auf die Schule am Bakkehaugen ging, wenn es so weit war. Man kann fast sagen, dass wir flüchteten. Zwei nahezu unerträgliche Monate wohnten wir bei Åsmunds Mutter, während wir darauf warteten, das Haus zu übernehmen, in dem wir jetzt wohnen. Vielleicht gingen wir nach einer Weile sogar der Mutter auf die Nerven, denn seit wir in das neue Haus gezogen sind, hören wir seltener von ihr, als ich befürchtet hatte.

Unsere Wohnung wurde Ende Oktober zum Verkauf inseriert, als wir schon bei meiner Schwiegermutter Unterschlupf gefunden hatten. Die Bank hatte uns gewarnt, der Verkauf könne sich wegen des Mordes schwierig gestalten, doch die eifrige Maklerin, die wir anheuerten, war zuversichtlich.

»Seien Sie ganz unbesorgt«, sagte sie, während wir sie durch die leeren Zimmer führten. »Die Leute werden sich um die Wohnung reißen. Ich habe gerade drüben in der Gartenstadt eine ähnliche verkauft, für eine Rekordsumme.«

»Sind Sie sicher?«, fragte ich. »In der Etage über uns wurde der Nachbar ermordet.«

Wir standen gerade in der Küche, und sie bewunderte die Aussicht auf den Garten durch die breite Fensterfront. Dann drehte sie sich zu mir um.

»Glauben Sie mir«, antwortete sie und schenkte mir ein überzeugendes Lippenstiftlächeln. »Wir sind hier in Tåsen. Ein Mord hat keinerlei Auswirkung auf den Immobilienpreis. Jedenfalls nicht, wenn man drei Schlafzimmer und einen Gartenzugang hat.«

Sie sollte recht behalten. Die Wohnung wurde eine halbe Million über dem veranschlagten Preis verkauft.

Unser neues Zuhause ist ein älteres Einfamilienhaus in Bærum direkt am Wald, nur eine kurze Autofahrt von meiner Schwiegermutter entfernt. Es ist eine größere Neubausiedlung, und die Häuser sehen aus wie Schachteln, aber eigentlich stört uns das gar nicht so. Wir wohnen jetzt seit sechs Monaten dort und haben uns wohl daran gewöhnt. Haben vielleicht Wurzeln geschlagen. Lukas geht in den Kindergarten der Siedlung. Emma war sofort beliebt, als sie an der neuen Schule anfing, und noch ehe das neue Jahr richtig begann, hatte sie schon eine kleine Gruppe von Mädchen in figurbetonten Daunenjacken und Designertaschen um sich geschart, die jeden Morgen treu vor unserer Garage auf sie warteten. Wir hatten den alten Nachbarn versprochen, einmal zum Kaffee vorbeizukommen, schoben den Besuch jedoch immer wieder auf. Jamila schickte eine Nachricht, und ich antwortete freundlich, schlug jedoch kein konkretes Datum vor, sondern schrieb nur, wir hätten so viel zu tun mit dem Umzug, aber später gern. Irgendwann erfuhren sie wohl auch von meiner Rolle im Vorfeld des Mordes, denn anschließend folgten keine weiteren Einladungen, die wir hätten ausschlagen müssen. Emma bewies eine beeindruckende Fähigkeit, alles Irrelevante hinter sich zu lassen. Seit dem Tag, an dem sie an der neuen Schule anfing, hörte ich sie nie wieder ihre alten Freundinnen erwähnen, die sie zurückgelassen hatte, und keiner in unserem Haushalt hat seither je wieder ein Wort über Simen Sparre verloren. Åsmund und ich fragten sie nie nach der toten Katze, obwohl wir beide ein- oder zweimal zueinander sagten, dass wir es bald tun würden. Es erscheint nicht mehr von Bedeutung. Irgendwie wirkte es auch so an den Haaren herbeigezogen. Man konnte sich kaum noch vorstellen, dass es wirklich passiert war. Ich überlegte sogar, ob ich die Indizien, die dafür sprachen, vielleicht geträumt oder ersponnen hatte. Überhaupt redeten wir nur wenig über unsere alte Nachbarschaft und dachten auch nur wenig an sie. Die Einzige, die regelmäßig in meinem Bewusstsein auftauchte, war Filippa Tangen. Ihren dunklen Blick konnte ich nur schwer vergessen. Doch ich stellte mir vor, dass auch diese Erinnerung mit der Zeit verblassen würde. Wir begannen ein neues Leben. Es war überraschend einfach.

Draußen vor dem Fenster schwelt die heiße Luft, und hier drinnen sitze ich ganz allein und spüre, wie die Klimaanlage ihren

Kampf gegen die Außenwelt verliert. Ich kann mich nur schwer konzentrieren. Meine Gedanken fließen nur zäh dahin, meine Arbeitsaufgaben erscheinen mir sinnlos. Zu Hause kümmert sich Åsmund wahrscheinlich gerade um den Garten, und bald wird es Zeit, fürs Abendessen einkaufen zu gehen. Morgen wird es hier im Büro genauso leer sein, niemand wird mich fragen, was ich erledigt habe, und ich habe keinerlei drängende Fristen. Und dann denke ich: Verdammt noch mal, was hat das eigentlich für einen Sinn.

Das Fenster klemmt, anscheinend habe ich die Mahnungen unserer Technikverantwortlichen ernst genommen, denn es scheint, als hätte ich es seit Monaten, wenn nicht gar Jahren nicht mehr geöffnet. Ich muss ordentlich daran rütteln, mich mit der Schulter dagegenstemmen, ehe das Fenster endlich aufschwingt. Die Fliege taumelt verwirrt ins große Nichts. Die Hitze schlägt mir entgegen, aber wenigstens habe ich das kleine Tier hinausgelassen. Ich schließe das Fenster wieder, packe meine Sachen und gehe zur Tür. Im Flur winke ich dem geplagten Stipendiaten zu, er sieht auf und lächelt sein gequältes Lächeln. Als ich mich im Aufzug zum Ausgang befinde, frage ich mich, ob es der Fliege hier im Gebäude vielleicht doch besser ergangen wäre, wo die Temperatur erträglich ist und der Mülleimer mit den Essensresten nur einmal wöchentlich geleert wird. Wie lange sie dort draußen wohl überleben wird?

Auf dem Platz vor dem Gebäude steht die Hitze. Ich habe mein Fahrrad nicht mehr hier stehen, sondern an der U-Bahnstation in Bærum abgeschlossen, aber ich halte trotzdem kurz inne. Die Luft flimmert über dem Asphalt. Ich halte inne und betrachte dieses Phänomen, das man hier im Norden sonst nur sehr selten erlebt, und während ich darauf starre, taucht eine Gestalt in meinem Blickfeld auf. Sie schiebt ein Fahrrad mit dünnen Reifen, hat breite, nackte Schultern und trägt eine kurze Radlerhose, die stramm an ihren muskulösen Beinen sitzt. Auf ihrem dicken Haar, das in verschwitzten Strähnen anliegt, sitzt ein Fahrradhelm, mit dem ihr Kopf einem Pilz gleicht. Sie hebt die Hand und winkt, dann kommt sie auf mich zu. Ich bleibe einfach nur stehen, traue meinen Augen nicht ganz, aber sie bleibt vor mir stehen und setzt den Helm ab, und sie ist es wirklich. Hier, vor meinem Arbeitsplatz.

»Dieser Helm ist das Schlimmste«, sagt sie mit ihrem tiefen, unbeirrbaren Nordlands-Dialekt. »Ich komme mir damit wie eine Idiotin vor, aber meine Freundin besteht darauf. *Safety first,* weißt du.«

»Ingvild«, sage ich. »Was machst du denn hier?«

»Radfahren«, antwortet sie.

Sie beugt sich vor und umarmt mich. Ich lehne mich an sie, sehe an ihrer Schulter kleine Schweißtropfen über den Sommersprossen.

»Hast du das Motorrad eingemottet?«, frage ich, und sie verdreht die Augen.

»Radfahren soll gesünder sein«, antwortet sie. »Auch darauf besteht meine Freundin. Ich bin mir da nicht so sicher, erst vor Kurzem wäre ich fast von einem abbiegenden Bus umgefahren worden. Das ist mir auf dem Motorrad noch nie passiert. Aber was soll man machen, heutzutage müssen ja alle Rad fahren. Und du?«

»Ich nehme die U-Bahn.«

»Stimmt ja«, sagt sie. »Ihr seid umgezogen, oder?«

»Ja. Wir wohnen jetzt in Bærum. Am Ende haben wir dann doch da ein Haus gekauft.«

Sie muss lächeln. Ich weiß noch, wie mir das auffiel, als sie noch mit meiner Freundin zusammen war: Wie sie manchmal dieses Funkeln in den Augen hatte, das verriet, dass sie einen durchschaut hatte.

»Es ist viel besser, als ich befürchtet hatte«, erkläre ich ein bisschen zu vorschnell. »Du weißt ja, dass ich mich mit dem Gedanken nie so anfreunden konnte, ich habe, glaube ich auch, einiges darüber in dieser Mail geschrieben, aber eigentlich ist es ziemlich schön da. Grün. Und wenn man erst einmal dort wohnt, ist es wirklich nicht mehr weit bis in die Stadt.«

Sie zwinkert mir zu, und als sie uns zu dem Hauskauf gratuliert, wirkt sie vollkommen aufrichtig. Ich erzähle ihr, dass ich einen Großteil des Sommers arbeiten werde. Sie nickt, sie werde selbst einige Zeit in der Stadt verbringen, sagt sie, und dann stehen wir da und sehen uns um.

»In welche Richtung musst du?«, fragt sie mich. »Vielleicht können wir ein Stück zusammen gehen?«

»Ich könnte bis Nydalen laufen«, schlage ich vor. »Und von dort die Bahn nehmen.«

»Gut«, sagt sie. »Im Grunde schiebe ich dieses Ding sowieso lieber. Dann kann ich auch den Helm abnehmen.«

Das kurze Stück bis zum Fluss gehen wir schweigend nebeneinanderher. Ingvild Fredly schiebt ihr Fahrrad mit abrupten, harten Bewegungen, ihr fehlt die Sanftheit, die mit der Erfahrung kommt; wenn man das Rad so viel geschoben hat, dass es ein Teil von einem selbst geworden ist und man instinktiv weiß, wie der Reifen auf eine Bordsteinkante oder ein Gefälle im Gelände reagiert. Der Spazierweg am Fluss ist ziemlich leer, und wir können problemlos nebeneinander herlaufen, weil niemand an uns vorbei möchte.

»Tja«, sagt Ingvild. »Vor ein paar Wochen wurde sie verurteilt.«

»Ja«, sage ich. »Das habe ich mitbekommen.«

»Zwölf Jahre«, sagt sie. »Das ist nicht viel. In zehn Jahren ist sie wieder draußen.«

Ich nicke. Ich war trotz allem schockiert, als ich es las. Merete muss die nächsten zehn Jahre im Gefängnis verbringen. Wenn Filippa ihren ersten Freund hat, auf Partys geht und nachts unterwegs ist, wenn sie in die Oberstufe kommt, Abitur macht, von zu Hause auszieht, ihr erstes Examen an der Uni besteht – all das muss sie aus der Ferne verfolgen. Dann dachte ich: Jørgen darf gar nichts davon erleben, Merete hat ihn dieser Möglichkeit beraubt, seines Lebens beraubt, warum empfinde ich Mitleid mit ihr?

Bis zu dem Gerichtsverfahren hatte ich Angst. Mein Name

wurde nicht veröffentlicht, und wir wohnten nicht mehr in Tåsen, wo die Leute wussten, dass ich es war, und dennoch belastete es mich. Vor meiner eigenen Zeugenaussage verfolgte ich den Prozess in den Medien. Er wurde ausführlich begleitet. Eine Zeitung hatte sogar eine Mitarbeiterin entsandt, die eine Art Newsticker schrieb, sodass man den Verhandlungen Minute für Minute folgen konnte.

Ich hatte den Eindruck, dass Merete eine gute Figur abgab. Obwohl die Presse sie vorher als berechnende Eiskönigin abtat, wurde sie zurückhaltender charakterisiert, nachdem sie sich erklärt hatte. Die Journalistin, die für den Newsticker zuständig war, schien sie zu mögen. Sie erklärte, die Ehe habe sich von Anfang an schwierig gestaltet. Jørgens Untreue sei umfassend und allgegenwärtig gewesen, und die Verteidigung hatte trocken bemerkt, dafür könne man unzählige Beweise vorlegen. Später wurde ihm lediglich ein Verhältnis zu vier Frauen nachgewiesen, mich eingeschlossen. Zwei seiner Affären lagen schon Jahre zurück. Meiner Meinung nach war das nach der Ankündigung der Verteidigerin ein eher bescheidenes Ergebnis, aber das Gericht schien das anders zu sehen, und die Staatsanwaltschaft trug wenig dazu bei, die Darstellung von Jørgen als notorischem Fremdgänger zu korrigieren. Merete beschrieb, wie sie versucht hatte, alles am Laufen zu halten, zunächst, indem sie versuchte, all seine Bedürfnisse zu erfüllen, und dann, als das nicht funktionierte, indem sie ihr Bestes tat, ihn so zu akzeptieren, wie er war. Warum haben Sie ihn nicht verlassen, fragte die Verteidigerin, worauf Merete antwortete, das hätte sie gerne getan, aber ihre finanzielle Lage hätte es ihr nicht ermöglicht, sich selbst und die Tochter zu ernähren. Sie hätten die Vereinbarung getroffen, dass er das Geld verdiene und sie sich um die Familie kümmere, und diese Verteilung habe sie der Möglichkeit beraubt auszubrechen, jedenfalls nicht, ohne alles zu verlieren, was sie besaß. Was Jørgen ausgezeichnet gepasst habe. Die Geschichte, die sie mir auch in der Küche erzählt hatte, an jenem Tag, an dem ich um das Leben meines Sohnes fürchtete, war fein zurechtgelegt und an die Verteidigungsstrategie angepasst, die sie gewählt hatte: Er hatte sie ausgenutzt, sie war das Opfer.

An dem Wochenende, als sie Zelten fahren wollten, habe sie beschlossen, ihn zu konfrontieren, sagte sie vor Gericht aus. Ihr Plan sei es gewesen, mitten in der Nacht zurückzukehren, um ihn auf frischer Tat zu ertappen. Zu diesem Zweck habe sie das Lastenfahrrad der Familie in der Nähe des Parkplatzes versteckt, und gegen zwei Uhr nachts sei sie aufgestanden, habe ihre Stirnlampe aufgezogen, sei die dreißig Minuten vom Zeltplatz zum Parkplatz gelaufen und habe das Rad hervorgeholt, um nach Tåsen zu radeln, erzählte sie.

Meretes Version zufolge parkte sie in einiger Entfernung unterhalb von Hoffmos Zaun, ging zum Haus und klingelte. Jørgen ließ sie in die Wohnung. Er war allein, in diesem Punkt war ihr Plan gescheitert, aber am Ende gerieten sie dennoch in einen hässlichen Streit. Sie habe ihn damit konfrontiert, was sie wusste. Mit tränenerstickter Stimme erzählte sie vor Gericht, welche Beweise sie ihm vorgelegt habe: die Nachrichten, die sie gelesen, die Kondompackungen, die sie in seinem Koffer gefunden hatte. Auch die Weingläser tauchten in diesem Zusammenhang wieder auf. Einmal habe sie sogar einen BH gefunden, der nicht ihr gehörte. Jørgen gab zu, dass er untreu war, weigerte sich jedoch, das als Problem anzusehen. Er meinte, es sei sein gutes Recht, zu tun und zu lassen, was er wolle. Wenn sie ein Problem damit habe, könne sie ihn ja verlassen.

»Aber das ging ja nicht«, sagte sie. »Dafür hatte er schließlich gesorgt.«

Des Weiteren erklärte Merete, nachdem sie eine Weile gestritten hätten, sei Jørgen der Meinung gewesen, mehr gebe es nicht zu sagen, und hätte sich wieder in sein Arbeitszimmer gesetzt. Sie sei außer sich gewesen, habe sich gedemütigt gefühlt und keinen anderen Ausweg gewusst, und dann, als sie anschließend gesehen habe, dass er dort drinnen über der Tastatur gelegen habe, sei ihr klar geworden, dass es ihn gar nicht interessierte, wie schlecht es ihr ging, und ihr Streit für ihn sogar so bedeutungslos war, dass er kurz danach einschlafen konnte, und daraufhin sei sie in die Küche gegangen und habe das schärfste Messer gesucht, das sie besaßen.

Auf diesen Punkt ging das Gericht sehr ausführlich ein. Merete behauptete, sie hätte im Affekt gehandelt. Auch wenn die Situation zwischen ihnen noch so schlimm gewesen sei, hätte sie so etwas niemals planen können. Nicht zuletzt wegen des Schmerzes, den Jørgens dramatischer Tod und ihr eigenes Verbrechen der Tochter zufügten. Filippas Wohlergehen sei für sie wichtiger als alles andere. Nein, sie sei nur in die Stadt gefahren, um ihn auf frischer Tat zu ertappen und habe nichts anderes als die Konfrontation geplant. Doch als er dann einfach einschlief, seien fünfzehn Jahre der Ausnutzung und Demütigung in ihr aufgewallt und hätten sie zu dieser Verzweiflungstat getrieben.

Die Staatsanwaltschaft war dagegen überzeugt, dass der Mord geplant gewesen war, denn warum hätte sie sonst so tun sollen, als wäre das Lastenfahrrad gestohlen worden, und es monatelang in einem Lager aufzubewahren, nach Skar hinaufzufahren, um es dort zu verstecken und dann dafür zu sorgen, dass jemand ihre Tochter und sie in den Wald fuhr? Merete begründete das damit, dass Jørgen glauben musste, sie könne nicht auf andere Weise zwischendurch wieder nach Hause kommen, damit er sich sicher genug fühlte, eine seiner Liebhaberinnen einzuladen. Ich fand, sie machte einen starken Eindruck. Man empfand Mitgefühl mit ihr, ohne dass sie je die Würde verlor.

Eigentlich rechnete ich damit, dass sich die Presse teilweise gegen sie wenden würde, wenn sie ihre unglückliche Lage als Argument anführte. War sie wirklich *so* bemitleidenswert, hätten sie fragen können, nur weil sie es sich nicht leisten konnte, in Tåsen zu wohnen? Doch zu meinem Erstaunen schienen die Journalisten das nicht so zu sehen. Merete wurde sogar in einem Kommentar in einer der führenden Tageszeitungen zitiert, geschrieben von einer jungen und aufstrebenden Akademikerin, die mich äußerlich an Rebekka Davidsen erinnerte. Ich ertappte mich bei dem Gedanken, wie Jørgen den Fall wohl selbst eingeschätzt hätte. *So sind Frauen heute noch von der finanziellen Ungerechtigkeit zwischen den Geschlechtern betroffen,* schrieb die Akademikerin. *Nicht weil es rein praktisch nicht möglich wäre, sich zu befreien, sondern weil das für uns voraussetzt, unser bisheriges Leben aufzugeben.* Der Kommentar stieß auf Kritik, aber nicht so sehr, wie man es angesichts der Tatsache, dass hier ein Mord gerechtfertigt wurde, hätte erwarten können, und noch dazu wurden die Einwände sehr zurückhaltend formuliert, ohne dabei auf Meretes Beweggründe einzugehen. Vielmehr schienen die meisten Menschen Merete als Archetypen einer starken und stolzen Frau anzusehen, die viel geopfert und irgendwann genug bekommen hatte.

Schließlich war ich an der Reihe. Bevor ich aussagen musste, rief ich bei Gericht an und durfte mit der Staatsanwältin sprechen. Sie riet mir, so ehrlich wie möglich zu antworten. Wenn man die Wahrheit erzähle, gebe es nichts zu befürchten, sagte sie, und trotzdem konnte ich in der Nacht davor kaum schlafen. An jenem Morgen saß ich im Fenster unseres neuen Wohnzimmers und blickte über all die blauen und weißen Schachtelhäuser, die über das kleine Tal verstreut lagen, in dem wir wohnten, in denen die Menschen in ihren Schlafzimmern schliefen, Wand an Wand mit ihren Nachbarn, und ich wünschte, ich könnte mit irgendeinem von diesen Nachbarn tauschen.

Die Staatsanwältin durfte mich zuerst befragen, und sie erkundigte sich, welches Verhältnis ich zu Jørgen gehabt hatte. Meine lange Mail an Fredly zählte zum Beweismaterial, deshalb gab ich eine kurze Zusammenfassung dessen, was darin stand. Nicht gerade überraschend handelten die Fragen am Ende von Sex: wie oft, über welchen Zeitraum, aber ich fühlte mich seltsam abgekapselt von allem, antwortete unberührt und neutral und so genau ich konnte. Zuletzt ging es noch um jenen Sonntag in Meretes Wohnung, und dann war es vorbei, und ich konnte nach Hause gehen.

In der Pause traf ich Jamila, die nach mir aussagen sollte. Sie umarmte mich nicht, sondern gab mir die Hand, und ihr Händedruck war schlaff und desinteressiert. Der Mund war ein schmaler Strich in ihrem Gesicht, und sie blickte mir nicht in die Augen. Sie trug einen engen schwarzen Pullover, unter dem man deutlich ihren gewölbten Bauch erkennen konnte. Saman konnte ich nirgends sehen, aber es konnte gut sein, dass er sie begleitete.

Åsmund sagte ebenfalls aus. Seine Aussage las ich nicht in den Internetmedien. Ich wollte mir lieber nicht anhören, wie schlecht es ihm gegangen war. Die ganze Familie Sparre sollte ebenfalls aussagen, aber erst später, und nach meiner eigenen Aussage verlor ich allmählich das Interesse. Hin und wieder sah ich noch Artikel über den Prozess in der Zeitung, aber ich suchte nicht mehr aktiv danach. Ich dachte, jetzt wäre der Fall für uns vorbei. Wir würden damit abschließen.

Vor einigen Wochen fiel dann das Urteil, auch darüber las ich in der Zeitung. Ich empfand diese unerklärliche, leise Sympathie für Merete. Erwähnte Åsmund gegenüber nichts. Legte nur die Zeitung beiseite und dachte: Also gut. Dort stand, dass sie nicht vorhatte, Berufung einzulegen, und darüber war ich froh. Filippa war, so weit ich wusste, in der Obhut einer nahen Verwandten, sicher bei einer von Meretes Schwestern, und ich spielte immer mal mit dem Gedanken, sie zu kontaktieren und mich dafür zu entschuldigen, was ich getan hatte, und mein Bedauern zum Ausdruck zu bringen. Aber eigentlich zweifelte ich nie daran, dass ich die ganze Sache, sobald der Prozess abgeschlossen war, für immer hinter mir lassen würde.

»Aber es ist doch trotzdem in Ordnung«, sage ich zu Ingvild. »Der Fall wurde aufgeklärt. Das ist bestimmt toll für … ich weiß nicht, eure Statistik?«

»Ja«, sagt sie. »Na ja, für Gundersens Statistik. Aber doch. Das Wichtigste ist natürlich, die Schuldige zu finden und zu verurteilen. Unseren Auftrag für die Gesellschaft zu erfüllen.«

»Ja.«

Wir gehen ein Stückchen weiter, ohne etwas zu sagen. Aber da ist noch etwas, das spüre ich. Fredly möchte mir etwas erzählen. Ich habe keine große Lust, es zu hören. Ich gehe schweigend neben ihr her und hoffe, dass sie beschließt, es mir doch nicht zu sagen. Ich hätte lieber den Bus nehmen sollen, anstatt ihr anzubieten, mit ihr zu laufen.

»Es ist nur …«, beginnt sie. »Irgendwie gibt es einige Details an der Sache, die nicht ganz zusammenpassen. Es sind nur Kleinigkeiten, aber sie stören mich.«

»Aha«, sage ich und hoffe, das war alles.

»Vor allem zwei Dinge irritieren mich«, fährt sie fort. »Das erste ist dieses Lastenfahrrad. Oder eigentlich alles, was Merete in dieser Nacht getan hat. Erinnerst du dich?«

»Ja.«

»Sie hat also so getan, als wäre das Rad gestohlen worden, einen Lagerplatz dafür gesucht und es dort sieben Monate lang versteckt«, sagt Ingvild. »Außerdem ist sie tief in den Wald gefahren, hat vorher organisiert, dass der Schwager sie fährt, und besprochen, dass Jørgen sie wieder abholt, damit für alle ganz deutlich wird, dass sie, die Schwester und die Tochter keine andere Möglichkeit haben, aus dem Wald weg und wieder nach Hause zu kommen. In den Tagen davor ist sie nach Skar gefahren, hat das Lastenfahrrad dort im Gebüsch versteckt, und ist dann in der Nacht, mit E-Antrieb, den ganzen Weg von Skar nach Tåsen gefahren, hat das Rad ein Stück die Straße hinab geparkt, ist ins Haus gegangen, hat ihren Mann umgebracht, ist mit dem Rad wieder zurückgefahren und hat es versteckt, ehe sie wieder zum Zelt hinaufging. Und dort im Zelt sollen die Schwester und die Tochter also vollkommen ungestört geschlafen und nicht bemerkt haben, dass sie ein paar Stunden weg war, aber das ist eine andere Geschichte. Na jedenfalls hat sie all das getan und sich dabei große Mühe gegeben. Und alles so genau geplant. Warum um alles in der Welt sollte sie das getan haben?«

»Um ihn auf frischer Tat zu ertappen«, sage ich lahm. »Hat sie das nicht gesagt?«

»Ja, schon«, erwidert Ingvild, und jetzt ereifert sie sich, auf ihren verschwitzten Wangen erscheinen hektische rote Flecken. »Aber sie hat auch gesagt, Jørgen hätte sich keine große Mühe gegeben, seine Untreue zu verbergen. Lippenstiftabdrücke auf Gläsern und Kondome im Kulturbeutel und was nicht noch alles. Vor dem Hintergrund hätte sie bestimmt auch einfach nur sagen können, sie würde übers Wochenende ins Ferienhaus fahren oder eine Freundin besuchen, und dann nach Hause fahren, um nachzusehen. Oder? Dieser wahnsinnig ausgeklügelte Plan wirkt doch total unnötig, wenn er wirklich auf eine so unverhohlene Art untreu war.«

Ihr Fahrrad kippt zur Seite, und sie richtet es mit einer groben Bewegung wieder auf.

»Der einzige Vorteil, den ich darin sehe, in einem Zelt draußen im Wald zu schlafen und angeblich keine Möglichkeit zu haben, wieder in die Stadt zu fahren, ist doch, dass sie keine Spuren hinterlässt. Niemand hätte wissen können, dass sie in jener Nacht in Tåsen war. Und bei Bedarf hätte sie es dokumentieren können.«

»Du glaubst also, sie hat es doch geplant«, frage ich. »Willst du das damit sagen?«

»Ich sage nur, ich glaube nicht, dass sie all das getan hat, um Jørgen auf frischer Tat zu ertappen. Diese umständlichen Vorbereitungen ergeben viel mehr Sinn, wenn sie den Mord geplant hat.«

Als ich an jenem Tag befragt wurde, an dem die Polizei Merete festnahm, hatte ich der Polizei gesagt, ich hätte den Eindruck, Merete hätte den Mord geplant, um die Wohnung zu erben. Doch seither habe ich immer wieder daran gezweifelt. Sie hatte es ja nicht direkt gesagt. Ich war die ganze Zeit in Gedanken bei Lukas, als sie redete, hatte fieberhaft überlegt, wo er sich befand, was passiert war, warum ich ihn nicht hörte. Und wenn ich unser Gespräch anschließend im Kopf durchging, erinnere ich mich nicht daran, ob sie unmissverständlich zugegeben hatte, sie hätte ihn umgebracht. Sie sprach vom Erbe, aber ob sie es als eine glückliche Konsequenz von Jørgens Tod erwähnte oder als eine Begründung für den Mord, kann ich nicht sicher sagen. In der letzten Befragung setzte Gundersen mich unter Druck, welche Worte hat sie verwendet, was hat sie konkret gesagt? Ich sagte, ich sei nicht sicher. Ich würde es schon glauben, sagte ich, und dachte wohl, ich würde ihr Gerechtigkeit widerfahren lassen, indem ich ihr den Zweifel zugutekommen ließ. Wenn sie es wirklich geplant hatte, würden sie doch wohl andere Beweise dafür finden. Als das nicht der Fall war, wurde ich selbst unsicher. Vielleicht stimmte die Geschichte, die sie vor Gericht erzählt hatte? Was gab mir das Recht, etwas anderes zu behaupten?

Wir kommen an einer Gruppe Zwanzigjähriger vorbei, die Handtücher auf dem Gras verteilt haben und sich gerade mit ihrem Einweggrill und ihrem Bier einrichten. Sie reden laut über etwas, einer von ihnen lacht schallend und unkontrolliert, er ist so jung, dass er sein Lachen noch nicht im Griff hat, oder ist vielleicht betrunken. Ingvild beachtet sie nicht. Sie runzelt die Stirn.

»Es ist doch auch seltsam, dass in jener Nacht alle so gut schliefen. Filippa und Meretes Schwester in diesem Zelt, und Jørgen, Jørgen soll also direkt nach dem Streit vor seinem Computer eingeschlafen sein. Wir haben Spuren von Benzodiazepinen in seinem Blut gefunden, das in Beruhigungsmitteln verwendet wird, die man gegen Angst oder Schaflosigkeit nehmen kann. Jørgen hatte ein solches Medikament verschrieben bekommen, er litt unter traumatischen Erinnerungen, die ihm den Schlaf raubten, sagte sein Hausarzt. Aber warum sollte er ein solches Mittel nehmen und sich dann an den Computer setzen? Und noch dazu in einer solchen Menge? Als Merete in den Mittelpunkt der Ermittlungen rückte, war allerdings schon eine Woche vergangen, und es hätte keinen Sinn mehr ergeben, das Blut der Tochter und der Schwester zu untersuchen, die so tief und fest in diesem Zelt schliefen. Aber ich habe darüber nachgedacht, das schon.«

»Glaubst du, sie hat ihnen ein Schlafmittel verabreicht?«, frage ich.

Ingvild wirft mir einen hastigen Blick zu.

»Vielleicht«, antwortet sie. »Aber Merete streitet es ab, und ich werde es vermutlich nie beweisen können.«

Wir gehen unter der Brücke entlang, spüren, wie der Schatten die Hitze ein wenig mindert, und als wir auf der anderen Seite sind, sagt sie: »Dann ist da noch eine zweite Sache, und zwar das Codeschloss. Wie ich mitbekommen habe, hat Nina Sparre sich mit ihren Drohungen einen Ausdruck von den gespeicherten Daten erschlichen und sie allen gezeigt, deshalb hast du sicher auch mitbekommen, dass in dieser Nacht nach halb eins niemand mehr ins Haus gekommen ist.«

»Ja.«

»Merete sagt, sie hätte an der Tür geklingelt, und Jørgen hätte sie hereingelassen. Und das ist auch merkwürdig, finde ich, wenn man bedenkt, was für eine Mühe sie sich angeblich gegeben hat, um ihn zu überraschen. Sie kennt doch den Code. Warum ist sie nicht einfach hereingekommen? Ich weiß nicht, ob du es mitbekommen hast, aber die Verteidigung hatte irgendeinen Psychologen aufgetrieben, der vor Gericht erklärte, wie es zu dem Paradox kommen kann, dass die Leute sich etwas gleichzeitig wünschen und doch nicht wünschen können. Merete behauptete, dass sie ihn konfrontieren wollte, aber nicht beim Sex erwischen, und was weiß ich, vielleicht stimmt das auch. Aber es wirkt doch ein bisschen an den Haaren herbeigezogen. Hätte sie nicht einfach nach ihm rufen können? Dann hätte sich eine eventuelle Liebhaberin auch nicht verstecken oder davonschleichen können. Aber Merete klingelt also stattdessen an der Tür, und Jørgen geht an die Sprechanlage. Dazu habe ich sie sogar selbst befragt, Rikke, und sie hat erzählt, dass er gefragt hätte, wer da wäre, und sie hätte gesagt, ich bin es, kannst du mich reinlassen? Also, es ist mitten in der Nacht, die Stimmung zwischen ihnen ist angespannt, und sie liefert ihm keine Erklärung dafür, dass sie klingelt und ihn womöglich weckt, anstatt den Code einzugeben. Warum öffnet sie also nicht selbst die Tür?

Viel logischer wäre doch, dass sie ihn nicht etwa vorwarnen will, sondern dass sie weiß, dass die Informationen gespeichert werden und keine Spuren dafür hinterlassen will, in jener Nacht dort gewesen zu sein.«

»Aber Jørgen hat sie hereingelassen?«, wende ich ein. »Wäre er denn nicht misstrauisch geworden, wenn es stimmt, was du sagst?«

»Doch, vielleicht schon«, sagt Ingvild. »Um ehrlich zu sein, habe ich auch schon darüber nachgedacht, ob das alles nicht viel leichter gewesen wäre, wenn Merete einen Komplizen im Haus gehabt hätte. Wenn es jemanden gab, der sie hereinlassen konnte. Einen Nachbarn vielleicht. Diese andere Person hätte vielleicht sogar dafür sorgen können, dass Jørgen sein Schlafmittel bekam, zu einem Zeitpunkt, als Merete noch im Wald war.«

Meine Atmung verlangsamt sich. Gleichzeitig habe ich das Gefühl, die Wärme würde aus meinem Körper weichen, und meine Hände würden ganz taub werden. Ingvild und ich gehen ruhig nebeneinanderher, dies ist einfach nur irgendein Sommernachmittag, und trotzdem scheint plötzlich alles in der Waagschale zu liegen, als ich mich zu ihr umdrehe und frage:

»Und an wen denkst du?«

»Mehr als das kann ich nicht sagen«, antwortet Ingvild ruhig. »Ich habe mir einige Gedanken gemacht, das ist klar. Allerdings kann ich es nicht beweisen.«

»Aber du denkst an eine bestimmte Person?«

»Vielleicht«, sagt sie.

»An wen denn?«

Wir gehen unter einer weiteren Brücke hindurch. Jetzt sind wir fast in Nydalen, ich höre schon das Kinderlachen von der Badestelle. Sicher sind sie alle dort, die Familien, die die Stadt nicht verlassen haben. Viel Zeit bleibt nicht mehr, bis wir die U-Bahn erreicht haben.

Ingvild sagt: »Ich kann dir keinen Namen nennen, solange ich nichts beweisen kann. Und gestern ist die Berufungsfrist abgelaufen. Damit ist der Fall abgeschlossen, jedenfalls formal.«

Das ist kein Zufall, denke ich, natürlich ist es kein unglaublicher Zufall, dass wir uns heute begegnet sind. Dass ich Ingvild Fredly vor dem Gebäude treffe, in dem ich arbeite, und sie das Gespräch sucht, am Tag, nachdem das Urteil rechtskräftig geworden ist.

»Denkst du an mich?«

Jetzt bleibt sie stehen. Wir wenden uns einander zu, in der heißen Luft liegt ein eiskalter Hauch. Wir sehen einander an.

»Nein, Rikke«, sagt Ingvild.

Ihre Stimme ist ruhig, ihr Blick fest, und so stehen wir einander gegenüber. Jetzt sehe ich nicht die kleinste Schweißperle an ihr. Ihr Hals ist mit Sommersprossen übersät, und im Gesicht hat sie auch einige. In ihrem Singlet und den Radlershorts wirkt sie weniger respekteinflößend als in Uniform, und trotzdem zweifle ich nicht eine Sekunde daran, dass sie Polizistin ist.

»Nein«, sagt sie erneut, und setzt sich wieder in Bewegung. »Nein, warum hättest du das tun sollen? Und ich glaube, du wärst an diesem Samstag auch nicht in seine Wohnung gegangen, wenn du gewusst hättest, dass er tot war.«

»Oh«, sage ich.

Wäre ich nicht sowieso von der Hitze rot gewesen, wäre ich spätestens jetzt errötet.

»Saman hat dich gesehen«, erklärt sie und sieht mich von der Seite an. »Aber du kannst beruhigt sein. Merete hatte an diesem Morgen eine Menge Nachrichten verschickt, vielleicht, damit alle verstanden, dass er zu dem Zeitpunkt bereits tot war. Und er war mitten in einem Skype-Gespräch mit einem Forscher an einer Universität in Chennai eingeschlafen. Der indische Forscher hatte in der Nacht und am nächsten Morgen mehrmals versucht, ihn zu erreichen. Nein, wenn du in den Fall verwickelt wärst, hättest du dich an dem Tag ja ein bisschen schlauer angestellt. Aber klar, man weiß es nie. Und ein bisschen verdächtig war es schon, dass du es bestritten hast.«

»Ich hatte solche Angst, dass ihr mich verdächtigen würdet«, sage ich. »Meine Güte, wie dumm von mir. Aber … dieser Gundersen … hättest du mich gefragt, wäre es etwas anderes gewesen.«

Jetzt können wir die Familien am anderen Ufer des Flusses sehen. Die kleinen, weißen Kinderkörper, die aus dem Wasser steigen. Die Badebälle, Plastikbagger und Fahrräder.

»Na dann«, sagt Fredly. »Da sind wir. Du musst doch wahrscheinlich zur U-Bahn.«

»Ja«, sage ich. »Das muss ich wohl.«

Sie zieht den Fahrradhelm vom Lenker.

»Ein Motorradhelm ist so viel schicker«, bemerkt sie seufzend. »Aber du weißt ja, was sie sagen.«

»*Safety first*«, murmle ich.

Sie grinst.

»Ganz genau.«

Sie schwingt das eine Bein über die Stange und macht sich bereit. Dann wirft sie mir einen schnellen Seitenblick zu, und ihre Augen funkeln, ehe sie auf ihren Lenker blickt und ihn justiert.

»Übrigens wusste Åsmund von dir und Jørgen. Hat er dir das erzählt?«

»Was sagst du da?«, frage ich.

Meine Stimme klingt seltsam, als käme sie aus weiter Ferne.

Als würde ich zwanzig Meter weit weg stehen und uns betrachten. Zwei Frauen, die eine auf dem Rad, die andere im Sommerkleid. Als würde ich uns auf einem Fernsehschirm sehen. Was hat die Frau im Kleid gesagt? Vielleicht muss ich die Fernbedienung suchen und den Ton lauter stellen.

»Ja«, antwortet Fredly. »Gundersen hat es ihm erzählt. Er hatte Åsmund ja in der Woche ins Präsidium gebeten und ihm erzählt, was du in deiner Mail geschrieben hattest. Åsmund sagte, er hätte schon den Verdacht gehabt, dass etwas war. Er war verzweifelt, oder jedenfalls sagte er das. Und dann bat er Gundersen, dir nicht zu sagen, dass er es ihm erzählt hatte. Er wollte es von dir hören, oder besser gesagt abwarten, ob du es selbst erzählen würdest.«

»Was?«, frage ich erneut.

Als würde ich schlecht hören. Als wäre dies das Problem – dass ich nicht höre, was sie sagt.

»Tja, für die Ermittlungen war es ja nicht von Bedeutung, wie ihr die Situation unter euch lösen würdet. Jedenfalls nicht zu diesem Zeitpunkt, also hat Gundersen dich nicht damit konfrontiert. Und als dann diese Aufnahme von Rikard Hoffmo auftauchte, spielte es ja keine Rolle mehr. Aber ja, ich dachte, es wäre trotzdem gut, dass du es weißt. Als eine Art Freundschaftsdienst.«

Ich kann ihr Lächeln schwer deuten, ist es humorvoll oder bekümmert? Macht sie sich Sorgen um mich? Dann setzt sie sich auf den Sattel.

»Wir hören uns wieder, Rikke. Komm gut nach Hause.«

Die U-Bahn hat fast die Stadtgrenze erreicht, als mir bewusst wird, was ich damals wahrnahm, an jenem Samstag oben bei Jørgen. Als ich im Flur stand und von einem Widerwillen dagegen überwältigt wurde hineinzugehen. Die Tür zu Jørgens Arbeitszimmer war verschlossen, und ich blieb stehen und merkte instinktiv, dass etwas nicht stimmte. Irgendetwas lag in der Luft, dachte ich. Und wenn ich jetzt daran zurückdenke, habe ich den Geruch, der in den Zimmern hing, fast in der Nase. Feuchtes Moos. Der Geruch des Waldes, in dem ich aufgewachsen bin. Das Rasierwasser, das Åsmund jeden Tag benutzt, solange ich ihn kenne.

DER LETZTE ABEND

Die helle Abendsonne sickert ins Wohnzimmer, ich komme die Treppe von den Kinderzimmern herab und sehe die Streifen, die sie zeichnet. Es ist so ruhig hier. Die meisten Nachbarn sind verreist. Ich bleibe im Wohnzimmer stehen. Åsmund sitzt auf der Terrasse. Wahrscheinlich ist er mit seinem Handy beschäftigt, ich sehe nur seinen Hinterkopf über der Lehne des Gartenstuhls. Ich bleibe für einen Moment stehen. Da er mit dem Rücken zu mir sitzt, hat er mich noch nicht gesehen. Noch kann ich es mir anders überlegen. Wieder nach oben gehen, kaltes Wasser in die Wanne einlassen und ein Bad nehmen. Das Fahrrad holen und in den Wald radeln, einen See suchen, in dem ich schwimmen kann. Ich könnte lautlos wieder die Treppe hinaufgehen, mich mit einem Buch hinlegen und dort bleiben. Ich muss das nicht machen. Und gleichzeitig weiß ich, dass ich es doch muss. Dort draußen sitzt mein Mann. Wir haben gerade zusammen zu Abend gegessen, ich habe Lukas ins Bett gebracht. Er wartet auf mich. Dennoch bleibe ich stehen, sehe das Licht von der tiefstehenden Sonne auf das Parkett auf dem Badezimmerboden fallen, quadratische Figuren aus Licht und Schatten.

»Hallo«, sagt er, ohne sich umzudrehen.

Ich gehe zu ihm, und er reicht mir eine Flasche Bier, die er bereits für mich geholt und auf dem kleinen Tisch zwischen den Stühlen abgestellt hat. Sie ist immer noch kalt, ich sehe das Kondenswasser auf dem braunen Glas.

»Danke«, sage ich.

»Ist das nicht schön«, fragt er, nachdem ich mich gesetzt habe. »Abends einfach so dazusitzen? Auf der eigenen Terrasse?«

»Doch.«

»Ich bin so froh, dass wir den Grill noch zum Laufen gebracht haben. Hat gut geschmeckt, oder?«

»Doch, doch.«

Er lacht.

»Jetzt müssen wir bis Oktober jeden Tag grillen, Rikke, weil ich so glücklich über den neuen Grill bin!«

Ich versuche zu lächeln, ziehe die Mundwinkel hoch. Habe in meinem Leben doch schon so oft gelächelt, normalerweise ist es so einfach. Im Augenwinkel sehe ich, dass er mich betrachtet, aber unsere Stühle sind auf das ausgerichtet, was wir die »Aussicht« nennen. Unser Haus steht auf einem Hügel gegenüber von einem anderen Hügel, zwischen denen eine Art Tal liegt. Wir blicken auf mehrere kleinere Häuser, die in Viererreihen ein Stück tiefer liegen, mit einer schlechteren Aussicht, als wir sie hier oben genießen. Am tiefsten Punkt dieses Beinahe-Tals verläuft ein Weg, der an einem Fußballplatz und einem Kindergarten vorbeiführt und in einem Bogen um eine Tankstelle herum. Auf der anderen Seite beginnt der Wald. Dunkle Tannenwipfel bilden eine gezackte Linie, die dem Umriss des Hügels folgt. Åsmund wendet sich wieder der Aussicht zu, und so sitzen wir eine Weile da.

»Ich habe heute Ingvild Fredly getroffen«, sage ich zum Wald auf der anderen Seite des Tals.

»Ach, wirklich?«, sagt er.

»Ja.«

Mehr sagt er nicht. Ein wenig Zeit verstreicht. Weit in der Ferne hören wir ein Mädchen lachen.

»Sie war mit dem Rad unterwegs«, fahre ich fort.

»Na so was«, sagt er.

»Wir haben uns ein bisschen unterhalten.«

»Aha.«

Ist er wachsam geworden? Ich weiß es nicht, ich wage es nicht, mich zu ihm umzudrehen, sondern rede weiter mit den Bäumen auf der anderen Seite, als ich sage:

»Über den Prozess. Und auch ein bisschen über die Ermittlungen.«

»Hm.«

Es ist so still. Ich schiele zu Åsmund hinüber. Er sitzt zurückgelehnt auf seinem Gartenstuhl, ein Mann auf seiner eigenen Terrasse. Ich kann nicht einmal erkennen, ob er mir zuhört.

»Sie hat gesagt, du hättest von Jørgen und mir gewusst«, sage ich. »Sie sagte, dieser Gundersen hätte es dir in der Woche erzählt, bevor sie Merete verhaftet haben. Und außerdem hat sie gesagt, du hättest es schon vorher gewusst.«

Er antwortet nicht. Wir sitzen eine Weile so da, und dann drehe ich mich zu ihm um.

»Ist das wahr?«

Er sieht mich an. Sein Gesicht ist vollkommen neutral. Er hat den Mund geschlossen, seine Augen sind konzentriert, als würde er sich bemühen, das alles zu verarbeiten. Ich zähle die Sekunden, wie ich es als Kind getan habe, wenn der Blitz einschlug, eintausendeins, eintausendzwei.

»Was fragst du mich eigentlich genau, Rikke?«, sagt er.

Seine Stimme ist ruhig. Irgendetwas an ihr lässt mich frösteln. Sie wirkt berechnend. So habe ich ihn noch nie gehört.

»Wann hast du das mit Jørgen und mir verstanden?«

Ich frage, ohne mich wirklich dazu entschieden zu haben. Meine Stimme klingt dünn und seltsam, und ich habe das Gefühl, ich würde ihn etwas ganz anderes, Alltägliches fragen. Er atmet tief ein. Lehnt sich zurück. Blickt wieder auf das Tal.

»Ich habe es auf diesem Ausflug in Sveins Ferienhaus verstanden«, sagt er schließlich. »Wir haben am Tisch gesessen und getrunken, und dann hat Jørgen eine Geschichte erzählt, wie er in Bergen war und mit einer Mariachi-Band ins Gespräch kam und die Musiker überredet hat, ›Sympathy for the devil‹ zu spielen.«

»Oh«, sage ich leise.

Åsmund holt Luft.

»Ich bin ausgerastet«, sagt er. »Habe ihn beschimpft. Einen idiotischen Vorwand gefunden, eine Diskussion, die wir in dem Moment gerade führten, und habe ihn angeschrien. Wenn wir nicht so betrunken gewesen wären, hätten die anderen meine Wut bestimmt sehr befremdlich gefunden.«

Ich nicke langsam. Eigentlich habe ich Saman nicht richtig geglaubt, als er mir erzählte, Åsmund habe die größte Wut gezeigt. Svein hatte ja gemeint, Saman sei am aggressivsten gewesen, und Jørgen erwähnte den Vorfall mir gegenüber nie.

»Aber es ist ja klar«, sagt Åsmund, und etwas in seiner Stimme zittert unter dieser eisigen Ruhe. »Als ich erst einmal angefangen hatte, nach Zeichen zu schauen, waren sie nicht schwer zu finden. Irgendwann wolltest du dich abends angeblich mit einer Freundin treffen, und am nächsten Tag hat diese Freundin ein Urlaubsbild auf Facebook gepostet. Du bist aus dem Haus gegangen, und zehn Minuten später ging er auch. Lauter solche Sachen.«

Er dreht sich zu mir um.

»Als ich versuchen wollte, dein Handy zu öffnen, hattest du

einen neuen Code. Und du änderst sonst nie den Code von irgendetwas, Rikke. Irgendwann habe ich es mir geschnappt, als du gerade in die Dusche gegangen warst und es kurz vorher noch benutzt hattest, deshalb hatte es sich noch nicht gesperrt. Und da hatte ich dann die unwiderruflichen Beweise.«

»Warum hast du nichts gesagt?«, flüstere ich.

»Glaubst du nicht, ich hätte Lust dazu gehabt?«, fragt er. »Ich hatte Lust, dich anzuschreien, was zum Teufel machst du da? Aber diese Nachrichten, der Ton darin war, als würdest du jemandem schreiben, der dir etwas bedeutet. Ich hatte Angst, du hättest dich in ihn verliebt. Also fragte ich Merete. Als alle anderen Nachbarn arbeiten waren, ging ich zu ihr und klopfte an und erzählte ihr, was ich herausgefunden hatte. Sie brach völlig zusammen. Sie sagte, Jørgen treibe dieses Spiel schon seit Jahren. Es sei schon so oft passiert. Einige Jahre früher sogar mit einer Schulfreundin von ihr. Merete dachte, solange es jemand war, der ihr nicht nahestand, könnte sie damit leben. Was er auf seinen Geschäftsreisen machte, war eine Sache, aber sie hasste den Gedanken, dass es jemand war, mit dem sie beide zu tun hatten. Dass all das hier vor sich ging, in ihrem eigenen Haus, wo ihre Tochter auch wohnte. Dass Filippa es herausfinden könnte. Sie sagte, er wäre so, er würde die Leute verführen. Weil er sich so wahnsinnig offen gab, ein Freigeist, der ganze Mist. Sie sagte, die Leute kauften ihm das ab. Vor allem Frauen. Sie sagte auch, als sie dich das erste Mal sah, dachte sie sofort, dass du sein Typ wärst.«

Ich sehe sie vor mir, wie sie am Tag vor unserem Einzug auf dem Holzdeck saßen. Und wie ich am Fenster stand und ihr zuwinkte und sie auf dem Rasen stand und mich anstarrte, ohne zu reagieren.

Åsmund sagt:

»Ich verstand, dass er dich verführt hatte. Wir hatten ja eine etwas schwierige Zeit durchgemacht, du und ich, nachdem Papa gestorben war. Die ganzen Sachen mit Mama, und unsere Sorge um Lukas' Gesundheit. Ich war nicht so für dich da, wie ich es hätte sein sollen. Redete nicht genug mit dir darüber. Und habe vielleicht auch nicht gut zugehört. Deshalb habe ich gedacht, dass ich es selbst geschehen lassen habe.«

Jetzt hat er Tränen in den Augen, und er sagt:

»Ich wollte dich nicht verlieren, Rikke. Erinnerst du dich noch daran, wie ich mit meinen Kumpels betrunken Auto gefahren bin? Als wir den Unfall hatten?«

»Das war in der Oberstufe«, sage ich.

»Damals habe ich gedacht, du würdest mich verlassen. Ich hätte es dir auch nicht zum Vorwurf gemacht, wenn es so gewesen wäre, ich war ein solcher Idiot gewesen, dachte ich. Du hättest etwas viel Besseres verdient. Aber dann bist du bei mir geblieben. Ich dachte, dies wäre etwas Ähnliches. Die Affäre mit Jørgen war dein Unfall, und jetzt war es an mir, dir dafür zu verzeihen, dass du dich idiotisch benommen hast.«

»Das ist so lange her«, sage ich vage, als wollte ich protestieren.

»Mir hat es viel bedeutet«, entgegnet er.

So sitzen wir lange schweigend da. Ich denke: An dieser Stelle besteht immer noch die Möglichkeit aufzugeben. Ich kann immer noch ins Bad gehen, mir kaltes Wasser einlassen. Stattdessen sage ich:

»Ingvild Fredly glaubt, Merete könnte einen Komplizen gehabt haben.«

Ich sage es voller Entschiedenheit und höre doch selbst, wie kindisch es klingt, die Behauptung hängt zwischen uns in der Luft über dem kleinen Tisch mit den immer wärmer werdenden

Bierflaschen. Als wäre dieser Satz ein physischer Gegenstand, auf den wir reagieren müssen.

Er bleibt eine Weile dort hängen. Ich drehe meinen Kopf und sehe ihn an. Er betrachtet weiter die Aussicht, ruhig und mit geschlossenem Mund. Dann wendet er sich zu mir um. Diesmal hat er keine Tränen in den Augen.

»Rikke«, sagt er mit einer fremden Stimme, hell und unangenehm. »Bist du sicher, dass du mich das fragen möchtest?«

Bin ich es? Ich erkenne ihn nicht wieder. Mein Mund ist trocken, aber ich möchte mich nicht nach der Bierflasche auf dem Tisch strecken. Es ist, als würde ich gegen meinen eigenen Willen handeln, wenn ich rede. Als würde ich eigentlich sagen, nein, im Grunde bin ich nicht sicher, vielleicht sollten wir es einfach auf sich beruhen lassen. Und dann könnte ich nach oben gehen und stattdessen dieses Bad nehmen. Als wäre es eine Zwangshandlung, als ich sage:

»Ich habe in dieser Nacht so wahnsinnig tief geschlafen. Außergewöhnlich tief. Ich habe nicht gehört, dass Lukas hereinkam. Wenn du aufgestanden wärst, hätte ich es dann gehört?«

Er sagt:

»Nein. Hättest du nicht.«

Die gleiche helle, unbekannte Stimme. Ich möchte nachgeben, aber ich kann nicht, es ist, als würde mein Körper von selbst weiterreden.

»Ich wurde sofort müde, als wir an dem Abend den Wein getrunken haben«, sage ich. »Ich hatte nicht einmal Lust, den Film zu Ende zu sehen. Fredly sagt, bei Jørgen im Blut hätte man ein Schlafmittel nachgewiesen. Benzo-irgendwas.«

Åsmund sagt:

»Also, was willst du sagen?«

»Du hast mich betäubt«, sage ich, noch ehe mir klar ist, dass ich es gedacht habe. »Wir haben uns gegenseitig ein Alibi gegeben, und solange ich die ganze Nacht geschlafen habe, konntest du behaupten, du hättest dasselbe getan. Aber ich war betäubt. Während ich geschlafen habe, bist du zu ihm hochgegangen. Vielleicht hast du ihm ein Glas Wein angeboten, vielleicht hast du ihn gebeten, irgendetwas zu probieren, das du dabeihattest, was weiß ich. Jedenfalls hast du ihm das Schlafmittel untergejubelt. Und du warst an jenem Abend bei ihm in der Wohnung, das weiß ich ganz sicher. Als du wieder hier unten warst, hast du alles gespült. Und dann brauchtest du nur abzuwarten. Sie kam zum vereinbarten Zeitpunkt, und du hast sie hereingelassen. Natürlich hat sie es getan. Du kannst ja kein Blut sehen, du hättest es nicht gekonnt. Aber du hast dafür gesorgt, dass er schlief, als sie hochkam. Sie musste nur das Messer über seine Kehle ziehen, schnell und leicht, ohne dass es zu einem Kampf kam, und dann zurückfahren. Du brauchtest sie nur hereinzulassen, und dann konntest du dich wieder neben mich legen.«

Das Blut pulsiert in meinen Schläfen, ich bin atemlos nach alledem, kann immer noch nicht fassen, dass ich es gesagt habe. Er sitzt weiter schweigend da und denkt nach. Dann dreht er sich zu mir um und sagt ernst:

»Jørgen Tangen war kein guter Mensch. Er hat dich verführt. Ich wollte dich nicht verlieren. Und Merete wollte sich befreien.«

Diese Worte fallen zwischen uns auf den Boden und vibrieren dort weiter, ich spüre sie in den Stühlen, auf denen wir sitzen. Ich sehe Filippa vor mir, mit ihrer Mutter im Garten, die Konturen ihrer Trauer, und man muss sie nur ansehen, um zu wissen, dass sie diese Trauer für den Rest ihres Lebens in sich tragen wird.

»Sie hätten mich verdächtigen können«, sage ich mit zitternder Stimme. »Hast du das nicht bedacht? Ich war an jenem

Samstag oben bei Jørgen, das wusstest du nicht, aber so war es. Die Polizei hätte genauso gut denken können, ich wäre es gewesen. Oder einen anderen Unschuldigen verdächtigen. Was hättest du dann getan? Was, wenn sie gedacht hätten, es wäre Emma gewesen?«

»Wenn der Verdacht auf eine von euch gefallen wäre, dann hätte ich mich gestellt«, sagt er ruhig. »Darauf war ich vorbereitet. Merete und ich hatten abgesprochen, uns gegenseitig nicht zu verraten. Wenn sie einem von uns auf die Spur kämen, würde der- oder diejenige die alleinige Verantwortung übernehmen. Das Risiko war vorhanden. Aber wir glaubten, dass es so klein war, deshalb waren wir bereit, es einzugehen.«

Ich atme flach. Die Panik überkommt mich allmählich. Ich kann das nicht glauben, kann nicht glauben, dass er das getan hat, aber auch nicht, dass er so darüber spricht. Jørgen Tangen war kein guter Mensch. Ein Risiko, das er einzugehen bereit war. Das ist Åsmunds Verteidigungsrede, seine Perspektive, die ihm sagt, dass er kein Verbrecher ist, sondern nur ein armer Mensch. Diese feige, sinnlose Rechtfertigung dafür, den Tod eines anderen Menschen herbeigeführt zu haben.

»Sie war diejenige, die seinen Tod brauchte«, sagt Åsmund leise und eindringlich, als würde er mit einem Kind reden. »Sie hat es getan. Ich habe nur bei den Vorbereitungen geholfen. Und ich habe es dir zuliebe getan, Rikke. Damit du einen Grund hättest, damit abzuschließen. Und mich nicht verlassen würdest.«

Am Rande meines Gesichtsfelds flimmert es, und ich versuche, mich darauf zu konzentrieren, ruhig und regelmäßig zu atmen. Hat Åsmund Merete ihre Mitleidsgeschichte abgekauft? Nein, das ist nicht das, was er sagt, und auch nicht das, was ich höre. Seine Verteidigungsrede ist zu sehr eingeübt, zu verlässlich. Er habe nur bei den Vorbereitungen geholfen, behauptet er, und gleichzeitig erkenne ich seine Handschrift auf alledem. Er war nach dem Ausflug mit Svein zusammen im Auto gefahren und hatte genügend Zeit, ihm eine passende Version von der abendlichen Diskussion einzureden. Eine, die auch noch alle Vorurteile bestätigte, die er ohnehin schon hatte. Er saß in der Eigentümerversammlung und kannte alle Details zur Datenspeicherung des Türschlosses. Er ging zu Merete und erzählte ihr von Jørgen und mir. Ich sehe es genau vor mir. Er lässt sie all ihre Wut loswerden, und als sie damit fertig ist, sagt er, aber weißt du, es gäbe da ja etwas, was wir unternehmen könnten. Merete bezahlt den Preis dafür, er läuft frei herum. Jetzt wohnt er mit uns in dem großen Haus in Bærum, das er sich schon immer gewünscht hat, in der Nähe seiner Mutter und weit weg von Tåsen, und ohne Jørgen, der für immer von der Bildfläche verschwunden ist. In meinem Kopf dreht sich alles.

»Entschuldige mich«, sage ich.

Als ich aufstehe, fühlt sich mein Kopf ganz leicht an, mir wird schwarz vor Augen, und ich fürchte, ohnmächtig zu werden, aber ich ergreife die Stuhllehne und stütze mich darauf. Ich werde mich auf den Beinen halten. Ich muss nur ins Haus gehen. Brauche eine kleine Pause. Muss mir ein bisschen kaltes Wasser ins Gesicht spritzen. Muss einfach nur einen klaren Gedanken fassen.

Ich greife nach der Verandatür. Da steht Emma.

Sie trägt schon ihr Nachthemd. Ihr Haar hängt ihr wirr ins Gesicht, sie starrt mich an, und in ihrem Blick liegt etwas, von dem ich jetzt schon weiß, dass es sich nie wiedergutmachen lässt.

Die Tür war nur angelehnt. Ich hatte sie nicht hinter mir zugezogen, als ich auf die Terrasse ging. Ich hatte nicht daran gedacht, mich zu vergewissern, dass sie uns nicht hören konnte, bevor ich Åsmund mit meinem Wissen konfrontierte. Ich habe sie nicht beschützt, sondern erneut versagt. Hinter mir knarrt sein Stuhl. Ich hebe die Hand, will ihr das Haar aus dem Gesicht streichen, zögere jedoch. Meine Hand bleibt zwischen uns in der Luft hängen. Und bevor Åsmund uns erreicht, denke ich gerade noch: Jetzt, jetzt bricht alles zusammen.

Helene Flood

Die Witwe

Psychothriller

352 Seiten, btb 75899
Aus dem Norwegischen von Sylvia Kall

Das große dunkle Haus fühlte sich nie wirklich wie ein Zuhause an …

Evys Mann ist tot. Sie waren 45 Jahre verheiratet. Auf den anfänglichen Schock folgt Verunsicherung: Die Polizei stellt beunruhigende Fragen. In dem großen Haus, in dem Evy nun alleine wohnt, passieren seltsame Dinge. Ihre drei erwachsenen Kinder verheimlichen ihr etwas. Gegenstände verschwinden. Wird Evy langsam verrückt, oder spielt jemand ein perfides Spiel mit ihr?

»Helene Flood beherrscht das Genre des nervenaufreibenden, unblutigen Thrillers.«

Dagsavisen

»Helene Flood gelingt es meisterhaft, die Erwartungen der Leser*innen zu manipulieren.«

Financial Times